W9-BHB-424

The International Bestseller

DAN
BROWN

DAN
BROWN

ДЭН

БРАУН

АНГЕЛЫ И ДЕМОНЫ

АСТ
МОСКВА

УДК 821.111(73)
ББК 84 (7Сое)
Б87

Dan Brown

ANGELS & DEMONS

Перевод с английского Г.Б. Косова

Для оформления обложки использована иллюстрация, предоставленная Sony Pictures Consumer Products, Inc.

Оформление и компьютерный дизайн А.А. Кудрявцева

Печатается с разрешения автора и литературных агентств Sanford J. Greenburger Associates и Andrew Nurnberg.

Подписано в печать 19.04.2013. Формат 84x108 1/32. Бумага газетная.
Печать офсетная. Усл. печ. л. 31,92. Тираж 3000 экз. Заказ 1526.

Браун, Дэн

Б87 Ангелы и демоны : [роман] / Дэн Браун; пер. с англ. Г.Б. Косова. — Москва: АСТ, 2013. — 606, [2] с.

ISBN 978-5-17-059001-8

Иллюминаты. Древний, таинственный орден, прославившийся в Средние века яростной борьбой с официальной церковью.

Легенда далекого прошлого? Возможно...

Но — почему тогда на груди убитого при загадочных обстоятельствах ученого вырезан именно символ иллюминатов?

Приглашенный из Гарварда специалист по символике и его напарница, дочь убитого, начинают собственное расследование — и вскоре приходят к невероятным результатам...

УДК 821.111(73)
ББК 84 (7Сое)

ISBN 978-985-16-8019-7
(ООО «Харвест»)

События, описанные в этой книге, являются художественным вымыслом. Упоминаемые в ней имена и названия — плод авторского воображения. Все совпадения с реальными географическими названиями и именами людей, ныне здравствующих или покойных, случайны.

Блайз посвящается...

Крупнейшему международному научно-исследовательскому учреждению — Европейскому центру ядерных исследований (ЦЕРН)* — недавно удалось получить первые образцы антивещества. Антивещество идентично обычному веществу, за исключением того, что его частицы имеют электрические заряды, противоположные зарядам знакомой нам материи.

Антивещество представляет собой самый мощный из известных человечеству источников энергии. Оно высвобождает ее со 100-процентной эффективностью (коэффициент полезного действия ядерной цепной реакции составляет 1,5 процента). При этом не происходит ни загрязнения окружающей среды, ни заражения ее радиоактивным излучением. Крошечная капля антивещества могла бы в течение целого дня обеспечивать энергией такой город, как Нью-Йорк.

Здесь есть, однако, одно обстоятельство...

Антивещество крайне нестабильно. Оно высвобождает энергию при любом малейшем контакте... даже с воздухом. Один грамм антивещества заключает в себе энергию 20-килотонной атомной бомбы — такой, какая была сброшена на Хиросиму.

До недавнего времени антивещество получали лишь в мизерных количествах (несколько атомов за один раз). Однако сейчас ЦЕРН запустил свой новый замедлитель антипротонов — усо-

---

* Conseil Europeen pour la Recherche Nucleaire (*фр.*). — *Здесь и далее примеч. пер.*

вершенствованное устройство для производства антивещества, которое позволит значительно увеличить получаемые объемы.

Остается один вопрос. Спасет ли эта крайне неустойчивая и капризная, но взрывоопасная субстанция мир или она будет использована для создания самого смертоносного оружия, которое когда-либо попадало в руки человека?

ОТ АВТОРА

В книге упоминаются реальные гробницы, склепы, подземные ходы, произведения искусства и архитектурные памятники Рима, местоположение которых точно соответствует действительному. Их и сегодня можно видеть в этом древнем городе.

Братство «Иллюминати» также существует по сию пору.

ПРОЛОГ

Физик Леонардо Ветра почувствовал смрадный запах горелого мяса и понял, что это прижигают его собственную плоть. Он в ужасе вскинул глаза на нависшую над ним темную фигуру.

— Что вам от меня нужно?

— La chiave, — проскрипел в ответ резкий злой голос. — Пароль.

— Но... Я не...

Мучитель склонился ниже, раскаленное добела железо еще глубже проникло в грудь Леонардо Ветра. Зашипела лопающаяся от жара кожа.

— Нет никакого пароля! — вскрикнул от нестерпимой боли ученый, чувствуя, что начинает проваливаться в беспамятство.

— Ne avero paura, — проскрежетал его истязатель. — Этого я и боялся.

Леонардо Ветра изо всех сил старался не потерять сознание, но непроглядный мрак стремительно надвигался на него со всех сторон. Единственным утешением ему служила мысль, что безжалостному палачу никогда не получить того, чего он так добивался. Однако через мгновение в руке у того появился кинжал, и остро отточенный металл блеснул у самого лица Ветра. Лезвие опускалось медленно и неотвратимо, с хирургической точностью и расчетливостью.

— О Господи! — взмолился Ветра. — Ради всего святого...

Слишком поздно.

ГЛАВА 1

Молодая женщина на самом верху лестницы, ведущей к пирамидам Гизы*, звонко расхохоталась.

— Пошевеливайся, Роберт! — крикнула она с кокетливой улыбкой. — Так и знала, что мне следовало искать мужа помоложе!

Он заторопился, но его ноги будто налились свинцом.

— Подожди меня, — окликнул он ее. — Прошу, пожалуйста...

Он из последних сил одолевал ступеньку за ступенькой, перед глазами у него плыли кровавые круги, а в ушах звучал заунывный звон. «Я должен до нее добраться!» Однако когда он вновь поднял глаза, женщина уже исчезла. На ее месте стоял старик, смотревший на него сверху вниз с кривой ухмылкой, обнажавшей редкие гнилые зубы. Из груди потерявшего жену страдальца вырвался вопль муки и отчаяния, эхом прокатившийся по бескрайней пустыне.

Роберт Лэнгдон вздрогнул и вынырнул из ночного кошмара. У его кровати пронзительно звонил телефон. Еще не стряхнув остатки сна, он поднял трубку.

— Алло!

— Мне нужен Роберт Лэнгдон, — ответил мужской голос.

Лэнгдон, пытаясь привести в порядок разбегающиеся мысли, спустил ноги с кровати и скосил глаза на дисплей электронных часов. 5:18 утра.

---

* Пригород Каира, где расположен ансамбль пирамид фараонов Хеопса, Хефрена и Микерина (3-е тысячелетие до н.э.).

— Слушаю.

— Я должен немедленно с вами встретиться.

— Кто говорит?

— Максимилиан Колер — физик, изучающий элементарные частицы.

— Кто? — изумился Лэнгдон. — А вы уверены, что вам нужен именно я?

— Уверен. Вы профессор Гарвардского университета, специализируетесь в области религиозной символики. Написали три книги и...

— А вы знаете, который час? — возмущенно перебил его Лэнгдон.

— Прошу меня извинить. Мне необходимо вам кое-что показать. По телефону объяснить не могу.

Из груди Лэнгдона вырвался стон. Еще один... Такое уже бывало не раз. Неизбежное зло — звонки от свихнувшихся фанатиков, требующих, чтобы он толковал знамения, которые явил им сам Господь. Только в прошлом месяце какая-то стриптизерша из Оклахомы обещала Лэнгдону секс, которого он в жизни еще не имел, за то, чтобы он прилетел к ней в гости и подтвердил подлинность отпечатка креста, чудесным образом появившегося на ее простынях. Плащаница из Талсы, посмеялся тогда Лэнгдон.

— Как вы узнали номер моего телефона? — Несмотря на ранний час, Лэнгдон пытался говорить вежливо.

— Во Всемирной паутине. На сайте о ваших книгах.

Лэнгдон недоуменно сдвинул брови. Он был абсолютно уверен, что на этом сайте не указан номер его домашнего телефона. Его собеседник явно лжет.

— Мне необходимо вас видеть, — настаивал тот. — Я вам хорошо заплачу.

Вот теперь Лэнгдон разозлился по-настоящему.

— Простите, однако я действительно...

— Если не станете тратить время на пререкания, то сможете быть у меня к...

— И с места не тронусь! Пять часов утра! — Лэнгдон бросил трубку и, рухнув в постель, закрыл глаза и попытался заснуть.

Бесполезно. Память все подсовывала увиденную в кошмарном сне картину. Поворочавшись на сбитых простынях, он нехотя влез в халат и спустился вниз.

Роберт Лэнгдон босиком бродил по своему пустому викторианскому дому в Массачусетсе, бережно сжимая в ладонях дымящуюся кружку с неизменным снадобьем от бессонницы — волшебным напитком «Нестле». Апрельская луна лила через окна призрачный свет, который затейливыми пятнами играл на восточных коврах. Коллеги Лэнгдона постоянно подтрунивали над тем, что его жилище больше смахивает на антропологический музей, нежели на домашний очаг. Полки в комнатах заставлены занятными вещицами со всего мира. Жутковатая маска из Ганы, золотой крест из Испании, фигурка облаченного в тунику божества из Эгеи, символ неувядаемой силы юного воина с Борнео.

Лэнгдон, присев на окованный медью сундук из Бомбея, наслаждался живительным теплом ароматного шоколада. Боковым зрением он видел в оконном стекле свое отражение. Искореженное, бледное... настоящее привидение. К тому же стареющее привидение, подумал он, — беспощадное напоминание о том, что его по-прежнему молодая душа заключена в бренную оболочку.

Хотя сорокапятилетний Лэнгдон и не был красив в классическом понимании этого слова, у него, как выражались его сотрудницы, была внешность «эрудита»: седые пряди в густых каштановых волосах, пытливые проницательные голубые глаза, обворожительно сочный низкий голос, уверенная беззаботная улыбка спортсмена из университетской команды. Занимавшийся прыжками в воду в школе и колледже, Лэнгдон сохранил телосложение пловца — шесть футов тренированных мышц. Он тщательно поддерживал физическую форму, ежедневно по пятьдесят раз покрывая дорожку в университетском бассейне.

Друзья Лэнгдона всегда считали его некой загадкой, человеком, заблудившимся где-то между столетиями. В выходные его можно было увидеть в окружении студентов, когда он, примостившись в вытертых джинсах прямо на каком-нибудь камне, обсуждал с ними головоломные вопросы компьютерной графики или не менее сложные проблемы истории религии. Однако он выглядел столь же естественно, когда в твидовом пиджаке от Харриса читал лекцию на открытии какой-нибудь музейной выставки, где его весьма охотно фотографировали для элитарных иллюстрированных журналов.

Хотя как преподаватель Лэнгдон и был приверженцем строгих правил и жесткой дисциплины, он первым среди профессуры ввел в практику то, что сам называл «забытым искусством доброй невинной забавы». Он с заразительным фанатизмом исповедовал и проповедовал внедрение в учебный процесс необходимых для восстановления способности к умственной деятельности развлечений, чем заслужил братское отношение со стороны студентов. Они прозвали его Дельфином, имея в виду и его легкий дружелюбный характер, и легендарную способность во время игры в водное поло внезапно глубоко нырнуть и с помощью хитрых маневров чуть ли не у самого дна бассейна оставить в дураках всю команду противника.

Лэнгдон одиноко сидел в пустом доме, уставившись в темноту невидящим взглядом. Вдруг тишину вновь разорвал звонок, на этот раз факса. Разозлиться как следует сил у него не хватило, и он лишь хохотнул, устало и совсем не весело.

«Ох уж эти мне Божьи твари! — подумал он. — Вот уже две тысячи лет ждут своего мессию и все никак не уймутся».

Он отнес пустую кружку на кухню и неторопливо прошлепал босыми ступнями в обшитый дубовыми панелями кабинет. На поддоне факса лежал лист бумаги. С горестным вздохом он взял его в руки, и в тот же миг на него стремительно накатил приступ тошноты.

Ученый не мог оторвать взгляда от изображения трупа. Шея у совершенно обнаженного человека была свернута так, что виден был только затылок. На груди чернел страшный ожог. Кто-то заклеймил свою жертву... выжег одно-единственное слово. Слово, которое Лэнгдон знал. Знал наизусть. Не веря своим глазам, он всматривался в витиеватую вязь букв.

— Иллюминати... — запинаясь произнес он вслух, чувствуя, как сердце гулко забилось о ребра. Не может быть...

Медленным-медленным движением, уже заранее зная, что он увидит, Лэнгдон перевернул текст факса вверх ногами. И, беззвучно шевеля губами, прочитал напечатанное там слово. Противясь очевидному, не веря своим глазам, он вновь и вновь вертел в руках лист бумаги...

— Иллюминати, — почему-то прошептал он наконец.

Совершенно ошеломленный, Лэнгдон упал в кресло. Посидел некоторое время, приходя в себя и пытаясь собраться с мыслями. И только потом заметил мигающий красный индикатор факса. Тот, кто отправил ему факс, все еще оставался на линии... хотел, видимо, с ним поговорить. Лэнгдон в нерешительности долго смотрел на дразняще подмигивающий огонек.

Затем, дрожа словно в ознобе, поднял трубку.

ГЛАВА 2

— Надеюсь, теперь вы уделите мне немного внимания? — услышал он мужской голос.

— Да, сэр, не сомневайтесь. Может быть, вы все же объясните, что происходит?

— Я уже пытался это сделать. — Голос звучал механически, без всяких интонаций. — Я физик, руковожу исследовательским центром. У нас произошло убийство. Труп вы видели сами.

— Как вы меня нашли? — Перед глазами у Лэнгдона стояла полученная по факсу фотография, он никак не мог сосредоточиться и задал первый пришедший в голову вопрос.

— Я уже говорил. Через Всемирную паутину. На сайте о вашей книге «Искусство иллюминатов».

Лэнгдон попытался привести мысли в порядок. Его книга была абсолютно неизвестна в широких литературных кругах, однако получила множество откликов в Интернете. Тем не менее заявление его собеседника звучало совершенно неправдоподобно.

— На той странице не указаны мои контактные телефоны, — твердо сказал он. — Я в этом совершенно уверен.

— У меня в лаборатории есть умельцы, которые способны получить любую информацию о пользователях Интернета.

— Похоже, ваша лаборатория неплохо ориентируется в Сети, — все еще недоверчиво протянул Лэнгдон.

— А как же иначе, ведь это мы ее изобрели!

Что-то в голосе собеседника убедило Лэнгдона в том, что он не шутит.

— Мне необходимо с вами встретиться, — настойчиво продолжал тот. — По телефону такие вещи не обсуждают. Из Бостона до моей лаборатории всего час лёта.

Лэнгдон стоял в густом полумраке кабинета, рассматривая факс, который он все еще судорожно сжимал подрагивающими пальцами. Он не мог отвести взгляд от изображения, возможно, представлявшего собой эпиграфическую* находку века, один-единственный символ, вобравший в себя десять лет кропотливого труда.

— Дело не терпит отлагательства, — настаивал его собеседник.

Лэнгдон впился глазами в надпись. «Иллюминати», — читал и перечитывал он. Его работа была связана с древними документами и преданиями, своего рода эквивалентами ископаемых останков, но эта символика относилась и к сегодняшнему дню. К настоящему времени. Он чувствовал себя палеонтологом, который нос к носу столкнулся с живым динозавром.

— Я взял на себя смелость послать за вами самолет, — сообщил ему собеседник. — Он будет в Бостоне через двадцать минут.

В горле у Лэнгдона пересохло. Всего час лёта...

---

* То есть относящуюся к надписям.

— Простите мне самонадеянность, но вы мне крайне нужны здесь, — произнес голос.

Лэнгдон вновь взглянул на факс, на отпечатанное на нем подтверждение древнего мифа. Его пугали возможные последствия произошедшего. Он рассеянно посмотрел в окно. Сквозь кроны берез на заднем дворе робко пробивались первые лучи солнца, но этим утром давно ставшая привычной картина выглядела как-то по-другому. Лэнгдона охватило странное смешанное чувство безоглядного восторга и гнетущего ужаса, и он понял, что выбора у него нет.

— Ваша взяла, — сдался он. — Объясните, как мне найти ваш самолет.

ГЛАВА 3

В двух тысячах миль от дома Лэнгдона происходила другая беседа. Говорившие сидели в полутемной каморе с каменными стенами и потолком, как в мрачное Средневековье.

— Тебе все удалось, Бенвенуто? — властным тоном поинтересовался один из собеседников, почти невидимый в густой тени.

— Si, perfettamente*, — отозвался другой.

— И ни у кого не возникнет сомнений в том, кто именно несет ответственность за происшедшее?

— Никаких.

— Превосходно. Ты принес то, что я просил?

Темные, как мазут, глаза убийцы сверкнули. Он поставил на стол тяжелый электронный прибор.

— Молодец, — довольным голосом произнес первый.

— Служить братству для меня высокая честь, — ответил убийца.

— Скоро начнется второй этап. Тебе нужно немного отдохнуть. Сегодня вечером мы изменим этот мир.

---

* Да, полностью (*ит.*).

ГЛАВА 4

«Сааб» Роберта Лэнгдона вырвался из тоннеля Каллахэн и оказался в восточной части Бостонского порта неподалеку от въезда в аэропорт Логана. Следуя полученным указаниям, Лэнгдон отыскал Авиэйшн-роуд и за старым зданием компании «Истерн эйрлайнс» свернул налево. В трехстах ярдах от дороги он разглядел едва заметные в темноте очертания ангара, на стене которого была выведена гигантская цифра «4». Лэнгдон зарулил на стоянку и выбрался из автомобиля.

Из-за ангара появился круглолицый субъект в голубом комбинезоне.

— Роберт Лэнгдон? — приветливо окликнул он его с незнакомым акцентом.

— Он самый, — отозвался Лэнгдон, запирая машину.

— А вы чертовски пунктуальны. Я только что приземлился. Прошу за мной, пожалуйста.

Идя вокруг ангара, Лэнгдон вдруг ощутил, как напряжены его нервы. Ученый не привык к таинственным телефонным звонкам и секретным встречам с незнакомцами. Не зная, что его ждет, он выбрал одежду, которую обычно надевал на занятия, — прочные хлопчатобумажные брюки, свитер и пиджак из мягкого твида. Лэнгдон вспомнил о лежащем во внутреннем кармане пиджака факсе. Он все еще не мог заставить себя до конца поверить в реальность того, что на нем было изображено.

Пилот, похоже, уловил владевшее Лэнгдоном напряженное беспокойство и спросил:

— А как вы переносите перелеты, сэр? Без проблем, надеюсь?

— Нормально, — ответил он и подумал: «Перелет я как-нибудь переживу, а вот клейменые трупы для меня действительно проблема».

Они прошли вдоль длиннющей стены ангара и очутились на взлетной полосе.

Лэнгдон застыл как вкопанный, уставившись на приникший к бетону самолет.

— Мы что, полетим вот на этой штуке?

— Нравится? — расплылся в широкой улыбке пилот.

— А что это вообще такое?

Перед ними громоздился самолет гигантских, чудовищных размеров, отдаленно напоминавший космический «челнок», за исключением того, что верхняя часть его фюзеляжа была абсолютно плоской. Создавалось впечатление, что сверху она срезана. Более всего летательный аппарат походил на клин колоссальных размеров. Лэнгдону на мгновение даже показалось, что он видит сон. С виду диковинная машина была столь же пригодна для полетов, как гусеничный трактор. Крылья практически отсутствовали. Вместо них из задней части фюзеляжа торчали какие-то коротенькие обрубки. Над обрубками возвышались два киля. Все остальное — сплошной фюзеляж. Длиной около 200 футов и без единого иллюминатора.

— Двести пятьдесят тысяч килограммов с полной заправкой! — хвастливо проинформировал Лэнгдона пилот — так молодой папаша горделиво сообщает данные о весе своего первенца. — Работает на жидком водороде. Корпус из титана, армированного кремниево-карбидным волокном. Соотношение тяги к весу — двадцать к одному, а у большинства реактивных самолетов оно не превышает семи к одному. Нашему директору, видно, и вправду не терпится с вами повидаться. Обычно он этого великана за своими гостями не высылает.

— И эта... этот... оно летает? — не без сарказма вскинул брови Лэнгдон.

— Еще как! — снисходительно усмехнулся пилот. — Выглядит, конечно, немного необычно, может, даже страшновато, но советую привыкать. Уже через пять лет в воздухе ничего, кроме этих милашек, не останется. Высокоскоростное гражданское средство передвижения. Наша лаборатория одна из первых приобрела такой самолет.

«Да, ничего себе лаборатория, не из бедных», — мелькнуло в голове у Лэнгдона.

— Перед вами прототип «Боинга Х-33», — продолжал пилот. — Однако уже сегодня существуют десятки других моделей. У американцев, русских, британцев. Будущее за ними, нужно только некоторое время, чтобы внедрить их в сферу общественного транспорта. Так что можете прощаться с обычными реактивными самолетами.

— Лично я предпочел бы обычный, — искренне признался Лэнгдон, с опаской поглядывая на титанового монстра.

Пилот подвел его к трапу.

— Сюда, пожалуйста, мистер Лэнгдон. Смотрите не споткнитесь.

Через несколько минут Лэнгдон уже сидел в пустом салоне. Пилот усадил его в первом ряду, заботливо застегнул на нем ремень безопасности и скрылся в носовой части самолета. К его удивлению, салон напоминал те, к которым уже привыкли пассажиры широкофюзеляжных лайнеров. Единственное отличие состояло в том, что здесь не было ни одного иллюминатора. Лэнгдону это обстоятельство пришлось не по душе. Всю жизнь его преследовала умеренной тяжести клаустрофобия — следствие одного инцидента в раннем детстве, избавиться от которой до конца он так и не сумел.

Эта боязнь замкнутого пространства никоим образом не сказывалась на здоровье Лэнгдона, но причиняла ему массу неудобств и потому всегда его раздражала. Проявляла она себя в скрытой форме. Он, например, избегал спортивных игр в закрытых помещениях, таких как ракетбол и сквош. Он охотно, даже с радостью выложил круглую сумму за свой просторный викторианский дом с высоченными потолками, хотя университет был готов предоставить ему куда более дешевое жилье. Лэнгдона частенько навещали подозрения, что вспыхнувшая в нем в юности тяга к миру искусства была порождена любовью к огромным музейным залам.

Где-то под ногами ожили двигатели, корпус самолета отозвался мелкой дрожью. Лэнгдон судорожно сглотнул и замер в ожидании. Он почувствовал, как самолет вырулил на взлетную полосу. Над его головой негромко зазвучала музыка «кантри».

Дважды пискнул висящий на стене телефон. Лэнгдон снял трубку.

— Алло!

— Как самочувствие, мистер Лэнгдон?

— Не очень.

— Расслабьтесь. Через час будем на месте.

— Где именно, нельзя ли поточнее? — Только сейчас до него дошло, что он так и не знает, куда они направляются.

— В Женеве, — ответил пилот, и двигатели взревели. — Наша лаборатория находится в Женеве.

— Ага, значит, Женева, — повторил Лэнгдон. — На севере штата Нью-Йорк. Кстати, моя семья живет там, неподалеку от озера Сенека. А я и не знал, что в Женеве есть физическая лаборатория.

— Не та Женева, что в штате Нью-Йорк, мистер Лэнгдон, — рассмеялся пилот. — А та, что в Швейцарии!

Потребовалось некоторое время, чтобы до Лэнгдона дошел весь смысл услышанного.

— Ах вот как? В Швейцарии? — Пульс у Лэнгдона лихорадочно зачастил. — Но мне показалось, вы говорили, что нам лететь не больше часа...

— Так оно и есть, мистер Лэнгдон! — коротко хохотнул пилот. — Эта малышка развивает скорость пятнадцать махов*.

ГЛАВА 5

Убийца ловко лавировал в толпе, заполнившей шумную улицу большого европейского города. Смуглый, подвижный, могучего телосложения и все еще взбудораженный после недавней встречи.

Все прошло хорошо, убеждал он себя. Хотя его работодатель никогда не показывал ему своего лица, само общение с

* Один мах примерно равняется скорости звука (340 м/с). Назван по имени Эрнста Маха (1838—1916) — австрийского физика и философа.

ним было большой честью. Неужели после их первого контакта прошло всего лишь пятнадцать дней? Убийца помнил каждое слово из того телефонного разговора.

— Меня зовут Янус, — представился его собеседник. — Нас с вами связывают почти кровные узы. У нас общий враг. Говорят, вы предлагаете желающим свои услуги?

— Все зависит от того, кого вы представляете, — уклончиво ответил убийца.

Собеседник сказал ему и это.

— Вы шутите?

— Так, значит, вы о нас слышали?

— Конечно. О братстве ходят легенды.

— Ну вот, а вы сомневаетесь.

— Так ведь все знают, что братья давно превратились в прах.

— Всего лишь блестящая тактическая уловка с нашей стороны. Согласитесь, самый опасный противник тот, кого все перестали опасаться.

— Значит, если я вас правильно понял, братство выжило? — по-прежнему недоверчиво произнес убийца.

— Именно так, только оно ушло в еще более глубокое подполье. Мы проникаем повсюду... даже в святая святых нашего самого заклятого врага.

— Но это же невозможно. Эти враги неприступны и неуязвимы.

— У нас очень длинные руки.

— Но не настолько же!

— Очень скоро вы в этом сами убедитесь. Уже получено неопровержимое доказательство всемогущества братства. Один-единственный акт измены — и...

— И как вы поступили?

Собеседник посвятил его в подробности.

— Невероятно. Просто немыслимо! — воскликнул убийца.

На следующий день газеты разнесли эту сенсацию по всему миру. Убийца обрел веру.

И вот сейчас, пятнадцать дней спустя, он уже настолько укрепился в этой своей вере, что не испытывал более ни тени сомнений. Братство живет, ликовал он. Сегодня они явятся белому свету, чтобы показать всем свою неодолимую силу.

Убийца пробирался хитросплетениями улиц, его темные глаза зловеще и в то же время радостно мерцали от предвкушения предстоящих событий. Его призвало служить себе одно из самых тайных и самых страшных сообществ среди тех, которые когда-либо существовали на этой земле. Они сделали правильный выбор, подумал он. Его умение хранить секреты уступало только его умению убивать.

Он служил братству верой и правдой. Расправился с указанной жертвой и доставил требуемый Янусу предмет. Теперь Янусу предстоит применить все свои силы и влияние, чтобы переправить предмет в намеченное место.

Интересно, размышлял убийца, как Янусу удастся справиться с подобной, практически невыполнимой задачей? У него туда явно внедрены свои люди. Власть братства, похоже, действительно безгранична.

Янус, Янус... Несомненно, псевдоним, подпольная кличка, решил убийца. Только вот что здесь имеется в виду — двуликое божество Древнего Рима... или спутник Сатурна? Хотя какая разница! Янус обладает непостижимой и неизмеримой властью. Он доказал это наглядно и убедительно.

Убийца представил себе, как одобрительно улыбнулись бы ему его предки. Сегодня он продолжает их благородное дело, бьется с тем же врагом, против которого они сражались столетиями, с одиннадцатого века... с того черного дня, когда полчища крестоносцев впервые хлынули на его землю, оскверняя священные для нее реликвии и храмы, грабя, насилуя и убивая его сородичей, которых объявляли нечестивцами.

Для отпора захватчикам его предки собрали небольшую, но грозную армию, и очень скоро ее бойцы получили славное имя «защитников». Эти искусные и бесстрашные воины скрытно передвигались по всей стране и беспощадно уничтожали любого попавшегося на глаза врага. Они завоевали известность не только благодаря жестоким казням, но и тому, что каждую победу отмечали обильным приемом наркотиков. Излюбленным у них стало весьма сильнодействующее средство, которое они называли гашишем.

По мере того как росла их слава, за этими сеющими вокруг себя смерть мстителями закрепилось прозвище «гашишин», что в буквальном переводе означает «приверженный гашишу». Почти в каждый язык мира это слово вошло синонимом смерти. Оно употребляется и в современном английском... однако, подобно самому искусству убивать, претерпело некоторые изменения.

Теперь оно произносится «ассасин»*.

ГЛАВА 6

Через шестьдесят четыре минуты Роберт Лэнгдон, которого все-таки слегка укачало во время полета, сошел с трапа самолета на залитую солнцем посадочную полосу, недоверчиво и подозрительно глядя по сторонам. Прохладный ветерок шаловливо играл лацканами его пиджака. От представшего перед его глазами зрелища на душе у Лэнгдона сразу полегчало. Прищурившись, он с наслаждением рассматривал покрытые роскошной зеленью склоны долины, взмывающие к увенчанным белоснежными шапками вершинам.

Чудесный сон, подумал он про себя. Жаль будет просыпаться.

— Добро пожаловать в Швейцарию! — улыбнулся ему пилот, стараясь перекричать рев все еще работающих двигателей «Х-33».

Лэнгдон взглянул на часы. Семь минут восьмого утра.

— Вы пересекли шесть часовых поясов, — сообщил ему пилот. — Здесь уже начало второго.

Лэнгдон перевел часы.

— Как самочувствие?

Лэнгдон, поморщившись, потер живот.

— Как будто пенопласта наелся.

---

* Наемный убийца, совершающий убийство политического или видного общественного деятеля (от английского assassin).

— Высотная болезнь, — понимающе кивнул пилот. — Шестьдесят тысяч футов как-никак. На такой высоте вы весите на треть меньше. Вам еще повезло с коротким подскоком. Вот если бы мы летели в Токио, мне пришлось бы поднять мою детку куда выше — на сотни и сотни миль. Ну уж тогда бы у вас кишки и поплясали!

Лэнгдон кивнул и вымученно улыбнулся, согласившись считать себя счастливчиком. Вообще говоря, с учетом всех обстоятельств полет оказался вполне заурядным. Если не считать зубодробительного эффекта от ускорения во время взлета, остальные ощущения были весьма обычными: время от времени незначительная болтанка, изменение давления по мере набора высоты... И больше ничего, что позволило бы предположить, что они несутся в пространстве с не поддающейся воображению скоростью 11 000 миль в час. «Х-33» со всех сторон облепили техники наземного обслуживания. Пилот повел Лэнгдона к черному «пежо» на стоянке возле диспетчерской вышки. Через несколько секунд они уже мчались по гладкому асфальту дороги, тянущейся по дну долины. В отдалении, прямо у них на глазах, вырастала кучка прилепившихся друг к другу зданий.

Лэнгдон в смятении заметил, как стрелка спидометра метнулась к отметке 170 километров в час. Это же больше 100 миль, вдруг осознал он. Господи, да этот парень просто помешан на скорости, мелькнуло у него в голове.

— До лаборатории пять километров, — обронил пилот. — Доедем за две минуты.

«Давай доедем за три, но живыми», — мысленно взмолился Лэнгдон, тщетно пытаясь нащупать ремень безопасности.

— Любите Рибу? — спросил пилот, придерживая руль одним пальцем левой руки, а правой вставляя кассету в магнитолу.

«Как страшно остаться одной...» — печально запел женский голос.

Да чего там страшного, рассеянно возразил про себя Лэнгдон. Его сотрудницы частенько упрекали его в том, что собранная им коллекция диковинных вещей, достойная любого музея, есть не что иное, как откровенная попытка заполнить унылую пустоту, царящую в его доме. В доме, который только выиграет от присутствия женщины. Лэнгдон же всегда отшучивался, напоминая им, что в его жизни уже есть три предмета самозабвенной любви — наука о символах, водное поло и холостяцкое существование. Последнее означало свободу, которая позволяла по утрам валяться в постели, сколько душа пожелает, а вечера проводить в блаженном уюте за бокалом бренди и умной книгой.

— Вообще-то у нас не просто лаборатория, — отвлек пилот Лэнгдона от его размышлений, — а целый городок. Есть супермаркет, больница и даже своя собственная киношка.

Лэнгдон безучастно кивнул и посмотрел на стремительно надвигающиеся на них здания.

— К тому же у нас самая большая в мире Машина, — добавил пилот.

— Вот как? — Лэнгдон осмотрел окрестности.

— Так вам ее не увидеть, сэр, — усмехнулся пилот. — Она спрятана под землей на глубине шести этажей.

Времени на то, чтобы выяснить подробности, у Лэнгдона не оказалось. Без всяких предупреждений пилот ударил по тормозам, и автомобиль под протестующий визг покрышек замер у будки контрольно-пропускного пункта.

Лэнгдон в панике принялся шарить по карманам.

— О Господи! Я же не взял паспорт!

— А на кой он вам? — небрежно бросил пилот. — У нас есть постоянная договоренность с правительством Швейцарии.

Ошеломленный Лэнгдон в полном недоумении наблюдал, как пилот протянул охраннику свое удостоверение личности. Тот вставил пластиковую карточку в щель электронного идентификатора, и тут же мигнул зеленый огонек.

— Имя вашего пассажира?

— Роберт Лэнгдон, — ответил пилот.

— К кому?

— К директору.

Охранник приподнял брови. Отвернулся к компьютеру, несколько секунд вглядывался в экран монитора. Затем вновь высунулся в окошко.

— Желаю вам всего наилучшего, мистер Лэнгдон, — почти ласково проговорил он.

Машина вновь рванулась вперед, набирая сумасшедшую скорость на 200-ярдовой дорожке, круто сворачивающей к главному входу лаборатории. Перед ними возвышалось прямоугольное ультрасовременное сооружение из стекла и стали. Дизайн, придававший такой громаде поразительную легкость и прозрачность, привел Лэнгдона в восхищение. Он всегда питал слабость к архитектуре.

— Стеклянный собор, — пояснил пилот.

— Церковь? — решил уточнить Лэнгдон.

— Отнюдь. Вот как раз церкви у нас нет. Единственная религия здесь — это физика. Так что можете сколько угодно поминать имя Божье всуе, но если вы обидите какой-нибудь кварк* или мезон**, тогда вам уж точно несдобровать.

Лэнгдон в полном смятении заерзал на пассажирском сиденье, когда автомобиль, завершив, как ему показалось, вираж на двух колесах, остановился перед стеклянным зданием. Кварки и мезоны? Никакого пограничного контроля? Самолет, развивающий скорость 15 махов? Да кто же они такие, черт побери, эти ребята? Полированная гранитная плита, установленная у входа, дала ему ответ на этот вопрос.

Conseil Européen pour la
Recherche Nucléaire

— Ядерных исследований? — на всякий случай переспросил Лэнгдон, абсолютно уверенный в правильности своего перевода названия с французского.

Водитель не ответил: склонившись чуть ли не до пола, он увлеченно крутил ручки автомагнитолы.

— Вот мы и приехали, — покряхтывая, распрямил он спину. — Здесь вас должен встречать директор.

Лэнгдон увидел, как из дверей здания выкатывается инвалидное кресло-коляска. Сидящему в ней человеку на вид мож-

* Гипотетическая элементарная частица.

** Нестабильная элементарная частица.

но было дать лет шестьдесят. Костлявый, ни единого волоска на поблескивающем черепе, вызывающе выпяченный подбородок. Человек был одет в белый халат, а на подножке кресла неподвижно покоились ноги в сверкающих лаком вечерних туфлях. Даже на расстоянии его глаза казались совершенно безжизненными — точь-в-точь два тускло-серых камешка.

— Это он? — спросил Лэнгдон.

Пилот вскинул голову.

— Ох, чтоб тебя... — Он с мрачной ухмылкой обернулся к Лэнгдону. — Легок на помине!

Не имея никакого представления о том, что его ждет, Лэнгдон нерешительно вылез из автомобиля.

Приблизившись, человек в кресле-коляске протянул ему холодную влажную ладонь.

— Мистер Лэнгдон? Мы с вами говорили по телефону. Я Максимилиан Колер.

ГЛАВА 7

Генерального директора ЦЕРНа Максимилиана Колера за глаза называли кайзером. Титул этот ему присвоили больше из благоговейного ужаса, который он внушал, нежели из почтения к владыке, правившему своей вотчиной с трона на колесиках. Хотя мало кто в центре знал его лично, там рассказывали множество ужасных историй о том, как он стал калекой. Некоторые недолюбливали его за черствость и язвительность, однако не признавать его безграничную преданность чистой науке не мог никто.

Пробыв в компании Колера всего несколько минут, Лэнгдон успел ощутить, что директор — человек, застегнутый на все пуговицы и никого близко к себе не подпускающий. Чтобы успеть за инвалидным креслом с электромотором, быстро катившимся к главному входу, ему приходилось то и дело переходить на трусцу. Такого кресла Лэнгдон еще никогда в жизни не видел — оно было буквально напичкано электронными устройствами, включая многоканальный телефон, пейджинговую систему, компьютер и даже миниатюрную съемную видеокамеру. Этакий мобильный командный пункт кайзера Колера.

Вслед за креслом Лэнгдон через автоматически открывающиеся двери вошел в просторный вестибюль центра.

Стеклянный собор, хмыкнул про себя американец, поднимая глаза к потолку и увидев вместо него небо.

Над его головой голубовато отсвечивала стеклянная крыша, сквозь которую послеполуденное солнце щедро лило свои лучи, разбрасывая по облицованным белой плиткой стенам и мраморному полу геометрически правильные узоры и придавая интерьеру вестибюля вид пышного великолепия. Воздух здесь был настолько чист, что у Лэнгдона с непривычки даже защекотало в носу. Гулкое эхо разносило звук шагов редких ученых, с озабоченным видом направлявшихся через вестибюль по своим делам.

— Сюда, пожалуйста, мистер Лэнгдон.

Голос Колера звучал механически, словно прошел обработку в компьютере. Дикция точная и жесткая, под стать резким чертам его лица. Колер закашлялся, вытер губы белоснежным платком и бросил на Лэнгдона пронзительный взгляд своих мертвенно-серых глаз.

— Вас не затруднит поторопиться?

Кресло рванулось по мраморному полу.

Лэнгдон поспешил за ним мимо бесчисленных коридоров, в каждом из которых кипела бурная деятельность. При их появлении ученые с изумлением и бесцеремонным любопытством разглядывали Лэнгдона, стараясь угадать, кто он такой, чтобы заслужить честь находиться в обществе их директора.

— К своему стыду, должен признаться, что никогда не слышал о вашем центре, — предпринял Лэнгдон попытку завязать беседу.

— Ничего удивительного, — с нескрываемой холодностью ответил Колер. — Большинство американцев отказываются признавать мировое лидерство Европы в научных исследованиях и считают ее большой лавкой... Весьма странное суждение, если вспомнить национальную принадлежность таких личностей, как Эйнштейн, Галилей и Ньютон.

Лэнгдон растерялся, не зная, как ему реагировать. Он вытащил из кармана пиджака факс.

— А этот человек на фотографии, не могли бы вы...

— Не здесь, пожалуйста! — гневным взмахом руки остановил его Колер. — Дайте-ка это мне.

Лэнгдон безропотно протянул ему факс и молча пошел рядом с креслом-коляской.

Колер свернул влево, и они оказались в широком коридоре, стены которого были увешаны почетными грамотами и дипломами. Среди них сразу бросалась в глаза бронзовая доска необычайно больших размеров. Лэнгдон замедлил шаг и прочитал выгравированную на металле надпись:

ПРЕМИЯ АРС ЭЛЕКТРОНИКИ
«За инновации в сфере культуры
в эру цифровой техники»
присуждена Тиму Бернерсу-Ли и
Европейскому центру ядерных исследований
за изобретение Всемирной паутины

«Черт побери, — подумал Лэнгдон, — а ведь этот парень меня не обманывал». Сам он был убежден, что Паутину изобрели американцы. С другой стороны, его познания в данной области ограничивались нечастыми интернет-сеансами за видавшим виды «Макинтошем», когда он заходил на сайт собственной книги либо осматривал экспозиции Лувра или музея Прадо.

— Всемирная паутина родилась здесь как локальная сеть... — Колер вновь закашлялся и приложил к губам платок. — Она давала возможность ученым из разных отделов обмениваться друг с другом результатами своей повседневной работы. Ну а весь мир, как водится, воспринимает Интернет как очередное величайшее изобретение Соединенных Штатов.

— Так почему же вы не восстановите справедливость? — поинтересовался Лэнгдон.

— Стоит ли беспокоиться из-за пустячного заблуждения по столь мелкому поводу? — равнодушно пожал плечами Колер. — ЦЕРН — это куда больше, нежели какая-то глобальная компьютерная сеть. Наши ученые чуть ли не каждый день творят здесь настоящие чудеса.

— Чудеса? — Лэнгдон с сомнением взглянул на Колера.

Слово «чудо» определенно не входило в словарный запас ученых Гарварда. Чудеса они оставляли ребятам с факультета богословия.

— Вижу, вы настроены весьма скептически, — заметил Колер. — Я полагал, что вы занимаетесь религиозной символикой. И вы не верите в чудеса?

— У меня пока нет сложившегося мнения по поводу чудес, — ответил Лэнгдон. — Особенно по поводу тех, что происходят в научных лабораториях.

— Возможно, я употребил не совсем подходящее слово. Просто старался говорить на понятном вам языке.

— Ах вот как! — Лэнгдон вдруг почувствовал себя уязвленным. — Боюсь разочаровать вас, сэр, однако я исследую религиозную символику, так что я, к вашему сведению, ученый, а не священник.

— Разумеется. Как же я не подумал! — Колер резко притормозил, взгляд его несколько смягчился. — Действительно, ведь чтобы изучать симптомы рака, совсем не обязательно самому им болеть.

Лэнгдону в своей научной практике еще не доводилось сталкиваться с подобным тезисом.

Колер одобрительно кивнул.

— Подозреваю, что мы с вами прекрасно поймем друг друга, — с удовлетворением в голосе констатировал он.

Лэнгдон же в этом почему-то сильно сомневался.

По мере того как они продвигались по коридору все дальше, Лэнгдон начал скорее ощущать, чем слышать непонятный низкий гул. Однако с каждым шагом он становился все сильнее и сильнее, создавалось впечатление, что вибрируют даже стены. Гул, похоже, доносился из того конца коридора, куда они направлялись.

— Что это за шум? — не выдержал наконец Лэнгдон, вынужденный повысить голос чуть ли не до крика. Ему казалось, что они приближаются к действующему вулкану.

— Ствол свободного падения, — не вдаваясь ни в какие подробности, коротко ответил Колер; его сухой безжизненный голос каким-то невероятным образом перекрыл басовитое гудение.

Лэнгдон же ничего уточнять не стал. Его одолевала усталость, а Максимилиан Колер, судя по всему, на призы, премии и награды за радушие и гостеприимство не рассчитывал. Лэнгдон приказал себе держаться, напомнив, с какой целью он сюда прибыл. «Иллюминати». Где-то в этом гигантском здании находился труп... труп с выжженным на груди клеймом, и чтобы увидеть этот символ собственными глазами, Лэнгдон только что пролетел три тысячи миль.

В конце коридора гул превратился в громоподобный рев. Лэнгдон в буквальном смысле ощутил, как вибрация через подошвы пронизывает все его тело и раздирает барабанные перепонки. Они завернули за угол, и перед ними открылась смотровая площадка. В округлой стене были четыре окна в толстых массивных рамах, что придавало им неуместное здесь сходство с иллюминаторами подводной лодки. Лэнгдон остановился и заглянул в одно из них.

Профессор Лэнгдон много чего повидал на своем веку, но столь странное зрелище наблюдал впервые в жизни. Он даже поморгал, на миг испугавшись, что его преследуют галлюцинации. Он смотрел в колоссальных размеров круглую шахту. Там, словно в невесомости, парили в воздухе люди. Трое. Один из них помахал ему рукой и продемонстрировал безукоризненно изящное сальто.

«О Господи, — промелькнула мысль у Лэнгдона, — я попал в страну Оз».

Дно шахты было затянуто металлической сеткой, весьма напоминающей ту, что используют в курятниках. Сквозь ее ячейки виднелся бешено вращающийся гигантский пропеллер.

— Ствол свободного падения, — нетерпеливо повторил Колер. — Парашютный спорт в зале. Для снятия стресса. Простая аэродинамическая труба, только вертикальная.

Лэнгдон, вне себя от изумления, не мог оторвать глаз от парившей в воздухе троицы. Одна из летунов, тучная до неприличия дама, судорожно подергивая пухлыми конечностями, приблизилась к окошку. Мощный воздушный поток ощутимо потряхивал ее, однако дама блаженно улыбалась и даже показала Лэнгдону поднятые большие пальцы, сильно смахивающие на сардельки. Лэнгдон натянуто улыбнулся в ответ и повторил ее жест, подумав про себя, знает ли дама о том, что в древности он употреблялся как фаллический символ неисчерпаемой мужской силы.

Только сейчас Лэнгдон заметил, что толстушка была единственной, кто пользовался своего рода миниатюрным парашютом. Трепетавший над ее грузными формами лоскуток ткани казался просто игрушечным.

— А для чего ей эта штука? — не утерпел Лэнгдон. — Она же в диаметре не больше ярда.

— Сопротивление. Ухудшает ее аэродинамические качества, иначе бы воздушному потоку эту даму не поднять, — объяснил Колер и вновь привел свое кресло-коляску в движение. — Один квадратный ярд поверхности создает такое лобовое сопротивление, что падение тела замедляется на двадцать процентов.

Лэнгдон рассеянно кивнул.

Он еще не знал, что в тот же вечер эта информация спасет ему жизнь в находящейся за сотни миль от Швейцарии стране.

ГЛАВА 8

Когда Колер и Лэнгдон, покинув главное здание ЦЕРНа, оказались под яркими лучами щедрого швейцарского солнца, Лэнгдона охватило ощущение, что он перенесся на родную землю. Во всяком случае, окрестности ничем не отличались от университетского городка где-нибудь в Новой Англии.

2 Зак. 1526

Поросший пышной травой склон сбегал к просторной равнине, где среди кленов располагались правильные кирпичные прямоугольники студенческих общежитий. По мощеным дорожкам сновали ученого вида индивиды, прижимающие к груди стопки книг. И словно для того, чтобы подчеркнуть привычность атмосферы, двое заросших грязными волосами хиппи под льющиеся из открытого окна общежития звуки Четвертой симфонии Малера* азартно перебрасывали друг другу пластиковое кольцо.

— Это наш жилой блок, — сообщил Колер, направляя кресло-коляску к зданиям. — Здесь у нас работают свыше трех тысяч физиков. ЦЕРН собрал более половины специалистов по элементарным частицам со всего мира — лучшие умы планеты. Немцы, японцы, итальянцы, голландцы — всех не перечислить. Наши физики представляют пятьсот университетов и шестьдесят национальностей.

— Как же они общаются друг с другом? — потрясенно спросил Лэнгдон.

— На английском, естественно. Универсальный язык науки.

Лэнгдон всегда полагал, что универсальным средством общения в науке служит язык математики, однако затевать диспут на эту тему у него уже не было сил. Он молча плелся вслед за Колером по дорожке. Где-то на полпути им навстречу трусцой пробежал озабоченного вида юноша. На груди его футболки красовалась надпись «ВСУНТЕ — ВОТ ПУТЬ К ПОБЕДЕ!».

— Всуньте? — со всем сарказмом, на который был способен, хмыкнул Лэнгдон.

— Решили, что он малограмотный озорник? — вроде бы даже оживился Колер. — ВСУНТЕ расшифровывается как всеобщая унифицированная теория. Теория всего.

— Понятно, — смутился Лэнгдон, абсолютно ничего не понимая.

— Вы вообще-то знакомы с физикой элементарных частиц, мистер Лэнгдон? — поинтересовался Колер.

* Густав Малер (1860—1911) — австрийский композитор и дирижер.

— Я знаком с общей физикой... падение тел и все такое... — Занятия прыжками в воду внушили Лэнгдону глубочайшее уважение к могучей силе гравитационного ускорения. — Физика элементарных частиц изучает атомы, если не ошибаюсь...

— Ошибаетесь, — сокрушенно покачал головой Колер и снова закашлялся, а лицо его болезненно сморщилось. — По сравнению с тем, чем мы занимаемся, атомы выглядят настоящими планетами. Нас интересует ядро атома, которое в десять тысяч раз меньше его самого. Сотрудники ЦЕРНа собрались здесь, чтобы найти ответы на извечные вопросы, которыми задается человечество с самых первых своих дней. Откуда мы появились? Из чего созданы?

— И ответы на них вы ищете в научных лабораториях?

— Вы, кажется, удивлены?

— Удивлен. Эти вопросы, по-моему, относятся к духовной, даже религиозной, а не материальной сфере.

— Мистер Лэнгдон, все вопросы когда-то относились к духовной, или, как вы выражаетесь, религиозной сфере. С самого начала религия призывалась на выручку в тех случаях, когда наука оказывалась неспособной объяснить те или иные явления. Восход и заход солнца некогда приписывали передвижениям Гелиоса и его пылающей колесницы. Землетрясения и приливные волны считали проявлениями гнева Посейдона. Наука доказала, что эти божества были ложными идолами. И скоро докажет, что таковыми являются все боги. Сейчас наука дала ответы почти на все вопросы, которые могут прийти человеку в голову. Осталось, правда, несколько самых сложных... Откуда мы появились? С какой целью? В чем смысл жизни? Что есть вселенная?

— И на такие вопросы ЦЕРН пытается искать ответы? — недоверчиво взглянул на него Лэнгдон.

— Вынужден вас поправить. Мы отвечаем на такие вопросы.

Лэнгдон вновь замолчал в некотором смятении. Над их головами пролетело пластиковое кольцо и, попрыгав по дорожке, замерло прямо перед ними. Колер, будто не заметив этого, продолжал катить дальше.

— S'il vous plaît!* — раздался у них за спиной голос.

Лэнгдон оглянулся. Седовласый старичок в свитере с надписью «ПАРИЖСКИЙ УНИВЕРСИТЕТ» призывно махал руками. Лэнгдон подобрал кольцо и искусно метнул его обратно. Старичок поймал снаряд на палец, крутнул несколько раз и, не глядя, столь же ловко перебросил его через плечо своему партнеру.

— Merci! — крикнул он Лэнгдону.

— Поздравляю, — усмехнулся Колер, когда Лэнгдон вприпрыжку нагнал его. — Вот и поиграли с нобелевским лауреатом Жоржем Шарпаком — знаменитым изобретателем.

Лэнгдон согласно кивнул. Действительно, вот счастье-то привалило.

Через три минуты Лэнгдон и Колер достигли цели. Это было просторное ухоженное жилое здание, уютно расположенное в осиновой роще. По сравнению с общежитиями выглядело оно просто роскошно. На установленной перед фасадом каменной плите было высечено весьма прозаическое название — «Корпус Си».

Какой полет фантазии, издевательски ухмыльнулся про себя Лэнгдон.

Тем не менее архитектурное решение корпуса «Си» полностью соответствовало утонченному вкусу Лэнгдона — оно несло на себе печать консервативности, солидной прочности и надежности. Фасад из красного кирпича, нарядная балюстрада, состоящая из симметрично расположенных изваяний. Направляясь по дорожке ко входу, они прошли через ворота, образованные двумя мраморными колоннами. Одну из них кто-то украсил жирной надписью «ДА ЗДРАВСТВУЮТ ИОНИКИ!».

Граффити в Центре ядерных исследований? Лэнгдон оглядел колонну и не смог сдержать иронического смешка.

— Вижу, даже самые блестящие физики иногда ошибаются, — не без удовольствия констатировал он.

— Что вы имеете в виду? — вскинул голову Колер.

---

* *Здесь:* Будьте любезны! (*фр.*)

— Автор этой здравицы допустил ошибку. Данная колонна к ионической архитектуре не имеет никакого отношения*. Диаметр ионических колонн одинаков по всей длине. Эта же кверху сужается. Это дорический ордер**, вот что я вам скажу. Впрочем, подобное заблуждение весьма типично, к сожалению.

— Автор не хотел демонстрировать свои познания в архитектуре, мистер Лэнгдон, — с сожалением посмотрел на него Колер. — Он подразумевал ионы, электрически заряженные частицы, к которым, как видите, он испытывает самые нежные чувства. Ионы обнаруживаются в подавляющем большинстве предметов.

Лэнгдон еще раз обвел взглядом колонну, и с его губ непроизвольно сорвался тягостный стон.

Все еще досадуя на себя за глупый промах, Лэнгдон вышел из лифта на верхнем этаже корпуса «Си» и двинулся вслед за Колером по тщательно прибранному коридору. К его удивлению, интерьер был выдержан в традиционном французском колониальном стиле: диван красного дерева, фарфоровая напольная ваза, стены обшиты украшенными искусной резьбой деревянными панелями.

— Мы стараемся сделать пребывание наших ученых в центре максимально комфортабельным, — заметил Колер.

Оно и видно, подумал Лэнгдон.

— Так, значит, тот человек с фотографии как раз здесь и жил? Один из ваших высокопоставленных сотрудников?

— Совершенно верно, — ответил Колер. — Сегодня утром он не явился ко мне на совещание, на вызовы по пейджеру не отвечал. Я отправился к нему сам и обнаружил его мертвым в гостиной.

Лэнгдон поежился от внезапно охватившего его озноба, только в эту минуту осознав, что сейчас увидит покойника. Он не

---

* Лэнгдон имеет в виду, что ионики, или овы (*лат.*), — яйцеобразные орнаментальные мотивы — являются принадлежностью ионического и коринфского архитектурных ордеров.

** Наряду с упомянутыми выше представляет собой один из трех основных архитектурных ордеров.

отличался крепким желудком, каковую слабость открыл в себе еще студентом на лекциях по искусствоведению. Это обнаружилось, когда профессор рассказал им, что Леонардо да Винчи достиг совершенства в изображении человеческого тела, выкапывая трупы из могил и препарируя их мускулы.

Колер покатил в дальний конец коридора. Там оказалась единственная дверь.

— Пентхаус, как говорят у вас в Америке. — Он промокнул платком покрытый капельками пота лоб.

Табличка на дубовой створке гласила: «Леонардо Ветра».

— Леонардо Ветра, — прочитал вслух Колер. — На следующей неделе ему бы исполнилось пятьдесят восемь. Один из талантливейших ученых нашего времени. Его смерть стала тяжелой утратой для науки.

На какое-то мгновение Лэнгдону почудилось, что на жесткое лицо Колера легла тень присущих нормальным людям эмоций, однако она исчезла столь же молниеносно, как и появилась. Колер достал из кармана внушительную связку ключей и принялся перебирать их в поисках нужного.

В голову Лэнгдону пришла неожиданная мысль. Здание казалось абсолютно безлюдным. Это обстоятельство представлялось тем более странным, что через какую-то секунду они окажутся на месте убийства.

— А где же все? — спросил он.

— В лабораториях, конечно, — объяснил Колер.

— Да нет, а полиция где? Они что, уже здесь закончили?

— Полиция? — Протянутая к замочной скважине рука Колера с зажатым в ней ключом повисла в воздухе, их взгляды встретились.

— Да, полиция. Вы сообщили мне по факсу, что у вас произошло убийство. Вы, безусловно, обязаны были вызвать полицию!

— Отнюдь.

— Что?

— Мы оказались в крайне сложной и запутанной ситуации, мистер Лэнгдон. — Взгляд безжизненных серых глаз Колера ожесточился.

— Но... ведь наверняка об этом уже еще кто-нибудь знает! — Лэнгдона охватила безотчетная тревога.

— Да, вы правы. Приемная дочь Леонардо. Она тоже физик, работает у нас в центре. В одной лаборатории с отцом. Они, если можно так сказать, компаньоны. Всю эту неделю мисс Ветра отсутствовала по своим служебным делам. Я уведомил ее о гибели отца, и в данный момент, думаю, она спешит в Женеву.

— Но ведь совершено убий...

— Формальное расследование, несомненно, будет проведено, — резко перебил его Колер. — Однако в ходе его придется проводить обыск в лаборатории мистера Ветра, а они с дочерью посторонних туда не допускали. Поэтому с расследованием придется подождать до возвращения мисс Ветра. Я убежден, что она заслуживает хотя бы такого ничтожного проявления уважения к их привычкам.

Колер повернул ключ в замке.

Дверь распахнулась, лицо Лэнгдона обжег поток ледяного воздуха, стремительно рванувшегося из нее в коридор. Он испуганно отпрянул. За порогом его ждал чужой неведомый мир. Комната была окутана густым белым туманом. Его тугие завитки носились среди мебели, застилая гостиную плотной тусклой пеленой.

— Что... это? — запинаясь спросил Лэнгдон.

— Фреон, — ответил Колер. — Я включил систему охлаждения, чтобы сохранить тело.

Лэнгдон машинально поднял воротник пиджака. «Я попал в страну Оз, — вновь подумал он. — И как назло забыл свои волшебные шлепанцы».

ГЛАВА 9

Лежащий перед Лэнгдоном на полу труп являл собой отталкивающее зрелище. Покойный Леонардо Ветра, совершенно обнаженный, распростерся на спине, а его кожа приобрела синевато-серый оттенок. Шейные позвонки в месте перелома торчали наружу, а голова была свернута затылком вперед. Прижатого к полу лица не было видно. Убитый лежал в замерзшей луже собственной мочи, жесткие завитки волос вокруг съежившихся гениталий были покрыты инеем.

Изо всех сил борясь с приступом тошноты, Лэнгдон перевел взгляд на грудь мертвеца. И хотя он уже десятки раз рассматривал симметричную рану на присланной ему по факсу фотографии, в действительности ожог производил куда более сильное впечатление. Вспухшая, прожженная чуть ли не до костей кожа безукоризненно точно воспроизводила причудливые очертания букв, складывающихся в страшный символ.

Лэнгдон не мог разобраться, колотит ли его крупная дрожь от стоящей в гостиной лютой стужи или от осознания всей важности того, что он видит собственными глазами.

Illuminati

С бешено бьющимся сердцем Лэнгдон обошел вокруг трупа, чтобы убедиться в симметричности клейма. Сейчас, когда он видел его так близко и отчетливо, сам этот факт казался еще более непостижимым... невероятным.

— Мистер Лэнгдон, — окликнул его Колер.

Лэнгдон его не слышал. Он пребывал в другом мире... в своем собственном мире, в своей стихии, в мире, где сталкивались история, мифы и факты. Все его чувства обострились, и мысль заработала.

— Мистер Лэнгдон! — не унимался Колер.

Лэнгдон не отрывал глаз от клейма — его мышцы напряглись, а нервы натянулись, как перед ответственным стартом.

— Что вы уже успели узнать? — отрывисто спросил он у Колера.

— Лишь то, что смог прочитать на вашем сайте. «Иллюминати» значит «Просвещенные». Какое-то древнее братство.

— Раньше это название вам встречалось?

— Никогда. До той минуты, пока не увидел клеймо на груди мистера Ветра.

— Тогда вы занялись поисками в Паутине?

— Да.

— И обнаружили сотни упоминаний.

— Тысячи, — поправил его Колер. — Ваши материалы содержат ссылки на Гарвард, Оксфорд, на серьезных издателей, а также список публикаций по этой теме. Видите ли, как ученый я пришел к убеждению, что ценность информации определяется ее источником. А ваша репутация показалась мне достойной доверия.

Лэнгдон все еще не мог оторвать глаз от изуродованного трупа.

Колер смолк. Он просто смотрел на Лэнгдона в ожидании, когда тот прольет свет на возникшую перед ними загадку.

Лэнгдон вскинул голову и спросил, оглядывая заиндевевшую гостиную:

— А не могли бы мы перейти в более теплое помещение?

— А чем вам тут плохо? — возразил Колер, который, похоже, лютого холода даже не замечал. — Останемся здесь.

Лэнгдон поморщился. История братства «Иллюминати» была не из простых. «Я окоченею до смерти, не рассказав и половины», — подумал ученый. Он вновь посмотрел на клеймо и опять испытал прилив почти благоговейного трепета... и страха.

Хотя в современной науке о символах имеется множество упоминаний об эмблеме «Иллюминати», ни один ученый еще никогда не видел ее собственными глазами. В старинных документах этот символ называют амбиграммой — от латинского ambi, что означает «кругом», «вокруг», «оба». Подразумевается, что амбиграммы читаются одинаково, даже если их повернуть вверх ногами. Симметричные знаки достаточно широко распространены в символике — свастика*, инь и ян**, иудейская

* В индуизме символ счастья, благополучия и процветания.

** В китайской философии символы соответственно женского и мужского начала.

звезда*, первые кресты у христиан. Тем не менее идея превратить в амбиграмму слово представлялась немыслимой. Современные ученые потратили многие годы, пытаясь придать слову «иллюминати» абсолютно симметричное написание, однако все их усилия оказались тщетными. В итоге большинство исследователей пришли к выводу, что символ этот представляет собой очередной миф.

— Так кто же они такие, эти ваши иллюминаты? — требовательно спросил Колер.

«А действительно, кто?» — задумался Лэнгдон. И приступил к повествованию.

— С незапамятных времен наука и религия враждовали друг с другом, — начал Лэнгдон. — Подлинных ученых, не скрывавших своих воззрений, таких как Коперник...

— Убивали, — перебил его Колер. — За обнародование научных открытий их убивала церковь. Религия всегда преследовала и притесняла науку.

— Совершенно верно. Однако примерно в 1500-е годы группа жителей Рима восстала против церкви. Некоторые из самых просвещенных людей Италии — физики, математики, астрономы — стали собираться на тайные встречи, чтобы поделиться друг с другом беспокойством по поводу ошибочных, как они считали, учений церкви. Они опасались, что монополия церкви на «истину» подорвет благородное дело научного просвещения по всему миру. Эти ученые мужи образовали первый на земле банк научной мысли и назвали себя «Просвещенные».

— Иллюминаты!

— Да, — подтвердил Лэнгдон. — Самые пытливые и великие умы Европы... искренне преданные поиску научных истин.

Колер погрузился в задумчивое молчание.

— Католическая церковь, конечно, подвергла орден «Иллюминати» беспощадным гонениям. И лишь соблюдение строжайшей секретности могло обеспечить ученым безопасность. Тем не менее слухи об иллюминатах распространялись в акаде-

---

* Имеется в виду шестиконечная звезда Давида.

мических кругах, и в братство стали вступать лучшие ученые со всех концов Европы. Они регулярно встречались в Риме в тайном убежище, которое называлось «Храм Света».

Колер шевельнулся в кресле и зашелся в новом приступе кашля.

— Многие иллюминаты предлагали бороться с тиранией церкви насильственными методами, однако наиболее уважаемый и авторитетный из них выступал против такой тактики. Он был пацифистом и одним из самых знаменитых ученых в истории человечества.

Лэнгдон был уверен, что Колер догадается, о ком идет речь. Даже далекие от науки люди прекрасно знают, какая печальная участь постигла астронома, который дерзнул объявить, что центром Солнечной системы является вовсе не Земля, а Солнце. Инквизиторы схватили его и едва не подвергли казни... Несмотря на то что его доказательства были неопровержимы, церковь самым жестоким образом наказала астронома, посмевшего утверждать, что Бог поместил человечество далеко от центра Своей вселенной.

— Этого астронома звали Галилео Галилей.

— Неужели и Галилей... — вскинул брови Колер.

— Да, Галилей был иллюминатом. И одновременно истовым католиком. Он пытался смягчить отношение церкви к науке, заявляя, что последняя не только не подрывает, а даже, напротив, укрепляет веру в существование Бога. Он как-то писал, что, наблюдая в телескоп движение планет, слышит в музыке сфер голос Бога. Галилей настаивал на том, что наука и религия отнюдь не враги, но союзники, говорящие на двух разных языках об одном и том же — о симметрии и равновесии... аде и рае, ночи и дне, жаре и холоде, Боге и сатане. Наука и религия также есть часть мудро поддерживаемой Богом симметрии... никогда не прекращающегося состязания между светом и тьмой... — Лэнгдон запнулся и принялся энергично приплясывать на месте, чтобы хоть как-то согреть окоченевшие ноги.

Колер безучастно наблюдал за его упражнениями, ожидая продолжения.

— К несчастью, — возобновил свой рассказ Лэнгдон, — церковь вовсе не стремилась к объединению с наукой...

— Еще бы! — вновь перебил его Колер. — Подобный союз свел бы на нет притязания церкви на то, что только она способна помочь человеку понять Божьи заповеди. Церковники устроили над Галилеем судилище, признали его виновным в ереси и приговорили к пожизненному домашнему аресту. Я неплохо знаю историю науки, мистер Лэнгдон. Однако все эти события происходили многие столетия назад. Какое отношение могут они иметь к Леонардо Ветра?

Вопрос на миллион долларов. Лэнгдон решил перейти ближе к делу:

— Арест Галилея всколыхнул сообщество «Иллюминати». Братство допустило ряд ошибок, и церкви удалось установить личности четырех его членов. Их схватили и подвергли допросу. Однако ученые своим мучителям ничего не открыли... даже под пытками.

— Их пытали?

— Каленым железом. Заживо. Выжгли на груди клеймо. Крест.

Зрачки Колера расширились, и он непроизвольно перевел взгляд на безжизненное тело коллеги.

— Ученых казнили с изощренной жестокостью, а их трупы бросили на улицах Рима как предупреждение всем, кто захочет присоединиться к ордену. Церковь подбиралась к братству «Иллюминати» все ближе, и его члены были вынуждены бежать из Италии. — Лэнгдон сделал паузу, чтобы подчеркнуть важность этих слов. — Они ушли в глубокое подполье. Там неизбежно происходило их смешение с другими изгоями, спасавшимися от католических чисток, — мистиками, алхимиками, оккультистами, мусульманами, евреями. С течением времени ряды иллюминатов начали пополняться новыми членами. Стали появляться «просвещенные», лелеющие куда более темные замыслы и цели. Это были яростные противники христианства. Постепенно они набрали огромную силу, выработали тайные обряды и поклялись когда-нибудь отомстить католической церкви. Их могущество достигло такой степени, что церковники стали считать их единственной в мире по-настоящему опасной антихристианской силой. Ватикан назвал братство «Шайтаном».

— «Шайтаном»?

— Это из исламской мифологии. Означает «злой дух» или «враг»... враг Бога. Церковь выбрала ислам по той причине, что считала язык его последователей грязным. От арабского «шайтан» произошло и наше английское слово... сатана.

Теперь лицо Колера выражало нескрываемую тревогу.

— Мистер Колер, — мрачно обратился к нему Лэнгдон, — я не знаю, как это клеймо появилось на груди вашего сотрудника... и почему... но перед вашими глазами давно утраченная эмблема старейшего и самого могущественного в мире общества поклонников сатаны.

ГЛАВА 10

Переулок был узким и безлюдным. Ассасин шел быстрым размашистым шагом, его темные глаза горели предвкушением. Приближаясь к своей цели, он вспомнил прощальные слова Януса: «Скоро начнется второй этап. Тебе нужно немного отдохнуть».

Ассасин презрительно фыркнул. Он не спал всю ночь, однако об отдыхе не помышлял. Сон — для слабых телом и духом. Он же, как и его предки, воин, а воины с началом сражения глаз не смыкают. Его битва началась, ему была предоставлена высокая честь пролить первую кровь. И сейчас у него есть два часа, чтобы, перед тем как вернуться к работе, отпраздновать свою победу.

Спать? Есть куда лучшие способы отдохнуть...

Страсть к земным утехам он унаследовал от своих предков. Они, правда, увлекались гашишем, однако он предпочитает другие пути к наслаждению. Он гордился свои телом, безукоризненно отлаженным, не дающим сбоев смертоносным механизмом. И вопреки обычаям и традициям своих прародителей отказывался травить его наркотиками. Он нашел гораздо более эффективное средство, нежели дурман...

Чувствуя, как в нем растет знакомое предвкушение, он заторопился к неприметной двери в конце переулка. Позвонил. Сквозь приоткрывшуюся в створке щель его пытливо оглядели два карих глаза. Потом дверь гостеприимно распахнулась.

— Добро пожаловать, — с радушной улыбкой приветствовала его со вкусом одетая дама.

Она провела его в изысканно обставленную гостиную, неярко освещенную слабо горящими светильниками. Воздух здесь был пропитан ароматом драгоценных духов и пряным запахом мускуса.

— Позовите меня, как только сделаете свой выбор. — Дама протянула ему альбом с фотографиями и удалилась.

Ассасин расплылся в довольной улыбке.

Удобно устроившись на обтянутом плюшем мягком диване, он уложил альбом на коленях и ощутил, как его охватывает похотливое нетерпение. Хотя его соплеменники не праздновали Рождество, он подумал, что подобные чувства должен испытывать христианский мальчик, собирающийся заглянуть в чулок с рождественскими подарками. Ассасин открыл альбом и принялся рассматривать фотографии. Эти снимки могли пробудить самые немыслимые сексуальные фантазии.

Мариза. Итальянская богиня. Вулкан страсти. Вылитая Софи Лорен в молодости.

Сашико. Японская гейша. Гибкая и податливая. Несомненно, весьма опытная и умелая.

Канара. Сногсшибательная чернокожая мечта. С развитой мускулатурой. Сплошная экзотика.

Дважды изучив альбом от корки до корки, он наконец сделал выбор и нажал кнопку звонка, встроенную в журнальный столик. Через минуту появилась встречавшая его дама. Он показал ей фотографию. Дама цепко глянула на него и понимающе улыбнулась:

— Пойдемте.

Покончив с финансовыми расчетами, хозяйка заведения позвонила по телефону и, выждав несколько минут, пригласила его подняться по винтовой лестнице в роскошный холл.

— Золотая дверь в самом конце, — сказала она и добавила: — У вас прекрасный вкус.

«Еще бы, — мысленно согласился он с ней, — я ведь большой знаток».

Ассасин крался к двери, как пантера, предвкушающая вкус крови долгожданной добычи. Подойдя к ней, он расплылся в торжествующей ухмылке: створка уже приоткрыта... его ждут с нетерпением.

Вошел. Увидел свою избранницу и понял, что не ошибся. В точности как он хотел... Обнаженная, она лежит на спине, руки привязаны к спинке кровати толстыми бархатными шнурами.

В два шага он пересек комнату и провел пальцами по атласно-гладкой и нежной впадине ее живота, и его жесткая ладонь показалась особенно смуглой на фоне как будто светящейся изнутри кожи цвета слоновой кости.

«Вчера я убил врага, — подумал он, — и ты мой трофей».

ГЛАВА 11

— Что вы сказали? — Колер приложил к губам платок, борясь с приступом кашля. — Это эмблема сатанистского культа?

Лэнгдон забегал по гостиной, чтобы согреться.

— Иллюминаты были сатанистами. Правда, не в нынешнем смысле этого слова.

Лэнгдон кратко пояснил, что, хотя большинство обывателей считают последователей сатанистских культов злодеями, сатанисты исторически были весьма образованными людьми, выступающими против церкви. «Шайтанами». Байки о приношениях в жертву животных и пентаграммах, о черной магии и кошмарных ритуалах сатанистов есть не что иное, как ложь, старательно распространяемая церковниками, чтобы очернить своих врагов. С течением времени противники церкви, соперничавшие с братством и стремившиеся не просто подражать ему, но превзойти и вытеснить его, начали верить в эти выдумки и воспроизводить их на практике. Так родился современный сатанизм.

— Все это быльем поросло! — неожиданно резко воскликнул Колер. — Мне нужно выяснить, как этот символ появился здесь и сейчас!

Лэнгдон, успокаивая себя, сделал глубокий вдох.

— Сам этот символ был создан неизвестным художником из числа иллюминатов в шестнадцатом веке. Как дань приверженности Галилея симметрии. Он стал своего рода священной эмблемой братства. Оно хранило его в тайне, намереваясь, как утверждают, открыть людским взорам лишь после того, как обретет достаточную силу и власть для достижения своей конечной цели.

— Следовательно, наш случай означает, что братство выходит из подполья?

Лэнгдон задумался.

— Это невозможно, — ответил он наконец. — В истории братства «Иллюминати» есть глава, о которой я еще не упомянул.

— Ну так просветите меня! — повысив голос, потребовал Колер.

Лэнгдон неторопливо потер руки, мысленно перебирая сотни документов и статей, которые он прочитал или написал сам.

— Видите ли, иллюминаты боролись за выживание, — объяснил он. — После бегства из Рима они прошли всю Европу в поисках безопасного места для восстановления своих рядов. Их приютило другое тайное общество... братство состоятельных баварских каменщиков, которые называли себя масонами.

— Масонами, говорите? — вздрогнул Колер. — Не хотите ли вы сказать, что масоны принадлежат к сатанистам?

Лэнгдон совсем не удивился тому, что Колер слышал об этой организации. На сегодняшний день масонское общество насчитывает свыше пяти миллионов членов по всему миру, половина из них проживают в Соединенных Штатах, а более миллиона обосновались в Европе.

— Конечно, нет. Масоны пали жертвой собственной благожелательности и добросердечия. Предоставляя убежище беглым ученым в восемнадцатом веке, они, сами того не подозревая, стали ширмой для братства «Иллюминати». Члены последнего набирались сил, постепенно прибирая к рукам власть в масонских ложах. Они негласно восстановили свое братство — так появилось тайное общество внутри тайного общества. А затем иллюминаты стали использовать хорошо налаженные и весьма широкие связи масонов для распространения своего влияния по всему миру. — Лэнгдон перевел дух, набрав полные легкие ледяного тумана. — Основной идеей братства «Иллюминати» была ликвидация католицизма. Братство утверждало, что церковь с навязываемыми ею суевериями и предрассудками является злейшим врагом человечества. Иллюминаты опасались, что если религии позволить и дальше распространять ложные мифы в качестве непреложных фактов, то научный прогресс прекратится и человечество, став заложником невежества, будет обречено на бессмысленные и кровавые священные войны.

— Что мы и имеем сегодня, — ворчливо вставил Колер.

Он прав, подумал Лэнгдон. Священные войны все еще не сходят с первых страниц газет. Мой Бог лучше твоего. И сдается, ряды таких правоверных все ширятся, что ведет к колоссальным человеческим жертвам.

— Продолжайте, — попросил Колер.

Лэнгдон помолчал, собираясь с мыслями.

— Братство «Иллюминати», окрепнув в Европе, обратило свои взоры на Америку, где многие лидеры были масонами — Джордж Вашингтон, например, или Бенджамин Франклин... Честные и богобоязненные люди, они даже не подозревали, что братство держит масонов за горло мертвой хваткой. Иллюминаты же проникали повсюду и участвовали в учреждении банков, основании университетов, развитии промышленности, чтобы добывать средства на финансирование своего последнего похода... — Лэнгдон вновь сделал паузу. — А его целью было образование единого мирового порядка — создание своего рода светского всемирного государства.

Колер замер в своем кресле, внимая каждому слову Лэнгдона.

— Да, в их планы входило установить новый мировой порядок, основанный на научном просвещении, — повторил тот. — Сами они называли эту концепцию «доктриной Люцифера». Церковники ухватились за этот факт и обвинили иллюминатов в связях с сатаной, однако братство настаивало на том, что имеет в виду Люцифера в его подлинной ипостаси светоча*. Или «Иллюминатора».

— Присядьте, пожалуйста, мистер Лэнгдон, — внезапно предложил Колер.

Лэнгдон не без страха примостился на краешке заиндевевшего кресла.

Колер подкатил кресло-коляску чуть ли не вплотную к его коленям.

— Не уверен, что понял все из того, что вы мне только что рассказали. Но одно у меня не вызывает сомнений: Леонардо Ветра был одним из наших ценнейших сотрудников. И моим другом. Я прошу вас помочь мне найти братство «Иллюминати».

Лэнгдон растерялся. А он, оказывается, шутник!

— Найти братство «Иллюминати»? — переспросил он. — Боюсь, сэр, это совершенно невозможно.

— Это почему же? Вы что...

— Мистер Колер! — остановил его Лэнгдон, не зная, как заставить этого человека понять то, что он собирался сказать. — Я еще не закончил. Абсолютно невероятно, чтобы этот знак был оставлен здесь одним из иллюминатов. За последние полвека не появлялось никаких свидетельств их существования, и большинство исследователей сходятся во мнении, что орден давным-давно почил в бозе.

Воцарилось тягостное молчание. Колер, словно в оцепенении, отрешенно смотрел прямо перед собой в белесый туман.

---

* Здесь речь идет о буквальном переводе с латыни — «несущий свет».

— Какого черта вы мне рассказываете, что братство исчезло, когда их эмблема выжжена на груди лежащего перед вами человека! — вдруг очнувшись, вспылил он.

Лэнгдон и сам ломал голову над этой загадкой все утро. Появление амбиграммы сообщества «Иллюминати» было фактом поразительным и необъяснимым. Исследователи символов по всему миру будут ошеломлены и озадачены. И все же ученый в Лэнгдоне был твердо уверен, что это событие никоим образом не может служить доказательством возрождения братства.

— Символы не есть подтверждение жизнедеятельности их первоначальных авторов, — с непреклонной уверенностью произнес он.

— Что вы хотите этим сказать?

— Только то, что, когда высокоорганизованные идеологические системы, такие как братство «Иллюминати», прекращают существование, их символы... продолжают использовать другие группировки. Такое встречается сплошь и рядом. Нацисты заимствовали свастику у индусов, крест христианам достался от египтян...

— Когда сегодня утром я ввел в компьютер слово «Иллюминати», — бесцеремонно оборвал тираду ученого Колер, — он выдал мне тысячи ссылок, относящихся к нашему времени. Совершенно очевидно, что множество людей считают братство активно действующим и по сей день.

— Пропагандистский вздор! — резко возразил Лэнгдон.

Его всегда раздражали всевозможные теории заговоров, в изобилии распространяемые современной массовой культурой. Средства массовой информации наперегонки пророчат близкий конец света, самозваные «эксперты» наживаются на искусственно раздуваемой шумихе вокруг наступления 2000 года, выступая с измышлениями о том, что братство «Иллюминати» не только здравствует и процветает, но исподволь ведет работу по установлению нового мирового порядка. Не так давно газета «Нью-Йорк таймс» сообщила о зловещих масонских связях огромного числа известнейших личностей — сэра Артура Конан

Дойла, герцога Кента, Питера Селлерса*, Ирвинга Берлина**, принца Филиппа***, Луи Армстронга, а также целого сонма нынешних промышленных и финансовых магнатов.

— А это вам не доказательство? — Колер возмущенным жестом указал на труп Ветра. — Тоже пропагандистский вздор, скажете?

— Я осознаю, как это может восприниматься на первый взгляд, — призывая на помощь все свои дипломатические способности, осторожно ответил Лэнгдон. — Однако на деле мне представляется куда более правдоподобным то объяснение, что какая-то иная организация завладела эмблемой иллюминатов и использует ее в своих собственных целях.

— В каких там еще целях! Чего они добились этим убийством?

Еще один хороший вопрос, хмыкнул про себя Лэнгдон. Он, сколько ни напрягал свое недюжинное воображение, не мог себе представить, где после четырехсот лет небытия могла отыскаться амбиграмма «Иллюминати».

— Скажу только одно, — решительно тряхнул головой Лэнгдон. — Даже если допустить факт возрождения «Иллюминати», каковую возможность я отвергаю напрочь, братство все равно не могло быть причастно к смерти Леонардо Ветра.

— Неужели?

— Никоим образом. Иллюминаты могли ставить своей целью искоренение христианства, однако для ее достижения они бы использовали свои политические и финансовые ресурсы и никогда не стали бы прибегать к террористическим актам. Более того, у братства существовал строгий моральный кодекс, четко обозначавший круг их врагов. К ученым они относились

---

* Питер Селлерс (1925—1980) — английский комик и киноактер, сыгравший в 60 фильмах.

** Ирвинг Берлин (1888—1989) — американский композитор, автор около 900 популярных песен и музыки для кино и театра. Выходец из России.

*** Филипп Маунтбаттен, герцог Эдинбургский, — супруг английской королевы Елизаветы Второй.

с необыкновенным пиететом. Убийство коллеги, в данном случае Леонардо Ветра, для них было бы просто немыслимо.

— Возможно, вы так уверены потому, что не знаете одного важного обстоятельства, — поднял на него холодный взгляд Колер. — Леонардо Ветра был отнюдь не обычным ученым.

— Мистер Колер, — досадливо поморщился Лэнгдон, — у меня нет сомнений в том, что Леонардо Ветра был разносторонне талантливым человеком, но факт остается фактом...

Колер вдруг развернул свое кресло-коляску и помчался прочь из гостиной, оставляя за собой взвихрившиеся клубы студеного тумана.

«Господи, да что же он вытворяет?» — мысленно простонал Лэнгдон.

Он последовал за сумасбродным директором и увидел, что Колер поджидает его у небольшой ниши в дальнем конце коридора.

— Это кабинет Леонардо... — Колер указал на дверь. — Думаю, после его осмотра вы несколько измените свое мнение.

Он неловко изогнулся в кресле и, покряхтывая, принялся возиться с дверной ручкой. Наконец створка плавно скользнула в сторону.

Лэнгдон с любопытством заглянул в кабинет, и в ту же секунду по коже у него побежали мурашки.

«Боже, спаси и помилуй!..» — сами собой беззвучно прошептали его губы.

ГЛАВА 12

Совсем в другой стране молодой охранник сидел перед множеством видеомониторов. Он внимательно наблюдал за беспрерывной чередой сменяющих друг друга изображений, передаваемых в реальном времени сотнями беспроводных видеокамер, установленных по всему гигантскому комплексу.

Нарядный вестибюль.

Кабинет.

Кухня огромных размеров.

Картинки следовали одна за другой, охранник изо всех сил боролся с одолевавшей его дремотой. Смена подходила к концу, однако бдительности он не терял. Служба его почетна, и в свое время он будет за нее достойно вознагражден.

Внезапно на одном из мониторов появился сигнал тревоги. Охранник инстинктивно нажал кнопку на панели управления, Изображение застыло. Он приник к экрану, всматриваясь в незнакомую картинку. Титры внизу экрана сообщали, что она передается камерой номер 86, ведущей наблюдение за вестибюлем.

Однако на мониторе он видел отнюдь не вестибюль.

ГЛАВА 13

Лэнгдон, словно завороженный, в смятении разглядывал обстановку кабинета.

— Что это? — не в силах сдержаться, воскликнул он.

Даже не обрадовавшись уютному теплу, ласково повеявшему из открытой двери, он не без страха перешагнул порог.

Колер оставил его вопрос без ответа.

Лэнгдон же, не зная, что и подумать, переводил изумленный взгляд с одного предмета на другой. В кабинете была собрана самая странная коллекция вещей, какую он мог себе представить. На дальней стене висело огромных размеров деревянное распятие. Испания, четырнадцатый век, тут же определил Лэнгдон. Над распятием к потолку была подвешена металлическая модель вращающихся на своих орбитах планет. Слева находились написанная маслом Дева Мария и закатанная в пластик Периодическая таблица химических элементов. Справа, между двумя бронзовыми распятиями, был помещен плакат со знаменитым высказыванием Альберта Эйнштейна: «БОГ НЕ ИГРАЕТ В КОСТИ СО ВСЕЛЕННОЙ». На рабочем столе Ветра он заметил Библию в кожаном переплете, созданную Бором*

* Оге Бор (р. 1922) — датский физик, сын Нильса Бора, один из авторов обобщенной модели атомного ядра, лауреат Нобелевской премии.

пластиковую модель атома и миниатюрную копию статуи Моисея работы Микеланджело.

Ну и мешанина! Классический образчик эклектики, мелькнуло в голове у Лэнгдона. Несмотря на то что в тепле кабинета он должен был вроде бы согреться, его била неудержимая дрожь. Ученый чувствовал себя так, будто стал очевидцем битвы двух титанов философии... сокрушительного столкновения противостоящих сил. Лэнгдон обежал взглядом названия стоящих на полках томов.

«Частица Бога».

«Дао* физики».

«Бог: только факты».

На корешок одного из фолиантов была наклеена полоска бумаги с рукописной цитатой: «Подлинная наука обнаруживает Бога за каждой открытой ею дверью», — папа Пий XII.

— Леонардо был католическим священником, — где-то за спиной Лэнгдона глухо произнес Колер.

— Священником? — удивленно обернулся к нему Лэнгдон. — Мне казалось, будто вы говорили, что он физик.

— Он был и тем, и другим. История знает такие примеры, когда люди умели совместить в своем сознании науку и религию. Одним из них был Леонардо. Он считал физику «Божьим законом всего сущего». Утверждал, что повсюду в устройстве окружающей нас природы видна рука Бога. И через науку надеялся доказать всем сомневающимся существование Бога. Он называл себя теофизиком**.

— Теофизиком? — не веря своим ушам, переспросил Лэнгдон. Для него подобное словосочетание казалось парадоксальным.

---

* Одно из основных понятий китайской философии, обозначающее в понимании Конфуция путь человека, то есть нравственное поведение и основанный на морали социальный порядок.

** Здесь следует иметь в виду, что это придуманное автором понятие содержит в себе производное от греческого слова theos — Бог, входящее составной частью во многие известные термины, имеющие отношение к религии.

— Физика элементарных частиц в последнее время сделала ряд шокирующих, не укладывающихся в голове открытий... Открытий по своей сути спиритуалистических, или, если вам угодно, духовных. Многие из них принадлежали Леонардо.

Лэнгдон недоверчиво посмотрел на директора центра.

— Духовность и физика?

Лэнгдон посвятил свою карьеру изучению истории религии, и если в этой сфере и существовала неопровержимая аксиома, так это та, что наука и религия — это вода и пламя... заклятые и непримиримые враги.

— Ветра работал в пограничной области физики элементарных частиц, — объяснил Колер. — Это он начал соединять науку и религию... демонстрируя, что они дополняют друг друга самым неожиданным образом. Область своих исследований он назвал «новой физикой».

Колер достал с полки книгу и протянул ее Лэнгдону. Тот прочитал на обложке: «Леонардо Ветра. Бог, чудеса и новая физика».

— Эта весьма узкая область, — добавил Колер. — Однако она находит новые ответы на старые вопросы — о происхождении Вселенной, о силах, которые соединяют и связывают всех нас. Леонардо верил, что его исследования способны обратить миллионы людей к более духовной жизни. В прошлом году он привел неопровержимые доказательства существования некой энергии, которая объединяет всех нас. Он продемонстрировал, что в физическом смысле все мы взаимосвязаны... что молекулы вашего тела переплетены с молекулами моего... что внутри каждого из нас действует одна и та же сила.

Лэнгдон был абсолютно обескуражен. «И власть Бога нас всех объединит».

— Неужели мистер Ветра и вправду нашел способ продемонстрировать взаимосвязь частиц? — изумился он.

— Самым наглядным и неопровержимым образом. Недавно журнал «Сайентифик американ» поместил восторженную статью, в которой подчеркивается, что «новая физика» есть куда более верный и прямой путь к Богу, нежели сама религия.

Лэнгдона наконец осенило. Он вспомнил об антирелигиозной направленности братства «Иллюминати» и заставил себя на миг подумать о немыслимом. Если допустить, что братство существует и действует, то оно, возможно, приговорило Леонардо к смерти, чтобы предотвратить массовое распространение его религиозных воззрений. Абсурд, вздор полнейший! «Иллюминати» давным-давно кануло в прошлое! Это известно каждому ученому!

— В научных кругах у Ветра было множество врагов, — продолжал Колер. — Даже в нашем центре. Его ненавидели ревнители чистоты науки. Они утверждали, что использование аналитической физики для утверждения религиозных принципов есть вероломное предательство науки.

— Но разве ученые сегодня не смягчили свое отношение к церкви?

— С чего бы это? — с презрительным высокомерием хмыкнул Колер. — Церковь, может быть, и не сжигает больше ученых на кострах, однако если вы думаете, что она перестала душить науку, то задайте себе вопрос: почему в половине школ в вашей стране запрещено преподавать теорию эволюции? Спросите себя, почему Американский совет христианских церквей выступает самым ярым противником научного прогресса... Ожесточенная битва между наукой и религией продолжается, мистер Лэнгдон. Она всего лишь перенеслась с полей сражений в залы заседаний, но отнюдь не прекратилась.

Колер прав, признался сам себе Лэнгдон. Только на прошлой неделе в Гарварде студенты факультета богословия провели демонстрацию у здания биологического факультета, протестуя против включения в учебную программу курса генной инженерии. В защиту своего учебного плана декан биофака, известнейший орнитолог Ричард Аарониэн, вывесил из окна собственного кабинета огромный плакат с изображением христианского символа — рыбы, но с пририсованными четырьмя лапками в качестве свидетельства эволюции выходящей на сушу африканской дышащей рыбы. Под ней вместо слова «Иисус» красовалась крупная подпись «ДАРВИН!».

Внезапно раздались резкие гудки, Лэнгдон вздрогнул. Колер достал пейджер и взглянул на дисплей.

— Отлично! Дочь Леонардо с минуты на минуту прибудет на вертолетную площадку. Там мы ее и встретим. Ей, по-моему, совсем ни к чему видеть эту кошмарную картину.

Лэнгдон не мог с ним не согласиться. Подвергать детей столь жестокому удару, конечно, нельзя.

— Я собираюсь просить мисс Ветра рассказать нам о проекте, над которым они работали вместе с отцом... Возможно, это прольет некоторый свет на мотивы его убийства.

— Вы полагаете, что причиной гибели стала его работа?

— Вполне вероятно. Леонардо говорил мне, что стоит на пороге грандиозного научного прорыва, но ни слова больше. Подробности проекта он держал в строжайшей тайне. У него была собственная лаборатория, и он потребовал обеспечить ему там полнейшее уединение, что я, с учетом его таланта и важности проводимых исследований, охотно сделал. В последнее время его эксперименты привели к резкому увеличению потребления электроэнергии, однако никаких вопросов по этому поводу я ему предпочел не задавать... — Колер направил кресло-коляску к двери, но вдруг притормозил. — Есть еще одна вещь, о которой я должен вам сообщить прежде, чем мы покинем этот кабинет.

Лэнгдон поежился от неприятного предчувствия.

— Убийца кое-что у Ветра похитил.

— Что именно?

— Пожалуйте за мной. — Колер двинулся в глубь окутанной мглистой пеленой гостиной.

Лэнгдон, теряясь в догадках, пошел следом. Колер остановил кресло в нескольких дюймах от тела Ветра и жестом поманил Лэнгдона. Тот нехотя подошел, чувствуя, как к горлу вновь соленым комом подкатывает приступ тошноты.

— Посмотрите на его лицо.

«И зачем мне смотреть на его лицо? — мысленно возмутился Лэнгдон. — Мы же здесь потому, что у него что-то украли...»

Поколебавшись, Лэнгдон все-таки опустился на колени. Увидеть тем не менее он ничего не смог, поскольку голова жертвы была повернута на 180 градусов.

Колер, кряхтя и задыхаясь, все же как-то ухитрился, оставаясь в кресле, склониться и осторожно повернуть прижатую к ковру голову Ветра. Раздался громкий хруст, показалось искаженное гримасой муки лицо убитого.

— Боже милостивый! — Лэнгдон отпрянул и чуть не упал.

Лицо Ветра было залито кровью. С него на Колера и Лэнгдона невидяще уставился единственный уцелевший глаз. Вторая изуродованная глазница была пуста.

— Они украли его глаз?!

ГЛАВА 14

Лэнгдон, немало радуясь тому, что покинул наконец квартиру Ветра, с удовольствием шагнул из корпуса «Си» на свежий воздух. Приветливое солнце помогло хоть как-то сгладить жуткое впечатление от оставшейся в памяти картины: пустая глазница на обезображенном лице, покрытом замерзшими потеками крови.

— Сюда, пожалуйста, — окликнул его Колер, въезжая на довольно крутой подъем, который его электрифицированное кресло-коляска преодолело безо всяких усилий. — Мисс Ветра прибудет с минуты на минуту.

Лэнгдон поспешил вслед за ним.

— Итак, вы все еще сомневаетесь, что это дело рук ордена «Иллюминати»? — спросил его Колер.

Лэнгдон уже и сам не знал, что ему думать. Тяга Ветра к религии, безусловно, его насторожила, однако не настолько, чтобы он смог заставить себя тут же отвергнуть все научно подтвержденные сведения, которые собрал за годы исследований. Еще к тому же и похищенный глаз...

— Я по-прежнему утверждаю, что иллюминаты не причастны к этому убийству, — заявил он более резким тоном, нежели намеревался. — И пропавший глаз тому доказательство.

— Что?

— Подобная бессмысленная жестокость совершенно... не в духе братства, — объяснил Лэнгдон. — Специалисты по культам считают, что нанесение увечий характерно для маргинальных сект — экстремистов-фанатиков и изуверов, которые склонны к стихийным террористическим актам. Что касается иллюминатов, то они всегда отличались продуманностью и подготовленностью своих действий.

— А хирургическое удаление глаза вы к таковым не относите?

— Но какой в этом смысл? Обезображивание жертвы не преследует никакой цели.

Колер остановил кресло на вершине холма и обернулся к Лэнгдону.

— Ошибаетесь, мистер Лэнгдон, похищение глаза Ветра преследует иную, весьма серьезную цель.

С неба до них донесся стрекот вертолета. Через секунду появился и он сам, заложил крутой вираж и завис над отмеченным на траве белой краской посадочным кругом.

Лэнгдон отстраненно наблюдал за этими маневрами, раздумывая, поможет ли крепкий сон привести наутро в порядок его разбегающиеся мысли. Он почему-то в этом сомневался.

Посадив вертолет, пилот спрыгнул на землю и без промедления принялся его разгружать, аккуратно складывая в ряд рюкзаки, непромокаемые пластиковые мешки, баллоны со сжатым воздухом и ящики с высококлассным оборудованием для подводного плавания.

— Это все снаряжение мисс Ветра? — недоуменно выкрикнул Лэнгдон, стараясь перекричать рев двигателей.

Колер кивнул.

— Она проводила биологические исследования у Балеарских островов! — также напрягая голос, ответил он.

— Но вы же говорили, что она физик!

— Так и есть. Точнее, биофизик. Изучает взаимосвязь различных биологических систем. Ее работа тесно соприкасается с исследованиями отца в области физики элементарных частиц. Недавно, наблюдая за косяком тунцов с помощью синхронизированных на уровне атомов камер, она опровергла одну из фундаментальных теорий Эйнштейна.

Лэнгдон впился взглядом в лицо собеседника, пытаясь понять, не стал ли он жертвой розыгрыша. Эйнштейн и тунцы? А может, «Х-33» по ошибке забросил его не на ту планету?

Через минуту из кабины выбралась Виттория Ветра. Взглянув на нее, Роберт Лэнгдон понял, что сегодня для него выдался день нескончаемых сюрпризов. Виттория Ветра, в шортах цвета хаки и в белом топике, вопреки его предположениям книжным червем отнюдь не выглядела. Высокого роста, стройная и грациозная, с красивым глубоким загаром и длинными черными волосами. Черты лица безошибочно выдавали в ней итальянку. Девушка не поражала зрителя божественной красотой, но даже с расстояния двадцати ярдов была заметна переполнявшая ее вполне земная плотская чувственность. Потоки воздуха от работающего винта вертолета разметали ее смоляные локоны, легкая одежда облепила тело, подчеркивая тонкую талию и маленькие крепкие груди.

— Мисс Ветра очень сильная личность, — заметил Колер, от которого, похоже, не укрылось то, с какой почти бесцеремонной жадностью разглядывал ее Лэнгдон. — Она по нескольку месяцев подряд работает в крайне опасных экологических условиях. Девица убежденная вегетарианка и, кроме того, является местным гуру во всем, что касается хатха-йоги.

Хатха-йога — это забавно, мысленно усмехнулся Лэнгдон. Древнее буддийское искусство медитации для расслабления мышц — более чем странная специализация для физика и дочери католического священника.

Виттория торопливо шла к ним, и Лэнгдон заметил, что она недавно плакала, вот только определить выражение ее темных глаз под соболиными бровями он так и не смог. Походка у нее тем не менее была энергичной и уверенной. Длинные сильные загорелые ноги, да и все тело уроженки Средиземноморья, привыкшей долгие часы проводить на солнце, говорили о крепком здоровье их обладательницы.

— Виттория, — обратился к ней Колер, — примите мои глубочайшие соболезнования. Это страшная потеря для науки... для всех нас.

Виттория вежливо кивнула.

— Уже известно, кто это сделал? — сразу спросила она.

Приятный глубокий голос, отметил про себя Лэнгдон, по-английски говорит с едва уловимым акцентом.

— Пока нет. Работаем.

Она повернулась к Лэнгдону, протягивая ему изящную тонкую руку.

— Виттория Ветра. А вы, наверное, из Интерпола?

Лэнгдон осторожно пожал узкую теплую ладонь, нырнув на миг в бездонную глубину ее наполненных слезами глаз.

— Роберт Лэнгдон, — представился он, не зная, что еще добавить.

— К официальным властям мистер Лэнгдон не имеет никакого отношения, — вмешался Колер. — Он крупный специалист из Соединенных Штатов. Прибыл сюда, чтобы помочь нам найти тех, кто несет ответственность за это преступление.

— Разве это не работа полиции? — нерешительно возразила она.

Колер шумно выдохнул, демонстрируя свое отношение к блюстителям порядка, однако отвечать не стал.

— Где его тело? — поинтересовалась Виттория.

— Не волнуйтесь, мы обо всем позаботились, — слишком поспешно ответил Колер.

Эта явная ложь удивила Лэнгдона.

— Я хочу его видеть, — решительно заявила она.

— Виттория, прошу вас... Вашего отца убили, убили изуверски. — Колер решительно посмотрел ей в глаза. — Вам лучше запомнить его таким, каким он был при жизни.

Она собиралась что-то сказать, но в этот момент неподалеку от них раздались громкие голоса:

— Виттория, ау, Виттория! С приездом! С возвращением домой!

Она обернулась. Небольшая компания проходящих мимо вертолетной площадки ученых дружно махала ей руками.

— Ну как, опять обидела старика Эйнштейна? — выкрикнул один из них, и все разразились хохотом.

— Отец должен тобой гордиться! — добавил другой.

— Они что, еще ничего не знают? — бросила она на Колера недоумевающий взгляд.

— Я счел крайне важным сохранить это трагическое событие в тайне.

— Вы утаили от сотрудников, что мой отец убит? — Недоумение в ее голосе уступило место гневу.

Лицо Колера окаменело.

— Мисс Ветра, вы, вероятно, забываете, что, как только я сообщу об убийстве вашего отца, начнется официальное расследование. И оно неизбежно повлечет за собой тщательный обыск в его лаборатории. Я всегда старался уважать стремление вашего отца к уединению. О том, чем вы занимаетесь в настоящее время, мне от него известно лишь следующее. Во-первых, то, что ваш проект может в течение следующего десятилетия обеспечить центру лицензионные контракты на миллионы франков. И во-вторых, что к обнародованию он еще не готов, поскольку технология несовершенна и может представлять угрозу для здоровья и жизни человека. С учетом этих двух фактов я бы не хотел, чтобы посторонние шарили у него в лаборатории и либо выкрали ваши работы, либо пострадали в ходе обыска и в связи с этим привлекли ЦЕРН к судебной ответственности. Я достаточно ясно излагаю?

Виттория молча смотрела на него. Лэнгдон почувствовал, что она вынуждена была признать доводы Колера разумными и логичными.

— Прежде чем информировать власти, — заключил Колер, — мне необходимо знать, над чем именно вы работали. Я хочу, чтобы вы провели нас в вашу лабораторию.

— Да при чем тут лаборатория? Никто не знал, чем мы с отцом там занимались, — ответила Виттория. — Убийство никоим образом не может быть связано с нашим экспериментом.

— Некоторые данные свидетельствуют об обратном... — Колер болезненно сморщился и приложил к губам платок.

— Какие еще данные?

Лэнгдону тоже очень хотелось услышать ответ на этот вопрос.

— Вам придется поверить мне на слово! — отрезал Колер.

Виттория обожгла его испепеляющим взглядом, и Лэнгдон понял, что как раз этого она делать и не намерена.

ГЛАВА 15

Лэнгдон молча шел за Витторией и Колером к главному зданию, откуда начался его полный неожиданностей визит в Швейцарию. Походка девушки поражала легкостью, плавностью и уверенностью. Виттория двигалась, как бегунья олимпийского класса. Вне всяких сомнений, заключил Лэнгдон, дают о себе знать регулярные занятия йогой. Он слышал ее медленное размеренное дыхание, и у него сложилось впечатление, что, считая про себя вдохи и выдохи, она пытается справиться с обрушившимся на нее горем.

Лэнгдону очень хотелось сказать ей какие-то слова утешения, выразить свое сочувствие. Он тоже пережил момент внезапно возникшей пустоты, когда скоропостижно умер его отец. Больше всего ему запомнились похороны и стоявшая тогда ненастная погода. И это случилось спустя всего лишь два дня после того, как ему исполнилось двенадцать. В доме толпились одетые в серые костюмы сослуживцы отца, слишком крепко пожимавшие в знак соболезнования его детскую ладошку. Все они мямлили какие-то непонятные ему слова вроде «стресс», «инфаркт», «миокард»... Его мать пыталась шутить сквозь слезы, что она всегда могла безошибочно определить состояние дел на бирже, просто пощупав у отца пульс.

Однажды, когда отец еще был жив, Лэнгдон подслушал, как мать умоляла его «хотя бы на миг забыть о делах и позволить себе понюхать розу». И он в тот год подарил отцу на Рождество стеклянную розочку. Это была самая красивая вещица, какую

Лэнгдон видел в своей жизни... Когда на нее падал солнечный луч, она расцветала целой радугой красок.

— Какая прелесть! — сказал отец, развернув подарок и целуя сына в лоб. — Надо подыскать ей подходящее место.

После чего он поставил розочку на поросшую пылью полку в самом темном углу гостиной. Через несколько дней Лэнгдон подтащил табуретку, достал с полки стеклянное сокровище и отнес его обратно в лавку, где купил. Отец пропажи так и не заметил.

Негромкий мелодичный звон, возвестивший о прибытии лифта, вернул Лэнгдона из прошлого в настоящее. Виттория и Колер вошли в кабину, Лэнгдон в нерешительности топтался у открытых дверей.

— В чем дело? — спросил Колер, проявляя не столько интерес, сколько нетерпение.

— Нет, ничего, — тряхнул головой Лэнгдон, принуждая себя войти в тесноватую кабину. Лифтами он пользовался лишь в случае крайней необходимости, когда избежать этого было невозможно. Обычно же он предпочитал им куда более просторные лестничные пролеты.

— Лаборатория мистера Ветра находится под землей, — сообщил Колер.

Замечательно, просто чудесно, мелькнуло в голове у Лэнгдона, и он заставил себя шагнуть в лифт, ощутив, как из глубины шахты потянуло ледяным сквозняком. Двери закрылись, и кабина скользнула вниз.

— Шесть этажей, — ни к кому конкретно не обращаясь, произнес Колер.

Перед глазами у Лэнгдона моментально возникла картина непроглядно черной бездны под ногами. Он пытался отогнать видение, обратив все внимание на панель управления лифтом. К его изумлению, на ней было всего две кнопки: «ПЕРВЫЙ ЭТАЖ» и «БАК».

— А что у вас означает «бак»? — осторожно поинтересовался Лэнгдон, помня, как уже не раз попадал впросак со своими предположениями.

3 Зак. 1526

— Большой адроновый* коллайдер, — небрежно бросил Колер. — Ускоритель частиц на встречных пучках.

Ускоритель частиц? Лэнгдону этот термин был знаком. Впервые он услышал его на званом обеде в Кембридже. Один из его приятелей, физик Боб Браунелл, в тот вечер был вне себя от ярости.

— Эти мерзавцы его провалили! — Физик без всякого стеснения разразился грубой бранью.

— Кого? — чуть ли не в один голос воскликнули все сидевшие за столом.

— Да не кого, а ССК! Закрыли строительство сверхпроводящего суперколлайдера!

— А я и не знал, что в Гарварде такой строят, — удивился кто-то из присутствующих.

— Да при чем тут Гарвард? Речь идет о Соединенных Штатах! — вспылил Браунелл. — Там хотели создать самый мощный в мире ускоритель. Один из важнейших научных проектов века! Собирались вложить два миллиарда долларов. А сенат отказал. Черт бы побрал всех этих лоббистов в сутанах!

Когда Браунелл наконец несколько утихомирился, то объяснил, что ускоритель представляет собой подобие гигантской трубы, в которой разгоняют частицы атомов. Она оснащена магнитами, которые, включаясь и выключаясь с не поддающейся воображению быстротой, заставляют частицы двигаться по кругу, пока те не наберут совершенно немыслимую скорость. У полностью разогнанных частиц она достигает 180 000 миль в секунду.

— Но это же почти скорость света! — запротестовал один из профессоров.

— Именно! — ликующе подтвердил Браунелл.

Далее он рассказал, что, разогнав по трубе две частицы в противоположных направлениях и столкнув их затем друг с другом, ученым удается разбить их на составные элементы и «увидеть» основные, фундаментальные ингредиенты вселенной. Ины-

---

* Адроны — общее наименование для элементарных частиц, участвующих в сильных взаимодействиях.

ми словами, в столкновении частиц обнаруживается ключ к пониманию строения мира.

Некто по имени Чарльз Пратт, местная знаменитость, олицетворяющая в Гарварде духовное поэтическое начало, не преминул выразить свое весьма скептическое отношение к этому методу.

— А по-моему, это какой-то неандертальский подход к научным исследованиям, — язвительно заметил он. — Все равно что взять пару карманных часов и колотить их друг о друга, чтобы разобраться, как они устроены.

Браунелл швырнул в него вилкой и пулей вылетел из-за стола.

Значит, у центра есть ускоритель частиц? Замкнутая в кольцо труба, где они сталкиваются друг с другом? Но почему же они запрятали ее под землю? Лэнгдон задумался, ожидая, когда лифт доставит их к цели.

Кабина остановилась, и он страшно обрадовался тому, что сейчас вновь почувствует под ногами твердую землю. Двери открылись, и испытываемое им чувство облегчения сменилось унынием. Он вновь очутился в совершенно чуждом и враждебном мире.

В обе стороны, насколько видел глаз, уходил бесконечный коридор. По существу, это был тускло отсвечивающий голыми бетонными стенами тоннель, достаточно просторный, чтобы по нему мог проехать многотонный грузовик. Ярко освещенный там, где они стояли, тоннель по правую и левую руку исчезал в непроницаемой тьме — неуютное напоминание о том, что они находятся глубоко под землей. Лэнгдон почти физически ощущал невыносимую тяжесть нависшей над их головами породы. На мгновение он снова стал девятилетним мальчишкой... тьма неодолимо засасывает его обратно... обратно в жуткий черный мрак, страх перед которым преследует его до сих пор... Сжав кулаки, Лэнгдон изо всех сил старался взять себя в руки.

Притихшая Виттория вышла из лифта и без колебаний устремилась в темный конец тоннеля, оставив мужчин далеко позади. По мере продвижения над ее головой, неприятно дребезжа и помаргивая, автоматически зажигались лампы дневного света, освещавшие ей дальнейший путь. Лэнгдону стало не по себе, тоннель представлялся ему живым существом... караулившим и предвосхищавшим каждый шаг Виттории. Они следовали за ней, сохраняя дистанцию. Светильники, пропустив людей, гасли за их спинами словно по команде.

— А ваш ускоритель находится где-то здесь, в тоннеле? — вполголоса поинтересовался Лэнгдон.

— Да вот он, у вас перед глазами... — Колер кивнул на стену слева от них, по которой тянулась сверкающая полированным хромом труба.

— Вот это? — в изумлении рассматривая ее, переспросил Лэнгдон.

Ускоритель он представлял себе совсем другим. Эта же труба диаметром около трех футов казалась совершенно прямой и шла по всей видимой длине тоннеля. Больше похоже на дорогостоящую канализацию, подумал Лэнгдон.

— А я-то думал, что ускорители должны иметь форму кольца, — вслух заметил он.

— Правильно думали, — согласился Колер. — Он только кажется прямым. Оптический обман. Длина окружности этого тоннеля столь велика, что глазу изгиб незаметен — ну вроде поверхности земного шара...

И вот это — кольцо?!

— Но тогда... каких же оно тогда размеров? — ошеломленно пролепетал Лэнгдон.

— Наш ускоритель самый большой в мире, — с гордостью пояснил Колер.

Тут Лэнгдон вспомнил, что доставивший его в Женеву пилот упомянул о какой-то спрятанной под землей гигантской машине.

— Его диаметр превышает восемь километров, а длина составляет двадцать семь, — невозмутимо продолжал Колер.

Голова у Лэнгдона шла кругом.

— Двадцать семь километров? — Он недоверчиво посмотрел на директора, потом перевел взгляд на дальний конец тоннеля. — Но это же... это же более шестнадцати миль!

Колер кивнул:

— Да, частично туннель проходит под территорией Франции. Прорыт он в форме правильного, я бы даже сказал, идеального круга. Прежде чем столкнуться друг с другом, полностью ускоренные частицы должны за секунду пронестись по нему десять тысяч раз.

— Хотите сказать, что вы перелопатили миллионы тонн земли только для того, чтобы столкнуть между собой какие-то крошечные частички? — чувствуя, что едва держится на ставших ватными ногах, медленно проговорил Лэнгдон.

Колер пожал плечами:

— Иногда, чтобы докопаться до истины, приходится передвигать горы.

ГЛАВА 16

В сотнях миль от Женевы из потрескивающей портативной рации раздался хриплый голос:

— Я в вестибюле.

Сидящий перед видеомониторами охранник нажал кнопку и переключил рацию на передачу.

— Тебе нужна камера номер 86. Она находится в самом конце.

Воцарилось долгое молчание. От напряжения по лицу охранника потекли струйки пота. Наконец рация вновь ожила.

— Ее здесь нет. Кронштейн, на котором она была установлена, вижу, а саму камеру кто-то снял.

— Так, понятно... — Охранник с трудом перевел дыхание. — Не уходи пока, подожди там минутку, ладно?

Он перевел взгляд на экраны мониторов. Большая часть комплекса была открыта для публики, так что беспроводные видеокамеры пропадали у них и раньше. Как правило, их крали наглые и бесстрашные любители сувениров. Правда, когда камеру уносили на расстояние, превышающее дальность ее действия, сигнал пропадал и экран начинал рябить серыми полосами. Озадаченный охранник с надеждой взглянул на монитор. Нет, камера № 86 по-прежнему передавала на редкость четкое изображение.

Если камера украдена, рассуждал про себя охранник, почему мы все же получаем от нее сигнал? Он, конечно, знал, что этому есть только одно объяснение. Камера осталась внутри комплекса, просто ее кто-то снял и перенес в другое место. Но кто? И зачем?

Охранник в тяжком раздумье уставился на экран, будто надеясь найти там ответы на эти вопросы. Помолчав некоторое время, он поднес рацию ко рту и произнес:

— Слушай, рядом с тобой есть лестничный проем. Посмотри, нет ли там каких шкафов, ниш или кладовок?

— Нет тут ни хрена, — ответил через некоторое время сердитый голос. — А что такое?

— Ладно, не бери в голову. Спасибо за помощь. — Охранник выключил рацию и нахмурился.

Он знал, что крошечная беспроводная видеокамера может вести передачу практически из любой точки тщательно охраняемого комплекса, состоящего из тридцати двух отдельных зданий, тесно лепящихся друг к другу в радиусе полумили. Единственной зацепкой служило то, что камера находилась в каком-то темном помещении. Хотя легче от этого не было. Таких мест в комплексе уйма: подсобки, воздуховоды, сараи садовников, да те же гардеробные при спальнях... не говоря уже о лабиринте подземных тоннелей. Так что камеру номер 86 можно искать и искать неделями.

Но это еще не самое страшное, мелькнуло у него в голове.

Его беспокоила даже не столько проблема, возникшая в связи с непонятным перемещением видеокамеры. Охранник вновь уставился на изображение, которое она передавала. Незнакомое и с виду весьма сложное электронное устройство, какого ему, несмотря на серьезную техническую подготовку, встречать еще не приходилось. Особое беспокойство вызывали индикаторы, подмигивающие с лицевой панели прибора.

Хотя охранник прошел специальный курс поведения в чрезвычайных ситуациях, сейчас он растерялся. Его пульс участился, а ладони вспотели. Он приказал себе не паниковать. Должно же быть какое-то объяснение. Подозрительный предмет был слишком мал, чтобы представлять серьезную опасность. И все же его появление в комплексе вызывало тревогу. А если начистоту, то и страх.

И надо же было этому случиться именно сегодня, с досадой подумал охранник.

Его работодатель всегда уделял повышенное внимание вопросам безопасности, однако именно сегодня им придавалось особое значение. Такого не было уже двенадцать лет. Охранник пристально посмотрел на экран и вздрогнул, услышав далекие раскаты надвигающейся грозы.

Обливаясь потом, он набрал номер своего непосредственного начальника.

ГЛАВА 17

Мало кто из детей может похвастать тем, что точно помнит день, когда впервые увидел своего отца. Виттория Ветра была именно таким исключением из общего правила. Ей было восемь лет. Брошенная родителями, которых она не знала, девчушка жила в «Орфанотрофио ди Сьена» — католическом сиротском приюте близ Флоренции. В тот день шел дождь. Монахини уже дважды приглашали ее обедать, но девочка притворялась, что не слышит. Она лежала во дворе, наблюдая, как падают дождевые капли, ощущая, как они небольно ударяются о ее тело, и пыталась угадать, куда упадет следующая. Монахини опять принялись ее звать, пугая тем, что воспаление легких быстро отучит строптивую девчонку от чрезмерного пристрастия к наблюдению за природой.

«Да не слышу я вас!» — мысленно огрызнулась Виттория.

Она уже промокла до нитки, когда из дома вышел молодой священник. Она его не знала, в приюте он был новеньким. Виттория съежилась в ожидании, что он схватит ее за шиворот и потащит под крышу. Однако священник, к ее изумлению, не сделал ничего подобного. Вместо этого он растянулся рядом с ней прямо в большущей луже.

— Говорят, ты всех замучила своими вопросами, — обратился к ней священник.

— А что в этом плохого? — тут же спросила Виттория.

— Выходит, это правда, — рассмеялся он.

— А чего вы сюда пришли? — грубовато поинтересовалась дерзкая девчонка.

— Так ведь не одной тебе интересно, почему с неба падают капли.

— Мне-то как раз неинтересно, почему они падают. Это я уже знаю!

— Да что ты говоришь! — удивленно взглянул на нее священник.

— Конечно! Сестра Франциска рассказывала, что дождевые капли — это слезы ангелов, которые они льют с небес, чтобы смыть с нас наши грехи.

— Ого! Теперь все понятно! — восхитился он.

— А вот и нет! — возразила юная естествоиспытательница. — Они падают потому, что все падает. Падает все! Не одни только дождевые капли.

— Знаешь, а ведь ты права, — озадаченно почесал в затылке священник. — Действительно, все падает. Должно быть, гравитация действует.

— Чего-чего?

— Ты что, не слышала о гравитации? — недоверчиво посмотрел на нее священник.

— Нет, — смутилась Виттория.

— Плохо дело, — сокрушенно покачал головой он. — Гравитация может дать ответы на множество вопросов.

— Так что за штука эта ваша гравитация? — Сгорая от любопытства, Виттория даже приподнялась на локте и решительно потребовала: — Рассказывайте!

— Не возражаешь, если мы обсудим это за обедом? — хитро подмигнул ей священник.

Молодым священником был Леонардо Ветра. Хотя в университете его неоднократно отмечали за успехи в изучении физики, он подчинился зову сердца и поступил в духовную семинарию. Леонардо и Виттория стали неразлучными друзьями в пронизанном одиночеством мире монахинь и жестких правил. Виттория частенько смешила Леонардо, помогая ему разогнать тоску, и он взял ее под свое крыло. Он рассказал ей о таких восхитительных явлениях природы, как радуга и реки. От него она узнала о световом излучении, планетах, звездах... обо всем окружающем мире, каким его видят Бог и наука. Обладавшая врожденным интеллектом и неуемной любознательностью, Виттория оказалась на редкость способной ученицей. Леонардо опекал ее как родную дочь.

Девочка же была просто счастлива. Ей было неведомо тепло отцовской заботы. В то время как другие взрослые шлепком, порой весьма увесистым, обрывали ее приставания с вопросами, Леонардо часами терпеливо растолковывал Виттории всякие премудрости, знакомил ее с интереснейшими, умнейшими книгами. Более того, он даже искренне интересовался, что она сама думает по тому или иному поводу. Виттория молила Бога, чтобы Леонардо оставался рядом с ней вечно. Однако настал день, когда мучившие ее кошмарные предчувствия оправдались. Отец Леонардо сообщил, что покидает приют.

— Уезжаю в Швейцарию, — сообщил он ей. — Мне предоставили стипендию для изучения физики в Женевском университете.

— Физики? — не поверила своим ушам Виттория. — Я думала, вы отдали свое сердце Богу!

— Бога я люблю всей душой, — подтвердил Леонардо. — Именно поэтому и решил изучать его Божественные заповеди. А законы физики — это холсты, на которых Бог творит свои шедевры.

Виттория была сражена. Но у него была для нее еще одна новость. Оказывается, он переговорил с вышестоящими инстанциями, и там дали согласие на то, чтобы отец Леонардо удочерил сироту Витторию.

— А ты сама хочешь, чтобы я тебя удочерил? — с замирающим сердцем спросил Леонардо.

— А как это? — не поняла Виттория.

Когда он ей все объяснил, она бросилась ему на шею и минут пять заливала сутану слезами радости.

— Да! Хочу! Да! Да! Хочу! — всхлипывая, вскрикивала она, вне себя от нежданного счастья.

Леонардо предупредил, что они будут вынуждены ненадолго расстаться, пока он не устроится в Швейцарии, однако пообещал, что разлука продлится не более полугода. Для Виттории это были самые долгие в жизни шесть месяцев, но слово свое Леонардо сдержал. За пять дней до того, как ей исполнилось девять лет, Виттория переехала в Женеву. Днем она ходила в Женевскую международную школу, а по вечерам ее образованием занимался приемный отец.

Спустя три года Леонардо Ветра пригласили на работу в ЦЕРН. Отец и дочь попали в страну чудес, какой Виттория не могла вообразить даже в самых дерзких мечтах.

Виттория Ветра, словно в оцепенении, шагала по туннелю. Поглядывая на свое искаженное отражение в хромированной поверхности трубы ускорителя, она остро ощущала отсутствие отца. Обычно Виттория пребывала в состоянии незыблемого мира с самой собой и полной гармонии со всем, что ее окружало. Однако сейчас все внезапно потеряло смысл. В последние три часа она просто не осознавала, что происходит с ней и вокруг нее.

Звонок Колера раздался, когда на Балеарах было десять часов утра. «Твой отец убит. Возвращайся домой немедленно!..» Несмотря на то что на раскаленной палубе катера было удушающе жарко, ледяной озноб пробрал ее до самых костей. Бездушный механический тон, которым Колер произнес эти страшные слова, был еще больнее, нежели сам их смысл.

И вот она дома. Да какой же теперь это дом? ЦЕРН, ее единственный мир с того дня, как ей исполнилось двенадцать лет, стал вдруг чужим. Ее отца, который превращал центр в страну чудес, больше нет.

Дыши ровнее и глубже, приказала себе Виттория, но это не помогло привести в порядок мечущиеся в голове мысли. Кто убил отца? За что? Откуда взялся этот американский «специалист»? Почему Колер так рвется к ним в лабораторию? Вопросы один за другим все быстрее вспыхивали у нее в мозгу.

Колер говорил о возможной связи убийства с их нынешним проектом. Какая может быть здесь связь? Никто не знал, над чем они работают! Но даже если кому-то и удалось что-то разнюхать, зачем убивать отца?

Приближаясь к лаборатории, Виттория вдруг подумала, что сейчас обнародует величайшее достижение его жизни, а отец при этом присутствовать не будет. Этот торжественный момент виделся ей совсем по-другому. Она представляла себе, что отец соберет в своей лаборатории ведущих ученых центра и продемонстрирует им свое открытие, с потаенным ликованием глядя на их ошеломленные, растерянные, потрясенные лица. Затем, сияя отцовской гордостью, объяснит присутствующим, что, если бы не одна из идей Виттории, осуществить этот проект он бы не смог... что его дочь прямо и непосредственно участвовала в осуществлении такого выдающегося научного прорыва. Виттория почувствовала, как к горлу подкатил горький комок. В этот момент триумфа они с отцом должны были быть вместе. Но она осталась одна. Вокруг нее не толпятся взбудораженные коллеги. Не видно восторженных лиц. Рядом только какой-то незнакомец из Америки и Максимилиан Колер.

Максимилиан Колер. Der König. Кайзер.

Еще с самого детства Виттория испытывала к этому человеку глубокую неприязнь. Нет, с течением времени она стала уважать могучий интеллект директора, однако его ледяную холодность и неприступность по-прежнему считала бесчеловечными... Этот человек являл собой прямую противоположность ее отцу, который был воплощением сердечного тепла и доброты. И все же в глубине души эти двое относились друг к другу с молчаливым, но величайшим уважением. Гений, сказал ей однажды кто-то, всегда признает другого гения без всяких оговорок.

«Гений, — тоскливо подумала она, — отец... Папа, папочка. Убит...»

В лабораторию Леонардо Ветра вел длинный, стерильной чистоты коридор, от пола до потолка облицованный белым кафелем. У Лэнгдона почему-то появилось ощущение, что он попал в подземную психушку. По стенам коридора тянулись дюжины непонятно что запечатлевших черно-белых фотографий в рамках. И хотя Лэнгдон посвятил свою карьеру изучению символов, эти изображения не говорили ему ничего. Они выглядели как беспорядочная коллекция негативов, вкривь и вкось исчерченных какими-то хаотическими полосами и спиралями. Современная живопись? Накушавшийся амфетамина Джексон Поллок*? Лэнгдон терялся в догадках.

— Разброс осколков. Зафиксированный компьютером момент столкновения частиц, — заметив, видимо, его недоумение, пояснила Виттория и указала на едва видимый на снимке след. — В данном случае наблюдаются Z-частицы. Отец открыл их пять лет назад. Одна энергия — никакой массы. Возможно, это и есть самый мелкий, если можно так выразиться, строительный элемент природы. Ведь материя есть не что иное, как пойманная в ловушку энергия.

Неужели? Материя есть энергия? Лэнгдон насторожился. Это уже скорее смахивает на дзэн**. Он еще раз посмотрел на тонюсенькие черточки на фотографии. Интересно, что скажут его приятели с физфака в Гарварде, когда он признается им, что провел выходные в большом адроновом коллайдере***, наслаждаясь видом Z-частиц?

— Виттория, — сказал Колер, когда они подошли к стальным дверям весьма внушительного вида, — должен признаться, что сегодня утром я уже спускался вниз в поисках вашего отца.

---

* Джексон Поллок (1912—1956) — американский художник-абстракционист.

** Дзэн (*япон.*), дхьяна (*санскр.*), чань (*кит.*) — возникшее в VI в. течение буддизма, проповедующее постижение истины через созерцание и самопогружение и абсолютное пренебрежение к любой внешней форме бытия.

*** Ускоритель, в котором осуществляется столкновение встречных пучков заряженных частиц высоких энергий.

— Неужели? — слегка покраснев, произнесла девушка.

— Именно. И представьте мое изумление, когда вместо нашего стандартного цифрового замка я обнаружил нечто совершенно иное... — С этими словами Колер показал на сложный электронный прибор, вмонтированный в стену рядом с дверью.

— Прошу прощения, — сказала Виттория. — Вы же знаете, насколько серьезно он относился к вопросам секретности. Отец хотел, чтобы в лабораторию имели доступ лишь он и я.

— Понимаю, — ответил Колер. — А теперь откройте дверь.

Виттория не сразу отреагировала на слова шефа, но затем, глубоко вздохнув, все же направилась к прибору в стене.

К тому, что произошло после, Лэнгдон оказался совершенно не готов.

Виттория подошла к аппарату и, склонившись, приблизила правый глаз к выпуклой, чем-то похожей на окуляр телескопа линзе. После этого она надавила на кнопку. В недрах машины раздался щелчок, и из линзы вырвался лучик света. Лучик двигался, сканируя глазное яблоко так, как сканирует лист бумаги копировальная машина.

— Это — сканер сетчатки, — пояснила она. — Безупречный механизм. Распознает строение лишь двух сетчаток — моей и моего отца.

Роберт Лэнгдон замер. Перед его мысленным взором во всех ужасающих деталях предстал мертвый Леонардо Ветра. Лэнгдон снова увидел окровавленное лицо, одинокий, смотрящий в пространство карий глаз и пустую, залитую кровью глазницу. Он попытался не думать об ужасающем открытии... но спрятаться от правды было невозможно. На белом полу прямо под сканером виднелись коричневатые точки. Капли запекшейся крови.

Виттория, к счастью, их не заметила.

Стальные двери заскользили в пазах, и девушка вошла в помещение.

Колер мрачно посмотрел на Лэнгдона, и тот без труда понял значение этого взгляда: «Я же говорил вам, что похищение глаза преследует иную... гораздо более важную цель».

ГЛАВА 18

Руки женщины были связаны. Перетянутые шнуром кисти опухли и покраснели. Совершенно опустошенный, ассасин лежал с ней рядом, любуясь своим обнаженным трофеем. Смуглого убийцу занимал вопрос, не было ли ее временное забытье лишь попыткой обмануть его, чтобы избежать дальнейшей работы.

Впрочем, на самом деле это его не очень волновало, так как он получил более чем достаточное вознаграждение. Испытывая некоторое пресыщение, ассасин отвернулся от своей добычи и сел на кровати.

На его родине женщины являются собственностью. Слабыми созданиями. Инструментом наслаждения. Товаром, который обменивают на скот. И там они знают свое место. Здесь же, в Европе, женщины прикидываются сильными и независимыми. Эти их жалкие потуги одновременно смешили его и возбуждали. Убийца получал особое наслаждение в те моменты, когда гордячки оказывались в полной физической зависимости от него.

Несмотря на ощущение полного физического удовлетворения, ассасин начал испытывать другое желание. Прошлой ночью он убил человека. Не только убил, но и изуродовал труп. Убийство действовало на него так, как на других действует героин... Каждая новая порция приносит лишь временное облегчение, порождая тягу к очередной, все увеличивающейся дозе. Чувство приятного удовлетворения исчезло, и на смену ему снова пришло желание.

Он внимательно посмотрел на спящую рядом с ним женщину и провел ладонью по светлой шее. Сознание того, что он в один миг может лишить ее жизни, приводило его в состояние возбуждения. Кому нужна жизнь этого ничтожного существа? Кто она такая? Недочеловек. Инструмент наслаждения. Мощные пальцы убийцы сжали нежное горло, и он уловил биение ее пульса. Однако тут же, подавив желание, убрал руку. Дело прежде всего. Личные желания должны уступать место служению более высоким целям. Встав с постели, ассасин еще раз восхитился величием того дела, которое ему предстояло свершить. Он все еще не мог до конца осознать степень влияния человека, скрывающегося под именем Янус, и могущества древнего братства, которое тот возглавлял. Каким-то непостижимым образом им удалось узнать о его ненависти и... его непревзойденном искусстве. Как именно это стало им известно, для него навсегда останется тайной. Их корни проросли через весь земной шар.

И вот теперь они удостоили его высшей чести. Он станет их руками и их голосом. Их мстителем и их посланником — тем, кого его соплеменники именуют Малик-аль-Хак. Ангел Истины.

ГЛАВА 19

Войдя в лабораторию Ветра, Лэнгдон перенесся из нашего времени в далекое будущее. Абсолютно белое внутри помещение, заставленное компьютерами и специальным электронным оборудованием, походило на операционную какого-нибудь футуристического госпиталя. Интересно, какие тайны хранила эта лаборатория, думал американец, если для их сохранности пришлось создавать запоры, открыть которые можно лишь с помощью глаза?..

Колер первым делом внимательно оглядел помещение, но в нем, естественно, никого не оказалось. Что касалось Виттории, то та двигалась как-то неуверенно... Так, словно лаборатория в отсутствие отца стала для нее чужой.

Лэнгдон сразу обратил внимание на невысокие массивные колонны, чем-то напоминающие Стонхендж* в миниатюре. Этих колонн из полированной стали было около десятка, и они образовывали в центре комнаты небольшой круг. Но еще больше эти трехфутовые сооружения напоминали постаменты, на которых в музеях выкладывают драгоценные камни. Однако сейчас на них лежали отнюдь не драгоценности. На каждой из колонн покоился толстостенный прозрачный сосуд, формой и

* Стонхендж — мегалитическая культовая постройка 2-го тысячелетия до н.э. в Великобритании.

размером напоминающий теннисный мяч. Судя по их виду, сосуды были пусты.

Колер с удивлением посмотрел на них и, видимо, решив поговорить об этом потом, сказал, обращаясь к Виттории:

— Взгляните хорошенько. Ничего не украдено?

— Украдено? Каким образом? Сканер сетчатки может впустить только нас.

— Все-таки посмотрите.

Виттория вздохнула и некоторое время разглядывала комнату. Затем пожала плечами и сказала:

— Лаборатория в том состоянии, в котором ее обычно оставляет отец. В состоянии упорядоченного хаоса.

Лэнгдон понимал, что Колер взвешивает все возможные варианты своего дальнейшего поведения, размышляя о том, в какой степени можно оказывать давление на Витторию и... как много следует ей сказать. Видимо, решив оставить девушку на время в покое, он выехал в центр комнаты, обозрел скопление таинственных пустых сосудов и после продолжительной паузы произнес:

— Секреты... это та роскошь, которую мы себе больше позволить не можем.

Виттория неохотно кивнула, выражая свое согласие, и на ее лице отразилась та буря эмоций, которые она испытывала. Эмоций и воспоминаний.

«Дай ей хотя бы минуту!..» — подумал Лэнгдон.

Как бы набираясь сил для того, чтобы открыть страшную тайну, Виттория опустила ресницы и вздохнула полной грудью. Затем, не открывая глаз, она сделала еще один глубокий вздох. И еще...

Лэнгдона охватило беспокойство. С ней все в порядке? Он покосился на Колера. Тот сидел совершенно спокойно, поскольку ему, очевидно, не раз приходилось бывать свидетелем этого ритуала. Прежде чем Виттория открыла глаза, прошло не менее десяти секунд.

С ней произошла такая метаморфоза, что Лэнгдон просто не поверил своим глазам. Виттория Ветра совершенно преобразилась. Уголки ее пухлых губ опустились, плечи обвисли, взгляд стал мягким. Казалось, девушка настроила свой организм на то, чтобы смириться со сложившимся положением. Страдания и личную боль ей каким-то образом удалось спрятать в глубине сердца.

— С чего начать? — спросила она совершенно спокойно.

— Начните с самого начала, — сказал Колер. — Расскажите нам об эксперименте своего отца.

— Отец всю свою жизнь мечтал о том, чтобы примирить науку и религию, — начала Виттория. — Он хотел доказать, что наука и религия вполне совместимы и являют собой всего лишь два различных пути познания единой истины... — Девушка замолчала, как бы не веря тому, что собиралась сказать в следующий момент: — И вот недавно... он нашел способ это сделать.

Колер молчал.

— Отец задумал провести эксперимент, который, как он надеялся, сможет разрешить одно из самых острых противоречий между наукой и религией.

Интересно, какое противоречие она имеет в виду, подумал Лэнгдон. Истории известно огромное их множество.

— Отец имел в виду проблему креационизма — проблему вечного спора о том, как возникла наша Вселенная.

Вот это да, подумал Лэнгдон. Значит, речь идет ни много ни мало о *том самом* споре!

— В Библии, естественно, сказано, что наш мир был сотворен Богом, — продолжала Виттория. — «И сказал Бог: да будет свет. И стал свет». Итак, все, что мы видим перед собой, возникло из бесконечной пустоты и тьмы. Но к сожалению, один из фундаментальных законов физики гласит, что материя не может быть создана из ничего.

Лэнгдону доводилось читать об этом тупике. Идея о том, что Бог смог создать «нечто из ничего», полностью противоречила общепризнанным законам современной физики и потому отвергалась ученым миром. Акт Творения с точки зрения науки представлялся полнейшим абсурдом.

— Мистер Лэнгдон, — сказала Виттория, повернувшись к американцу, — полагаю, что вы знакомы с теорией Большого взрыва?

— Более или менее, — пожал плечами Лэнгдон.

Так называемый Большой взрыв, насколько ему было известно, являлся признанной наукой моделью возникновения Вселенной. До конца он этого не понимал, но знал, что, согласно теории, находившееся в сверхплотном состоянии и сконцентрированное в одной точке вещество в результате гигантского взрыва начало расширяться, формируя Вселенную. Или что-то в этом роде.

— Когда в 1927 году католическая церковь впервые предложила теорию Большого взрыва...

— Простите, — прервал ее Лэнгдон, — неужели вы хотите сказать, что идея Большого взрыва первоначально принадлежала церкви?

Витторию его вопрос, казалось, несказанно изумил.

— Ну конечно, — ответила она. — Ее в 1927 году выдвинул католический монах по имени Жорж Лемэтр.

— Но я всегда считал, — неуверенно произнес Лэнгдон, — что эту теорию разработал гарвардский астроном Эдвин Хаббл*...

— Еще один пример американского научного высокомерия, — бросив на Лэнгдона суровый взгляд, вмешался Колер. — Хаббл опубликовал свои рассуждения в 1929 году, то есть на два года позже Лемэтра.

«Я читал о телескопе Хаббла, сэр, а о телескопе Лемэтра почему-то никто не пишет», — подумал Лэнгдон, но вслух этого не сказал.

— Мистер Колер прав, — продолжала Виттория. — Первоначально идея принадлежала Лемэтру. Хаббл всего лишь подтвердил ее, собрав доказательства того, что Большой взрыв теоретически возможен.

---

* Эдвин Пауэлл Хаббл (1889—1953) — американский астроном. Установил, в частности, закономерность разлета галактик. Жорж Анри Лемэтр (1894—1966) — бельгийский астрофизик и математик. Магистр теологии.

Интересно, упоминают ли этого Лемэтра фанатичные поклонники Хаббла с факультета астрономии Гарвардского университета, когда читают лекции своим студентам, подумал Лэнгдон. Вслух он этот вопрос, правда, задавать не стал, ограничившись неопределенным:

— О...

— Когда Лемэтр впервые предложил свою теорию, — продолжала Виттория, — ученые мужи объявили ее полной нелепицей. Материя, сказали они, не может возникнуть из ничего. Поэтому, когда Хаббл потряс мир, научно доказав возможность Большого взрыва, церковь возвестила о своей победе и о том, что это является свидетельством истинности Священного Писания.

Лэнгдон кивнул. Теперь он очень внимательно слушал рассуждения девушки.

— Ученым, естественно, пришлось не по вкусу то, что церковь использовала их открытия для пропаганды религии, и они тут же облекли теорию Большого взрыва в математическую форму, устранив из нее тем самым все религиозное звучание. Это позволило объявить им Большой взрыв своей собственностью. Но к несчастью для науки, все их уравнения даже в наше время страдают одним пороком, на который не устает указывать церковь.

— Так называемая сингулярность, — проворчал Колер.

Он произнес это слово так, словно оно отравляло все его существование.

— Вот именно — сингулярность! — подхватила Виттория. — Точный момент творения. Нулевое время. Даже сейчас... — Виттория взглянула на Лэнгдона. — Даже сейчас наука не способна сказать что-либо внятное в связи с первым моментом возникновения Вселенной. Наши уравнения весьма убедительно объясняют ранние фазы ее развития, но по мере удаления во времени и приближения к «нулевой точке» математические построения вдруг рассыпаются и теряют всякий смысл.

— Верно, — раздраженно произнес Колер. — И церковь использует эти недостатки как аргумент в пользу чудесного Божественного вмешательства. Впрочем, мы несколько отошли от темы. Продолжайте...

— Я хочу сказать, — с отрешенным выражением лица произнесла Виттория, — что отец всегда верил в Божественную природу Большого взрыва. Несмотря на то что наука пока не способна определить точный момент Божественного акта, отец был убежден, что когда-нибудь она его установит. — Печально показав на напечатанные на лазерном принтере слова, висевшие над рабочим столом Леонардо Ветра, девушка добавила: — Когда я начинала сомневаться, папа всегда тыкал меня носом в это высказывание.

Лэнгдон прочитал текст:

НАУКА И РЕЛИГИЯ НИКОГДА НЕ ПРОТИВОСТОЯЛИ ДРУГ ДРУГУ. ПРОСТО НАУКА ОЧЕНЬ МОЛОДА, ЧТОБЫ ПОНЯТЬ ЭТО

— Папа хотел поднять науку на более высокий уровень, — сказала Виттория. — На тот уровень, когда научные знания подтверждали бы существование Бога. — Она меланхолично пригладила ладонью свои длинные волосы и добавила: — Отец затеял то, до чего пока не додумался ни один ученый. Он решил сделать нечто такое, для чего до настоящего времени даже не существовало технических решений. — Виттория замолчала, видимо, не зная, как произнести следующие слова. Наконец, после продолжительной паузы, девушка сказала: — Папа задумал эксперимент, призванный доказать возможность акта Творения.

Доказать акт Творения? Да будет свет? Материя из ничего? Лэнгдон не мог представить себе ничего подобного.

— Прости, но я тебя не понял, — произнес Колер, сверляя девушку взглядом.

— Отец создал Вселенную... буквально из ничего.

— Что?! — вскинул голову Колер.

— Пожалуй, правильнее будет сказать — он воссоздал Большой взрыв.

Колер едва не вскочил на ноги из своего инвалидного кресла. А Лэнгдон запутался окончательно.

Создал Вселенную? Воссоздал Большой взрыв?

— Все это, естественно, сделано не в столь грандиозном масштабе, — сказала Виттория (теперь она говорила гораздо быстрее). — Процесс оказался на удивление простым. Папа разогнал в ускорителе два тончайших пучка частиц. Разгон осуществлялся в противоположных направлениях. Когда два пучка с невообразимой скоростью столкнулись, произошло их взаимопроникновение, и вся энергия сконцентрировалась в одной точке. Папе удалось получить чрезвычайно высокие показатели плотности энергии.

Девушка начала рассказывать о физическом характере потоков, и с каждым ее словом глаза директора округлялись все больше и больше.

Лэнгдон изо всех сил пытался не потерять нить рассказа.

Итак, думал он, Леонардо Ветра смог создать модель энергетической точки, которая дала начало нашей Вселенной.

— Результат эксперимента без преувеличения можно назвать чудом, — продолжала Виттория. — Его опубликование буквально потрясет основы основ современной физической науки... — Теперь она говорила медленно, словно желая подчеркнуть грандиозное значение открытия. — И в этой энергетической точке внутри ускорителя буквально из ничего начали возникать частицы материи.

Колер никак не отреагировал на это сообщение. Он просто молча смотрел на девушку.

— Материи, — повторила Виттория. — Вещества, родившегося из ниоткуда. Мы стали свидетелями невероятного фейерверка на субатомном уровне. На наших глазах рождалась миниатюрная Вселенная. Папа доказал, что материя может быть создана из ничего. Но это не все! Его эксперимент продемонстрировал, что Большой взрыв и акт Творения объясняются присутствием колоссального источника энергии.

— Или, иными словами, Бога?

— Бога, Будды, Силы, Иеговы, сингулярности, единичной точки... Называйте это как угодно, но результат останется тем же. Наука и религия утверждают одну и ту же истину: источником творения является чистая энергия.

Колер наконец заговорил, и голос его звучал печально:

— Виттория, твой рассказ оставил меня в полной растерянности. Неужели ты и вправду хочешь сказать, что Леонардо смог создать вещество... из ничего?

— Да. И вот доказательство, — ответила Виттория, указывая на пустые сосуды. — В каждом из этих шаров находится образчик сотворенной им материи.

Колер откашлялся и покатился к сосудам. Он двигался осторожно, так, как двигаются инстинктивно ощущающие опасность дикие животные.

— Видимо, я что-то недопонял, — сказал директор. — Почему я должен верить тому, что сосуды содержат частицы материи, созданные твоим отцом? Это вещество могло быть взято откуда угодно.

— Нет, — уверенно ответила Виттория. — Откуда угодно взять это вещество невозможно. Данные частицы уникальны. Подобного вида материи на Земле не существует... Отсюда следует вывод, что она была создана искусственно.

— Как прикажешь понимать твои слова? — с суровым видом произнес Колер. — Во Вселенной существует лишь один вид материи... — начал было руководитель ЦЕРНа, но тут же остановился.

— А вот и нет! — с победоносным видом объявила Виттория. — Вы же сами на своих лекциях говорили нам, что существует два вида материи. И это — научный факт. Мистер Лэнгдон, — произнесла девушка, — что говорит Библия об акте Творения? Что создал Бог?

Лэнгдон не понимал, какое отношение этот вопрос имеет к происходящему, но все же, ощущая некоторую неловкость, ответил:

— Хм... Бог создал свет и тьму... небо и землю... рай и ад...

— Именно, — прервала его Виттория. — Он создал противоположности. Полную симметрию. Абсолютное равновесие. — Вновь повернувшись к Колеру, девушка сказала: — Директор, наука утверждает то же, что и религия: все, что создал Большой взрыв, он создавал в виде двух противоположностей. И я хочу подчеркнуть слово «все».

— Все, включая саму материю, — прошептал, словно самому себе, Колер.

— Именно, — кивнула Виттория. — И в ходе эксперимента моего отца возникли два вида материи.

Лэнгдон вообще перестал понимать то, о чем говорили Колер и Виттория. Неужели, думал он, Леонардо Ветра изобрел нечто противоположное материи?

— Субстанция, о которой ты говоришь, существует лишь в иных областях Вселенной, — сердито сказал директор. — На Земле ее определенно нет. Возможно, ее нет и во всей нашей галактике!

— Верно, — согласилась Виттория. — И это доказывает, что находящиеся в сосудах частицы были созданы в ходе эксперимента.

— Не хочешь ли ты сказать, что эти шары содержат в себе образцы антивещества? — спросил Колер, и лицо его стало похоже на каменную маску.

— Да. Я хочу сказать именно это, — ответила Виттория, бросив торжествующий взгляд на пустые с виду сосуды. — Директор, перед вами первые в мире образцы антиматерии. Или антивещества, если хотите.

ГЛАВА 20

Второй этап, думал ассасин, шагая по темному тоннелю.

Убийца понимал, что факел в его руке — вещь в принципе излишняя. Он был нужен лишь для того, чтобы произвести впечатление. Во всем нужен эффект. Страх, как хорошо знал ассасин, был его союзником. Страх калечит сильнее, чем любое оружие.

В тоннеле не было зеркала, чтобы полюбоваться собой. Но судя по сгорбленной тени, которую отбрасывала его скрытая широким одеянием фигура, мимикрия была полной. Маскировка являлась важнейшей частью плана... Кроме того, она еще раз подчеркивала всю безнравственность заговора. Даже в самых дерзких своих мечтах он не представлял, что сыграет в нем столь важную роль.

Еще две недели назад он посчитал бы, что выполнить ожидающую его в конце пути задачу невозможно. Она показалась бы ему самоубийственной. Это было почти то же самое, что войти обнаженным в клетку со львом. Но Янус сумел лишить смысла само понятие невозможного.

За последние две недели Янус посвятил его во множество тайн... Тоннель, кстати, был одной из них — древний, но вполне пригодный для прохода подземный коридор.

С каждым шагом приближаясь к врагам, ассасин не переставал думать о том, насколько трудной может оказаться его задача. Янус обещал, что сделать все будет проще простого, поскольку некто, находящийся в здании, проведет всю подготовительную работу. Некто, находящийся в здании. Невероятно! Чем больше он думал о своей миссии, тем сильнее становилась его вера в то, что она окажется простой, как детская забава.

Wahad... tintain... thalatha... arbaa, думал он и мысленно произносил эти слова по-арабски, приближаясь к концу тоннеля. *Один... два... три... четыре.*

ГЛАВА 21

— Думаю, вы слышали об антивеществе, мистер Лэнгдон? — спросила Виттория. Ее смуглая кожа резко контрастировала с белизной лаборатории.

Лэнгдон поднял на нее глаза. Он вдруг ощутил себя полным тупицей.

— Да... В некотором роде.

— Вы, видимо, смотрите по телевизору сериал «Звездный путь», — с едва заметной усмешкой сказала девушка.

— Моим студентами он очень нравится... — начал он, покраснев, однако тут же взял себя в руки и серьезно продолжил: — Антивещество служит главным топливом для двигателей звездного крейсера «Энтерпрайз». Не так ли?

— Хорошая научная фантастика уходит корнями в настоящую науку, — утвердительно кивнув, ответила Виттория.

— Значит, антивещество действительно существует?!

— Да, как природное явление. Все имеет свою противоположность. Протоны и электроны, кварки и антикварки. На субатомном уровне существует своего рода космическая симметрия. Антивещество по отношению к веществу то же самое, что инь и ян в китайской философии. Женское и мужское начало. Они поддерживают состояние физического равновесия, и это можно выразить математическим уравнением.

Лэнгдон сразу вспомнил о дуализме Галилея.

— Ученым еще с 1918 года известно, что Большой взрыв породил два вида вещества, — сказала Виттория. — Один — тот, который мы имеем здесь, на Земле. Из него состоят скалы, деревья, люди. Другой вид вещества находится где-то в иных частях Вселенной. Это вещество полностью идентично нашему, за исключением того, что все частицы в нем имеют противоположный заряд.

— Но хранить частицы антивещества невозможно, — сказал, возникнув словно из тумана, Колер. Теперь в его голосе звучало сомнение. — Технологий для этого не существует. Как насчет нейтрализации?

— Отцу удалось создать вакуум с обратной поляризацией, что, в свою очередь, позволило извлечь частицы вещества из ускорителя до того, как они успели исчезнуть.

— Но вакуум одновременно с антивеществом извлечет и обычную материю. Я лично не вижу способа разделить частицы, — с недовольным видом возразил Колер.

— Для этой цели папа использовал сильное магнитное поле. Частицы вещества ушли по дуге вправо, а антивещества — влево. У них, как известно, противоположная полярность.

И в этот момент стена скептицизма, которой окружил себя Колер, похоже, дала первую трещину. Он с изумлением посмотрел на Витторию и зашелся в приступе кашля.

— Неверо... ятно, — выдавил он, вытирая губы. — Но пусть даже... — у Лэнгдона сложилось впечатление, что разум директора продолжал сопротивляться, — ...вакуум и магниты возымели действие, все равно эти сферические сосуды изготовлены из вещества. А ведь антивещество невозможно хранить в сосудах из нашей обычной материи. Вещество и антивещество мгновенно вступят в реакцию...

— Образцы антиматерии не касаются стенок сосудов, — ответила, явно ожидавшая этого вопроса Виттория. — Они находятся в подвешенном состоянии. Эти сосуды называются «ловушками антивещества», поскольку они буквально затягивают его в центр сферы и удерживают на безопасном расстоянии от стенок.

— В подвешенном состоянии? Но... каким образом?

— В точке пересечения двух магнитных полей. Можете взглянуть.

Виттория прошла через всю комнату и взяла какой-то большой электронный прибор. Эта хитроумная штуковина больше всего походила на лучевое ружье из детских комиксов. Широкий, похожий на пушечный ствол, лазерный прицел сверху и масса электронных приспособлений в нижней части. Девушка соединила прицел с одним из сосудов, взглянула в окуляр и произвела тонкую калибровку. Затем отступила в сторону и жестом пригласила Колера приблизиться.

Директор, казалось, пребывал в полном замешательстве.

— Неужели вам удалось добыть видимое количество?

— Пятьсот нанограммов*. В виде жидкой плазмы, состоящей из миллионов позитронов.

— Миллионов?! Но до сих пор во всех лабораториях мира удалось выделить лишь несколько частиц антивещества...

— Ксенон, — быстро ответила Виттория. — Папа пропустил луч через поток ксенона, который отнял у частиц все электро-

* Нанограмм — миллиардная часть грамма.

ны. Детали эксперимента он держал в тайне, но мне известно, что отец одновременно впрыскивал в ускоритель струю чистых электронов.

Лэнгдон уже и не пытался что-либо понять. «Неужели они говорят по-английски?» — думал он.

Колер замолчал, сдвинув брови. Затем он судорожно вздохнул и откинулся на спинку кресла — так, словно его сразила пуля.

— Но это означает, что технически мы...

— Именно. Мы имеем возможность получить большое количество антивещества.

Колер посмотрел на металлические стержни, поддерживающие сферические сосуды, неуверенно подкатил к тому, на котором был закреплен зрительный прибор, и приложил глаз к окуляру. Он долго смотрел, не говоря ни слова. Затем оторвался от визира, обессиленно откинулся на спинку кресла и вытер покрытый потом лоб. Морщины на его лице разгладились.

— Боже мой... вы действительно это сделали, — прошептал он.

— Это сделал мой отец, — уточнила Виттория.

— У меня просто нет слов...

— А вы не хотите взглянуть? — спросила девушка, обращаясь к Лэнгдону.

Совершенно не представляя, что он может увидеть, Лэнгдон подошел к стержням. С расстояния в один фут сосуд по-прежнему казался пустым. То, что находилось внутри, имело, по-видимому, бесконечно крошечные размеры. Американец посмотрел в окуляр, но для того, чтобы сфокусировать взгляд на содержимом прозрачной сферы, ему потребовалось некоторое время.

И наконец он увидел это.

Объект находился не на дне сосуда, как можно было ожидать, а плавал в самом центре сферы. Это был мерцающий, чем-то похожий на капельку ртути шарик. Поддерживаемый неведомыми магическими силами, шарик висел в пространстве. По его поверхности пробегал муар отливающих металлом волн. Шарик антивещества напомнил Лэнгдону о научно-популярном фильме, в котором демонстрировалось поведение в невесомости капли воды. Несмотря на то что шарик был микроскопическим, Лэнгдон видел все углубления и выпуклости, возникающие на поверхности витающей в замкнутом пространстве плазмы.

— Оно... плавает, — произнес специалист по религиозной символике.

— И слава Богу, — ответила Виттория. — Антивещество отличается крайней нестабильностью. По своей энергетической сущности оно является полной противоположностью обычного вещества, и при соприкосновении субстанций происходит их взаимное уничтожение. Удерживать антивещество от контакта с веществом очень сложно, потому что все — буквально все! — что имеется на Земле, состоит из обычного вещества. Образцы при хранении не должны ничего касаться — даже воздуха.

Лэнгдон был потрясен. Неужели можно работать в полном вакууме?

— Скажи, — вмешался Колер, — а эти, как их там... «ловушки антивещества» тоже изобрел твой отец?

— Вообще-то их придумала я, — несколько смущенно ответила она.

Колер поднял на нее вопросительный взгляд, ожидая продолжения.

— Когда папа получил первые частицы антивещества, он никак не мог их сохранить, — скромно потупившись, сказала Виттория. — Я предложила ему эту схему. Воздухонепроницаемая оболочка из композитных материалов и разнополюсные магниты с двух сторон.

— Похоже, что гениальность твоего отца оказалась заразительной.

— Боюсь, что нет. Я просто позаимствовала идею у природы. Аргонавты* удерживают рыбу в своих щупальцах при помощи электрических зарядов. Тот же принцип использован и здесь. К каждой сфере прикреплена пара электромагнитов. Противоположные магнитные поля пересекаются в центре сосуда и удер-

* Аргонавты — род головоногих моллюсков из отряда осьминогов.

живают антивещество в удалении от стен. Все это происходит в абсолютном вакууме.

Лэнгдон с уважением посмотрел на шарообразный сосуд. Антивещество, свободно подвешенное в вакууме. Колер был прав. Этого мог добиться лишь гений.

— Где размещены источники питания электромагнитов? — поинтересовался Колер.

— В стержне под ловушкой. Основания сфер имеют контакт с источником питания, и подзарядка идет постоянно.

— А что произойдет, если поле вдруг исчезнет?

— В этом случае антивещество, лишившись поддержки, опустится на дно сосуда, и тогда произойдет его аннигиляция, или уничтожение, если хотите.

— Уничтожение? — навострил уши Лэнгдон. Последнее слово ему явно не понравилось.

— Да, — спокойно ответила Виттория. — Вещество и антивещество при соприкосновении мгновенно уничтожаются. Физики называют этот процесс аннигиляцией.

— Понятно, — кивнул Лэнгдон.

— Реакция с физической точки зрения очень проста. Частицы материи и антиматерии, объединившись, дают жизнь двум новым частицам, именуемым фотонами. А фотон — не что иное, как микроскопическая вспышка света.

О световых частицах — фотонах Лэнгдон где-то читал. В той статье их называли самой чистой формой энергии. Немного поразмыслив, он решил не спрашивать о фотонных ракетах, которые капитан Кёрк* использовал против злобных клинганов.

— Итак, если электромагниты откажут, произойдет крошечная вспышка света? — решил уточнить он.

— Все зависит от того, что считать крошечным, — пожала плечами Виттория. — Сейчас я вам это продемонстрирую.

Она подошла к одному из стержней и принялась отвинчивать сосуд.

---

* Капитан Джеймс Т. Кёрк — командир межгалактического крейсера «Энтерпрайз» из американского фантастического телевизионного сериала «Звездный путь».

Колер неожиданно издал вопль ужаса и, подкатившись к Виттории, оттолкнул ее руки от прозрачной сферы.

— Виттория, ты сошла с ума!

ГЛАВА 22

Это было невероятно. Колер вдруг поднялся с кресла и несколько секунд стоял на своих давно усохших ногах.

— Виттория! Не смей снимать ловушку!

Лэнгдон, которого внезапная паника директора повергла в изумление, молча взирал на разыгрывающуюся перед ним сцену.

— Пятьсот нанограммов! Если ты разрушишь магнитное поле...

— Директор, — невозмутимо произнесла девушка, — операция не представляет никакой опасности. Каждая ловушка снабжена предохранителем в виде аккумуляторной батареи. Специально для того, чтобы ее можно было снять с подставки.

Колер, судя по его неуверенному виду, не до конца поверил словам Виттории, но тем не менее уселся в свое кресло.

— Аккумуляторы включаются автоматически, как только ловушка лишается питания, — продолжала девушка. — И работают двадцать четыре часа. Если провести сравнение с автомобилем, то аккумуляторы функционируют, как резервный бак с горючим. — Словно почувствовав беспокойство Лэнгдона, она повернулась к нему и сказала: — Антивещество обладает некоторыми необычными свойствами, мистер Лэнгдон, которые делают его весьма опасным. В частице антиматерии массой десять миллиграммов — а это размер песчинки — гипотетически содержится столько же энергии, сколько в двухстах тоннах обычного ракетного топлива.

Голова Лэнгдона снова пошла кругом.

— Это энергия будущего, — сказала Виттория. — Энергия в тысячу раз более мощная, чем ядерная, и с коэффициентом полезного действия сто процентов. Никаких отходов. Никакой радиации. Никакого ущерба окружающей среде. Нескольких граммов антивещества достаточно, чтобы в течение недели снабжать энергией крупный город.

Граммов? Лэнгдон на всякий случай отступил подальше от сосудов с антивеществом.

— Не волнуйтесь, — успокоила его Виттория, — в этих сферах содержатся всего лишь миллионные доли грамма, а такое количество относительно безопасно.

Она подошла к одному из стержней и сняла сферический сосуд с платформы.

Колер слегка поежился, но вмешиваться на этот раз не стал. Как только ловушка освободилась, раздался резкий звуковой сигнал, и в нижней части сферы загорелся крошечный экран. На экране тут же замигали красные цифры. Начался обратный отсчет времени.

24:00:00...

23:59:59...

23:59:58...

Лэнгдон проследил за меняющимися цифрами и пришел к выводу, что это устройство очень смахивает на бомбу замедленного действия.

— Аккумулятор будет действовать ровно двадцать четыре часа. Его можно подзарядить, вернув ловушку на место. Аккумулятор создан в качестве меры предосторожности и для удобства транспортировки.

— Транспортировки?! — прогремел Колер. — Ты хочешь сказать, что выносила образцы из лаборатории?

— Нет, не выносила, — ответила Виттория. — Но мобильность образцов позволит лучше изучить их поведение.

Девушка пригласила Лэнгдона и Колера проследовать за ней в дальнюю часть лаборатории. Когда она отдернула штору, перед ними открылось большое окно в соседнее помещение. Стены, полы и потолки обширной комнаты были обшиты стальными листами. Больше всего комната была похожа на цистерну нефтяного танкера, на котором Лэнгдон однажды плавал в Папуа — Новую Гвинею, чтобы изучить татуировки аборигенов.

— Это помещение мы называем аннигиляционной камерой, — пояснила Виттория.

— И вы действительно наблюдали аннигиляцию? — посмотрел на нее Колер.

— Отец просто восторгался этим физическим явлением, — ответила Виттория. — Огромное количество энергии из крошечного образца антивещества.

Девушка выдвинула из стены под окном стальной с загнутыми краями и потому похожий на противень лист, положила на него сосуд с антивеществом и задвинула этот необычный поднос обратно. Затем она потянула за находящийся рядом рычаг. Не прошло и секунды, как за стеклом они увидели ловушку. Сфера покатилась по широкой дуге и остановилась на металлическом полу почти в самом центре помещения.

— Сейчас вы впервые в жизни сможете наблюдать процесс аннигиляции вещества и антивещества, — с легкой улыбкой объявила девушка. — В процессе участвуют миллионные доли грамма антиматерии. Мы имеем дело с относительно небольшим образцом.

Лэнгдон взглянул на одиноко стоящую на полу огромного бака ловушку антивещества. Колер же просто прильнул к окну. Вид у директора, надо сказать, был довольно растерянный.

— В обычных условиях аккумулятор прекращает действовать через сутки. Однако в этом помещении в пол вмонтированы сильные магниты, способные нейтрализовать магнитное поле ловушки. В тот момент, когда вещество и антивещество соприкоснутся, произойдет...

— Аннигиляция, — прошептал Колер.

— Да, и еще кое-что, — сказала Виттория. — Антивещество порождает чистую энергию. Вся его масса полностью превращается в фотоны. Поэтому не смотрите на образец. Прикройте чем-нибудь глаза.

Лэнгдон немного волновался, но ему казалось, что девица переигрывает, чересчур драматизируя ситуацию. Не смотреть на этот сосуд? Похожая на прозрачный теннисный мяч ловушка находилась от него в добрых тридцати ярдах. Зрителей от нее защищало толстенное и вдобавок затемненное органическое стекло. А образец в ловушке был просто микроскопическим. Прикрыть глаза? Сколько энергии способна выделить подобная...

Но додумать до конца Лэнгдон не успел. Девушка нажала кнопку, и он мгновенно ослеп.

В сосуде возникла сияющая точка, которая вдруг взорвалась ослепительной вспышкой, и волна света, по аналогии с воздушной волной от обычного взрыва, со страшной силой ударила в затененное стекло прямо перед ним. Лэнгдон непроизвольно отступил назад. Стены помещения завибрировали, а свет, вначале заполнивший всю стальную комнату, снова стал стягиваться в одну точку, чтобы через мгновение превратиться в ничто. Лэнгдон беспомощно моргал. Глаза у него болели, и зрение возвращаться не спешило. Когда оно все же вернулось, американец увидел, что шарообразный сосуд исчез без следа. Испарился.

— Б... Боже мой! — прошептал изумленный Лэнгдон.

— Именно это и сказал мой папа, — печально произнесла Виттория.

ГЛАВА 23

Колер молча смотрел через затененное стекло в аннигиляционную камеру. То, что он увидел, его потрясло. Рядом с ним стоял Роберт Лэнгдон, которого этот спектакль поразил еще больше.

— Я хочу видеть отца, — потребовала Виттория. — Я показала вам лабораторию, а теперь желаю взглянуть на папу.

Колер медленно отвернулся от окна. Слов девушки директор, судя по всему, просто не слышал.

— Почему вы с отцом так долго ждали, Виттория? Об этом открытии вам следовало немедленно сообщить мне.

На это имеются десятки причин, подумала девушка, а вслух произнесла:

— Если не возражаете, директор, мы все это обсудим позже. А сейчас я хочу увидеть папу.

4 Зак. 1526

— Ты представляешь, к каким последствиям может привести это открытие?

— Естественно! — резко бросила Виттория. — К росту доходов ЦЕРНа! Значительному росту. А сейчас я настаиваю...

— Теперь я понимаю, почему вы все держали в тайне, — гнул свое Колер, явно стараясь уязвить собеседницу. — Ты и твой отец опасались, что совет директоров потребует запатентовать вашу технологию.

— Она должна быть запатентована, — сердито ответила Виттория, понимая, что директору все же удалось втянуть ее в спор. — Технология производства антивещества — дело слишком серьезное и весьма опасное. Мы с отцом не спешили с сообщением, чтобы усовершенствовать процесс и сделать его более безопасным.

— Иными словами, вы не доверяли совету, опасаясь, что он пожертвует наукой во имя своей алчности?

Виттория была поражена тем, с каким равнодушием директор произнес эти слова.

— Имелись и другие мотивы, — сказала она. — Папа не торопился, желая представить свое открытие в самом лучшем свете.

— И что же это должно означать?

«Ты еще спрашиваешь, что это должно означать?» — подумала она, а вслух сказала:

— Вещество из энергии, нечто из ничего... Но ведь это, по существу, научно доказывает возможность акта Творения. Разве не так?

— Значит, он не хотел, чтобы религиозные последствия его открытия погибли под натиском коммерциализации?

— В некотором роде — да.

— А ты?

Виттория, как ни странно, придерживалась диаметрально противоположных взглядов. Коммерческая сторона вопроса имела решающее значение для успешного внедрения любого нового источника энергии. Хотя антивещество, как источник чистой энергии, обладало неограниченным потенциалом, преждевременное разглашение тайны грозило тем, что новый вид экологически чистой энергии пострадает от политики и враждебного пиара так, как до него ядерная и солнечная энергия. Ядерная энергия получила распространение до того, как стала безопасной, и в результате произошло несколько катастроф. Солнечная энергия начала использоваться, еще не став экономически выгодной, и инвесторы потеряли большие деньги. В результате оба вида энергии имели скверную репутацию, и перспективы их применения были туманны.

— Мои задачи не столь грандиозны. Я вовсе не стремилась примирить науку и религию.

— Тобой больше двигала забота об окружающей среде? — высказал предположение Колер.

— Неисчерпаемый источник энергии. Никаких открытых выработок. Полное отсутствие радиации и иных видов загрязнения. Использование энергии антивещества могло бы спасти нашу планету...

— Или уничтожить, — саркастически фыркнул Колер. — Все зависит о того, кто станет ее использовать и с какой целью. Кто еще знает о вашем открытии? — спросил директор. От его слов, как и от всей его сгорбленной фигуры, вдруг повеяло леденящим холодом.

— Никто, — ответила Виттория. — Я вам это уже говорила.

— В таком случае... почему ты полагаешь, что твой отец убит?

— Понятия не имею, — сказала девушка, напрягшись всем телом. — У него были враги здесь, в ЦЕРНе, и вы об этом знаете. Но это никак не было связано с антивеществом. Мы поклялись друг другу хранить открытие в тайне еще несколько месяцев. До тех пор, пока не будем готовы.

— И ты уверена, что твой отец хранил молчание?

Этот вопрос вывел Витторию из себя.

— Папа всегда хранил даже более суровые обеты, чем этот!

— А ты сама никому не проговорилась?

— Конечно, нет!

Колер вздохнул и замолчал, словно для того, чтобы хорошенько продумать то, что собирался сказать.

— Допустим, что кто-то каким-то образом смог об этом узнать, — после довольно продолжительной паузы произнес он. — Допустим также, что этот неизвестный получил доступ в лабораторию. За чем, по твоему мнению, этот гипотетический взломщик мог охотиться? Не хранил ли твой отец здесь свои рабочие тетради или иные документы?

— Директор, я терпеливо отвечала на ваши вопросы и теперь хочу получить ответ на свои. Вы продолжаете твердить о возможном взломе, хотя сами видели наш сканер глазного дна. Мой отец чрезвычайно серьезно относился к вопросам безопасности и проявлял исключительную бдительность.

— Умоляю тебя, успокой мое сердце, — умоляющим голосом произнес Колер, ввергнув девушку в замешательство. — Что здесь могло пропасть?

— Представления не имею, — сердито ответила она, оглядывая лабораторию. Все образцы антивещества находились на своих местах. Рабочее место ее отца тоже не претерпело никаких изменений. — Сюда никто не входил, — наконец объявила Виттория. — Здесь, наверху, все находится в полном порядке.

— Наверху? — удивленно переспросил Колер.

— Да, в верхней лаборатории, — машинально произнесла девушка.

— Значит, вы пользовались и нижней лабораторией?!

— Да, но только как хранилищем.

Колер снова зашелся в кашле. Откашлявшись, он подкатился ближе к Виттории и просипел:

— Вы использовали камеру «Оп-Мат» для хранения? Хранения чего?

«Опасных материалов! Чего же еще?» — возмущенно подумала Виттория и ответила:

— Для хранения антивещества.

Колер от изумления даже приподнялся на подлокотниках кресла.

— Неужели существуют и другие образцы? Какого дьявола ты мне об этом не сказала?!

— Я собиралась сказать, но вы не дали мне этого сделать.

— Необходимо проверить эти образцы, — бросил Колер. — И немедленно!

— Образец, — поправила его Виттория. — В единственном экземпляре. И он, как я полагаю, в полном порядке. Никто не мог...

— Только один? — спросил директор. — А почему он не здесь?

— Отец хотел, чтобы этот образец на всякий случай хранился в скальных породах. Просто он больше, чем все остальные...

Тревожные взгляды, которыми обменялись Колер и Лэнгдон, не ускользнули от внимания девушки.

— Вы создали образец, масса которого больше пятисот нанограммов? — наезжая на Витторию креслом, спросил директор ЦЕРНа.

— Это было необходимо, — сказала она. — Требовалось доказать, что экономический порог затраты/выпуск может быть успешно преодолен.

Она знала, что соотношение финансовых затрат и объема полученной новой энергии является важнейшим фактором, влияющим на ее внедрение. Никто не станет возводить вышку ради добычи одного барреля нефти. Но если та же вышка при минимальных дополнительных затратах сможет выдать миллионы баррелей, за дело стоит взяться. Точно так же и с антивеществом. Работа шестнадцатимильного ускорителя для создания крошечного образца антиматерии требовала гораздо большей энергии, чем та, которую можно было получить от него. Для того чтобы доказать экономическую целесообразность производства и использования антивещества, требовалось создать образец с гораздо большей массой.

Отец вначале не решался создать большой образец, но потом все же уступил давлению дочери. Для того чтобы антивещество было воспринято серьезно, говорила она, необходимо доказать кое-что. Во-первых, возможность производства достаточного количества материала по умеренной цене, и, во-вторых, то, что этот материал можно безопасно хранить. В конце концов дочь победила, и отец неохотно поменял свою первоначальную, достаточно обоснованную точку зрения. Но одновременно он выдвинул весьма жесткие условия безопасности. Леонардо Ветра настоял на том, чтобы антивещество хранилось в камере для опасных материалов — в небольшом, вырубленном в коренном граните помещении на глубине семидесяти пяти футов от поверхности земли. Помимо этого, отец потребовал, чтобы об этом образце, кроме них двоих, не знал никто.

— Виттория, — напряженным голосом произнес Колер, — какого размера образец вам удалось создать?

Виттория помимо воли ощутила внутреннее удовлетворение. Она знала, что упоминание о массе полученного отцом и ею вещества способно сразить наповал даже самого́ великого Максимилиана Колера. Перед ее мысленным взором предстал хранящийся в недрах земли образец. Захватывающее зрелище! Свободно парящее внутри ловушки антивещество можно было увидеть невооруженным глазом. Капелька материи размером с дробинку, переливаясь муаром, танцевала в полном вакууме.

Виттория набрала полную грудь воздуха и выпалила:

— Ровно четверть грамма!

— Что?! — Кровь отлила от лица Колера, и у него снова начался приступ кашля. — Чет... Чет... Четверть грамма?! Это же эквивалентно почти... пяти килотоннам!

Килотонна! Виттория ненавидела это слово. Ни она, ни ее отец никогда им не пользовались. Килотонна была мерой энергии, которая выделялась при взрыве тысячи тонн тринитротолуола. Килотоннами измеряется мощность ядерного оружия. Отец и она измеряли энергию в электронвольтах и джоулях, и энергия, которую они создавали, была направлена на созидание.

— Но антивещество такой массы способно уничтожить буквально все в радиусе полумили! — воскликнул Колер.

— Да, если произойдет мгновенная аннигиляция, — согласилась Виттория. — Но этого никто не допустит.

— За исключением тех, у кого есть иные намерения. Или в том случае, если ваш источник питания даст сбой, — произнес Колер, направляя колеса своего кресла к лифту.

— Именно поэтому папа держал его в хранилище «Оп-Мат» с надежнейшей системой электропитания и более чем достаточной защитой.

— И вы поставили в «Оп-Мат» дополнительный запор? — с надеждой спросил Колер.

— Да. Еще одну систему сканирования сетчатки.

В ответ директор бросил всего лишь два слова:

— Вниз. Немедленно!

Грузовой лифт камнем падал в бездну.

Еще на семьдесят пять футов ближе к центру Земли.

Виттории казалось, что она физически ощущает страх, который испытывали оба мужчины. Лицо Колера, обычно лишенное всяких эмоций, на сей раз искажала гримаса ужаса. «Я знаю, — думала Виттория, — что образец очень велик, но те меры предосторожности, которые мы...»

Довести мысль до конца девушка не успела. Лифт замер на дне шахты. Двери кабины открылись, и Лэнгдон увидел перед собой вырубленный в камне коридор, заканчивающийся тяжелым стальным щитом. «Оп-Мат».

В стене рядом со стальным щитом, оказавшимся при ближайшем рассмотрении дверью, располагался сканер сетчатки, идентичный тому, который Лэнгдон видел наверху.

Виттория подошла к сканеру, приблизила глаз к выпуклой линзе, но тут же отпрянула. С прибором что-то случилось. Всегда безукоризненно чистый окуляр был чем-то забрызган... Мелкие пятна были похожи на... Запекшуюся кровь? Она в замешательстве повернулась к мужчинам и увидела их восковые лица. Колер и Лэнгдон были бледны как смерть, а их взгляды были устремлены вниз, ей под ноги.

Виттория проследила за ними...

— Не смотрите! — выкрикнул Лэнгдон и протянул к девушке руки.

Слишком поздно. Она уже увидела валяющийся на полу предмет. Этот предмет был для нее совершенно незнакомым и в то же время очень близким.

Уже через миг Виттория с ужасом поняла, что это такое. На нее с пола таращилось, выброшенное, словно ненужный мусор, глазное яблоко. Эту карюю радужную оболочку она узнала бы при любых обстоятельствах.

ГЛАВА 24

Технический сотрудник службы безопасности старался не дышать, пока начальник, склонившись через его плечо, изучал изображения на мониторах.

Прошла минута. За ней еще одна.

В молчании начальника нет ничего удивительного, думал про себя техник. Командир всегда строго придерживается инструкции. Он ни за что не смог бы стать руководителем одной из лучших в мире служб безопасности, если бы говорил, предварительно не подумав.

Вот только интересно, о чем он сейчас думает?

Объект, который они рассматривали, был каким-то сосудом с прозрачными стенками. Определить это не составило никакого труда. Все остальное оказалось намного сложнее.

Внутри сосуда в воздухе парила капелька жидкого металла. Капля то возникала, то исчезала в мигающем свете дисплея, ведущего обратный отсчет секунд. При виде этих красных, неумолимо меняющихся цифр технику почему-то стало жутко.

Следуя указанию, молодой человек усилил яркость изображения. Командир сунул нос в экран, пытаясь рассмотреть нечто такое, что теперь стало видимым.

Техник проследил за взглядом начальника и тоже заметил на основании сосуда, совсем рядом с дисплеем, четыре буквы. Это было какое-то сокращение.

— Оставайтесь здесь, — сказал командир. — И никому ни слова. Я сам займусь этим делом.

ГЛАВА 25

Хранилище «Оп-Мат». Пятьдесят метров от поверхности земли.

Виттория Ветра пошатнулась и едва не упала на сканер сетчатки. Она не увидела, а скорее почувствовала, как американец бросился к ней и подхватил ее обмякшее тело, удержав от падения. А с пола на нее смотрел глаз отца. Девушке казалось, что воздух разрывает легкие. Они вырезали его глаз. Ее мир рухнул. За спиной что-то говорил Колер, а Лэнгдон куда-то ее вел. Вскоре она с удивлением обнаружила, что смотрит в глазок сканера. Все происходящее казалось ей дурным сном.

Аппарат подал сигнал, и стальная дверь бесшумно скользнула в стену.

Несмотря на весь ужас, который уже испытала Виттория при виде неотрывно смотревшего на нее глаза отца, она знала, что в камере ее ждет нечто еще более страшное. Взгляд, брошенный в глубину комнаты, подтвердил, что открывается новая глава этого кошмара. Одинокое зарядное устройство, на котором раньше покоилась ловушка, опустело.

Образец антивещества исчез. Они вырезали глаз папы, чтобы украсть его. Катастрофа разразилась слишком быстро и слишком неожиданно, чтобы оценить ее возможные последствия. Все пошло совсем не так, как рассчитывали они с отцом. Образец, призванный доказать, что антивещество совершенно безопасно и что его можно использовать как надежный источник дешевой энергии, исчез. Но ведь никто даже не знал о его существовании! Однако факт исчезновения отрицать было невозможно. Выходит, об их эксперименте кто-то все же знал. Но кто? Виттория не имела об этом ни малейшего представления. Даже директор Колер (а он знал обо всем, что творится в ЦЕРНе) был в полном неведении относительно их проекта.

Папа погиб. Пал жертвой своей гениальности.

Смерть отца повергла девушку в отчаяние, но в ее сердце постепенно начало закрадываться новое чувство. Как ни странно, но оно оказалось даже сильнее естественной печали, вызванной гибелью любимого человека. Это новое чувство многотонной тяжестью легло на ее плечи и придавило к земле. Виттории казалось, что в ее сердце всадили кинжал. Она испытывала всепоглощающее чувство вины. Ведь это она убедила отца вопреки его первоначальному желанию создать образец с большой массой. И из-за этого образца его убили!

Четверть грамма...

Всякое новое техническое достижение, будь то появление огня, изобретение пороха или двигателя внутреннего сгорания, могло служить как делу добра, так и делу зла. Все зависит от того, в чьи руки оно попадет. Все новые изобретения, оказавшись в плохих руках, могут сеять смерть. А антивещество способно превратиться в самое смертоносное оружие в человеческом арсенале. От этого оружия нет защиты. Похищенная в ЦЕРНе ловушка начала отсчет времени в тот момент, когда ее сняли с зарядной консоли. Перед мысленным взором Виттории возник образ катящегося под гору поезда, у которого отказали тормоза...

А когда время истечет...

Ослепительная вспышка. Громовой раскат. Многочисленные спонтанные возгорания. Вспышка... и кратер. Пустой, лишенный всякой жизни кратер.

Мысль о том, что гений ее отца может быть использован как инструмент разрушения, вызывала боль. Антивещество — абсолютное оружие террора. В похищенной ловушке нет металлических частей, и металлодетектор против нее бессилен. В ней нет химических элементов, запах которых мог бы привлечь внимание разыскных собак. У нее нет запала, который можно было бы обезвредить в том случае, если правоохранительные органы обнаружат ловушку.

Итак, время пошло...

Лэнгдон не знал, что еще можно сделать. Он извлек из кармана носовой платок и прикрыл им валяющееся на полу глазное яблоко Леонардо Ветра. Виттория стояла у дверей камеры «ОпМат» с выражением горя и растерянности на лице. Лэнгдон инстинктивно направился к девушке, но его опередил Колер.

— Мистер Лэнгдон... — Директор знаком подозвал его к себе.

Лэнгдон неохотно повиновался, оставив находившуюся на грани паники Витторию в дверях.

— Вы — эксперт, — прошептал Колер, как только американец подошел к нему достаточно близко. — Мне необходимо знать, как эти мерзавцы иллюминаты намерены использовать антивещество.

Лэнгдон попытался сосредоточиться. Несмотря на творившееся вокруг него безумие, он все же старался мыслить логично. Ученый в нем не мог согласиться с допущением Колера. Допущением ненаучным и потому совершенно неприемлемым.

— Братство «Иллюминати» прекратило существование, мистер Колер, и я продолжаю придерживаться этой точки зрения. Преступление мог совершить кто угодно. Убить мистера Ветра мог даже сотрудник ЦЕРНа, который, узнав об открытии, счел его слишком опасным для человечества.

Слова американца потрясли Колера.

— Неужели вы действительно верите в то, что это убийство, если можно так выразиться, — преступление совести? Полнейший абсурд! Тот, кто убил Леонардо, сделал это, чтобы заполучить антивещество. И у меня нет сомнений в том, что антиматерия понадобилась преступникам для осуществления каких-то планов.

— Терроризм?

— Вне всякого сомнения.

— Но иллюминаты никогда не были террористами.

— Расскажите об этом Леонардо Ветра.

Как ни больно было Лэнгдону это слышать, но Колер был прав. Ветра действительно был заклеймен символом братства «Иллюминати». Как вообще могло появиться здесь это священное клеймо? Предположение о том, что его специально подделали, чтобы пустить следствие по ложному следу, было совершенно абсурдным и не выдерживало ни малейшей критики. Следовало искать иное объяснение.

Лэнгдон еще раз обдумал невозможное. Если иллюминаты до сих пор существуют и если антивещество похищено ими, то что они могут замышлять? Что или кто может послужить мишенью для террористического акта?

Мозг ученого выдал ответ мгновенно. Но сам Лэнгдон так же быстро отмел подобную возможность. Да, братство «Иллюминати» имело смертельного врага, но сколько-нибудь масштабный террористический акт против него со стороны иллюминатов был невозможен. Это было совершенно не в духе братства. Да, иллюминаты, случалось, убивали людей. Но их целью становились отдельные личности, и каждый раз жертва тщательно выбиралась. Массовое убийство представлялось им невозможным. Но с другой стороны... Лэнгдон задумался. Но с другой стороны, что может убедительнее доказать величие науки, чем превращение буквально в ничто ее извечного врага с помощью новейшего научного достижения...

Разум Лэнгдона отказывался принять эту нелепую идею.

Но тут его осенило.

— Помимо терроризма, имеется еще одно логическое объяснение этого поступка... — сказал он.

Колер, ожидая ответа, поднял на него вопросительный взгляд.

Лэнгдон попытался до конца осмыслить пришедшую ему в голову идею. Братство «Иллюминати» для достижения своих целей постоянно пользовалось имеющимися в его распоряжении огромными финансовыми средствами. Иллюминаты контролировали банки, хранили несметные сокровища в золотых слитках и драгоценных камнях. Ходили слухи, что они владеют самым большим алмазом на Земле — так называемым «Ромбом иллюминати». Камня никто не видел, но считалось, что это безукоризненной чистоты бриллиант гигантских размеров.

— Деньги, — сказал Лэнгдон. — Антивещество могло быть похищено исключительно из финансовых соображений.

— Финансовых соображений? — недоуменно переспросил Колер. — Кому, черт побери, можно с выгодой загнать каплю антивещества?

— Речь идет не об образце, — пояснил свою мысль Лэнгдон. — Похитителей интересует технология. Технология производства антиматерии может стоить баснословных денег. Может быть, ловушку похитили для того, чтобы провести анализы и наладить опытно-конструкторские работы?

— Если вы хотите сказать, что мы столкнулись со случаем обычного промышленного шпионажа, то я не могу с вами согласиться. Аккумуляторы за двадцать четыре часа полностью сядут, и исследователи взлетят на воздух или испарятся, если хотите, прежде чем успеют что-либо выяснить.

— До взрыва они смогут подзарядить ловушку, соорудив устройство наподобие тех, что имеются в ЦЕРНе.

— За двадцать четыре часа?! — изумился Колер. — На создание такого аппарата им потребовались бы не часы, а месяцы, даже в том случае, если бы они получили в свои руки все рабочие чертежи!

— Директор прав, — едва слышно произнесла Виттория.

Услышав ее голос, оба мужчины повернулись. Девушка шла к ним, и ее походка сказала им даже больше, чем ее слова.

— Он прав. Никто не успеет за сутки воссоздать зарядное устройство. Лишь на компьютерные расчеты у них уйдет не одна неделя. Параметры фильтров, сервоприводов, составление специальных сплавов, калибровка... За двадцать четыре часа сделать это невозможно.

Лэнгдон нахмурился, поняв, что оба ученых правы. Ловушка антивещества — вовсе не тот прибор, который можно подзарядить, воткнув вилку в электрическую розетку. Покинув стены ЦЕРНа, ловушка попала на улицу с односторонним движением. И она будет двигаться по ней, чтобы ровно через двадцать четыре часа превратиться в море огненной энергии.

Из этого можно было сделать единственный и весьма неутешительный вывод.

— Надо позвонить в Интерпол, — сказала Виттория и услышала свои собственные слова как бы издалека. — Нам следует немедленно поставить в известность власти.

— Ни в коем случае! — решительно качнув головой, бросил Колер.

Слова директора озадачили девушку.

— Нет? Но почему?

— Из-за тебя и твоего отца я оказался в весьма сложном положении.

— Директор, нам требуется помощь. Необходимо найти и вернуть на место ловушку, пока никто не пострадал. На нас лежит огромная ответственность.

— Прежде всего нам следует хорошенько подумать, — жестко произнес Колер. — Все это может иметь весьма и весьма серьезные последствия для ЦЕРНа, ответственность за который целиком лежит на моих плечах.

— Вас тревожит репутация ЦЕРНа? Вы представляете, какой ущерб может причинить антивещество, взорвавшись в густонаселенных городских кварталах? Все будет уничтожено в радиусе примерно половины мили! Девять городских кварталов!

— Видимо, тебе и твоему отцу, прежде чем затевать эксперимент с крупным образцом, следовало принять это во внимание.

Виттории показалось, что ее ударили в солнечное сплетение.

— Но... но... Но мы приняли все меры предосторожности.

— Похоже, этого оказалось недостаточно.

— Но никто не знал о существовании антивещества, — сказала она, тут же поняв, что сморозила глупость. Конечно, кто-то о нем знал, каким-то образом сумел пронюхать.

Сама она об эксперименте никому не рассказывала. Это оставляло лишь две возможности. Либо отец проговорился об антивеществе, либо за ними велась слежка. Первое вряд ли было возможно, поскольку именно отец заставил ее дать клятву хранить тайну. Оставалось второе. Может быть, прослушивались их мобильные телефоны? Находясь в путешествии, она несколько раз беседовала с отцом по сотовому... Неужели они тогда сказали что-то лишнее? Вполне возможно. Оставалась еще и электронная почта. Но они старались не писать ничего такого, что могло бы раскрыть суть эксперимента. Может быть, тайное наблюдение за ними организовала служба безопасности ЦЕРНа? Впрочем, это уже не имело никакого значения. Что сделано, то сделано. И отец умер.

Эта мысль заставила девушку вернуться к активным действиям, и она достала из кармана шортов сотовый телефон.

Колер, закашлявшись, покатил к ней. Глаза директора пылали гневом.

— Кому... кому ты звонишь?

— Пока на коммутатор ЦЕРНа. Они соединят меня с Интерполом.

— Думай, прежде чем делать!!! — взвизгнул Колер, задыхаясь от приступа кашля. — Откуда у тебя такая наивность? Ловушка может находиться в любой части земного шара. Никакая разведывательная организация в мире не сможет мобилизовать достаточно сил, чтобы вовремя ее обнаружить.

— И мы, следовательно, не должны ничего предпринимать? — спросила Виттория.

Ей не хотелось возражать человеку со столь хрупким здоровьем, но директор вел себя настолько неадекватно, что она просто перестала его понимать.

— Мы должны предпринять то, что имеет смысл, — ответил Колер. — Мы не можем ставить под удар репутацию ЦЕРНа, привлекая к нему внимание властей, которые ничем не могут помочь. Время для этого еще не настало. Прежде надо все хорошенько обдумать.

Виттория понимала, что в словах директора имеется определенная логика, но она также знала, что в этой логике, по определению, отсутствует малейший намек на моральную ответственность. Ее отец всегда жил с чувством моральной ответственности. Он стремился к безопасности науки, ее открытости и свято верил в добрые намерения других людей. Виттория разделяла убеждения отца, но судила о людях с точки зрения учения о карме. Отвернувшись от Колера, она открыла свой телефон.

— Тебе не удастся это сделать, — спокойно констатировал директор.

— Попробуйте мне помешать.

Колер продолжал неподвижно сидеть в своем инвалидном кресле.

Лишь через несколько секунд Виттория поняла, чем объясняется невозмутимость директора. Из глубокого подземелья звонить по сотовому телефону было невозможно.

Девушка залилась краской и, задыхаясь от негодования, направилась к лифту.

ГЛАВА 26

Ассасин стоял в конце каменного тоннеля. В его руке все еще ярко пылал факел, и запах дыма смешивался с запахами плесени и застоялого воздуха. Вокруг него царила полная тишина. Находившаяся на его пути железная дверь казалась такой же древней, как и сам тоннель. Ржавая, но по-прежнему крепкая. Ассасин ждал, зная, что его не обманут.

Назначенное время неумолимо приближалось.

Янус обещал, что некто, находящийся внутри, откроет ему дверь. Ассасина восхищало это предательство. Для того чтобы выполнить свою задачу, убийца готов был ждать хоть до утра, но чувствовал, что этого не потребуется. Он работал на людей решительных и с железными нервами.

Через несколько минут, в точно оговоренное время, за дверями послышался звон тяжелых ключей. Старинные замки открывались с металлическим скрежетом. Три огромные щеколды одна за другой со скрипом отодвинулись в сторону. Создавалось впечатление, что до замков не дотрагивались уже несколько столетий.

После этого наступила тишина.

Ассасин, как ему было сказано, выждал пять минут, а затем, ощущая наэлектризованность во всем теле, распахнул огромную дверь.

ГЛАВА 27

— Виттория, я запрещаю тебе! — задыхаясь, произнес Колер. По мере того как лифт поднимался, состояние директора становилось все хуже.

Виттория заставила себя не думать о нем. Девушка искала убежища, искала чего-то родного в этом месте, которое, она знала, уже никогда не будет для нее домом. Она понимала, что не имеет права возводить барьер между собой и действительностью. Сейчас она должна сделать все, чтобы подавить свою боль и начать действовать. Звонить по телефону.

Роберт Лэнгдон стоял рядом с ней и, как обычно, молчал. Виттории надоело гадать о том, кто такой этот человек. Крупный специалист из Соединенных Штатов. Она запомнила слова Колера: «Мистер Лэнгдон поможет нам найти убийц твоего отца».

Пока Лэнгдон ничем им не помог. Этот специалист из США, без сомнения, человек добрый и заботливый, но в то же время он что-то скрывает. Они оба что-то от нее скрывают.

Виттория сняла ментальную блокировку и снова услышала слова Колера:

— На мне как на директоре ЦЕРНа лежит ответственность за будущее науки. Если это событие твоими стараниями разрастется в международный скандал и ЦЕРН понесет урон...

— Будущее науки? — прервала речь директора Виттория. — Неужели вы и вправду надеетесь избежать ответственности, отказавшись признать, что антивещество родилось в ЦЕРНе? Неужели вам безразлична судьба людей, жизнь которых мы поставили под угрозу?!

— Не мы... — в свою очередь, оборвал ее Колер, — ...а вы. Ты и твой отец.

Виттория отвернулась, не зная, что на это ответить.

— Что же касается твоих слов о жизни людей, то я тебе вот что скажу, — продолжал Колер. — Я как раз и забочусь об их жизни. Тебе лучше, чем кому-либо, известно, что производство антивещества может радикально изменить жизнь на нашей планете. Если ЦЕРН рухнет, раздавленный этим скандалом, пострадают все. Будущее человечества находится в руках учреждений, подобных ЦЕРНу, ученых вроде тебя и твоего отца. В руках всех тех, кто посвятил свою жизнь решению проблем будущего.

Виттории и раньше доводилось слышать лекции Колера, в которых тот обожествлял науку. Однако она никогда не соглашалась с их главным тезисом, полагая, что наука сама породила половину тех проблем, которые ей приходится решать. «Прогресс», по ее мнению, был той раковой опухолью, которая угрожала самому существованию матери Земли.

— Каждое научное открытие таит в себе определенный риск, — не умолкал Колер. — Так было всегда, так будет и впредь. Исследование космоса, генетика, медицина... Во всех областях знаний ученые совершали ошибки. Наука должна уметь любой ценой справляться с постигшими ее неудачами. Во имя всеобщего блага.

Витторию всегда поражала способность Колера жертвовать этическими принципами ради успехов науки. Создавалось впечатление, что его интеллект и душа отделены друг от друга бескрайним ледяным простором...

— Если верить вашим словам, то ЦЕРН настолько необходим человечеству, что никогда и ни при каких обстоятельствах не должен нести моральной ответственности за свои ошибки.

— Я бы на твоем месте прикусил язык. Не надо толковать мне о морали. У тебя на это нет морального права. Разве не ты с отцом нарушила все этические нормы, создав этот образец и тем самым поставив под угрозу существование ЦЕРНа? Я же пытаюсь спасти не только место работы трех тысяч ученых, включая тебя, но и репутацию твоего отца. Подумай о нем. Человек, подобный твоему отцу, не заслуживает того, чтобы его запомнили только как создателя оружия массового уничтожения.

Последние слова достигли цели. «Это я убедила папу получить образец, — подумала она. — И только я во всем виновата».

Когда дверь лифта открылась, Колер все еще продолжал говорить. Виттория вышла из кабины, достала телефон и попыталась позвонить.

Аппарат молчал. Она направилась к дверям.

— Виттория, стой! — Астматик едва успевал за девушкой. — Подожди. Нам надо поговорить.

— Basta di parlare!*

— Вспомни об отце! Что бы он сделал на твоем месте?

Она продолжала идти, не замедляя шага.

— Виттория, я был не до конца искренен с тобой.

Ее ноги самопроизвольно замедлили движение.

— Не знаю, почему я так поступил, — продолжал, задыхаясь, директор. — Видимо, чтобы не травмировать тебя еще сильнее. Скажи мне, чего ты хочешь, и мы будем работать вместе.

Виттория остановилась в центре лаборатории и, не поворачивая головы, бросила:

— Я хочу вернуть антивещество. И хочу узнать, кто убил папу.

— Прости, Виттория, — вздохнул Колер, — нам уже известно, кто убил твоего отца.

— Что? Что? — спросила она, повернувшись к нему лицом.

— Я не знал, как тебе это сказать... Это так трудно...

— Вы знаете, кто убил папу?

— Да, у нас имеются достаточно обоснованные предположения на сей счет. Убийца оставил своего рода визитную карточку. Именно поэтому я и пригласил мистера Лэнгдона. Он специализируется на организации, которая взяла на себя ответственность за это преступление.

— Организация? Группа террористов?

— Виттория, они похитили четверть грамма антивещества.

Виттория посмотрела на стоящего в дверях Лэнгдона, и все встало на свои места. Это частично объясняло повышенную секретность. Удивительно, что она не сообразила этого раньше! Колер все-таки обратился к властям. И при этом к наиболее компетентным из них. Теперь это стало для нее совершенно очевидным. Роберт Лэнгдон был типичным американцем — подтянутым, судя по одежде, консервативным во вкусах и привычках и, без сомнения, обладавшим острым умом. Конечно, он работает в спецслужбах. Где же еще? Об этом следовало бы догадаться с самого начала. У Виттории снова появилась надежда, и, обратившись к секретному агенту, девушка сказала:

* Хватит болтать! (*ит.*)

— Мистер Лэнгдон, я хочу знать, кто убил моего отца. Кроме того, мне хотелось бы услышать, как ваше агентство намерено найти антивещество.

— Мое агентство? — несколько растерянно переспросил американец.

— Ведь вы же, как я полагаю, служите в разведке Соединенных Штатов?

— Вообще-то... не совсем...

— Мистер Лэнгдон, — вмешался Колер, — преподает историю искусств в Гарвардском университете.

Виттории показалось, что на нее вылили ведро ледяной воды.

— Так, значит, вы преподаватель изящных искусств?

— Он специалист в области религиозной символики, — со вздохом произнес Колер. — Мы полагаем, что твой отец, Виттория, был убит адептами сатанинского культа.

Виттория услышала эти слова, но воспринять их умом она не смогла. Что еще за «сатанинский культ»?!

— Группа лиц, принявших на себя ответственность за убийство твоего отца, именует себя иллюминатами.

Виттория посмотрела на Колера, затем перевела взгляд на Лэнгдона. Ей казалось, что слова директора — какая-то извращенная шутка.

— Иллюминаты? — не веря своим ушам, спросила она. — Совсем как в «Баварских иллюминатах»?!

— Так ты знаешь о них? — спросил потрясенный ее словами Колер.

Виттория почувствовала, что из ее глаз вот-вот хлынут слезы отчаяния.

— «Баварские иллюминаты и Новый мировой порядок», — произнесла она упавшим голосом и пояснила: — Компьютерная игра, придуманная Стивом Джексоном. Половина наших технарей играют в нее по Интернету. — Голос ее снова дрогнул. — Но я не понимаю...

Колер бросил на Лэнгдона растерянный взгляд.

— Весьма популярная забава, — кивая, сказал тот. — Древнее сообщество пытается покорить мир. Я не знал, что эта имеющая некоторое отношение к реальной истории игра уже добралась до Европы.

Виттория не могла поверить своим ушам.

— О чем вы говорите? Какие иллюминаты? Ведь это же всего-навсего компьютерная игра! — повторила девушка.

— Виттория, — сказал Колер, — сообщество, именующее себя «Иллюминати», взяло на себя ответственность за убийство твоего отца.

Виттории потребовались все ее мужество и воля, чтобы не дать слезам вырваться наружу. Она взяла себя в руки и попыталась мыслить логично, чтобы лучше оценить ситуацию. Но чем больше Виттория думала, тем меньше понимала. Ее отца убили. Существование ЦЕРНа поставлено под угрозу. Секундомер мощнейшей бомбы замедленного действия уже ведет обратный отсчет. И вся ответственность за создание этой неизвестно где находящейся бомбы лежит на ней. А директор приглашает специалиста по изящным искусствам, чтобы разыскать с его помощью каких-то мифических сатанистов.

Виттория вдруг ощутила себя страшно одинокой. Она повернулась, чтобы уйти, но на ее пути оказалось инвалидное кресло с сидевшим в нем Колером. Директор полез в карман, извлек из него смятый листок бумаги и протянул его Виттории.

При взгляде на него девушку охватил ужас.

— Они заклеймили его, — прошептал Колер. — Они выжгли клеймо на груди твоего отца.

ГЛАВА 28

Секретарь Колера Сильвия Боделок, пребывая в полнейшей панике, мерила шагами приемную перед пустым кабинетом шефа. Куда, к дьяволу, он подевался? И что, спрашивается, ей делать?!

День выдался на удивление нелепым и суматошным. Впрочем, давно работая с Максимилианом Колером, Сильвия знала, что каждый новый день может стать странным и полным неожиданностей. Однако сегодня директор превзошел самого себя.

— Отыщите для меня Леонардо Ветра! — потребовал Колер утром, как только она появилась на работе.

Повинуясь приказу, Сильвия звонила по телефону, слала сообщения на пейджер и даже отправила письмо по электронной почте.

Бесполезно.

Поэтому Колер покинул кабинет и, видимо, лично отправился на поиски неуловимого физика. Когда директор вернулся — а это произошло через несколько часов, — он выглядел довольно скверно. Вообще-то Колер никогда хорошо не выглядел, но на сей раз он был совсем плох. Директор уединился в своем кабинете, и она слышала, как он включал модем, факс и говорил по телефону. Затем босс снова укатил куда-то и с тех пор не появлялся.

Поначалу Сильвия решила не обращать внимания на выкрутасы шефа, посчитав их очередным спектаклем, но когда Колер не появился, чтобы сделать ежедневную инъекцию, она начала беспокоиться по-настоящему. Физическое состояние директора требовало постоянного внимания, а когда он решал испытать судьбу, все заканчивалось спазмами дыхательных путей, приступами кашля и безумной суетой медицинского персонала.

Она хотела послать ему напоминание на пейджер, но, вспомнив, что самолюбие босса не выносит никаких проявлений милосердия, отказалась от этой идеи. Когда на прошлой неделе какой-то ученый из числа гостей ЦЕРНа выразил директору неуместное сочувствие, тот поднялся на ноги и запустил в беднягу тяжелым пюпитром для блокнота. «Кайзер» Колер становился необычайно оживленным, когда был pisse*.

Однако состояние здоровья директора отошло на второй план, так как перед Сильвией неожиданно возникла новая требующая немедленного решения проблема. Пять минут назад ей позвонили с телефонного коммутатора ЦЕРНа и, заикаясь от волнения, сообщили, что ее босса срочно просят к телефону.

---

* Быть вне себя (*фр., вульг.*).

— В данный момент его нет на месте, — ответила Сильвия.

После этого телефонистка сообщила ей, кто звонит.

— Вы, наверное, издеваетесь? — громко расхохоталась Сильвия, однако, услышав ответ, сразу стала серьезной, хотя на ее лице осталось выражение некоторого недоверия. — Вы получили подтверждение, что это именно тот человек? Понятно. О'кей. Не могли бы спросить, в чем... Впрочем, не надо, — тут же добавила она со вздохом. — Лучше попросите его подождать у телефона. Постараюсь немедленно найти директора. Да, понимаю. Буду действовать как можно оперативнее.

Но Сильвия не смогла напасть на след директора. Она трижды вызывала его по сотовому телефону, но каждый раз слышала один и тот же ответ: «Абонент, с которым вы пытаетесь связаться, находится вне зоны досягаемости».

Вне зоны досягаемости? Как далеко он мог укатить?

Сильвия дважды обращалась к пейджеру. Безрезультатно. Совсем на него не похоже. Она даже послала на его мобильный компьютер сообщение по электронной почте, но никакой реакции не последовало. Создавалось впечатление, что этот человек вообще исчез с лица земли.

«Итак, что же мне теперь делать?» — спрашивала она себя.

В распоряжении Сильвии оставался еще один способ привлечь внимание директора, а если и он не сработает, то придется, видимо, обыскивать весь комплекс зданий ЦЕРНа. Наверное, ее действия не понравятся директору, но человека на линии нельзя заставлять ждать. Кроме того, у нее сложилось впечатление, что звонивший был вовсе не в том настроении, чтобы выслушивать сообщения о пропаже главы ЦЕРНа.

Наконец секретарша приняла решение. Подивившись собственной смелости, она открыла дверь в кабинет Колера, подошла к металлической коробке, укрепленной на стене за его письменным столом, и подняла крышку. Внимательно изучив содержимое коробки, Сильвия выбрала нужную кнопку, глубоко вздохнула и взяла в руки микрофон.

ГЛАВА 29

Виттория не помнила, как они подошли к главному лифту. Как бы то ни было, но лифт уже поднимал их наверх. За спиной она слышала тяжелое, прерывистое дыхание Колера. Девушка поймала на себе сочувственный взгляд Лэнгдона. За пару минут до этого он взял у нее листок, сложил его и сунул в карман пиджака. Несмотря на это, образ мертвого отца огнем жег ее сердце.

Мир вокруг Виттории вращался в каком-то черном водовороте. Папа! Усилием воли она заставила себя увидеть его живым и здоровым. Через какую-то долю секунды она оказалась вместе с ним в оазисе своей памяти. Она видела себя девятилетней девочкой. Эта девочка скатывалась по поросшему эдельвейсами склону холма, и голубое швейцарское небо вращалось у нее над головой.

Папа! Папа!

Лучащийся счастьем Леонардо Ветра был, как всегда, рядом.

— Что, мой ангел? — с улыбкой спросил он.

— Папа! — хихикнула девочка, уткнувшись в отца носом. — Спроси меня, что такое материя?

— Но тебе и без этого хорошо, дорогая. Зачем мне спрашивать у тебя о какой-то материи?

— Ну спроси, пожалуйста.

— Что такое материя? — спросил отец, пожимая плечами.

Услышав вопрос, она звонко расхохоталась.

— Все на свете! Вот что такое материя! Скалы! Деревья! Атомы! Даже муравьеды! Все, что есть на свете, — материя!

— Ты сама это придумала? — рассмеялся он.

— А что, разве не правда?

— Мой маленький Эйнштейн.

— У него глупая прическа, — очень серьезно произнесла девочка. — Я видела на картинке.

— Зато голова умная. Я, кажется, рассказывал тебе, что ему удалось доказать?

— Нет, пап, нет! — Ее глаза округлились от священного трепета, который она в тот момент испытывала. — Ты только обещал!

— Эйнштейн доказал, что энергия равна массе, умноженной на квадрат скорости света, — сказал Леонардо и, пощекотав дочку, произнес: — $E = MC^2$.

— Только без математики! Я же говорила тебе, что ненавижу ее!

— Я страшно рад, что ты ее так ненавидишь. Дело в том, что девочкам запрещено заниматься математикой.

— Запрещено?! — замерла Виттория.

— Ну конечно. Все об этом знают. Девочкам положено играть в куклы, а математикой разрешено заниматься только мальчикам. Никакой математики для девчонок! Я даже не имею права разговаривать с маленькими девочками о математике.

— Что?! Но это же несправедливо!

— Порядок есть порядок. Математика не для девочек!

— Но куклы — это же такая скука! — с ужасом прошептала Виттория.

— Очень жаль, но ничего не поделаешь, — сказал отец и после паузы добавил: — Я, конечно, мог бы рассказать тебе кое-что о математике, но если меня схватят... — Леонардо испуганно огляделся по сторонам.

Проследив за его взглядом, Виттория прошептала:

— Ты будешь рассказывать мне о математике совсем потихоньку.

Движение лифта вернуло ее к действительности. Виттория открыла глаза. Отец ушел.

Реальный мир снова схватил ее за горло ледяной рукой. Девушка посмотрела на Лэнгдона. Взгляд американца излучал тепло и неподдельное сочувствие, что делало его похожим на ангела-хранителя. Его присутствие согревало, в отличие от того поистине арктического холода, которое исходило от Колера.

В голове у Виттории бился всего один вопрос: *где антивещество*?

Она не знала, что от страшного ответа ее отделяет всего лишь несколько секунд.

ГЛАВА 30

— Максимилиан Колер, вас убедительно просят немедленно позвонить в свой кабинет.

Когда двери кабины лифта открылись, в глаза Лэнгдона брызнули яркие солнечные лучи. Лифт доставил их в атрий* главного здания. Еще не успело смолкнуть эхо объявления по внутренней связи, как все электронные приборы, вмонтированные в кресло Колера, дружно запищали, зазвенели и зачирикали. Пейджер. Телефон. Электронная почта. Колер опустил изумленный взгляд на россыпь мигающих огоньков на пульте управления кресла. Поднявшись на поверхность, он снова оказался в зоне действия всех приборов связи.

— Директор Колер, немедленно позвоните в свой кабинет!

Его собственное имя, произнесенное по системе общей связи, звучало для уха директора крайне непривычно.

Он злобно осмотрелся по сторонам, но уже через мгновение выражение ярости сменилось озабоченностью. Лэнгдон, Колер и Виттория встретились взглядами и замерли. Им показалось, что все противоречия разом исчезли, а на смену им явилось объединяющее их предчувствие неизбежной катастрофы.

Колер снял с подлокотника кресла телефонную трубку и, борясь с очередным приступом кашля, набрал номер. Виттория и Лэнгдон ждали, что произойдет дальше.

— Говорит... директор Колер, — задыхаясь, прошептал он. — Да? Я находился под землей, вне зоны действия приборов связи.

Директор слушал собеседника, и его глаза все больше и больше округлялись от изумления.

— Кто?! Да, немедленно соедините его со мной, — распорядился он и после недолгой паузы продолжил: — Алло? Да, это

---

* Крытый внутренний двор (от латинского atrium).

Максимилиан Колер. Да, я — директор ЦЕРНа. С кем имею честь говорить?

Директор слушал, а Лэнгдон и Виттория молча смотрели на него, томясь в неведении.

— Полагаю, что неразумно обсуждать этот вопрос по телефону, — наконец произнес Колер. — Я прибуду к вам незамедлительно... — Он снова закашлялся. — Встречайте меня... в аэропорту Леонардо да Винчи* через... сорок минут.

Лэнгдону показалось, что директор совсем перестал дышать. Зайдясь в приступе кашля, он, задыхаясь и заливаясь слезами, выдавил:

— Немедленно найдите сосуд... я лечу к вам.

С этими словами он выронил трубку.

Девушка подбежала к Колеру, но тот уже не мог говорить. Лэнгдон наблюдал за тем, как Виттория, достав свой мобильный телефон, звонила в медицинскую службу ЦЕРНа. Лэнгдон ощущал себя кораблем, находящимся на периферии урагана. Корабль качало, но настоящий шквал еще не налетел.

«Встречайте меня в аэропорту Леонардо да Винчи», — неумолчным эхом звучали в его ушах слова Колера.

Бесформенные тени, все утро витавшие в голове Лэнгдона, в одно мгновение приобрели осязаемые формы. Ему показалось, что в душе его распахнулась какая-то незримая дверь, а сам он только что переступил через таинственный порог. Амбиграмма. Убийство священника-ученого. Антивещество. И теперь... цель. Упоминание аэропорта Леонардо да Винчи могло означать лишь одно... В этот момент просветления Лэнгдон понял, что перешел через Рубикон. Он поверил.

Пять килотонн. Да будет свет.

В атрии появились двое медиков в белых халатах. Эскулапы подбежали к Колеру, и один из них надел на директора кислородную маску. Толпившиеся вокруг кресла ученые отошли на почтительное расстояние.

Колер сделал два длинных, глубоких вздоха, сдвинул маску в сторону, посмотрел на Лэнгдона и, все еще хватая воздух широко открытым ртом, прошептал:

---

* Международный аэропорт Рима.

— Рим...

— Рим? — спросила Виттория. — Значит, антивещество в Риме? Кто звонил?

Лицо Колера исказила гримаса боли, из серых глаз покатились слезы.

— Швейцарск... — выдавил он, задыхаясь, и закатился в страшном приступе кашля. Медики вернули кислородную маску на место. Когда они уже готовились увозить директора, тот схватил Лэнгдона за рукав.

Лэнгдон утвердительно кивнул. Он знал, что хочет сказать больной.

— Летите... — глухо прозвучало из-под маски. — Летите... Сообщите мне...

Медики бегом покатили коляску.

Виттория стояла как вкопанная, не сводя глаз с удаляющегося директора. Затем, повернувшись к Лэнгдону, она спросила:

— Рим? Но... почему он упомянул Швейцарию?

Лэнгдон положил руку ей на плечо и едва слышно прошептал:

— Швейцарская гвардия. Верная стража Ватикана.

ГЛАВА 31

Стратоплан «Боинг Х-33» с ревом взмыл в небо и, описав высокую дугу, помчался на юг в направлении Рима. Лэнгдон сидел в полном молчании. Последние пятнадцать минут он находился словно в тумане. Лишь сейчас, закончив рассказывать Виттории об иллюминатах и их заговоре против Ватикана, он до конца понял масштаб и значение происходящих событий.

«Что я делаю, дьявол меня побери?! — спрашивал себя Лэнгдон. — Следовало сбежать, пока у меня имелась такая возможность!» Впрочем, в глубине души он прекрасно понимал, что такой возможности у него никогда не было.

Его здравый смысл громко протестовал, требуя немедленно вернуться в Бостон. Однако любопытство ученого оказалось сильнее, чем призывы к благоразумию. Его многолетнее убеждение в том, что деятельность братства «Иллюминати» сошла на нет, похоже, в одно мгновение обратилось в прах. Но какая-то часть его разума требовала подтверждения. Требовала доказательств. Кроме того, в нем говорила и элементарная совесть. Колер тяжело болен, и Виттория осталась в одиночестве. Если накопленные им за многие годы познания способны помочь, то моральный долг требует, чтобы он летел в Рим.

В Рим его звало еще и нечто иное, то, в чем Лэнгдон стыдился признаться самому себе. Ужас, который он испытал, узнав о местонахождении антивещества, объяснялся беспокойством даже не столько за жизнь многих людей, сколько за судьбу сокровищ искусства, хранившихся в Ватикане.

Крупнейшая коллекция мировых шедевров в буквальном смысле слова находилась на бочке с порохом. 1400 залов и 20 двориков-музеев Ватикана хранили более 60 000 произведений искусства. Среди них творения древних мастеров, работы Джованни Беллини, Микеланджело, Леонардо да Винчи, Боттичелли, скульптуры Бернини. В Ватикане находятся такие памятники архитектуры, как собор Святого Петра и Сикстинская капелла.

А во что можно оценить созданную гением Микеланджело знаменитую спиральную лестницу, ведущую в музеи Ватикана?

Интересно, сколько еще продержится магнитное поле в ловушке?

— Благодарю вас за то, что вы согласились прилететь в Европу, — негромко произнесла Виттория.

Лэнгдон покинул мир видений. Виттория сидела на другой стороне прохода, разделяющего ряды кресел. Даже в холодном свете неоновых ламп нельзя было не заметить окружавшую ее ауру спокойствия и притягательность ее натуры. Девушка дышала глубоко и ровно, к ней полностью вернулось самообладание, и, движимая дочерней любовью, она теперь стремилась лишь к возмездию и восстановлению справедливости.

У Виттории не было времени сменить шорты и топик на что-то более солидное, и в прохладном воздухе кабины ее загорелые ноги покрылись гусиной кожей. Лэнгдон, не раздумывая, снял пиджак и предложил его девушке.

— Американское рыцарство? — произнесла она, ответив на его заботу благодарной улыбкой.

Самолет попал в зону турбулентности, и его настолько сильно тряхнуло, что Лэнгдон даже испугался. Лишенная окон кабина снова показалась ему слишком тесной, и он попытался представить себя гуляющим по широкому полю. Какая ирония, подумал он. Ведь когда все это произошло, он как раз находился на открытом пространстве. Всепоглощающая тьма. Он прогнал нахлынувшие было воспоминания. Все это ушло в прошлое. Стало достоянием истории.

— Вы верите в Бога, мистер Лэнгдон? — внимательно глядя на него, спросила Виттория.

Этот вопрос поверг его в изумление. Или, если быть более точным, даже не сам вопрос, а тот серьезный тон, которым он был задан. «Верю ли я в Бога?» А ведь в глубине души он надеялся, что проведет полет, обсуждая не столь серьезные темы.

Духовная загадка, подумал Лэнгдон. Именно так говорили о нем его друзья. Несмотря на многолетнее изучение религии, сам он религиозным человеком так и не стал. Он с почтением относился к могуществу веры, благотворительным делам церкви и той силе, которую придавали многим людям их религиозные убеждения... Однако полный отказ от всяких сомнений, неизбежный для истинно верующего, являлся непосильным для его разума ученого.

— Я хочу верить, — услышал он свои слова.

— И что же вам мешает? — без тени вызова или осуждения произнесла Виттория.

— Все это не так просто, — фыркнул он. — Вера требует, если так можно выразиться, «актов веры». Верующий должен серьезно относиться к чудесам, не сомневаться в беспорочном зачатии и божественном вмешательстве. Кроме того, вера предписывает определенный кодекс поведения. Библия, Коран, буддийские рукописи... все они содержат практически идентичные требования, за нарушение коих установлены одинаковые наказания. В них говорится, что меня ждет ад, если я не стану следовать этому поведенческому кодексу. Мне трудно представить себе Бога, который управляет миром подобным образом.

— Остается лишь надеяться, что вы не позволяете своим студентам так бессовестно уходить от поставленных вами вопросов.

Это замечание застало его врасплох.

— Что?

— Мистер Лэнгдон, я не спрашивала вас, верите ли вы тому, что люди говорят о Боге. Я спросила: «Верите ли вы в Бога?» Это два совершенно разных вопроса. Священное Писание — это... собрание рассказов, легенд. Это история того, как человек пытался удовлетворить свою потребность в познании самого себя и всего сущего. Меня не интересуют ваши суждения о литературных произведениях. Я спрашиваю: верите ли вы в Бога? Ощущаете ли присутствие высшей силы, когда вглядываетесь в звезды? Верите ли вы всем своим существом, что темный свод над вами — творение руки Божьей?

Лэнгдон задумался.

— Может быть, я слишком бесцеремонна?

— Нет. Просто я...

— Не сомневаюсь, что вы обсуждаете вопросы веры со своими учениками.

— Постоянно.

— И вы, как мне кажется, выступаете в роли адвоката дьявола. Все время подливаете масло в огонь дискуссии.

— Вам, видимо, тоже не чужда преподавательская деятельность? — улыбнулся Лэнгдон.

— Нет, но я многому научилась у папы. Леонардо Ветра мог с одинаковым успехом представлять обе стороны петли Мёбиуса.

Лэнгдон рассмеялся, представив себе так называемую петлю Мёбиуса — поверхность, получаемую при склеивании двух перевернутых относительно друг друга концов прямоугольной полоски. Строго говоря, петля Мёбиуса имеет всего лишь одну сторону. Впервые эту петлю Лэнгдон увидел в творениях М. Эшера*.

---

* Мариус Корнелис Эшер (1898—1972) — голландский художник-график.

— Могу я задать вам один вопрос, мисс Ветра?

— Зовите меня Виттория. Когда я слышу «мисс Ветра», то сразу начинаю чувствовать себя ужасно старой.

Он подавил вздох, вдруг ощутив свой преклонный возраст, и произнес:

— В таком случае я — Роберт.

— У вас был ко мне вопрос.

— Да. Что вы, будучи дочерью католического священника и одновременно ученым, думаете о религии?

Виттория помолчала немного, отбросила упавшую на лоб прядь волос и сказала:

— Религия подобна языку или манере одеваться. Мы всегда тяготеем к тому, с чем выросли. Но в конечном итоге все мы заявляем одно и то же. Мы говорим, что в жизни имеется скрытый смысл, и мы благодарны силе, нас создавшей.

Слова девушки заинтриговали Лэнгдона.

— Следовательно, вы утверждаете, что религия — будь то христианство, мусульманство или буддизм — зависит только от того, где мы родились?

— Но разве это не очевидно?

— В таком случае вера вообще случайное явление?

— Ничего подобного. Вера — явление универсальное. Но методы ее познания, к которым мы прибегаем, целиком зависят от нашего выбора. Одни возносят молитвы Иисусу, другие отправляются в Мекку, а третьи изучают поведение элементарных частиц. В конечном итоге все мы заняты поиском истины, гораздо более грандиозной, чем мы сами.

Лэнгдон пожалел, что его студенты не умеют выражать свои мысли с такой точностью. Да что там студенты! Он сам вряд ли смог бы высказать это столь же ясно.

— А как же Бог? — спросил он. — Вы в Бога веруете?

На сей раз Виттория молчала довольно долго.

— Наука говорит мне, — наконец сказала она, — что Бог должен существовать. Но мой разум утверждает, что я никогда не смогу понять Бога. А сердце тем временем подсказывает, что я для этого вовсе и не предназначена.

Четко изложено, подумал он и спросил:

— Итак, вы полагаете, что Бог существует, но понять Его мы никогда не сможем?

— Не Его, а Ее, — улыбнулась Виттория. — Я считаю, что аборигены Северной Америки были правы.

— Мать Земля? — улыбнулся Лэнгдон.

— Гея*. Наша планета является организмом, а каждый из нас — его клеткой с только ей присущими функциями. И в то же время мы все взаимосвязаны. Мы служим друг другу, и одновременно мы служим целому.

Глядя на нее, Лэнгдон вдруг почувствовал, что в нем шевельнулись чувства, которых он не испытывал уже много лет. В ее глазах таилось какое-то очарование... А голос звучал так чисто... Он ощутил, что его тянет к этой девушке.

— Мистер Лэнгдон, разрешите мне задать вам еще один вопрос.

— Роберт, — поправил он ее. — Когда я слышу «мистер Лэнгдон», я ощущаю себя стариком. Впрочем, я и есть старик...

— Скажите, Роберт, если можно, как вы начали заниматься орденом «Иллюминати»?

— Вообще-то в основе всего были деньги, — ответил он, немного подумав.

— Деньги? — разочарованно протянула девушка. — Вы оказывали какие-то платные услуги? Давали консультации?

Лэнгдон рассмеялся, осознав, как прозвучали его слова.

— Нет. Я говорю не о заработке. Я говорю о деньгах как о банкнотах.

С этими словами он достал из кармана брюк несколько купюр и выбрал из них бумажку достоинством в один доллар.

— Я увлекся изучением этого культа после того, как обнаружил, что американская валюта просто усыпана символами иллюминатов.

Виттория взглянула на него из-под полуопущенных ресниц. Она, видимо, не до конца понимала, насколько серьезно следует воспринимать эти слова.

* Гея — в греческой мифологии богиня земли, от которой произошли горы и море, первое поколение богов, циклопы и гиганты.

5 Зак. 1526

— Посмотрите на оборотную сторону, — сказал он, протягивая ей банкноту. — Видите большую печать слева?

— Вы имеете в виду пирамиду? — перевернув долларовую бумажку, спросила Виттория.

— Именно. Какое значение, по вашему мнению, могла иметь пирамида для истории США?

Девушка в ответ пожала плечами.

— Вот именно, — продолжил Лэнгдон. — Абсолютно никакого.

— Тогда почему же она смогла стать центральным символом Большой государственной печати? — нахмурившись, спросила Виттория.

— Мрачный зигзаг истории, — ответил Лэнгдон. — Пирамида — оккультный символ, представляющий слияние сил, устремленных вверх, к источнику абсолютного Света. Теперь внимательно посмотрите на то, что изображено чуть выше пирамиды.

— Глаз в треугольнике, — ответила Виттория, изучив банкноту.

— Этот символ называется trinacria. Вам доводилось раньше видеть глаз в треугольнике?

— Да, — немного помолчав, сказала девушка. — Но я не помню...

— Он изображен на эмблемах масонских лож во всем мире.

— Значит, это масонский символ?

— Нет. Это символ иллюминатов. Члены братства называют его «сияющая дельта». Призыв к постоянным изменениям и просвещению. Глаз означает способность иллюминатов проникать в суть вещей, а треугольником также обозначается буква греческого алфавита «дельта», которая является математическим символом...

— Изменения, эволюции, перехода к...

— Я совсем забыл, что беседую с ученым, — улыбнулся Лэнгдон.

— Итак, вы хотите сказать, что большая печать Соединенных Штатов призывает к переменам и проникновению в суть вещей?

— Или, как сказали бы некоторые, к Новому мировому порядку.

Витторию эти слова Лэнгдона несколько удивили, но, вглядевшись в банкноту, она протянула:

— Под пирамидой написано: «Novus... Ordo...»

— «Novus Ordo Seculorum», — подхватил американец. — Что означает «Новый секулярный порядок».

— Секулярный в смысле «нерелигиозный»?

— Да. Именно нерелигиозный. В этой фразе ясно выражены цели ордена «Иллюминати», и в то же время она кардинально противоречит напечатанным рядом с ней словам: «Мы веруем в Бога».

— Но каким образом вся эта символика смогла появиться на самой могущественной валюте мира? — обеспокоенно спросила Виттория.

— Большинство исследователей считают, что за этим стоял вице-президент Соединенных Штатов Генри Уоллес. Он занимал место на верхних ступенях иерархической лестницы масонов и, вне всякого сомнения, имел контакты с иллюминатами. Был ли он членом сообщества или просто находился под его влиянием, никто не знает. Но именно Уоллес предложил президенту этот вариант большой печати.

— Но каким образом? И почему президент с этим согласился?

— Президентом в то время был Франклин Делано Рузвельт, и Уоллес сказал ему, что слова «Novus Ordo Seculorum» означают не что иное, как «Новый курс»*.

— И вы хотите сказать, что Рузвельт дал команду казначейству печатать деньги, не обратившись за советом к другим экспертам? — с сомнением спросила Виттория.

— В этом не было нужды. Они с Уоллесом были словно родные братья.

— Братья?

---

* Новый курс — экономическая политика президента Ф.Д. Рузвельта, направленная на смягчение последствий экономического кризиса 1930-х гг.

— Загляните в свои книги по истории, — с улыбкой произнес Лэнгдон. — Франклин Делано Рузвельт был известнейшим масоном.

ГЛАВА 32

Лэнгдон затаил дыхание, когда «Х-33» широкой спиралью пошел на снижение в международном аэропорту Рима, носящем имя Леонардо да Винчи. Виттория сидела с закрытыми глазами. Создавалось впечатление, что она усилием воли пытается держать себя в руках. Летательный аппарат коснулся посадочной полосы и покатил к какому-то частному ангару.

— Прошу извинить за долгое путешествие, — сказал появившийся из кабины пилот. — Мне пришлось сдерживать бедняжку, чтобы снизить шум двигателя при полете над населенными районами.

Лэнгдон взглянул на часы. Оказалось, что полет продолжался тридцать семь минут.

Открыв внешний люк, пилот спросил:

— Кто-нибудь может мне сказать, что происходит?

Виттория и Лэнгдон предпочли промолчать.

— Ну и ладно, — безо всякой обиды произнес пилот. — В таком случае я останусь в кабине и буду в одиночестве наслаждаться музыкой.

При выходе из ангара им в глаза брызнули яркие лучи предвечернего солнца, и Лэнгдон перебросил свой твидовый пиджак через плечо. Виттория подняла лицо к небу и глубоко вздохнула, словно солнечные лучи заряжали ее какой-то таинственной телепатической энергией.

Средиземноморье, подумал уже начинающий потеть Лэнгдон

— Не кажется ли вам, что для комиксов вы немного староваты? — не поворачиваясь, неожиданно спросила Виттория.

— Простите, не понимаю...

— Ваши часы. Я обратила на них внимание еще в самолете

Лэнгдон слегка покраснел. Ему уже не раз приходилось вставать на защиту своих ручных часов. Эти коллекционные часы с изображением Микки-Мауса на циферблате еще в детстве подарили ему родители. Несмотря на глупый вид мышонка, ручонки которого служили стрелками, Лэнгдон никогда не расставался с этими часами. Часы были водонепроницаемыми, а цифры светились в темноте, что было очень удобно при плавании в бассейне и во время поздних прогулок по неосвещенным дорожкам университетского кампуса. Когда студенты говорили о некоторой экстравагантности эстетических пристрастий своего профессора, тот неизменно отвечал, что носит Микки как символ своей душевной молодости.

— Шесть часов вечера, — сказал он.

— Думаю, что экипаж для нас уже подан, — продолжая смотреть в небо, заметила Виттория.

Лэнгдон услышал в отдалении шум двигателя. Когда он поднял глаза, сердце у него упало. С севера на небольшой высоте, почти над самой взлетной полосой, к ним приближался вертолет. Во время экспедиции в Андах, когда он занимался поисками линий Наска* в южном Перу, ему пришлось летать на вертолете, и никакого удовольствия от этих полетов он, надо сказать, не получил. Летающая обувная коробка. Пресытившись впечатлениями от двух полетов в стратоплане, Лэнгдон очень надеялся на то, что Ватикан пришлет за ними автомобиль.

Но его надежды не сбылись.

Вертушка снизила скорость, повисела несколько мгновений над их головами и начала спуск на посадочную полосу. Машина была окрашена в белый цвет, а на ее борту был изображен герб: два скрещенных ключа на фоне папской тиары. Лэнгдон прекрасно знал этот священный символ святого престола. Сейчас это была правительственная печать, а престолом в буквальном смысле слова являлся древний трон Святого Петра.

«Святая вертушка», — подумал Лэнгдон, наблюдая за приземляющимся вертолетом. Он совсем забыл, что Ватикан имеет

---

* Линии Наска — огромные изображения геометрических фигур, животных и растений на столовых холмах в горных долинах южного Перу. Полностью видны лишь с воздуха.

в своем распоряжении несколько подобных аппаратов: для доставки папы в аэропорт, на встречи с паствой и для полетов в летнюю резиденцию святейшего в Гандольфо. Окажись он на месте папы, Лэнгдон определенно предпочел бы путешествовать на автомобиле.

Пилот выпрыгнул из кабины и быстрым шагом направился к ним по бетону аэродрома.

Пришло время волноваться Виттории.

— Неужели нам придется с ним лететь? — тревожно спросила она.

— Лететь иль не лететь — вот в чем вопрос, — продекламировал Лэнгдон, целиком разделяя тревогу девушки.

Пилот выглядел так, словно готовился выйти на сцену в одной из шекспировских пьес. Его камзол с пышными рукавами был разрисован широкими вертикальными ярко-синими и золотыми полосами. Цвета панталон и гетр полностью повторяли раскраску верхней части одеяния. На ногах у него были черные туфли, чем-то напоминающие домашние тапочки. На голове пилота красовался черный фетровый берет.

— Традиционная униформа швейцарских гвардейцев, — пояснил Лэнгдон. — Этот фасон придумал сам Микеланджело. — Когда пилот приблизился, американец поморщился и добавил: — Не самое лучшее из его творений, надо сказать.

Несмотря на столь ослепительный наряд, пилот всем своим видом демонстрировал, что дело знает. Он двигался к ним решительным шагом и имел выправку американского морского пехотинца. Лэнгдон читал о том, насколько строго проходит отбор в швейцарскую гвардию. Гвардейцы набирались в четырех католических кантонах Швейцарии. Каждый из претендентов должен был быть холостяком 19—30 лет, ростом не менее 180 см, уже отслужившим в швейцарской армии. Папская гвардия считалась самой верной и надежной охраной в мире и вызывала зависть у глав многих правительств.

— Вы из ЦЕРНа? — стальным голосом спросил, застыв в шаге от них, швейцарец.

— Так точно, сэр, — ответил Лэнгдон.

— Вам удалось долететь на удивление быстро, — заметил гвардеец и бросил на «Х-33» удивленный взгляд. — Мадам, — продолжил он, обращаясь к Виттории, — у вас имеется какая-нибудь иная одежда?

— Простите, но... боюсь, я не совсем вас понимаю...

— Лица в шортах в Ватикан не допускаются, — сказал швейцарец, показав на нижние конечности девушки.

Лэнгдон бросил взгляд на обнаженные ноги Виттории и вконец расстроился. Как он мог забыть, что в Ватикане нельзя обнажать ноги выше колена? Ни мужчинам, ни женщинам. Этот запрет был призван демонстрировать уважение посетителей к Городу Бога.

— Это все, что у меня есть, — ответила Виттория. — Мы очень спешили.

Гвардеец понимающе кивнул, хотя и был явно недоволен. Обратившись к Лэнгдону, он спросил:

— Есть ли у вас какое-нибудь оружие, сэр?

«Какое оружие? У меня с собой нет даже смены чистого белья», — подумал Лэнгдон и отрицательно покачал головой.

Швейцарец присел у ног американца и принялся его досматривать, начиная с носков. Не очень доверчивый парень, подумал Лэнгдон и недовольно поморщился, когда крепкие руки гвардейца подобрались слишком близко к промежности. Обследовав грудь, плечи и спину Лэнгдона и, видимо, убедившись, что у того ничего нет, гвардеец обратил свой взор на Витторию.

— Не смейте даже и думать! — бросила она.

Гвардеец вперился в девушку суровым взглядом, видимо, рассчитывая ее запугать. Но Виттория не дрогнула.

— Что это? — спросил страж Ватикана, показывая на небольшую выпуклость на кармане ее шортов.

Виттория достала сверхплоский сотовый телефон. Гвардеец открыл его, дождался гудка и, удостоверившись, что это действительно всего лишь переговорное устройство, вернул аппарат девушке. Виттория сунула мобильник в карман.

— А теперь повернитесь, пожалуйста, — сказал гвардеец.

Виттория широко расставила руки и совершила поворот на 360 градусов.

Пока швейцарец внимательно разглядывал девушку, Лэнгдон успел заметить, что ни топик, ни облегающие шорты совсем не выпячиваются там, где им выпячиваться не положено. Гвардеец, видимо, пришел к такому же заключению.

— Благодарю вас, — сказал он. — Сюда, пожалуйста.

Лопасти вертолета швейцарской гвардии лениво крутились на холостом ходу. Виттория поднялась на борт первой. С видом профессионала, лишь чуть-чуть пригнувшись, она прошла под лопастями винта. Лэнгдон же чувствовал себя гораздо менее уверенно.

— А на машине никак было нельзя? — полушутливо прокричал он на ухо поднимающемуся на свое место пилоту.

Швейцарец не удостоил его ответом.

Лэнгдон слышал о римских водителях-маньяках и понимал, что полет в этом городе был, видимо, наиболее безопасным способом передвижения. Он глубоко вздохнул, низко пригнулся, чтобы избежать удара вращающихся лопастей, и забрался в кабину.

Гвардеец прибавил газа, и Виттория, пытаясь перекричать шум двигателя, спросила:

— Вам удалось обнаружить сосуд?!

Пилот обернулся и недоуменно посмотрел на девушку.

— Что?

— Я говорю о сосуде. Разве вы не звонили в ЦЕРН в связи с этим?

— Не понимаю, о чем вы, — пожал плечами гвардеец. — Я получил приказ забрать вас на аэродроме. Это все, что мне известно.

Виттория бросила на Лэнгдона тревожный взгляд.

— Пристегните, пожалуйста, ремни, — напомнил пилот.

Лэнгдон вытянул ремень безопасности и застегнул на животе пряжку. Ему показалось, что стены крошечного фюзеляжа сдвинулись еще сильнее, не оставляя возможности дышать. Летательный аппарат с ревом взмыл в воздух и резво взял курс на север в направлении Рима.

Рим... столица мира. Город, в котором когда-то правил Цезарь и где был распят святой Петр. Колыбель современной цивилизации. И сейчас в его сердце... тикает механизм бомбы замедленного действия.

ГЛАВА 33

С высоты птичьего полета Рим казался беспорядочным переплетением улиц — сложный лабиринт старинных дорог, огибающих огромные здания храмов, искрящиеся фонтаны и многочисленные древние руины.

Вертолет Ватикана летел довольно низко, разрубая лопастями смог, постоянно висящий над Вечным городом и заставляющий давиться в кашле несчастных горожан. Лэнгдон с интересом наблюдал за снующими в разные стороны мопедами, туристическими автобусами и крошечными «фиатами». «Койааніскатси», — подумал он, припомнив слово, употребляемое индейцами племени хопи для обозначения суматошной, сумбурной жизни.

Молча сидевшая на соседнем кресле Виттория всем своим видом выражала готовность действовать.

Вертолет резко взмыл вверх, а сердце Лэнгдона, напротив, провалилось куда-то в желудок. Он посмотрел вперед и увидел вдали поднимающиеся к небу развалины римского Колизея. Лэнгдон всегда считал это величественное сооружение одним из парадоксов истории. Огромный амфитеатр, в наше время символизирующий достижение древней культуры, в течение многих столетий служил сценой, на которой разыгрывались самые варварские представления в истории человечества. Здесь голодные львы рвали на части беспомощных людей, а армии рабов сражались, истребляя друг друга. Здесь на глазах тысяч зрителей насиловали экзотических, захваченных в далеких странах женщин. Здесь рубили головы и публично кастрировали.

Особенно Лэнгдона забавляло то, что знаменитое Солдатское поле Гарварда было сооружено по образу и подобию Колизея. Видимо, не случайно, думал он, на этом стадионе каждую осень пробуждаются кровожадные древние инстинкты и обезумевшие футбольные фанаты Гарвардского университета требуют крови ненавистных противников из Йеля. Чуть дальше к северу Лэнгдон увидел Форум — сердце дохристианского Рима. Полуразрушенные колонны напоминали поваленные надгробия на кладбище, которое по какой-то странной иронии судьбы не было поглощено огромным мегаполисом.

На западе город рассекала огромная дуга Тибра. Даже с воздуха Лэнгдон видел, насколько глубока эта река. На ее блестящей поверхности там и тут виднелись пенистые воронки водоворотов, затягивающих в себя разнообразный мусор.

— Прямо по курсу, — произнес пилот, поднимая машину еще выше.

Лэнгдон и Виттория посмотрели в указанном направлении. Прямо перед ними над голубоватой дымкой смога возвышался гигантский купол собора Святого Петра.

— А вот это творение, — сказал Лэнгдон, обращаясь к Виттории, — Микеланджело явно удалось.

Лэнгдону никогда не доводилось видеть собор с высоты птичьего полета. В лучах предвечернего южного солнца мраморный, украшенный многочисленными статуями фронтон здания полыхал розовым огнем. Напоминающее огромный грот помещение собора могло одновременно вместить 60 000 молящихся, что более чем в сто раз превышало все население Ватикана — самого маленького государства на планете.

Но и сооружение таких невероятных размеров не могло подавить величия раскинувшейся перед ним площади. Вымощенная гранитом просторная пьяцца, расположенная в самом сердце Рима, являла собой подобие Центрального парка в классическом стиле. Овал шириной 240 метров двумя полукружиями обрамляла крытая колоннада из 284 стоящих в четыре ряда дорических колонн, над которыми высились 140 скульптурных изображений святых и мучеников. Высота колонн в каждом ряду по мере приближения к площади немного уменьшалась, что создавало своего рода trompe l'oeil*, призванный подчеркнуть величие этого места. По обеим сторонам площади располагались два прекрасных фонтана, а в самом ее центре возвышался привезенный Калигулой египетский обелиск. Император украсил обелиском цирк, и лишь в 1586 году камень нашел свое место на площади перед главным собором католического мира. Теперь на его вершине сверкал крест — символ христианства.

Интересно, что подумал бы святой Петр, окажись он сейчас здесь, размышлял Лэнгдон, глядя на святыню. Петр умер, распятый вниз головой на этом самом месте, и теперь его прах покоился в гробнице, расположенной в глубоком подземелье под куполом базилики. Это была самая почитаемая из всех гробниц христианского мира.

— Ватикан, — произнес пилот без тени гостеприимства.

Лэнгдон посмотрел на маячившие впереди стены и бастионы, окружающие здания Ватикана. Очень неподходящая... какая-то слишком земная защита для мира духа, власти и старинных тайн, подумал он.

— Смотрите! — крикнула Виттория, потянув американца за рукав и приникнув к иллюминатору.

Лэнгдон вытянул шею и посмотрел на площадь Святого Петра.

— Смотрите туда...

Лэнгдон взглянул в указанном направлении, и ему показалось, что он увидел автомобильную парковку. Дальняя часть площади была заполнена огромными автобусами и фургонами, с крыш которых в небо смотрели тарелки телевизионных антенн. На тарелках можно было прочесть хорошо знакомые надписи:

ЕВРОПЕЙСКОЕ ТЕЛЕВИДЕНИЕ
ВИДЕО-ИТАЛИЯ
БИ-БИ-СИ
ЮНАЙТЕД ПРЕСС ИНТЕРНЭШНЛ

* Обман зрения, иллюзия (*фр.*).

Неужели сведения об антиматерии уже просочились в прессу? Этого не может быть, несколько растерянно подумал Лэнгдон.

— Почему здесь так много представителей прессы? — напряженным голосом поинтересовалась Виттория. — Что у вас происходит?

— Что происходит? Неужели вы не знаете? — бросив на нее через плечо недоуменный взгляд, спросил, в свою очередь, пилот.

— Нет! — резко и чуть хрипло ответила она.

— Il Conclavo, — ответил пилот. — Двери будут опечатаны примерно через час. Весь мир следит за этим событием.

Il Conclavo.

Это слово долгим эхом отозвалось в мозгу Лэнгдона и тяжелым камнем обрушилось куда-то вниз, в область сердца. *Il Conclavo. Ватиканский конклав.* Как он мог забыть? Совсем недавно об этом сообщалось во всех сводках новостей.

Пятнадцать дней назад, после двенадцатилетнего пребывания на Святом престоле, ушел из жизни всеми любимый папа. Во всех газетах мира появились статьи о случившемся во время сна кровоизлиянии в мозг. Эта смерть стала настолько неожиданной, что у многих возникли подозрения относительно ее действительной причины. Однако об этом предпочитали говорить шепотом. И вот теперь, следуя традиции, ровно через пятнадцать дней после кончины папы, Ватикан созвал конклав. 165 кардиналов съехались в Рим со всех концов христианского мира. Эти наиболее могущественные священнослужители собрались сегодня в Ватикане для того, чтобы избрать нового папу.

Все кардиналы планеты под одной крышей, думал Лэнгдон, когда вертолет пролетал над собором Святого Петра. За собором его взору открылись знаменитые сады Ватикана и здание правительства.

Вся властная структура римско-католической церкви оказалась — в самом буквальном смысле этого слова — на пороховой бочке.

ГЛАВА 34

Кардинал Мортати, безуспешно пытаясь сосредоточиться, смотрел в роскошный потолок Сикстинской капеллы. Покрытые фресками стены отражали голоса собравшихся в капелле кардиналов. Съехавшиеся со всего мира священнослужители толпились в освещаемой свечами часовне, оживленно обмениваясь впечатлениями и задавая вопросы. Разговаривали взволнованным шепотом на многих языках, универсальными же средствами общения оставались английский, итальянский и испанский.

Традиционный способ освещения Сикстинской капеллы был весьма эффектным. Солнечный свет попадал в помещение через цветные стекла под потолком, создавая впечатление, что эти яркие, рассекающие тьму лучи нисходят прямо с небес. Так было всегда, но только не сегодня. Согласно традиции, все окна капеллы были затянуты черным бархатом. Это делалось для сохранения тайны. Для того, чтобы никто из находящихся в помещении людей никак не мог связаться с внешним миром. Глубокую тьму Сикстинской капеллы слегка разгонял лишь свет от горящих свечей... Создавалось впечатление, что это мерцающее сияние очищало каждого, кто с ним соприкасался. Кардиналы в этом свете казались бестелесными духами... становились похожими на святых.

Какая честь, думал Мортати, наблюдать за этим священнодействием. Кардиналы старше восьмидесяти лет папой быть избраны не могли и на конклав не приглашались. В свои семьдесят девять лет Мортати оказался старшим по возрасту, и ему доверили следить за процедурой выборов.

Следуя древней традиции, кардиналы собрались в капелле за два часа до открытия конклава, чтобы поговорить со старыми друзьями и провести последние консультации. Ровно в семь часов вечера в капелле должен был появиться камерарий* покойного папы, чтобы прочитать молитву и тут же удалиться.

---

* Камерарий — личный помощник и, как правило, доверенное лицо папы.

Затем швейцарские гвардейцы опечатают двери, заперев кардиналов в капелле. Лишь после этого можно будет приступить к древнейшему и самому таинственному политическому ритуалу. Кардиналов не выпустят на свободу до тех пор, пока они не решат между собой, кому быть новым папой.

Конклав. Даже само это слово подразумевало тайну. «Con clave» — в буквальном переводе «закрытый на ключ». Кардиналам категорически запрещалось в это время вступать в какие-либо контакты с внешним миром. Никаких телефонных звонков. Никаких посланий. Никаких перешептываний через замочную скважину. Конклав являл собой вакуум, не подверженный воздействию внешней среды. Ничто не должно было повлиять на решение кардиналов, поскольку «solum Dum prae okulis» — «лишь Бог был перед их глазами».

За стенами капеллы, или, вернее, Ватикана, томились в ожидании представители прессы, строя различные предположения о том, кто станет будущим главой целого миллиарда населяющих земной шар католиков.

Атмосфера на конклавах иногда накалялась до предела, и истории были известны случаи, когда возникающее на них политическое противостояние приводило к человеческим жертвам. Священные стены капеллы были свидетелями жестоких драк, загадочных отравлений и даже явных убийств. Все это — древняя история, думал Мортати. Сегодня все кардиналы выступят единым фронтом, конклав пройдет в благостной атмосфере и... даст Бог, окажется коротким.

Во всяком случае, он так предполагал.

Но случилось то, чего никто не ожидал. По какой-то таинственной причине в капелле отсутствовали четыре кардинала. Мортати знал, что все входы и выходы в Ватикане тщательно охраняются и кардиналы не могли уйти далеко. Но тем не менее старик начал беспокоиться, поскольку до молитвы открытия оставалось чуть менее часа. Ведь четыре пропавших священнослужителя не были обычными кардиналами. Они были *теми самыми* кардиналами. Четырьмя избранниками.

Как лицо, ответственное за проведение выборов, Мортати по соответствующим каналам известил командование швейцарской гвардии об исчезновении кардиналов. Ответа от гвардейцев пока не поступило. Другие кардиналы, заметив необъяснимое отсутствие своих коллег, начали тревожно перешептываться. Эти четверо просто обязаны были находиться в Сикстинской капелле! Кардинал Мортати начал подумывать, что конклав может оказаться продолжительнее, чем он рассчитывал.

Если бы он знал, чем закончится этот вечер!

ГЛАВА 35

Посадочная площадка вертолетов из соображений безопасности и во избежание излишнего шума находилась в северо-западном углу Ватикана, на максимальном удалении от собора Святого Петра.

— Твердь земная, — объявил пилот, как только шасси вертолета коснулись бетонной площадки.

После этого он вышел из кабины и открыл дверь пассажирского отсека для Виттории и Лэнгдона.

Лэнгдон, выйдя из машины первым, повернулся, чтобы помочь спуститься Виттории, но та без его помощи легко спрыгнула на землю. Было видно, что девушка всем своим существом стремится к одной цели — найти антивещество, до того как случится непоправимое. Пилот прикрыл стекло кабины солнцезащитным чехлом и провел их к транспортному средству, очень напоминающему электрокар, который игроки в гольф используют для перемещения по полю. От обычного электрокара этот механизм отличался лишь большими размерами. Кар-переросток бесшумно повез их вдоль западной границы города-государства — высоченной бетонной стены, вполне способной противостоять танковой атаке противника. Вдоль стены через каждые пятьдесят метров стояли по стойке «смирно» швейцарские гвардейцы, внимательно наблюдая за тем, что происходит на территории страны. Кар резко свернул на виа делла Оссерваторио, и Лэнгдон увидел несколько смотрящих в разные стороны дорожных указателей:

ПРАВИТЕЛЬСТВЕННЫЙ ДВОРЕЦ
КОЛЛЕГИЯ ПО ДЕЛАМ ЭФИОПИИ
СОБОР СВ. ПЕТРА
СИКСТИНСКАЯ КАПЕЛЛА

Водитель прибавил скорость, и они понеслись по ухоженной до блеска дороге. Через пару секунд мимо них проплыло приземистое здание, на котором значилось «Радио Ватикана». Так вот как, оказывается, выглядит сердце знаменитого «Radio Vaticana», сеющего слово Божие среди миллионов слушателей во всех частях света.

— Attenzione!* — бросил водитель, резко вращая баранку.

Кар свернул за угол, и Лэнгдон не поверил своим глазам, настолько прекрасным оказался открывшийся перед ним вид. Giardini Vaticani. Знаменитые сады Ватикана — подлинное сердце этого города-государства, подумал он. Мало кому из простых смертных доводилось видеть Ватикан с этой точки. Прямо перед ними высилась громада собора Святого Петра, а чуть справа располагалась папская резиденция в стиле барокко, ничуть не уступающая в своем великолепии пышному барокко Версаля. Строгое здание, приютившее правительство города-государства, теперь находилось у них за спиной. А впереди слева возвышался массивный многоугольник музея Ватикана. Лэнгдон осознавал, что в этот раз времени для посещения музея у него не будет.

— Где все? — спросила Виттория, обозревая пустынные лужайки и тротуары.

Гвардеец взглянул на свои черные, выглядевшие совершенно неуместно под пышным рукавом униформы армейские часы и сказал:

---

* Внимание! (*ит.*)

— Все кардиналы уже собрались в Сикстинской капелле. Конклав открывается меньше чем через час.

Лэнгдон кивнул, припомнив, что кардиналы приходят в капеллу за два часа до начала, чтобы предаться тихим размышлениям и обменяться любезностями со своими прибывшими с разных концов земли коллегами. Эти два часа предназначались для того, чтобы восстановить старую дружбу и сделать предстоящие дебаты не столь жаркими.

— А куда подевались остальные обитатели и персонал? — полюбопытствовала Виттория.

— Удалены до завершения конклава в целях безопасности и для сохранения тайны, — сообщил швейцарец.

— Когда он завершится?

— А вот это известно лишь одному Богу, — пожал плечами гвардеец, и по этому жесту и тону его голоса можно было понять, что молодой человек вкладывает в свои слова буквальный смысл.

Оставив машину на зеленой лужайке прямо за собором Святого Петра, швейцарец провел Лэнгдона и Витторию вдоль каменной стены до мощенной мраморными плитами площади, расположенной с тыльной стороны собора. Перейдя через площадь, они снова подошли к базилике и двинулись по виа Бельведер мимо стоящих вплотную друг к другу зданий. Поскольку Лэнгдону приходилось заниматься историей искусства, он обладал достаточными познаниями в итальянском языке, чтобы понять из надписей, что их путь лежит мимо типографии, лаборатории по реставрации гобеленов, почтового управления и церкви Святой Анны. Затем, миновав еще одну площадь, они прибыли к месту назначения.

Приземистое здание, служившее штаб-квартирой швейцарской гвардии, располагалось на северо-восточном краю Ватикана, рядом с помещением кордегардии. По обе стороны от входных дверей штаба, подобно каменным изваяниям, замерли два швейцарских гвардейца.

На сей раз Лэнгдон был вынужден признать, что эти парни выглядели вовсе не комично. Стражи так же, как и их проводник, были облачены в голубую с золотом форму, но в руках у них были традиционные «длинные мечи Ватикана» — восьмифутовые копья с острыми как бритва наконечниками в форме полумесяца. Если верить легендам, во время крестовых походов эти полумесяцы снесли бесчисленное множество мусульманских голов.

Как только Лэнгдон и Виттория приблизились к дверям, оба гвардейца, как по команде, сделали шаг вперед и скрестили копья, загородив проход.

— I pantaloni, — в замешательстве произнес один из них, обращаясь к пилоту и свободной рукой указывая на шорты Виттории.

— Il comandante voule vederli subito*, — отмахнулся от сверхбдительного стража пилот.

Часовые с недовольной миной неохотно отступили в сторону.

Внутри здания царила прохлада, и оно совсем не походило на помещение службы безопасности, каким его представлял себе Лэнгдон. На стенах изысканно украшенных и безупречно обставленных холлов висели картины, которые любой музей мира поместил бы на самом почетном месте.

— Вниз, пожалуйста, — пригласил пилот, показывая на довольно крутые ступени.

Лэнгдон и Виттория шагали по беломраморным ступеням сквозь строй скульптур. Это были статуи обнаженных мужчин, и на каждой из них имелся фиговый листок, который был чуть светлее остального тела.

Великая кастрация, подумал Лэнгдон.

Это была одна из самых величайших потерь, которые понесло искусство Возрождения. В 1857 году папа Пий IX решил, что чрезмерно точное воспроизведение мужского тела может пробудить похоть у обитателей Ватикана. Поэтому, вооружившись резцом и киянкой, он собственноручно срубил гениталии

---

* Командир приказал доставить их немедленно (*ит.*).

у всех мужских скульптур. Папа изувечил шедевры Микеланджело, Браманте* и Бернини. Нанесенные скульптурам повреждения были стыдливо прикрыты алебастровыми фиговыми листками. Лэнгдона всегда занимал вопрос, не стоит ли где-нибудь в Ватикане громадный, заполненный мраморными пенисами сундук?..

— Сюда, — провозгласил проводник.

Они уже спустились с лестницы и теперь стояли перед тяжелыми стальными дверями. Швейцарец набрал цифровой код, и дверь бесшумно скользнула в стену.

В помещении за порогом было настоящее столпотворение.

ГЛАВА 36

Штаб швейцарской гвардии.

Лэнгдон стоял в дверях и смотрел на смешение разных эпох, открывшееся перед его глазами. Встреча времен, думал он. Помещение являло собой великолепно декорированную библиотеку эпохи Ренессанса. Книжные полки, роскошные восточные ковры и яркие гобелены... и в то же время блоки новейших компьютеров и факсов, электронные карты Ватикана и телевизоры, настроенные на прием Си-эн-эн. Мужчины в живописных панталонах и футуристического вида наушниках яростно стучали по клавишам, внимательно вглядываясь в экраны мониторов.

— Подождите здесь, — сказал их провожатый и направился через весь зал к необычайно высокому жилистому человеку, облаченному в темно-синий мундир.

Человек разговаривал по сотовому телефону и держался так прямо, что создавалось впечатление, будто он даже прогибался назад. Швейцарец что-то ему сказал, человек в синем бросил быстрый взгляд в сторону Лэнгдона и Виттории, кивнул и вернулся к телефонной беседе.

---

* Донато Браманте (1444—1514) — архитектор и скульптор Высокого Возрождения.

— Коммандер Оливетти примет вас через минуту, — сказал гвардеец, вернувшись.

— Благодарю.

Гвардеец кивнул и направился назад, к лестнице.

Лэнгдон внимательно посмотрел на коммандера Оливетти, понимая, что перед ним Верховный главнокомандующий армией суверенной державы. Виттория и Лэнгдон ждали, наблюдая за происходящим. Гвардейцы в ярких униформах проявляли поистине бурную деятельность. Со всех сторон доносились команды на итальянском языке.

— Continua cercando! — кричал в микрофон один из них.

— Probasti il museo!* — вторил ему другой.

Лэнгдону не надо было хорошо знать итальянский язык, чтобы понять — служба безопасности Ватикана ведет интенсивные поиски. Это, безусловно, была хорошая новость. Плохая же новость заключалась в том, что антивещество они пока не обнаружили.

— С вами все в порядке? — спросил он Витторию.

Девушка в ответ лишь устало улыбнулась и пожала плечами.

Коммандер тем временем закончил разговор, решительным движением захлопнул мобильник и направился к ним. С каждым шагом офицер, казалось, становился все выше и выше. Лэнгдон и сам был достаточно высок, и ему редко доводилось смотреть на кого-нибудь снизу вверх, но в данном случае избежать этого было просто невозможно. Весь вид коммандера требовал подчинения, и Лэнгдон сразу понял, что этот человек прошел через многое. Его моложавое не по возрасту лицо было словно выковано из закаленной стали. Темные волосы были острижены коротким ежиком на военный манер, а глаза исполнены той непреклонной решимости, которая достигается лишь годами упорной муштры. Он надвигался на них неумолимо, как танк. За ухом у него был крошечный наушник, и это делало его похожим на агента американской секретной службы из плохого фильма.

---

* — Продолжайте поиск!
— Проверьте музей! (*ит.*)

Офицер обратился к ним на английском языке с довольно сильным итальянским акцентом. Его голос для столь внушительной фигуры оказался на редкость тихим, но, несмотря на это, звучал по-военному уверенно и напористо.

— Добрый день, — сказал он. — Я — коммандер Оливетти, главнокомандующий швейцарской гвардией, и это я звонил вашему директору.

— Примите нашу благодарность, сэр, за то, что согласились нас принять, — подняла на него глаза Виттория.

Коммандер, ничего не ответив, жестом пригласил их следовать за ним. Лавируя в лабиринте электронных приборов, они добрались до двери в боковой стене зала.

— Входите, — пригласил офицер, придерживая дверь.

Переступив через порог, Лэнгдон и Виттория оказались в затемненной комнате, одна из стен которой светилась экранами множества мониторов. На этих экранах, сменяя друг друга, лениво двигались изображения различных уголков Ватикана. За картинками внимательно следил молодой гвардеец.

— Fuori*, — сказал Оливетти.

Солдат поднялся со стула и вышел из комнаты.

Оливетти подошел к одному из мониторов и произнес, указывая на экран:

— Это изображение идет с одной из камер дистанционного контроля, спрятанной где-то в недрах Ватикана. Не могли бы вы объяснить, что это такое?

Лэнгдон и Виттория бросили взгляд на дисплей и не удержались от вздоха. Места для сомнений не осталось. Это была ловушка антиматерии, доставленная сюда из ЦЕРНа. Внутри прозрачной сферы мерцала парившая в воздухе металлическая капля. Единственным источником света в том месте, где находился сосуд, служил дисплей электронного секундомера с ритмично меняющимися на нем цифрами. Вокруг ловушки царила полная темнота, словно ее поместили куда-то под землю или в полностью закрытое помещение. В верхнем левом углу монито-

* Выйди (*ит.*).

ра виднелась надпись: «Прямая передача — камера наблюдения № 86».

Виттория взглянула на меняющиеся цифры электронного счетчика времени и прошептала Лэнгдону:

— Менее шести часов...

— Итак, мы располагаем временем до... — произнес Лэнгдон, поднося к глазам руку с часами. Закончить фразу ему помешал сильный спазм где-то в районе желудка.

— ...до полуночи, — с безнадежным видом сказала вместо него Виттория.

Полночь, подумал Лэнгдон. *Очередное проявление театральности.* Тот, кто прошлой ночью похитил ловушку, очевидно, точно рассчитал время. Мощнейший, грозящий катастрофой заряд уже был установлен на месте будущего взрыва, или в «точке зеро», как говорят специалисты.

— Вы подтверждаете, что данный объект принадлежит вашему учреждению? — Шепот Оливетти теперь больше походил на шипение.

— Да, сэр, — кивнула Виттория. — Этот сосуд был похищен из нашей лаборатории, и он содержит чрезвычайно взрывоопасную субстанцию, называемую антивеществом.

Слова Виттории ничуть не встревожили Оливетти.

— Я очень хорошо знаком со взрывным делом, мисс Ветра, но о взрывчатке, именуемой «антивещество», ничего не слышал.

— Это продукт новых технологий. Сосуд надо найти немедленно. В противном случае придется эвакуировать весь Ватикан.

Оливетти закрыл глаза, а затем медленно открыл их, словно надеясь на то, что это способно изменить смысл слов, произнесенных девушкой.

— Эвакуировать? — переспросил он. — Вам, надеюсь, известно, что́ в данный момент происходит в Ватикане?

— Да, сэр. И жизнь ваших кардиналов находится в опасности. В нашем распоряжении примерно шесть часов. Вам удалось хоть сколько-нибудь продвинуться в поисках ловушки?

— Так вы называете эту штуку «ловушкой»? — спросил он и, величественно наклонив голову, добавил: — Мы даже и не приступали к ее поискам.

— Что? — спросила, едва не задохнувшись от изумления, Виттория. — Но мы своими ушами слышали, как ваши подчиненные говорили о поисках...

— Поисках, да... — сказал Оливетти. — Но мы ищем вовсе не эту игрушку. Мои люди заняты поисками, которые не имеют никакого отношения к вашему делу.

— Следовательно, вы не начали искать ловушку? — срывающимся от волнения голосом повторила Виттория. — Я вас правильно поняла?

Зрачки Оливетти сузились так сильно, что создавалось впечатление, будто они просто втянулись в глазные яблоки, и это сделало его похожим на насекомого.

— Послушайте, как вас там? Мисс Ветра, кажется? — спросил он с бесстрастностью все того же насекомого. — Позвольте мне высказаться откровенно. Директор вашего заведения отказался поделиться со мной подробностями относительно характера объекта, заявив лишь, что я должен немедленно его найти. В данный момент мы чрезвычайно заняты, и я не могу позволить себе роскоши задействовать людские ресурсы, пока мне не станут известны все обстоятельства.

— В данный момент, сэр, лишь одно обстоятельство имеет значение, — жестким тоном произнесла Виттория. — Если вы не найдете прибора, то не позже чем через шесть часов ваш Ватикан взлетит на воздух. Или испарится, если вас это больше устраивает.

На лице Оливетти не дрогнул ни один мускул.

— Мисс Ветра, — начал он, и теперь в его голосе можно было уловить снисходительные нотки. — Несмотря на несколько архаичный внешний вид Ватикана, каждая его дверь, как служебная, так и предназначенная для публики, снабжена новейшими, самыми чувствительными приборами защиты из всех известных человечеству. Если кто-то вдруг пожелает проникнуть к нам с взрывчатым веществом, оно немедленно будет обнаружено. В нашем распоряжении имеются сканеры радиоактивных изотопов, приборы, которые по тончайшему запаху могут мгновенно расшифровывать химический состав любых веществ, включая токсины. Повсюду установлены новейшие металлодетекторы и рентгеновские аппараты...

— Весьма впечатляюще, — прервала его речь Виттория. Слова девушки звучали столь же холодно, как и слова коммандера. — К моему величайшему сожалению, антивещество не обладает радиоактивностью. Оно не имеет запаха, а по своему химическому составу является чистейшим водородом. Сам сосуд изготовлен из нейтрального пластика. Боюсь, что все ваши новейшие приборы окажутся в данном случае бессильны.

— Но ваша ловушка имеет источник питания, — сказал Оливетти, показывая на мелькающие цифры хронометра. — Даже малейший след никель-кадмиевого...

— Аккумулятор тоже изготовлен из пластика.

— Пластмассовый аккумулятор?! — Судя по тону, каким был задан этот вопрос, терпение Оливетти подходило к концу.

— Да. Электролит из полимерного геля и тефлона.

Оливетти наклонился вперед, словно подчеркивая свое превосходство в росте, и раздельно произнес:

— Синьорина, в Ватикан каждый месяц поступают десятки сообщений с угрозой взрыва. Я персонально инструктирую свой персонал по всем новейшим проблемам взрывной техники. И мне прекрасно известно, что в мире не существует взрывчатого вещества, способного, по вашим словам, уничтожить Ватикан. Если вы, конечно, не имеете в виду ядерное устройство. Если вы все-таки говорите о ядерном оружии, то оно должно иметь боеголовку размером не менее бейсбольного мяча.

— Природа таит в себе массу пока еще не раскрытых тайн, — ответила Виттория, испепеляя офицера взглядом.

— Могу я поинтересоваться, — сказал Оливетти, наклоняясь еще ниже, — какой пост вы занимаете в ЦЕРНе?

— Я старший исследователь, и на период данного кризиса мне поручено осуществлять связь между моей организацией и Ватиканом.

— Прошу прощения за грубость, но если мы действительно имеем дело с кризисом, почему я имею дело с вами, а не с вашим директором? И почему вы позволяете себе проявлять неуважение к Ватикану, являясь в это святое место в шортах?

Лэнгдон издал тихий стон. Ученый не мог поверить, что в подобных обстоятельствах Верховный главнокомандующий будет думать о стиле одежды. Однако он вспомнил о каменных пенисах, которые, по мнению здешнего начальства, могли пробудить похоть у подчиненных, и решил, что появление девицы в обтягивающих шортах вполне способно произвести в Ватикане сексуальную революцию. Так что поведение коммандера было отчасти оправданно. Виттория Ветра являла собой угрозу безопасности Ватикана.

— Коммандер Оливетти, — сказал Лэнгдон, выступая вперед (ему не хотелось, чтобы на его глазах взорвалась еще одна бомба), — позвольте представиться. Меня зовут Роберт Лэнгдон. Я преподаю историю религии в Гарвардском университете и к ЦЕРНу не имею ни малейшего отношения. Я видел, на что способно антивещество, и целиком разделяю точку зрения мисс Ветра о его чрезвычайной опасности. У нас есть все основания полагать, что антивещество доставлено в ваш комплекс членами антирелигиозного сообщества с целью сорвать конклав.

— Итак, — начал офицер, сверля глазами Лэнгдона, — теперь, помимо женщины в шортах, уверяющей, что капля какого-то таинственного антивещества способна взорвать Ватикан, я имею американского профессора, заявляющего, что нам угрожает некое антирелигиозное сообщество. Чего же именно вы от меня хотите?

— Найдите ловушку, — сказала Виттория. — И немедленно.

— Это невозможно. Прибор может находиться где угодно. Ватикан достаточно велик.

— Неужели ваши камеры слежения не снабжены сигнализаторами, указывающими их местонахождение?

— Как правило, их у нас не воруют. Чтобы найти пропавшую камеру, потребуется несколько дней.

— О днях не может быть и речи, — с вызовом бросила Виттория. — В нашем распоряжении лишь шесть часов.

— Шесть часов до чего, мисс Ветра? — спросил Оливетти, и голос его на сей раз прозвучал неожиданно громко. Махнув рукой в сторону экрана, коммандер продолжил: — До тех пор, пока эта штука не закончит счет? До тех пор, пока не испарится Ватикан? Поверьте, я терпеть не могу людей, которые наносят ущерб моей системе безопасности, воруя камеры. Точно так же я не люблю и механических приспособлений, которые таинственным образом появляются в стенах города. Моя работа требует постоянной подозрительности, но то, что говорите вы, мисс Ветра, лежит за пределами возможного.

— Вам когда-нибудь приходилось слышать о братстве «Иллюминати»? — вдруг выпалил Лэнгдон.

Ледяная маска вдруг дала трещину. Глаза коммандера побелели, как у готовящейся напасть акулы, и он прогремел:

— Я вас предупреждал, что у меня нет времени выслушивать всякие глупости!

— Следовательно, о сообществе «Иллюминати» вы слышали?

— Я дал клятву охранять католическую церковь, — ответил Оливетти; теперь его взгляд стал походить на острие штыка. — И об этом сообществе, естественно, слышал. Мне также известно, что это, с позволения сказать, братство не существует вот уже несколько десятков лет.

Лэнгдон запустил руку в карман, извлек листок с изображением заклейменного тела Леонардо Ветра и вручил его Оливетти.

— Я давно занимаюсь изучением истории братства «Иллюминати», и признать его существование в наши дни мне труднее, чем вам. Однако появление клейма и понимание того, что это сообщество давно предъявило счет Ватикану, вынудили меня изменить свою точку зрения.

— Компьютерная фальшивка, — небрежно бросил Оливетти, возвращая факс Лэнгдону.

Лэнгдон не верил своим ушам.

— Фальшивка?! Да вы только взгляните на симметрию! Из всех людей вы первый должны понять, что это аутентичное...

— Если на то пошло, то именно вам в первую очередь не хватает аутентичного понимания характера событий. Мисс Ветра, видимо, не удосужилась проинформировать вас о том, что ученые ЦЕРНа в течение нескольких десятилетий жестоко критикуют Ватикан. Они регулярно клеймят нас за возрождение идей креационизма, требуют формальных извинений за Галилея и Коперника, настаивают на том, чтобы мы прекратили осуждение аморальных или опасных исследований. Какой из двух сценариев для вас более приемлем, мистер Лэнгдон? Неужели вы предпочтете вариант, согласно которому из небытия вдруг возникнет вооруженный ядерной бомбой орден сатанистов с многовековой историей, чтобы уничтожить Ватикан? Если так, то для меня более приемлем второй. По моему мнению, какой-то идиот-шутник из ЦЕРНа решил сорвать важное для Ватикана событие с помощью тонко задуманной и отлично исполненной фальшивки.

— На этом снимке изображен мой отец, — сказала Виттория, и в ее голосе можно было услышать клокот кипящей лавы. — Он был убит. Неужели вы хотите сказать, что я способна на подобные шутки?

— Не знаю, мисс Ветра. Но до тех пор, пока я не получу от вас ответов, в которых будет хоть какой-то смысл, тревоги я поднимать не стану. Моя служба требует как бдительности, так и сдержанности... для того чтобы все духовные отправления вершились в Ватикане при просветленном сознании их участников. И в первую очередь сегодня.

— Но тогда по крайней мере отложите мероприятие, — сказал Лэнгдон.

— Отложить?! — опешил от столь еретической идеи Оливетти. — Какая наглость! Конклав, к вашему сведению, — это не бейсбольный матч в Америке, начало которого переносится из-за дождя. Это священнодействие со строгими правилами и процедурой. Вам, конечно, безразлично, что миллиард католиков по всему земному шару, затаив дыхание, ждут избрания своего нового лидера. Вам плевать на многочисленных представителей прессы, собравшихся у стен Ватикана. Протокол, согласно которому проходят выборы папы, священен. Начиная с 1179 года конклавы проводились, невзирая на землетрясения, голод и даже эпидемии чумы. И он не будет отменен из-за убийства какого-то ученого и появления одной капли бог знает какого вещества.

— Отведите меня к вашему главному начальнику, — потребовала Виттория.

— Он перед вами! — сверкнул глазами Оливетти.

— Нет. Мне нужен кто-нибудь из клира.

От возмущения на лбу офицера вздулись жилы, но, сумев сдержаться, он ответил почти спокойно:

— Все лица, имеющие отношение к клиру, ушли. Во всем Ватикане остались лишь швейцарские гвардейцы и члены коллегии кардиналов. Кардиналы собрались в Сикстинской капелле.

— А как насчет камерария? — небрежно бросил Лэнгдон.

— Кого?

— Камерария покойного папы, — повторил Лэнгдон, надеясь на то, что память его не подвела.

Он припомнил, что читал где-то об одном довольно забавном обычае Ватикана, связанном с передачей власти после кончины папы. Если память его не обманывает, то на период между смертью прежнего святого отца и выборами нового понтифика вся власть временно переходила в руки личного помощника покойного папы — так называемого камерария. Именно он должен был заниматься организацией и проведением конклава вплоть до того момента, как кардиналы назовут имя нового хозяина Святого престола.

— Насколько я понимаю, в данный момент всеми делами Ватикана заправляет камерарий, — закончил американец.

— Il camerlengo? — недовольно скривившись, переспросил Оливетти. — Но наш камерарий — простой священнослужитель. Он не был рукоположен в кардиналы. Всего лишь личный слуга папы.

— Тем не менее он здесь. И вы подчиняетесь ему.

— Мистер Лэнгдон, — произнес Оливетти, скрестив на груди руки, — да, это так. Согласно существующим правилам, камерарий на время проведения конклава является высшей исполнительной властью Ватикана. Но это сделано только потому, что камерарий, сам не имея права стать папой, может обеспечить независимость выборов. Это примерно то же самое, как если бы один из помощников вашего президента временно занял Овальный кабинет после смерти своего босса. Камерарий молод, и его понимание проблем безопасности, так же как и иных важных вопросов, весьма ограниченно. И по существу, в данный момент я являюсь первым лицом Ватикана.

— Отведите нас к нему, — сказала Виттория.

— Это невозможно. Конклав открывается через сорок минут. Камерарий готовится к этому событию в кабинете папы, и я не намерен беспокоить его проблемами, связанными с безопасностью. Все эти вопросы входят в сферу моей компетенции.

Виттория приготовилась дать достойный ответ, но в этот момент раздался стук в дверь, и на пороге возник швейцарский гвардеец при всех регалиях.

— E l'ora, comandante*, — произнес он, постукивая пальцем по циферблату наручных часов.

Оливетти взглянул на свои часы и кивнул. Затем он посмотрел на Лэнгдона и Витторию с видом судьи, определяющего их судьбу.

— Следуйте за мной, — сказал он и, выйдя из комнаты наблюдения, направился к крошечному кабинетику со стеклянными стенами в дальнем конце зала.

— Мой кабинет, — сказал Оливетти, приглашая их войти. Помещение было обставлено более чем скромно. Стол, беспорядочно заваленный бумагами, складные стулья, несколько канцелярских шкафов и прибор для охлаждения воды. Ничего лишнего. — Я вернусь через десять минут, — сказал хозяин кабинета. — А вы пока подумайте о том, как нам быть дальше.

— Вы не можете просто взять и уйти! — взвилась Виттория. — Ловушка...

— У меня нет времени на пустые разговоры! — ощетинился Оливетти. — Видимо, мне придется задержать вас до завершения конклава, после чего, как я полагаю, время у меня появится.

— Синьор, — сказал гвардеец, снова показывая на часы, — Spazzare di Capella**.

Оливетти кивнул и направился к двери.

— Spazzare di Capella? — переспросила Виттория. — Неужели вы намерены заняться уборкой Сикстинской капеллы?

Оливетти обернулся и, сверля девушку взглядом, ответил:

---

* *Здесь:* Время, начальник (*ит.*).

** Подметать капеллу (*ит.*).

— Мы намерены провести поиск разного рода электронных «жучков», мисс Ветра, дабы нескромные уши не прослушивали ход дебатов. Впрочем, вопросы скромности вам, по-видимому, чужды, — закончил он, взглянув на обнаженные ноги девушки.

С этими словами коммандер захлопнул дверь с такой силой, что толстое стекло панели задребезжало. Затем одним неуловимым движением он извлек из кармана ключ, вставил его в замочную скважину и повернул. Тяжелая щеколда со стуком встала на место.

— Idiota! — завопила Виттория. — Ты не имеешь права нас здесь задерживать!

Через стекло Лэнгдон увидел, как Оливетти что-то сказал одному из гвардейцев. Швейцарец понимающе кивнул. Главнокомандующий армией города-государства Ватикан направился к выходу, а подчиненный, с которым он только что говорил, развернулся и, скрестив руки на груди, стал за стеклом прямо напротив пленников. У его бедра висел довольно больших размеров револьвер.

Замечательно, подумал Лэнгдон. Лучше, дьявол бы их побрал, просто быть не может.

ГЛАВА 37

Виттория испепеляла взглядом стоящего за стеклом двери стража. Тот отвечал ей тем же. Живописное одеяние часового совершенно не соответствовало его зловещему виду.

«Полный провал, — думала Виттория. — Никогда не предполагала, что могу оказаться пленницей клоуна в пижаме».

Лэнгдон молчал, и Виттория надеялась, что он напрягает свои гарвардские мозги в поисках выхода из этой нелепой ситуации. Однако, глядя на его лицо, она чувствовала, что профессор скорее пребывает не в раздумьях, а в шоке.

Вначале Виттория хотела достать сотовый телефон и позвонить Колеру, но сразу отказалась от этой глупой идеи. Во-первых, страж мог войти в кабинет и отнять аппарат, а во-вторых, и это было самое главное, директор к этому времени вряд ли оправился от приступа. Впрочем, и это не имело значения... Оливетти был явно не в настроении вообще кого-нибудь слушать.

«Вспомни! — сказала она себе. — Вспомни, как решается эта задача!»

Идея воспоминания была одним из методов философии буддизма. Согласно ему, человек, вместо того чтобы искать в уме пути решения сложной проблемы, должен был заставить свой мозг просто вспомнить его. Допущение того, что это решение уже было когда-то принято, заставляет разум настроиться на то, что оно действительно должно существовать... и подрывающее волю чувство безнадежности исчезает. Виттория часто использовала этот метод, когда во время своих научных изысканий попадала в, казалось бы, безвыходную ситуацию.

Однако на сей раз фокус с «воспоминанием» дал осечку, и ей пришлось пуститься в размышления о том, что необходимо сделать и как этого добиться. Конечно, следовало кого-то предупредить. Человека, который мог бы со всей серьезностью воспринять ее слова. Но кто этот человек? Видимо, все-таки камерарий... Но как до него добраться? Ведь они находятся в стеклянном, не имеющем выхода ящике.

Надо найти средство, внушала она себе. Средства для достижения цели всегда имеются. Их надо только увидеть в том, что тебя окружает.

Она инстинктивно опустила плечи, закрыла глаза и сделала три глубоких вдоха. Сердце сразу стало биться медленнее, а все мышцы расслабились. Паническое настроение исчезло, и хаотический круговорот мыслей стих. «О'кей, — думала она. — Надо раскрепостить разум и думать позитивно. Что в данной ситуации может пойти мне на пользу?»

Аналитический ум Виттории Ветра в тех случаях, когда она использовала его в спокойном состоянии, был могущественным оружием. Буквально через несколько секунд она осознала, что именно их заточение в кабинете Оливетти как раз и открывает путь к спасению.

— Надо позвонить по телефону, — неожиданно сказала девушка.

— Я как раз хотел предложить вам позвонить Колеру, но...

— Нет, не Колеру, а кое-кому еще.

— Кому же?

— Камерарию.

— Вы хотите позвонить камерарию? — недоуменно переспросил Лэнгдон. — Но каким образом?

— Оливетти сказал, что этот человек находится в личном кабинете папы.

— Пусть так. Но вы же не знаете номера телефона!

— Не знаю, — согласилась Виттория. — Но я и не собираюсь звонить по своему сотовому. — Она показала на наисовременнейший, утыканный кнопками быстрого набора аппарат связи на столе Оливетти. — Я позвоню отсюда. Глава службы безопасности наверняка имеет прямой выход на кабинет папы.

— Не знаю, имеет ли он выход на папу, но тяжеловеса с большим револьвером у дверей главнокомандующий поместить не забыл.

— Но мы заперты.

— Как ни странно, я об этом уже догадался.

— Это означает, что часовой заперт снаружи! Этот кабинет принадлежит Оливетти. Сомневаюсь, чтобы ключи были еще у кого-нибудь.

Лэнгдон с сомнением взглянул на стража и сказал:

— Стекло очень тонкое, а револьвер, напротив, очень большой.

— Неужели вы думаете, что он будет стрелять в меня за то, что я говорю по телефону?

— Кто, дьявол их побери, знает?! Все это заведение производит довольно странное впечатление, а если судить по тому, как развиваются события...

— Или мы звоним, — заявила Виттория, — или нам не останется ничего иного, кроме как провести пять часов сорок восемь минут в застенках Ватикана. В последнем случае утешает только то, что мы окажемся в первых рядах зрителей, наблюдающих за концом света.

— Но страж известит Оливетти, как только вы прикоснетесь к трубке, — слегка побледнев, возразил Лэнгдон. — Кроме того, я вижу там по меньшей мере два десятка кнопок. И на них нет никаких обозначений. Неужели вы хотите наудачу потыкать во все?

— Нет, — ответила она, решительно направляясь к телефону. — Я нажму лишь одну. — С этими словами Виттория сняла трубку и надавила на кнопку. — Это будет кнопка номер один. Готова поставить хранящийся в вашем кармане доллар с символами иллюминатов на то, что попаду прямо к папе. Какой другой абонент может быть более важным на телефонной подстанции командира швейцарской гвардии?

Времени на ответ у Лэнгдона не было. Часовой принялся стучать в стекло рукояткой револьвера, одновременно жестом требуя вернуть трубку на место.

Виттория игриво ему подмигнула, и страж едва не задымился от ярости.

Лэнгдон отошел от двери и, повернувшись спиной к девушке, произнес:

— Надеюсь, вы правы. Парень за стеклом, похоже, не очень доволен.

— Проклятие! — бросила Виттория, прислушиваясь к голосу в трубке. — Запись...

— Запись? — в очередной раз изумился Лэнгдон. — Неужели папа обзавелся автоответчиком?

— Это был вовсе не кабинет папы, — ответила девушка, кладя трубку. — Мне только что сообщили полное недельное меню обедов достойнейшего командира швейцарской гвардии.

Лэнгдон послал слабую улыбку часовому, который, сердито глядя на пленников, что-то тараторил в микрофон портативной рации.

ГЛАВА 38

Телефонный узел Ватикана расположен в Бюро ди коммуникационе, прямо за почтой. В сравнительно небольшом помещении стоит коммутатор «Корелко-141», и телефонисту приходится иметь дело примерно с двумя тысячами вызовов в

6 Зак. 1526

день. Большая часть звонков автоматически направляется для записи в информационную систему.

Единственный оставшийся на службе оператор лениво потягивал крепкий чай. Он был страшно горд тем, что из всех служащих лишь ему одному доверили сегодня остаться в Ватикане. Его радость несколько омрачало присутствие расхаживающего за дверями швейцарского гвардейца. Для эскорта в туалет, думал телефонист. На какие только унижения не приходится идти ради Святого конклава!

Звонков в этот вечер, по счастью, было очень мало. А может быть, наоборот, к несчастью. Похоже, за последние годы интерес к Ватикану в мире сошел на нет. Поток звонков от прессы превратился в тоненький ручеек, и даже психи стали звонить не так часто, как раньше. Пресс-офис Ватикана надеялся на то, что сегодняшнее событие вызовет гораздо больше радостной шумихи. Печально, что на площадь Святого Петра прибыли в основном самые заурядные представители итальянских и европейских средств массовой информации. Из множества стоящих на площади телевизионных автобусов лишь малая горстка принадлежала глобальным сетям... да и те, видимо, направили сюда не самых лучших своих журналистов.

Оператор, держа кружку в обеих руках, думал, как долго продлится конклав. Скорее всего до полуночи. Большинство близких к Ватикану наблюдателей еще до начала великого события знали, кто лидирует в гонке за Святой престол. Так что собрание, видимо, сведется к трех-четырехчасовому ритуалу. Нельзя, конечно, исключать и того, что возникшие в последний момент разногласия затянут церемонию до рассвета... а может быть, даже и более того. В 1831 году конклав продолжался пятьдесят четыре дня. Сегодня подобного не случится, сказал себе телефонист. Ходили слухи, что это собрание сведется всего-навсего к наблюдению за дымом.

Размышления телефониста прервал сигнал на внутренней линии связи. Он взглянул на мигающий красный огонек и поскреб в затылке. Странно, подумал телефонист. Нулевая линия. Кто мог обращаться к дежурному телефонисту за информацией? Более того, кто вообще мог находиться сейчас в стенах Ватикана?

— Città del Vaticana? Prego?* — сказал он, подняв трубку.

Человек на другом конце провода говорил по-итальянски очень быстро, но с легким акцентом. Телефонисту этот акцент был знаком — с таким налетом швейцарского французского говорили по-итальянски гвардейцы из службы охраны. Но звонил совершенно определенно не гвардеец...

Услышав женский голос, телефонист вскочил со стула, расплескав свой чай. Он бросил взгляд на красный огонек коммутатора и убедился, что не ошибся. Внутренняя связь. Звонившая была в Ватикане. Нет, это, видимо, какая-то ошибка, подумал он. Женщина в этих стенах? Да еще в такой вечер?

Дама говорила быстро и напористо. Телефонист достаточно много лет провел за пультом, чтобы сразу распознать pazzo**. Нет, эта женщина не была сумасшедшей. Она была взволнована, но говорила вполне логично.

— Il camerlengo?*** — изумленно переспросил телефонист, лихорадочно размышляя о том, откуда, черт побери, мог поступить этот странный звонок. — Боюсь, что я не могу вас с ним соединить... Да, я знаю, что он в кабинете папы... Вас не затруднит назвать себя еще раз? И вы хотите предупредить его о том, что... — Он выслушал пояснение и повторил услышанное: — Мы все в опасности? Каким образом? Откуда вы звоните? Может быть, мне стоит связаться со службой... Что? — снова изумился телефонист. — Не может быть! Вы утверждаете, что звоните из...

Выслушав ответ, он принял решение.

— Не вешайте трубку, — сказал оператор и перевел женщину в режим ожидания, прежде чем та успела сказать что-то еще.

Затем он позвонил по прямому номеру коммандера Оливетти. Но может быть, эта женщина оказалась...

Ответ последовал мгновенно.

---

* Это Ватикан? Ответьте, пожалуйста (*ит.*).

** Сумасшедший (*ит.*).

*** Камерарий? (*ит.*)

— Per l'amore di Dio!* — прозвучал уже знакомый женский голос. — Вы меня соедините наконец, дьявол вас побери, или нет?!

Дверь в помещение штаба швейцарской гвардии с шипением уползла в стену, и гвардейцы поспешно расступились, освобождая путь мчащемуся словно ракета Оливетти. Свернув за угол к своему кабинету, он убедился в том, что часовой его не обманул. Виттория Ветра стояла у его стола и что-то говорила по его личному телефону.

«Che coglione che ha questa! — подумал он. — Чтоб ты сдохла, паршивая дрянь!»

Коммандер подбежал к двери и сунул ключ в замочную скважину. Едва распахнув дверь, он крикнул:

— Что вы делаете?

— Да, — продолжала Виттория в трубку, не обращая внимания на Оливетти. — Должна предупредить, что...

Коммандер вырвал трубку из рук девушки и поднес к уху.

— Кто, дьявол вас побери, на проводе?

Через мгновение прямая как столб фигура офицера как-то обмякла, а голос зазвучал по-иному.

— Да, камерарий... — сказал он. — Совершенно верно, синьор... Требования безопасности... конечно, нет... Да, я ее задержал здесь, но... Нет, нет... — повторил он и добавил: — Я немедленно доставлю их к вам.

ГЛАВА 39

Апостольский дворец является не чем иным, как конгломератом зданий, расположенных в северо-восточном углу Ватикана рядом с Сикстинской капеллой. Окна дворца выходят на площадь Святого Петра, и во дворце находятся как личные покои папы, так и его рабочий кабинет.

Лэнгдон и Виттория молча следовали за коммандером по длинному коридору в стиле рококо. Вены на шее командира

* Ради Бога! (*ит.*)

швейцарской гвардии вздулись и пульсировали от ярости. Поднявшись по лестнице на три пролета, они оказались в просторном, слабо освещенном зале.

Лэнгдон не мог поверить своим глазам. Украшающие помещение предметы искусства — картины, скульптуры, гобелены и золотое шитье (все в прекрасном состоянии) — стоили, видимо, сотни тысяч долларов. Чуть ближе к дальней стене зала в фонтане из белого мрамора журчала вода. Оливетти свернул налево, в глубокую нишу, и подошел к одной из расположенных там дверей. Такой гигантской двери Лэнгдону видеть еще не доводилось.

— Ufficio di Papa, — объявил Оливетти, сердито покосившись на Витторию. На девушку взгляд коммандера не произвел ни малейшего впечатления. Она подошла к двери и решительно постучала.

Папский кабинет, подумал Лэнгдон. Он с трудом мог поверить, что стоит у входа в одну из самых священных комнат всего католического мира.

— Avanti, — донеслось из-за дверей.

Когда дверь открылась, Лэнгдону пришлось прикрыть глаза рукой, настолько слепящим оказался солнечный свет. Прежде чем он снова смог увидеть окружающий мир, прошло довольно много времени.

Кабинет папы напоминал бальный зал, а вовсе не деловой офис. Полы в помещении были из красного мрамора, на стенах красовались яркие фрески. С высокого потолка свисала колоссальных размеров люстра, а из окон открывалась потрясающая панорама залитой солнечным светом площади Святого Петра.

Великий Боже, подумал Лэнгдон. Вот это действительно то, что в объявлениях называется «прекрасная комната с великолепным видом из окон».

В дальнем конце зала за огромным резным столом сидел человек и что-то быстро писал.

— Avanti, — повторил он, отложил в сторону перо и знаком пригласил их подойти ближе.

Первым, чуть ли не строевым шагом, двинулся Оливетти.

— Signore, — произнес он извиняющимся тоном. — No ho potuto...*

Человек, жестом оборвав шефа гвардейцев, поднялся из-за стола и внимательно посмотрел на посетителей.

Камерарий совершенно не походил на одного из хрупких, слегка блаженного вида старичков, которые, как всегда казалось Лэнгдону, населяли Ватикан. В руках он не держал молитвенных четок, и на груди у него не было ни креста, ни панагии. Облачен камерарий был не в тяжелое одеяние, как можно было ожидать, а в простую сутану, которая подчеркивала атлетизм его фигуры. На вид ему было под сорок — возраст по стандартам Ватикана почти юношеский. У камерария было на удивление привлекательное лицо, голову украшала копна каштановых волос, а зеленые глаза лучились внутренним светом.

Создавалось впечатление, что в их бездонной глубине горит огонь какого-то таинственного знания. Однако, приблизившись к камерарию, Лэнгдон увидел в его глазах и безмерную усталость. Видимо, за последние пятнадцать дней душе этого человека пришлось страдать больше, чем за всю предшествующую жизнь.

— Меня зовут Карло Вентреска, — сказал он на прекрасном английском языке. — Я — камерарий покойного папы.

Камерарий говорил негромко и без всякого пафоса, а в его произношении лишь с большим трудом можно было уловить легкий итальянский акцент.

— Виттория Ветра, — сказала девушка, протянула руку и добавила: — Благодарим вас за то, что согласились нас принять.

Оливетти недовольно скривился, видя, как камерарий пожимает руку девице в шортах.

— А это — Роберт Лэнгдон. Он преподает историю религии в Гарвардском университете.

— Padre, — сказал Лэнгдон, пытаясь придать благозвучие своему итальянскому языку, а затем, низко склонив голову, протянул руку.

---

* Я не могу... (*ит.*)

— Нет, нет! — рассмеялся камерарий, предлагая американцу выпрямиться. — Пребывание в кабинете Святого отца меня святым не делает. Я простой священник, оказывавший, в случае необходимости, посильную помощь покойному папе.

Лэнгдон выпрямился.

— Прошу вас, садитесь, — сказал камерарий и сам придвинул три стула к своему столу.

Лэнгдон и Виттория сели, Оливетти остался стоять.

Камерарий занял свое место за столом и, скрестив руки на груди, вопросительно взглянул на визитеров.

— Синьор, — сказал Оливетти, — это я виноват в том, что женщина явилась к вам в подобном наряде...

— Ее одежда меня нисколько не беспокоит, — ответил камерарий устало. — Меня тревожит то, что за полчаса до того, как я должен открыть конклав, мне звонит дежурный телефонист и сообщает, что в вашем кабинете находится женщина, желающая предупредить меня о серьезной угрозе. Служба безопасности не удосужилась мне ничего сообщить, и это действительно меня обеспокоило.

Оливетти вытянулся по стойке «смирно», как солдат на поверке.

Камерарий всем своим видом оказывал на Лэнгдона какоето гипнотическое воздействие. Этот человек, видимо, обладал незаурядной харизмой и, несмотря на молодость и очевидную усталость, излучал властность.

— Синьор, — сказал Оливетти извиняющимся и в то же время непреклонным тоном, — вам не следует тратить свое время на проблемы безопасности, на вас и без того возложена огромная ответственность.

— Мне прекрасно известно о моей ответственности, и мне известно также, что в качестве direttore intermediario я отвечаю за безопасность и благополучие всех участников конклава. Итак, что же происходит?

— Я держу ситуацию под контролем.

— Видимо, это не совсем так.

— Взгляните, отче, вот на это, — сказал Лэнгдон, достал из кармана помятый факс и вручил листок камерарию.

Коммандер Оливетти предпринял очередную попытку взять дело в свои руки.

— Отче, — сказал он, сделав шаг вперед, — прошу вас, не утруждайте себя мыслями о...

Камерарий, не обращая никакого внимания на Оливетти, взял факс. Бросив взгляд на тело убитого Леонардо Ветра, он судорожно вздохнул и спросил:

— Что это?

— Это — мой отец, — ответила дрожащим голосом Виттория. — Он был священником и в то же время ученым. Его убили прошлой ночью.

На лице камерария появилось выражение неподдельного участия, и он мягко произнес:

— Бедное дитя. Примите мои соболезнования. — Священник осенил себя крестом, с отвращением взглянул на листок и спросил: — Кто мог... и откуда этот ожог на его... — Он умолк, внимательно вглядываясь в изображение.

— Там выжжено слово «Иллюминати», и вам оно, без сомнения, знакомо, — сказал Лэнгдон.

— Я слышал это слово, — с каким-то странным выражением на лице ответил камерарий. — Но...

— Иллюминаты убили Леонардо Ветра, чтобы похитить новый...

— Синьор, — вмешался Оливетти, — но это же полный абсурд. О каком сообществе «Иллюминати» может идти речь?! Братство давно прекратило свое существование, и мы сейчас имеем дело с какой-то весьма сложной фальсификацией.

На камерария слова коммандера, видимо, произвели впечатление. Он надолго задумался, а потом взглянул на Лэнгдона так, что у того невольно захватило дух.

— Мистер Лэнгдон, — наконец сказал священнослужитель, — всю свою жизнь я провел в лоне католической церкви и хорошо знаком как с легендой об иллюминатах, так и с мифами о... клеймении. Однако должен вас предупредить, что я принадлежу современности. У христианства достаточно подлинных недругов, и мы не можем тратить силы на борьбу с восставшими из небытия призраками.

— Символ абсолютно аутентичен! — ответил Лэнгдон, как ему самому показалось, чересчур вызывающе. Он протянул руку и, взяв у камерария факс, развернул его на сто восемьдесят градусов.

Заметив необычайную симметрию, священник замолчал.

— Самые современные компьютеры оказались неспособными создать столь симметричную амбиграмму этого слова, — продолжил Лэнгдон.

Камерарий сложил руки на груди и долго хранил молчание.

— Братство «Иллюминати» мертво, — наконец произнес он. — И это — исторический факт.

— Еще вчера я мог бы полностью с вами согласиться, — сказал Лэнгдон.

— Вчера?

— Да. До того как произошел целый ряд необычных событий. Я считаю, что организация снова вынырнула на поверхность, чтобы исполнить древнее обязательство.

— Боюсь, что мои познания в истории успели несколько заржаветь, — произнес камерарий. — О каком обязательстве идет речь?

Лэнгдон сделал глубокий вздох и выпалил:

— Уничтожить Ватикан!

— Уничтожить Ватикан? — переспросил камерарий таким тоном, из которого следовало, что он не столько напуган, сколько смущен. — Но это же невозможно.

— Боюсь, что у нас для вас есть и другие скверные новости, — сказала Виттория.

ГЛАВА 40

— Это действительно так? — спросил камерарий, поворачиваясь к Оливетти.

— Синьор, — без тени смущения начал коммандер, — вынужден признать, что на вверенной мне территории имеется какой-то неопознанный прибор. Его изображение выводит на экран одна из наших камер наблюдения. Как уверяет мисс Ветра, содержащаяся в нем субстанция обладает громадной взрывной мощью. Однако я не могу...

— Минуточку, — остановил его камерарий. — Вы говорите, что эту вещь можно увидеть?

— Да, синьор. Изображение поступает с беспроводной камеры номер 86.

— В таком случае почему вы ее не изъяли? — Теперь в голосе священника слышались гневные нотки.

— Это очень трудно сделать, синьор. — И, встав по стойке «смирно», офицер пустился в объяснения.

Камерарий внимательно слушал, и Виттория чувствовала, как постепенно нарастает его тревога.

— Вы уверены, что таинственный прибор находится в Ватикане? — спросил священнослужитель. — Может быть, кто-нибудь вынес камеру за границу города и передача идет извне?

— Это невозможно, — ответил Оливетти. — На наших внешних стенах установлена электронная аппаратура, защищающая систему внутренней связи. Сигнал может поступать только изнутри. В противном случае мы бы его не получали.

— И я полагаю, — сказал камерарий, — что в настоящее время вы используете все свои ресурсы для обнаружения пропавшей камеры и таинственного прибора?

— Нет, синьор, — покачал головой Оливетти. — Для обнаружения камеры придется затратить несколько сотен человеко-часов. В настоящее время у нас возникли иные проблемы, связанные с вопросами безопасности, и при всем моем уважении к мисс Ветра я сомневаюсь, что крошечная капля вещества может оказаться столь взрывоопасной, как она утверждает.

— Этой капли достаточно, чтобы сровнять Ватикан с землей! — не выдержала Виттория, окончательно потеряв терпение. — Неужели вы не слышали того, что я вам говорила?

— Мадам, — произнес Оливетти, и в голосе его прозвучали стальные ноты, — мои познания в области взрывчатых веществ весьма обширны.

— Ваши познания устарели, — таким же твердым тоном парировала Виттория. — Несмотря на мою одежду, которая, как я успела заметить, вас чрезмерно тревожит, я являюсь одним из ведущих ученых-физиков в знаменитом центре изучения элементарных частиц. Я лично сконструировала ловушку, которая предохраняет антивещество от аннигиляции. И я вас предупреждаю, что если вы за шесть часов не найдете сосуд, то вашим гвардейцам в течение следующего столетия нечего будет охранять, кроме огромной воронки в земле.

Оливетти резко повернулся к камерарию и, не скрывая ярости, бросил:

— Синьор, совесть не позволяет мне продолжать эту бессмысленную дискуссию! Вы не можете тратить свое драгоценное время на каких-то, извините, проходимцев! Какое братство «Иллюминати»?! Что это за капля, способная всех нас уничтожить?! Чушь!

— Basta, — произнес камерарий. Это было произнесено очень спокойно, но всем показалось, что звук его голоса громом прокатился по комнате. В кабинете папы повисла мертвая тишина. — Грозит ли нам опасность или нет? — свистящим шепотом продолжил священник. — «Иллюминати» или не «Иллюминати», но этот предмет, чем бы он ни был, не должен находиться в стенах Ватикана... особенно во время конклава. Я хочу, чтобы его нашли и обезвредили. Немедленно организуйте поиски!

— Синьор, даже в том случае, если мы отправим на поиски всех гвардейцев, осмотр комплекса зданий Ватикана займет несколько дней. Кроме того, после разговора с мисс Ветра я поручил одному из моих подчиненных просмотреть новейший справочник по баллистике. Никаких упоминаний о субстанции, именуемой антивеществом, он там не обнаружил.

Самодовольный осел, думала Виттория. Справочник по баллистике! Не проще было бы поискать в энциклопедии? На букву «А».

— Синьор, — продолжал Оливетти, — если вы настаиваете на осмотре всего комплекса зданий, то я решительно возражаю.

— Коммандер, — голос камерария дрожал от ярости, — позвольте вам напомнить, что, обращаясь ко мне, вы обращаетесь к Святому престолу. Я понимаю, что мое теперешнее положение вы не воспринимаете всерьез, но по закону первым лицом в Ватикане являюсь я. Если я не ошибаюсь, то все кардиналы в целости и сохранности собрались в Сикстинской капелле, и до завершения конклава вам не надо тревожиться за их безопасность. Я не понимаю, почему вы не желаете начать поиски прибора. Если бы я не знал вас так хорошо, то мог бы подумать, что вы сознательно подвергаете конклав опасности.

— Как вы смеете?! — с видом оскорбленной невинности воскликнул Оливетти. — Я двенадцать лет служил покойному папе, и еще четырнадцать — его предшественнику! С 1438 года швейцарская гвардия...

Закончить фразу ему не удалось, его портативная рация издала писк, и громкий голос произнес:

— Комманданте?

Оливетти схватил радио и, нажав кнопку передатчика, прорычал:

— Sono occuppato!*

— Scusi, — принес извинение швейцарец и продолжил: — Нам позвонили по телефону с угрозой взрыва, и я решил сообщить вам об этом.

На Оливетти слова подчиненного не произвели ни малейшего впечатления.

— Ну так и займитесь этим сообщением. Попытайтесь установить источник и дальше действуйте по уставу.

— Мы так бы и поступили, сэр, если бы... — Гвардеец выдержал паузу и продолжил: — Если бы этот человек не упомянул о субстанции, существование которой вы поручили мне проверить. Человек упомянул об «антивеществе».

— Упомянул о чем? — чуть ли не дымясь от злости, переспросил Оливетти.

— Об антивеществе, сэр. Пока мы пытались установить источник звонка, я провел дополнительное расследование. Обнаруженная мной информация об антивеществе оказалась... хм... весьма тревожной.

---

* Я занят! (*ит.*)

— Но вы мне сказали, что в руководстве по баллистике эта субстанция не упоминается.

— Я нашел сведения о ней в Сети.

Аллилуйя, подумала Виттория.

— Эта субстанция, судя по всему, крайне взрывоопасна, — сказал гвардеец. — Согласно источнику, мощность взрыва антивещества в сотни раз превышает мощность взрыва ядерного заряда аналогичного веса.

Оливетти вдруг обмяк, и это очень походило на мгновенное оседание огромной горы. Торжество, которое начала было испытывать Виттория, исчезло, как только она увидела выражение ужаса на лице камерария.

— Вам удалось установить происхождение звонка? — заикаясь, спросил Оливетти.

— Нет. Выход на сотовый телефон оказался невозможным. Спутниковые линии связи сходились, что не позволило произвести триангуляционное вычисление. Звонок, судя по всему, был сделан из Рима, но определить точное место мне не удалось.

— Какие требования выдвинул этот тип?

— Никаких, сэр. Человек просто предупредил нас, что антивещество спрятано в границах комплекса. Он, казалось, был удивлен тем, что мне еще ничего не известно. Спросил, видел ли я его. Вы интересовались антивеществом, и я счел своим долгом поставить вас в известность.

— Вы поступили правильно, — ответил Оливетти. — Я немедленно спускаюсь. Поставьте меня в известность, если он позвонит снова.

Рация на несколько мгновений умолкла, а затем из динамика донеслись слова:

— Этот человек все еще на линии, сэр.

— На линии? — переспросил Оливетти с таким видом, словно через него пропустили сильный электрический разряд.

— Так точно, сэр. Мы в течение десяти минут старались определить его местонахождение и поэтому продолжали поддерживать связь. Этот человек, видимо, понимает, что выйти на него мы не сможем, и теперь отказывается вешать трубку до тех пор, пока не поговорит с камерарием.

— Немедленно соедините меня с ним, — сказал временный хозяин папского кабинета.

— Нет, отче! — снова взвился Оливетти. — Специально подготовленный швейцарский гвардеец лучше подходит для ведения подобных переговоров, чем...

— Я сказал, немедленно! — с угрозой произнес камерарий, и главнокомандующему армией Ватикана не осталось ничего, кроме как отдать нужный приказ.

Аппарат на письменном столе начал звонить уже через секунду. Камерарий Вентреска нажал на кнопку громкой связи и произнес в микрофон:

— Кто вы такой, ради всего святого?

ГЛАВА 41

Раздавшийся из динамика голос звучал холодно и высокомерно. Все находящиеся в кабинете обратились в слух.

Лэнгдон пытался определить акцент человека на другом конце линии. Скорее всего Средний Восток, подумал он.

— Я посланник древнего братства, — произнес голос с совершенно чуждой для них мелодикой. Того братства, которому вы много столетий чинили зло. Я — посланник «Иллюминати».

Лэнгдон почувствовал, как напряглись его мышцы. Исчезла даже последняя тень сомнения. На какое-то мгновение он снова испытал тот священный трепет и тот ужас, которые ощутил сегодня утром, увидев в первый раз амбиграмму.

— Чего вы хотите? — спросил камерарий.

— Я представляю людей науки, тех, кто, подобно вам, заняты поисками высшей истины. Тех, кто желает познать судьбу человечества, его предназначение и его творца.

— Кем бы вы ни были, я...

— Silenzio! Молчите и слушайте! В течение двух тысячелетий в этих поисках доминировала церковь. Вы подавляли любую оппозицию с помощью лжи и пророчеств о грядущем дне Страшного суда. Во имя своих целей вы манипулировали истиной и убивали тех, чьи открытия не отвечали вашим интересам. Почему же вы теперь удивляетесь тому, что стали объектом ненависти во всех уголках Земли?

— Просвещенные люди не прибегают к шантажу для достижения своих целей.

— Шантажу? — рассмеялся человек на другом конце линии. — Здесь нет никакого шантажа! Мы не выдвигаем никаких требований. Вопрос уничтожения Ватикана не может служить предметом торга. Мы ждали этого дня четыреста долгих лет. В полночь ваш город-государство будет стерт с лица планеты. И вы ничего не можете сделать.

К микрофону рванулся Оливетти.

— Доступ в город невозможен! — выкрикнул он. — Вы просто не могли разместить здесь взрывчатку!

— Вы смотрите на мир с позиций, возможно, и преданного делу, но глубоко невежественного швейцарского гвардейца, — с издевкой произнес голос. — Не исключено, что вы — офицер. А если так, то вы не могли не знать, что иллюминаты умели внедряться в самые элитные организации. Почему вы полагаете, что швейцарская гвардия является в этом отношении исключением?

Боже, подумал Лэнгдон. У них здесь свой человек. Ученый прекрасно знал, что способность внедриться в любую среду являлась у братства «Иллюминати» главным ключом к достижению власти. Иллюминаты свили себе гнезда среди масонов, в крупнейших банковских системах, в правительственных организациях. Черчилль, обращаясь к английским журналистам, однажды сказал, что если бы английские шпионы наводнили Германию так, как иллюминаты — английский парламент, война закончилась бы не позднее чем через месяц.

— Откровенный блеф! — выпалил Оливетти. — Вы не настолько влиятельны, чтобы проникнуть за стены Ватикана.

— Но почему? Неужели только потому, что швейцарские гвардейцы славятся своей бдительностью? Или потому, что они торчат на каждом углу, охраняя покой вашего замкнутого мирка? Но разве гвардейцы не люди? Неужели вы верите в то, что все они готовы пожертвовать жизнью ради сказок о человеке, способном ходить по воде аки посуху? Ответьте честно на простой вопрос: как ловушка с антивеществом могла оказаться в Ватикане? Или как исчезло из Ватикана ваше самое ценное достояние? Я имею в виду столь необходимую вам четверку...

— Наше достояние? Четверка? Что вы хотите этим сказать? — спросил Оливетти.

— Раз, два, три, четыре. Неужели вы их до сих пор не хватились?

— О чем вы... — начал было Оливетти и тут же умолк. Глаза коммандера вылезли из орбит, словно он получил сильнейший удар под ложечку.

— Горизонт, похоже, проясняется, — с издевкой произнес посланец иллюминатов. — Может быть, вы хотите, чтобы я произнес их имена?

— Что происходит? — отказываясь что-либо понимать, спросил камерарий.

— Неужели ваш офицер еще не удосужился вас проинформировать? — рассмеялся говорящий. — Но это же граничит со смертным грехом. Впрочем, неудивительно. С такой гордыней... Представляю, какой позор обрушился бы на его голову, скажи он вам правду... скажи он, что четыре кардинала, которых он поклялся охранять, исчезли.

— Откуда у вас эти сведения?! — завопил Оливетти.

— Камерарий, — человек, судя по его тону, явно наслаждался ситуацией, — спросите у своего коммандера, все ли кардиналы находятся в данный момент в Сикстинской капелле?

Камерарий повернулся к Оливетти, и взгляд его зеленых глаз говорил, что временный правитель Ватикана ждет объяснений.

— Синьор, — зашептал ему на ухо Оливетти, — это правда, что четыре кардинала еще не явились в Сикстинскую капеллу. Но для тревоги нет никаких оснований. Все они утром находились в своих резиденциях в Ватикане. Час назад вы лично пили с ними чай. Четыре кардинала просто не явились на предшествующую конклаву дружескую встречу. Я уверен, что они настолько увлеклись лицезрением наших садов, что потеряли счет времени.

— Увлеклись лицезрением садов? — В голосе камерария не осталось и следа его прежнего спокойствия. — Они должны были появиться в капелле еще час назад!

Лэнгдон бросил изумленный взгляд на Витторию. Исчезли кардиналы? Так вот, значит, что они там разыскивают!

— Перечень имен выглядит весьма внушительно, и он должен убедить вас в серьезности наших намерений. Это кардинал Ламассэ из Парижа, кардинал Гуидера из Барселоны, кардинал Эбнер из Франкфурта...

После каждого произнесенного имени коммандер Оливетти на глазах становился все меньше и меньше ростом.

— ...и наконец, кардинал Баджиа из Италии.

Камерарий весь как-то обмяк и обвис. Так обвисают паруса корабля, неожиданно попавшего в мертвый штиль. На его сутане вдруг появились глубокие складки, и он рухнул в кресло, шепча:

— I preferiti... Все четыре фаворита, включая Баджиа... наиболее вероятного наследника Святого престола... как это могло случиться?

Лэнгдон достаточно много знал о процедуре избрания папы, и отчаяние камерария было ему вполне понятно. Если теоретически каждый из кардиналов не старше восьмидесяти лет мог стать понтификом, то на практике лишь немногие из них пользовались авторитетом, который позволял им рассчитывать на две трети голосов, необходимых для избрания. Этих кардиналов называли preferiti. И все они исчезли.

На лбу камерария выступил пот.

— Что вы намерены с ними сделать? — спросил он.

— Как вы думаете, что я с ними намерен сделать? Я — потомок ассасинов.

Лэнгдон вздрогнул. Он хорошо знал это слово. В течение столетий церковь имела немало смертельных врагов, среди которых были ассасины и тамплиеры*. Это были люди, которых Ватикан либо истреблял, либо предавал.

— Освободите кардиналов, — сказал камерарий. — Разве вам не достаточно уничтожить Град Божий?

— Забудьте о своих кардиналах. Они для вас потеряны навсегда. Однако можете не сомневаться, что об их смерти будут помнить долгие годы... миллионы людей. Мечта каждого мученика. Я сделаю их звездами прессы и телевидения. Не всех сразу, а одного за другим. К полуночи братство «Иллюминати» станет центром всеобщего внимания. Какой смысл менять мир, если мир этого не видит? В публичном убийстве есть нечто завораживающее. Разве не так? Церковь доказала это много лет назад... инквизиция, мучения, которым вы подвергли тамплиеров, крестовые походы... и, конечно, La purga, — закончил он после недолгой паузы.

Камерарий не проронил ни слова.

— Неужели вы не знаете, что такое La purga? — спросил потомок ассасинов и тут же сам ответил: — Впрочем, откуда вам знать, ведь вы еще дитя. Служители Бога, как правило, никудышные историки. Возможно, потому, что их прошлые деяния вызывают у них стыд.

— La purga, — неожиданно для самого себя произнес Лэнгдон. — 1668 год. В этом году церковь заклеймила четырех ученых-иллюминатов. Выжгла на их телах каленым железом знак креста. Якобы для того, чтобы очистить их от грехов.

— Кто это сказал? — поинтересовался невидимый собеседник. В его голосе было больше любопытства, чем озабоченности.

— Мое имя не имеет значения, — ответил Лэнгдон, пытаясь унять предательскую дрожь в голосе. Ученый был несколько растерян, поскольку ему впервые в жизни приходилось беседовать с живым иллюминатом. Наверное, он испытал бы то же чувство, если бы с ним вдруг заговорил сам... Джордж Вашинг-

---

* Тамплиеры — члены рыцарского духовного ордена, основанного в Иерусалиме в 1118 или 1119 г., затем обосновался во Франции. Против тамплиеров был начат инквизиционный процесс. Орден упразднен в 1312 г. папой Климентом V.

тон. — Я ученый, который занимался исследованием истории вашего братства.

— Великолепно! — ответил голос. — Я польщен тем, что в мире еще сохранились люди, которые помнят о совершенных против нас преступлениях.

— Однако большинство из этих людей полагают, что вас на земле уже не осталось.

— Заблуждение, распространению которого мы сами способствовали. Что еще вам известно о La purga?

Лэнгдон не знал, что ответить. «Что еще мне известно? Мне известно лишь то, что все, свидетелем чего я являюсь, — чистое безумие!» Вслух же он произнес:

— После клеймения ученых убили, а их тела были брошены на самых людных площадях Рима в назидание другим ученым, чтобы те не вступали в братство «Иллюминати».

— Именно. Поэтому мы поступим точно так же. Quid pro quo. Можете считать это символическим возмездием за мученическую смерть наших братьев. Ваши кардиналы будут умирать каждый час, начиная с восьми вечера. К полуночи весь мир замрет в ожидании.

— Вы действительно хотите заклеймить и убить этих людей? — машинально приблизившись к телефону, спросил американец.

— История повторяется. Не так ли? Конечно, мы сделаем это более элегантно и более смело, чем когда-то церковь. Она умертвила наших братьев тайком и выбросила их тела тогда, когда этого никто не мог увидеть. Я квалифицирую это как трусость.

— Вы хотите сказать, — не веря своим ушам, спросил Лэнгдон, — что заклеймите и убьете этих людей публично?!

— Конечно. Хотя все зависит от того, что понимать под словом «публично». Кажется, в церковь в наше время ходят не очень много людей?

— Вы намерены убить их под сводами церкви? — спросил Лэнгдон.

— Да, как проявление милосердия с нашей стороны. Это позволит Богу забрать их души к себе на небо быстро и без хлопот. Думаю, мы поступаем правильно. Ну и пресса, конечно, будет от этого в восторге.

— Откровенный блеф, — произнес Оливетти, к которому вернулось ледяное спокойствие. — Невозможно убить человека в помещении церкви и безнаказанно оттуда скрыться.

— Блеф? — несказанно удивился ассасин. — Мы словно призраки бродим среди ваших швейцарских гвардейцев, похищаем из-под вашего носа кардиналов, помещаем мощный заряд в самом сердце вашего главного святилища, и вы называете все это блефом? Как только начнутся убийства и тело первой жертвы будет обнаружено, журналисты слетятся роем. К полуночи весь мир узнает о правом деле братства «Иллюминати».

— А что будет, если мы выставим часовых в каждой церкви? — спросил Оливетти.

— Боюсь, что чрезмерное распространение вашей религии делает подобную задачу невыполнимой, — со смехом сказал иллюминат. — Когда вы в последний раз проводили перепись церквей? По моим прикидкам, в Риме насчитывается более четырех сотен католических храмов и церквей. Соборы, часовни, молитвенные дома, аббатства, монастыри, женские монастыри, церковно-приходские школы, наконец... Вам придется выставить охрану во всех этих заведениях.

Выслушав сказанное, Оливетти и глазом не моргнул.

— Спектакль начнется через девяносто минут, — решительно произнес голос. — Один кардинал каждый час. Математическая прогрессия смерти. А теперь мне пора.

— Подождите! — воскликнул Лэнгдон. — Скажите, какие клейма вы намерены использовать?

— Думаю, вам известно, какое клеймо мы используем. — Судя по тону, которым были произнесены эти слова, вопрос Лэнгдона сильно позабавил иллюмината. — В любом случае вы скоро об этом узнаете. И это явится доказательством того, что древние легенды не лгут.

Лэнгдон начал испытывать легкое головокружение. Перед его мысленным взором снова возникло клеймо на груди мертвого Леонардо Ветра. Ученый прекрасно понимал, на что намекает ассасин. Согласно легендам, у братства «Иллюминати» было пять клейм. Одно уже было использовано. Осталось еще четыре, подумал американец. И четыре кардинала исчезли.

— Я поклялся, что сегодня начнутся выборы нового папы, — сказал камерарий. — Поклялся именем Божьим.

— Святой отец, — с издевкой произнес голос, — миру ваш новый папа вовсе не нужен. После полуночи править ему будет нечем, если, конечно, не считать груды развалин. С католической церковью покончено. Ваше пребывание на земле завершилось.

После этих слов на некоторое время воцарилось молчание.

Первым заговорил камерарий, и в голосе его звучала печаль:

— Вы заблуждаетесь. Церковь — нечто большее, чем скрепленные известью камни. Вы не сможете так просто стереть с лица земли веру, за которой стоят два тысячелетия... я имею в виду любую веру, а не только католичество. Вера не исчезнет, если вы уничтожите ее земное проявление. Католическая церковь останется жить и без города-государства Ватикана.

— Благородная ложь, — последовал ответ. — Но ключевым здесь тем не менее является слово «ложь». А истина известна нам обоим. Скажите, почему, по вашему мнению, Ватикан являет собой обнесенную стенами крепость?

— Служителям Божьим приходится обитать в опасном мире, — сказал камерарий.

— Скажите, сколько вам лет? Вы, видимо, слишком молоды для того, чтобы усвоить простую истину. Ватикан является неприступной крепостью потому, что за его стенами католическая церковь хранит половину своих несметных сокровищ. Я говорю о редкостных картинах, скульптурах, драгоценных камнях и бесценных книгах... а в сейфах Банка Ватикана спрятаны золотые слитки и документы сделок с недвижимостью. По самой приблизительной оценке, Ватикан «стоит» 48,5 миллиарда долларов. Вы сидите на поистине золотом яйце. Но завтра все это превратится в прах, а вы станете банкротами. Все ваши активы испарятся, и вам придет конец. Никто, включая ваших сановных коллег, не станет работать бесплатно.

Оливетти и камерарий обменялись взглядами, которые лишь подтверждали вывод иллюмината.

— Вера, а не деньги, служит становым хребтом церкви, — с тяжелым вздохом заметил камерарий.

— Очередная ложь. В прошлом году вы выложили 183 миллиона долларов на поддержку влачащих жалкое существование епархий. Как никогда мало людей ходит сегодня в церковь. По сравнению с последним десятилетием их число сократилось на 43 процента. Пожертвования за семь лет сократились почти вдвое. Все меньше и меньше людей поступают в семинарии. Церковь умирает, хотя вы и отказываетесь это признать. Ей несказанно повезло, что она теперь уходит с громким шумом.

В разговор вступил Оливетти. Коммандер уже не казался столь воинственным, каким был всего несколько минут назад. Теперь он больше походил на человека, пытающегося найти выход из безвыходного положения.

— А что, если часть этих золотых слитков пойдет на поддержку вашего благородного дела? Вы откажетесь от взрыва?

— Не оскорбляйте подобными предложениями ни нас, ни себя.

— У нас много денег.

— Так же, как и у нас. Мы обладаем богатством гораздо большим, чем вы можете себе представить.

Лэнгдон припомнил, что слышал о легендарном богатстве ордена. О несметных сокровищах баварских масонов, о гигантских состояниях Ротшильдов и Бильдербергеров, об их огромном алмазе.

— I preferiti, — сказал камерарий, меняя тему. — Пощадите хоть их. Это старые люди. Они...

— Считайте их невинными жертвенными агнцами, — рассмеялся ассасин. — Скажите, а они действительно сумели сохранить невинность? Как вы считаете, ягнята блеют, когда их приносят в жертву? Sacrifici vergini nell' altare di scienza*.

* Невинные жертвы на алтаре науки (*ит.*).

— Это люди веры, — после продолжительного молчания, произнес камерарий. — И смерти они не страшатся.

— Леонардо Ветра тоже был человеком веры, — презрительно фыркнул иллюминат. — А я в ту ночь читал в его глазах ужас. Я избавил его от этого страха.

— Asino!* — крикнула молчавшая до этого момента Виттория. — Это был мой отец!

— Ваш отец? — донеслось из динамика. — Как это прикажете понимать? У преподобного Леонардо Ветра была дочь? Однако как бы то ни было, но перед смертью ваш папа рыдал, как ребенок. Весьма печальная картина. Даже у меня она вызвала сострадание.

Виттория пошатнулась от этих слов. Лэнгдон протянул к ней руки, но девушка удержалась на ногах и, устремив взгляд в аппарат на столе, произнесла:

— Клянусь жизнью, что найду тебя еще до того, как кончится эта ночь. А затем... — Ее голос звенел сталью.

— Сильная духом женщина! — хрипло рассмеялся ассасин. — Такие меня всегда возбуждали. Не исключено, что я найду тебя еще до того, как кончится эта ночь. А уж когда найду, то...

Слова иллюмината прозвучали как удар кинжала. После этого он отключил связь.

ГЛАВА 42

Кардинал Мортати истекал потом в своей черной мантии. И не только потому, что в Сикстинской капелле было жарко, как в сауне. Конклав должен был открыться через двадцать минут, а он не имел никаких сведений о четырех исчезнувших кардиналах. Собравшиеся в капелле отцы церкви давно заметили их отсутствие, и первоначальное негромкое перешептывание постепенно переходило в недоуменный ропот.

Мортати не мог предположить, куда подевались эти прогульщики. Может быть, они у камерария? Он знал, что послед-

* Убийца! (*ит.*)

ний по традиции пил чай с preferiti, но чаепитие должно было закончиться еще час назад. Может быть, они заболели? Съели что-нибудь не то? В подобное Мортати поверить не мог. Лишь раз в жизни кардинал получал шанс стать Верховным понтификом (иным такой возможности вообще не представлялось), а согласно законам Ватикана, чтобы стать папой, во время голосования нужно было находиться в Сикстинской капелле. В противном случае кардинал выбывал из числа кандидатов.

Хотя число preferiti достигало четырех человек, мало кто сомневался, который из них станет папой. Последние пятнадцать дней они провели в бесконечных переговорах и консультациях, используя все новейшие средства связи — электронную почту, факсы и, естественно, телефон. Согласно традиции, в качестве preferiti были названы четыре имени, и каждый из избранников отвечал всем предъявляемым к претенденту на Святой престол негласным требованиям.

Владение несколькими языками, итальянским, испанским и английским — обязательно. Никаких порочащих секретов. Или, как говорят англичане, «никаких скелетов в шкафу». Возраст от шестидесяти пяти до восьмидесяти.

Один из четверки имел преимущество. Это был тот, кого коллегия кардиналов рекомендовала для избрания. В этот вечер таким человеком стал кардинал Альдо Баджиа из Милана. Многолетнее, ничем не запятнанное служение церкви, изумительная способность к языкам и непревзойденное умение донести до слушателей суть веры делали его основным кандидатом.

«И куда, дьявол его побери, он мог деться?» — изумлялся про себя Мортати.

Отсутствие кардиналов волновало Мортати потому, что на него была возложена обязанность следить за ходом конклава. Неделю назад коллегия кардиналов единогласно провозгласила его так называемым великим выборщиком, или, говоря по-простому, руководителем всей церемонии. Лишь камерарий был лучше других осведомлен о процедуре выборов, но он, временно возглавляя церковь, оставался простым священником и в Сикстинскую капеллу доступа не имел. Поэтому для наблюдения за ходом церемонии выбирали специального кардинала.

Кардиналы частенько шутили по поводу избрания на эту роль. Назначение на пост великого выборщика — самая жестокая милость во всем христианском мире, говорили они. Великий выборщик исключался из числа претендентов на Святой престол, и, кроме того, ему в течение нескольких дней приходилось продираться сквозь дебри Universi Dominici Gregis, усваивая мельчайшие тонкости освященного веками ритуала, чтобы провести выборы на должном уровне.

Мортати, однако, не жаловался, понимая, что его избрание является вполне логичным. Он был не только самым старым кардиналом, но и долгие годы оставался доверенным лицом покойного папы, чего остальные отцы церкви не могли не ценить. Хотя по возрасту Мортати еще мог претендовать на Святой престол, все же он был слишком стар для того, чтобы иметь серьезные шансы быть избранным. Достигнув семидесяти девяти лет, Мортати переступил через невидимый порог, который давал основание коллегии кардиналов усомниться в том, что здоровье позволит ему справиться с весьма изнурительными обязанностями главы католической церкви.

Папы, как правило, трудились четырнадцать часов в сутки семь дней в неделю и умирали от истощения через 6,3 года (в среднем, естественно) пребывания на Святом престоле. В церковных кругах шутливо говорили, что избрание на пост папы является для кардинала «кратчайшим путем на небо».

Мортати, как полагали многие, мог стать папой в более раннем возрасте, если бы не обладал одним весьма серьезным недостатком. Кардинала Мортати отличала широта взглядов, что противоречило условиям Святой триады, соблюдение которых требовалось для избрания на пост папы. Эти триада заключалась в трех словах — консерватизм, консерватизм и консерватизм.

Мортати усматривал иронию истории в том, что покойный папа, упокой Господи душу его, взойдя на Святой престол, к всеобщему удивлению, проявил себя большим либералом. Видимо, чувствуя, что современный мир постепенно отходит от церкви, папа предпринял несколько смелых шагов. В частности, он не только смягчил позицию католицизма по отношению к науке, но даже финансировал некоторые исследования. К несчастью, этим он совершил политическое самоубийство. Консервативные католики объявили его «дебилом», а пуристы от науки заявили, что церковь пытается оказать влияние на то, на что ей влиять не положено.

— Итак, где же они?

Мортати обернулся, один из кардиналов, нервно дотронувшись рукой до его плеча, повторил вопрос:

— Ведь вам известно, где они, не так ли?

Мортати, пытаясь скрыть беспокойство, произнес:

— Видимо, у камерария.

— В такое время? Если это так, то их поведение, мягко говоря, несколько неортодоксально, а камерарий, судя по всему, полностью утратил чувство времени.

Кардинал явно усомнился в словах «великого выборщика».

Мортати не верил в то, что камерарий не следит за временем, но тем не менее ничего не сказал. Он знал, что многие кардиналы не испытывают особых симпатий к помощнику папы, считая его мальчишкой, слишком неопытным, чтобы быть доверенным лицом понтифика. Мортати полагал, что в основе этой неприязни лежат обыкновенные зависть и ревность. Сам же он восхищался этим еще довольно молодым человеком и тайно аплодировал папе за сделанный им выбор. Глядя в глаза ближайшего помощника главы церкви, он видел в них убежденность и веру. Камерарий был далек от того мелкого политиканства, которое, увы, столь присуще многим служителям церкви. Он был поистине человеком Божьим.

Со временем преданность камерария вере и Святому престолу стали обрастать легендами. Многие объясняли это чудом, объектом которого тот был в детстве. Такое событие навсегда запало бы в душу любого человека, окажись он его свидетелем. Чудны дела Твои, Господи, думал Мортати, сожалея о том, что в его юности не произошло события, которое позволило бы ему, оставив все сомнения, бесконечно укрепиться в вере. При этом Мортати знал, что, к несчастью для церкви, камерарию даже в зрелом возрасте не суждено стать папой. Для достижения этого поста священнослужитель должен обладать политическим честолюбием, а этот камерарий был, увы, начисто лишен всяких политических амбиций. Он несколько раз отказывался от очень выгодных церковных постов, которые предлагал ему покойный папа, заявляя, что желает служить церкви как простой человек.

— Ну и что теперь? — спросил настойчивый кардинал.

— Что, простите? — поднимая на него глаза, переспросил Мортати. Он настолько погрузился в собственные мысли, что не слышал вопроса.

— Они опаздывают! Что мы будем делать?

— А что мы можем сделать? — вопросом на вопрос ответил Мортати. — Нам остается только ждать. И верить.

Кардиналу, которого ответ «великого выборщика» совершенно не устроил, оставалось лишь молча отступить в тень.

Мортати некоторое время стоял молча, потирая пальцем висок. Он понимал, что прежде всего следовало привести в порядок мысли. «Итак, что же нам действительно делать?» — подумал он, бросив взгляд на недавно обновленные фрески Микеланджело на стене над алтарем. Вид Страшного суда в изображении гениального художника его вовсе не успокоил. На огромной, высотой в пятьдесят футов, картине Иисус отделял праведников от грешников, отправляя последних в ад. На фреске были изображены освежеванная плоть и охваченные пламенем тела. Микеланджело отправил в ад даже одного из своих врагов, украсив его при этом огромными ослиными ушами. Мопассан однажды заметил, что фреска выглядит так, словно ее написал какой-то невежественный истопник для карнавального павильона, в котором демонстрируют греко-римскую борьбу.

И Мортати в глубине души соглашался с великим писателем.

ГЛАВА 43

Лэнгдон неподвижно стоял у пуленепробиваемого окна папского кабинета и смотрел на скопище принадлежащих прессе транспортных средств. Жутковатая телефонная беседа вызвала у него странное ощущение. Братство «Иллюминати» казалось ему какой-то гигантской змеей, вырвавшейся из бездны истории, чтобы задушить в тисках своих колец древнего врага. Никаких условий. Никаких требований. Никаких переговоров. Всего лишь возмездие. Все очень просто. Смертельный захват становится все сильнее и сильнее. Месть, которая готовилась четыреста лет. Создавалось впечатление, что наука, несколько веков бывшая жертвой преследований, наносит наконец ответный удар.

Камерарий стоял у своего стола, устремив невидящий взгляд на телефонный аппарат. Первым молчание нарушил Оливетти.

— Карло... — сказал он, впервые обращаясь к камерарию по имени, и его голос звучал совсем не по-военному; так, как говорил коммандер, мог говорить только близкий друг. — Двадцать четыре года назад я поклялся защищать этот кабинет и его обитателей. И вот теперь я обесчещен.

— Вы и я, — покачав головой, произнес камерарий, — служим Богу, пусть и по-разному. И если человек служит Ему верно, то никакие обстоятельства не могут его обесчестить.

— Но как? Я не могу представить... как это могло случиться... Сложившееся положение... — Оливетти выглядел совершенно подавленным.

— Вы понимаете, что у нас нет выбора?.. Я несу ответственность за безопасность коллегии кардиналов.

— Боюсь, что ответственность за это лежит только на мне, синьор.

— В таком случае поручите своим людям немедленно приступить к эвакуации.

— Но, синьор...

— План дальнейших действий мы продумаем позднее. Он должен включать поиск взрывного устройства и исчезнувших клириков. Следует также организовать облаву на того, кто их похитил. Но первым делом необходимо перевести в безопасное место кардиналов. Эти люди — фундамент нашей церкви.

— Вы хотите немедленно отменить конклав?

— Разве у меня есть выбор?

— Но как быть с вашим священным долгом — обеспечить избрание нового папы?

Молодой камерарий вздохнул, повернулся к окну и окинул взглядом открывшуюся перед ним панораму Рима.

— Его святейшество как-то сказал мне, что папа — человек, вынужденный разрываться между двумя мирами... миром реальным и миром божественным. Он высказал парадоксальную мысль, заявив, что если церковь начнет игнорировать реальность, то не доживет до того момента, когда сможет насладиться божественным. — Голос камерария звучал не по годам мудро. — В данный момент мы имеем дело с реальным миром. И, игнорируя его, мы впадем в грех гордыни. Гордыня и традиции не должны возобладать над здравым смыслом.

Слова молодого клирика, видимо, произвели впечатление на Оливетти. Коммандер кивнул и сказал:

— Я понимаю вас, синьор.

Казалось, что камерарий не слышал командира гвардейцев. Он стоял у окна, глядя куда-то за линию горизонта.

— Позвольте мне быть откровенным, синьор. Реальный мир — это мой мир. Я ежедневно погружаюсь в его ужасы, в то время как другие имеют дело с чем-то возвышенным и чистым. Сейчас мы столкнулись с серьезным кризисом. Поскольку я постоянно готовился к возникновению подобной ситуации, разрешите мне дать вам совет. Ваши вполне достойные намерения... могут обернуться катастрофой.

Камерарий вопросительно взглянул на Оливетти.

— Эвакуация коллегии кардиналов из Сикстинской капеллы является, на мой взгляд, наихудшим из всех возможных в данный момент способов действия.

Камерарий не выразил ни малейшего возмущения. Казалось, он пребывал в растерянности.

— Так что же вы предлагаете?

— Ничего не говорите кардиналам. Опечатайте Сикстинскую капеллу. Так мы выиграем время для проведения других мероприятий.

— Вы хотите, чтобы я оставил всю коллегию кардиналов сидеть взаперти на бомбе замедленного действия? — не скрывая изумления, спросил камерарий.

— Да, синьор. Но только временно. Если возникнет необходимость, мы проведем эвакуацию позже.

— Отмена церемонии до того, как она началась, станет достаточным основанием для проведения расследования, — покачал головой камерарий. — Но после того как двери будут опечатаны, всякое вмешательство полностью исключается. Регламент проведения конклава четко...

— Таковы требования реального мира, синьор. Сегодня мы живем в нем. Выслушайте меня... — Оливетти говорил теперь с четкостью боевого офицера. — Вывод в город ста шестидесяти ничего не подозревающих беззащитных кардиналов представляется мне весьма опрометчивым шагом. Среди весьма пожилых людей это вызовет замешательство и панику. И, честно говоря, одного инсульта со смертельным исходом для нас более чем достаточно.

Инсульт со смертельным исходом. Эти слова снова напомнили Лэнгдону о заголовках газет, которые он увидел в клубе Гарварда, где ужинал со своими студентами: У ПАПЫ СЛУЧИЛСЯ УДАР. ОН УМЕР ВО СНЕ.

— Кроме того, — продолжал Оливетти, — Сикстинская капелла сама по себе является крепостью. Хотя мы никогда об этом не говорили, строение укреплено и способно выдержать ракетный удар. Готовясь к конклаву, мы в поисках «жучков» внимательно, дюйм за дюймом, осмотрели все помещения и ничего не обнаружили. Здание капеллы является надежным убежищем, поскольку я уверен, что внутри ее антивещества нет. Более безопасного места для кардиналов в данный момент не существует. Позже, если потребуется, мы сможем обсудить все связанные со срочной эвакуацией вопросы.

Слова Оливетти произвели на Лэнгдона сильное впечатление. Холодной логикой своих рассуждений коммандер напоминал Колера.

— Сэр, — вступила в разговор молчавшая до этого Виттория, — есть еще один весьма тревожный момент. Никому пока не удавалось создать такое количество антивещества, и радиус действия взрыва я могу оценить весьма приблизительно. Но я меня нет сомнения, что прилегающие к Ватикану кварталы Рима окажутся в опасности. Если ловушка находится в одном из ваших центральных зданий или под землей, действие на внешний мир может оказаться минимальным, но если антивещество спрятано ближе к периметру... в этом здании, например... — Девушка умолкла, бросив взгляд на площадь Святого Петра.

— Я прекрасно осведомлен о своих обязанностях перед внешним миром, — ответил Оливетти, — но все-таки вы не правы. Никакой дополнительной опасности не возникает. Защита этой священной обители была моей главной обязанностью в течение последних двадцати лет. И я не намерен допустить взрыв.

— Вы полагаете, что сможете найти взрывное устройство? — быстро взглянул на него камерарий.

— Позвольте мне обсудить возможные варианты действий с моими специалистами по безопасности. Один из вариантов может предусматривать прекращение подачи электроэнергии в Ватикан. Таким образом мы сможем устранить наведенные поля и создать возможность для выявления магнитного поля взрывного устройства.

— Вы хотите вырубить все освещение Ватикана? — изумленно спросила Виттория. Слова Оливетти ее поразили.

— Я не знаю, возможно ли это, но испробовать такой вариант в любом случае необходимо.

— Кардиналы наверняка попытаются узнать, что произошло, — заметила Виттория.

— Конклав проходит при свечах, — ответил Оливетти. — Кардиналы об отключении электричества даже не узнают. Как только Сикстинская капелла будет опечатана, я брошу всех своих людей, за исключением тех, кто охраняет стены, на поиски антивещества. За оставшиеся пять часов сотня человек сможет сделать многое.

— Четыре часа, — поправила его Виттория. — Я должна буду успеть доставить ловушку в ЦЕРН. Если мы не сумеем зарядить аккумуляторы, взрыва избежать не удастся.

— Но почему не зарядить их здесь?

— Штекер зарядного устройства имеет весьма сложную конфигурацию. Если бы я могла предвидеть ситуацию, то привезла бы его с собой.

— Что же, четыре так четыре, — хмуро произнес Оливетти. — Времени у нас, так или иначе, достаточно. Синьор, в вашем распоряжении десять минут. Отправляйтесь в капеллу и опечатывайте двери. Дайте моим людям возможность спокойно работать. Когда приблизится критический час, тогда и будем принимать критические решения.

«Интересно, насколько должен приблизиться этот «критический час», чтобы Оливетти приступил к эвакуации?» — подумал Лэнгдон.

— Но кардиналы обязательно спросят меня о preferiti... — смущенно произнес камерарий, — особенно о Баджиа. Коллегия захочет узнать, где они.

— В таком случае, синьор, вам придется придумать какое-нибудь объяснение. Скажите, например, что вы подали к чаю пирожные, которые не восприняли их желудки.

Подобное предложение привело камерария в состояние, близкое к шоковому.

— Вы хотите, чтобы я, стоя у алтаря Сикстинской капеллы, лгал коллегии кардиналов?!

— Для их же блага. Una bugia veniale. Белая ложь. Ваша главная задача — сохранить их покой. А теперь позвольте мне удалиться, чтобы приступить к действиям, — закончил Оливетти, показывая на дверь.

— Комманданте, — сказал камерарий, — мы не имеем права забывать об исчезнувших кардиналах.

— Баджиа и остальные трое в данный момент находятся вне досягаемости, — сказал, задержавшись у порога, Оливетти. — Мы должны забыть о них... ради спасения всех остальных. Военные называют подобную ситуацию triage.

— Что в переводе на обычный язык, видимо, означает «бросить на произвол судьбы»?

— Если бы мы имели возможность установить местонахождение четырех кардиналов, синьор, — твердым голосом произ нес Оливетти, — то ради их спасения я без колебания принес бы в жертву свою жизнь. Но... — Он указал на окно, за которым лучи предвечернего солнца освещали городские крыши. — Розыск в пятимиллионном городе выходит далеко за пределы моих возможностей. Я не могу тратить время на то, чтобы успокаивать свою совесть участием в бесполезных затеях. Извините.

— Но если мы схватим убийцу, неужели мы не сможем заставить его заговорить? — неожиданно вмешалась Виттория.

— Солдаты, мисс Ветра, не могут позволить себе быть святыми, — мрачно глядя на девушку, произнес коммандер. — Поверьте, я прекрасно понимаю ваше личное желание поймать этого человека.

— Это не только мое личное желание, — возразила она. — Убийца знает, где спрятано антивещество и где находятся кардиналы. И если мы начнем его поиски, то...

— Сыграем на руку врагам, — закончил за нее Оливетти. — Попытайтесь, мисс, объективно оценить ситуацию. Иллюминаты как раз рассчитывают на то, что мы начнем поиски в нескольких сотнях римских церквей, вместо того чтобы искать взрывное устройство в Ватикане. Кроме того... мы в этом случае оставим без охраны Банк Ватикана. Об остальных кардиналах я даже и не говорю. Нет, на все это у нас нет ни сил, ни времени.

Аргументы коммандера, видимо, достигли цели. Во всяком случае, никаких возражений они не вызвали.

— А как насчет римской полиции? — спросил камерарий. — Мы могли бы, объяснив ситуацию, обратиться к ней за помощью. В таком случае операцию можно было бы развернуть по всему городу. Попросите их начать поиски человека, захватившего кардиналов.

— Это будет еще одна ошибка, — сказал Оливетти. — Вам прекрасно известно, как относятся к нам римские карабинеры. Они сделают вид, что ведут розыск, незамедлительно сообщив о разразившемся в Ватикане кризисе всем мировым средствам массовой информации. У нас слишком много важных дел для того, чтобы тратить время на возню с журналистами.

7 Зак. 1526

«Я сделаю их звездами прессы и телевидения, — вспомнил Лэнгдон слова убийцы. — Первое тело появится в восемь часов. И так каждый час до полуночи. Прессе это понравится».

Камерарий снова заговорил, и теперь в его словах звучал гнев:

— Комманданте, мы окажемся людьми без чести и совести, если не попытаемся спасти похищенных кардиналов!

Оливетти взглянул прямо в глаза клирика и произнес ледяным тоном:

— Молитва святого Франциска... Припомните ее, синьор!

— Боже, — с болью в голосе произнес камерарий, — дай мне силы выдержать все то, что я не в силах изменить.

ГЛАВА 44

Центральный офис Британской вещательной корпорации, известной во всем мире как Би-би-си, расположен в Лондоне к западу от Пиккадилли. В ее помещении раздался телефонный звонок, и трубку сняла младший редактор отдела новостей.

— Би-би-си, — сказала она, гася сигарету марки «Данхилл» о дно пепельницы.

Человек на противоположном конце провода говорил чуть хрипло и с легким ближневосточным акцентом.

— Я располагаю сенсационной информацией, которая может представлять интерес для вашей компании.

Редактор взяла ручку и стандартный бланк.

— О чем?

— О выборах папы.

Девушка сразу поскучнела. Би-би-си еще вчера дала предварительный материал на эту тему, и реакция публики на него оказалась довольно сдержанной. Простых людей проблемы Ватикана, похоже, не очень занимали.

— Под каким углом?

— Вы направили репортера в Рим для освещения этого события?

— Полагаю, что направили.

— Мне надо поговорить с ним напрямую.

— Простите, но я не могу сообщить вам его номер, не имея представления, о чем...

— Речь идет о прямой угрозе конклаву. Это все, что я могу вам сказать.

Младший редактор сделала пометку на листке и спросила:

— Ваше имя?

— Мое имя не имеет значения.

Девушка не удивилась.

— И вы можете доказать свои слова?

— Да, я располагаю нужными доказательствами.

— Я была бы рада вам помочь, но мы принципиально не сообщаем телефонов наших репортеров, если не...

— Понимаю. Попробую связаться с другой сетью. Благодарю за то, что потратили на меня время. Проща...

— Постойте! Вы не могли бы немного подождать у телефона?

Девушка нажала кнопку паузы и потянулась. Умение распознавать звонки психов еще, конечно, не достигло научных высот, но человек, который звонил, успешно прошел двойной негласный тест на подлинность своей информации. Во-первых, он отказался назвать свое имя и, во-вторых, был готов немедленно прекратить разговор. Психи или искатели славы обычно продолжают требовать или умолять о том, чтобы их выслушали.

К счастью для редакторов, репортеры пребывали в вечном страхе упустить сенсационный материал и редко ругали центр, когда тот иногда напускал на них галлюцинирующих психов. Потерю пяти минут времени репортера можно простить, потеря же важной информации непростительна.

Девушка зевнула, бросила взгляд на монитор и напечатала ключевое слово — «Ватикан». Увидев имя корреспондента, отправленного освещать папские выборы, она весело фыркнула. Это был новый человек, появившийся на Би-би-си из какого-то вонючего лондонского таблоида. Ему давались лишь самые незначительные задания. Парень начинал свою карьеру в компании с самой нижней ступени.

Он наверняка ошалеет — если уже не ошалел — от тоски, ожидая всю ночь событие, которое займет в передачах новостей не более десяти секунд. Не исключено, что парень будет благодарен за то, что получил возможность развеяться.

Младший редактор записала номер телефона спутниковой связи, закурила очередную сигарету и лишь затем сообщила номер анонимному информатору.

ГЛАВА 45

— Ничего из этого не выйдет, — расхаживая по папскому кабинету и глядя на камерария, говорила Виттория. — Даже если швейцарским гвардейцам и удастся отфильтровать все электронные помехи, им, для того чтобы обнаружить сигнал, надо быть над самой ловушкой. При этом ловушка должна быть доступной... Не укрытой сверху. А что, если она находится в металлической, зарытой в землю коробке? В таком случае обнаружить ее не удастся. А как быть, если в среду гвардейцев проник агент иллюминатов?! Разве мы можем быть уверены в том, что поиск будет вестись с максимальной тщательностью?

— И что же вы предлагаете, мисс Ветра? — спросил камерарий. Молодой клирик выглядел совершенно опустошенным.

Но это же совершенно очевидно, раздраженно подумала Виттория, а вслух произнесла:

— Я предлагаю, синьор, чтобы вы незамедлительно приняли все меры предосторожности. Будем вопреки всему надеяться, что предпринятые коммандером поиски окажутся успешными. Но взгляните в окно. Вы видите этих людей? Эти здания за площадью? Автобусы прессы? Все они скорее всего окажутся в радиусе действия взрыва. Поэтому вы должны действовать немедленно.

Камерарий кивнул с отрешенным видом.

Собственная беспомощность приводила Витторию в отчаяние. Оливетти сумел убедить всех в том, что до взрыва остается масса времени. Но девушка знала: если известие об угрозе Ватикану просочится в средства массовой информации, то площадь Святого Петра уже через несколько минут будет забита зеваками. Виттория видела, как это происходило у здания швейцарского парламента, когда в нем были захвачены заложники, а террористы грозили взорвать мощную бомбу. Тогда на площади перед зданием собрались тысячи людей, чтобы своими глазами увидеть, как все произойдет. Несмотря на предупреждения полиции, толпа зевак только увеличивалась. Ничто не вызывает у людей большего интереса, чем человеческая трагедия.

— Синьор, — продолжала Виттория, — человек, убивший моего отца, находится где-то в городе. Каждая клеточка моего тела требует, чтобы я немедленно бросилась на поиски негодяя. Но я остаюсь в вашем кабинете... поскольку чувствую свою ответственность перед вами. Перед вами и перед всеми остальными. В опасности жизнь многих людей. Вы слушаете меня, синьор?

Камерарий ничего не ответил.

Виттория чувствовала, как бешено колотится ее сердце. Почему швейцарские гвардейцы не смогли установить место, откуда был звонок?! Этот убийца — ключевая фигура в решении всей проблемы! Ему известно, где спрятана ловушка... он, черт побери, знает местонахождение кардиналов! Схватите этого человека, и все проблемы будут решены!

Виттория понимала, что находится на грани нервного срыва. Подобное чувство бессильного отчаяния она испытывала лишь в далеком детстве, еще в то время, когда была сиротой. Тогда у нее не было способа с ним справиться. Неужели и сейчас она не сумеет его преодолеть? У тебя есть возможности, убеждала она себя. Возможности имеются всегда, их надо лишь увидеть. Но все эти рассуждения оказывались бесполезными. Ее мысли продолжали путаться. Виттория была научным работником и умела решать сложные проблемы. Но на сей раз она, видимо, столкнулась с проблемой, не имеющей решения. «Какие данные тебе нужны? Какую цель ты себе ставишь?» — такие вопросы задавала она себе, и впервые за все время своей взрослой жизни не находила на них ответа.

Дыхание ее стало каким-то прерывистым. Кажется, она начинала задыхаться.

Голова Лэнгдона раскалывалась от боли, и ему казалось, что он находится на краю пропасти, отделяющей реальный мир от мира безумия. Американец смотрел на Витторию и камерария, но видел вовсе не их. Перед его мысленным взором проносились какие-то отвратительные картины: взрывы, толпящиеся газетчики, наезжающие камеры, четыре заклейменных человеческих тела...

Шайтан... Люцифер... Носитель света... Сата...

Усилием воли ему удалось прогнать эти дьявольские образы. Мы имеем дело с хорошо подготовленным террористическим актом, напомнил он себе, вернувшись к реальности. С запланированным хаосом. В его памяти неожиданно всплыла лекция курса, который он прослушал, занимаясь исследованием символики древнеримских преторов. После нее Лэнгдон стал видеть терроризм совсем в ином свете.

— Терроризм... — говорил тогда профессор, — всегда ставит перед собой одну-единственную цель. В чем она заключается?

— В убийстве невинных людей, — предположил один из студентов.

— Неверно. Смерть является всего лишь побочным продуктом терроризма.

— Чтобы продемонстрировать силу, — высказался другой слушатель.

— Нет. Более яркого проявления слабости, чем террор, в мире не существует.

— Чтобы вызвать страх, — произнес чей-то голос.

— Именно. Это исчерпывающий ответ. Говоря простым языком, цель терроризма — вызвать страх и ужас. Эти чувства подтачивают силы врага изнутри... вызывают волнение в массах. А теперь запишите... «Терроризм не есть проявление ярости. Терроризм — политическое оружие. Когда люди видят, что их правительство бессильно, они утрачивают веру в своих лидеров».

Утрачивают веру...

Так вот, значит, для чего вся эта затея? Лэнгдона мучил вопрос, как отреагируют христиане всего мира, увидев, что их кардиналы валяются на улице, словно дохлые собаки. Если вера не смогла защитить высших священнослужителей от происков сатаны, то на что же надеяться им — простым смертным? Лэнгдону казалось, что в его голове стучит тяжелый молот... а какие-то негромкие голоса распевают военный гимн.

«Вера тебя не спасет... Тебя спасут медицина и надувные мешки в автомобиле. Бог тебя не защитит... Тебя сможет защитить только разум. Только просвещение... Верь лишь в то, что приносит ощутимые результаты. Сколько лет прошло с тех пор, когда кто-то расхаживал по воде аки посуху? В наше время чудеса способна творить только наука... компьютеры, вакцины, космические станции... а теперь даже и божественное чудо творения. Вещество из ничего получено в лаборатории... Кому нужен этот Бог? Никому! Наука — вот наше божество!»

В ушах Лэнгдона зазвучал голос убийцы. Полночь... Математическая прогрессия смерти... невинные агнцы, возложенные на алтарь науки.

Затем навязчивые голоса вдруг исчезли. Призраки разбежались так, как разбегается толпа при звуках первого выстрела.

Роберт Лэнгдон вскочил на ноги настолько резко, что его стул откинулся назад и со стуком свалился на пол.

Виттория и камерарий едва не подпрыгнули от неожиданности.

— Как я мог этого не увидеть? — прошептал Лэнгдон словно завороженный. — Ведь это было совершенно очевидно...

— Не увидеть что? — спросила Виттория.

Не ответив на вопрос девушки, Лэнгдон повернулся к священнику и сказал:

— Святой отец, в течение трех лет я бомбардировал кабинет его преосвященства просьбами открыть для меня доступ к архивам Ватикана. И семь раз я получил отказ.

— Простите, мистер Лэнгдон, но боюсь, что сейчас не время выступать с подобными жалобами.

— Мне нужен немедленный доступ в архивы. Это касается четырех исчезнувших кардиналов. Не исключено, что я смогу узнать те места, где их собираются убить.

Виттория бросила на него изумленный, непонимающий взгляд.

Камерарий явно растерялся и выглядел так, словно стал мишенью какой-то грубой шутки.

— Не могу поверить в то, что подобная информация содержится в наших архивах.

— Не стану обещать, что добуду нужные сведения вовремя, но если вы допустите меня...

— Мистер Лэнгдон, через четыре минуты я обязан появиться в Сикстинской капелле. А архив расположен в противоположном конце Ватикана.

— Вы ведь не шутите? — спросила Виттория, заглядывая Лэнгдону в глаза. Казалось, в их глубине она хотела увидеть, насколько серьезны его намерения.

— Сейчас не время для шуток! — бросил Лэнгдон.

— Святой отец, — сказала Виттория, оборачиваясь к камерарию, — если имеется хотя бы малейший шанс... узнать, где намечены убийства, мы могли бы устроить там засады и...

— Но при чем здесь архивы? — недоуменно спросил клирик. — Каким образом в них может оказаться подобная информация?

— На объяснение уйдет гораздо больше времени, чем у нас есть. Но если я прав, эта информация поможет нам схватить ассасина.

Камерарий, судя по его виду, очень хотел поверить словам американца и почему-то не мог.

— Но в этих архивах хранятся величайшие тайны христианства. Сокровища, на которые даже я не имею права взглянуть.

— Мне это известно.

— Пользоваться архивами можно, лишь имея письменное разрешение главного хранителя или Библиотечного совета Ватикана.

— Или прямое согласие папы, — добавил Лэнгдон. — Об этом сказано во всех отказах, которые направил мне ваш главный хранитель.

Камерарий кивнул, подтверждая слова американца.

— Не хочу показаться чрезмерно настойчивым, — продолжал Лэнгдон, — но если я не ошибаюсь, то папское разрешение исходит именно из этого кабинета. И, как нам всем известно, в настоящее время вы являетесь его хозяином. Учитывая обстоятельства...

Камерарий извлек из кармана сутаны часы и посмотрел на циферблат.

— Мистер Лэнгдон, для того чтобы спасти церковь, я в буквальном смысле слова готов пожертвовать своей жизнью.

По выражению глаз прелата Лэнгдон понял, что тот говорит правду.

— Вы действительно уверены, что этот документ хранится в наших архивах? И вы действительно верите в то, что он способен помочь нам установить, где расположены эти четыре церкви?

— Если бы я не был в этом уверен, то не стал бы столько раз просить разрешения на доступ в архивы. Италия слишком далека от Соединенных Штатов, чтобы лететь туда без уверенности его получить. Подобные вещи чересчур обременительны для скромного профессорского жалованья. Документ этот является старинной...

— Умоляю... — прервал его камерарий. — Простите меня, но мой мозг уже отказывается воспринимать какие-либо дополнительные сведения. Вам известно, где находится секретный архив?

— Около ворот Святой Анны, — почему-то волнуясь, ответил Лэнгдон.

— Впечатляюще! — заметил камерарий. — Большинство ученых полагают, что в архивы ведет потайная дверь за троном Святого Петра.

— Весьма распространенное заблуждение в научных кругах. Та дверь ведет в Archivio della Reverenda di Fabbrica di S. Pietro*, — ответил Лэнгдон.

— Обычно всех посетителей архива сопровождает ассистент библиотекаря, но сейчас в архивах никого нет. Таким образом, вы получаете от меня карт-бланш. Учтите, что даже кардиналы не имеют права входить в архив без сопровождения.

— Заверяю вас, что буду обращаться с вашими сокровищами предельно осторожно. Главный хранитель даже не заподозрит, что я побывал в его владениях.

Где-то высоко над их головами зазвонили колокола собора Святого Петра. Камерарий еще раз взглянул на свои карманные часы.

— Мне пора, — сказал он. А затем после недолгой паузы добавил, глядя в глаза Лэнгдона: — Я распоряжусь, чтобы у архива вас встретил один из швейцарских гвардейцев. Я верю вам, мистер Лэнгдон. Отправляйтесь.

Лэнгдон был настолько взволнован, что некоторое время не мог говорить. А молодой служитель церкви, казалось, напротив, вновь обрел душевное равновесие. Камерарий был так спокоен, что это даже пугало. Протянув руку, он крепко сжал плечо Лэнгдона и произнес решительно:

— Желаю вам обрести то, что вы ищете. И как можно скорее.

ГЛАВА 46

Секретные архивы Ватикана расположены на возвышении в самом дальнем конце двора Борджиа за воротами Святой Анны. Архивы насчитывают 20 000 единиц хранения, среди которых, по слухам, имеются такие сокровища, как пропавшие дневники Леонардо да Винчи и не увидевшие свет варианты Священного Писания. Лэнгдон энергично шагал по пустынной виа делла Фондаменто в направлении архива. Он не

* Архив строительной конгрегации — учреждения, созданного папой Юлием II в 1506 г. для строительства новой ватиканской базилики.

мог до конца поверить в то, что получил доступ в это заповедное место. Виттория шла рядом с американцем, без труда выдерживая взятый им темп. Ее пахнущие миндалем волосы развевались на легком ветру, и Лэнгдон с удовольствием впитывал этот запах, чувствуя, как мысли, помимо воли, уводят его куда-то в далекое прошлое.

— Вы скажете мне, что мы собираемся искать? — спросила Виттория.

— Небольшую книжку, написанную парнем по имени Галилей.

— Похоже, вы не намерены зря тратить время, — несколько удивленно произнесла девушка. — И что же написано в этой книге?

— В ней должно находиться нечто такое, что называют il segno.

— Знак?

— Знак, ключ, сигнал, указание... в зависимости от перевода.

— Указание на что?

— На местонахождение тайного убежища. Во времена Галилея иллюминаты должны были остерегаться Ватикана, и поэтому они устраивали свои собрания в одном сверхсекретном месте. Иллюминаты называли его Храм Света.

— Довольно нагло с их стороны величать храмом логово сатанистов.

— Во времена Галилея братство «Иллюминати» отнюдь не было сборищем сатанистов. Это были ученые люди, преклонявшиеся перед просвещением. А их убежище служило лишь местом, где они могли собираться и свободно обсуждать вопросы, поставленные под запрет Ватиканом. Хотя мы точно знаем, что такое убежище существовало, его никто до сих пор не нашел.

— Похоже, иллюминаты умели хранить свои тайны.

— Совершенно верно. Они так и не открыли свое убежище никому из посторонних. Такая секретность защищала их, но в то же время являлась преградой для набора новых членов.

— Рост братства «Иллюминати» был затруднен отсутствием соответствующей рекламы, — перевела на современный язык проблему древнего ордена Виттория, легко двигаясь рядом с быстро идущим американцем.

— Да, если хотите. Слухи о созданном Галилеем сообществе начали циркулировать где-то в тридцатых годах семнадцатого века, и многие ученые мужи из разных стран Европы совершали тайные паломничества в Рим в надежде вступить в братство «Иллюминати». Им не терпелось взглянуть в телескоп Галилея и услышать идеи великого мыслителя. Но к сожалению, по прибытии в Рим ученые не знали, куда идти или к кому обращаться. Иллюминаты нуждались в притоке свежей крови, но они не могли позволить себе открыть местонахождение своего храма.

— Похоже, они попали в situazione senza soluzione*, — заметила Виттория.

— Именно. В заколдованный круг, как говорится.

— И что же они предприняли, чтобы этот круг разорвать?

— Не забывайте, что это были ученые. Они всесторонне изучили проблему и нашли решение. Блестящее решение, надо сказать. Иллюминаты создали нечто вроде весьма хитроумной карты, указывающей путь к их убежищу.

Виттория настолько изумилась, что даже замедлила шаг.

— Карты? — не скрывая удивления, переспросила она. — Мне это кажется весьма опрометчивым поступком. Если бы копия карты попала в чужие руки, то...

— Этого произойти не могло, — прервал ее Лэнгдон. — Никаких копий просто не существовало. Эта карта не изображалась на бумаге. Ее размеры были огромны. Это была своего рода тропа с вехами по всему городу.

— Нечто вроде стрелок на тротуаре? — спросила Виттория, еще более замедляя шаг.

— В некотором смысле да. Но знаки, ведущие к убежищу братства, были несколько более замысловатыми. Карта состояла из символов, размещенных в общественных местах города и в то же время невидимых постороннему взгляду. Первый знак

* Безвыходное положение (*ит.*).

указывал путь к следующему, тот к очередному и так далее вплоть до самого убежища братства «Иллюминати».

— По-моему, это очень похоже на игру в поиски клада, — сказала девушка, подняв на него вопросительный взгляд.

— В некотором роде именно так, — усмехнулся Лэнгдон. — Путь просвещения — так иллюминаты называли эту тропу. Каждый, кто желал встать в ряды братства, должен был пройти ее от начала до конца. Это являлось своего рода испытанием.

— Но если церковь так хотела обнаружить иллюминатов, то почему она не направила по ней своих агентов? — спросила Виттория.

— Ватикан не мог этого сделать, — ответил Лэнгдон. — Тропа была хорошо замаскирована. Это была головоломка, сконструированная таким образом, что лишь немногие люди могли обнаружить вехи и понять, где находится Храм Света. Братство «Иллюминати» рассматривало эту тропу не только как средство защиты, но и как своего рода интеллектуальный тест. Это был способ сделать так, чтобы лишь самые светлые умы появлялись на пороге храма. Если хотите, это было первым шагом посвящения в иллюминаты.

— Не могу с этим согласиться, — сказала девушка. — В начале семнадцатого века самыми образованными людьми в мире были служители церкви. Если эти вехи были размещены в общественных местах, в Ватикане наверняка имелись люди, способные расшифровать их значение.

— Естественно, — согласился Лэнгдон, — но только в том случае, если им вообще было известно об их существовании. Но в Ватикане о вехах ничего не знали. Иллюминаты создали такие указатели, что, даже глядя на них, клирики ничего не замечали. Братство «Иллюминати» использовало метод, определяемый в науке, изучающей символы, термином «диссимуляция», или по-другому — сокрытие.

— Камуфляж.

— Вы знакомы с этим термином? — изумился Лэнгдон.

— Dissimulazione. Или «мимикрия». Лучший способ защиты в природе. Попробуйте-ка обнаружить рыбу-трубу, плавающую вертикально в колыхающихся водорослях.

— Именно этой идеей и воспользовались иллюминаты. Они создали знаки, которые совершенно не выделялись на общем фоне Древнего Рима. Использовать амбиграммы или научную символику иллюминаты не могли, поскольку это сразу же бросилось бы в глаза. Поэтому братство призвало художников из числа своих членов — тех безымянных гениев, которые создали амбиграмматический символ «ILLUMINATI», — и поручило им изваять четыре скульптуры.

— Скульптуры «Иллюминати»?

— Да. Изваяния, отвечающие двум жестким требованиям. Во-первых, они не должны были выделяться среди других произведений искусства... Ватикан не должен был даже подозревать, что эти шедевры есть дело рук братства «Иллюминати».

— Религиозное искусство, — подхватила Виттория.

Лэнгдон утвердительно кивнул и, чувствуя необыкновенное возбуждение, заговорил быстрее:

— Второе требование состояло в том, чтобы каждая из скульптур отвечала определенной, четко обозначенной теме. Изваяния должны были прославлять один из четырех основных элементов природы.

— Почему только четырех? — удивилась Виттория. — Ведь элементов больше сотни.

— Но только не в начале семнадцатого века, — сказал Лэнгдон. — Алхимики считали, что вся вселенная состоит из четырех элементов, или «стихий», если хотите. Это земля, огонь, воздух и вода.

Лэнгдон знал, что первые изображения креста были не чем иным, как символом четырех стихий. Четыре конца креста обозначали землю, огонь, воздух и воду. Кроме креста, в истории существовали десятки иных символических изображений земли, огня, воздуха и воды. Циклы жизни по Пифагору, китайский хонфан, мужские и женские рудименты Юнга, квадранты Зодиака... Даже мусульмане обожествляли четыре древних элемента, хотя в исламе они были известны как «квадраты, облака, молнии и волны». Но что производило на Лэнгдона самое большое впечатление, что всегда вгоняло его в дрожь, так это современное четырехчленное деление мистических степеней масонства на пути к Абсолютной Инициации. Эти степени именовались: Земля, Воздух, Огонь и Вода.

Виттория казалась озадаченной.

— Значит, этот художник-иллюминат создал четыре произведения искусства, которые лишь казались религиозными, а на самом деле обозначали землю, воздух, огонь и воду?

— Именно, — продолжил тему Лэнгдон, сворачивая на ведущую к архивам виа Сентинель. — Эти скульптуры влились в бесконечный ряд украшающих Рим религиозных произведений искусства. Анонимно жертвуя статуи церкви, ваятели, используя свое политическое влияние, помещали скульптуры в заранее намеченном ими храме. Каждое из этих изваяний и служило вехой... незаметно указывающей на следующую церковь... где страждущего поджидал другой указатель. Таким образом создавалась система вех или тайных знаков, замаскированных под произведения религиозного искусства. Если кандидат на вступление в орден находил первую церковь с символом земли, то он мог следовать далее к знаку воздуха... затем огня и, наконец, воды. И лишь там ему открывался путь к Храму Просвещения.

— И какое отношение все это имеет к поимке убийцы? — спросила вконец запутавшаяся в четырех стихиях Виттория.

— Ах да! — Лэнгдон улыбнулся и извлек из рукава свой главный козырь. — Иллюминаты дали этим четырем церквям весьма специфическое название. Они именовали их «алтарями науки».

— Но это же ничего не зна... — начала было Виттория, но тут же умолкла. — «L'altare di scienza»! — воскликнула она после небольшой паузы. Эти слова произнес убийца. Он сказал, что кардиналы станут жертвенными агнцами на алтаре науки!

Лэнгдон одобрительно улыбнулся девушке и сказал:

— Четыре кардинала. Четыре церкви. Четыре алтаря науки.

— Неужели вы хотите сказать, что те четыре храма, в которых должны быть принесены в жертву кардиналы, являются вехами на древней тропе к Храму Света? — изумленно спросила Виттория.

— Думаю, что это именно так.

— Но почему убийца дал нам в руки ключ к разгадке?

— А почему бы ему этого не сделать? — ответил вопросом на вопрос Лэнгдон. — Мало кому из историков известно об этих скульптурах. А из тех, кто о них слышал, очень немногие верят в их существование. Местонахождение статуй оставалось тайной четыреста лет. Иллюминаты уверены, что их секрет вполне продержится еще пять часов. Кроме того, им теперь не нужен этот Путь просвещения. Их тайное убежище скорее всего давным-давно перестало существовать. Иллюминаты ныне живут в реальном мире. Теперь они встречаются на заседаниях советов директоров банков, в фешенебельных клубах и на частных полях для игры в гольф. Этим вечером они намерены раскрыть свои тайны. Наступает их звездный час. Они открыто появляются на мировой сцене.

Лэнгдон не упомянул о том, что драматическое появление иллюминатов на сцене может сопровождаться демонстрацией специфической симметрии их мировоззрения. Четыре клейма. Убийца поклялся, что каждый из кардиналов будет заклеймен особым символом. Это докажет, что древние легенды соответствуют истине, — так, кажется, сказал убийца. Легенда о четырех клеймах с амбиграммами была столь же древней, как и рассказы о самом братстве «Иллюминати». Четыре слова — «земля», «воздух», «огонь» и «вода» — были изображены на клеймах абсолютно симметрично, так же как слово «Иллюминати», выжженное на груди Леонардо Ветра. Каждый кардинал будет заклеймен знаком одного из древних элементов науки. Слухи о том, что слова на клеймах были на английском, а не итальянском языке, вызвали в среде историков ожесточенные споры. Появление английских слов могло показаться случайным отклонением от нормы... Но Лэнгдон, как и другие исследователи, прекрасно знал, что иллюминаты ничего не делают случайно.

Лэнгдон свернул на вымощенную кирпичом дорожку, ведущую к зданию архива. Ученого одолевали мрачные мысли. Замысел иллюминатов, их заговор против церкви начал представать перед ним во всей грандиозности. Братство поклялось хранить молчание ровно столько времени, сколько нужно, и следовало этой клятве с удивительным терпением. И вот настал час открыто провозгласить свои цели. Иллюминаты накопили такие силы и пользуются таким влиянием, что готовы без страха выйти на авансцену мировых событий. Им больше не надо скрываться. Они готовы продемонстрировать свое могущество, чтобы мир узнал о том, что все мифы и легенды о них полностью соответствуют реальности. Сегодня они готовились осуществить пиаровскую акцию поистине глобального масштаба.

— А вот и наше сопровождение, — сказала Виттория.

Лэнгдон увидел швейцарского гвардейца, торопливо шагающего по лужайке к главному входу в архив.

Увидев их, гвардеец замер. У него был вид человека, которого внезапно начали преследовать галлюцинации. Не говоря ни слова, он отвернулся, извлек портативную рацию и начал что-то лихорадочно говорить в микрофон. Добропорядочный католик, видимо, требовал подтверждения полученного ранее приказа. Настолько поразил его вид американца в твидовом пиджаке и девицы в коротеньких шортах. Из динамика послышалось нечто похожее на лай. Слов Лэнгдон не расслышал, но смысл сказанного не оставлял места для сомнения. Швейцарец сник, спрятал рацию и повернулся к ним с выражением крайнего недовольства на лице.

За все время, пока гвардеец вел их к зданию, никто не проронил ни слова. Они прошли через четыре закрытые на ключ стальные двери, два изолированных тамбура, спустились вниз по длинной лестнице и оказались в вестибюле с двумя цифровыми панелями на стене. Гвардеец набрал код, и, миновав сложную систему электронных детекторов, они наконец оказались в длинном коридоре, заканчивающемся двустворчатыми дубовыми дверями. Швейцарец остановился, еще раз с головы до пят оглядел своих спутников и, что-то пробормотав себе под нос, подошел к укрепленному на стене металлическому коробу. Открыв тяжелую дверцу, он сунул руку в коробку и набрал очередной код.

Повернувшись к ним лицом, швейцарец впервые открыл рот:

— Архив находится за дверью. Я получил приказ сопровождать вас до этой точки и вернуться для получения дальнейших указаний.

— Значит, вы уходите? — спросила Виттория.

— Швейцарские гвардейцы в тайный архив не допускаются. Вы находитесь здесь только потому, что коммандер получил на этот счет прямое указание от камерария.

— Но как мы отсюда выйдем?

— Система безопасности действует только на вход. При выходе никаких сложностей не возникнет.

На этом беседа завершилась. Бравый гвардеец развернулся на каблуках и зашагал по коридору.

Виттория что-то сказала, но Лэнгдон ее не слышал. Все его внимание было обращено на тяжелые двустворчатые двери, находящиеся перед ним, и на тайны, которые за ними скрываются.

ГЛАВА 47

Камерарий Карло Вентреска знал, что времени у него в обрез, но тем не менее шел очень медленно. Ему хотелось побыть одному, чтобы хоть немного собраться с мыслями перед молитвой открытия, которую ему предстояло произнести. За последние дни произошло столько событий... Заботы этих пятнадцати дней тяжким бременем легли на его плечи и теперь отдавались болью во всем теле.

Он скрупулезно, до последней буквы, выполнял все возложенные на него священные обязанности.

Согласно традиции, именно камерарий должен официально подтвердить смерть папы. Ближайший помощник покойного был обязан приложить пальцы к сонной артерии своего шефа и, убедившись, что пульса нет, трижды провозгласить имя усопшего. Закон запрещал проводить вскрытие. После этого камерарий опечатывал спальню папы, уничтожал папское «кольцо рыбака»*, разбивал формы для изготовления свинцовых печа-

* Согласно Писанию, святой Петр, который считается первым наместником Бога на земле, в своей дохристианской жизни был рыбаком.

тей и приступал к организации похорон. После завершения печального обряда камерарий начинал готовить конклав.

Конклав, думал он, последнее испытание. Одна из древнейших традиций христианства. Правда, в дни, когда исход голосования известен заранее, этот ритуал часто критикуют, называя устаревшим и заявляя, что это скорее дешевое шоу, а не подлинные выборы. Однако камерарий знал, что подобные заявления — результат недостаточного понимания сути события. Конклав не сводился к выборам. Это был старинный, исполненный мистики ритуал передачи власти. Эта традиция уходила в глубь веков... соблюдение тайны, тщательно сложенные листки бумаги, сжигание бюллетеней, смешивание старинных химикалий, дымовые сигналы...

Интересно, как себя чувствует кардинал Мортати, думал камерарий, подходя к лоджиям Григория XIII. Во всяком случае, он не мог не заметить отсутствия preferiti. Без них голосование затянется до утра. Назначение Мортати великим выборщиком было удачным шагом, убеждал себя камерарий. Кардинал славится широтой взглядов и всегда говорит то, что думает. В эту ночь конклав будет как никогда нуждаться в сильном лидере.

Когда камерарий достиг верхней ступени Королевской лестницы, ему вдруг показалось, что он оказался на вершине своей жизни. Отзвуки происходящего в Сикстинской капелле доносились даже сюда. Служитель Бога слышал шелест голосов ста шестидесяти пяти кардиналов.

Ста шестидесяти одного кардинала, поправил он себя.

На какое-то мгновение ему вновь почудилось, что он, объятый пламенем, падает вниз, устремляясь в преисподнюю, а вокруг него неистово кричат люди, и с небес идет дождь из камней и крови.

После этого воцарилась тишина.

Проснувшись, ребенок увидел, что находится на небесах. Со всех сторон его окружала белизна. Свет был ослепительно ярким и каким-то бесконечно чистым. Скептики могли сказать, что десятилетний мальчуган не в силах понять, что такое небо. Однако юный Карло Вентреска прекрасно знал, где находится. Он оказался на небесах. А где еще он мог быть? Пробыв на земле всего одно десятилетие, он всей душой ощущал величие Бога, проявлявшееся в громовых звуках органа, гигантских куполах соборов, ангельских голосах церковных хоров, ярких витражах, в золоте и бронзе. Мама Мария ежедневно водила сына к мессе, и церковь стала его домом.

— Почему мы ходим сюда каждый день? — спросил как-то Карло из любопытства, а не потому, что это ему не нравилось.

— Потому, что я дала такой обет Богу, — ответила мама. — А обещание, данное Творцу, является самым важным из всех обещаний. Никогда не нарушай своих обетов Богу.

Карло пообещал, что всегда останется верным данному Богу слову. Маму он любил больше всех на свете. Она была его ангелом. Иногда он даже называл ее Maria benedetta — Мария Благословенная, хотя ей это не нравилось. Мальчик стоял рядом с ней на коленях, вдыхая аромат ее волос, прислушиваясь к тихому шепоту и следя за тем, как она перебирает четки. «Святая Дева Мария, Матерь Божия... помолись за нас, грешных... как сегодня, так и в час нашей смерти...»

— А где мой папа? — иногда спрашивал Карло, прекрасно зная, что отец умер еще до его рождения.

— Теперь лишь Бог твой отец, — всегда отвечала мать. — Ты — дитя церкви.

Карло этот ответ доставлял удовольствие.

— Когда тебя что-то напугает, вспомни, что твой отец сам Бог. Он постоянно следит за своим сыном и защищает его. Бог уготовил для тебя блестящее будущее, Карло, — говорила мама, и мальчик знал, что она права. Юный Карло Вентреска постоянно чувствовал присутствие Бога в своей крови.

Кровь...

Кровавый дождь!

Затем тишина. И после этого — небо.

Оказалось, что его небеса были потолком реанимационного отделения лечебницы Святой Клары под Палермо. Об этом Карло узнал, когда погас ослепляющий свет хирургической лампы. Мальчик оказался единственным, кто выжил после того, как от взрыва бомбы террористов рухнула часовня, в которую они с мамой ходили молиться во время вакаций. Погибли тридцать семь человек, включая мать Карло. То, что мальчик выжил, газеты назвали чудом святого Франциска. За несколько секунд до взрыва Карло по каким-то даже ему не ясным причинам отошел от матери и уединился в глубокой нише, чтобы полюбоваться гобеленом, на котором были изображены подвиги этого святого.

«Туда меня позвал Бог, — решил он. — Творец захотел меня спасти».

От боли у мальчика начались галлюцинации. Он видел, как стоявшая на коленях мама посылает ему воздушный поцелуй и как через долю секунды после этого ее так чудно пахнущее тело разлетается на куски. Камерарий всем своим существом ощущал зло, которое совершили те люди. Именно тогда с неба и полил кровавый дождь. Кровь его матери. Кровь Марии Благословенной!

Бог постоянно следит за своим сыном и защищает его, говорила мама.

Но в таком случае где же Он сейчас?!

А тогда, словно подтверждая истинность слов матери, в клинике появился священнослужитель. Навестить мальчика пришел не простой патер, а епископ. Он прочел над Карло молитву. Чудо святого Франциска! Когда больной поправился, его поселили в небольшом монастыре при соборе, в котором служил сам епископ. Карло жил и учился вместе с монахами, а одно время даже прислуживал в алтаре своему новому покровителю. Епископ советовал Карло поступить в светскую школу, но мальчик отказался. Он был счастлив в своей новой обители. Наконец-то он жил в Доме Божьем.

Каждый вечер Карло молился за свою мать.

«Бог сохранил меня с какой-то целью, — думал он. — Какова же Его цель?»

Когда ему минуло шестнадцать, он, согласно итальянским законам, должен был пройти двухлетнюю военную службу. Епископ сказал, что если молодой человек поступит в семинарию, то его освободят от воинской обязанности. На это Карло ответил, что мечтает стать семинаристом, однако прежде хочет лично познать, что есть зло.

Епископ его не понял.

Тогда Карло объяснил ему, что, поскольку он намерен посвятить свою жизнь борьбе со злом, ему надо понять зло и лучшего места, нежели армия, для этого не найти. Армия использует пушки и бомбы. А его мать — Мария Благословенная — погибла именно от бомбы!

Епископ пытался его переубедить, но Карло твердо стоял на своем.

— Береги себя, сын мой, — наконец сказал прелат. — И помни, что церковь ждет твоего возвращения.

Два года армейской службы оказались для Карло кошмаром. Его юность прошла в покое и глубоких раздумьях. Но в армии времени для размышлений не было. Постоянный шум, движение огромных машин. Ни секунды покоя. Хотя солдат раз в неделю водили к мессе, Карло совершенно не чувствовал присутствия Бога в душах своих товарищей. В их головах и сердцах царил хаос, который не позволял увидеть Творца.

Карло ненавидел свою новую жизнь и мечтал о возвращении домой. Но в то же время он был полон решимости пройти через это испытание до самого конца. Ему еще предстояло узнать, что есть зло. Молодой человек отказался стрелять, и военные научили его управлять вертолетом медицинской службы. Карло терпеть не мог шума винтов и запаха топлива, и его утешало лишь то, что, поднимаясь в небо, он оказывался ближе к маме. Когда ему сообщили, что курс подготовки пилота включает прыжки с парашютом, он пришел в ужас. Но выбора у него не было.

«Бог защитит меня», — сказал он себе.

Первый прыжок оказался самым значительным событием во всей его жизни. Это было похоже на полет рядом с самим Богом. Карло хотел прыгать снова и снова... Тишина... парение... и лицо мамы в белых облаках.

У Бога были грандиозные планы для Карло. Окончив военную службу, он поступил в семинарию.

Это было двадцать три года назад.

* * *

И вот теперь, спускаясь по Королевской лестнице, камерарий Карло Вентреска пытался осмыслить цепь событий, приведших его на этот перекресток истории.

«Оставь все страхи, — сказал он себе, — и посвяти эту ночь Богу».

Он уже видел бронзовые двери Сикстинской капеллы и охранявших их четырех швейцарских гвардейцев. Солдаты открыли замок и распахнули тяжелые створки. Все присутствующие повернули головы в сторону камерария. Тот, в свою очередь, обежал взором черные мантии и красные кардинальские кушаки. Он понял наконец, какие грандиозные планы строил для него Бог. Он возложил на него ответственность за судьбу церкви.

Карло Вентреска осенил себя крестным знаменем и шагнул через порог.

ГЛАВА 48

Корреспондент Би-би-си Гюнтер Глик обливался потом в припаркованном у восточной границы площади Святого Петра микроавтобусе, проклиная свое задание и редактора, который ему это задание подсунул. Несмотря на то что письменная оценка первого месяца деятельности Глика пестрела превосходными степенями — находчивый, надежный, толковый, — его сослали в этот паршивый Ватикан на «Папскую вахту». Он, конечно, понимал, что работа на Би-би-си — нечто большее, чем написание чтива для «Британского сплетника», но тем не менее подобные репортажи были ему не по вкусу.

Глик получил простое задание. Оскорбительно простое. Он должен был торчать здесь до тех пор, пока команда старых пердунов не изберет своего нового вожака — такого же престарелого пердуна, как и они сами. Как только это случится, он появится на пятнадцать секунд в прямом эфире, дабы сообщить об этом сногсшибательном событии.

Великолепно.

Глик не мог поверить в то, что Би-би-си до сих пор направляет специальных корреспондентов освещать подобное дерьмо. Ведущих американских компаний здесь что-то не видно. И все потому, что эти «большие парни» вовсе не дураки. Они делают выжимки из передачи Си-эн-эн и затем дают в эфир свою «живую» картинку на украденном фоне. «Нэшнл бродкастинг систем», например, для того чтобы придать своей «прямой» передаче достоверность, стала использовать в студии машины, имитирующие ветер и дождь. Теперешнему зрителю правдивая информация не требуется. Ему подавай развлекуху.

Глик смотрел через ветровое стекло, и его тоска с каждой минутой нарастала. Перед ним высилась мрачная имперская громада собора, напоминавшая о том, чего могут достичь люди, приложив к делу голову и руки.

— А чего я добился в своей жизни? — вопрошал он вслух и тут же отвечал: — Ничего.

— Ну и бросай все к дьяволу, — раздался за его спиной женский голос.

Это было настолько неожиданно, что Глик подпрыгнул. Как можно было забыть, что он здесь не один?

Репортер оглянулся. На заднем сиденье расположилась кинооператор Чинита Макри. Дама молча полировала стекла своих очков. Чинита была чернокожей, однако предпочитала именовать себя афро-американкой и требовала, чтобы так же ее называли и все остальные. Она была чуть-чуть полновата и при этом дьявольски умна. Проблема заключалась в том, что она никому не позволяла об этом забыть. Это была странная особа, но Глику она тем не менее нравилась. А в данный момент он был просто счастлив, что торчит здесь не в одиночестве.

— Что тебя гложет, Гюнт? — спросила она.

— Я не понимаю, что мы здесь делаем.

— Наблюдаем за волнующим событием, — невозмутимо ответила она, продолжая протирать линзы.

— Несколько десятков старцев, запертых в темном помещении, — зрелище, на мой взгляд, не шибко волнующее.

— Ты хотя бы понимаешь, что за эти слова можешь отправиться в ад?

— А разве я уже не там?

— Поделись со мной своими тревогами, — сказала она совсем по-матерински.

— Мне очень хочется оставить след в жизни.

— Но разве ты не оставил его, работая в «Британском сплетнике»?

— Ни один из моих материалов почему-то не вызвал отклика в обществе.

— Брось. Я слышала, ты произвел фурор своей статьей о сексуальных связях королевы с иностранцами.

— Спасибо и на этом.

— Выше нос. Этой ночью ты появишься на экране. Это будут твои первые пятнадцать секунд на телевидении.

Глик застонал, он уже сейчас слышал слова ведущего: «Спасибо, Гюнтер, отличный репортаж». После чего тот закатит глаза и перейдет к сообщению о погоде.

— Мне надо было принять участие в конкурсе на должность ведущего.

— Это при твоем-то жалком опыте? — рассмеялась Макри. — И с такой бородищей?

Глик поскреб рыжую поросль на подбородке и сказал:

— С бородой я кажусь умнее.

В микроавтобусе зазвонил сотовый телефон, прервав страдания Глика.

— Может быть, это из редакции? — произнес он с внезапно пробудившейся надеждой. — Вдруг они захотели дать в прямом эфире информацию о текущем положении дел?

— Ты, наверное, бредишь, — сказала Чинита. — Кого может интересовать подобная лабуда?

Глик поднял трубку и произнес тоном популярного телевизионного ведущего:

— Гюнтер Глик, Би-би-си, прямо из Ватикана.

Мужчина на другом конце линии говорил с явным арабским акцентом.

— Слушайте меня внимательно, — произнес он. — То, что я вам сейчас скажу, полностью изменит вашу жизнь.

ГЛАВА 49

Лэнгдон и Виттория остались одни перед двустворчатой дубовой дверью, ведущей в святая святых секретных архивов Ватикана. Колоннада, в которой они находились, производила странное впечатление. Покрывающие мраморный пол роскошные ковры откровенно диссонировали с электронными камерами слежения, вмонтированными в потолок среди резных деревянных херувимов. Лэнгдон назвал про себя этот стиль стерильным ренессансом. На стене рядом с дверями висела небольшая бронзовая табличка, на которой было написано:

АРХИВЫ ВАТИКАНА
Смотритель падре Жаки Томазо

Святой отец Жаки Томазо. Это имя Лэнгдон знал по письмам с отказом, которые копились на его рабочем столе. «Дорогой мистер Лэнгдон, с великим сожалением я вынужден вам отказать...»

С сожалением. Полная чушь. После того как здесь появился этот Жаки Томазо, Лэнгдон не слышал ни об одном американце некатолического вероисповедания, получившем допуск к секретным ватиканским архивам. Историки называли его «жандармом». Жаки Томазо слыл самым непреклонным библиотекарем на земле.

Лэнгдон не очень бы удивился, если бы, открыв дверь, вдруг увидел Томазо в камуфляже с каской на голове и с базукой в руках. Но подобное было все же из области фантастики. За дверью, естественно, никого не оказалось.

Лишь тишина и мягкий свет.

Archivio Vaticano. Мечта всей его жизни.

Оглядевшись по сторонам, Лэнгдон вначале ощутил некоторое смущение. Ученый понял, каким безнадежным романтиком он в душе оставался. Оказалось, что его представление о том, как выглядит архив, было страшно далеко от реальности. Он не увидел здесь ни запыленных деревянных полок, уставленных потертыми томами, ни монахов, составляющих каталоги при свете свечей, ни витражей, ни прелатов со свитками в руках...

Здесь не было ничего даже отдаленно напоминающего эту воображаемую картину.

С первого взгляда помещение казалось затемненным авиационным ангаром, в котором кто-то соорудил десяток стоящих отдельно друг от друга кабинок для игры в ракетбол. Лэнгдон знал о существовании в архивах герметичных стеклянных кубов и не очень удивился, увидев их здесь. Влажность и смена температуры наносили непоправимый ущерб старинным книгам и рукописям. Для того чтобы обеспечить их сохранность, требовались специальные помещения, обеспечивающие оптимальную влажность и предохраняющие книги от воздействия содержащихся в воздухе природных кислот. Лэнгдону приходилось сиживать в таких хранилищах, и он всегда нервничал, входя в герметичный куб, подача кислорода в который зависела от дежурного библиотекаря.

В стеклянных ячейках царила какая-то призрачная полутьма. Единственным источником света в них была небольшая скрытая под колпаком лампа в дальнем конце каждого стеллажа. Глаз Лэнгдона едва улавливал бесконечные ряды полок, каждая из которых была заполнена историей. Да, это был поистине бесценный кладезь сведений.

Виттория, судя по ее виду, тоже была потрясена. Она стояла рядом с ним и молча смотрела на прозрачные стеклянные кабины.

Поскольку времени у них не было, Лэнгдон решил не искать в полутемном помещении библиотечный каталог, представлявший собой огромный том, в котором были указаны все находящиеся в хранении материалы. В глаза ему бросились несколько компьютерных терминалов, установленных в разных концах зала.

— Похоже, мы имеем дело с системой «Библион». Индекс архивов компьютеризован.

— Это облегчит нашу задачу? — с надеждой спросила Виттория.

Лэнгдон очень хотел бы разделить надежду девушки, но он чувствовал, что это плохая новость. Подойдя к терминалу, он нажал несколько клавиш, и его опасения тут же подтвердились.

— Старый добрый метод, — сказал американец, — был бы для нас гораздо полезнее.

— Почему?

— Да потому, что обычный каталог не защищен паролем. Может быть, талантливые физики являются прирожденными хакерами? — спросил он с улыбкой.

— Я могу вскрывать устрицы, и это, пожалуй, все, — улыбнулась она в ответ.

Лэнгдон глубоко вздохнул и повернулся к прозрачным фантомам хранилищ. Подойдя к одному из стеклянных кубов, он вгляделся в его затемненное нутро. Ученый напряг зрение и увидел обычные уставленные книгами стеллажи, ячейки для хранения свитков и несколько столов для работы с архивными материалами. Поскольку его глаза несколько адаптировались к полумраку архива, он сумел, хотя и с трудом, прочитать светящиеся таблички, прикрепленные к торцу каждого из стеллажей. Как и в обычных библиотеках, на табличках указывалось содержимое каждого стеллажа. Медленно двигаясь вдоль прозрачной преграды, он читал:

ПЕТР ОТШЕЛЬНИК... КРЕСТОВЫЕ ПОХОДЫ... УРБАН II... ЛЕВАНТ...

— Здесь все обозначено, но не по алфавиту, — сказал он, продолжая вглядываться в стеллажи.

Подобный подход к каталогизации Лэнгдона нисколько не удивил. Древние архивисты почти никогда не составляли алфавитных каталогов, поскольку имена многих авторов не были известны. Упорядочить по названиям собрание книг тоже было нельзя, так как многие из них не имели заголовков, а некоторые представляли собой лишь отдельные фрагменты пергамента. Поэтому большая часть каталогов велась в хронологическом порядке. Однако библиографы Ватикана, похоже, не придерживались и хронологии.

— Судя по всему, здесь разработали свою систему, — сказал Лэнгдон, всем своим существом ощущая, как бегут драгоценные минуты.

— Неприятный сюрприз.

Лэнгдон снова всмотрелся в таблички. Указанные на них документы охватывали столетия, но все они, как ему показалось, имели какую-то смысловую связь. Многие ключевые слова были общими.

— Думаю, что мы имеем дело с тематическим каталогом.

— Тематическим? — неодобрительно произнесла Виттория. — Но он очень неудобен...

«Вообще-то, — подумал Лэнгдон, продолжая вглядываться в надписи, — это может быть самый толковый каталог из всех, с которыми мне приходилось иметь дело».

Он сам всегда учил своих студентов понимать общие тенденции различных периодов истории искусств, не зацикливаясь на анализе отдельных произведений и запоминании дат. Систематизаторы ватиканских архивов, видимо, придерживались тех же принципов, что и он. Широкие мазки...

— Находящиеся в этом хранилище документы охватывают несколько столетий, — сказал Лэнгдон, начиная ощущать некоторую уверенность, — и все они имеют отношение к крестовым походам.

В этом стеклянном кубе, думал он, можно найти исторические отчеты, письма, произведения искусства, социально-политические данные, современный анализ последствий крестовых походов. Все в одном месте... Это позволяет лучше понять тему. Блестящий подход.

— Но документ может иметь отношение ко многим темам, — не скрывая скептицизма, сказала Виттория.

— Для этого существует система перекрестных отсылок и указателей. — Лэнгдон показал на цветные пластиковые разделители, размещенные между документами. — Они указывают местонахождение всех второстепенных материалов, имеющих какое-либо отношение к данной теме.

— Ясно, — сказала Виттория и, окинув взглядом огромный ангар архива, спросила: — Итак, профессор, где могут храниться документы, имеющие отношение к Галилею? Где нам их искать?

Это было произнесено столь воинственным тоном, что Лэнгдон позволил себе улыбнуться. Ученый до сих пор не мог до конца поверить, что оказался в архивах Ватикана. «Они где-то здесь, — подумал он. — Затаившись в темноте, они ждут нашего прихода».

— Следуйте за мной, — сказал Лэнгдон и двинулся по первому проходу между кубами, вглядываясь в таблички рубрикатора. — Помните, что я вам говорил о Пути просвещения и о том, к какому сложному испытанию прибегали иллюминаты, принимая в общество новых членов?

— Поиски клада, — ответила Виттория, шагая рядом с ученым.

— После того как братство «Иллюминати» разместило в городе вехи и указатели, оно должно было изыскать способ доложить научному сообществу о том, что этот путь действительно существует.

— Логично, — согласилась Виттория. — В противном случае никому не пришло бы в голову его искать.

— Да. Но даже зная в принципе о существовании Пути, они не имели понятия о том, где он начинается. Рим — огромный город.

— Согласна.

Лэнгдон перешел в другой проход и, не переставая говорить, продолжил изучение табличек.

— Примерно пятнадцать лет назад некоторые историки из Сорбонны, так же как и я, обнаружили несколько писем иллюминатов, в которых содержались упоминания о segno.

— О знаке? О том, что Путь просвещения существует, и о месте, где он берет начало?

— Именно. С тех пор некоторые из тех, кто изучает историю ордена, включая меня, нашли и другие ссылки на segno.

Согласно некой теории, ключ к поиску начала Пути есть, и Галилей изыскал такой способ сообщить о нем коллегам-ученым, что Ватикан так ничего и не узнал.

— Ну и где же находится этот ключ?

— Мы до конца не уверены, но скорее всего указание на то, где его искать, появилось в одном из печатных изданий. Галилей за долгие годы опубликовал множество книг и научных бюллетеней.

— И их, вне всякого сомнения, внимательно изучал Ватикан. Разве это не опасно?

— Согласен, что опасно. Тем не менее информация о segno получила распространение.

— И никто из врагов иллюминатов эту информацию так и не смог расшифровать?

— Не смог. Любопытно, что, где бы ни упоминался знак, будь то в дневниках масонов, письмах иллюминатов или в старинных научных журналах, речь шла преимущественно о цифрах.

— 666?

— Нет, — улыбнулся Лэнгдон. — Там говорится о числе 503.

— И что же оно должно означать?

— Никто из исследователей так и не смог дать внятного объяснения. Я, зачарованный этими цифрами, крутил их так и сяк, пытаясь определить, что может означать число 503. Я примерял его к науке, именуемой «нумерология», сверял с географическими картами, широтой и долготой... — Лэнгдон, продолжая говорить, дошел до конца прохода и свернул за угол. — Единственным ключом к пониманию, как мне казалось, могло быть то, что число начиналось с цифры 5 — одной из священных цифр сообщества «Иллюминати».

— Сдается мне, что недавно вы догадались о ее значении. Поэтому мы здесь?

— Верно, — ответил Лэнгдон, испытывая редкое и на сей раз вполне законное чувство гордости за свое открытие. — Вы что-нибудь слышали о книге Галилея под названием «Диалог»?

— Естественно. Ученые считают эту работу великолепным образчиком измены научным принципам. Тем она и знаменита.

Сам Лэнгдон ни за что не стал бы употреблять слово «измена», но он прекрасно понимал, что хотела сказать Виттория. В самом начале 30-х годов XVII столетия Галилей хотел опубликовать труд о гелиоцентрической модели Солнечной системы, предложенной Коперником. Но Ватикан не разрешил выход книги, требуя, чтобы автор включил в нее столь же убедительные доказательства истинности принятой церковью геоцентрической модели. Эту модель Галилей считал абсолютно неверной, но выбора у него не было, и он выполнил требование церковников, написав книгу, в которой истинной и ложной моделям Солнечной системы было уделено одинаковое внимание.

— Вам должно быть известно и то, что, несмотря на этот компромисс, «Диалог» был признан ересью и Ватикан поместил ученого под домашний арест.

— Ни одно доброе дело, как известно, не остается безнаказанным.

— Верно, — улыбнулся Лэнгдон. — Но Галилей был человеком упорным. Сидя дома под арестом, он тайно создал еще один, гораздо менее известный труд, который ученые частенько путают с «Диалогом». Эта книга называется «Discorsi», что в данном случае означает «Трактат».

— Я слышала о ней, — кивнула Виттория. — Ее полное название — «Трактат о приливах».

Лэнгдон даже остановился, настолько поразило его то, что девушка знакома с малоизвестной публикацией о движении планет и его влиянии на морские приливы.

— Хочу сообщить вам, — увидев его изумление, сказала Виттория, — что вы, беседуя со мной, имеете дело с экспертом по физике моря. И кроме того, мой отец боготворил Галилея.

Лэнгдон рассмеялся. Однако искали они вовсе не этот трактат. Лэнгдон сказал, что Галилей, находясь под домашним арестом, написал не только «Трактат». Историки считают, что за это время из-под его пера вышла и небольшая брошюра под названием «Диаграмма».

— Полностью труд называется «Diagramma della Verità», — уточнил Лэнгдон. — «Диаграмма истины».

— Никогда о ней не слышала.

— И неудивительно. «Diagramma» была одним из самых секретных трудов Галилея — своего рода обзором научных фактов, которые он считал истинными, но о которых не мог писать открыто. Рукопись, как и некоторые другие до этого, была тайком вывезена из Рима друзьями ученого и без всякого шума опубликована в Голландии. Брошюра стала страшно популярной в тайных научных обществах Европы, а Ватикан, прослышав о ней, развернул кампанию по ее сожжению.

— И вы полагаете, что эта книга содержит ключ к разгадке? — спросила Виттория, у которой рассказ ученого вызвал неподдельный интерес. — Ответ на то, где искать segno? Информацию о Пути просвещения.

— Думаю, что это именно так. Более того, я в этом практически уверен. — Лэнгдон зашагал вдоль стеклянной стены третьего хранилища, по-прежнему вглядываясь в таблички на полках. — Архивисты, — продолжал он, — искали книгу многие годы. Но, учитывая проведенную Ватиканом кампанию по ее уничтожению и низкий уровень сохранности, можно предположить, что труд Галилея исчез с лица земли.

— Уровень сохранности? — переспросила девушка.

— Говоря по-простому — прочности. Архивисты делят прочность и, таким образом, возможность сохранности всех документов на десять степеней. «Диаграмма» была напечатана на рыхлом папирусе, похожем по структуре на современную туалетную бумагу или бумажные салфетки, если хотите. Такой материал мог просуществовать максимум сто лет.

— Но почему они не использовали более прочный материал?

— Так велел Галилей. Он хотел таким образом защитить своих сторонников от возможной опасности. В случае обыска ученому достаточно было бросить брошюру в ведро с водой, чтобы она превратилась в бесформенную массу. Для уничтожения улик это была превосходная идея, но для архивистов она оказалась просто катастрофой. Считается, что только один экземпляр книги смог пережить восемнадцатый век.

— Всего один? — переспросила сраженная его словами Виттория. — И неужели этот единственный экземпляр где-то здесь?

8 Зак. 1526

— Он был конфискован в Голландии вскоре после смерти Галилея. Я в течение многих лет умолял Ватикан разрешить мне на него взглянуть. Я начал слать сюда письма сразу, как только догадался, что́ в нем содержится.

Виттория, словно прочитав мысли Лэнгдона, принялась изучать надписи на полках другого хранилища, что вдвое ускорило процесс поиска.

— Спасибо, — сказал американец. — Ищите указатели с упоминанием о Галилее, ученых или науке. Вы поймете, что нам нужно, едва увидев соответствующие рубрики.

— Хорошо, но вы мне так и не сказали, как вам удалось установить, что «Диаграмма» содержит ключ. Имеет ли ваше открытие какое-нибудь отношение к числу, которое вы постоянно встречали в письмах иллюминатов? Пятьсот три, кажется?

— Да, — улыбнулся Лэнгдон. — Однако прошло довольно много времени, прежде чем я сообразил, что 503 есть не что иное, как простейший код, ясно указывающий на «Диаграмму».

Он вспомнил, как на него снизошло озарение. Два года назад, шестнадцатого августа, он стоял на берегу озера. Это было на свадьбе сына одного из его коллег. Звуки волынок отражались от поверхности воды, а жених и невеста в сопровождении шафера, подруг и друзей плыли к берегу на барке. Судно было украшено яркими цветочными фестонами и венками. На борту баржи красовались цифры — DCII.

— Что значит это 602? — спросил у отца невесты заинтригованный Лэнгдон.

— Шестьсот два?

— DCII римскими цифрами означает 602, — пояснил Лэнгдон, показывая на барку.

— Это вовсе не римские цифры, — рассмеялся коллега. — Это название барки.

— DCII?

— Именно. «Dick and Connie II».

Лэнгдон почувствовал себя полным ослом. Диком и Конни звали сочетающихся браком молодых людей. Барка получила название в их честь.

— А что же случилось с DCI? — спросил Лэнгдон.

— Затонула вчера во время репетиции, — простонал папаша невесты.

— Примите мои соболезнования, — рассмеялся Лэнгдон.

Он посмотрел на барку и подумал: DCII — как миниатюрный QEII*. И в этот момент на него снизошло озарение.

— Число 503, как я уже сказал, является кодом. Сообщество «Иллюминати» просто хотело скрыть за этим числом римские цифры, — пояснил Лэнгдон. — И это будет...

— DIII, — подхватила девушка.

— Быстро сообразили, — усмехнулся американец. — Только не говорите мне, что вы состоите в «Иллюминати».

— Нет, я не иллюминатка, — рассмеялась Виттория. — А римские цифры я использую для кодификации различных уровней при составлении перечней.

«Ну конечно, — подумал Лэнгдон. — Ведь мы все так поступаем».

— Так что же означает это DIII? — спросила она.

— DI, DII и DIII — очень старые сокращения, которыми ученые обозначали три труда Галилея — с ними довольно часто возникала путаница.

— Diàlogo... Discorsi... Diagramma... — прошептала девушка.

— Д-1, Д-2, Д-3. Три научных труда. Все три вызвали ожесточенные споры. 503 — это DIII. Третья из работ Галилея.

— Но я все же не понимаю одного, — сказала Виттория. — Если этот ключ, или segno, содержится в книге Галилея, то почему Ватикан не смог обнаружить Путь просвещения после того, как завладел всеми экземплярами?

— Они наверняка видели указание, но не обратили на него внимания. Припомните, как иллюминаты разместили свои вехи? Они спрятали их на самом виду. Мимикрия. Segno, очевидно, скрыт точно таким же образом. Он невидим для тех, кто его не ищет. Равно как и для тех, кто не способен его понять.

— Понять?

---

* «Queen Elizabeth II» — «Королева Елизавета Вторая», трансатлантический лайнер.

— Галилей его хорошо спрятал. Если верить историкам, segno записан на языке, который иллюминаты называли «чистым». На lingua pura.

— Чистый язык?

— Да.

— Язык математики?

— Думаю, что именно так. Это достаточно очевидно. Галилей был ученым и писал для ученых. Математика была вполне логичным выбором для сокрытия ключа. Брошюра называется «Диаграмма», и математические диаграммы сами по себе могли быть частью кода.

— Остается надеяться лишь на то, что Галилей создал такой математический код, расшифровать который оказалось не под силу клирикам. — Судя по тону, которым были произнесены эти слова, девушка все еще не до конца избавилась от своих сомнений.

— Итак, насколько я понимаю, мне не удалось вас убедить? — сказал Лэнгдон.

— Не удалось, — ответила она, — но только потому, что вы сами до конца не уверены в своей правоте. Вы наверняка опубликовали бы свое открытие, если бы были абсолютно уверены в правильности своих умозаключений. Если бы вы это сделали, люди, которые имеют доступ к архивам, смогли бы подтвердить или опровергнуть ваше открытие, обратившись к подлиннику.

— Я не хотел публиковаться раньше времени, — сказал Лэнгдон. — Я изо всех сил пытался самостоятельно добыть подтверждение. Я не хотел... — начал было он, но тут же смущенно умолк.

— Вы жаждали славы, — закончила она вместо него.

— В некотором роде, — сказал Лэнгдон, заливаясь краской стыда. — Но это всего лишь...

— Не смущайтесь. Ведь вы говорите с ученым. Опубликуй или погибни. В ЦЕРНе мы обычно говорим: «Докажи или сдохни».

— Дело не только в моем желании быть первым. Я опасался, что если о segno узнают не те, кому следует, знак может навсегда исчезнуть вместе с брошюрой.

— Говоря о не тех, кому следует, вы имеете в виду Ватикан?

— Я не хочу сказать, что здешние обитатели как таковые являются плохими людьми. Но церковь в целом постоянно пыталась отрицать значение ордена «Иллюминати». В начале 1900-х годов Ватикан дошел до того, что объявил сообщество плодом больного воображения. Клир полагал и, видимо, не без основания, что простым христианам вовсе не следует знать о том, что существовала могущественная антихристианская организация, члены которой сумели проникнуть в банковскую систему, политические круги и университеты.

«Употребляй настоящее время, Роберт, — сказал он себе. — Надо говорить: *существует* антихристианская организация, члены которой *действуют* в банковской системе, политических кругах и университетах».

— Значит, вы считаете, что Ватикан мог навеки похоронить любое доказательство существования угрозы церкви со стороны иллюминатов?

— Не исключено. При этом речь может идти о любой опасности — действительной или воображаемой. Если люди узнают о ней, это подорвет их веру в могущество церкви.

— И последний вопрос, — глядя на него, как на марсианина, сказала Виттория, — вы действительно во все это верите?

— Во что? — спросил Лэнгдон. От неожиданности он даже остановился.

— Вы действительно верите, что вам все это удастся?

Лэнгдон так и не понял, что прозвучало в ее словах — ирония, жалость или страх?

— Вы сомневаетесь, что я найду «Диаграмму»? — в свою очередь, спросил он.

— Нет, дело не только в «Диаграмме». Ведь речь идет о том, что нам следует найти книгу, обнаружить в ней segno, которому исполнилось четыре сотни лет, расшифровать какой-то математический код и пройти по древней тропе искусства, которую способен заметить лишь самый изощренный ум... И на все это нам отпущено лишь четыре часа.

— Я готов выслушать любые альтернативные предложения, — пожал плечами Лэнгдон.

ГЛАВА 50

Роберт Лэнгдон стоял у архивного хранилища номер 9 и читал прикрепленные к полкам ярлыки: БРАГЕ*... КОПЕРНИК... КЕПЛЕР**... НЬЮТОН...

Повернувшись к Виттории, изучавшей содержимое соседнего хранилища, Лэнгдон сказал:

— Я нашел нужную рубрику, но Галилея в ней нет.

— Его там нет, — сказала она, переходя к следующему стеклянному кубу, — но не огорчайтесь. Он здесь. Надеюсь, вы не забыли прихватить очки? Они вам понадобятся, поскольку все это хранилище посвящено нашему герою.

Лэнгдон подбежал к девушке и убедился, что та права. Все указатели хранилища номер 10 содержали лишь два слова:

IL PROCESSO GALILEANO

Лэнгдон даже присвистнул, увидев, что Галилею отведен целый блок.

— «Дело Галилея»! — восхитился он, вглядываясь сквозь стекло в темные ряды полок. — Самый продолжительный и самый дорогой судебный процесс в истории Ватикана. Четырнадцать лет и шестьсот миллионов лир. И все это собрано здесь.

— То еще собрание юридических документов!

— Похоже, что юристы за последние четыреста лет не очень изменились.

— Не больше, чем акулы.

Лэнгдон надавил на большую желтую кнопку, и за стеклом под самым потолком вспыхнула батарея темно-красных ламп, превратив хранилище в светящийся багровый куб с темным лабиринтом полок.

---

* Тихо де Браге (1546—1601) — датский астроном. Составил каталог звезд, доказал, что кометы — небесные тела, более далекие, чем Луна, определил положение светил.

** Иоганн Кеплер (1571—1630) — немецкий астроном. Открыл законы движения планет, заложил основы теории затмений. Один из творцов астрономии нового времени.

— Бог мой, — произнесла Виттория, — так мы будем загорать или работать?

— Пергамент под воздействием света обесцвечивается, поэтому все хранилища имеют приглушенное освещение.

— Да мы там просто свихнемся.

Или даже хуже того, подумал Лэнгдон, подходя к единственному входу в стеклянный куб.

— Хочу вас предупредить. Поскольку кислород является окислителем, его содержание в атмосфере хранилища существенно снижено. В кубе соблюдается частичный вакуум, и ваше дыхание будет затруднено.

— Не волнуйтесь. Если даже старцы кардиналы выдерживают эту атмосферу...

«Верно, — подумал Лэнгдон. — Может, и нам повезет».

В хранилище вела единственная вращающаяся дверь. В шахте двери ученый заметил четыре кнопки, по одной в каждом отсеке. Когда нажимали на кнопку, управляемая электроникой дверь приходила в движение. Совершив пол-оборота, она останавливалась в соответствии со стандартной процедурой сохранения постоянного атмосферного давления в помещении.

— После того как я войду, — продолжал Лэнгдон, — нажмите на кнопку и следуйте за мной. Учтите, что влажность там не превышает восьми процентов, поэтому будьте готовы к появлению сухости во рту и горле.

Лэнгдон зашел в открытую секцию и надавил на кнопку. Дверь издала громкий сигнал и начала вращаться. Следуя за двигающейся панелью, Лэнгдон готовил себя к шоку, который он всегда испытывал, оказываясь в помещении с пониженным атмосферным давлением. Такое ощущение может испытать человек, мгновенно оказавшийся на высоте 20 000 футов. Столь резкий перепад давления довольно часто сопровождается легкой тошнотой и головокружением. «В глазах двоится, в ушах шумит», — вспомнил он присказку архивистов, ощутив хлопок в ушах. Послышалось шипение, и дверь замерла.

Он был в архиве.

Воздух в кубе оказался даже более разреженным, чем он предполагал. Похоже, что в Ватикане относились к своим архивам несколько бережнее, чем в большинстве других учреждений. Лэнгдон поборол рефлекторное желание вдохнуть как можно глубже и замер. Капилляры его легких вскоре расширились, и напряжение сразу спало. «Превращаемся в дельфина», — сказал он себе, с благодарностью вспоминая те пятьдесят дистанций, которые он каждый день проплывал в бассейне. Выходит, он напрягался не зря. Когда дыхание почти полностью восстановилось, Лэнгдон огляделся по сторонам. Несмотря на то что стены помещения были стеклянными, к нему вернулось привычное чувство тревоги. «Я заперт в ящике, — думал он. — В кровавой красной коробке».

За его спиной снова раздался сигнал, и Лэнгдон обернулся. В хранилище вошла Виттория. Ее глаза сразу же начали слезиться, а дыхание стало тяжелым.

— Потерпите минутку, — сказал Лэнгдон, — а если кружится голова, слегка наклонитесь.

— У... меня... — задыхаясь, начала Виттория, — у меня такое ощущение... что я ныряю с аквалангом... а баллоны заполнили не той газовой смесью.

Лэнгдон подождал, пока девушка придет в себя. Он знал, что с ней все будет в полном порядке. Виттория Ветра находилась в потрясающей физической форме и являла собой полную противоположность той престарелой выпускнице Редклифа, которую Лэнгдону пришлось спасать, делая ей искусственное дыхание методом «изо рта в рот». Случилось это, когда он знакомил старушку с архивным хранилищем Гарвардской библиотеки. Бедняга тогда едва не погибла, подавившись своей искусственной челюстью.

— Ну как? — спросил американец. — Вам уже лучше?

Виттория утвердительно кивнула.

— Мне пришлось лететь на вашем проклятом стратоплане, а долг, как известно, платежом красен.

— Сдаюсь, — с трудом выдавив улыбку, произнесла она.

Лэнгдон запустил руку в стоящий у дверей ящик и извлек оттуда пару белых нитяных перчаток.

— Разве нас ждет светский раут? — спросила Виттория.

— Все дело в кислоте, которая образуется на пальцах. Мы не можем работать с документами без перчаток.

— Сколько времени в нашем распоряжении? — спросила Виттория, также доставая из ящика перчатки.

— Начало восьмого, — ответил Лэнгдон, взглянув на Микки-Мауса.

— Нам надо управиться здесь меньше чем за час.

— Честно говоря, даже этого времени у нас нет, — сказал Лэнгдон, указывая на прикрытый фильтром вентиляционный люк. — Когда внутри куба находятся люди, смотритель обычно увеличивает подачу кислорода. Но сегодня этого не случится. Через двадцать минут мы начнем задыхаться.

Даже в красном свете было видно, как побледнела Виттория.

— Итак, докажи или сдохни. Так, кажется, говорят у вас в ЦЕРНе, мисс Ветра? — усмехнулся Лэнгдон, разглаживая перчатки. — Поторопимся. Микки-Маус продолжает тикать.

ГЛАВА 51

Прежде чем отключить связь, корреспондент Би-би-си Гюнтер Глик секунд десять тупо смотрел на зажатый в руке сотовый телефон.

Чинита Макри, сидя на заднем сиденье микроавтобуса, в свою очередь, внимательно изучала коллегу.

— Что случилось? — наконец спросила она. — Кто это был?

Глик обернулся. Он ощущал себя ребенком, получившим такой рождественский подарок, на который совсем не рассчитывал.

— Мне только что передали сногсшибательную информацию. В Ватикане что-то происходит.

— Эта штука называется конклав, — язвительно произнесла Чинита. — Разве до тебя еще не дошло?

— Нет. Там творится что-то еще.

Что-то очень необычное, думал он. Неужели все то, что ему только что сообщил неизвестный, правда? Глик устыдился, осознав, что молится о том, чтобы слова информатора оказались правдой.

— А что ты скажешь, если я тебе сообщу, что похищены четыре кардинала и что их сегодня вечером убьют в четырех различных церквях? — продолжил он.

— Я скажу, что тебе сумел заморочить голову какой-то придурок с извращенным чувством юмора.

— А как ты отреагируешь, если я скажу, что нам каждый раз будут сообщать точное место очередного убийства?

— Прежде я хочу знать, с кем ты, дьявол тебя побери, говорил?

— Он не представился.

— Возможно, потому, что вся его информация всего лишь воз дерьма.

Глик нисколько не удивился столь резкой реакции со стороны коллеги. Но Чинита не учла, что, работая в «Британском сплетнике», он почти десять лет профессионально общался с врунами и психами. Звонивший сегодня, похоже, не относился ни к одной из этих категорий. Он говорил холодным голосом с заметным средиземноморским акцентом.

— Я позвоню вам около восьми, — сказал этот человек, — и сообщу, где произойдет первое убийство. Сцены, которые вы сможете запечатлеть, сделают вас знаменитым.

Когда Глик поинтересовался, почему с ним делятся этой информацией, он получил произнесенный ледяным тоном ответ:

— Средства массовой информации есть не что иное, как пособники анархии.

— Он мне еще кое-что сказал, — продолжал Глик.

— Что именно? Неужели Элвиса Пресли только что избрали папой римским?

— Тебя не затруднит связаться с электронной базой данных Би-би-си? — спросил он, чувствуя, как в кровь мощной струей поступает адреналин. — Надо узнать, какой материал мы уже давали об этих парнях.

— О каких парнях?

— Сделай, что я прошу.

Макри вздохнула и начала подключаться к базе данных.

— Это займет пару минут, — сказала она.

— Звонивший очень хотел знать, есть ли у меня оператор, — сказал Глик. Голова у него шла кругом.

— Человек с видеокамерой?

— Да. И еще он спросил, сможем ли мы вести прямую передачу с места событий.

— Сколько угодно. На частоте 1,537 МГц. Но в чем дело? — База данных дала сигнал о соединении. — Готово. Кого будем искать?

Глик назвал ей ключевое слово.

Макри внимательно посмотрела ему в глаза и пробормотала:

— Остается надеяться, что это всего лишь идиотская шутка.

ГЛАВА 52

Внутренняя организация хранилища номер 10 оказалась не столь упорядоченной, как надеялся Лэнгдон. «Диаграммы» среди других работ Галилея не оказалось. Без доступа к электронному каталогу «Библион» и не зная системы отсылок, Лэнгдон и Виттория оказались в тупике.

— Вы уверены, что «Диаграмма» должна находиться здесь? — спросила девушка.

— Абсолютно. Это подтверждают все письменные источники, включая Ufficcio della Propaganda delle Fede*...

— Ясно, — прервала его Виттория. — Будем искать, поскольку вы уверены... — С этими словами она двинулась налево, а Лэнгдон взял на себя правую сторону хранилища.

Ручной поиск оказался страшно долгим делом. Лэнгдону лишь с огромным трудом удавалось преодолевать соблазн углубиться в чтение сокровищ, которые то и дело оказывались у него под рукой. «Опыты»... «Звездный вестник»... «Пробирщик»... «Письма о солнечных пятнах»... «Письмо великой гер-

* Управление пропаганды (*ит.*).

цогине Кристине»... «Апология Галилея»... И так далее и тому подобное...

Удача досталась Виттории.

— «Diagramma della verita»! — услышал Лэнгдон взволнованный голос девушки.

— Где? — спросил он и со всех ног бросился бежать через багровый полумрак.

Виттория показала на небольшой столик, и Лэнгдон понял, почему не смог найти книгу раньше. Она находилась не на полке, а лежала в нише, в так называемой *folio bin* — специальной твердой папке для хранения непереплетенных листов. Наклейка на корешке не оставляла никаких сомнений. На ней значилось:

DIAGRAMMA DELLA VERITA
Galileo Galilei, 1639

Лэнгдон упал на колени, чувствуя, как бешено колотится сердце. «Diagramma».

— Отлично сработано, — сказал он, широко улыбаясь девушке. — Теперь помогите мне извлечь манускрипт из контейнера.

Виттория опустилась рядом с ним на колени, и они вдвоем потянули за две выступающие рукоятки. Металлический лоток, на котором покоился контейнер, был снабжен роликами и выкатился безо всяких усилий с их стороны.

— Никакого замка? — удивилась Виттория.

— Ценные архивные материалы никогда не запираются на ключ. В любой момент может возникнуть необходимость в экстренной эвакуации. В случае пожара или наводнения, например.

— Тогда открывайте.

Лэнгдону не надо было повторять дважды. Всю свою жизнь ученого он мечтал о том, чтобы взглянуть на этот манускрипт. Разреженная атмосфера хранилища тоже заставляла спешить. Лэнгдон расстегнул защелку и поднял крышку. На дне контейнера лежала весьма простого вида сумка из черной парусины. Способность этой грубой ткани пропускать воздух была жизненно необходима для сохранности материалов. Лэнгдон подсунул обе руки под сумку и поднял ее, стараясь держать горизонтально.

— А я-то думала, что увижу по меньшей мере ларец для хранения сокровищ, — заметила Виттория. — А эта штука, помоему, больше всего смахивает на чехол для подушки.

— Идите за мной, — сказал Лэнгдон и направился к центру хранилища, где находился стандартный архивный стол со стеклянной столешницей. Расположение стола до минимума сокращало расстояние, на которое перемещались документы, и, кроме того, обеспечивало исследователям возможность уединения. Жаждавшим новых открытий ученым не нравилось, когда соперники имели возможность смотреть на их работу сквозь стеклянные стены куба. А стоящий в центре помещения стол не был виден снаружи, так как со всех сторон его окружали стеллажи с документами.

Держа сумку перед собой, словно бесценную реликвию, Лэнгдон подошел к столу, положил драгоценный груз на блестящую поверхность и расстегнул пуговицы клапана. Виттория стояла рядом и наблюдала за священнодействиями американца. Порывшись в металлической корзине с архивными принадлежностями, Лэнгдон извлек из нее нечто похожее на плоскогубцы с губами в форме больших, подбитых фетром дисков. Архивисты именуют эти щипцы-переростки «тарелочками для пальцев». Волнение Лэнгдона нарастало с каждым моментом. Ему казалось, что это всего лишь сон и он вот-вот проснется в Кембридже, чтобы приступить к проверке горы экзаменационных работ. Лэнгдон набрал полную грудь воздуха, открыл сумку и затянутыми в белые перчатки дрожащими пальцами потянулся к щипцам.

— Успокойтесь, — сказала Виттория. — Это же всего лишь бумага, а не плутоний.

Тщательно рассчитывая силу захвата, он зажал пачку листков между покрытыми фетром дисками и извлек их из сумки. Действовал он при этом, как опытный архивист. Чтобы снизить до минимума возможность повреждения документа, ученый, вместо того чтобы вынуть листы из сумки, осторожно стянул с них сумку, удерживая драгоценную пачку на месте. Лишь после того, как манускрипт полностью был извлечен и загорелась расположенная под столом неяркая подсветка, Лэнгдон снова позволил себе дышать.

В этом необычном освещении Виттория была похожа на призрак.

— Совсем небольшие листки, — произнесла она с благоговейным трепетом в голосе.

Лэнгдон лишь кивнул в ответ. Пачка лежащих перед ним страниц внешне напоминала сильно потрепанный детективный роман в бумажной обложке. Титульный лист манускрипта служил своеобразной обложкой. На нем располагались нарисованный тушью сложный орнамент, название труда, дата и имя автора. Последнее было начертано рукой самого Галилея.

В этот миг Лэнгдон забыл обо всем: тесноте лишенного кислорода помещения, об усталости и о тех ужасающих обстоятельствах, которые привели его сюда. Он в немом восхищении смотрел на рукопись. В те моменты, когда ему выпадало счастье прикоснуться к живой истории, ученый всегда терял дар речи. Наверное, он испытал бы такое же чувство, следя за тем, как гений наносит последние мазки на портрет Моны Лизы.

Вид пожелтевшего, слегка выцветшего папируса не оставлял сомнений в его древности и подлинности. Но если исключить признаки неизбежного старения, то документ находился в превосходном состоянии. Легкое обесцвечивание пигмента... небольшая потертость папируса... но в целом... чертовски хорошее состояние, отметил про себя Лэнгдон. Когда он принялся внимательно изучать надписи на титульном листе, его глаза от недостатка влажности стали слезиться. Все это время Виттория хранила молчание.

— Передайте, пожалуйста, лопаточку, — сказал Лэнгдон, махнув рукой в сторону находящегося рядом с девушкой лотка с архивными инструментами. Виттория нашла и протянула ему лопатку из нержавеющей стали. Инструмент оказался первоклассным. Лэнгдон провел по нему пальцами, чтобы снять остатки статического электричества, а затем с чрезвычайной осторожностью подвел плоскость лопатки под заглавный лист.

Первая страница была написана от руки мелким каллиграфическим почерком, разобрать который было почти невозможно. Лэнгдон сразу заметил, что ни диаграмм, ни цифр в тексте не было. Перед ним находилось самое обычное эссе.

— Гелиоцентризм, — перевела Виттория заголовок на первой странице и, пробежав глазами текст, добавила: — Похоже, что Галилей здесь окончательно отказывается от геоцентрической модели. Но все это на старом итальянском, и у меня могут возникнуть сложности с переводом.

— Забудьте о переводе, — сказал Лэнгдон. — Нам нужны цифры. Нужен «чистый язык».

Он перевернул первую страницу и увидел еще одно эссе. Ни цифр, ни диаграмм. Американец почувствовал, как под перчатками начали потеть руки.

— Эссе называется «Движение планет», — сказала Виттория.

Лэнгдон недовольно поморщился. В иных обстоятельствах он с восторгом прочитал бы это сочинение, в котором Галилей приходил к заключениям, которые мало чем отличались от расчетов НАСА, сделанных в наше время с помощью новейших телескопов.

— Никакой математики, — сокрушенно заметила Виттория. — Автор толкует об обратном движении, эллиптических орбитах и о чем-то еще в таком же духе.

Эллиптические орбиты. Лэнгдон вспомнил, что самые большие неприятности у Галилея начались после того, как он заявил, что планеты совершают движение по эллипсу. Ватикан, считая совершенством лишь круг, настаивал на том, что небесные сферы могут вращаться только строго по циркулю. Иллюминаты видели совершенство также и в эллипсе, преклоняясь перед математическим дуализмом двух его фокусов. Отголосок этого и сейчас можно встретить в некоторых символах масонов.

— Давайте следующую, — сказала Виттория.

Лэнгдон перевернул страницу.

— Лунные фазы и движение приливов, — перевела девушка и добавила: — Снова ни цифр, ни диаграмм.

Лэнгдон перевернул еще страницу. Опять ничего. Стал листать страницы без остановки. Ничего. Ничего. Ничего.

— Я считала этого парня математиком, — заметила Виттория, — а здесь ни единой цифры.

Лэнгдон уже начинал ощущать нехватку кислорода. Надежды его тоже постепенно сходили на нет. Количество непросмотренных страниц катастрофически уменьшалось.

— Итак, ничего, — сказала Виттория, когда осталась одна страница. — Никакой математики. Несколько дат. Пара-тройка обычных цифр и никакого намека на ключ к загадке.

Лэнгдон посмотрел на листок и вздохнул. Это было очередное эссе.

— Ужасно короткая книга, — заметила девушка.

Лэнгдон кивнул, соглашаясь.

— Mèrda, как говорят в Риме.

Да, действительно, дело — полное дерьмо, подумал Лэнгдон. Ему показалось, что его отражение состроило издевательскую гримасу, примерно такую, какую он увидел сегодня утром в окне своего дома. Какой-то престарелый призрак, сказал он про себя, а вслух произнес:

— Нет. Здесь обязательно должно что-то быть. В тексте должен находиться segno. — Голос его звучал хрипло, и в нем слышались нотки отчаяния. — Указание где-то здесь. Я в этом уверен.

— Может быть, ваши умозаключения по поводу DIII оказались ошибочными?

Лэнгдон медленно повернулся и окинул ее весьма суровым взглядом.

— О'кей, — поправилась девушка. — Ваш вывод о DIII имеет смысл. Но может быть, ключ не имеет отношения к математике?

— Lingua pura. Чем еще это может быть?

— Это может относиться к искусству, например.

— С этим можно было бы согласиться, если бы в книге были иллюстрации. Но их, увы, здесь нет.

— Я уверена лишь в том, что термин lingua pura не имеет отношения к итальянскому языку. Математика представляется наиболее логичной.

— Согласен. И числа могут быть записаны не уравнениями, а словами.

Сдаваться так просто он не хотел.

— Но на то, чтобы прочитать все страницы, уйдет много времени.

— Времени, которого у нас нет. Нам следует разделить манускрипт. — Лэнгдон вернул пачку листков в первоначальное положение. — Для того чтобы заметить числа, моих познаний в итальянском вполне достаточно. — При помощи лопатки он разделил страницы, словно колоду карт, и положил десяток листков перед Витторией. — Указание где-то здесь. Я в этом уверен.

Виттория взяла в руки первую страницу.

— Лопатка! — возопил Лэнгдон, хватая с лотка второй инструмент. — Используйте лопатку.

— Я же в перчатках, — проворчала девушка. — Как, по-вашему, я могу испортить рукопись?

— Ну пожалуйста...

Виттория взяла у него лопатку и спросила:

— Интересно, испытываете ли вы те же ощущения, что и я?

— Напряжение и волнение?

— Нет. Всего лишь нехватку воздуха.

У Лэнгдона тоже совершенно определенно начиналось кислородное голодание. Воздух стал непригодным для дыхания гораздо скорее, чем он ожидал. Следовало торопиться. Ему и прежде не раз приходилось сталкиваться с архивными загадками, но тогда для их решения в его распоряжении было значительно больше времени, чем несколько минут. Не говоря ни слова, Лэнгдон склонился над манускриптом и жадно впился глазами в текст в поисках знака.

Ну покажись же. Покажись, будь ты проклят!

ГЛАВА 53

А в это время в один из подземных тоннелей Рима по каменной лестнице спускалась темная фигура. Древний коридор освещали лишь факелы, отчего воздух в нем стал горячим и плотным. В тоннеле слышались испуганные голоса. Это были отчаянные, полные ужаса призывы о помощи. Отражаясь эхом от стен, они заполняли все тесное подземное пространство.

Завернув за угол, он увидел их. Увидел точно в таком же положении, в котором незадолго до этого оставил. Четырех умирающих от ужаса старцев в крошечной каменной камере за решеткой из ржавых металлических прутьев.

— Qui êtes-vous?* — спросил один из них по-французски. — Чего вы от нас хотите?

— Hilfe!** — выкрикнул другой по-немецки. — Освободите нас!

— Вам известно, кто мы такие? — спросил третий по-английски с заметным испанским акцентом.

— Молчать! — скомандовал скрипучий голос, и в этом слове можно было услышать последний, не подлежащий обжалованию приговор. Четвертый пленник, итальянец, молча смотрел в черную пустоту глаз тюремщика, и ему казалось, что в них ему открывается сам ад. «Да хранит нас Господь», — подумал он.

Убийца посмотрел на часы, а затем перевел взгляд на пленников.

— Итак, — сказал он, — кто же из вас будет первым?

ГЛАВА 54

А в недрах хранилища номер 10 Роберт Лэнгдон повторял в уме итальянские числительные, вглядываясь в почти неразборчивый текст. *Mille... cènto... uno, duo, tre... cinquanta****.

---

* Кто вы? (*фр.*)

** На помощь! (*нем.*)

*** Тысяча... сто... один, два, три... пятьдесят (*ит.*).

Надо найти хоть какое-нибудь число. Любое, будь оно проклято!

Закончив просмотр, Лэнгдон взял лопатку, чтобы перевернуть страницу. Поднося инструмент к пачке листков, он почувствовал, как дрожат его пальцы. Еще через минуту он вдруг увидел, что перелистывает страницы руками. Недостаток кислорода начинал влиять на его поведение. «Вот это да, — подумал он, ощущая себя преступником. — Гореть мне в аду для архивистов!»

— Давно пора, — сказала Виттория и, увидев, что ее спутник перешел к ручной обработке рукописи, отложила в сторону лопатку.

— Есть что-нибудь? — с надеждой спросил Лэнгдон.

— Ничего похожего на математику, — покачала головой Виттория. — Я понимаю, что скольжу по поверхности, не вникая в текст, но ничего даже отдаленно похожего на ключ не вижу.

Перевод каждой очередной страницы давался со все большим трудом. Степень его владения итальянским языком, мягко говоря, оставляла желать лучшего, а мелкий шрифт и архаичные обороты речи сильно осложняли работу. Виттория, справившись со своей порцией листков значительно раньше Лэнгдона, печально следила за тем, как тот переворачивает страницы.

Покончив с последней страницей, американец выругался себе под нос и посмотрел на девушку, которая в тот момент внимательно изучала листок, держа его перед самыми глазами.

— Что вы там увидели? — поинтересовался он.

— А вам не попадались сноски? — в свою очередь, спросила та, не отрывая взгляда от рукописи.

— Не замечал. Почему это вас интересует?

— На этой странице есть одна. Сноска едва заметна, так как оказалась на самом сгибе.

Лэнгдон вытянул шею, чтобы посмотреть, о чем говорит Виттория, но не увидел ничего, кроме номера страницы в правом верхнем углу листка. «Том № 5» — было начертано там. На то, чтобы заметить совпадение, ученому потребовалось несколько секунд. Но, даже уловив его, он решил, что догадка выглядит притянутой за уши. Том № 5. Пять. Пентаграмма. Сообщество «Иллюминати».

«Неужели иллюминаты решили поместить ключ на пятой странице?» — думал американец. В окружающем их красном тумане, казалось, мелькнул слабый лучик надежды.

— Есть ли в сноске какие-нибудь цифры?

— Нет. Только текст. Одна строка. Очень мелкая печать. Почти неразличимая.

Вспыхнувшая было надежда сразу погасла.

— Это должна быть математика, — упавшим голосом сказал он. — Lingua pura.

— Знаю, — неуверенно согласилась она. — Однако думаю, что вам следует это услышать.

Теперь в ее голосе слышалось волнение.

— Давайте.

Вглядываясь в листок, Виттория прочитала:

— Уже сияет свет; сомненья позабудь...

Таких слов Лэнгдон совсем не ждал.

— Простите, что?

— Уже сияет свет; сомненья позабудь... — повторила Виттория.

— Уже сияет свет? — вдруг выпрямившись во весь рост, спросил Лэнгдон.

— Да, здесь так и сказано: «Уже сияет свет...»

Значение этих слов наконец дошло до него. Уже сияет свет... Это прямо указывает на Путь просвещения, на Тропу света, подумал он. Мысли сбивались, и ему казалось, что его голова работает как двигатель на плохом бензине.

— А вы уверены в точности перевода?

— Вообще-то, — сказала Виттория, глядя на него как-то странно, — это, строго говоря, вовсе не перевод. Строка написана по-английски.

На какую-то долю секунды Лэнгдону показалось, что акустика хранилища повлияла на его слух.

— По-английски?

Виттория поднесла листок к его глазам, и в самой нижней его части Лэнгдон увидел строку:

— Уже сияет свет; сомненья позабудь... Английский?! Как могла попасть написанная по-английски фраза в итальянскую книгу?

Виттория в ответ лишь пожала плечами. От недостатка кислорода она тоже начинала чувствовать нечто похожее на опьянение.

— Может быть, они считали английский язык этим самым lingua pura? Английский считается интернациональным языком науки. Во всяком случае, в ЦЕРНе все общаются между собой только по-английски.

— Но в семнадцатом веке дело обстояло совсем по-иному, — не согласился с ней Лэнгдон. — В Италии на этом языке не говорил никто, даже... — он замер, осознав смысл того, что собирается произнести, — ...даже служители церкви. — Теперь его мозг ученого работал на полных оборотах. — В 1600-х годах, — Лэнгдон стал говорить гораздо быстрее, — английский был единственным языком, который оставался вне интересов Ватикана. Клир общался на итальянском, немецком, испанском и даже французском, однако английский оставался Ватикану абсолютно чуждым. Церковники считали его испорченным языком вольнодумцев и таких нечестивцев, как Чосер* и Шекспир.

Лэнгдон неожиданно вспомнил о четырех клеймах братства «Иллюминати». Легенда о том, что клейма представляли собой отлитые из металла английские слова «Земля», «Огонь», «Воздух» и «Вода», наполнялась новым и совершенно неожиданным смыслом.

— Значит, вы полагаете, что Галилей мог считать английский язык lingua pura потому, что им не владели в Ватикане?

— Да. Или, может быть, Галилей таким образом просто хотел ограничить число читателей.

— Но я не вижу здесь никакого ключа, — возразила Виттория. — Уже сияет свет, сомненья позабудь... Что, черт побери, это должно означать?

---

* Джеффри Чосер (1340?—1400) — английский поэт. Его «Кентерберийские рассказы» являются одним из первых литературных памятников на общеанглийском языке.

«Она права, — подумал Лэнгдон, — эта строка нам ничем не помогла». Но, повторив фразу в уме, он вдруг заметил в ней нечто необычное. Любопытно, подумал он. Неужели это правда?

— Нам надо уходить отсюда, — хриплым голосом произнесла Виттория.

Но Лэнгдон ее не слышал.

«Уже сияет свет; сомненья позабудь», — снова и снова повторял он про себя.

— Но это же чистый ямб, черт побери! — воскликнул он, еще раз подсчитав ударения.

На какой-то миг Лэнгдон словно оказался на уроке английского языка в Академии Филипс Экзетер. Этот урок запомнился ему страданиями звезды школьной бейсбольной команды Питера Креера. Парень потел, пытаясь назвать количество ударных слогов в пентаметре Шекспира. Учитель, он же директор школы, по имени Бассел, вскочив от негодования на стол, ревел:

— Пентаметр, Креер! Пен-та-метр!!! Припомни форму домашней базы на бейсбольном поле! Сколько углов у Пентагона?! Не помнишь? Так я тебе подскажу. У Пентагона пять углов! Пента! Пента!! Пента!!! Боже мой...

Пять двустиший, думал Лэнгдон. Каждое из двустиший, по определению, имеет два слога. Как он за всю свою многолетнюю карьеру ученого не мог догадаться, что пятистопный ямб скрывает в себе священное число иллюминатов? Пять и два!

«Ты выдаешь желаемое за действительное, — убеждал себя Лэнгдон. — Пытаешься совместить несовместимое. Это всего лишь совпадение». Однако в мозгу продолжали крутиться слова: пять... пентаграмма... два... двойственная природа вещей.

Но уже через миг ему на ум пришло еще одно соображение. Он вспомнил, что ямб в силу его простоты часто именуют «чистым стихом» или «чистым размером». Неужели это и есть та lingua pura, которую они безуспешно ищут? Может быть, это и есть тот чистый язык, о котором говорили иллюминаты? Уже сияет свет; сомненья позабудь...

— Ого... — услышал он за своей спиной.

Лэнгдон обернулся и увидел, что Виттория вертит в руках листок, пытаясь рассмотреть его с разных сторон.

У него снова похолодело сердце. Неужели еще что-то?

— Амбиграммой это быть никак не может, — сказал он.

— Нет... Это вовсе не амбиграмма, но здесь... — Девушка продолжала крутить листок.

— Что еще?

— Это не единственная строка.

— Неужели есть и другие?

— По одной на каждом поле. На верхнем, нижнем, правом и левом, — говорила она, поворачивая каждый раз листок на девяносто градусов. — Я их вначале не заметила, поскольку они расположены у самого края.

Она склонила голову, прочитала последнюю строку и сказала:

— А вы знаете, это написано не Галилеем.

— Что?!

— Здесь стоит подпись: «Джон Мильтон»*.

— Джон Мильтон?!

Этот знаменитый английский поэт и ученый был современником Галилея, и многие исследователи считали, что он в то время принадлежал к высшему эшелону ордена «Иллюминати». Лэнгдон разделял точку зрения тех, кто считал эту легенду о Мильтоне правдой. Паломничество поэта в Рим в 1638 году с целью «встречи с просвещенными людьми» имело документальное подтверждение. Он встречался с Галилеем, когда тот находился под домашним арестом, и об этой встрече свидетельствует находящаяся сейчас во Флоренции картина позднего Ренессанса. Этот шедевр кисти Аннибала Гатти носит название «Галилей и Мильтон».

— Ведь Мильтон был знаком с Галилеем, не так ли? — спросила Виттория. — Может быть, он и сочинил этот стих по просьбе ученого?

---

* Джон Мильтон (1608—1674) — английский поэт и политический деятель. Самые знаменитые поэмы — «Потерянный рай» (1667) и «Возвращенный рай» (1671). Кроме того, написал множество политических памфлетов.

Лэнгдон, стиснув зубы, взял документ из рук девушки, положил его на стол и впился взглядом в верхнюю кромку страницы. Затем он повернул его на девяносто градусов и прочитал строку на правом поле. Следующий поворот — и он увидел фразу, расположенную внизу страницы. Еще четверть круга, и Лэнгдон смог разобрать слова на левом поле. Последний поворот на девяносто градусов завершил цикл.

Всего в тексте было четыре строки. Фраза, которую Виттория прочитала первой, в четверостишии оказалась третьей. Не веря своим глазам, Лэнгдон снова перечитал четыре строки по часовой стрелке. Верхнюю, правую, нижнюю и левую. Сомнений не осталось. Он судорожно вздохнул и произнес:

— Вы нашли ключ, мисс Ветра.

— Ну и хорошо. Теперь мы уж точно можем отсюда убраться, — ответила девушка с вымученной улыбкой.

— Необходимо скопировать четверостишие. Мне нужны карандаш и бумага.

— Выбросите это из головы, профессор. У нас нет времени на то, чтобы изображать из себя древних писцов. Микки, как вы изволили заметить, продолжает тикать! — С этими словами она взяла из его рук листок и направилась к выходу.

— Вы не можете выносить документ! Это запре...

Но Виттория уже успела выйти из хранилища.

ГЛАВА 55

Лэнгдон и Виттория выбежали из здания секретных архивов. Свежий воздух подействовал на Лэнгдона как сильное лекарство. Его мышцы обрели упругость, а плавающие перед глазами кроваво-красные пятна исчезли. Однако чувство вины, которую он испытывал, осталось. Только что он выступил в качестве соучастника похищения бесценной реликвии из самого секретного архива в мире. А ведь камерарий сказал: «Я вам доверяю».

— Поторопимся, — сказала Виттория и затрусила по виа Борджиа в направлении штаба швейцарской гвардии. Драгоценный листок она по-прежнему держала в руке.

— Если хотя бы капля воды попадет на папирус...

— Успокойтесь. Как только мы до конца расшифруем текст, мы сразу же вернем на место этот священный лист номер 5.

Лэнгдон прибавил шаг и поравнялся с девушкой. Ощущая себя преступником, он тем не менее продолжал восхищаться находкой и предвкушал тот шум, который поднимется после обнародования документа.

Итак, Мильтон был членом братства «Иллюминати». Он сочинил для Галилея четверостишие, которое было помещено на пятой странице... и которое ускользнуло от внимания Ватикана.

— Вы уверены, что можете расшифровать смысл стиха? — спросила Виттория, протягивая листок Лэнгдону. — Или от восторга все серые клеточки вашего мозга уже погибли?

Лэнгдон взял документ и без малейшего колебания положил его во внутренний карман твидового пиджака, где ему не грозили ни яркий свет, ни влажность.

— Я его уже расшифровал.

— Что? — спросила Виттория и от изумления даже остановилась.

Лэнгдон продолжал идти.

— Но вы же прочитали его только один раз! — продолжала девушка, догнав американца. — А я-то думала, что дешифровка займет у нас много времени.

Лэнгдон знал, что она права, обычно так и бывает, но ему тем не менее удалось обнаружить segno, прочитав текст всего один раз. Первый алтарь науки предстал перед ним со всей ясностью. Легкость, с которой ему удалось этого достичь, несколько его тревожила. Являясь продуктом пуританского воспитания, он до сих пор частенько слышал голос отца, произносящего старый афоризм, и сегодня популярный в Новой Англии. «Если ты что-то сделал без труда, ты сделал это неправильно», — говаривал отец.

— Я расшифровал его, — продолжал он, ускоряя шаг, — и теперь знаю, где произойдет первое убийство. Следует как можно скорее предупредить Оливетти.

— Откуда вам это известно? — спросила Виттория, снова догнав Лэнгдона. — Дайте-ка взглянуть!..

С этими словами она ловко запустила руку в карман американца и извлекла из него листок.

— Осторожно! — завопил Лэнгдон. — Вы можете...

Не обращая на него внимания и не замедляя шага, Виттория поднесла листок к глазам и принялась изучать его при пока еще достаточно ярком свете вечернего солнца. Как только она начала читать вслух, Лэнгдон попытался вернуть листок себе, но то, что он услышал, настолько его очаровало, что он не смог этого сделать.

Ему казалось, что произносимые вслух стихи перенесли его в далекое прошлое... что он стал вдруг современником Галилея, слушающим это только что созданное четверостишие и знающим, что это испытание, своего рода тест... карта и ключ, указывающие путь к четырем алтарям науки... четырем вехам пути по лабиринтам Рима. В устах Виттории это четверостишие звучало словно песня.

> Найди гробницу Санти с дьявольской дырою...
> Таинственных стихий четверка жаждет боя.
> Уже сияет свет; сомненья позабудь,
> И ангелы чрез Рим тебе укажут путь.

Виттория прочитала четверостишие дважды и замолчала, словно оставляя старинным словам возможность звучать самим по себе.

«Найди гробницу Санти с дьявольской дырою», — повторил про себя Лэнгдон. Четверостишие не оставляло никаких сомнений. Путь просвещения начинался от могилы Санти. Там и следует начинать искать вехи.

> Найди гробницу Санти с дьявольской дырою...
> Таинственных стихий четверка жаждет боя.

Итак, четыре таинственные стихии. С этим тоже ясно. Земля, воздух, огонь и вода. Четыре элемента науки, представленные иллюминатами в виде религиозных скульптур и призванные служить вехами на Пути просвещения.

— Наш путь, похоже, начинается от гробницы Санти, — заметила Виттория.

— Я же сказал вам, что сообразить это совсем не сложно, — улыбнулся Лэнгдон.

— Да, но кто такой Санти? — явно волнуясь, спросила Виттория. — И где находится его гробница?

Лэнгдон сдержал смех. Его всегда удивляло, насколько мало людей знают фамилию одного из величайших художников Ренессанса. Его имя, напротив, было известно всему миру. Человек, чья одаренность проявилась в раннем детстве, который в двадцать три года выполнял заказы папы Юлия II, а в тридцать восемь лет умер, оставив после себя собрание фресок, какого не видел свет. Санти был гигантом в мире искусства и прославился не меньше, чем такие великие люди, как Наполеон, Галилей или... Иисус. В наше время его известность можно сравнить лишь с известностью современных полубогов, имена которых Лэнгдон слышал в общежитии Гарварда. Санти может потягаться славой с такими гигантами, как Стинг, Мадонна или человек, который когда-то именовал себя Принцем, а затем сменил это имя на символ , который Лэнгдон как специалист по символике назвал «Крестом Святого Антония, пересекающимся с гермафродитским египетским крестом».

— Санти, — произнес он вслух, — это фамилия Рафаэля — величайшего художника эпохи Возрождения.

— Рафаэля? — изумленно переспросила Виттория. — Неужели того самого Рафаэля?

— Единственного и неповторимого, — сказал Лэнгдон, быстро шагая в направлении штаб-квартиры швейцарской гвардии.

— Следовательно, Путь начинается от его гробницы?

— В этом скрыт большой смысл, — ответил ученый. — Иллюминаты считали великих художников и скульпторов своими почетными собратьями в деле просвещения, и гробницу Рафаэля они могли избрать в знак признательности.

Кроме того, Лэнгдону было известно, что Рафаэля, как и многих других великих художников, пишущих на религиозные темы, подозревали в тайном безбожии.

Виттория осторожно положила листок в карман пиджака своего спутника и спросила:

— И где же он похоронен?

— Хотите верьте, хотите нет, — с глубоким вздохом ответил ученый, — но Рафаэль покоится в Пантеоне.

— В том самом Пантеоне? — с сомнением спросила Виттория.

— Да. Тот самый Рафаэль в том самом Пантеоне.

Лэнгдон был вынужден признать, что он совсем не ожидал того, что начальной вехой на Пути просвещения может оказаться Пантеон. Он предполагал, что первый алтарь науки будет находиться в какой-нибудь скромной, неприметной церкви. Что же касается Пантеона, то это грандиозное сооружение с отверстием в куполе даже в первой половине семнадцатого века было одним из самых людных мест в Риме.

— Но разве Пантеон — церковь? — спросила Виттория.

— Это древнейший католический храм Рима.

— Неужели вы верите в то, что первый кардинал может быть убит в Пантеоне? — с сомнением в голосе спросила Виттория. — Ведь это одна из главнейших достопримечательностей Рима, и там постоянно кишат туристы.

— Иллюминаты, по их словам, хотят, чтобы весь мир следил за экзекуцией. Убийство кардинала в Пантеоне наверняка привлечет всеобщее внимание.

— Не могу поверить, что этот парень рассчитывает скрыться, совершив преступление на глазах многочисленной публики. Такое просто невозможно!

— Похищение четырех кардиналов из Ватикана тоже представлялось делом совершенно немыслимым. Однако это произошло. Четверостишие прямо указывает на Пантеон.

— А вы уверены, что Рафаэль похоронен в его стенах?

— Я много раз видел его гробницу.

Виттория кивнула, хотя, судя по всему, сомнения ее до конца не оставили.

— Сколько сейчас времени? — спросила она.

— Семь тридцать, — бросив взгляд на Микки-Мауса, ответил Лэнгдон.

— Как далеко отсюда до Пантеона?

— Не более мили. Мы вполне успеваем.

— А что значит «с дьявольской дырою»?

— Для ранних христиан, — сказал он, — видимо, не было более дьявольского места, чем это сооружение. Ведь оно получило свое название от более ранней религии, именуемой пантеизмом. Адепты этой веры поклонялись всем богам, и в первую очередь матери Земле.

Еще будучи студентом, Лэнгдон удивлялся тому, что огромный центральный зал Пантеона был посвящен Гее — богине Земли. Пропорции зала были настолько совершенны, что переход от стен к гигантскому куполу был абсолютно незаметен для глаза.

— Но почему все же с «дьявольской»? — не унималась Виттория.

Точного ответа на этот вопрос у Лэнгдона не имелось.

— «Дьявольской дырою» Мильтон, видимо, называет oculus, — высказал логичное предположение американец, — знаменитое круглое отверстие в центре свода.

— Но это же церковь, — продолжала Виттория, легко шагая рядом с ним. — Почему они назвали отверстие дьявольским?

Лэнгдон этого не знал, тем более что выражение «дьявольская дыра» он слышал впервые. Но сейчас он припомнил то, что говорили в VI—VII веках о Пантеоне теологи. Бе́да Достопочтенный* утверждал, например, что отверстие в куполе пробили демоны, спасаясь бегством из языческого храма в тот момент, когда его освящал папа Бонифаций IV. Теперь эти слова приобрели для Лэнгдона новый смысл.

* Беда Достопочтенный (672?—735). Теолог и церковный преподаватель, носивший скромное звание пресвитера. Его перу принадлежит множество трудов по церковной истории. Перевел на английский язык Евангелие от Иоанна. Называть Достопочтенным (Venerabilis) его стали вскоре после смерти. Декретом папы 1899 г. его память чтится 27 мая.

— И почему братство «Иллюминати» использовало фамилию «Санти», вместо того чтобы сказать просто: «Рафаэль»? — спросила Виттория, когда они вошли в маленький дворик перед зданием штаба швейцарской гвардии.

— Вы задаете слишком много вопросов.

— Папа мне постоянно об этом говорил.

— Я вижу две возможные причины. Одна из них заключается в том, что в слове «Рафаэль» слишком много слогов, что могло нарушить ямбический строй стиха.

— Выглядит не очень убедительно, — заметила девушка.

— И во-вторых, — продолжал Лэнгдон, — слово «Санти» делало четверостишие менее понятным, так как только самые образованные люди знали фамилию Рафаэля.

И эта версия, похоже, Витторию не удовлетворила.

— Не сомневаюсь, что при жизни художника его фамилия была хорошо известна, — сказала она.

— Как ни удивительно, но это вовсе не так. Известность по имени символизировала тогда всеобщее признание. Рафаэль избегал использовать свою фамилию, точно так же, как это делают современные поп-идолы. Мадонна, например, бежит от своей фамилии Чикконе как от чумы.

— Неужели вы знаете фамилию Мадонны? — изумленно спросила Виттория.

Лэнгдон уже успел пожалеть о своем примере. Удивительно, какая чепуха лезет в голову, когда живешь среди десяти тысяч подростков.

Когда Лэнгдон и Виттория подходили к дверям штаба, их остановил грозный окрик:

— Стоять!

Обернувшись, они увидели, что на них обращен ствол автомата.

— Эй! — крикнула Виттория. — Поосторожнее с оружием, оно может...

— Никаких шортов! — рявкнул часовой, не опуская ствола.

— Soldato! — прогремел за их спиной голос возникшего на пороге Оливетти. — Немедленно пропустить!

— Но, синьор, на даме... — начал потрясенный этим приказом швейцарец.

— В помещение! — проревел коммандер.

— Но, синьор, я на посту...

— Немедленно! Там ты получишь новый приказ. Через две минуты капитан Рошер приступит к инструктированию персонала. Мы организуем новый поиск.

Так и не пришедший в себя часовой нырнул в здание, а дымящийся от злости Оливетти подошел к Лэнгдону и Виттории.

— Итак, вы побывали в наших секретных архивах. Я жду информации.

— У нас хорошие новости, — сказал Лэнгдон.

— Остается надеяться, что это будут чертовски хорошие новости! — прищурившись, бросил коммандер.

ГЛАВА 56

Четыре ничем не примечательные машины «Альфа-Ромео 155 Ти-Спаркс» мчались по виа деи Коронари с шумом, напоминающим рев двигателей взлетающего реактивного истребителя. В них находились двенадцать переодетых в штатское швейцарских гвардейцев. Все они были вооружены полуавтоматами Пардини и баллончиками с нервно-паралитическим газом. Кроме того, группа имела на вооружении три дальнобойные винтовки с парализующими зарядами, и к тому же в ее состав входили три снайпера, вооруженные оружием с лазерным прицелом.

Оливетти сидел на пассажирском месте головной машины. Полуобернувшись назад, он смотрел на Лэнгдона и Витторию. Глаза коммандера пылали яростью.

— Вы уверяли, что представите серьезные доказательства, но вместо них я получил эту чушь!

В замкнутом пространстве небольшого автомобиля Лэнгдон чувствовал себя страшно неуютно, но тем не менее он нашел силы сказать:

— Я понимаю вашу...

— Нет, вы ничего не понимаете, — прервал его Оливетти. Голоса он не повысил, но нажим, с которым коммандер произнес эти слова, по меньшей мере утроился. — Мне пришлось забрать из Ватикана дюжину моих лучших людей. И это перед самым открытием конклава. Я сделал это для того, чтобы устроить засаду у Пантеона, полагаясь на слова американца, которого до этого никогда не видел и который якобы расшифровал смысл какого-то нелепого стишка четырехсотлетней давности. Вы понимаете, что из-за вас мне пришлось поручить поиск сосуда с антивеществом не самым компетентным людям?

Поборов искушение достать из кармана пятую страницу труда Галилея и помахать ею перед носом Оливетти, Лэнгдон сказал:

— Мне известно лишь, что обнаруженная нами информация указывает на гробницу Рафаэля, а его гробница, насколько мне известно, находится в Пантеоне.

Сидевший за рулем швейцарец радостно закивал и произнес:

— Он прав, комманданте, мы с женой...

— Ведите машину! — бросил Оливетти и, повернувшись к Лэнгдону, спросил: — Как, по-вашему, убийца может справиться со своей миссией в кишащем людьми месте и при этом уйти незамеченным?

— Понятия не имею, — ответил американец. — Но братство «Иллюминати», видимо, располагает огромными возможностями. Иллюминатам удалось проникнуть в ЦЕРН и Ватикан. И о том, где может произойти убийство, мы узнали по чистой случайности. Нам страшно повезло. Поэтому Пантеон остается нашей единственной надеждой.

— Вы опять противоречите себе, — сказал Оливетти. — Единственной надеждой... Как прикажете это понимать? Мне показалось, что вы толковали о каком-то пути, о серии указателей. Если Пантеон действительно окажется тем местом, которое нам нужно, то мы можем продолжить поиск, следуя этим вехам.

— Я надеялся на это, — ответил Лэнгдон. — И мы могли бы следовать этим указателям... лет сто назад.

К чувству радости, которое испытывал ученый в связи с обнаружением первого алтаря науки, примешивалась изрядная доля горечи. История часто жестоко издевается над теми, кто начинает шагать по ее следам. Лэнгдон прекрасно об этом знал, но тем не менее надеялся, что все указатели остались на своих местах и что следуя им, он доберется до тайного убежища иллюминатов. Теперь он понимал, что это, к несчастью, невозможно.

— В конце девятнадцатого века все статуи по приказу Ватикана были изъяты из Пантеона и уничтожены.

— Но почему? — спросила потрясенная Виттория.

— Статуи изображали языческих олимпийских богов. И это, к сожалению, означает, что указатели исчезли... а вместе с ними...

— Неужели нет никакой надежды найти Путь просвещения, используя другие указатели?

— Нет, — печально покачал головой Лэнгдон. — Нам предоставляется единственная попытка. И это — Пантеон.

Оливетти довольно долго молча смотрел на них, затем, резко повернувшись лицом к водителю, бросил:

— Тормози!

Водитель, почти не снижая скорости, подкатил к тротуару и ударил по тормозам. Через миг до Лэнгдона долетел визг шин идущих сзади машин. Весь конвой скоростных автомобилей замер у тротуара.

— Что вы делаете?! — воскликнула Виттория.

— Я выполняю свою работу, — ответил Оливетти ледяным тоном. — Когда вы сказали мне, мистер Лэнгдон, что внесете ясность в ситуацию по дороге, я решил, что ко времени прибытия на место операции мне удастся понять, почему я и мои люди оказались у Пантеона. Но этого не произошло. Ради того, чтобы прибыть сюда, мне пришлось бросить дела исключительной важности, и теперь, не обнаружив смысла в ваших гипотезах о приносимых в жертву невинных агнцах и рассуждениях о древней поэзии, я решил прекратить операцию. Продолжать ее мне не позволяет совесть. — С этими словами коммандер взял в руки рацию и щелкнул тумблером переключателя.

— Вы не имеете права так поступить! — крикнула Виттория, хватая офицера за руку.

Оливетти выключил радио и, глядя в глаза девушки, процедил:

— Вам доводилось когда-нибудь бывать в Пантеоне, мисс Ветра?

— Нет, но я...

9 Зак. 1526

— В таком случае позвольте мне вам о нем кое-что сказать. Пантеон являет собой один зал — своего рода круглую камеру из камня и цемента. В нем нет ни одного окна, и там единственная, очень узкая дверь, которую круглые сутки охраняют четверо вооруженных римских полицейских. Это делается для того, чтобы защитить святыню от вандалов, безбожников-террористов и дурачащих туристов цыган-мошенников.

— И что вы хотите этим сказать? — холодно спросила Виттория.

— Вам интересно, что я хочу этим сказать, мисс Ветра? — произнес Оливетти, упершись кулаками в сиденье. — Отвечаю. Я хочу сказать, что все то, чем вы меня пугали, осуществлено быть не может! Назовите мне хотя бы один способ убийства кардинала внутри Пантеона. Скажите, как убийца может провести заложника мимо четырех бдительных полицейских? Как он может не только убить заложника, но и скрыться с места преступления? — Оливетти перегнулся через спинку сиденья и, дыша в лицо Лэнгдона запахом кофе, продолжил: — Итак, мистер Лэнгдон, мне хотелось бы услышать хоть один правдоподобный сценарий.

Лэнгдону показалось, что замкнутое пространство вокруг него стало еще у́же. «Мне нечего ему сказать, — думал американец. — Я не убийца и понятия не имею, как можно убить кардинала! Мне известно лишь, что...»

— Всего один сценарий? — невозмутимым тоном произнесла Виттория. — Как вам, например, понравится этот? Убийца прилетает на вертолете и бросает вопящего от ужаса заклейменного кардинала в отверстие в крыше. Бедняга падает на мраморный пол и умирает.

Все находящиеся в машине обратили на Витторию изумленные взгляды, а Лэнгдон не знал что и думать. «Вы, кажется, наделены нездоровым воображением, леди, — подумал он. — И вдобавок очень быстро соображаете».

— Подобное, конечно, возможно, — нахмурился Оливетти, — однако сомнительно, чтобы...

— Есть и другой сценарий, — продолжала Виттория. — Допустим, убийца накачивает кардинала наркотиком и провозит его в Пантеон на инвалидной коляске под видом престарелого туриста. Оказавшись в Пантеоне, убийца перерезает ему горло и спокойно удаляется.

Второй сценарий, судя по всему, не оставил Оливетти равнодушным.

Совсем неплохо, подумал Лэнгдон.

— Или еще... — продолжила Виттория.

— Я все слышал, — оборвал ее Оливетти. — Хватит!

Он набрал полную грудь воздуха и медленно его выдохнул. В этот момент кто-то постучал в стекло машины, и этот неожиданный звук заставил всех вздрогнуть. За окном стоял солдат из машины сопровождения. Оливетти опустил стекло.

— У вас все в порядке, коммандер? — спросил одетый в штатское швейцарец. Приподняв рукав джинсовой куртки, он взглянул на черные армейские часы и сказал: — Семь сорок. Для того чтобы занять исходный рубеж, нам потребуется некоторое время.

Оливетти согласно кивнул, но ответил не сразу. Некоторое время он машинально водил пальцем по приборному щитку, оставляя след в слое пыли, и смотрел на отражение Лэнгдона в зеркале заднего вида. Затем он повернулся к швейцарцу за окном и с явной неохотой произнес:

— Я хочу, чтобы подход осуществлялся с разных направлений. Со стороны площади Ротунда, улицы Орфани и площадей Святого Игнацио и Святого Евстахия. Ближе чем на два квартала к Пантеону не приближаться. Оказавшись на исходных рубежах, оставайтесь начеку в ожидании дальнейших распоряжений. На все — три минуты. Выполняйте.

— Слушаюсь, синьор! — ответил солдат и двинулся к своей машине.

Лэнгдон бросил на Витторию восхищенный взгляд и многозначительно кивнул. Девушка ответила улыбкой, и американцу показалось, что в этот миг между ними возник какой-то новый контакт... протянулись невидимые линии магнетической связи.

Коммандер повернулся на сиденье и, внимательно глядя в глаза ученому, сказал:

— Остается надеяться, мистер Лэнгдон, что ваша затея не обернется для нас полным крахом.

Лэнгдон слабо улыбнулся в ответ и подумал: этого не будет.

ГЛАВА 57

Введенные в кровь директора ЦЕРНа лекарства, расширив бронхи и капилляры легких, позволили ему открыть глаза. К нему снова вернулось нормальное дыхание. Оглядевшись, Колер увидел, что лежит в отдельной палате медпункта, а его инвалидное кресло стоит рядом с кроватью. Попытавшись оценить ситуацию, он внимательно изучил рубашку из хлопка, в которую медики всунули его тело, и поискал глазами свою одежду. Оказалось, что костюм аккуратно висит на стоящем рядом с кроватью стуле. За дверью раздавались шаги совершающей обход медсестры. Три бесконечно долгие минуты он выжидал, вслушиваясь в звуки за дверями палаты. Затем, стараясь действовать как можно тише, подтянулся к краю кровати и достал свою одежду. Проклиная безжизненные ноги, он оделся и после непродолжительного отдыха перетащил плохо повинующееся тело в кресло.

Пытаясь подавить приступ кашля, директор подкатил к двери. Колер передвигался с помощью рук, опасаясь включать мотор. Затем он приоткрыл дверь и выглянул в коридор. Там никого не было.

Максимилиан Колер выехал из дверей и покатил прочь от медицинского пункта.

ГЛАВА 58

— Сверим часы. Сейчас семь часов сорок шесть минут и тридцать...

Даже говоря по радиотелефону, Оливетти не повышал голоса. Создавалось впечатление, что коммандер почти всегда предпочитает объясняться шепотом.

Лэнгдон потел в своем твидовом пиджаке, оставаясь в «альфа-ромео». Двигатель стоящей в трех кварталах от Пантеона машины работал на холостом ходу. Виттория сидела рядом с коммандером, отдающим последние приказания, и казалось, была заворожена его видом.

— Размещение по всему периметру, с особым упором на вход, — продолжал командир швейцарской гвардии. — Объект, возможно, способен вас распознать, поэтому вы должны оставаться невидимыми. Применение огнестрельного оружия исключается. Поставьте человека для наблюдения за крышей и помните: главное для нас — объект. Субъект имеет второстепенное значение.

Боже, подумал Лэнгдон, услышав, насколько элегантно и в то же время четко Оливетти дал понять своим людям, что кардиналом можно пожертвовать. Субъект имеет вторичное значение.

— Повторяю. Огнестрельное оружие не использовать. Объект нужен нам живым. Вперед! — С этими словами Оливетти выключил телефон.

— Коммандер, — сказала Виттория, которую приказ офицера изумил и разозлил, — неужели внутри здания не будет никого из ваших людей?

— Внутри? — переспросил Оливетти.

— В Пантеоне. Там, где все должно произойти.

— Послушайте, — проскрипел командир швейцарцев, — если противнику удалось внедрить в наши ряды «крота», то он знает всех моих людей. Ваш коллега только что сообщил мне, что это будет нашим единственным шансом захватить объект. Мы не можем позволить себе спугнуть противника, посылая людей в здание.

— Но что, если убийца уже внутри?

— Объект выразился весьма точно, — взглянув на часы, сказал Оливетти. — Акт намечен на восемь часов. В нашем распоряжении еще пятнадцать минут.

— Убийца сказал, что в восемь прикончит кардинала, но это вовсе не означает, что он уже не сумел каким-то образом доставить свою жертву на место преступления. Ваши люди могли увидеть объект входящим в Пантеон, но они не имели понятия, что это тот человек, который нам нужен. Необходимо убедиться, что внутри здания все чисто. Разве не так?

— В данный момент это слишком рискованно.

— Никакого риска, если разведчика невозможно будет узнать.

— На грим у нас нет времени, и...

— Я говорю о себе.

Лэнгдон изумленно уставился на девушку.

— Категорически невозможно, — покачал головой Оливетти.

— Он убил моего отца.

— Именно поэтому ваше участие недопустимо. Они могут знать, кто вы.

— Но вы же слышали, чтó убийца сказал по телефону. Он понятия не имел, что у Леонардо Ветра есть дочь. Откуда же ему знать, как эта дочь выглядит? Я могу войти в Пантеон под видом туристки. Если мне удастся заметить что-то подозрительное, я выйду на площадь и подам сигнал вашим людям.

— Простите, но я не могу этого позволить.

Рация Оливетти начала подавать признаки жизни, и мужской голос прохрипел:

— Комманданте, в северной точке возникли кое-какие проблемы. Обзору мешает фонтан. Вход можно увидеть только в том случае, если мы выдвинемся на площадь, на всеобщее обозрение. Какие будут распоряжения? Что вы предпочитаете — нашу слепоту или уязвимость?

Эти слова оказались решающими. Терпение Виттории лопнуло окончательно.

— Все! Я иду! — Она распахнула дверцу и вылезла из машины.

Оливетти выронил рацию и, выскочив из автомобиля, стал на пути девушки.

Лэнгдон тоже вышел из машины. Что, дьявол ее побери, она делает?!

— Мисс Ветра, — преграждая путь Виттории, сказал Оливетти, — я понимаю все благородство ваших намерений, но вмешательства гражданского лица в ход операции не допущу.

— Вмешательства? Вы же действуете вслепую! Разрешите мне вам помочь.

— Я хотел бы разместить наблюдательный пост внутри, но...

— Но не можете этого сделать, потому что я женщина. Не так ли?

Оливетти промолчал.

— И правильно делаете, что молчите, коммандер, — продолжала Виттория, — потому что вы понимаете, что это отличная идея, и если ваши замшелые взгляды не позволяют вам ее реализовать, то можете валить к...

— Позвольте нам заниматься своей работой.

— А вы позвольте мне вам помочь.

— Поймите, мисс Ветра, это чрезвычайно опасно. Между нами не будет связи, а взять с собой портативное радио я вам не позволю. Это сразу выдаст вас с головой.

Виттория порылась в кармане рубашки и извлекла оттуда сотовый телефон.

— Многие туристы пользуются мобильниками.

Оливетти помрачнел, видимо, не зная, что на это ответить.

Виттория открыла трубку и изобразила разговор:

— Привет, милый. Я сейчас стою в Пантеоне. Тебе обязательно надо побывать в этом месте! — С этими словами она щелкнула трубкой и, глядя в глаза Оливетти, сказала: — Кто, к дьяволу, это поймет? Здесь нет ни малейшего риска. Разрешите мне стать вашими глазами. Дайте мне ваш номер, — закончила она и бросила взгляд в направлении висящего на поясе коммандера мобильника.

Оливетти снова промолчал.

Водитель вдруг вылез из машины и подошел к ним. Видимо, у него возникли какие-то свои идеи. Швейцарец отвел Оливетти в сторону, и некоторое время они что-то негромко обсуждали. Беседа закончилась тем, что Оливетти кивнул и, подойдя к Виттории, сказал:

— Введите этот номер.

Виттория набрала цифры на своем аппарате.

— А теперь позвоните.

Девушка нажала кнопку автоматического набора, и телефон на поясе сразу же отозвался. Офицер поднес аппарат к уху и сказал в микрофон:

— Отправляйтесь в здание, мисс Ветра. Хорошенько все осмотрите и незамедлительно выходите на улицу, чтобы доложить обстановку.

— Есть, сэр! — бросила Виттория, щелкнула трубкой и добавила: — Благодарю вас, сэр!

Лэнгдона охватило беспокойство. Он вдруг решил, что девушка нуждается в защите.

— Постойте, — сказал он, обращаясь к Оливетти. — Неужели вы посылаете ее одну?

— Со мной, Роберт, ничего не случится, — бросила Виттория, явно недовольная вмешательством американца.

— Это опасно, — сказал Лэнгдон девушке.

— Он прав, — подхватил Оливетти. — Даже мои лучшие люди не работают по одному. Лейтенант только что сказал мне, что маскарад будет выглядеть более убедительным, если вы пойдете вдвоем.

«Вдвоем? — ощущая некоторую неуверенность, подумал Лэнгдон. — А я-то хотел...»

— Вы войдете вдвоем, — продолжал Оливетти. — У вас такой вид, что вы вполне сойдете за путешествующую парочку. Кроме того, в случае необходимости вы можете друг другу помочь, да и я буду чувствовать себя спокойнее.

— Согласна, — пожала плечами Виттория. — Но действовать нам надо быстро.

«Отличный ход, ковбой!..» — простонал про себя Лэнгдон.

— Вначале вы окажетесь на улице Орфани, — сказал Оливетти, указывая в пространство. — Сворачивайте налево. Улица приведет вас к Пантеону. Ходьбы максимум две минуты. Я останусь здесь — руководить своими людьми и ждать вашего звонка. Мне бы хотелось, чтобы вы могли себя защитить. — Он вынул из кобуры пистолет. — Кто-нибудь из вас знает, как пользоваться этой штукой?

Лэнгдон почувствовал, как затрепетало его сердце. «На кой дьявол нам пистолет?» — подумал он.

Виттория, не говоря ни слова, протянула руку и взяла оружие

— Я могу с сорока метров попасть в выскакивающего из воды дельфина, стоя на носу раскачивающегося судна, — заявила она.

— Вот и отлично, — сказал Оливетти, вручая ей пистолет. — Спрячьте его куда-нибудь.

Виттория с сомнением посмотрела на свои узкие шорты, а затем перевела взгляд на Лэнгдона.

«Боже мой! Только не это!..» — взмолился мысленно Лэнгдон. Но Виттория действовала быстро. Она распахнула полы его пиджака и сунула пистолет в один из внутренних карманов. Американцу показалось, что в его карман опустили тяжелый булыжник. Утешало ученого лишь то, что страничка из «Диаграммы» находилась в другом кармане.

— Мы смотримся вполне безобидно, — заключила Виттория. — Поэтому — в путь! — С этими словами девушка взяла Лэнгдона за руку и потянула в сторону улицы.

— Рука в руке — это прекрасно, — заметил водитель. — Запомните: вы туристы. Не исключено, что даже молодожены. Так что если вы сплетете руки...

Когда они свернули за угол, Лэнгдон был готов поклясться, что увидел на лице Виттории нечто похожее на улыбку.

ГЛАВА 59

Помещение, именуемое «Установочным центром» швейцарской гвардии, располагалось рядом с так называемым корпусом бдительности, или, попросту говоря, казармами гвардейцев. «Центр» был местом, где разрабатывались охранные меры на случай выхода папы на публику или каких-либо иных происходящих в Ватикане событий с большим скоплением людей. Однако на сей раз «Установочный центр» служил совсем иным целям.

Группу солдат напутствовал второй по рангу офицер швейцарской гвардии капитан Илия Рошер. Это был крупный мужчина с широченной, как бочка, грудью и мягким, тестообразным лицом. На нем был обычный синий капитанский мундир, персональным отличием Рошера служил лишь красный, лихо надетый набекрень берет. У капитана был на удивление музыкальный голос, и когда он говорил, казалось, что звучит какой-то редкий инструмент. У столь могучих людей такой голос является большой редкостью. Несмотря на четкость речи, глаза капитана были слегка затуманены. Такие глаза частенько можно встретить у ночных млекопитающих. Солдаты называли его «орсо», что значит медведь-гризли. Иногда они шутя говорили, что Рошер — «медведь, который ходит в тени гадюки». Гадюкой, естественно, был коммандер Оливетти. Медведь столь же опасен, как и гадюка, но вы по крайней мере знаете, когда он готовится напасть.

Солдаты стояли по стойке «смирно», не шевеля ни единым мускулом, хотя информация, которую они только что получили, подняла их суммарное кровяное давление на несколько тысяч пунктов.

Лейтенант-стажер по имени Шартран, стоя в глубине комнаты, жалел о том, что не оказался в числе тех 99 процентов претендентов на доставшийся ему пост, чьи кандидатуры были отвергнуты. В свои двадцать лет Шартран стал самым молодым офицером швейцарской гвардии. В Ватикане он успел пробыть всего три месяца. Как и каждый гвардеец, Шартран прошел подготовку в швейцарской армии и еще три трудных года подвергался муштре в секретных казармах под Берном. Однако вся эта выучка в данном случае оказалась бесполезной. К катастрофе, подобной той, что случилась в Ватикане, его не готовили.

Поначалу Шартрану показалось, что этот брифинг является всего лишь разновидностью странного учения. Оружие будущего? Древние культы? Похищенные кардиналы? Полная чушь! Но когда Рошер продемонстрировал им на экране эту тикающую футуристическую бомбу, он понял, что учением здесь и не пахнет.

— В некоторых местах вверенной нам территории будет полностью отключено электричество, — продолжал Рошер. — Это будет сделано для того, чтобы полностью исключить влияние магнитных полей. Работать будем командами по четыре человека. Все получат приборы ночного видения. Поиск будет проходить с применением стандартного набора инструментов, калиброванных на поиск специфического излучения. Вопросы?

Вопросов не последовало.

Лишь лейтенант Шартран, мозг которого уже закипал от перегрузки, спросил:

— А что случится, если к установленному сроку мы ничего не найдем?

В ответ Медведь одарил его таким взглядом из-под красного берета, что лейтенант тут же пожалел о своей чрезмерной любознательности.

— Да поможет вам Бог, солдаты, — мрачно закончил капитан, приложив руку к виску в салюте.

ГЛАВА 60

Последние два квартала, оставшиеся до Пантеона, Лэнгдон и Виттория шли вдоль ряда припаркованных у тротуара такси. Водители машин спали, примостившись на передних сиденьях. Тяга ко сну является вечной чертой Вечного города. Повсеместная дрема в предвечернем Риме была лишь естественным продолжением рожденной в древней Испании традиции послеполуденной сиесты.

Лэнгдон пытался привести в порядок свои мысли. Однако ситуация казалась ученому настолько странной и нелепой, что сосредоточиться он никак не мог. Всего шесть часов назад он тихо и мирно спал в Кембридже. И вот менее чем через четверть суток он оказался в Европе, чтобы принять участие в сюрреалистической битве древних титанов. Он, известный ученый, шагает по улицам Рима с полуавтоматическим пистолетом в кармане твидового пиджака, волоча при этом за собой какую-то малознакомую девицу.

Лэнгдон покосился на девушку, которая, казалось, была преисполнена решимости. Она крепко, как будто это было само собой разумеющимся, держала его за руку. Ни малейших признаков колебания. В ней присутствовала какая-то врожденная уверенность в себе. Лэнгдон начинал проникаться к ней все большей и большей симпатией. «Держитесь ближе к земле, профессор», — сказал он самому себе.

Виттория заметила его внутреннее напряжение.

— Расслабьтесь! — не поворачивая головы, бросила она. — Не забывайте, мы должны казаться молодоженами.

— Я вполне спокоен.

— Тогда почему вы раздавили мне руку?

Лэнгдон покраснел и ослабил захват.

— Дышите глазами.

— Простите, не понял...

— Этот прием расслабляет мускулатуру и называется праньяма.

— Пиранья?

— Нет. К рыбе это не имеет никакого отношения. Праньяма! Впрочем, забудьте.

Выйдя на пьяцца делла Ротунда, они оказались прямо перед Пантеоном. Это сооружение всегда восхищало Лэнгдона, ученый относился к нему с огромным почтением. Пантеон. Храм всех богов. Языческих божеств. Божеств природы и земли. Строение оказалось более угловатым, чем он себе представлял. Вертикальные колонны и треугольный фронтон скрывали находящиеся за ними купол и круглое тело здания. Латинская надпись над входом гласила: «M. AGRIPPA L F COS TERTIUM FECIT» («Марк Агриппа*, избранный консулом в третий раз, воздвиг это»).

Да, скромностью этот Марк не отличался, подумал Лэнгдон, осматриваясь по сторонам. По площади бродило множество вооруженных видеокамерами туристов. Некоторые из них наслаждались лучшим в Риме кофе со льдом в знаменитом уличном кафе «La Tazza di Oro»**. У входа в Пантеон, как и предсказывал Оливетти, виднелись четверо вооруженных полицейских.

---

* Марк Агриппа — зять императора Августа. Пантеон сооружен в 27 г. до н.э. Современный вид принял в 120 г. н.э. при императоре Адриане.

** «Золотая чаша» (*ит.*).

— Все выглядит довольно спокойным, — заметила Виттория.

Лэнгдон согласно кивнул, однако его не оставляла тревога. Теперь, когда он стоял у входа в Пантеон, весь разработанный им сценарий казался ему самому абсолютно фантастичным. Виттория верила в то, что он прав, но самого его начинали одолевать сомнения. Ставка была слишком большой. Не надо волноваться, убеждал он себя. В четверостишии четко сказано: «Найди гробницу Санти с дьявольской дырою». И вот он на месте. Именно здесь находится гробница Санти. Ему не раз приходилось стоять под отверстием в крыше храма перед могилой великого художника.

— Который час? — поинтересовалась Виттория.

— Семь пятьдесят, — ответил Лэнгдон, бросив взгляд на часы. — До начала спектакля осталось десять минут.

— Надеюсь, что все это добропорядочные граждане, — сказала Виттория, окинув взглядом глазеющих на Пантеон туристов. — Если это не так, а в Пантеоне что-то случится, мы можем оказаться под перекрестным огнем.

Лэнгдон тяжело вздохнул, и они двинулись ко входу в храм. Пистолет оттягивал карман пиджака. Интересно, что произойдет, если полицейские решат его обыскать и найдут оружие? Но тревоги американца оказались напрасными: полицейские едва удостоили их взглядом. Видимо, их мимикрия оказалась убедительной.

— Вам приходилось стрелять из чего-нибудь, кроме ружья с усыпляющими зарядами? — прошептал Лэнгдон, склонившись к Виттории.

— Неужели вы в меня не верите?

— С какой стати я должен в вас верить? Ведь мы едва знакомы.

— А я-то полагала, что мы — молодожены, — улыбнулась девушка.

ГЛАВА 61

Воздух в Пантеоне был прохладным, чуть влажным и насквозь пропитанным историей. Куполообразный, с пятью рядами кессонов потолок возносился на высоту более сорока трех метров. Лишенный каких-либо опор купол казался невесомым, хотя диаметром превосходил купол собора Святого Петра. Входя в этот грандиозный сплав инженерного мастерства и высокого искусства, Лэнгдон всегда холодел от восторга. Из находящегося над их головой отверстия узкой полосой лился свет вечернего солнца. *Oculus*, подумал Лэнгдон. *Дьявольская дыра.*

Итак, они на месте.

Лэнгдон посмотрел на потолок, на украшенные колоннами стены и на мраморный пол под ногами. От свода храма едва слышно отражалось эхо шагов и почтительного шепота туристов. Американец обежал взглядом дюжину зевак, бесцельно шляющихся в тени вдоль стен. Кто эти люди? И есть ли среди них тот, кого они ищут?

— Все очень спокойно, — заметила Виттория.

Лэнгдон кивнул, соглашаясь.

— А где могила Рафаэля?

Лэнгдон ответил не сразу, пытаясь сообразить, где находится гробница. Он обвел глазами круглый зал. Надгробия. Алтари. Колонны. Ниши. Подумав немного, он показал на группу изысканных надгробий в левой части противоположной стороны зала.

— Думаю, что гробница Санти там.

— Я не вижу никого, кто хотя бы отдаленно смахивал на убийцу, — сказала Виттория, еще раз внимательно оглядев помещение.

— Здесь не много мест, где можно было бы укрыться, — заметил Лэнгдон. — Прежде всего нам следует осмотреть reintranze.

— Ниши? — уточнила Виттория.

— Да, — сказал американец. — Ниши в стене.

По всему периметру зала в стенах, перемежаясь с гробницами, находились углубления. Эти обрамленные колоннами ниши были неглубокими, но царившая в них тень все же могла служить убежищем. В свое время там стояли статуи богов-олимпийцев, но все языческие скульптуры уничтожили, когда античный храм был превращен в христианскую церковь. Этот факт очень огорчал Лэнгдона, и он чувствовал бессилие отчаяния, понимая, что стоит у первого алтаря науки, а все вехи, указывающие дальнейший путь, разрушены. Интересно, кому из олимпийцев была посвящена та статуя и в каком направлении она указывала? Ученый понимал, какой восторг он мог бы почувствовать, увидев первую веху на Пути просвещения. Но вехи, увы, не было. Интересно, думал он, кто мог быть тем скульптором, трудом которого воспользовалось братство «Иллюминати»?

— Я беру на себя левое полукружие, — сказала Виттория, обводя рукой одну сторону зала. — А вам оставляю правое. Встретимся через сто восемьдесят градусов.

Виттория двинулась влево, и Лэнгдон, с новой силой ощутив весь ужас своего положения, невесело улыбнулся. Он пошел направо, и ему казалось, что вслед ему раздался шепот: «Спектакль начнется в восемь часов. Невинные жертвы на алтаре науки. Один кардинал каждый час. Математическая прогрессия смерти. В восемь, девять, десять, одиннадцать... и в полночь». Лэнгдон снова посмотрел на часы. 7:52. Осталось всего восемь минут.

На пути к первой нише Лэнгдон прошел мимо гробницы одного из католических правителей Италии. Его саркофаг, как это часто бывает в Риме, стоял под углом к стене. Группа иностранных туристов с недоумением взирала на эту, с их точки зрения, нелепость. Лэнгдон не стал тратить время на то, чтобы разъяснять причины. Дело в том, что по христианскому обычаю все захоронения должны быть ориентированы так, чтобы покойники смотрели на восток, и обычай частенько вступал в противоречие с требованиями архитектуры. Американец улыбнулся, вспомнив, как этот предрассудок совсем недавно обсуждался на его семинаре по проблемам религиозной символики.

— Но это же полная нелепость! — громко возмущалась одна из студенток. — Почему церковь хочет, чтобы мертвецы смотрели на восходящее солнце? Ведь мы же говорим о христианах, а не... о солнцепоклонниках!

— Мистер Хитцрот! — воскликнул Лэнгдон, который в этот момент расхаживал у доски, жуя яблоко.

Дремлющий в последнем ряду студент даже подпрыгнул от неожиданности.

— Кто? Я?

— Вы, вы, — подтвердил Лэнгдон и, указывая на прикрепленную к стене репродукцию какой-то картины периода Ренессанса, продолжил: — Кто, по вашему мнению, человек, преклонивший колени перед Творцом?

— Хм-м... Какой-то святой, видимо.

— Превосходно. А откуда вам стало известно, что это — святой?

— У него над головой нимб.

— Прекрасно. И этот золотой нимб вам ничего не напоминает?

— Напоминает, — расплылся в широкой улыбке Хитцрот. — Это похоже на те египетские штуки, которые мы изучали в прошлом семестре. Как их там?.. Ах да! Солнечные диски!

— Благодарю вас, Хитцрот. Можете спать дальше, — милостиво произнес Лэнгдон и, поворачиваясь к классу, продолжил: — Нимбы, как и многие иные символы христианства, позаимствованы у древних египтян, которые поклонялись солнцу. В христианстве можно найти массу отголосков этой старинной религии.

— Простите, — не сдавалась девица в первом ряду, — я регулярно хожу в церковь и не вижу, чтобы там поклонялись солнцу.

— Неужели? Скажите, какое событие вы отмечаете двадцать пятого декабря?

— Рождество. Рождение Иисуса Христа.

— Однако, согласно Библии, Спаситель был рожден в марте. С какой стати мы отмечаем день его появления на свет в декабре?

В аудитории воцарилось молчание.

— На двадцать пятое декабря, друзья мои, — улыбнулся Лэнгдон, — приходился древний языческий праздник, именовавшийся sol invictus, что на нашем языке означает «непобедимое солнце». И это, как вам, видимо, известно, — день зимнего солнцеворота, тот замечательный момент, когда солнце возвращается к нам и дни становятся длиннее. — Лэнгдон откусил от яблока кусок, прожевал его и продолжил: — Конкурирующие религии частенько присваивают существующие у противной стороны праздники, дабы облегчить переход к новой вере. Этот процесс, именуемый transmutatum, позволяет людям избежать потрясений при адаптации к новой для них религии. Верующие продолжают отмечать прежние праздники, возносить молитвы в знакомых местах и пользоваться привычными символами... они просто замещают одного бога другим.

Эти слова привели девицу в первом ряду в полную ярость.

— Вы хотите сказать, что христианство есть не что иное, как солнцепоклонство, но только в иной упаковке?!

— Вовсе нет. Христианство позаимствовало свои ритуалы не только у солнцепоклонников. Канонизация, например, отражает обряд рождения «новых богов», описанный древними авторами. Практика «съедения божества» — наше Святое причастие — встречается у ацтеков. Даже умирающий на кресте за наши грехи Христос — концепция, как утверждают некоторые исследователи, не только христианская. Согласно традициям ранних адептов Кецалькоатля*, юноша приносил себя в жертву, искупая грехи других членов общества.

— Но хоть что-нибудь в христианстве является оригинальным? — испепеляя профессора взглядом, спросила девица.

— В любой организованной религии оригинального крайне мало. Религии не рождаются на пустом месте. Они произрастают одна из другой. Современные верования являют собой своего рода коллаж... вобравший в себя все попытки человечества постичь суть божественного.

---

* Кецалькоатль (пестрый змей) — одно из главных божеств древних индейцев Центральной Америки.

— Постойте, постойте! — возник окончательно проснувшийся мистер Хитцрот. — Я обнаружил в христианстве то, что является совершенно оригинальным. Как насчет изображения Бога? Христиане никогда не представляли Творца в виде ястреба или чудища, какими изображали своих божеств ацтеки. Одним словом, наш Создатель никогда не имел облика странного или ужасного. Напротив, он всегда представлялся благообразным старцем с седой бородой. Итак, образ нашего Бога есть явление оригинальное, не так ли?

— Когда недавно обращенные христиане отказывались от своих богов — языческих, греческих, римских или иных, — они постоянно задавали вопрос, как выглядит их новое верховное божество, — с улыбкой произнес Лэнгдон. — Церковь, со свойственной ей мудростью, избрала на эту роль одну из самых могущественных и почитаемых фигур... наиболее узнаваемое лицо в истории человечества.

— Старика с белой развевающейся бородой? — скептически спросил Хитцрот.

Лэнгдон показал на сонм древних богов, изображенных на прикрепленном к стене плакате. Во главе их восседал старец с белой, развевающейся по ветру бородой.

— А Зевс вам никого не напоминает? — спросил Лэнгдон.

Прозвучал звонок, и занятия на этом закончились.

— Добрый вечер, — произнес за его спиной мужской голос.

От неожиданности Лэнгдон едва не подпрыгнул. Голос вернул его назад в Пантеон. Оглянувшись, он увидел пожилого человека в синей сутане с красным крестом на груди. Продемонстрировав в улыбке не совсем здоровые зубы, человек спросил с сильным тосканским акцентом:

— Ведь вы же англичанин? Не так ли?

— Вообще-то нет, — почему-то смущенно ответил Лэнгдон. — Я американец.

Настала очередь смущаться незнакомцу.

— Простите меня ради Бога, — сказал он. — Вы так хорошо одеты, что я решил... Примите мои извинения.

— Чем могу вам помочь? — спросил Лэнгдон. Неожиданное появление служки испугало американца, и сердце его колотилось, никак не желая успокаиваться.

— Я надеялся, что это мне удастся вам помочь. Я выступаю здесь в качестве чичероне. — С гордостью указав на выданный городом официальный значок, он добавил: — Мой долг сделать так, чтобы ваше пребывание в Риме доставило вам максимальное удовольствие.

«Максимальное удовольствие? Такого удовольствия, находясь в Риме, я не испытывал никогда, — подумал американец, — и, надеюсь, не испытаю впредь».

— Вы кажетесь мне весьма достойным человеком, — льстиво произнес гид, — и вопросы культуры вас интересуют значительно больше, чем остальных туристов. Если желаете, я мог бы рассказать вам об истории этого восхитительного сооружения.

— Это очень мило с вашей стороны, — вежливо улыбнулся Лэнгдон, — но поскольку я сам профессионально занимаюсь историей культуры...

— Замечательно! — Глаза чичероне засияли так, словно он только что выиграл главный приз в лотерее. — В таком случае вы наверняка получите удовольствие от моего рассказа! Пантеон, — начал свою заученную речь гид, — был сооружен Марком Агриппой в 27 году до Рождества Христова...

— И перестроен императором Адрианом в 120 году нашей эры, — перебил тосканца Лэнгдон.

— Купол Пантеона оставался самым большим безопорным сооружением подобного рода до тех пор, пока в 1960 году в Новом Орлеане не был построен стадион, известный под названием «Супердоум».

Лэнгдон застонал. Этого человека невозможно было остановить.

— ...а в пятом веке один теолог назвал Пантеон Домом дьявола. Он считал, что отверстие в крыше является вратами для демонов.

Лэнгдон отключил слух и обратил взор на круглое окно в куполе. Вспомнив предположение Виттории о возможном способе убийства, он представил, как из дыры над его головой вываливается заклейменный кардинал и с глухим стуком падает на мраморный пол. И это событие должно привлечь внимание прессы. Кажется, так выразился убийца. Лэнгдон огляделся в поисках репортеров. Таковых в Пантеоне не оказалось. Поняв, что теория Виттории не выдерживает критики и что подобный трюк является полным абсурдом, американец тяжело вздохнул.

Лэнгдон продолжил осмотр, а лектор, не прекращая бубнить, тащился за ним по пятам, словно преданный пес. Это еще раз подтверждает, подумал американец, что в мире нет ничего хуже, чем влюбленный в свое дело специалист по истории искусств.

На противоположной стороне зала Виттория с головой ушла в собственное расследование. Девушка впервые осталась одна с того момента, когда услышала о смерти отца. Только сейчас до нее наконец полностью дошла страшная реальность последних восьми часов ее жизни. Отца убили. Убили неожиданно и жестоко. Почти такую же боль причиняло ей и то, что труд всей жизни отца оказался оскверненным, став оружием в руках террористов. Виттория чувствовала себя виноватой в том, что именно она изобрела способ хранения антивещества и это изобретение позволило доставить разрушительную материю в Ватикан. Пытаясь помочь отцу в его поисках истины, она невольно стала соучастницей страшного, сеющего хаос заговора.

Как ни странно, но единственным ее утешением стало присутствие в ее жизни практически незнакомого ей иностранца. Роберта Лэнгдона. Его взгляд вселял в ее душу необъяснимый покой... так же, как гармония океана, на берегах которого она находилась еще этим утром. Девушку радовало, что этот человек оказался рядом с ней. И дело было не только в том, что он внушал ей надежду и придавал дополнительную силу. Тренированный и быстрый ум этого человека повышал шансы на то, что убийцу отца удастся схватить.

Виттория продолжала поиски, передвигаясь по окружности зала. Все ее помыслы теперь были направлены на месть. Являясь исследователем всех форм жизни на Земле, она хотела видеть убийцу отца мертвым. Никакой поток доброй кармы не мог сегодня заставить ее подставить для удара другую щеку. Ее итальянская кровь закипала чувствами, которые ранее девушка никогда не испытывала, и это ее тревожило. Виттории казалось, что сицилийские предки нашептывают ей на ухо одноединственное слово... Вендетта. Впервые в жизни Виттория поняла, что́ такое желание кровной мести.

Невольно ускорив шаги под влиянием обуревавших ее чувств, она подошла к гробнице Рафаэля Санти. Даже на расстоянии она заметила, что к этому человеку здесь относились особенно тепло. Его саркофаг был встроен в стену, и надгробие в отличие от всех других закрывал щит из плексигласа. За этим прозрачным экраном находилась надпись:

Рафаэль Санти, 1483—1520

Виттория внимательно изучила захоронение, а затем прочитала то, что было написано на табличке, прикрепленной к стене рядом с гробницей.

Не веря своим глазам, она снова перечитала единственную содержащуюся в ней фразу.

Затем еще раз.

И еще.

Через мгновение она уже мчалась по мраморному полу, выкрикивая на бегу:

— Роберт! Роберт!!!

ГЛАВА 62

Продвижению Лэнгдона вдоль стены Пантеона мешал тащившийся за ним по пятам и не перестававший болтать чичероне. Когда американец собрался обследовать очередную нишу, гид восторженно вскричал:

— Я вижу, что вы восхищены этими углублениями в стенах! А вам известно, что купол кажется невесомым потому, что толщина стен к потолку постепенно уменьшается?

Лэнгдон кивнул, хотя и не слышал ни слова, так как уже приготовился осматривать следующую нишу. Неожиданно он почувствовал, что кто-то сзади схватил его за руку. Это была Виттория. Задыхаясь от волнения, девушка молча тянула его за рукав. Она обнаружила тело, подумал Лэнгдон, увидев на ее лице выражение ужаса. В этот миг он и сам ощутил страх.

— О, ваша супруга! — воскликнул чичероне, безмерно обрадовавшись появлению еще одного слушателя. Указав на короткие шорты в обтяжку и на альпийские ботинки, он произнес: — Теперь я могу с уверенностью сказать, что передо мной американка.

— Я итальянка, — бросила Виттория.

— О Боже! — Появившаяся на губах гида улыбка почему-то сразу потухла.

— Роберт, — прошептала девушка, стараясь держаться спиной к экскурсоводу, — где «Диаграмма» Галилея? Я должна ее увидеть.

— О, «Diagramma»! — вступил чичероне, видимо, не желая упускать нить разговора. — Великий Боже! Вы, друзья мои, похоже, блестяще знаете историю. Однако, к сожалению, этот документ для обозрения закрыт. Он хранится в секретном архи...

— Извините, — прервал его Лэнгдон. Паническое состояние Виттории и его выбило из колеи. Ученый отвел девушку чуть в сторону и осторожно вытащил «Диаграмму» из внутреннего кармана пиджака. — В чем дело? — спросил он.

— Когда была напечатана эта работа? — спросила Виттория, пробегая глазами листок.

Гид снова оказался с ними рядом. Он с широко открытым ртом взирал на документ.

— Не может быть... Это же не...

— Репродукция для туристов, — бросил Лэнгдон. — Благодарю вас за интересный рассказ. А теперь мне и моей жене надо несколько минут побыть одним.

Чичероне попятился назад, не сводя глаз с листка.

— Мне нужна дата, — повторила Виттория. — Когда «Диаграмма» увидела свет?

Лэнгдон указал на римские цифры внизу страницы и сказал:

— Это дата публикации. Так в чем все же дело?

— 1639 год, — прошептала Виттория.

— Да. И что же из этого следует? Что здесь не так?

— Мы, Роберт, попали в беду — беду очень серьезную, — сказала девушка, и Лэнгдон увидел в ее глазах настоящую тревогу. — Даты не сходятся.

— Какие даты?

— Даты на гробнице Рафаэля. До 1759 года его прах покоился в другом месте. Прошло более ста лет со времени публикации «Диаграммы»!

Лэнгдон смотрел на нее, пытаясь понять, что она хочет сказать.

— Этого не может быть, — ответил он. — Рафаэль умер в 1520 году, задолго до появления «Диаграммы».

— Да. Но похоронили его здесь значительно позднее.

— Не понимаю, о чем вы, — сказал Лэнгдон. Он никак не мог взять в толк слова девушки.

— Я только что прочитала, что тело Рафаэля как одного из наиболее выдающихся итальянцев было перенесено в Пантеон в 1759 году.

Когда эти слова полностью дошли до сознания Лэнгдона, ему показалось, что из-под его ног неожиданно выдернули ковер.

— В то время, когда были написаны стихи, могила Рафаэля находилась в каком-то ином месте. В то время Пантеон не имел никакого отношения к художнику!

— Но это... означает... — едва сумел выдохнуть Лэнгдон.

— Именно! Это означает, что мы находимся не в том месте!

У Лэнгдона так сильно закружилась голова, что он даже пошатнулся.

— Невозможно... Я был уверен...

Виттория подбежала к гиду и, схватив его за рукав, подвела к американцу со словами:

— Простите, синьор. Где находилось тело Рафаэля в семнадцатом веке?

— Урб... в Урбино, — заикаясь, выдавил потрясенный чичероне. — На его родине.

— Невозможно! — выругавшись про себя, произнес Лэнгдон. — Алтари науки братства «Иллюминати» находились в Риме! Я в этом уверен!

— «Иллюминати»? — едва слышно выдохнул итальянец, глядя на документ в руках Лэнгдона. — Кто вы такие?

Виттория взяла инициативу в свои руки.

— Мы ищем то, что может называться гробницей Санти. Она должна находиться здесь, в Риме. Вы не знаете, что это может быть?

— В Риме имеется только одна гробница Рафаэля, — растерянно ответил гид.

Лэнгдон попытался привести в порядок свои мысли, но разум отказывался ему повиноваться. Если в 1655 году могилы Рафаэля в Риме не было, то что имел в виду поэт, говоря: «Найди гробницу Санти...»? Что, черт побери, это может быть? Думай! Думай!

— Может быть, существовали и другие художники по фамилии Санти? — спросила Виттория.

— Я, во всяком случае, о таких не слышал, — пожал плечами гид.

— Может быть, были другие известные люди с такой же фамилией?

Итальянец, судя по его виду, был уже готов бежать от них как можно дальше.

— Нет, мадам. Я знаю лишь одного Рафаэля Санти, и он был архитектором.

— Архитектором? — удивилась Виттория. — А я-то думала, что Рафаэль был художником.

— Он был и тем и другим, естественно. Они все были разносторонними людьми. Микеланджело, Леонардо да Винчи, Рафаэль...

Лэнгдон не знал, что натолкнуло его на эту мысль — слова гида или изысканный вид гробниц у стен. Впрочем, это не важно. Главное, что он понял. Санти был архитектором. Эти слова, видимо, послужили катализатором, и мысли посыпались одна за другой, как падающие кости домино. Архитекторы Ренессанса либо творили для больших храмов, славя Бога, либо увековечивали выдающихся людей, ваяя для них роскошные гробницы. Гробница Санти? Неужели правда? Перед его мысленным взором быстро, как в калейдоскопе, сменяя друг друга, возникали различные образы...

«Мона Лиза» да Винчи.

«Кувшинки» Моне.

«Давид» Микеланджело.

Гробница Санти...

— Санти построил гробницу, — произнес он.

— Что? — обернулась к нему Виттория.

— В четверостишии говорится не о том месте, где похоронен Рафаэль, а о гробнице, которую он построил.

— Не понимаю, о чем вы...

— Я неправильно интерпретировал ключ. Мы должны искать не могилу Рафаэля, а гробницу, которую он соорудил для другого человека. Не понимаю, как я об этом не подумал. Ведь добрая половина скульптур Ренессанса и барокко была изваяна для надгробий. Рафаэль наверняка спроектировал и соорудил сотни гробниц, — закончил ученый с печальной улыбкой.

— Сотни? — с невеселым видом переспросила Виттория.

— Да.

— И как же, профессор, мы найдем ту, которая нам нужна?

Лэнгдон в полной мере ощутил свою неполноценность. О деятельности Рафаэля он знал постыдно мало. Все было бы гораздо проще, если бы речь шла о Микеланджело. Искусство же Санти никогда особенно не впечатляло американца. Он мог назвать всего пару самых знаменитых гробниц, сооруженных по проекту Рафаэля, но как они выглядят, Лэнгдон не знал.

Почувствовав смятение американца, девушка повернулась к гиду, который потихоньку отодвигался от странной парочки. Она схватила его за рукав и, притянув к себе, сказала:

— Мне нужно найти гробницу, спроектированную и сооруженную Рафаэлем.

— Но он построил их великое множество, — ответил уже пребывавший в явном отчаянии чичероне. — Кроме того, вы, наверное, имеете в виду не гробницу, а часовню, построенную им. Над захоронением или рядом с ним архитекторы всегда сооружали часовню.

Лэнгдон понял, что гид прав.

— Не могли бы вы назвать одну-две самые известные в Риме часовни, воздвигнутые по проекту Рафаэля?

— Их в Риме очень много, синьор, — пожал плечами гид.

— «Найди гробницу Санти с дьявольской дырою», — прочитала Виттория первую строку четверостишия и спросила: — Это вам о чем-нибудь говорит?

— Абсолютно ни о чем.

Лэнгдон поднял голову. Как он мог забыть! Ведь ключевые слова в этой строке — «дьявольская дыра»!

— Припомните, — сказал он, — не было ли отверстия в крыше одной из часовен, сооруженных по проекту Санти?

— Насколько я понимаю, Пантеон в этом отношении уникален. Впрочем...

— Что «впрочем»? — в унисон произнесли Виттория и Лэнгдон.

Гид склонил голову набок и переспросил:

— С дьявольской дырою? Как это будет по-итальянски... buco diavolo?

— Именно так, — кивнула Виттория.

— Давненько я не слышал этого термина, — слабо улыбнулся гид. — Если мне не изменяет память, так называли церковное подземелье. Своего рода подземный крипт.

— Крипт? — переспросил Лэнгдон.

— Да, крипт, но весьма специфический. Насколько я помню, «дьявольской дырою» называли подземный склеп для массовых захоронений. Склеп обычно находился в часовне... под первоначальной гробницей.

— Ossuary annex, или «хранилище костей», — вставил Лэнгдон, сразу сообразив, о чем говорит гид.

— Да. Именно этот термин я и пытался вспомнить, — с почтением в голосе произнес итальянец.

Лэнгдон задумался. «Хранилище костей» было дешевым и довольно прагматичным способом решения непростой и деликатной задачи. Когда церковь хоронила своих наиболее выдающихся прихожан в красивых гробницах внутри храмов, не столь известные члены семей усопших желали быть похороненными рядом со своими знаменитыми родственниками. Это означало, что им следовало предоставить место под церковными сводами. Однако в церкви не было места для всего многочисленного семейства, и, чтобы выйти из положения, в земле рядом с гробницей достойных рыли глубокую яму, куда и сваливали останки родичей. Отверстие в земле, именовавшееся «дьявольской дырою», прикрывали крышкой, похожей на ту, которой в наше время закрывают канализационные или телефонные люки. Несмотря на все их удобство, «хранилища костей» очень скоро вышли из моды, поскольку вонь от разлагающихся тел частенько проникала в помещение собора. Дьявольская дыра, подумал Лэнгдон. В подобной связи ученый этого термина никогда не слышал, но он тем не менее показался ему весьма удачным.

«Найди гробницу Санти с дьявольской дырою», — снова и снова повторял он про себя. Вслух же осталось задать всего один вопрос.

— Проектировал ли Рафаэль гробницы или часовни с Ossuary annex? — спросил он.

Чичероне поскреб в затылке и после недолгого раздумья произнес:

— Вообще-то... вообще-то мне на память приходит только одна.

Только одна, подумал Лэнгдон. О лучшем ответе он не смел и мечтать.

— Где?! — чуть ли не выкрикнула Виттория.

Гид окинул их каким-то странным взглядом и произнес:

— Называется она капелла Киджи. Это гробницы Агостино Киджи* и его брата — богатых покровителей искусства и науки.

---

* Агостино Киджи (1465—1520) — банкир, кредитовавший пап Юлия II и Льва X, Чезаре Борджиа и семейство Медичи. Покровительствовал Рафаэлю. Рафаэль построил для него дворец, позже получивший название Фарнезина.

— Науки? — переспросил Лэнгдон, многозначительно взглянув на Витторию.

— Где? — снова спросила Виттория.

Чичероне проигнорировал вопрос и, вновь воспылав энтузиазмом, пустился в пространные объяснения.

— Надо сказать, что эта гробница весьма странным образом отличается от всех других, — сказал он. — Гробница эта... совсем... можно сказать, differente.

— Иная? — переспросил Лэнгдон. — Как прикажете это понимать?

— Будучи не в ладах со скульптурой, Рафаэль проектировал лишь внешний вид. Интерьером занимался другой художник. Имени его я не помню.

Лэнгдон превратился в слух, поскольку речь зашла об анонимном скульпторе иллюминатов.

— У того, кто работал над интерьером, был отвратительный вкус, — продолжал гид. — Dia mio! Atrocita! Кому хочется быть похороненным под пирамидами?

— Пирамидами? — Лэнгдон не мог поверить своим ушам. — Неужели в часовне находятся пирамиды?

— Ужасно, — сказал чичероне, — вижу, что вам это не нравится.

— Синьор, где расположена эта самая капелла Киджи? — дернула экскурсовода за рукав Виттория.

— Примерно в миле отсюда. В церкви Санта-Мария дель Пополо.

— Благодарю вас! — выдохнула Виттория. — А теперь...

— Постойте, — сказал итальянец. — Я кое-что забыл сказать. Ну и глупец же я!

— Только не говорите, что вы ошиблись! — взмолилась Виттория.

— Нет, я не ошибся. Просто забыл сказать — сразу не вспомнил, что капеллу Киджи раньше так не называли. Фамилия Киджи в названии появилась позже. Первоначально она именовалась капелла делла Терра.

— Часовня земли, — машинально перевела Виттория, направляясь к выходу.

Первый элемент и первая стихия природы, подумал Лэнгдон и двинулся вслед за девушкой.

ГЛАВА 63

Гюнтер Глик сменил у компьютера Чиниту Макри, и женщине ничего не оставалось делать, кроме как стоять, пригнувшись, за его спиной, с недоумением наблюдая за действиями коллеги.

— Я же говорил тебе, — немного постучав по клавиатуре, сказал Глик, — что «Британский сплетник» — не единственная газета, которая помещала материалы на эту тему.

Чтобы лучше видеть, Макри перегнулась через спинку переднего сиденья. Глик был прав. В базе данных их почтенной фирмы, известной во всем мире как Би-би-си, находились шесть статей, опубликованных журналистами компании за десять последних лет.

«Чтоб мне сдохнуть!» — подумала она, а вслух произнесла:

— И кто эти, с позволения сказать, журналисты, которые публикуют подобную чушь? Рвань какая-нибудь?

— Би-би-си не принимает на службу всякую рвань, — произнес Гюнтер.

— Но тебя-то они взяли.

— Не понимаю твоего скепсиса, — недовольно сказал Глик. — Существование братства «Иллюминати» подтверждено множеством документов.

— Так же, как существование ведьм, неопознанных летающих объектов и Лохнесского чудовища.

Глик пробежал глазами названия статей и спросил:

— Ты что-нибудь слышала о парне по имени Уинстон Черчилль?

— Звучит довольно знакомо.

— Так вот. Би-би-си давала биографический материал об этом человеке. Черчилль, между прочим, был глубоко верующим католиком. Тебе известно, что в 1920 году этот достойный член общества опубликовал заявление, в котором клеймил иллюминатов и предупреждал британцев о существовании всемирного заговора, направленного против моральных устоев общества?

— И где же это было опубликовано? — с сомнением в голосе спросила Макри. — Не иначе как в «Британском сплетнике»...

— А вот и нет! — торжествующе произнес Глик. — В «Лондон геральд». Номер от 8 февраля 1920 года.

— Не может быть!

— В таком случае смотри сама.

Макри всмотрелась в экран. «Лондон геральд» от 8 февраля 1920 года. «А я и представления не имела».

— Черчилль был параноиком, — заявила она.

— Он был не одинок, — сказал Глик, продолжая читать. — В 1921 году Вудро Вильсон трижды выступал по радио, предупреждая о постоянном усилении контроля иллюминатов над банковской системой Соединенных Штатов. Хочешь услышать прямую цитату из стенограммы передачи?

— По правде говоря, не очень.

— Нет, послушай. Президент США сказал: «Существует сила, столь организованная, столь неуловимая, столь всеохватывающая и столь порочная, что тому, кто захочет выступить против нее с критикой, лучше делать это шепотом».

— Никогда об этом не слышала.

— Наверное, потому, что в 1921 году ты была еще ребенком.

— Очень тонко, — заметила Макри, стоически выдержав удар. Ей уже исполнилось сорок три года, и в ее буйной кудрявой шевелюре начали появляться седые пряди.

Чинита была слишком горда для того, чтобы их закрашивать. Ее мать, принадлежавшая к Конвенции южных баптистов, приучила дочь к самоуважению и терпимости. «Если ты родилась черной, то упаси тебя Господь отказываться от своих корней, — говорила мама. — Если ты попытаешься сделать это, можешь считать себя мертвой. Шагай гордо, улыбайся широко и весело, и пусть они недоумевают, чему ты так радуешься».

— А о Сесиле Родсе* ты что-нибудь слышала?

---

* Сесил Джон Родс (1853—1902) — один из организаторов захвата Англией территорий в Южной и Центральной Африке. В его честь одна из колоний получила название Родезия.

— Об английском финансисте?

— Да. Об основателе стипендии Родса.

— Только не говори, что и он...

— ...иллюминат.

— Дерьмо собачье!

— Не дерьмо собачье, а Британская вещательная корпорация, 16 ноября 1984 года.

— Мы написали о том, что Сесил Родс был иллюминатом?!

— Представь себе. Если верить нашей достойной компании, то стипендия Родса была создана более ста лет назад для привлечения наиболее способных молодых людей со всего мира в ряды братства «Иллюминати».

— Но это же просто смешно! Мой дядя получал стипендию Сесила Родса.

— Так же, как и Билл Клинтон, — ухмыльнулся Глик.

Макри начинала злиться. Она терпеть не могла дешевой алармистской журналистики, но в то же время ей было известно, что Би-би-си досконально проверяет все, что выходит в свет от ее имени.

— А вот сообщение, которое ты наверняка помнишь, — продолжал Глик. — Би-би-си, 5 марта 1998 года. Председатель парламентского комитета Кристофор Маллин требует от всех членов парламента — масонов публично признаться в принадлежности к этой организации.

Макри помнила этот материал: проект закона в конечном итоге охватил, помимо парламентариев, полицейских и судей.

— Напомни, почему это потребовалось? — сказала она.

— Маллин посчитал, что некие тайные фракции, входящие в сообщество масонов, оказывают чрезмерное влияние на политическую и финансовую жизнь британского общества.

— Он прав.

— Законопроект вызвал большой переполох. Парламентские масоны были вне себя от ярости. И я их понимаю. Подавляющее большинство людей вступили в общество с самыми благими намерениями и не имели понятия о прежних связях масонских лож.

— Предполагаемых связях, — поправила его Макри.

— Пусть так, — согласился Глик и тут же добавил: — Взгляни-ка на это. Если верить отчетам, то орден «Иллюминати» родился во времена Галилея и имел прямое отношение к французским и испанским сообществам подобного типа. Карл Маркс был связан с иллюминатами, а кроме того, они оказали влияние даже на революцию в России.

— Людям свойственно переписывать историю.

— Тебе хочется чего-нибудь более свежего? Что ж, получай. Сообщество «Иллюминати» упоминается в одном из последних номеров «Уолл-стрит джорнэл».

Макри навострила уши. Это издание она очень уважала.

— Угадай с трех раз, какая игра пользуется сейчас наибольшей популярностью в Интернете?

— «Приколи хвост Памеле Андерсон».

— Почти в точку, но все же не совсем. Американцы без ума от интернет-игры, именуемой «Иллюминаты: Новый мировой порядок».

Макри перегнулась через его плечо и прочитала: «Компания «Игры Стива Джексона» создала новый хит. Игра являет собой квазиисторические приключения, в ходе которых некое баварское общество сатанистов пытается захватить мир. Вы можете найти игру в Сети на...»

— И за что же эти ребята из братства «Иллюминати» так ополчились на христианство? — чувствуя себя совсем разбитой, спросила Макри.

— Не только на христианство, — поправил коллегу Глик. — На религию в целом. — Склонив голову набок и широко ухмыльнувшись, он добавил: — Но судя по тому, что мы только что услышали, на Ватикан они имеют особый зуб.

— Перестань! Неужели ты серьезно веришь, что звонивший человек является тем, за кого себя выдает?

— За посланца братства «Иллюминати», готовящегося прикончить четырех кардиналов? — улыбнулся Глик. — Очень надеюсь, что это соответствует истине.

ГЛАВА 64

Такси, в котором ехали Лэнгдон и Виттория, покрыло расстояние в одну милю чуть больше чем за минуту — благо ширина виа делла Скорфа позволяла развить сумасшедшую скорость. Когда машина, заскрипев тормозами, замерла у южного края пьяцца дель Пополо, до восьми оставалась еще пара минут. Поскольку лир у Лэнгдона не было, за поездку пришлось переплатить, сунув таксисту несколько долларов. Выскочив из автомобиля, Лэнгдон и Виттория увидели, что площадь пуста и на ней царит полная тишина, если не считать смеха нескольких аборигенов, сидящих за столиками, выставленными на тротуар рядом с популярным в Риме кафе «Розати». В этом кафе почему-то обожали собираться римские литераторы. Воздух был наполнен ароматом кофе и свежей выпечки.

Лэнгдон никак не мог оправиться от шока, вызванного его ошибкой. Он обвел площадь взглядом и шестым чувством ученого ощутил, что пространство вокруг изобилует символами иллюминатов — наполнено их духом. Во-первых, сама площадь имела форму эллипса. И во-вторых, что было самым главным, в ее центре высился египетский обелиск. Четырехгранный столб с пирамидальной верхушкой. Вывезенные римлянами из Египта в качестве военных трофеев обелиски были расставлены по всему городу, и специалисты по символике именовали их «пирамидами высокомерия», полагая, что древние считали эти камни продолжением земных святынь, обращенным в небо.

Когда Лэнгдон смотрел на монолит, его взгляд случайно уловил в глубине еще один знак. Знак гораздо более важный.

— Мы в нужном месте, — тихо сказал он, ощутив вдруг сильную усталость. — Взгляните-ка вот на это, — продолжил Лэнгдон, показывая на внушительного вида каменную арку на противоположной стороне площади.

Арка, именуемая Порто дель Пополо, возвышалась на площади много сотен лет. В верхней точке дуги в камне было вырублено символическое изображение.

— Вам это знакомо? — спросил Лэнгдон.

10 Зак. 1526

Виттория вгляделась в большой барельеф и сказала:

— Сверкающая звезда над сложенными пирамидой камнями.

— Источник света над пирамидой, если быть точным, — произнес ученый.

— Совсем как на Большой печати Соединенных Штатов? — с округлившимися от изумления глазами, едва слышно спросила девушка.

— Именно. Масонский символ на долларовой банкноте.

Виттория глубоко вздохнула, обвела взглядом площадь и спросила:

— Ну и где же эта проклятая церковь?

Церковь Санта-Мария дель Пополо находилась у подножия холма на южной стороне площади. Храм стоял косо и чем-то напоминал неумело и не в том месте ошвартованный линкор. Прикрывающие фасад строительные леса придавали зданию еще более странный вид.

В голове Лэнгдона царил хаос, и ученый изо всех сил старался привести в порядок свои мысли. Он изумленно смотрел на церковь. Неужели где-то в ее недрах вот-вот должно произойти убийство? Американец молил Бога о том, чтобы Оливетти прибыл на место как можно скорее.

Ведущая ко входу в храм лестница имела форму закругленного веера — ventaglio. Подобная архитектура, по замыслу строителей, должна была как бы заключать прихожан в объятие, что в данный момент выглядело несколько комично, поскольку ступени были заблокированы лесами и разнообразными механизмами. Довольно внушительных размеров знак предупреждал: «СТРОИТЕЛЬНЫЕ РАБОТЫ. ВХОД ВОСПРЕЩЕН».

Лэнгдон сообразил, что закрытая на реконструкцию церковь является идеальным местом для убийства — там ему никто не мог помешать. Совсем не то, что Пантеон. Никаких особых ухищрений со стороны убийцы это место не требовало. Нужно было только найти способ проникнуть внутрь.

Виттория, ни секунды не колеблясь, проскользнула между двумя деревянными козлами и начала подниматься по ступеням.

— Виттория, — негромко позвал Лэнгдон, — если он все еще там...

Виттория, похоже, ничего не слышала. Она прошла через центральный портик к единственной деревянной двери церкви. Лэнгдон поспешил за ней. Прежде чем он успел произнести хотя бы слово, девушка взялась за ручку двери и потянула ее на себя. Тяжелая створка даже не дрогнула.

— Должен быть другой вход, — сказала Виттория.

— Вероятно, — облегченно вздохнув, согласился Лэнгдон. — С минуты на минуту должен прибыть Оливетти. Входить внутрь крайне опасно. Мы будем наблюдать за церковью до тех пор, пока...

— Если имеется другой вход, то, очевидно, имеется и другой выход! — бросила девушка, обжигая его гневным взглядом. — Если этому парню удастся скрыться, мы будем полным fungito.

Лэнгдон достаточно владел итальянским, чтобы понять, что она права. Да, в этом случае они действительно окажутся полным дерьмом.

В расположенном справа от церкви и зажатом высоченными стенами проходе было темно. Там пахло мочой — типичный запах для города, где число баров превосходит число общественных туалетов в соотношении двадцать к одному.

Виттория и Лэнгдон старались как можно быстрее выбраться из этого смердящего полумрака. Когда они пробежали почти пятнадцать ярдов, девушка схватила американца за руку и молча на что-то показала.

Лэнгдон вгляделся и чуть впереди увидел неприметную деревянную дверь на массивных петлях. Он сразу сообразил, что перед ними porta sacra — вход, предназначенный исключительно для священнослужителей. В большей части церквей эти двери давно не использовались, поскольку соседние здания, приближаясь к стенам храмов, превращали подходы к porta sacra в дурно пахнущие узкие щели.

Виттория подскочила к двери и с изумлением уставилась на ручку. Лэнгдон подошел к девушке, взглянул на дверь и увидел, что в том месте, где должна находиться ручка, свисает какое-то очень похожее на бублик кольцо.

Ученый взялся за кольцо и потянул его на себя. За дверью послышался щелчок. Виттория, переминаясь с ноги на ногу, стояла рядом. Она явно волновалась. Лэнгдон неторопливо повернул кольцо по часовой стрелке на триста шестьдесят градусов, однако ничего не случилось. Запор не открылся. Американец нахмурился и повторил попытку в другом направлении. Результат оказался тем же самым.

Виттория посмотрела вдоль узкого прохода и спросила:

— Может, есть еще один вход?

Лэнгдон серьезно сомневался в возможности его существования. В эпоху Ренессанса церкви строили с таким расчетом, чтобы в случае неожиданного штурма города они могли служить укрытием. Поэтому дверей делали как можно меньше.

— Если и есть другой вход в здание, — задумчиво произнес он, — то он скорее всего расположен где-то в заднем бастионе и наверняка служит не как вход, а как потайной выход.

Не успел он закончить фразу, как Виттория двинулась по узкому проходу.

Лэнгдон последовал за ней. По обе стороны проулка к небу поднимались высокие стены. Где-то зазвонил колокол. Восемь часов вечера...

Лэнгдон не сразу услышал, что Виттория его зовет. Он остановился у окна и прильнул к цветному стеклу, чтобы увидеть, что происходит внутри собора.

— Роберт! — донесся до него громкий шепот девушки.

Лэнгдон посмотрел в ее сторону. Виттория уже находилась в конце проулка. Показывая на тыльную сторону церкви, она знаками подзывала его к себе. Лэнгдон неохотно затрусил к девушке. У основания задней стены храма был сооружен небольшой каменный бастион, а за бастионом скрывался грот, из которого в фундамент церкви уходил узкий лаз.

— Вход? — спросила Виттория.

Вообще-то скорее выход, подумал Лэнгдон, утвердительно кивая. В этот момент технические детали не имели никакого значения.

Виттория встала на колени и заглянула в тоннель.

— Давайте проверим, — прошептала девушка. — Может быть, там есть дверь и она не заперта.

Лэнгдон открыл было рот, чтобы выразить протест, но Виттория взяла его за руку и потянула вслед за собой в грот.

— Постойте, — сказал он.

Виттория обернулась, всем своим видом выражая нетерпение.

— Я пойду первым, — со вздохом продолжил Лэнгдон.

— Очередное проявление рыцарства? — удивленно спросила Виттория.

— Красота обязана уважать возраст.

— Видимо, это должно служить комплиментом?

Лэнгдон молча улыбнулся и проскользнул мимо нее в темноту.

— Осторожно! Здесь ступени, — через мгновение произнес он.

Ученый двигался чрезвычайно медленно, касаясь рукой стены. Острые камни царапали кончики его пальцев. Лэнгдон вдруг вспомнил старинный греческий миф, согласно которому юноша точно таким же образом пробирался по лабиринту Минотавра, зная, что если ни разу не оторвет руку от стены, то обязательно придет к выходу. Лэнгдон осторожно продвигался вперед, не будучи уверенным в том, хочет ли он добраться до этого выхода.

Тоннель сузился, и Лэнгдон еще больше замедлил шаги. За спиной он чувствовал дыхание Виттории. Стена из-под руки ушла вправо, и они оказались в небольшой полусферической камере, в которую, как ни странно, откуда-то пробивался свет. В этом почти полном мраке Лэнгдону каким-то чудом удалось увидеть очертания двери.

— Ого... — произнес американец.

— Заперта?

— Была заперта.

— Была? — переспросила Виттория и встала с ним рядом.

— Взгляните, — сказал Лэнгдон.

В пробивающемся из-под косо висевшей двери свете было видно, что удерживающие массивную деревянную панель петли вырваны из гнезд. Орудие взлома — металлическая фомка все еще торчала из щели.

Некоторое время они стояли молча. Затем Лэнгдон почувствовал, как к его груди прикоснулась девичья ладонь. Рука скользнула куда-то под пиджак, и он услышал:

— Не волнуйтесь, профессор. Я всего лишь пытаюсь достать пистолет.

А в этот момент швейцарские гвардейцы, рассредоточившись по всему музею Ватикана, вели поиск. В музее было темно, и каждый солдат имел в своем распоряжении прибор ночного видения — из тех, что использовались морской пехотой США. Через эти большие, очень похожие на мотоциклетные очки весь окружающий мир представал в зеленоватых тонах. Кроме того, у каждого швейцарца были наушники, соединенные с гибкими, очень смахивающими на антенны детекторами. Эти детекторы они использовали, дважды в неделю проводя рутинные поиски подслушивающих приборов. Гвардейцы двигались неторопливо, ритмично водя перед собой гибкими стержнями. Опытные ищейки методично проверяли пространство за статуями, осматривали ниши и открывали шкафы. Они даже не ленились заглядывать под мебель. Если в помещении окажется самое слабое магнитное поле, в наушниках должен раздаться писк.

Однако в этот вечер все приборы молчали.

ГЛАВА 65

Интерьер церкви Санта-Мария дель Пополо в неярком вечернем освещении походил на рельеф какой-то огромной пещеры или, скорее, на недостроенную станцию подземки. Здесь мало что осталось от храма. Главный неф являл собой полосу препятствий, состоящую из вывернутых из пола плит, штабелей кирпича, гор песка, доброго десятка тачек и даже одной небольшой, но очень ржавой бетономешалки. Из пола, поддерживая сводчатую крышу, поднимались гигантские колонны. В воздухе лениво плавали пылинки, едва заметные в приглушенном свете, проникающем через витражи. Виттория и Лэнгдон стояли под фресками Пинтуриккьо* и внимательно изучали разоренный храм.

Никакого движения. Мертвая тишина.

Виттория держала пистолет перед собой, сжав рукоятку обеими руками. Лэнгдон взглянул на часы. 8:04. Надо быть безумцем, чтобы торчать здесь в эти минуты, думал он. Это же смертельно опасно. В то же время он понимал, что если убийца все еще оставался в церкви, то он мог выйти из нее через любую дверь, поэтому засада на улице с одним пистолетом была бесполезной затеей. Захватить преступника можно только в помещении... если, конечно, он там еще находился. Лэнгдон корил себя за чудовищную ошибку, которую он совершил, направив все силы в Пантеон. Теперь он не имел права настаивать на каких-либо предосторожностях, поскольку сам поставил всех в безвыходное положение.

— Итак, где же часовня Киджи? — тревожно прошептала Виттория, осмотрев церковь.

Лэнгдон, вглядевшись в сумеречное и казавшееся призрачным пространство, обвел взглядом стены храма. В церквях периода Ренессанса, как правило, имелось несколько часовен, а в больших храмах наподобие собора Парижской Богоматери их насчитывался не один десяток. Эти часовни были не закрытыми помещениями, а всего лишь нишами — полукруглыми углублениями по периметру стен церкви. В этих углублениях и располагались гробницы великих людей прошлого.

Плохо дело, подумал Лэнгдон, увидев на каждой из боковых стен по четыре ниши. В храме было восемь часовен. Хотя число захоронений нельзя было назвать большим, положение осложнялось тем, что каждое из углублений в стене было занавешено большими полотнищами из прозрачного полиуретана. Это, видимо, было сделано для того, чтобы защитить гробницы от строительной пыли.

---

* Пинтуриккьо (1454—1513) — итальянский живописец, представитель умбрийской школы раннего Возрождения.

— Часовней Киджи может быть любая из закрытых ниш, — ответил Лэнгдон. — И найти ее мы можем, лишь заглянув за занавес. По-моему, это достаточная причина ждать появления Оливе...

— Что такое второй левый придел? И где он расположен? — неожиданно спросила Виттория.

Лэнгдон посмотрел на нее с изумлением: он и понятия не имел, что Виттория настолько хорошо знакома с церковной архитектурой.

— Второй левый придел? — переспросил он.

Девушка молча показала на стену за его спиной. Лэнгдон оглянулся и увидел вделанную в камень декоративную плиту. На плите был вырезан тот же символ, который они видели на площади, — пирамида под сверкающей звездой. Рядом с плитой на стене была размещена современная пластина довольно унылого вида. На пластине значилось:

ГЕРБ АЛЕКСАНДРА КИДЖИ,
ГРОБНИЦА КОТОРОГО НАХОДИТСЯ
ВО ВТОРОМ ЛЕВОМ ПРИДЕЛЕ ХРАМА

Итак, герб Киджи являл собой изображение пирамиды под звездой. Все как нельзя лучше становилось на свои места. Интересно, подумал Лэнгдон, неужели этот богатый покровитель искусств тоже был иллюминатом? Вслух же он произнес:

— Отличная работа, Никита́.

— Что?

— Ничего, забудьте. Я...

В этот момент в нескольких ярдах от них на пол с характерным стуком упал какой-то металлический предмет. Под сводами собора прокатилось эхо. Лэнгдон мгновенно толкнул Витторию за колонну и встал рядом с ней. Девушка направила пистолет в сторону звука. Американец напряг слух. Тишина. Полная тишина. Лэнгдон и Виттория замерли, выжидая дальнейшего развития событий. Через некоторое время звук повторился. Но на сей раз это был лишь шорох. Лэнгдон затаил дыхание. «Нам не следовало приходить сюда, — думал он. — Как я мог это допустить?» Звук приближался. Теперь он напоминал неровное шарканье. Создавалось впечатление, что к ним идет хромой. Еще миг, и из-за колонны возник источник этого звука.

— Ах ты, дрянь! — отпрыгнув назад, негромко выругалась Виттория.

Лэнгдон тоже отпрянул, при этом едва не упав.

Рядом с колонной появилась гигантских размеров крыса. Животное волокло завернутый в бумагу недоеденный сандвич. Увидев их, грызун замер, внимательно посмотрел на ствол пистолета и, видимо, поняв, что ему ничего не грозит, спокойно поволок свою добычу в одному ему известное место.

— Что за сукина... — выдохнул Лэнгдон, пытаясь унять бешено колотящееся сердце.

Виттория пришла в себя первой и опустила пистолет. Лэнгдон выглянул из-за колонны и увидел открытую металлическую коробку, в каких рабочие обычно носят обеды. До этого коробка лежала на козлах, однако находчивый грызун, видимо, столкнул ее на пол, и от удара она открылась.

Лэнгдон обежал взглядом базилику в надежде уловить хоть какое-нибудь движение. Ничего не заметив, он прошептал:

— Если этот парень здесь, то он наверняка все слышал. Вы действительно не хотите подождать прибытия Оливетти?

— Второй левый придел, — повторила Виттория. — Так где же он?

Лэнгдон неохотно повернулся к Виттории и попытался привести в порядок свои мысли. Терминология церковной архитектуры, так же как и театральной режиссуры, не оставляла места для свободного толкования или интуиции. Ученый встал лицом к главному алтарю. Центр сцены, подумал он и ткнул большим пальцем руки назад, через плечо.

— Там.

После этого оба они обернулись, чтобы посмотреть, на что указывал палец.

Похоже, что гробница Киджи находилась в третьей из четырех ниш справа от них. Лэнгдону и Виттории повезло, и они оказались на той стороне церкви, где была часовня. Но на этом везение заканчивалось, поскольку они стояли в дальнем от нее конце нефа. Для того чтобы добраться до нужного места, им предстояло пройти вдоль всего собора, мимо трех других занавешенных прозрачным пластиком часовен.

— Постойте, — сказал Лэнгдон, — я пойду первым.

— Оставьте.

— Я тот, кто все испортил, назвав местом убийства Пантеон.

— Но зато у меня имеется пистолет, — улыбнулась она.

Однако по выражению глаз девушки Лэнгдон понял, о чем она думает на самом деле. «...Они убили моего отца. Я помогла создать оружие массового уничтожения. И труп этого парня должен принадлежать мне...»

Осознав всю бесполезность попыток остановить Витторию, Лэнгдон позволил ей идти первой, в то же время стараясь держаться к ней как можно ближе.

Они осторожно двигались вдоль восточной стены базилики. На подходе к первой нише Лэнгдону вдруг показалось, что он участвует в какой-то сюрреалистической игре, и нервы его напряглись до предела. «Итак, я ставлю на занавес номер три», — подумал он.

В соборе царила тишина. Толстые каменные стены поглощали малейшие намеки на существование внешнего мира. За пластиковыми занавесами, мимо которых они проходили, виднелись бледные формы человеческих тел. Создавалось впечатление, что белые фигуры колеблются, и это делало их похожими на призраки. Это всего лишь мрамор, убеждал себя Лэнгдон, надеясь, что не ошибается. Часы показывали 8:06. Неужели убийца оказался настолько пунктуальным, что успел выскользнуть из базилики до того, как в нее вошли Лэнгдон и Виттория? Или он все еще находится в церкви? Американец не знал, какой вариант он предпочитает.

Они подошли ко второму приделу, который в неторопливо угасающем свете дня выглядел чрезвычайно зловеще. В Риме наступала ночь, и темноту в помещении храма усиливали цветные стекла витражей. В этот миг пластиковый занавес, мимо которого они проходили, качнулся так, будто попал под струю ветра. «Неужели кто-то открыл дверь?» — подумал Лэнгдон.

На подходе к третьей нише Виттория замедлила шаг. Держа пистолет наготове, она всматривалась в стоящую у стены стелу. На гранитной глыбе была выбита надпись:

КАПЕЛЛА КИДЖИ

Лэнгдон кивнул. Соблюдая абсолютную тишину, они подошли к краю занавеса и укрылись за широкой колонной. Не выходя из укрытия, Виттория поднесла пистолет к краю пластика и дала Лэнгдону знак приоткрыть его.

Самое время приступать к молитве, подумал он и, неохотно вытянув руку из-за ее плеча, начал осторожно отодвигать пластик в сторону. Полиуретан бесшумно подался на дюйм, а затем ему это, видимо, надоело, и он громко зашелестел. Лэнгдон и Виттория замерли. Тишина. Немного выждав, Виттория наклонилась и, вытянув шею, заглянула в узкую щель. Лэнгдон пытался что-нибудь увидеть, глядя через плечо девушки.

На некоторое время они оба затаили дыхание.

— Никого, — наконец прошептала Виттория. — Мы опоздали.

Лэнгдон ничего не слышал. В один миг он как будто перенесся в иной мир. Ни разу в жизни ему не доводилось видеть подобной часовни. От вида этого сооружения, целиком выполненного из коричневого мрамора, захватывало дух. Ученый замер в восхищении, пожирая взглядом открывшуюся ему картину. Теперь он понял, почему этот шедевр первоначально называли капелла делла Терра — часовня Земли. Создавалось впечатление, что ее соорудил сам Галилей и близкие к нему иллюминаты.

Куполообразный потолок часовни был усыпан сверкающими звездами, меж которыми сияли семь планет, известных в то время астрономам. Ниже на своеобразном поясе разместились двенадцать знаков Зодиака. Двенадцать укоренившихся в астрономии языческих символов. Зодиак был напрямую связан с землей, воздухом, огнем и водой... квадрантами, представляющими власть, разум, страсть и чувства. Земля есть власть, припомнил Лэнгдон. Еще ниже на стене располагались знаки четырех времен года — весны, лета, осени и зимы. Но больше всего воображение ученого потрясли четыре занимавших главенствующее положение в часовне сооружения. Он в немом восхищении взирал на символы братства «Иллюминати». Этого не может быть, думал он, но это все-таки существует!

В капелле Киджи архитекторы воздвигли четыре десятифутовые мраморные пирамиды. Пирамиды стояли абсолютно симметрично — по две с каждой стороны.

— Я не вижу кардинала, — прошептала Виттория. — Да и убийцы тоже.

С этими словами она отодвинула пластик и шагнула в часовню.

Лэнгдон не сводил глаз с пирамид. Что делают они внутри христианской часовни?

Но и это еще было не все. Точно в центре тыльной стороны каждой пирамиды поблескивали золотые медальоны... Медальоны подобной формы Лэнгдон встречал лишь несколько раз в жизни. Это были правильные эллипсы. Эллипсы Галилея? Пирамиды? Звездный купол? Даже в самых смелых в своих мечтах он не мог представить, что окажется в помещении, в котором присутствовало бы такое количество символов братства «Иллюминати».

— Роберт, — произнесла Виттория срывающимся голосом, — посмотрите!

Лэнгдон резко повернулся и, возвратившись в реальный мир, бросил взгляд себе под ноги — туда, куда показывала девушка.

— Что за дьявольщина?! — воскликнул американец, отскакивая в сторону.

С пола на него с насмешливой ухмылкой смотрел череп. Это была всего лишь часть весьма натуралистично выполненного мозаичного скелета, призванного изображать «смерть в полете». Скелет держал в руках картон с изображением пирамид и звезд — точно таких же, как те, что находились в часовне. Но содрогнуться Лэнгдона заставило вовсе не это изображение, а то, что основой мозаики служил камень, по форме очень напоминавший крышку канализационного люка. Камень, именуемый cupermento, был сдвинут в сторону и лишь частично прикрывал темное отверстие в полу.

— Дьявольская дыра, — едва слышно выдавил Лэнгдон. Он настолько увлекся изучением потолка, что совершенно не заметил отверстия.

Американец неохотно приблизился к яме. От нее разило так, что захватывало дух.

— Что это так воняет? — спросила Виттория, прикрывая ладонью рот и нос.

— Миазмы, — ответил Лэнгдон. — Пары гниющих костей. — Дыша через рукав пиджака, он присел на корточки перед отверстием и, заглянув в темноту, сказал: — Ничего не видно.

— Думаете, там кто-нибудь есть?

— Откуда мне знать?

Виттория показала на ведущую в черноту полусгнившую деревянную лестницу.

— Ни черта не видно, — покачал головой Лэнгдон. — Это то же самое, что спускаться в ад.

— Может быть, среди оставленных инструментов найдется фонарь? — Американцу показалась, что девушка ищет любой предлог, чтобы сбежать от этого тошнотворного аромата. — Я пойду взгляну.

— Осторожнее, — предупредил ее Лэнгдон. — Мы не знаем, где находится ассасин и...

Но Виттория уже ушла.

Женщина с сильным характером, подумал он.

Лэнгдон повернулся лицом к колодцу, ощущая легкое головокружение — так на него подействовали испарения смерти. Он задержал дыхание, сунул голову в отверстие и, напрягая зрение, вгляделся во тьму. Когда его глаза немного привыкли к темноте, он начал различать внизу какие-то смутные тени. Оказалось, что колодец вел в небольшую камеру. Дьявольская дыра. Интересно, думал он, сколько поколений семейства Киджи было бесцеремонно свалено в эту шахту? Лэнгдон опустил веки, давая глазам возможность лучше приспособиться к темноте. Открыв их снова, ученый увидел какую-то бледную, расплывчатую, плавающую в темноте фигуру. Он сумел подавить инстинктивное желание вскочить, несмотря на то что его начала бить дрожь. Неужели у него начались галлюцинации? А может быть, это чье-то тело? Фигура исчезла. Лэнгдон снова закрыл глаза и не открывал их довольно долго. Голова начала кружиться, а мысли путаться. Еще несколько секунд, убеждал он себя. Он не знал, что именно было причиной головокружения — исходящие из ямы миазмы или неудобная поза.

Когда он наконец открыл глаза, представший перед его взором образ остался для него столь же непонятным, как и до того.

Теперь ему казалось, что весь склеп наполнен призрачным голубоватым свечением. Через миг он услышал странное шипение, и на отвесных стенах шахты запрыгали пятна света. Еще миг — и над ним возникла какая-то огромная тень. Лэнгдон вскочил на ноги.

— Осторожнее! — раздался крик за его спиной.

Ученый, не успев повернуться, почувствовал острую боль в шее. Когда ему все-таки удалось посмотреть назад, он увидел, как Виттория отводит в сторону паяльную лампу, из которой с шипением вырывалось синеватое пламя, озаряя зловещим светом часовню.

— Что, дьявол вас побери, вы затеяли?! — возопил Лэнгдон, схватившись за шею.

— Я всего лишь хотела вам посветить, — ответила девушка. — Вы отпрянули прямо на огонь.

Лэнгдон бросил взгляд на необычный осветительный прибор.

— Никаких фонарей, — сказала Виттория. — Это — лучшее, что я смогла найти.

— Я не слышал, как вы подошли, — пробормотал американец, потирая обожженное место.

Виттория вручила ему лампу, поморщившись от исходящей из склепа вони.

— Как вы считаете, эти испарения могут воспламениться? — спросила она.

— Надеюсь, что нет.

Он взял паяльную лампу и, осторожно наклонившись к краю «дьявольской дыры», осветил стенку склепа. Оказалось, что подземная камера имела форму круга диаметром в двадцать футов. Примерно на глубине тридцати футов паяльная лампа высветила дно подземелья. Оно было темным и неровным. Земля, подумал американец. Потом он увидел тело.

— Он здесь, — сказал Лэнгдон, подавив желание отвернуться. На темном фоне земли виднелся лишь бледный силуэт человека. — Кажется, он раздет догола, — продолжил ученый, и перед его мысленным взором вновь замаячил обнаженный труп Леонардо Ветра.

— Один из кардиналов?

Лэнгдон не был уверен, но не мог представить, что в склепе может находиться кто-то еще. Он напряженно вглядывался в светлое пятно... Неподвижное. Безжизненное. Но все же... Его охватили сомнения. В положении фигуры было что-то странное. Создавалось впечатление, что...

— Эй! — позвал Лэнгдон.

— Вы полагаете, что он жив?

Отклика снизу не последовало.

— Он не двигается, — ответил Лэнгдон. — Но он выглядит...

Нет. Это решительно невозможно.

— Так как же он выглядит?

— Создается впечатление, что он стоит... — сказал ученый.

Виттория затаила дыхание и приникла к краю колодца, чтобы увидеть все своими глазами. Через несколько секунд она выпрямилась и сказала:

— Вы правы. Он стоит вертикально! Может быть, кардинал еще жив и нуждается в помощи? Хэлло!!! — крикнула она, вновь склонившись к колодцу.

Ответом ей было молчание. Склеп не ответил Виттории даже намеком на эхо.

Девушка молча двинулась к рахитичной лестнице.

— Я спускаюсь.

— Нет. Это слишком опасно, — взяв ее за руку, сказал Лэнгдон. — Вниз пойду я.

На сей раз Виттория протестовать не стала.

ГЛАВА 66

Чинита Макри была вне себя от ярости. Она сидела на пассажирском сиденье микроавтобуса Би-би-си, стоявшего на углу виа Томачелли. Мотор автомобиля работал на холостом ходу, а Гюнтер внимательно изучал карту Рима. Не оставалось сомнения в том, что этот идиот заблудился. Таинственный незнакомец, как опасалась Макри, позвонил снова. На сей раз он сообщил им новую информацию.

— Пьяцца дель Пополо, — бормотал Гюнтер. — Там есть какая-то церковь. Ее мы и ищем, поскольку именно в этой церкви находятся все нужные нам доказательства.

— Доказательства чего? — Чинита прекратила протирать стекла очков, внимательно посмотрела на Глика и закончила: — Того, что этого кардинала прикончили?

— Это все, что он сказал.

— Неужели ты веришь всему, что слышишь? — язвительно произнесла Чинита, в который раз сожалея о том, что не она здесь главная. Видеооператоры были отданы на милость полоумных репортеров, и если у Гюнтера Глика возникла безумная идея откликнуться на анонимный звонок, Макри не оставалось ничего, кроме как следовать за этим идиотом. Как собака на поводке.

Она смотрела, как он восседал на водительском месте, решительно выдвинув вперед подбородок. Родители этого парня были скорее всего неудачниками, ущербными комедиантами, думала она. Иначе они не наградили бы своего сынка таким дурацким именем. Гюнтер Глик! Неудивительно, что он постоянно стремится кому-то что-то доказать. Тем не менее, несмотря на нелепое имя и неуемное стремление прославиться, в парне есть что-то привлекательное, есть шарм... есть какая-то раскованность. Одним словом, он похож на Хью Гранта, принимающего «колеса».

— Может быть, нам следует вернуться к Святому Петру? — как можно более миролюбиво произнесла Макри. — Эту таинственную церковь мы можем осмотреть позже. Конклав открылся час назад. Ты представляешь, что с нами будет, если кардиналы примут решение без нас?

Глик, казалось, не слышал ее слов.

— Думаю, что нам нужно свернуть направо, — сказал он, слегка повернул карту и снова углубился в ее изучение. — Да, если я сверну направо... а потом сразу налево...

Машина двинулась и начала поворачивать в узкую улочку.

— Осторожнее! — крикнула Макри, которая, как человек, работающий с видеокамерой, обладала более острым зрением.

У Глика, по счастью, была хорошая реакция. Он ударил по тормозам и остановился перед самым перекрестком как раз в тот момент, когда там практически из ниоткуда возникли четыре «альфа-ромео». Мелькнувшие словно молнии машины резко свернули, так что взвизгнули тормоза, и мгновенно скрылись за углом идущей влево улицы. Они промчались тем же путем, который наметил для себя Глик.

— Маньяки! — заорала им вслед Макри.

— Ты видела? — спросил потрясенный Глик.

— Еще бы! Они нас чуть не убили!

— Нет. Я имею в виду машины, — сказал репортер, и по его голосу было слышно, что он страшно разволновался. — Все машины были совершенно одинаковыми.

— Ну и что? Это означает лишь, что маньяки, чуть нас не прикончившие, начисто лишены воображения.

— Во всех машинах было полно людей.

— Что из того?

— Четыре одинаковые машины, в каждой из которых четыре пассажира?

— Неужели ты ничего не слышал об автомобильных пулах?

— Где, в Италии? — Глик внимательно осмотрел перекресток и добавил: — Они здесь понятия не имеют даже о неэтилированном бензине, а ты толкуешь о совместном пользовании машинами.

С этими словами он резко нажал на педаль газа, и машина рванулась в том же направлении, куда помчалась четверка «альфа-ромео».

— Что, черт возьми, ты делаешь?! — воскликнула Макри, которую отбросило на спинку сиденья.

Глик на максимально возможной скорости проскочил квартал и свернул на улицу, за углом которой скрылись странные машины.

— Что-то подсказывает мне, что мы с тобой не единственные, кто в данный момент торопится к этой церкви.

ГЛАВА 67

Спуск проходил мучительно медленно.

Лэнгдон осторожно, ступенька за ступенькой сползал по скрипящей деревянной лестнице в подземелье под капеллой Киджи. «И с какой стати я полез в эту дьявольскую дыру?» — думал он, не видя ничего, кроме каменной стены перед глазами. Уже в который раз за день ему пришлось оказаться в замкнутом пространстве и испытать очередной приступ клаустрофобии. Лестница при каждом движении жалобно стонала, а отвратительный запах и высокая влажность вызывали удушье. «Куда подевался этот Оливетти?» — думал американец.

Поднимая голову, он еще мог видеть силуэт светившей путь паяльной лампой Виттории. Голубоватое свечение по мере его погружения в склеп становилось все слабее и слабее. Вонь же, напротив, только усиливалась.

Это произошло на двенадцатой ступеньке. Его нога попала на влажное от плесени место и соскользнула с рахитичной планки. По счастью, он избежал падения на дно, поскольку, упав на лестницу грудью, сумел схватиться за древнее сооружение обеими руками. Проклиная все на свете, ученый нащупал ногой очередную предательскую перекладину и продолжил спуск. Предплечья, которыми он обнимал лестницу, болели. Синяков, видимо, избежать не удастся, подумал он.

Через три ступени он чуть было снова не сорвался. Но на сей раз причиной этого была не дефектная перекладина, а приступ самого банального ужаса. Двигаясь мимо углубления в стене, он вдруг оказался лицом к лицу с черепом. Лэнгдон посмотрел внимательнее и увидел, что на него пялится целое сборище мертвых голов. Несколько придя в себя, он сообразил, что на этом уровне в стене вырублены погребальные ниши, каждая из которых была заполнена скелетом. В синеватом мерцающем свете пустые глазницы и разложившиеся грудные клетки являли собой ужасающее зрелище.

Скелеты в свете факелов, криво усмехнулся он, припомнив, что всего лишь месяц назад пережил такой же вечер. Вечер костей и огня. Это был благотворительный ужин нью-йоркского Музея археологии — лосось flambe при свечах в тени скелета бронтозавра. Он попал туда по приглашению Ребекки Штросс — бывшей модели, а ныне ведущего эксперта по проблемам культуры журнала «Тайм». Ребекка являла собой торнадо из черного бархата, сигаретного дыма и больших силиконовых грудей. После ужина она звонила ему дважды, но Лэнгдон на звонки не ответил. Совсем не по-джентльменски, ухмыльнулся он, и в голову ему пришла нелепая мысль: интересно, сколько минут смогла бы продержаться Ребекка Штросс в подобной вони?

Лэнгдон почувствовал огромное облегчение, когда вместо ступени под его ногой оказалась мягкая, как губка, и вдобавок влажная почва дна склепа. Убедив себя в том, что стены в ближайшее время не рухнут, он повернулся лицом к центру каменной камеры. Снова дыша сквозь рукав, Лэнгдон посмотрел на тело. В полумраке подземелья оно было едва заметно. Светлый силуэт человека, обращенный лицом в противоположную сторону. Силуэт неподвижный и молчаливый.

Лэнгдон вглядывался в темноту склепа и пытался понять, что же он видит. Человек располагался спиной к американцу, и лица его не было видно. Но тело его совершенно определенно находилось в вертикальном положении.

— Хэлло... — прогудел Лэнгдон сквозь ткань рукава.

Ответа не последовало. Лэнгдон двинулся по направлению к бледной фигуре. Стоящий в темноте человек показался ему поразительно низкорослым...

— Что случилось? — донесся до него сверху голос Виттории.

Лэнгдон не ответил. Теперь он увидел все и все понял. Его охватило чувство глубокого отвращения, ему показалось, что стены угрожающе сдвинулись, а склеп резко уменьшился в размерах. Над почвой возвышалось похожее на какого-то демона подземелья обнаженное старческое тело... или, вернее, половина тела. Старец был до пояса зарыт в землю. Он держался вертикально только потому, что вся нижняя часть тела находилась под землей. Руки трупа были стянуты за спиной красным кардинальским поясом. Сутулая спина чем-то напоминала боксерскую грушу, а голова покойного была откинута назад. Глаза трупа были открыты, и казалось, что он смотрит в небеса, умоляя Бога о помощи.

— Он мертв? — крикнула сверху Виттория.

«Надеюсь, — подумал Лэнгдон, — ради его же блага». Подойдя к трупу вплотную, американец заглянул в мертвое лицо. Глаза покойного налились кровью и вылезли из орбит. Лэнгдон наклонился еще ниже, пытаясь уловить дыхание, но тут же отпрянул.

— Боже мой!

— Что случилось?

Лэнгдон почти утратил дар речи.

— Он мертв, — ответил ученый, немного придя в себя. — Просто я понял причину смерти.

То, что он увидел, его потрясло. Открытый рот покойника был забит землей.

— Кто-то затолкал землю в его дыхательные пути, — продолжил Лэнгдон. — Кардинал умер от удушья.

— Землю? — переспросила Виттория. — Одну из четырех стихий?

У Лэнгдона перехватило дыхание. Земля. Как он мог об этом забыть? Клейма. Земля. Воздух. Огонь. Вода. Убийца пообещал клеймить каждую из своих жертв одним из древних элементов науки. Первым элементом была земля. Задыхаясь от невыносимого смрада, Лэнгдон обошел тело. Специалист по символике боролся в его душе с его же представлениями о пределах художественных возможностей. Каким образом можно создать амбиграмму из слова «земля», учитывая, что все клейма сделаны на английском языке? Но уже через секунду перед его взором предстала эта таинственная амбиграмма. Он сразу вспомнил все старинные легенды о братстве «Иллюминати». На груди мертвого кардинала виднелся ожог. Плоть на этом месте почернела и запеклась. La lingua pura...

Лэнгдон смотрел на клеймо, и ему казалось, что стены склепа начали медленно вращаться.

— Земля, — прошептал он, наклоняя голову, чтобы прочитать символ с другой стороны.

Лэнгдон содрогнулся от ужаса, до конца осознав, что́ здесь произошло.

Остаются еще трое, подумал он.

ГЛАВА 68

В Сикстинской капелле горели свечи. Несмотря на это мягкое, навевающее покой освещение, нервы кардинала Мортати были напряжены до предела. Конклав был официально объявлен открытым, и его начало ознаменовалось весьма зловещими событиями. Полчаса назад, в точно установленное время, в капеллу вошел камерарий Карло Вентреска. Подойдя к главному алтарю, он произнес вступительную молитву. После этого он развел руки в стороны и обратился к собравшимся с кратким словом. Столь прямого, искреннего выступления с алтаря Сикстинской капеллы кардиналу Мортати слышать еще не доводилось.

— Как вам всем известно, — сказал камерарий, — четверо наших preferiti в данный момент на конклаве отсутствуют. От имени его покойного святейшества я прошу вас действовать так, как вы призваны действовать... С верой в сердце и стремлением к достижению желанной цели. И пусть в вашем выборе вами руководит только Бог.

С этими словами он повернулся, чтобы удалиться.

— Но, — не выдержал один из кардиналов, — где же они?

— Этого я сказать вам, увы, не могу, — выдержав паузу, ответил камерарий.

— Когда вернутся?

— И на этот вопрос мне нечего ответить.

— Но с ними все в порядке?

— И об этом я тоже лучше промолчу.

— Но они вернутся?

За этим вопросом последовала длительная пауза.

— Не теряйте веры, — наконец произнес камерарий и вышел из капеллы.

Двери Сикстинской капеллы, как того требовал обычай, были замкнуты с внешней стороны двумя тяжелыми цепями. У дверей расположились четыре швейцарских гвардейца. Мортати знал, что двери до момента избрания папы откроются лишь в том случае, если вдруг серьезно заболеет один из находящихся в капелле кардиналов или вернутся preferiti. Он молил Бога, чтобы случилось последнее, но внутренний голос почему-то подсказывал ему, что это вряд ли произойдет.

«Будем действовать, как мы призваны действовать», — решил Мортати, повторив про себя слова камерария. После этого он предложил кардиналам приступить к голосованию. Иного выбора у него все равно не было.

На все ритуалы, предшествующие первому туру голосования, ушло около получаса. Затем Мортати встал у главного алтаря и принялся терпеливо ждать, когда все кардиналы, один за другим, завершат весьма специфическую процедуру подачи голосов.

И вот настал момент, когда последний кардинал опустился перед ним на колени и, следуя примеру своих коллег, произнес сакраментальную фразу:

— Я призываю в свидетели Христа нашего Спасителя, и пусть Он явится судьей чистоты моих помыслов. Пусть Он увидит, что перед лицом Господа нашего я отдаю свой голос тому, кого считаю наиболее достойным.

Затем кардинал встал с колен и поднял над головой свой бюллетень так, чтобы каждый мог его видеть. После этого он положил листок на блюдо, прикрывающее большой стоящий на алтаре потир*. Совершив это, кардинал поднял блюдо и стряхнул бюллетень в сосуд. Блюдо использовалось для того, чтобы ни у кого не возникло искушения опустить в потир несколько бюллетеней.

После того как листок скрылся в сосуде, кардинал поставил блюдо на место, поклонился кресту и возвратился к своему креслу.

Теперь к работе мог приступать Мортати.

Оставив блюдо на потире, старец потряс сосуд, дабы перемешать все бюллетени. Затем он снял блюдо и начал в случайном порядке извлекать заполненные листки. Разворачивая бюллетени — каждый из них был размером в два дюйма, — Мортати громко зачитывал то, что в них было написано.

— Eligo in summum pontificen... — торжественно произносил он напечатанные во всех бюллетенях слова, означавшие: «Избираю в качестве Верховного понтифика...» — и затем зачитывал вписанное под ними имя. Назвав имя претендента, Мортати брал иглу с ниткой, протыкал бюллетень на слове «Eligo» и осторожно нанизывал его на нить. Лишь после этого он делал запись в журнале.

Затем вся процедура повторялась с самого начала. Он брал бюллетень из потира, громко его зачитывал, нанизывал на нить и делал запись. Мортати почти сразу понял, что в первом туре избрания не произойдет. У кардиналов не было никаких признаков консенсуса. В семи первых бюллетенях было семь разных имен. Для сохранения тайны голосования имена, согласно

---

* Потир — литургический сосуд для освящения вина и принятия причастия в форме чаши на высокой ножке, часто из драгоценных металлов.

традиции, вписывались печатными буквами или размашистым, неузнаваемым почерком. В данном случае тайна голосования могла вызвать лишь усмешку, поскольку каждый кардинал, опять же по традиции, подал голос за самого себя, что, как было известно Мортати, не имело отношения к честолюбивым амбициям кардиналов. Это был своего рода оборонительный маневр, целью которого было протянуть время, чтобы никто не добился выигрыша в первом туре. Тем более что в данном случае каждый из кардиналов в глубине души надеялся на возвращение preferiti...

Итак, конклаву предстоял следующий тур голосования.

Когда был зачитан последний бюллетень, Мортати провозгласил:

— Выбор не состоялся.

После этого он связал концы нити и уложил бюллетени кольцом в серебряное блюдо. Добавив необходимые химикаты, он отнес блюдо к находящемуся за его спиной небольшому дымоходу. Поставив его под вытяжку, он зажег бюллетени. Бумага горела обычным пламенем, однако химикаты окрашивали дым в черный цвет. Эти черные клубы, проследовав по изгибам дымохода, появлялись для всеобщего обозрения над крышей капеллы. Кардинал Мортати послал миру свое первое сообщение.

Первый тур голосования прошел. Выбор не был сделан.

ГЛАВА 69

Задыхаясь от миазмов, Лэнгдон взбирался по ступеням к свету над колодцем. Над его головой звучали голоса множества людей, но значения слов он понять не мог. Перед его мысленным взором снова и снова возникал образ заклейменного кардинала.

Земля... Земля...

По мере того как Лэнгдон продвигался наверх, в его глазах темнело все сильнее, и он опасался что вот-вот потеряет сознание. Когда ему осталось преодолеть всего лишь две ступени, он потерял равновесие. Американец рванулся вверх, пытаясь ухватиться за край колодца. Но расстояние оказалось слишком большим. Попытки зацепиться за лестницу тоже ни к чему не привели, и он почувствовал, что заваливается на спину, начиная падение в темную глубину. В тот же миг он ощутил острую боль под мышками и взмыл в воздух, беспомощно болтая ногами в пустоте над пропастью.

Крепкие руки двух швейцарских гвардейцев схватили его и потянули вверх. Спустя мгновение из «дьявольской дыры» показалась его голова. Лэнгдон задыхался, хватая воздух широко открытым ртом. Гвардейцы оттащили его подальше от ямы и положили спиной на холодный мраморный пол.

Некоторое время Лэнгдон не мог понять, где находится. Над его головой сверкали звезды... двигались по своим орбитам планеты. Над ним мелькали какие-то неясные фигуры и раздавались крики. Американец попытался сесть. Оказалось, что он лежит у подножия каменной пирамиды. Когда под звездным сводом прозвучал знакомый сердитый голос, Лэнгдон сообразил, где он.

— Какого дьявола вы не смогли определить это с первого раза?! — произнес голос, обращаясь к Виттории.

Девушка попыталась что-то объяснить разъяренному коммандеру. Оливетти оборвал ее на половине фразы и принялся раздавать приказания своим людям:

— Достаньте тело! Обыщите все здание!

Лэнгдон попытался принять сидячее положение. Капелла Киджи кишела швейцарскими гвардейцами. Прикрывающий вход в часовню пластиковый занавес был сорван, и легкие Лэнгдона наполнил свежий воздух. К нему медленно возвращалось сознание. Виттория подошла к американцу и присела рядом с ним на корточки.

— С вами все в порядке? — спросила она, нежно взяла его за руку и нащупала пульс. Лэнгдону показалось, что девушка похожа на ангела.

— Все хорошо, — ответил ученый, наконец сумев сесть. — А Оливетти, похоже, вне себя.

— У него есть на это полное право. Мы провалили дело.

— Вы хотите сказать, я провалил дело.

— У вас есть возможность реабилитироваться. В следующий раз попадите в точку.

В следующий раз? Это было жестокое в своей точности замечание. Следующего раза не будет. Они использовали свой единственный патрон!

Виттория бросила взгляд на часы Лэнгдона и сказала:

— Микки говорит, что в нашем распоряжении еще сорок минут. Соберитесь с мыслями и помогите мне найти следующий указатель.

— Я же сказал вам, Виттория... скульптуры уничтожены. Путь просвещения... — Фраза так и осталась незаконченной.

Виттория смотрела на него с легкой улыбкой.

Неожиданно для себя Лэнгдон попытался подняться на ноги. Когда это ему удалось, он обвел еще слегка затуманенным взглядом окружающие его произведения искусства. Пирамиды, звезды, планеты, эллипсы. И все вдруг встало на свое место. Ведь это же и есть первый алтарь науки! Пантеон к Пути просвещения не имеет никакого отношения! Ему стало ясно, что скромная часовня отвечала целям иллюминатов гораздо лучше, чем находящийся в центре всеобщего внимания Пантеон. Капелла Киджи была всего лишь незаметной нишей в стене — данью уважения знаменитому покровителю науки. В силу последнего обстоятельства все находящиеся в ней символы не привлекали внимания. Идеальное прикрытие!

Лэнгдон оперся спиной о стену и посмотрел на огромную пирамиду. Виттория была абсолютно права. Если эта часовня являлась первым алтарем науки, в ней все еще могли находиться служившие начальным указателем скульптуры. Лэнгдон вдруг ощутил, как в нем загорелась искра надежды. Если указатель находился здесь, то они могли добраться до следующего алтаря и схватить убийцу. Одним словом, у них еще оставались шансы на успех.

— Мне удалось узнать, кто был этим самым неизвестным скульптором братства «Иллюминати», — сказала, подходя к нему, Виттория.

— Удалось что? — изумленно поднял голову Лэнгдон.

— Теперь нам остается установить, какая из находящихся здесь скульптур выступает в качестве...

— Постойте! Вы хотите сказать, что знаете, кто был скульптором у иллюминатов? — Он сам потратил годы на то, чтобы узнать имя этого человека.

— Это был Бернини, — улыбнулась она и, выдержав паузу, добавила: — Да, да. Тот самый Бернини.

Лэнгдон сразу же понял, что девушка ошибается. Лоренцо Бернини был вторым по известности скульптором всех времен, и его слава уступала лишь славе самого Микеланджело. В семнадцатом веке Бернини изваял скульптур больше, чем любой другой мастер того времени. Человек же, которого они искали, был предположительно неизвестным, по существу — никем.

— Судя по вашему виду, мое открытие вас не взволновало, — сказала Виттория.

— Бернини в этой роли выступать не мог.

— Но почему? Он был современником Галилея и к тому же блестящим скульптором.

— Бернини пользовался большой славой и был ревностным католиком.

— Да, — согласилась Виттория. — Так же, как и сам Галилей.

— Нет, — возразил Лэнгдон. — Вовсе не так, как Галилей. Ученый всегда оставался занозой в заднице Ватикана. Что же касается Бернини, то он был любимцем духовенства — своего рода гордостью Святого престола. Он был главным авторитетом Ватикана по части искусства. Более того, Лоренцо Бернини практически всю свою жизнь провел за стенами папской обители.

— Прекрасное прикрытие. «Крот» иллюминатов в стане врага.

— Виттория, — чувствуя свое бессилие, устало произнес Лэнгдон, — иллюминаты называли своего скульптора il maestro ignoto — то есть неизвестным мастером.

— Да. Неизвестным им. Вспомните о масонах. Ведь в их среде только самые верхние эшелоны посвящены во все тайны. Галилей мог скрывать подлинную роль Бернини от большинства членов братства... ради безопасности самого скульптора. Поэтому Ватикан так и не сумел ничего узнать.

Слова девушки Лэнгдона не убедили, но как ученый он был вынужден признать, что в них есть определенная логика. Братство «Иллюминати» славилось умением хранить тайны, и все секреты были известны лишь очень узкому кругу его членов. Ограничение доступа к информации служило краеугольным камнем их системы безопасности... лишь немногие высокопоставленные иллюминаты знали все от начала и до конца.

— И членство Бернини в братстве «Иллюминати» объясняет тот факт, что он создал эти пирамиды, — улыбнулась Виттория.

Лэнгдон посмотрел на пару громадных пирамид и покачал головой:

— Бернини был религиозным скульптором и никоим образом не мог соорудить пирамиды.

— Скажите это табличке у вас за спиной.

Лэнгдон обернулся и увидел прикрепленную к стене бронзовую пластину. На пластине было написано:

КАПЕЛЛА КИДЖИ

Сооружена по проекту Рафаэля

Все внутреннее убранство создано Лоренцо Бернини

Лэнгдон дважды перечитал надпись, но его по-прежнему грыз червь сомнения. Лоренцо Бернини прославился созданием изящных скульптур Девы Марии, ангелов, пророков и пап. С какой стати он вдруг принялся сооружать пирамиды?

Лэнгдон смотрел на возвышающиеся над ним монументы и чувствовал, что окончательно теряет ориентацию. Две пирамиды, на каждой из которых сиял медальон эллиптической формы. Более далекой от христианства скульптуры невозможно было себе представить. Пирамиды, звезды над ними, знаки Зодиака. Все внутреннее убранство создано Лоренцо Бернини. Если это действительно так, то Виттория права, думал Лэнгдон. В таком случае Бернини, по определению, был «неизвестным мастером» иллюминатов. Ведь никто, кроме него, не принимал участия в создании интерьера часовни! Все произошло так быстро, что осмыслить возможные последствия этого открытия Лэнгдон был просто не в состоянии.

Бернини был иллюминатом.

Бернини создал амбиграммы иллюминатов.

Бернини проложил Путь просвещения.

Лэнгдон так разволновался, что почти потерял дар речи. Неужели в этой крошечной капелле Киджи Бернини поместил скульптуру, указывающую путь через Рим к следующему алтарю науки? Если так, то где же она?

— Значит, Бернини, — задумчиво произнес он. — Я бы ни за что не догадался.

— Кто, кроме этого великого скульптора Ватикана, обладал достаточным влиянием, чтобы поставить свои творения в заранее намеченных католических храмах и проложить тем самым Путь просвещения? Какому-то неизвестному художнику это было бы не под силу.

Лэнгдон задумался. Он посмотрел на пирамиды, размышляя о том, не могла бы одна из них служить указателем. Или, может быть, обе?

— Пирамиды обращены в разные стороны, — сказал он. — Кроме того, они совершенно идентичны, и я не понимаю, как...

— Думаю, что нам нужны вовсе не пирамиды.

— Но, кроме них, здесь нет ни одной скульптуры...

Виттория не позволила ему продолжить, указав в сторону Оливетти и нескольких гвардейцев, толпившихся у края «дьявольской дыры».

Лэнгдон посмотрел в том направлении, куда показывала девушка, и ничего не заметил. Однако когда его взгляд уперся в противоположную стену, среди гвардейцев произошло какое-то перемещение, и он увидел. Белый мрамор. Руку. Торс. А затем и лицо. В глубокой нише скрывались две фигуры в рост человека. Сердце Лэнгдона учащенно забилось. Его внимание было настолько поглощено пирамидами и «дьявольской дырой», что он даже не заметил этой скульптуры. Пробравшись через толпу гвардейцев к стене и приблизившись к изваянию, ученый сразу узнал в нем руку великого Бернини. Скульптуру отличала свойственная мастеру энергичная композиция. Лица и драпировки в характерном для Бернини стиле были проработаны очень детально, а вся скульптура была изваяна из самого лучшего белого мрамора, который можно было купить на деньги Ватикана. Лишь подойдя к изваянию совсем близко, Лэнгдон узнал скульптуру. С немым восхищением он взирал на два беломраморных лица.

— Кто здесь изображен? — спросила Виттория.

— Эта работа называется «Аввакум и ангел», — едва слышно произнес он.

Скульптура была довольно известной, и упоминания о ней встречались во многих учебниках по истории искусств. Лэнгдон просто забыл, что она находилась в этой церкви.

— Аввакум? — переспросила девушка.

— Да. Библейский пророк, предсказывавший гибель Земли.

— Думаете, это и есть первая веха?

Лэнгдон в изумлении смотрел на скульптуру. У него не было ни малейших сомнений в том, что перед ним находится первый маркер на Пути просвещения. Американец рассчитывал на то, что веха каким-то образом будет указывать на следующий алтарь науки, но не мог себе представить, что это будет сделано настолько буквально. И ангел, и Аввакум, подняв руки, указывали куда-то вдаль.

— Довольно прямолинейно, не так ли? — улыбнулся ученый.

— Я вижу, что они на что-то показывают, — взволнованно и в то же время с сомнением в голосе произнесла Виттория. — Но эти парни противоречат друг другу.

Лэнгдон негромко фыркнул. Девушка была права. Указующие персты фигур были направлены в диаметрально противоположные стороны. Но Лэнгдон уже успел решить эту загадку. Ощутив новый прилив энергии, он направился к дверям.

— Куда вы? — спросила Виттория.

— На улицу! — Ноги сами несли Лэнгдона к выходу. — Я хочу взглянуть, на что указывает эта скульптура.

— Постойте! Откуда вам известно, какому указанию надо следовать?

— Четверостишие, — бросил он через плечо. — Последняя строка.

— «И ангелы чрез Рим тебе укажут путь»? — произнесла она, глядя на поднятую руку ангела. — Вот это да, будь я проклята!

ГЛАВА 70

Гюнтер Глик и Чинита Макри сидели в микроавтобусе Би-би-си, запаркованном в дальнем от церкви углу пьяцца дель Пополо. Они прибыли на площадь следом за четверкой «альфа-ромео» и успели увидеть цепь весьма странных событий. Чинита, правда, не совсем понимала, что они могут означать, но все же проверила, насколько хорошо работает камера.

Сразу по прибытии Гюнтер и Чинита увидели, как из четырех автомобилей высыпали молодые люди и мгновенно оцепили церковь. Некоторые из них держали наготове оружие. Высокий худощавый человек — по виду несколько старше всех остальных — повел часть отряда по ступеням ко входу в собор. Солдаты выстрелами разбили замки на тяжелых дверях. Макри выстрелов не слышала и решила, что оружие снабжено глушителями. После этого солдаты скрылись в церкви.

Чинита предложила сидеть тихо и вести съемку в темноте. Ведь пистолеты есть пистолеты, а из микроавтобуса открывался неплохой вид на площадь и на все то, что происходит у собора. Глик не стал спорить. На противоположной стороне площади солдаты то вбегали в церковь, то выбегали из нее, что-то крича друг другу. Чинита навела камеру на отряд, отправившийся, видимо, на осмотр прилегающей к собору местности.

— Кто, по-твоему, эти люди? — спросила она.

— Откуда мне знать, черт возьми? — ответил Глик, не отрывая глаз от открывающейся перед ним сцены.

— Все в кадре.

— Ты по-прежнему считаешь, что нам следует вернуться на папскую вахту? — насмешливо спросил репортер.

Чинита не знала, что на это ответить. Здесь определенно что-то происходило, но она, проработав на ниве журналистики много лет, знала, что даже самые захватывающие события часто имеют весьма прозаические объяснения.

— Не исключено, что это пустышка, — произнесла она. — Эти парни получили такой же сигнал, как и ты, и решили его проверить. Тревога может оказаться ложной.

— Скорее туда! — схватил ее за руку Глик. — Давай фокус! — добавил он, показывая на церковь.

Чинита обратила объектив камеры на ступени собора.

— Привет, — пробормотала она, сконцентрировав внимание на появившемся из дверей мужчине.

— Кто этот тип?

— Никогда раньше с ним не встречалась, — ответила Чинита, взяв более крупный план. Вглядевшись в лицо мужчины, она со смехом добавила: — Но против продолжения знакомства возражать бы не стала.

Роберт Лэнгдон сбежал по ступеням церкви и помчался к центру площади. Наступал вечер, и весеннее солнце клонилось к закату где-то в южной части Рима. Дневное светило уже опустилось за крыши окружающих зданий, и на площадь ложились тени.

— Ну хорошо, Бернини, — сказал он самому себе, — куда, дьявол тебя побери, показывает твой ангел?

Лэнгдон обернулся и проверил ориентацию церкви, из которой он только что вышел, затем представил расположение капеллы Киджи в соборе и местонахождение в ней скульптуры. После этого он без малейшего колебания обратился лицом на запад, туда, куда неумолимо спускалось вечернее солнце. Времени в их распоряжении оставалось все меньше и меньше.

— Ангел указывает на юго-запад, — сказал он, недовольно глядя на магазины и дома, закрывающие вид на город. — Следующий указатель надо искать в этом направлении.

Напрягая память, Лэнгдон листал в уме страницы истории искусств Италии. Он был достаточно хорошо знаком с творчеством Бернини и понимал, что, не являясь специалистом в этой области, не может знать всех его творений. Однако, принимая во внимание сравнительную известность «Аввакума и ангела», ученый надеялся, что следующая веха будет столь же знаменита и он сможет ее вспомнить.

Земля, воздух, огонь, вода, размышлял он. Землю они нашли внутри часовни. Кроме того, пророк Аввакум предсказывал гибель Земли.

Следующим должен быть воздух. Лэнгдон изо всех сил заставлял работать свой мозг. Итак, надо вспомнить известную скульптуру Бернини, которая имела бы отношение к воздуху. На ум абсолютно ничего не приходило. Тем не менее он чувствовал себя готовым к действиям. «Я уже вступил на Путь просвещения, — думал он. — И Путь этот пока еще сохранился в неприкосновенности!»

Лэнгдон, напрягая зрение, смотрел на юго-запад в надежде увидеть над крышами домов шпиль католического храма, но так ничего и не рассмотрел. Для того чтобы найти следующий указатель, ему нужен был план Рима. Если удастся установить, какие церкви стоят к юго-западу от этого места, одна из них, может быть, даст толчок его памяти. «Воздух, — повторял он мысленно. — Воздух. Бернини. Скульптура. Воздух. Думай!»

Лэнгдон развернулся и направился назад, к ступеням собора. У входа, под строительными лесами, его встретили Оливетти и Виттория.

— Юго-запад, — сказал Лэнгдон. — Следующая церковь находится к юго-западу отсюда.

— На сей раз вы, надеюсь, в этом уверены? — прошипел Оливетти.

— Мне нужна карта, — не поддавшись на провокацию, продолжил ученый. — Карта, на которой обозначены все римские церкви.

Командующий вооруженными силами Ватикана с каменным выражением лица смотрел на американца.

— В нашем распоряжении всего полчаса, — бросив взгляд на часы, произнес тот.

Не сказав больше ни слова, Оливетти прошел мимо Лэнгдона и направился к машине, припаркованной перед фасадом церкви. Американец надеялся, что коммандер пошел за картой.

11 Зак. 1526

— Итак, ангел показывает на юго-запад. Вы не знаете, какие там могут быть церкви?

— За этими проклятыми домами ничего не видно, — снова поворачиваясь лицом к площади, произнес Лэнгдон. — А с церквями Рима я не очень хорошо зна... — Он умолк, не закончив фразы.

— Что случилось? — изумленно спросила Виттория.

Лэнгдон опять посмотрел на площадь. После того как он поднялся по ступеням церкви, обзор заметно улучшился. Ученый по-прежнему почти ничего не видел, но он понял, что движется в правильном направлении. Он смотрел на довольно хилые, но поднимающиеся высоко к небу строительные леса. Они тянулись вверх на шесть этажей, чуть ли не до верхнего ряда церковных окон, значительно превосходя по высоте окружающие площадь здания. Через секунду Лэнгдон понял, куда направляется.

На противоположной стороне площади Чинита Макри и Гюнтер Глик буквально прилипли к ветровому стеклу микроавтобуса Би-би-си.

— Ты что-нибудь понимаешь? — спросил Гюнтер.

Макри не сводила объектива камеры с мужчины, который теперь взбирался вверх по строительным лесам.

— Должна заметить, что парень слишком хорошо одет для того, чтобы изображать Человека-паука.

— А кто эта мадам Паучиха?

Чинита перевела видоискатель камеры на стоящую под лесами привлекательную женщину.

— Держу пари, что ты не возражал бы против того, чтобы узнать ее поближе.

— Может быть, уже пора позвонить в редакцию?

— Пока подождем и посмотрим. Прежде чем сообщать, что мы сбежали с конклава, надо хоть что-то иметь за пазухой.

— Как ты думаешь, один из этих старых пердунов действительно убит?

— Гореть тебе в геенне огненной! — фыркнула Чинита.

— Я прихвачу туда с собой Пулитцеровскую премию.

ГЛАВА 71

Чем выше взбирался Лэнгдон, тем менее устойчивыми казались ему леса. Однако с каждым новым шагом Рим открывался перед ним все шире, и американец продолжал восхождение.

Когда он добрался до верхнего уровня, то задыхался гораздо сильнее, чем можно было ожидать. Выбравшись на платформу, ученый стряхнул с себя известь и выпрямился. Страха высоты он не испытывал. Совсем напротив, она заряжала его бодростью.

С платформы открывался захватывающий вид. Лэнгдон видел под собой океан огня — красные черепичные крыши Рима пылали в багрянце заката. Оказавшись в верхней точке строительных лесов, Лэнгдон первый раз в жизни вознесся над гарью и дымом уличного движения, а Рим впервые предстал перед ним древним Città di Dio — Городом Бога.

Щурясь на закат, ученый искал взглядом шпиль или колокольню церкви. Но на юго-западе вплоть до самого горизонта не было видно ни одного собора. «В Риме сотни церквей, — думал он. — И в нужном нам направлении должна находиться хотя бы одна из них! Если церковь, конечно, видна. Или еще существует в наши дни», — напомнил он себе.

Лэнгдон еще раз, уже значительно медленнее, осмотрел море крыш. Он знал, что далеко не все церкви имеют высокие шпили. В первую очередь это относится к небольшим, стоящим в стороне от главных улиц, молельням. Но и Рим, конечно, изменился до неузнаваемости с далекого семнадцатого века, когда, согласно закону, соборы должны были быть самыми высокими зданиями в городе. Теперь же взгляд Лэнгдона то и дело натыкался на высотные дома и телевизионные вышки.

Он еще раз внимательно изучил крыши вплоть до самого горизонта и опять ничего не увидел. Ни единого шпиля. Лишь вдали, где-то на самом краю Рима, расплывчатым пятном на фоне заката темнело грандиозное творение Микеланджело — купол собора Святого Петра. Собор, строго говоря, находился в черте города-государства Ватикан, а вовсе не на территории Рима. Интересно, как чувствует себя коллегия кардиналов и как идут поиски антивещества, подумал Лэнгдон. Внутренний голос подсказывал ему, что поиски ничего не дали... и не дадут.

В голове его снова зазвучало четверостишие, и он еще раз внимательно, строка за строкой, его проанализировал. «Найди гробницу Санти с дьявольской дырою». Гробницу Санти они нашли. «Таинственных стихий четверка жаждет боя». Здесь тоже все ясно. Четверка таинственных стихий — это земля, воздух, огонь и вода. «Сияет свет, сомненья позабудь...» Свет — не что иное, как Путь просвещения, проложенный Бернини. «И ангелы чрез Рим тебе укажут путь».

Этот ангел показывает на юго-запад...

— Ступени, быстро! — выкрикнул Глик, тыча пальцем в ветровое стекло микроавтобуса. — У входа в церковь что-то происходит!

Макри направила объектив камеры на фасад собора. Да, там действительно что-то происходило. Худой, похожий на военного человек уже успел подвести машину к самому основанию лестницы и открыть багажник. Теперь он, видимо, опасаясь любопытных взглядов, внимательно осматривал площадь. На какой-то момент Макри показалось, что мужчина их заметил. Однако тревога оказалась ложной. Офицер продолжал обводить площадь взглядом. Так ничего и не заметив, он извлек портативное радио и произнес несколько слов в микрофон.

Почти в тот же момент у выхода из собора появилась чуть ли не армия. Выбежав из дверей, молодые люди, словно готовящиеся к схватке игроки в американский футбол, выстроились стеной на верхней ступени. Затем, по-прежнему стоя плечом к плечу, они начали спускаться по лестнице. А скрытая за ними четверка солдат несла какой-то предмет. Тяжелый и неудобный.

— Неужели они что-то украли в церкви? — прижавшись лбом к ветровому стеклу, спросил Глик.

Чинита лихорадочно искала брешь в людской стене. Всего один кадр, молила она. Единственный, малюсенький кадрик. Но солдаты двигались как один человек. Ну давайте же! Макри не сводила с молодых людей объектива камеры и наконец дождалась своего. Когда солдаты начали помещать груз в багажник, в человеческой стене возникла брешь. По какому-то капризу судьбы строй нарушил именно их пожилой командир. Просвет возник всего на миг, но этого было достаточно. Макри успела сделать свой кадр. Или, вернее, кадры. Их оказалось более десятка.

— Звони в редакцию, — сказала она. — У нас труп.

А в это время далеко от Рима, в ЦЕРНе, Максимилиан Колер въехал на своем кресле в кабинет Леонардо Ветра и принялся просматривать файлы ученого. Делал он это быстро и весьма профессионально. Не обнаружив того, что искал, директор покатил в спальню своего друга. Верхний ящик прикроватной тумбочки был заперт на ключ. Колер съездил на кухню, взял там нож и с его помощью взломал замок.

Выдвинув ящик, он увидел в нем именно то, что искал.

ГЛАВА 72

Лэнгдон спустился с лесов и стряхнул попавшую на одежду известь.

— Ничего? — спросила, подойдя к нему, Виттория.

Лэнгдон отрицательно покачал головой.

— Они засунули тело кардинала в багажник.

Лэнгдон взглянул на «альфа-ромео». Оливетти и еще несколько солдат разглядывали лежащую на капоте машины карту.

— Они смотрят, что находится на юго-западе?

— Да. Но никаких церквей в том направлении нет. Самый близкий от этого места храм — собор Святого Петра.

Лэнгдон удовлетворенно крякнул. По крайней мере по этому пункту он и главнокомандующий пришли к согласию. Он направился к Оливетти, и солдаты расступились, давая ему пройти.

— Ничего, — поднял глаза коммандер. — Но на плане обозначены не все церкви. Здесь указаны только самые крупные. Всего около пятидесяти.

— Где мы сейчас находимся? — спросил Лэнгдон.

Оливетти показал на пьяцца дель Пополо и провел от нее линию точно на юго-запад. Линия проходила на довольно значительном расстоянии от скопления черных квадратов, обозначавших большие соборы или церкви. К сожалению, самые значительные церкви Рима были и самыми старыми... теми, которые уже должны были существовать в начале семнадцатого века.

— Я должен принимать решение, — сказал Оливетти. — В направлении вы уверены?

Лэнгдон представил ангела, указывающего перстом на юго-запад, еще раз подумал, что времени у них остается в обрез, и произнес:

— Да. Вне всякого сомнения.

Оливетти пожал плечами и еще раз провел пальцем по воображаемой линии на карте. Линия пересекала мост Маргариты, виа Кола ди Рьенцо и, миновав пьяцца Рисорджименто, упиралась прямо в центр площади Святого Петра. Других церквей на ее пути не имелось.

— Но чем вас не устраивает Святой Петр? — спросил один из солдат. Под левым глазом швейцарца виднелся глубокий шрам. — Ведь это тоже церковь.

— Это место должно быть доступно публике, — вздохнул Лэнгдон. — Вряд ли собор сейчас открыт для посетителей.

— Но линия проходит через площадь Святого Петра, — вмешалась Виттория, заглядывая через плечо Лэнгдона. — Площадь бесспорно доступна публике.

Лэнгдон уже успел все взвесить и, не раздумывая, ответил:

— Там нет никаких статуй.

— Но по-моему, в центре площади стоит обелиск.

Она была права. В самом центре площади находился монолит, привезенный из Египта. Высокая пирамида. Какое странное совпадение, подумал он, а вслух, с сомнением покачав головой, произнес:

— Этот обелиск не имеет никакого отношения к Бернини. В Рим его привез Калигула. И с воздухом он никоим образом не связан. Кроме того, здесь возникает еще одно противоречие, — продолжил он. — В четверостишии говорится, что ангелы указывают путь через Рим, площадь же Святого Петра находится не в Риме, а в Ватикане.

— Это зависит от того, кого вы спросите, — снова вмешался солдат со шрамом.

— Не совсем вас понял, — сказал Лэнгдон.

— Вопрос о принадлежности площади постоянно служит яблоком раздора, — продолжил швейцарец. — Большинство карт показывают площадь Святого Петра в пределах границ Ватикана. Но поскольку она находится за чертой стен города-государства, римские чиновники уже много веков утверждают, что площадь является частью Рима.

— Вы, наверное, шутите? — спросил Лэнгдон, никогда не слышавший об этом вековом споре.

— Я упомянул о площади только потому, что коммандер Оливетти и мисс Ветра говорили о скульптуре, имеющей отношение к воздуху.

— И вам известна такая на площади Святого Петра? — не скрывая скептицизма, спросил Лэнгдон.

— Не совсем. Вообще-то это вовсе не скульптура и к делу, видимо, отношения не имеет.

— Но мы все же хотим тебя выслушать, — сказал Оливетти.

— Я знаю о существовании этого изображения потому, что обычно несу службу на площади и знаком с каждым ее уголком.

— Говорите о скульптуре, — остановил его Лэнгдон. — Как она выглядит?

«Неужели у иллюминатов хватило духу поставить второй указатель в самом центре площади, рядом с собором Святого Петра?» — думал он. Ему почему-то начало казаться, что это вполне возможно.

— Я прохожу мимо нее каждый день, — продолжил солдат. — Она находится в центре площади, как раз в том месте, куда указывает линия. Именно поэтому я о ней и подумал. Но, как я сказал, это... не совсем скульптура. Это скорее мраморный блок.

— Блок? — переспросил Оливетти.

— Да, синьор. Мраморный блок, вделанный в мостовую. В основании монолита. Он не похож на другие мраморные основания, поскольку имеет форму эллипса, а не квадрата, как бывает обычно. И на этом мраморе вырезано изображение существа, выдыхающего ветер. — Швейцарец подумал немного и добавил: — Выдыхающего воздух, если использовать более научный термин.

— Рельефное изображение?! — изумленно глядя на солдата, чуть ли не выкрикнул Лэнгдон.

Взгляды всех присутствующих обратились на американца.

— Рельеф, — пояснил ученый, — является одной из разновидностей скульптуры.

Скульптура есть искусство изображения фигур в их полном объеме, а также в форме рельефа... Ему десятки раз приходилось писать на классной доске это определение. Рельеф являет собой двухмерное изображение, хорошим примером которого был профиль Авраама Линкольна на одноцентовой монете. Медальоны Бернини в капелле Киджи могли служить еще одним образчиком этой разновидности ваяния.

— Bassorelivo? — спросил швейцарец, используя итальянский термин.

— Да, да! Барельеф! — подхватил Лэнгдон и, стукнув кулаком по капоту машины, добавил: — Я просто не думал в этом направлении. Эта пластина в мраморном блоке, о которой вы говорите, называется West Ponente, что означает «Западный ветер». Кроме того, она известна под названием Respiro di Dio.

— Дыхание Бога?

— Да. Воздух! И он был изваян в мраморе архитектором, создавшим эту площадь.

— Но я всегда полагала, что Святого Петра спроектировал Микеланджело, — неуверенно произнесла Виттория.

— Да, собор! — воскликнул Лэнгдон. — Но площадь Святого Петра создал Бернини!

Кавалькада из четырех «альфа-ромео» покинула пьяцца дель Пополо с такой скоростью, что сидящие в них люди не заметили, как стоящий у края площади микроавтобус Би-би-си двинулся следом за ними.

ГЛАВА 73

Гюнтер Глик чуть ли не вдавил педаль акселератора в пол микроавтобуса, пытаясь не отстать от четырех «альфа-ромео», с бешеной скоростью прокладывавших себе путь в сумасшедшем уличном движении Рима. Микроавтобусу еле-еле удавалось держаться в хвосте таинственных машин, которые, казалось, летели по воздуху.

Макри сидела на своем рабочем месте в задней части автомобиля, ведя телефонную беседу с Лондоном. Когда разговор закончился, она прокричала, пытаясь перекрыть шум уличного движения:

— Что желаешь услышать вначале? Хорошую новость или плохую?

Глик нахмурился. По собственному опыту он знал, что после контакта с начальством все дела почему-то начинают осложняться.

— Давай плохую.

— Редакторы писают кипятком из-за того, что мы уехали с площади.

— Удивила!

— Кроме того, они полагают, что твой информатор — просто жулик.

— Естественно.

— А босс предупредил меня, что от полноценной взбучки тебя отделяет всего ничего.

— Здорово, — скривился Глик. — Выкладывай хорошую новость.

— Они согласились просмотреть наш материал.

Глик почувствовал, как гримаса недовольства перерастает в довольную ухмылку. Похоже, что полноценную взбучку получит кто-то другой, подумал он.

— Ну так валяй, отсылай картинку.

— На ходу ничего не выйдет. Передам, когда остановимся и сможем выйти на станцию сотовой связи.

В этот момент Глик со скоростью пушечного ядра летел по виа Кола ди Рьенцо.

— Сейчас остановиться не могу, — заявил он и, выезжая на пьяцца Рисорджименто, резко бросил микроавтобус влево.

Поворот был таким резким, что все сложное хозяйство Макри едва не соскользнуло с сиденья.

— Если ты раздолбаешь мой компьютер, — сказала она, с трудом поймав аппаратуру, — то нам придется доставлять материал в Лондон самим.

— Держись крепче, любовь моя. Что-то мне подсказывает, что мы почти на месте.

— Где?

Глик посмотрел на занимающий полнеба и уже такой знакомый купол, улыбнулся и произнес:

— Мы вернулись в то место, откуда начали.

Четыре «альфа-ромео», умело вписавшись в движение машин вокруг площади Святого Петра, разъехались по ее периметру, и гвардейцы спокойно, не привлекая лишнего внимания, высадились в заранее намеченных местах. Швейцарцы сразу стали невидимыми, растворившись в толпе туристов или затерявшись среди машин прессы, припаркованных у края площади. Часть гвардейцев скрылись в частоколе окружающих площадь колонн. Создавалось впечатление, что они просто испарились. Глядя сквозь ветровое стекло, Лэнгдон почти физически ощущал, как вокруг площади стягивается кольцо охраны.

Оливетти по радиотелефону дал команду в Ватикан, и оттуда к обелиску выслали несколько агентов в штатском. Лэнгдон смотрел на совершенно открытую площадь и задавал себе один и тот же вопрос: каким образом нанятый иллюминатами убийца рассчитывает скрыться отсюда? Как он сможет протащить кардинала через толпу туристов, мимо швейцарских гвардейцев и убить его у всех на глазах?

Лэнгдон посмотрел на своего Микки-Мауса. Лапки мышонка показывали 8:54. Оставалось шесть минут.

Сидящий впереди Оливетти обернулся и, глядя в упор на Лэнгдона и Витторию, сказал:

— Я хочу, чтобы вы оба встали рядом с этим булыжником... или как там его... мраморным блоком Бернини. Спектакль тот же. Вы — парочка влюбленных туристов. Ясно?

Лэнгдон еще не успел открыть рта, чтобы ответить, как Виттория, распахнув дверцу, потянула его из машины.

Весеннее солнце опускалось за горизонт прямо за базиликой, и на площадь, постепенно поглощая ее, наползала огромная тень. Как только они вступили в эту прохладную темноту, американца начала бить дрожь — явно не от холода. Ему было просто-напросто страшно. Петляя между туристами, Лэнгдон вглядывался в лица людей: ведь среди них мог находиться убийца. Виттория держала его за руку. Ладонь девушки казалась ему очень теплой.

Проходя по огромной площади, Лэнгдон подумал о том, что Бернини сумел добиться того эффекта, которого требовал от него Ватикан, поручив ему эту работу. Великому художнику вполне удалось заставить каждого, кто вступал на площадь, «ощутить свое ничтожество». Лэнгдон, во всяком случае, чувствовал себя в этот момент существом совсем крошечным.

— Теперь к обелиску? — спросила Виттория.

Лэнгдон кивнул и двинулся через площадь налево.

— Сколько времени? — спросила девушка. Она шагала быстро, но в то же время расслабленно, так, как ходят туристы.

— Без пяти...

Виттория ничего не сказала, но Лэнгдон почувствовал, как вдруг сжались пальцы, держащие его руку. Пистолет по-прежнему оттягивал карман, и ученый надеялся, что Виттория не захочет им воспользоваться. Он не мог себе представить, как можно достать оружие в центре площади Святого Петра и на глазах всей мировой прессы прострелить коленную чашечку убийцы. Впрочем, инцидент, подобный этому, явился бы сущей мелочью по сравнению с публичным клеймением и убийством кардинала.

Воздух, думал Лэнгдон. *Второй элемент науки.* Он пытался представить себе способ убийства и то, как может выглядеть клеймо. Ученый еще раз осмотрел гранитный простор площади, и она показалась ему пустыней, окруженной со всех сторон швейцарскими гвардейцами. Лэнгдон не видел, как может скрыться отсюда ассасин, если действительно решится осуществить задуманное.

В центре площади высился привезенный Калигулой из Египта обелиск весом в триста пятьдесят тонн. Монолит поднимался к небу на восемьдесят один фут, и его имеющую вид пирамиды вершину украшал пустотелый металлический крест. На крест еще не упала тень, и он сверкал в лучах заходящего солнца. Это казалось чудом... Считалось, что внутри его хранится частица того самого креста, на котором был распят Христос.

По обе стороны от обелиска, соблюдая полную симметрию, красовались два фонтана. Бернини придал площади форму эллипса, и историки искусства утверждали, что фонтаны находятся в фокусах этой геометрической фигуры. Лэнгдон всегда считал подобное расположение всего лишь причудой архитектора и до этого дня о ней не задумывался. Теперь вдруг оказалось, что весь Рим заполнен эллипсами, пирамидами и иными удивительными геометрическими формами.

На подходе к обелиску Виттория замедлила шаг. Она с силой выдохнула воздух, как бы приглашая Лэнгдона успокоиться вместе с ней. Лэнгдон попытался сделать это, опустив плечи и несколько расслабив решительно выставленную вперед нижнюю челюсть.

Где-то здесь, на площади Святого Петра, рядом с тянущимся к небу обелиском и в сени самого большого в мире собора, находился вделанный в гранит мостовой белый мраморный эллипс, созданный гением Бернини, — второй алтарь науки.

Гюнтер Глик вел наблюдение за площадью, находясь в тени окружающей ее колоннады. В любой другой день он ни за что бы не обратил внимания на мужчину в твидовом пиджаке и девушку в шортах цвета хаки. Парочка ничем не отличалась от всех остальных любующихся площадью туристов. Но этот день никак нельзя было назвать обычным. Это был день таинственных телефонных звонков, мертвых тел, с ревом носящихся по Риму машин и мужчин в твидовых пиджаках, взбирающихся на строительные леса безо всякой видимой причины. Глик решил проследить за этой парочкой повнимательнее.

Гюнтер посмотрел на другую сторону площади и увидел там Макри. Он направил ее наблюдать за мужчиной в твиде и девицей в шортах с противоположного фланга, и Макри точно последовала его указаниям. Чинита вальяжно шагала, небрежно неся в руках камеру, но, несмотря на попытку изобразить скучающую представительницу прессы, она, как с сожалением отметил Глик, привлекала к себе больше внимания, чем они рассчитывали. В этом углу площади других репортеров не было, и туристы то и дело косились на камеру со знакомым всему миру сокращением Би-би-си.

Материал, на котором им удалось запечатлеть загрузку голого мертвого тела в багажник «альфа-ромео», передавался в этот момент из микроавтобуса в Лондон. Гюнтер знал, что над его головой сейчас летят электронные сигналы, и его очень интересовало, что скажут редакторы, увидев полученные кадры.

Он сожалел о том, что им с Макри не удалось добраться до трупа раньше, чем в дело вступили военные в штатском. Он знал, что сейчас та же самая армия, веером рассыпавшись по площади, ведет за ней наблюдение. Видимо, ожидались какие-то очень серьезные события.

Средства массовой информации есть не что иное, как пособники анархии, припомнил он слова убийцы. Глик опасался, что упустил свой шанс совершить прорыв в карьере. Он бросил взгляд на автомобили прессы в другом конце площади, а затем возобновил наблюдение за Макри, шагавшей по площади неподалеку от таинственной парочки. Что-то подсказало Глику, что опасаться нечего и он все еще в игре...

ГЛАВА 74

Объект своего поиска Лэнгдон разглядел, не дойдя до него добрых десять ярдов. Белый мраморный эллипс Бернини, известный как West Ponente, выделялся на фоне серого гранита площади, несмотря на то что его то и дело заслоняли фигуры туристов. Виттория тоже увидела эллипс и сильнее сжала руку Лэнгдона.

— Расслабьтесь, — прошептал американец. — Проделайте ваше упражнение, именуемое «пиранья».

Виттория тут же ослабила захват.

Вокруг них шла совершенно обычная жизнь. По площади слонялись туристы, монахини болтали, стоя в тени колонн, а у подножия обелиска какая-то девчушка кормила голубей.

Лэнгдон не стал смотреть на часы, он и без того знал, что назначенный час почти наступил. Каменный эллипс вскоре оказался у их ног, они остановились, не демонстрируя внешне никакой озабоченности. Пара обычных туристов, изучающих не очень известное и не очень их интересующее произведение искусства.

— West Ponente, — прочитала вслух Виттория надпись на белом камне.

Лэнгдон посмотрел на барельеф и неожиданно осознал всю степень своей невежественности. До него только сейчас дошло значение этого творения Бернини, несмотря на то что он много раз видел West Ponente как в книгах по искусству, так и во время своих многочисленных посещений Рима.

Теперь он все понял.

Блок из белого мрамора имел форму эллипса примерно трех футов в длину, а рельефное изображение Западного ветра было представлено в виде головы ангела. Ангел надувал щеки, и с его губ срывались порывы ветра, устремляющегося прочь от Ватикана... Дыхание Бога. Со стороны Бернини это была дань уважения второму элементу. Воздух... Дуновение зефира из ангельских уст. Чем дольше Лэнгдон смотрел на барельеф, тем лучше понимал значение этого произведения искусства. Бернини изваял ветер в виде пяти отдельных клубов... Пяти! Но и это еще не все. По обеим сторонам головы ангела, ближе к оконечностям эллипса, были изображены сверкающие звезды. Лэнгдон тут же вспомнил о Галилее. Две звезды. Пять порывов ветра, эллипсы, симметрия... Он чувствовал себя опустошенным. В голове стоял гул.

Виттория неожиданно пошла дальше, увлекая за собой Лэнгдона.

— Мне кажется, за нами следят, — сказала она.

— Кто?

— Одна и та же личность следовала за нами, пока мы шли через площадь, — сказала девушка лишь после того, как они отошли от барельефа на добрых тридцать ярдов. Бросив будто бы случайный взгляд через плечо, она продолжила: — И все еще продолжает идти. Так что двигаемся дальше.

— Вы полагаете, это ассасин?

— Не думаю, — покачала головой Виттория, — если, конечно, иллюминаты не наняли для убийства сотрудницу Би-би-си.

Когда над площадью прокатился оглушительный звон колоколов собора Святого Петра, Лэнгдон и Виттория чуть не подпрыгнули. Время. В надежде отвязаться от репортера с камерой они успели отойти от барельефа Бернини на довольно большое расстояние и теперь повернули назад.

Несмотря на колокольный звон, на площади царил полнейший покой. По-прежнему неторопливо бродили туристы, а какой-то бездомный пьяница дремал, неловко сидя на ступенях у основания обелиска. Маленькая девочка продолжала кормить голубей. «Неужели присутствие репортера спугнуло убийцу?» — подумал было Лэнгдон, но тут же отмел это предположение. Он помнил, что ассасин обещал сделать кардиналов звездами мировой прессы.

Как только смолк девятый удар колокола, на площади воцарилась полнейшая тишина.

И в этот момент... И в этот момент страшно закричала девочка.

ГЛАВА 75

Первым к кричащей девчушке подоспел Лэнгдон. Окаменевшая от ужаса малышка показывала на основание обелиска, рядом с которым на ступенях устроился пьяный оборванец. Бродяга — видимо, один из многочисленных римских бездомных — имел жалкий вид. Его седые волосы падали на лицо немытыми жирными космами, а тело было укутано в грязную ткань. Продолжая кричать, девочка нырнула в начинающую собираться толпу.

Лэнгдон подскочил к несчастному и с ужасом увидел, как по лохмотьям бродяги растекается темное пятно. Присмотревшись, он понял, что это свежая кровь.

Затем сидящий старик, словно сломавшись в поясе, наклонился и начал заваливаться вперед. Лэнгдон бросился к нему, но опоздал. Бродяга, наклоняясь все сильнее, рухнул со ступеней, уткнулся лицом в гранит мостовой и затих. Американцу показалось, что все это произошло за какие-то доли секунды.

Лэнгдон склонился над старцем. Подбежала Виттория и прикоснулась пальцами к сонной артерии бродяги.

— Есть пульс, — сказала она. — Переверните его.

Толпа зевак вокруг них все увеличивалась.

Лэнгдон начал действовать, не дожидаясь дальнейших указаний. Взяв старика за плечи, он стал поворачивать его лицом вверх. Грязная ткань, в которую было завернуто тело, соскользнула, и когда бродяга оказался лежащим на спине, американец увидел в самом центре его груди большое черное пятно сгоревшей плоти.

Виттория отпрянула, судорожно вздохнув.

Лэнгдон замер, словно парализованный, ощутив одновременно восхищение и отвращение. Символ, который он увидел, был очень прост и в то же время ужасен.

— Воздух, — задыхаясь от волнения, выдавила Виттория. — Это... он.

В этот миг рядом с ними практически из ниоткуда появились швейцарские гвардейцы. Раздались громкие команды, и солдаты бросились на поиски невидимого убийцы.

Один из зевак-туристов рассказал, что всего несколько минут назад какой-то смуглый и, видимо, очень хороший человек не только помог этому несчастному перейти через площадь, но даже некоторое время посидел рядом с ним на ступенях. Затем этот добрый христианин растворился среди туристов.

Виттория сорвала остатки лохмотьев с торса «бродяги», и по обе стороны от клейма, чуть ниже грудной клетки, они увидели две большие проникающие раны. Девушка откинула голову кардинала назад и принялась делать искусственное дыхание по системе «изо рта в рот». Лэнгдон был совершенно не готов к тому, что случилось после этого. Как только Виттория сделала первый выдох, в ранах раздалось шипение, и из них брызнула кровь. Это было похоже на фонтан, возникающий при дыхании кита, но значительно меньших размеров. Солоноватая жидкость ударила Лэнгдону в лицо.

Виттория подняла голову и с ужасом прошептала:

— Его легкие... пробиты.

Лэнгдон протер глаза и посмотрел на раны. В них раздавалось бульканье. Легкие кардинала были разрушены. Он находился в агонии.

Виттория прикрыла тело, и в дело вступили швейцарские гвардейцы.

И в этот момент вконец растерявшийся Лэнгдон увидел ее. Преследовавшая их в последнее время женщина находилась рядом. Она стояла чуть пригнувшись, а на ее плече висела работающая, направленная прямо на него видеокамера с логотипом Би-би-си. Женщина и Лэнгдон встретились взглядами, и американец понял, что она успела снять все. Он хотел было крикнуть, но женщина исчезла в толпе с ловкостью кошки.

ГЛАВА 76

Чинита Макри бежала, спасая самый сенсационный материал, который ей удалось снять за всю свою репортерскую жизнь.

Тяжелая камера казалась ей якорем, мешавшим лавировать в толпе. Макри пришлось двигаться против людского потока, поскольку все туристы устремились к месту происшествия и лишь одна она мчалась в противоположном направлении. Мужчина в твидовом пиджаке заметил ее, и, чтобы спасти материал, нужно было убежать как можно дальше. Ей стало казаться, что ее преследуют и что кольцо преследователей сжимается со всех сторон.

Макри была в ужасе от того, что ей удалось запечатлеть своей камерой. Неужели мертвец был одним из тех? Телефонный звонок, который получил Глик, теперь не казался ей таким безумным.

Когда она была уже неподалеку от своего микроавтобуса, перед ней из толпы возник решительного вида молодой человек. Увидев друг друга, они оба замерли. Молодой человек молниеносно извлек из кармана портативную рацию и произнес в микрофон несколько слов. Затем он направился к Макри, но та, не став его дожидаться, нырнула в толпу и понеслась с удвоенной скоростью. Лавируя между телами, она извлекла кассету из камеры и, сунув ее за пояс, передвинула к спине так, чтобы ее не было видно. Золотая пленка, подумала она, первый раз в жизни порадовавшись тому, что имеет избыточный вес. *Где же ты, Глик? Куда, к дьяволу, подевался?!*

Слева от нее возник еще один солдат. Макри, понимая, что в ее распоряжении совсем мало времени, снова нырнула в толпу. Она выхватила из кофра чистую пленку и сунула ее в камеру. Теперь ей оставалось только молиться.

Когда она находилась в каких-то тридцати ярдах от своего микроавтобуса, перед ней словно из-под земли выросли два человека со скрещенными на груди руками. Бежать ей было некуда.

— Пленку! — сказал один, протягивая руку. — Живо!

Макри отшатнулась и прикрыла руками камеру.

— Ни за что!

Второй мужчина распахнул полы пиджака, демонстрируя пистолет.

— Ну и стреляйте! — крикнула Макри, сама удивляясь смелости, с которой была произнесена эта фраза.

— Пленку! — повторил первый.

Куда, к дьяволу, подевался этот проклятый Глик? Макри топнула ногой и что есть мочи заорала:

— Я — профессиональный оператор всемирно известной компании Би-би-си! Согласно двенадцатой статье Акта о свободе прессы, этот фильм является собственностью Британской вещательной корпорации!

Мужчины и ухом не повели. Тот, который демонстрировал пистолет, сделал шаг по направлению к ней.

— Я лейтенант швейцарской гвардии и, согласно Святому уложению, конфискую собственность, которую вы прячете. Соответственно вы подлежите обыску и аресту.

Вокруг них постепенно начала собираться толпа.

— Я ни при каких обстоятельствах не отдам вам кассету из этой камеры, не поговорив предварительно со своим редактором в Лондоне. Я предлагаю вам...

Гвардейцы решили не продолжать дискуссию. Один из них вырвал у нее из рук камеру, а второй схватил ее за плечи, развернул лицом в сторону Ватикана и повел через толпу.

Макри молила Бога о том, чтобы Он не позволил швейцарцам ее обыскать и отнять отснятый материал. Если она сможет скрывать кассету достаточно долго...

И в этот миг произошло нечто совершенно невообразимое. Кто-то из толпы сунул сзади руку ей под жакет, и Макри почувствовала, как кассета выскользнула из-за пояса. Она резко обернулась и, к счастью, успела проглотить готовые сорваться с языка слова. Сзади нее стоял, затаив дыхание, Гюнтер Глик. Затем Гюнтер подмигнул ей и, ухмыляясь, растворился в толпе.

ГЛАВА 77

Лэнгдон, пошатываясь, вошел в туалетную комнату рядом с кабинетом папы и смыл кровь с лица и губ. Это была не его кровь. Это была кровь кардинала Ламассэ, который только что умер ужасной смертью на полной людей площади вблизи Ватикана. Невинный агнец, принесенный в жертву на алтарь науки. Пока ассасин выполнял свои угрозы.

Лэнгдон с ощущением полной беспомощности смотрел на себя в зеркало. Глаза ввалились, их взгляд был каким-то отрешенным, и щеки начали темнеть от прораставшей на них щетины. Туалетная комната сияла ослепительной чистотой: черный мрамор, золотая фурнитура, мягкие полотенца и ароматное мыло для рук.

Лэнгдон попытался выкинуть из головы кровавое клеймо, которое только что видел. Воздух. Но видение не исчезало. С момента пробуждения этим утром он уже видел три амбиграммы... и знал, что предстоит увидеть еще две.

Из-за закрытых дверей до него доносились громкие голоса. Оливетти, камерарий и капитан Рошер обсуждали план дальнейших действий. Поиск антивещества пока, видимо, успехом не увенчался. Швейцарцы либо проморгали ловушку, либо врагам удалось проникнуть в сердце Ватикана гораздо глубже, чем желал признать Оливетти.

Лэнгдон вытер руки и лицо и поискал взглядом писсуар. Писсуара в туалетной комнате не оказалось, там имелся лишь один унитаз. Он поднял крышку и замер.

Все тело его напряглось, и по нему прокатилась волна нечеловеческой усталости. В его груди теснились совершенно противоречивые чувства. Он обессилел, бегая без сна и еды. Двигаясь по Пути просвещения, он пережил душевную травму, став свидетелем двух жестоких убийств. А мысли о возможном исходе этой драмы приводили его в ужас.

«Думай!» — приказал он себе. Но в голове не было ни единой здравой мысли.

После того как Лэнгдон спустил воду, ему на ум вдруг пришла забавная мысль. «Ведь это же туалет папы, — подумал он. — Я только что помочился в унитаз папы. В его Святой трон».

ГЛАВА 78

А в Лондоне тем временем дежурная редакторша выхватила из приемника спутниковой связи записанную кассету, промчалась через аппаратную, ворвалась в кабинет главного редактора, вставила кассету в видеомагнитофон и, ни слова не говоря, нажала кнопку воспроизведения.

Пока шел материал, она рассказала шефу о своем разговоре с Гюнтером Гликом, находящимся в данный момент в Ватикане. Девица была способной журналисткой и, пока шла запись, успела получить из архивов Би-би-си подтверждение личности человека, только что убитого на площади Святого Петра в Риме.

Выскочив из кабинета, главный редактор заорал так, что все немедленно бросили работу.

— Прямой эфир через пять минут! — выкрикнул он. — Самого талантливого ведущего к камере! Ответственных за связь со средствами массовой информации прошу немедленно вступить в переговоры в режиме онлайн. У нас есть материал на продажу. Кроме того, мы имеем фильм!

Все координаторы коммерческой деятельности немедленно включили свои системы связи.

— Продолжительность фильма? — громко спросил один из них.

— Тридцать секунд, — ответил главный.

— Содержание?

— Убийство, снятое в натуре!

Глаза координаторов загорелись энтузиазмом.

— Стоимость лицензионного показа?

— Миллион долларов США.

— Что? — спросили все, недоверчиво повернув головы.

— Вы меня слышали! Я хочу, чтобы вы начали с самых крутых. Си-эн-эн, Эм-эс-эн-би-си. А также с «большой тройки»*. Разрешаю сокращенный предварительный просмотр. Дайте им пять минут на размышления, после чего Би-би-си выйдет в эфир.

— Что, черт побери, произошло? — спросил один из сотрудников. — Неужели с нашего премьера живьем содрали шкуру?

— Лучше, — покачал головой шеф. — Все гораздо лучше.

А где-то в Риме как раз в этот момент ассасин наслаждался коротким и вполне заслуженным отдыхом. Развалясь в удобном

* Имеются в виду три общенациональные телекомпании США — Эн-би-си, Си-би-эс и Эй-би-си.

кресле, он с восхищением рассматривал легендарное помещение. «Я сижу в Храме Света, — думал он. — В тайном убежище иллюминатов». Он не мог поверить в то, что оказался здесь по прошествии стольких веков.

Немного выждав, он набрал номер репортера Би-би-си, с которым говорил раньше. Время. Однако самую страшную новость мир должен услышать позже.

ГЛАВА 79

Виттория Ветра отпила из стакана чай и машинально принялась за булочку, предложенную ей одним из швейцарских гвардейцев. Она знала, что поесть обязательно надо, но аппетита не было. В кабинете папы кипела жизнь, в нем шла оживленная дискуссия. Капитан Рошер, коммандер Оливетти и еще с полдюжины гвардейцев пытались оценить понесенный урон и обдумывали следующий шаг.

Роберт Лэнгдон стоял у окна и смотрел на площадь Святого Петра. Казалось, что он пребывал в каком-то ином мире. К нему подошла Виттория.

— Новые идеи?

Лэнгдон молча покачал головой.

— Булочку желаете?

При виде еды его настроение несколько улучшилось.

— Еще как! Спасибо, — ответил американец и принялся яростно жевать.

Шумная дискуссия за их спинами внезапно оборвалась: в сопровождении двух гвардейцев в кабинет вошел камерарий. Если до этого клирик казался утомленным, то теперь он выглядел совершенно опустошенным.

— Что случилось? — спросил камерарий, обращаясь к Оливетти. Судя по выражению его лица, самое худшее он уже успел услышать.

Формальный доклад Оливетти звучал как отчет о потерях на поле боя. Он излагал факты кратко и четко:

— Вскоре после восьми часов в церкви Санта-Мария дель Пополо было обнаружено тело кардинала Эбнера. Кардинал задохнулся, а на его теле имелось клеймо в виде амбиграммы слова «Земля». Кардинал Ламассэ был убит на площади Святого Петра десять минут назад. Он скончался от проникающих ранений в грудь. На теле обнаружено клеймо. Это слово «Воздух», также начертанное в виде амбиграммы. И в том, и в другом случае убийце удалось скрыться.

Камерарий пересек комнату и, тяжело опустившись в папское кресло у письменного стола, сгорбился.

— Однако кардиналы Баджиа и Гуидера еще живы.

Камерарий вскинул голову, и по выражению его лица было видно, как он страдает.

— И это, по вашему мнению, должно служить нам утешением? Два кардинала убиты, и двум другим осталось жить не долго, если вы их не отыщете.

— Мы обязательно их найдем, — заверил камерария Оливетти. — Я в этом не сомневаюсь.

— Не сомневаетесь? Пока у вас были сплошные провалы.

— Это не так. Мы проиграли два сражения, синьор, но выигрываем войну. Иллюминаты обещали превратить эти события во всемирное шоу. Пока нам удавалось срывать их планы. Оба тела были эвакуированы без каких-либо инцидентов. Кроме того, — продолжал Оливетти, — капитан Рошер докладывает, что в поисках антивещества наметился серьезный успех.

Капитан Рошер поправил свой красный берет и выступил вперед. Виттория подумала, что Рошер выглядит намного человечнее, чем остальные гвардейцы. Да, он казался суровым воякой, но все же не был так зажат и сух, как другие. Его голос был наполнен эмоциями и звучал чисто, словно скрипка.

— Полагаю, не позже чем через час, синьор, мы сможем представить вам сосуд.

— Простите меня, капитан, за то, что я настроен менее оптимистично, нежели вы, — устало произнес камерарий. — Мне кажется, что тщательный осмотр всего Ватикана потребует гораздо больше времени, чем то, каким мы располагаем.

— Всего Ватикана — да. Однако, оценив ситуацию, я пришел к выводу, что ловушка антивещества находится в одной из белых зон, или, иными словами, в одном из мест, куда допускается публика. Это в первую очередь музеи и собор Святого Петра. Мы отключили подачу энергии в эти зоны и проводим там тщательное сканирование.

— Следовательно, вы планируете обследовать весьма малую часть Ватикана. Я вас правильно понял?

— Так точно, синьор. Вероятность того, что злоумышленнику удалось проникнуть во внутренние помещения Ватикана, ничтожна. Тот факт, что камера слежения была похищена из белой зоны — лестничной клетки одного из музеев, говорит о том, что преступник имел весьма ограниченный доступ. Именно там мы и ведем интенсивный поиск.

— Но преступник похитил четырех кардиналов, и это, бесспорно, говорит о более глубоком проникновении в Ватикан, чем мы думали.

— Совершенно не обязательно. Мы не должны забывать, что большую часть этого дня кардиналы провели в музеях и соборе Святого Петра, наслаждаясь произведениями искусства без обычной там толпы. Нельзя исключать, что кардиналов похитили в одном из этих мест.

— Но каким образом их вывели наружу?

— Мы все еще пытаемся это установить.

— Понимаю... — протянул камерарий, поднялся из-за стола и, обращаясь к Оливетти, сказал: — Коммандер, теперь мне хотелось бы выслушать ваш план эвакуации.

— Мы пока еще работаем в этом направлении, синьор. План предстоит формализовать, но я уверен, что капитан Рошер найдет сосуд с антивеществом.

В ответ Рошер, как бы ценя высокую оценку командования, щелкнул каблуками и произнес:

— К данному моменту мои люди отсканировали две трети всех белых зон. Мы убеждены в успехе.

Однако любому беспристрастному наблюдателю могло показаться, что камерарий вовсе не разделяет оптимизма гвардейцев. В кабинете появился швейцарец со шрамом под глазом. В руках он держал план Рима. Подойдя прямо к Лэнгдону, гвардеец доложил по-военному четко:

— Мистер Лэнгдон, я получил нужную вам информацию о West Ponente.

Лэнгдон поспешно дожевал булочку и сказал:

— Отлично, давайте взглянем.

Гвардеец расстелил план на письменном столе папы, и в этот момент к ним подошла Виттория. Остальные, не обращая на них ни малейшего внимания, продолжали дискуссию.

— Мы находимся здесь, — сказал солдат, показывая на площадь Святого Петра. — Центральная линия через West Ponente идет точно на восток в противоположном от Ватикана направлении... — С этими словами швейцарец провел пальцем черту от площади Святого Петра через Тибр к самому сердцу старого Рима. — Как видите, линия проходит почти через весь город, и рядом с ней расположено около двадцати католических храмов.

— Двадцати? — упавшим голосом переспросил Лэнгдон.

— Может, даже больше.

— Стоит ли хотя бы одна церковь непосредственно на линии?

— Некоторые находятся к ней ближе, чем другие, — ответил швейцарец, — но воспроизведение направления дыхания на карте оставляет возможность для ошибки.

Лэнгдон взглянул через окно на площадь, нахмурился, задумчиво потер подбородок и спросил:

— А как насчет огня? Есть ли хотя бы в одной из них работа Бернини, имеющая отношение к огню?

Молчание.

— А обелиски? — продолжал допрос американец. — Имеются ли на линии церкви, вблизи которых стоит обелиск?

Гвардеец начал изучать карту.

Виттория увидела проблеск надежды в глазах Лэнгдона и подумала, что ученый прав. Две первые вехи находились на площадях, в центре которых возвышались обелиски. Может быть, обелиски были главной темой? Тянущиеся к небу пирамиды, указывающие Путь просвещения. Чем больше Виттория думала об этом, тем более совершенной представлялась ей эта схема... Четыре возвышающихся над Римом маяка указывают на четыре алтаря науки.

— Это может не иметь прямого отношения к нашим поискам, однако мне известно, что многие обелиски были воздвигнуты или перемещены в другое место именно во времена Бернини, — сказал Лэнгдон. — Думаю, Бернини не мог не принимать участия в их размещении.

— Или, — вмешалась Виттория, — он разместил указатели рядом с уже имеющимися обелисками.

— Верно, — кивнул Лэнгдон.

— Скверная шутка, — сказал гвардеец. — Рядом с линией нет ни одного обелиска. — Он провел пальцем по воображаемой линии и добавил: — Даже на некотором отдалении нет ничего подобного.

Лэнгдон встретил эту информацию тяжелым вздохом.

Виттория тоже сникла. Ей эта идея казалась весьма многообещающей. Видимо, все будет гораздо сложнее, чем им представлялось вначале. Но все же, стараясь мыслить позитивно, она сказала:

— Думайте, Роберт. Постарайтесь вспомнить, какая из работ Бернини может иметь отношение к огню. В любой связи.

— Я уже думал об этом. Бернини был невероятно плодовит. У него сотни работ. Я очень надеялся, что West Ponente укажет нам на какую-то конкретную церковь. В таком случае я мог бы припомнить.

— Fuòco, — не сдавалась Виттория. — Огонь. Неужели это слово не ассоциируется у вас хоть с каким-нибудь творением Бернини?

— Он создал знаменитые зарисовки фейерверка, — пожал плечами Лэнгдон, — но это не скульптура, и работа хранится в Германии, в Лейпциге.

— А вы уверены, что ветер на втором указателе дует именно в этом направлении? — задумчиво спросила Виттория.

— Вы видели барельеф собственными глазами. Он абсолютно симметричен. За исключением дыхания, естественно. И только оно может служить указателем направления.

Виттория знала, что Лэнгдон прав.

— Я уж не говорю о том, — продолжал ученый, — что West Ponente означает одну из стихий, а именно воздух. Поэтому вполне логично следовать в том направлении, которое указывает дыхание.

Виттория кивнула, соглашаясь. Итак, нужно следовать в направлении дыхания, думала она, но куда именно?

— Ну и что у вас получается? — спросил, подойдя к ним, Оливетти.

— Слишком много церквей, — ответил гвардеец. — Десятка два или даже больше. Думаю, если мы направим по четыре человека к каждой...

— Забудьте, — прервал его Оливетти. — Мы дважды упустили этого парня, хотя точно знали, где он должен находиться. Организовав массовый рейд, мы оставим Ватикан без охраны и будем вынуждены прекратить поиски антивещества.

— Нам нужен справочник, — сказала Виттория, — с указателем всех работ Бернини. Если удастся просмотреть названия, то вы, возможно, что-то и вспомните.

— Не знаю, — ответил Лэнгдон. — Если работа создана специально для ордена «Иллюминати», то она скорее всего малоизвестна и в указателе ее может не быть.

Виттория его сомнений не разделяла.

— Первые две скульптуры были достаточно известны. Во всяком случае, вы слышали об обеих.

— Это верно... — протянул Лэнгдон.

— Если мы просмотрим названия и наткнемся на слово «огонь», то, возможно, обнаружим статую, которая находится в нужном для нас направлении.

Попытаться, во всяком случае, стоит, подумал Лэнгдон и, обращаясь к Оливетти, сказал:

— Мне нужен перечень всех работ Бернини. У вас, парни, случайно, не найдется здесь настольной книги о великом мастере?

— Настольной? — Оливетти, судя по его тону, очень удивился.

— Не обращайте внимания... Мне нужен любой список. Как насчет музея? Там наверняка есть справочники по Бернини.

— Электричество во всех музеях отключено, — мрачно произнес гвардеец со шрамом. — Кроме того, справочный зал очень велик. Без помощи персонала...

— Скажите, — вмешался Оливетти, — указанная работа Бернини была создана, когда скульптор работал здесь, в Ватикане?

— Почти наверняка, — ответил Лэнгдон. — Он провел здесь почти всю свою творческую жизнь. А во время конфликта церкви с Галилеем уж точно находился в Ватикане.

— В таком случае может существовать еще один справочник, — удовлетворенно кивнув, сказал Оливетти.

— Где? — с надеждой спросила Виттория, в которой снова проснулся оптимизм.

Коммандер не ответил. Он отвел гвардейца в сторону и о чем-то заговорил с ним, понизив голос. Швейцарец, судя по его виду, был не очень уверен в успехе, но тем не менее утвердительно кивал. Когда Оливетти замолчал, солдат повернулся к Лэнгдону и сказал:

— Следуйте, пожалуйста, за мной, мистер Лэнгдон. Сейчас девять пятнадцать. Нам следует поторопиться.

Лэнгдон и швейцарец двинулись к дверям.

— Я помогу! — рванулась следом за ними Виттория.

Оливетти поймал ее за руку и сказал:

— Нет, мисс Ветра. Мне необходимо с вами кое-что обсудить.

Произнесены эти слова были весьма внушительно, а хватка оказалась очень крепкой.

Лэнгдон и гвардеец ушли. Оливетти с каменным выражением лица отвел Витторию в сторону. Но девушка так и не узнала, что он хотел ей сказать. Коммандер просто не получил возможности это сделать. Его портативная рация громко прохрипела:

— Комманданте?

Все повернулись к Оливетти.

— Думаю, вам стоит включить телевизор, — прозвучал в крошечном динамике мрачный голос.

ГЛАВА 80

Когда два часа назад Лэнгдон выходил из секретных архивов Ватикана, он и мечтать не мог о том, что когда-нибудь туда вернется. Однако, пробежав рысцой вместе с гвардейцем весь путь, он, слегка задыхаясь, вошел в уже знакомое здание.

Солдат со шрамом на лице провел его мимо прозрачных кубов хранилищ. Тишина архива на сей раз действовала на Лэнгдона угнетающе, и он был очень благодарен швейцарцу, когда тот нарушил молчание.

— Мне кажется, сюда, — сказал гвардеец, приглашая Лэнгдона пройти в конец зала, где вдоль стены размещались стеклянные кубы, но только меньшего размера. Швейцарец обежал взглядом надписи на хранилищах и указал на одно из них. — Да, это как раз то, что нам надо. Коммандер сказал, что интересующие вас сведения вы, возможно, найдете здесь.

Лэнгдон прочитал надпись. ATTIVI VATICANI. Имущество Ватикана? Он просмотрел рубрикатор. Недвижимость... Валюта... Банк Ватикана... Антиквариат... Список казался бесконечным.

— Полный перечень всей собственности, — сказал швейцарец.

Боже! Несмотря на полумрак, Лэнгдон видел, что хранилище забито до отказа.

— Коммандер сказал, что все созданное Бернини под патронажем Ватикана внесено в соответствующие перечни активов.

Лэнгдон кивнул, осознав, что предположения Оливетти могут действительно оказаться верными. В то время, когда творил Бернини, все, что он сделал под покровительством папы, становилось по закону собственностью Святого престола. Правда, это было не покровительство, а скорее феодализм, но крупные мастера тогда жили неплохо и жаловались крайне редко.

— Включая те работы, которые находятся вне Ватикана?

Солдат бросил на него удивленный взгляд и сказал:

— Естественно. Все католические храмы Рима являются собственностью Ватикана.

Лэнгдон посмотрел на список, который держал в руках. В нем значилось примерно двадцать церквей, стоящих вдоль линии, берущей начало у West Ponente. Третий алтарь науки находился в одной из них, и Лэнгдон надеялся, что ему хватит времени определить, в какой именно. В иных обстоятельствах он с удовольствием лично обследовал бы все эти храмы один за другим. Однако сегодня ему было отпущено всего двадцать минут, чтобы найти ту единственную церковь, в которой находится работа Бернини, имеющая какое-либо отношение к огню.

Лэнгдон подошел к вращающимся, контролируемым электроникой дверям хранилища, а швейцарец остался стоять на месте. Ощутив какую-то странную неуверенность, американец произнес с улыбкой:

— С воздухом все в порядке. Дышать можно, хотя кислорода и маловато.

— Мне приказано сопроводить вас до этого места, а затем немедленно вернуться в штабную комнату.

— Значит, вы меня покидаете?

— Да, синьор. Швейцарские гвардейцы в архив не допускаются. Проводив вас до этого места, я уже нарушил протокол. Коммандер не преминул мне об этом напомнить.

— Нарушили протокол? — Неужели этот человек не понимает, что происходит? — На чьей стороне ваш коммандер, черт бы его побрал?!

Выражение дружелюбия мгновенно исчезло с лица гвардейца, шрам под глазом начал нервно подергиваться, а взгляд напомнил взгляд самого Оливетти.

— Прошу прощения, — сказал Лэнгдон, сожалея о сказанном. — Это всего лишь... Я просто очень нуждаюсь в помощи.

Гвардеец остался непоколебим.

— Я обучен следовать приказам, а не обсуждать их. Когда вы обнаружите то, что ищете, немедленно свяжитесь с коммандером.

— Но как же я его найду? — разволновался Лэнгдон.

Швейцарец молча снял с пояса и положил на ближайший столик портативную рацию.

— Первый канал, — бросил он и растворился в темноте.

ГЛАВА 81

Телевизор скрывался в специальном шкафу, стоящем прямо напротив письменного стола понтифика. Это был самый современный «Хитачи» с огромным экраном. После того как его включили, все столпились вокруг. Виттория тоже подошла поближе.

Некоторое время, как и положено, экран оставался темным, а затем на нем возникла ведущая — молодая брюнетка с красивыми глазами.

— Я Келли Хорн-Джонс из Эн-би-си, передача ведется прямо из Ватикана.

За ее спиной возникла площадь Святого Петра.

— Она врет! — выпалил Рошер. — Нам подсовывают картинки из архива. Освещение в соборе в данный момент отключено.

Оливетти остановил разоблачителя сердитым шипением.

— В ходе выборов папы произошли шокирующие события. — В голосе брюнетки зазвучали тревожные нотки. — Нам только что сообщили, что два члена коллегии кардиналов были сегодня зверски убиты.

Оливетти едва слышно выругался.

В этот миг в кабинет ворвался какой-то гвардеец.

— Коммандер, — задыхаясь, выдавил он, — с центрального коммутатора сообщают, что телефоны просто взбесились. Все хотят узнать официальную позицию Ватикана...

— Немедленно отключить телефонную связь! — приказал Оливетти, не отрывая глаз от экрана, с которого продолжала вещать телеведущая.

— Но, синьор... — неуверенно произнес гвардеец.

— Выполняйте!

Гвардеец убежал.

Виттории казалось, что камерарий хочет что-то сказать, но сдерживается. Клирик долго и мрачно смотрел на Оливетти, а затем вновь обратил взгляд на экран.

Эн-би-си теперь демонстрировала видеоматериал. Швейцарцы вынесли тело кардинала Эбнера из церкви Санта-Мария дель Пополо и погрузили его в багажник «альфа-ромео». Затем последовал стоп-кадр, на котором крупным планом показалось обнаженное тело. Оно было видно лишь те несколько секунд, когда его клали в багажник.

— Какой мерзавец все это снимал?! — выкрикнул Оливетти.

Ведущая Эн-би-си продолжала рассказ:

— Как полагают наши эксперты, это тело кардинала Эбнера из Франкфурта, а люди, которые выносят его из церкви, судя по всему, швейцарские гвардейцы Ватикана.

Девица всем своим видом пыталась выразить охватившую ее печаль. Оператор дал ее лицо крупным планом, и ведущая загрустила еще сильнее.

— В данный момент Эн-би-си хочет предупредить зрителей, что кадры, которые они сейчас увидят, настолько страшны и выразительны, что не все смогут их выдержать. Мы просим отойти от телевизоров детей и людей со слабой психикой.

Виттория фыркнула, настолько ее рассмешила забота телекомпании о своих зрителях. Она прекрасно знала, что такое предупреждение у телевизионщиков называется дразнилкой. Она не слышала, чтобы кто-нибудь уходил или переключал канал, услышав подобные слова.

— Повторяю, — сказала ведущая, — следующие кадры могут показаться некоторым зрителям шокирующими.

— Какие еще кадры? — спросил Оливетти, обращаясь к экрану. — Ведь вы только что показали...

На экране возникла пробирающаяся в толпе по площади Святого Петра парочка. Виттория мгновенно узнала в этих людях Роберта и себя. В самом углу изображения видна была надпись мелким шрифтом: «Материал предоставлен компанией Би-би-си». Сокращение Би-би-си ей о чем-то говорило.

— О Боже, — прошептала она. — Только не это...

Камерарий недоуменно посмотрел на Оливетти и сказал:

— Вы, кажется, сообщили, что пленку удалось изъять. Или это мне показалось?

Тут раздался пронзительный крик ребенка, затем на экране появилась крошечная девчушка, тычущая пальчиком в сторону человека, больше всего похожего на залитого кровью бродягу. В кадре неожиданно возник Роберт Лэнгдон и попытался успокоить плачущую девочку.

Все, кто находился в кабинете папы, затаив дыхание, следили за разворачивающейся на их глазах драмой. Кардинал (они-то знали, что это кардинал) упал. Упал, уткнувшись лицом в камни мостовой. Появилась Виттория и призвала всех к порядку. В кадре видна была лужа крови, следом за ней показали клеймо. Затем камера сосредоточилась на отчаянных попытках Виттории сделать искусственное дыхание методом «изо рта в рот».

— Эта разрывающая сердце сцена была снята всего несколько минут назад на площади Святого Петра, за стенами Ватикана. Достоверные источники сообщают, что это тело кардинала Ламассэ из Франции. Почему он так одет и по какой причине оказался не на конклаве, остается для всех тайной. Ватикан пока отказывается от каких-либо комментариев.

Пленка опять пошла с самого начала.

— Отказывается от комментариев? — возмутился Рошер. — Да нам и минуты для этого не дали!

Девица тем временем продолжала вещать, а сцена смерти кардинала служила ей фоном.

— Эн-би-си не может с достоверностью назвать мотивы этих убийств, наши источники сообщают, что ответственность за них взяла на себя группа, называющаяся «Иллюминати».

— Что?! — взорвался Оливетти.

— ...узнать подробности об этой организации вы можете, посетив наш сайт по адресу...

— Non é posibile! — взревел Оливетти и повторил: — Это невозможно!!! — Выразив таким образом свое отношение к сообщению, он переключил телевизор на другой канал.

На этом канале передачу вел мужчина латиноамериканского типа.

— ...культ сатанистов, известных под названием «Иллюминати», по мнению некоторых историков...

12 Зак. 1526

Оливетти принялся поочередно нажимать кнопки пульта дистанционного управления. Все каналы вели прямые трансляции, многие шли на английском языке.

— ...несколько ранее этим же вечером швейцарские гвардейцы извлекли из церкви тело. Как считают, это был труп кардинала...

— ...свет в базилике и музеях погашен, что оставляет место для всякого рода спекуляций...

— ...мы беседуем со специалистом по теории заговоров Тайлером Тингли о шокирующем возрождении...

— ...ходят слухи, что этим вечером произойдут еще два убийства...

— ...возникает вопрос, не находится ли среди похищенных основной претендент на папский престол кардинал Баджиа...

Виттория отвернулась от экрана. События развивались с немыслимой скоростью. За окном становилось совсем темно, а человеческая трагедия словно магнит притягивала на площадь все новых и новых зевак. Людская толпа под окнами папского дворца разрасталась чуть ли не с каждой секундой. В нее непрерывно вливались потоки пешеходов, а журналисты поспешно выгружались из мини-автобусов, чтобы успеть занять на площади лучшие места.

Оливетти отложил пульт дистанционного управления и, обращаясь к камерарию, произнес:

— Не могу представить, синьор, как такое могло произойти. Ведь мы действительно изъяли кассету из камеры.

Камерарий был слишком потрясен, чтобы говорить.

Никто не проронил ни слова. Швейцарские гвардейцы замерли по стойке «смирно».

— Создается впечатление, — наконец произнес камерарий (он был настолько опустошен, что даже не мог сердиться), — что нам не удалось сдержать развитие кризиса. На что, по правде говоря, я очень рассчитывал. — Клирик посмотрел на толпу людей за окном и добавил: — Я должен выступить с обращением.

— Ни в коем случае, синьор, — покачал головой Оливетти. — Это именно то, чего ждут от вас иллюминаты. Официально подтвердив их существование, вы придадите им новые силы. Нам следует молчать.

— А как быть с этими людьми? — спросил камерарий, показывая на площадь. — Очень скоро здесь соберутся десятки, а затем и сотни тысяч. Они могут оказаться в опасности, и я обязан их предупредить. Помимо этого, следует эвакуировать коллегию кардиналов.

— У нас еще есть время. Кроме того, капитан Рошер найдет антивещество; я в этом не сомневаюсь.

— У меня создается впечатление, что вы начинаете мне приказывать! — резко повернувшись к Оливетти, бросил камерарий.

— Ничего подобного, синьор, я всего лишь даю вам совет. Если вас беспокоит судьба людей на площади, мы можем объявить об утечке газа и очистить территорию. Заявлять же о том, что мы стали чьими-то заложниками, просто опасно.

— Коммандер, я хочу, чтобы вы, да и все остальные поняли раз и навсегда — я никогда не использую этот кабинет для того, чтобы лгать миру. Если я решу что-то заявить, то в моих словах будет только правда.

— Правда? Правда о том, что сатанисты угрожают уничтожить Ватикан? Такая правда лишь ослабит наши позиции.

— И насколько, по-вашему, они ухудшатся по сравнению с тем, что мы уже имеем? — обжигая офицера взглядом, спросил клирик.

Рошер неожиданно вскрикнул и, схватив пульт дистанционного управления, прибавил звук. Все взоры обратились на экран.

Ведущая Эн-би-си, судя по ее виду, разволновалась по-настоящему. Рядом с ней на экране была фотография покойного папы.

— ...экстренное сообщение. Его источником является Би-би-си. — Она взглянула мимо камеры, как бы ожидая команды продолжать. Видимо, получив ее, она мрачно посмотрела в камеру. — Сообщество «Иллюминати» только что взяло на себя ответственность... — Немного помявшись, она повторила: —

Иллюминаты взяли на себя ответственность за смерть папы, имевшую место пятнадцать дней назад.

У камерария от неожиданности отвисла челюсть.

До Виттории смысл услышанного дошел не сразу.

— Согласно традициям Ватикана, — продолжала ведущая, — вскрытие покойного папы не производится, поэтому нет никакой возможности подтвердить или опровергнуть заявление иллюминатов. Тем не менее представители братства «Иллюминати» утверждают, что причиной смерти папы был не инсульт, а яд.

В комнате повисла гробовая тишина.

Первым не выдержал Оливетти.

— Безумие! Наглая ложь! — взорвался коммандер.

Рошер принялся переключать каналы. Экстренное сообщение, подобно эпидемии чумы, передавалось от станции к станции. Все долдонили одно и то же, различались лишь заголовки, соревнующиеся в сенсационности подачи материала:

УБИЙСТВО В ВАТИКАНЕ
ПАПА ПАЛ ЖЕРТВОЙ ОТРАВЛЕНИЯ
САТАНА ОСКВЕРНЯЕТ ДОМ БОГА

— Да поможет нам Бог, — глядя в сторону, прошептал камерарий.

Рошер на мгновение задержался на Би-би-си:

— ...сообщил мне об убийстве в церкви Санта-Мария дель Пополо... — и переключил на другой канал.

— Стоп, — сказал камерарий. — Назад...

Рошер вернулся назад. На экране возник ведущий новостей Би-би-си, рядом с ним находилась фотография довольно странного молодого человека с рыжей бородкой. Подпись под снимком гласила: ГЮНТЕР ГЛИК, ПРЯМО ИЗ ВАТИКАНА. Глик, видимо, вел репортаж по телефону, и слышимость была довольно скверной.

— ...мой оператор сумел снять вынос тела кардинала из капеллы Киджи.

— Хочу напомнить нашим зрителям, — произнес ведущий, — что репортер Би-би-си Гюнтер Глик был первым, кто сообщил эту сенсационную новость. Он дважды вступал в телефонный контакт с предполагаемым убийцей, направленным иллюминатами. Гюнтер, вы сказали, что убийца несколько минут назад позвонил вам и передал послание братства «Иллюминати»?

— Да, это так.

— И в этом послании говорится, что иллюминаты каким-то образом несут ответственность за смерть папы?

— Совершенно верно. Звонивший сказал, что причиной смерти понтифика был вовсе не удар. Папа был отравлен иллюминатами.

Все находящиеся в кабинете окаменели.

— Отравлен? — удивился ведущий. — Но... но каким образом?

— Подробностей они не сообщают, — ответил Глик, — но говорят, что умертвили его с помощью лекарства, известного как... — послышался шорох бумаги, — как гепарин.

Камерарий, Оливетти и Рошер обменялись смущенными взглядами.

— Гепарин? — переспросил Рошер — он был явно взволнован. — Но ведь это же...

— Лекарство, которое давали папе, — побелевшими губами прошептал камерарий.

— Папа принимал гепарин? — спросила потрясенная Виттория.

— Он страдал от тромбофлебита, — ответил камерарий, — и раз в день ему делали инъекцию. Почему иллюминаты заявляют...

— В больших дозах гепарин смертелен, — вмешалась Виттория. — Это мощный препарат, препятствующий свертыванию крови. Его передозировка вызывает массивное внутреннее кровоизлияние и кровоизлияние в мозг.

— Откуда вам все это известно? — удивленно подняв брови, спросил Оливетти.

— Биологи используют его при изучении морских млекопитающих, чтобы воспрепятствовать появлению тромбов в результате снижения активности животных. В тех случаях, когда препарат применялся неправильно, животные погибали. — Выдержав короткую паузу, девушка продолжила: — У людей передозировка гепарина вызывает симптомы, схожие с теми, которые бывают при инсульте... без вскрытия их очень трудно различить.

Камерарий казался крайне обеспокоенным.

— Синьор, — сказал Оливетти, — нет сомнения, что мы имеем дело с очередным рекламным трюком иллюминатов. Передозировка лекарства в случае с папой просто невозможна. К нему не было доступа. Но даже если проглотить наживку и выступить с опровержением, нам все равно не удастся опровергнуть заявление негодяев. Законы Ватикана запрещают вскрытие усопших понтификов. И даже в том случае, если мы решимся на нарушение этого правила, то все равно обнаружим следы гепарина от ежедневных инъекций.

— Верно! — Голос камерария звучал решительно и резко. — Но меня беспокоит даже не это. Никто за стенами Ватикана не знал, что его святейшество принимает это лекарство.

Все умолкли, обдумывая возможный смысл услышанного.

— Если имела место передозировка гепарина, — первой нарушила молчание Виттория, — то признаки этого в теле можно обнаружить.

— Мисс Ветра, — бросил, повернувшись к ней Оливетти, — повторяю, если вы пропустили это мимо ушей: законы Ватикана запрещают вскрытие усопшего понтифика. Мы не намерены осквернять тело его святейшества только потому, что враг сделал это возмутительное заявление.

— Я вовсе не предлагаю... — смущенно произнесла Виттория, которая отнюдь не желала проявить неуважение к телу покойного папы. — Я вовсе не предлагаю, чтобы вы эксгумировали тело... — Она умолкла, и в ее памяти вдруг всплыли слова, сказанные Лэнгдоном в капелле Киджи. Он тогда мимоходом заметил, что саркофаги, в которых покоятся останки пап, находятся на поверхности земли и никогда не цементируются. Этот обычай корнями уходит во времена фараонов, когда считалось, что захоронение гроба в землю навсегда заточает душу усопшего. Вместо захоронения стали использовать тяжелые, иногда весящие сотни фунтов каменные крышки. «Следовательно, технически возможно...» — подумала девушка.

— Какого рода признаки? — неожиданно спросил камерарий.

Виттория почувствовала, как ее сердце затрепетало от страха. Подавив волнение, она сказала:

— Чрезмерно большая доза гепарина вызывает кровотечение слизистой оболочки рта.

— Чего, простите?

— Десны жертвы начинают сильно кровоточить. После смерти кровь запекается, и ротовая полость умершего чернеет.

Виттория как-то видела фотографию, сделанную в лондонском аквариуме, после того как пара касаток в результате ошибки дрессировщика получила слишком большую дозу гепарина. Безжизненные тела касаток плавали на поверхности бассейна, их пасти были открыты, и из них вываливались черные как сажа языки.

Камерарий, не проронив ни слова, уставился в окно.

— Синьор, если заявление об отравлении окажется правдой... — начал Рошер, и в тоне капитана на сей раз полностью отсутствовал присущий ему оптимизм.

— Это не может быть правдой, — перебил его Оливетти. — Доступ посторонних к папе был полностью исключен.

— Если это заявление окажется правдой, — повторил Рошер, — и наш святой отец был отравлен, то это может серьезно осложнить ход поисков антивещества. Убийство понтифика говорит о том, что враг проник в самое сердце Ватикана. В этом случае нельзя ограничиваться осмотром белых зон. Поскольку нашей системе безопасности нанесен такой сокрушительный удар, мы скорее всего не сможем обнаружить заряд вовремя.

Оливетти одарил подчиненного ледяным взглядом и произнес:

— Капитан, если хотите, я могу сказать вам, что произойдет...

— Нет, — неожиданно повернувшись, перебил камерарий. — Это я скажу вам, что произойдет в ближайшее время. — Клирик посмотрел в глаза Оливетти и продолжил: — Все зашло слишком далеко. Через двадцать минут я приму решение о том, приступать или не приступать к эвакуации Ватикана. Одновременно это будет решением о дальнейшей судьбе конклава. Это окончательно. Ясно?

Оливетти даже бровью не повел, но ничего не ответил.

Камерарий стал говорить напористо, так, словно открыл в себе новый источник энергии:

— Капитан Рошер, завершайте осмотр белых зон. Об окончании немедленно доложите.

Рошер кивнул и окинул Оливетти тяжелым взглядом.

Камерарий подозвал к себе двух гвардейцев и сказал:

— Я хочу, чтобы репортер Би-би-си Гюнтер Глик был немедленно доставлен в этот кабинет. Если иллюминаты выходили с ним на связь, он сможет нам помочь. Ступайте.

Солдаты скрылись за дверью.

Затем камерарий обратился ко всем задержавшимся в кабинете швейцарским гвардейцам.

— Господа, я не могу допустить новых жертв. К десяти часам вечера вы должны найти двух оставшихся кардиналов и захватить чудовище, ответственное за эти убийства. Вам все ясно?

— Но, синьор, — возразил Оливетти, — мы не имеем представления, где...

— В этом направлении работает мистер Лэнгдон. Он кажется мне человеком способным, и я верю в его успех.

С этими словами камерарий решительно направился к дверям, на ходу указав на трех гвардейцев.

— Вы, вы и вы пойдете со мной.

Гвардейцы двинулись следом за ним.

У самых дверей камерарий задержался и, повернувшись к Виттории, бросил:

— Мисс Ветра, вы тоже... Прошу вас следовать за мной.

ГЛАВА 82

Секретарша Сильвия Боделок проголодалась, и ей очень хотелось домой. Однако, к ее огорчению, директор ЦЕРНа Колер, видимо, оправившись после визита в медицинский центр, позвонил ей и потребовал — не попросил, а именно потребовал, — чтобы она задержалась на работе. Никаких объяснений, естественно, не последовало.

Сильвия уже давно научилась не обращать внимания на нелепые перепады в настроении шефа и его эксцентричные выходки. Она привыкла к его молчанию, и ее перестала трогать его раздражающая манера тайно смотреть фильмы на вмонтированном в инвалидное кресло видео. В душе Сильвия питала надежду, что во время одного из еженедельных посещений тира Колер случайно застрелится. Но босс, видимо, был неплохим стрелком.

И вот, сидя в одиночестве на своем рабочем месте, Сильвия Боделок прислушивалась к тому, как бурчит у нее в желудке. Колер еще не вернулся и при этом не удосужился дать ей какое-либо задание на вечер. «Какого дьявола я торчу здесь, погибая голодной смертью?» — подумала она и, оставив шефу записку, отправилась в закусочную для персонала, чтобы быстро подзаправиться.

Но добраться до вожделенной цели ей так и не удалось.

Когда Сильвия проходила через зону отдыха ЦЕРНа — ряд комнат с мягкими креслами и телевизорами, — она обратила внимание на то, что все помещения забиты людьми. Сотрудники учреждения, видимо, пожертвовали ужином ради того, чтобы посмотреть новости. Решив, что произошло нечто весьма значительное, Сильвия зашла в ближайшую комнату, заполненную горластыми молодыми программистами, носившими коллективную кличку «байтоголовые». Увидев на экране телевизора заголовок, она в изумлении открыла рот.

ТЕРРОР В ВАТИКАНЕ

Сильвия слушала сообщение и не верила своим ушам. Неужели какое-то древнее сообщество действительно убивает кардиналов? Что это должно продемонстрировать? Ненависть? Стремление к господству? Невежественность?

Но, как ни странно, настроение в комнате было отнюдь не похоронным.

Двое молодых техников размахивали футболками с изображением Билла Гейтса и многообещающим слоганом «ДЕГЕНЕРАТ УНАСЛЕДУЕТ ЗЕМЛЮ!».

— Иллюминаты!!! — орал один из них. — Я же говорил тебе, что эти парни существуют!

— Они прикончили папу, старики! Самого папу! — вопил кто-то из «байтоголовых».

— Интересно, сколько очков можно получить за это в игре?

Вопрос был встречен одобрительным хохотом.

Сильвия в немом недоумении наблюдала за этой вакханалией. Добрая католичка, работавшая среди ученых, она время от времени слышала антирелигиозные высказывания, но тот восторг, который испытывали эти мальчишки от понесенной церковью невосполнимой потери, находился за пределами ее понимания. Как они могут так себя вести? Откуда эта ненависть?

Сильвии церковь всегда казалась безобидным местом... местом единения и самопознания... Ей нравилось, что там можно громко петь, без того чтобы люди пялились на тебя с изумлением. В церкви отмечались все важные события ее жизни — похороны, крещения, бракосочетания, празднества, а церковь ничего не требовала от нее взамен. Даже денежные взносы оставались добровольными. Ее дети всегда возвращались из воскресной школы одухотворенными, с желанием стать добрее и помогать ближним. Что же в этом плохого?

Ее всегда изумляло, что так много «блестящих умов» ЦЕРНа отказывались понимать значение церкви. Неужели они действительно верили в то, что их кварки и мезоны способны вселять высокие чувства в души простых людей? Или в то, что математические уравнения могут удовлетворить вечную потребность человека в вере?

С кружащейся головой Сильвия, пошатываясь, брела по коридору мимо других комнат отдыха. Везде толпились люди. Она вспомнила о телефонном звонке Колеру из Ватикана. Простое совпадение? Скорее всего именно так. Время от времени Ватикан обращался в ЦЕРН с так называемыми звонками вежливости. Это обычно случалось перед тем, как церковь выступала с осуждением научных программ ЦЕРНа. Совсем недавно резкой критике со стороны церкви подвергся прорыв в одной из областей знания, имеющий важные последствия для развития генной инженерии. ЦЕРН никогда не обращал внимания на вопли церковников. В какой-то степени подобная реакция церкви радовала ученых, поскольку после массированных залпов Ватикана телефон директора надрывался от звонков президентов компаний, работающих в области высоких технологий.

— Плохой прессы не существует, — любил говорить Колер.

Интересно, думала Сильвия, не стоит ли кинуть сообщение на пейджер босса, где бы тот ни находился, и порекомендовать ему посмотреть новости? Но насколько это ему интересно? Может быть, он об этом уже слышал? Ну естественно, слышал и сейчас, видимо, записывает сообщение на портативный видеомагнитофон, улыбаясь первый раз за год.

Двигаясь по коридору, Сильвия наконец добрела до комнаты, в которой царило сдержанное настроение... почти меланхоличное. Здесь смотрели новости наиболее пожилые и самые уважаемые ученые. Они даже не взглянули на Сильвию, когда та скользнула в помещение и опустилась в кресло.

А в другом конце ЦЕРНа, в промерзшей насквозь квартире Леонардо Ветра, Максимилиан Колер, закончив чтение переплетенного в кожу рабочего журнала, взятого им в спальне погибшего ученого, смотрел по телевизору новости. Через несколько минут он вернул журнал на место, выключил телевизор и покинул квартиру.

А еще дальше, в Ватикане, кардинал Мортати положил связку листков в очаг Сикстинской капеллы и поднес к ней свечу. Из хорошо видимой с площади трубы повалил черный дым.

Второй тур выборов завершился. Избрание нового папы не состоялось.

ГЛАВА 83

Ручные фонари были бессильны против величественной темноты собора Святого Петра. Черная бесконечность над головой давила на людей, словно беззвездная ночь, и Виттории казалось, что она целиком погрузилась в пустоту, похожую на темный безжизненный океан. Девушка старалась держаться поближе к спешащему камерарию и не отстающим от него швейцарским гвардейцам.

Словно ощутив ее беспокойство, камерарий на миг задержался и положил руку ей на плечо. В этом прикосновении чувствовалась внутренняя сила, и Виттории показалось, что клирик каким-то магическим способом поделился с ней спокойствием, необходимым для той миссии, которую им предстояло выполнить.

«И что же мы собираемся сделать? — думала она. — Если я правильно понимаю, то это просто безумие!»

И все же она знала, что, несмотря на то что их миссия ужасна и граничит с надругательством над мертвыми, избежать ее невозможно. Для того чтобы принять историческое решение, камерарий нуждался в достоверной информации... информации, спрятанной под крышкой саркофага в пещерах Ватикана. «Что мы там обнаружим? — думала она. — Неужели иллюминаты действительно умертвили папу? Неужели их могущество простирается столь далеко? Неужели мне придется участвовать в первом за всю историю папства вскрытии тела понтифика?»

Виттория усмехнулась про себя, осознав, что боится этой темной базилики гораздо больше, чем купания в ночном океане в обществе барракуды. Природа всегда служила ей убежищем. Природу она понимала, и лишь проблемы человека и его души неизменно ставили ее в тупик. Кружащие в темноте рыбы-убийцы были похожи на собравшихся под окнами папского дворца репортеров. Изображения заклейменных раскаленным железом тел снова напомнили девушке о смерти отца. Она опять услышала хриплый смех убийцы. Этот негодяй был где-то рядом, и Виттория почувствовала, как закипающий в ней гнев вытесняет страх. Когда они обогнули колонну, которая, как показалась девушке, была толще, чем самая толстая секвойя, впереди возникло какое-то оранжевое свечение. Свет, казалось, исходил из пола в самом центре базилики. Когда они подошли ближе, Виттория поняла, что именно открылось ее взору. Это была знаменитая святыня под главным алтарем — пышная подземная камера, в которой хранилась самая главная реликвия Ватикана. Когда они приблизились к вратам, за которыми скрывалось углубление, девушка взглянула вниз и увидела золотой ларец, окруженный десятками горящих лампад.

— Мощи святого Петра? — спросила она, прекрасно зная, чтó находилось в ларце. Каждый, кто когда-либо посещал базилику, знал о содержимом драгоценного хранилища.

— По правде говоря, нет, — неожиданно ответил камерарий. — Вы разделяете всеобщее заблуждение. Это вовсе не реликварий. В ларце хранятся так называемые palliums — плетеные кушаки, которые папа вручает вновь избранным кардиналам.

— Но я думала...

— Так думает большинство. В путеводителях это место именуется могилой святого Петра, в то время как истинное захоронение находится двумя этажами ниже и прах Петра покоится в земле. В сороковых годах Ватикан производил там раскопки, и с тех пор туда никого не допускают.

Виттория была потрясена. Откровение камерария шокировало девушку. Когда они, отойдя от островка света, вновь погрузились во тьму, она вспомнила рассказы паломников, проехавших тысячи миль, чтобы взглянуть на золотой ларец. Эти люди были уверены, что побывали в обществе самого святого Петра.

— Но почему Ватикан не скажет об этом людям?

— Мы все получаем пользу от приобщения к чему-то божественному... пусть даже и воображаемому.

Виттория как ученый ничего не могла возразить против подобной логики. Она прочитала бесконечное число работ о так называемом эффекте плацебо, когда аспирин излечивал рак у людей, веривших в то, что они принимают чудодейственное лекарство. Разве не такую же роль играет вера в Бога?

— Все изменения, — продолжал камерарий, — даются Ватикану очень нелегко. Мы всегда старались избегать признания наших прошлых ошибок и обходились без всякого рода модернизаций. Его святейшество пытался изменить исторически сложившийся порядок. — Он помолчал немного и продолжил: —

Покойный понтифик тянулся к современности и искал новые пути к Богу.

— Такие, как наука? — спросила, понимающе кивнув в темноте, Виттория.

— Честно говоря, само понятие «наука» мне ничего не говорит. Оно представляется мне иррелевантным.

— Иррелевантным? — недоуменно переспросила Виттория. Она знала множество слов, характеризующих такое явление, как «наука», но современное слово «иррелевантный» в их число не входило.

— Наука способна исцелять, но наука может и убивать. Это целиком зависит от души прибегающего к помощи науки человека. Меня интересует душа, и в этом смысле наука иррелевантна — то есть не имеет отношения к душе.

— Когда вы узнали о своем призвании?

— Еще до рождения.

Виттория бросила на него удивленный взгляд.

— Простите, но подобный вопрос мне всегда представляется несколько странным. Я хочу сказать, что с самого начала знал о своем призвании, о том, что стану служить Богу. С того момента, когда впервые начал думать. Однако окончательно уверовал в свое предназначение я гораздо позже — когда служил в армии.

— Вы служили в армии? — не смогла скрыть своего изумления Виттория.

— Два года. Я отказался стрелять, и поэтому меня заставили летать. На вертолетах медицинской эвакуационной службы. Если честно, то я и сейчас иногда летаю.

Виттория попыталась представить священника в кабине вертолета. Как ни странно, но ей это вполне удалось. Камерарий Вентреска обладал той силой, которая не только не умаляла его убеждений, а, напротив, подчеркивала их.

— Вам приходилось поднимать в воздух папу?

— Слава Богу, нет. Этот драгоценный груз мы доверяли только профессиональным пилотам. Его святейшество иногда позволял мне пользоваться машиной, в то время когда мы бывали в его летней резиденции в Гандольфо. — Камерарий помолчал немного, а затем сказал: — Мисс Ветра, я хочу поблагодарить вас за ту помощь, которую вы мне сегодня оказали. И позвольте мне выразить соболезнования в связи с кончиной вашего отца. Я вам искренне сочувствую.

— Благодарю.

— Я никогда не знал своего отца. Он умер еще до моего рождения. А маму я потерял, когда мне было десять лет.

— Вы остались круглым сиротой? — сказала Виттория, поднимая глаза на клирика. В этот момент она ощутила к нему особую близость.

— Я выжил в катастрофе, которая унесла жизнь мамы.

— И кто же позаботился о вас?

— Бог, — просто ответил камерарий. — Он в буквальном смысле подарил мне нового отца. У моей больничной койки появился епископ из Палермо и забрал меня к себе. В то время это меня нисколько не удивило. Еще мальчишкой я всегда чувствовал добрую руку Бога на своем плече. Появление епископа только подтвердило то, о чем я уже подозревал. То, что Господь избрал меня для служения Ему.

— Вы верили в то, что избраны Богом?

— Да, верил. И сейчас верю. — В голосе камерария не было ни намека на тщеславие, в нем звучала лишь благодарность. — Я много лет трудился под руководством епископа. В конечном итоге мой наставник стал кардиналом. Но меня он никогда не забывал. И это тот отец, которого я помню.

Свет от фонаря упал на лицо камерария, и по выражению глаз клирика Виттория поняла, насколько тот одинок.

Они подошли к высокой колонне, и лучи всех фонарей были направлены на люк в полу. Виттория взглянула на ведущую в темную пустоту лестницу, и ей вдруг захотелось вернуться назад. Гвардейцы уже помогали камерарию нащупать первую ступеньку. Затем они поддержали ее.

— Что с ним стало потом? — спросила девушка. — С тем кардиналом, который заботился о вас?

— Он оставил коллегию кардиналов, поскольку получил другой пост.

Витторию ответ удивил.

— А затем, — продолжил камерарий, — он, к несчастью, скончался.

— Примите мои соболезнования, — сказала Виттория. — Давно?

Камерарий повернулся к Виттории. Резкие тени подчеркивали страдальческое выражение лица клирика.

— Ровно пятнадцать дней назад. И сейчас мы его увидим.

ГЛАВА 84

Несколько тусклых ламп едва освещали стеклянный куб изнутри. Это хранилище было гораздо меньше того, в котором Лэнгдон побывал раньше. Меньше воздуха, а значит, меньше времени. Он пожалел, что не попросил Оливетти включить вентиляцию.

Среди гроссбухов, в которых перечислялась собственность Ватикана, Лэнгдон быстро нашел те, на которых значилось «Belle arte» — «Изящное искусство». Пропустить эту секцию было просто невозможно, поскольку она занимала восемь стеллажей. Католическая церковь владела миллионами шедевров во всех концах земли.

Лэнгдон быстро пробежал взглядом полки в поисках каталога работ Бернини. Он начал с середины первого стеллажа, примерно там, где, по его расчетам, должна была находиться буква «Б». Когда ученый увидел, что каталога Бернини нет, его охватило отчаяние. Однако, сообразив, что материалы размещены не в алфавитном порядке, он несколько успокоился.

Лишь вернувшись к входу в хранилище и забравшись по передвижной лестнице к верхней полке, Лэнгдон понял, в каком порядке организовано хранение документов. Примостившись на верхней ступеньке лестницы, он нашел самые увесистые тома с перечнем работ великих мастеров Ренессанса — Микеланджело, Рафаэля, Боттичелли. Теперь он знал, что списки «собственности Ватикана» расположены в соответствии со стоимостью шедевров каждого художника. Между Рафаэлем и Микеланджело американец обнаружил гроссбух с каталогом работ Бернини. Толщина гроссбуха на вид превышала пять дюймов.

Задыхаясь от нехватки кислорода и стараясь удержать увесистую книгу в руках, Лэнгдон сполз по лестнице. Затем он, как разглядывающий комиксы мальчишка, положил ее на пол и открыл первую страницу. Каталог был написан от руки на итальянском языке. Каждая страница посвящалась одной-единственной работе и содержала ее краткое описание, дату создания, местонахождение и оценочную стоимость. В некоторых случаях присутствовало ее схематическое изображение. Лэнгдон пролистал все страницы — в общей сложности более восьмисот. Да, Бернини был трудолюбивым парнем.

Еще будучи студентом, Лэнгдон недоумевал, как один человек может сотворить такое количество шедевров. Позже он испытал огромное разочарование, узнав, что великие художники на самом деле крайне редко прикладывали руку к работам, подписанным их именами. Они возглавляли студии, в которых учили молодых художников воплощать в жизнь свои идеи. Такие скульпторы, как Бернини, лепили глиняные миниатюры и нанимали других ваять их в увеличенном виде из мрамора. Лэнгдон понимал, что если бы Бернини пришлось самому доводить до ума все свои замыслы, то он трудился бы и по сию пору.

— Указатель, — произнес он, пытаясь прорваться через опутывающую мозг паутину.

Он открыл последние страницы, чтобы просмотреть работы, значившиеся под буквой «F» — fuòco, или «огонь». Но буквы «F», впрочем, как и всех остальных букв, в каталоге вообще не оказалось. Что они, дьявол их побери, имеют против алфавитного порядка?!

Все работы были размещены в хронологическом порядке. Только по датам их создания. От такого указателя не было никакого толку.

Пока Лэнгдон тупо смотрел на бесполезную страницу, ему на ум пришло еще одно обескураживающее соображение. Название нужной ему работы вообще могло не содержать слова «огонь». В двух предыдущих работах — «Аввакум и ангел» и West Ponente — никак не упоминались «земля» или «воздух».

Он провел пару минут, открывая случайные страницы, в надежде, что иллюстрации ему что-нибудь подскажут. Но этого не случилось. Лэнгдон увидел десятки малоизвестных работ, о которых никогда не слышал, но было и немало таких, которые он узнал сразу... «Даниил и лев», «Аполлон и Дафна», с полдюжины фонтанов. Когда он увидел фонтаны, его мозг заработал четче. Вода. Неужели четвертый алтарь науки был фонтаном? Фонтан представлялся ему самой лучшей данью четвертой стихии. Лэнгдон надеялся на то, что схватить убийцу удастся еще до того, когда тот примется за свою последнюю жертву. Найти нужный фонтан будет сложно. Бернини создал их десятки, и все они находились рядом с церквями.

Лэнгдон вернулся к задаче, которую ему предстояло решить немедленно. Огонь. Листая страницы, он припомнил слова, сказанные Витторией: «Первые две скульптуры были достаточно известны. Во всяком случае, вы слышали об обеих». Это вселяло надежду. В его кармане все еще находилась бесценная страница, и Лэнгдон напомнил себе, что прежде, чем уйти из архива, ее следует вернуть. Он уже готовился поставить книгу на место, как вдруг увидел нечто такое, что заставило его задержаться. В индексе было множество сносок, и одна из них, случайно попавшаяся на глаза, показалась ему странной.

В сноске говорилось, что знаменитая скульптурная группа Бернини «Экстаз святой Терезы» вскоре после презентации была перенесена из Ватикана в другое место. Лэнгдон уже был знаком с непростым прошлым этой работы. Несмотря на то что некоторые считали ее шедевром, папа Урбан VIII нашел скульптуру слишком откровенной для Ватикана и отправил ее в какую-то малоизвестную часовню на окраине города. Внимание ученого привлекло то, что местом ссылки «Святой Терезы» оказалась одна из пяти церквей, значившихся в его списке. Кроме того, в сноске говорилось, что скульптура была перемещена туда по предложению Бернини — per suggerimento del artista.

По предложению художника? Лэнгдон ничего не мог понять. В этом не было никакого смысла. Любой творец желает, чтобы его шедевр могли увидеть как можно больше людей. А здесь вдруг какая-то забытая Богом и людьми церквушка.

Если, конечно...

Лэнгдон даже боялся об этом думать. Неужели подобное возможно? Неужели Бернини сознательно изваял столь откровенную скульптуру только для того, чтобы вынудить Ватикан спрятать ее в каком-то малоизвестном месте? В месте, которое он сам бы и мог предложить? Это вполне мог быть собор, находящийся на одной линии с направлением West Ponente.

Чем сильнее волновался Лэнгдон, тем яснее перед его мысленным взором вырисовывалась знаменитая скульптура. В ней не было ничего, имевшего хотя бы отдаленное отношение к огню. В изваянии отсутствовала какая-либо связь с наукой. От порнографии там, возможно, что-то и было, но от науки — ничего. Какой-то английский критик однажды назвал «Экстаз святой Терезы» «произведением, совершенно непригодным для украшения христианского храма». Лэнгдон прекрасно понимал суть этого противоречия. Превосходно выполненная скульптура изображала святую на пике оргазма. В восторге сладострастия Тереза судорожно поджала пальцы ног. Да, сюжет явно не для Ватикана.

Лэнгдон торопливо отыскал в каталоге описание скульптуры. Лишь увидев схематическое изображение статуи, он вдруг ощутил прилив надежды. На рисунке святая Тереза, вне всякого сомнения, испытывала наслаждение, но там имелась и другая фигура, о существовании которой Лэнгдон совсем забыл.

Ангел. И в его памяти неожиданно всплыла легенда...

Святая Тереза была монахиней, которую канонизировали после того, как она заявила, что во сне ее посетил ангел. Более поздние критики высказали предположение, что этот визит имел сексуальный, а не духовный характер. Внизу страницы с изображением скульптуры были начертаны принадлежавшие самой святой слова. Слова эти практически не оставляли места для сомнений.

...его огромное золотое копье... наполненное огнем... пронзило меня несколько раз... проникло в мои внутренности... и по моему телу разлилась такая сладость, что мне хотелось, чтобы она никогда не кончалась...

Если это не метафорическое описание весьма серьезного секса, мысленно улыбнулся Лэнгдон, то ничего иного представить себе невозможно. Улыбнуться его заставило и само описание скульптуры. Оно было сделано на итальянском языке, и слово fuòco присутствовало там по меньшей мере раз пять.

...копье ангела имеет огненный наконечник...
...голова ангела источает огонь...
...женщина объята огнем страсти...

Лэнгдон испытывал сомнения до тех пор, пока не взглянул на изображение ангела. Ангел поднял свое огненное копье, и его наконечник был похож на указующий луч. «И ангелы чрез Рим тебе укажут путь». Имело значение и то, какого именно ангела изобразил Бернини. Да ведь это же серафим, догадался Лэнгдон. Серафим в буквальном переводе означает «огненный».

Лэнгдон, будучи ученым, не ждал небесных откровений или подтверждений, но, увидев название церкви, в которой стояла скульптура, он решил, что, пожалуй, наступила пора пересмотреть свои взгляды.

Церковь Санта-Мария делла Виттория.

Виттория, подумал он, усмехаясь, лучше не придумаешь.

Едва устояв на ногах от внезапного приступа головокружения, Лэнгдон взглянул на лестницу, прикидывая, сможет ли вернуть увесистый том на место. А, к дьяволу, подумал он, пусть об этом позаботится отец Жаки. Американец закрыл книгу и аккуратно положил ее на пол у подножия полки.

Направляясь к светящейся кнопке, контролирующей выход из хранилища, Лэнгдон уже хватал воздух широко открытым ртом. Он дышал часто и неглубоко и тем не менее чувствовал себя на седьмом небе. На такую удачу рассчитывать было трудно.

Но везение закончилось еще до того, как он достиг выхода. В хранилище раздался болезненный вздох, свет померк, кнопка выхода погасла. Затем весь архивный комплекс погрузился во тьму. Это было похоже на смерть какого-то огромного зверя. Кто-то отключил подачу энергии.

ГЛАВА 85

Священные гроты Ватикана находятся под полом собора Святого Петра и служат местом захоронения покинувших этот мир пап.

Виттория добралась до последней ступеньки винтовой лестницы и вошла в пещеру. Затемненный тоннель напомнил ей Большой адроновый коллайдер в ЦЕРНе. Там было так же темно и прохладно. В свете ручных фонарей швейцарских гвардейцев тоннель представлялся чем-то совершенно нематериальным. В стенах по обеим сторонам грота темнели ниши, и в каждой из них, едва заметный в неярком свете фонарей, виднелся массивный саркофаг.

По ее телу побежали мурашки. Это от холода, внушала она себе, прекрасно понимая, что дело не только в прохладном воздухе пещеры. Ей казалось, что за ними наблюдают и что наблюдатели эти вовсе не из плоти и крови. Из тьмы на них смотрели призраки столетий. На крышке каждого саркофага находилось скульптурное изображение покойного в полный рост. Мраморный понтифик лежал на спине со скрещенными на груди руками. Создавалось впечатление, что распростертое тело, пытаясь восстать из гроба, выдавливало изнутри мраморную крышку, чтобы разорвать опутывающие его земные узы. В свете фонарей группа продвигалась вперед, и все новые и новые силуэты давно умерших пап возникали и исчезали вдоль стен, словно принимая участие в каком-то ужасном танце потустороннего театра теней.

Все идущие хранили молчание, и Виттория не могла до конца понять, чем это вызвано — почтением к умершим или предчувствием чего-то страшного. Видимо, и тем, и другим, решила девушка. Камерарий шел с закрытыми глазами, словно видел каждый свой шаг сердцем. Виттория подозревала, что клирик после смерти папы не раз проделал этот внушающий суеверный страх путь... возможно, для того, чтобы попросить усопшего наставить его на нужный путь.

«Я много лет трудился под руководством епископа... И это тот отец, которого я помню», — чуть раньше сказал ей камерарий. Виттория припомнила, что эти слова относились к кардиналу, который «спас» молодого человека от службы в армии. И вот теперь девушка знала, чем закончилась вся та история. Кардинал, взявший юношу под свое крыло, стал понтификом и сделал молодого клирика своим камерарием.

Это многое объясняет, думала Виттория. Она обладала способностью тонко чувствовать душевное состояние других людей, и эмоции, которые испытывал камерарий, не давали ей покоя вот уже несколько часов. С первого момента встречи с ним девушке показалось, что страдание и душевная боль, которые он испытывает, носят очень личный характер и не могли быть лишь результатом разразившегося в Ватикане кризиса. За маской спокойствия скрывался человек, чью душу разрывали на части его собственные демоны. Теперь она знала, что интуиция ее не подвела и на сей раз. Этот человек не только оказался лицом к лицу с серьезнейшей угрозой за всю историю Ватикана, он был вынужден противостоять этой угрозе в одиночку, без поддержки друга и наставника... Это был ночной полет без штурмана.

Швейцарские гвардейцы замедлили шаг, словно не могли точно определить в темноте, где покоится тело последнего папы. Что касается камерария, то он уверенно сделал еще несколько шагов и остановился у мраморной гробницы, казавшейся более светлой, нежели другие. На крышке саркофага находилось мраморное изваяние усопшего. Виттория узнала показанное по телевизору лицо, и ее начала бить дрожь. «Что мы делаем?!»

— Насколько я понимаю, у нас очень мало времени, — ровным голосом произнес камерарий, — но тем не менее я все же попрошу всех произнести молитву.

Швейцарские гвардейцы, оставаясь на местах, склонили головы. Виттория сделала то же самое, но девушке казалось, что громкий стук ее сердца нарушает торжественную тишину усыпальницы. Камерарий опустился на колени перед саркофагом и начал молиться на итальянском языке. Вслушиваясь в его слова, Виттория неожиданно ощутила огромную скорбь... по щекам ее покатились слезы... она оплакивала своего наставника... своего святого отца.

— Отец мой, друг и наставник, — глухо прозвучали в погребальной нише слова камерария, — когда я был еще совсем юным, ты говорил мне, что голос моего сердца — это голос Бога, и повторял, что я должен следовать его зову до конца, к какому бы страшному месту он меня ни вел. Я слышу, как этот голос требует от меня невозможного. Дай мне силу и даруй прощение. То, что я делаю... я делаю во имя всего того, во что ты верил. Аминь.

— Аминь, — прошептали гвардейцы.

«Аминь, отец...» — мысленно произнесла Виттория, вытирая глаза.

Камерарий медленно поднялся с колен и, отступив чуть в сторону, произнес:

— Сдвиньте крышку.

Швейцарцы колебались, не зная, как поступить.

— Синьор, — сказал один из них, — по закону мы находимся в вашем подчинении... Мы, конечно, сделаем все, как вы скажете... — закончил солдат после короткой паузы.

— Друзья, — ответил камерарий, словно прочитав, что творится в душах молодых людей, — придет день, когда я буду просить прощения за то, что поставил вас в подобное положение. Но сегодня я требую беспрекословного повиновения. Законы Ватикана существуют для того, чтобы защищать церковь. И во имя духа этих законов я повелеваю вам нарушить их букву.

Некоторое время стояла тишина, а затем старший по званию гвардеец отдал приказ. Трое солдат поставили фонари на пол, и огромные человеческие тени прыгнули на потолок. Освещенные снизу люди двинулись к гробнице. Упершись руками в крышку саркофага со стороны изголовья, они приготовились толкать мраморную глыбу. Старший подал сигнал, и гвардейцы что есть сил навалились на камень. Крышка не шевельнулась, и Виттория вдруг почувствовала какое-то странное облегчение. Она надеялась, что камень окажется слишком тяжелым. Ей было заранее страшно от того, что она может увидеть под гробовой доской.

Солдаты навалились сильнее, но камень по-прежнему отказывался двигаться.

— Ancora*, — сказал камерарий, закатывая рукава сутаны и готовясь помочь гвардейцам. — Ora!**

Теперь в камень упирались четыре пары рук.

Когда Виттория уже собиралась прийти им на помощь, крышка начала двигаться. Мужчины удвоили усилия, и каменная глыба с каким-то первобытным скрипом повернулась и легла под углом к остальной части гробницы. Мраморная голова папы теперь была направлена в глубину ниши, а ноги выступали в коридор.

Все отошли от саркофага.

Один из швейцарских гвардейцев неохотно поднял с пола фонарь и направил луч в глубину каменного гроба. Некоторое время луч дрожал, но затем солдат справился со своими нервами, и полоса света замерла на месте. Остальные швейцарцы стали по одному подходить к гробнице. Даже в полутьме Виттория видела, насколько неохотно делали это правоверные католики. Каждый из них, прежде чем приблизиться к гробу, осенял себя крестом.

Камерарий, заглянув внутрь, содрогнулся всем телом, а его плечи, словно не выдержав навалившегося на них груза, опустились. Прежде чем отвернуться, он долго вглядывался в покойника.

Виттория опасалась, что челюсти мертвеца в результате трупного окоченения будут крепко стиснуты и, чтобы увидеть язык, их придется разжимать. Но, заглянув под крышку, она поняла, что в этом нет нужды. Щеки покойного папы ввалились, а рот широко открылся.

Язык трупа был черным, как сама смерть.

---

* Еще (*ит.*).

** Сейчас! (*ит.*)

ГЛАВА 86

Полная темнота. Абсолютная тишина.

Секретные архивы Ватикана погрузились во тьму.

В этот момент Лэнгдон понял, что страх является сильнейшим стимулятором. Судорожно хватая ртом разреженный воздух, он побрел через темноту к вращающимся дверям. Нащупав на стене кнопку, американец надавил на нее всей ладонью. Однако ничего не произошло. Он повторил попытку. Управляющая дверью электроника была мертва.

Лэнгдон попробовал звать на помощь, но его голос звучал приглушенно. Положение, в которое он попал, было смертельно опасным. Легкие требовали кислорода, а избыток адреналина в крови заставлял сердце биться с удвоенной частотой. Он чувствовал себя так, словно кто-то нанес ему удар в солнечное сплетение.

Когда Лэнгдон навалился на дверь всем своим весом, ему показалось, что она начала вращаться. Он толкнул дверь еще раз. Удар был настолько сильный, что перед глазами у него замелькали искры. Только после этого он понял, что вращается не дверь, а вся комната. Американец попятился назад, споткнулся об основание стремянки и со всей силы рухнул на пол. При падении он зацепился за край стеллажа и порвал на колене брюки. Проклиная все на свете, профессор поднялся на ноги и принялся нащупывать лестницу.

Нашел ее Лэнгдон не сразу. А когда нашел, его охватило разочарование. Ученый надеялся, что стремянка будет сделана из тяжелого дерева, а она оказалась алюминиевой. Лэнгдон взял лестницу наперевес и, держа ее, как таран, ринулся сквозь тьму на стеклянную стену. Стена оказалась ближе, чем он рассчитывал. Конец лестницы ударил в стекло, и по характеру звука профессор понял, что для создания бреши в стене требуется нечто более тяжелое, чем алюминиевая стремянка, которая просто отскочила от мощного стекла, не причинив ему вреда.

У него снова вспыхнула надежда, когда он вспомнил о полуавтоматическом пистолете. Вспыхнула и тотчас погасла. Пистолета не было. Оливетти отобрал его еще в кабинете папы, заявив, что не хочет, чтобы заряженное оружие находилось в помещении, где присутствует камерарий. Тогда ему показалось, что в словах коммандера есть определенный смысл.

Лэнгдон снова позвал на помощь, но его призыв прозвучал даже слабее, чем в первый раз.

Затем он вспомнил о рации, оставленной гвардейцем на столике у входа. «Какого дьявола я не догадался взять ее с собой?!» Когда перед его глазами начали танцевать красные искры, Лэнгдон заставил себя думать. «Ты попадал в ловушку и раньше, — внушал он себе. — Ты выбирался из более трудного положения. Тогда ты был ребенком и все же сумел найти выход. — Темнота давила на него тяжким грузом. — Думай!»

Ученый опустился на пол, перекатился на спину и вытянул руки вдоль туловища. Прежде всего следовало восстановить контроль над собой.

«Успокойся. Соберись».

Сердце стало биться чуть реже — чтобы перекачивать кровь, ему не надо было преодолевать силу тяготения. Этот трюк используют пловцы, для того чтобы насытить кровь кислородом между двумя следующими один за другим заплывами.

«Здесь вполне достаточно воздуха, — убеждал он себя. — Более чем достаточно. Теперь думай». Лэнгдон все еще питал слабую надежду на то, что огни снова вспыхнут, но этого не происходило. Пока он лежал, дышать было легче, и им начало овладевать какое-то странное чувство отрешенности и покоя. Лэнгдон изо всех сил боролся с этим опасным состоянием.

«Надо двигаться, будь ты проклят! Но куда?..»

Микки-Маус, словно радуясь темноте, ярко светился на его запястье. Его ручки показывали 9:33. Полчаса до... огня. Его мозг, вместо того чтобы искать пути к спасению, стал вдруг требовать объяснений. «Кто отключил электричество? Может быть, это Рошер расширил круг поиска? Неужели Оливетти не предупредил его, что я нахожусь здесь?»

Впрочем, Лэнгдон понимал, что в данный момент это уже не имеет никакого значения.

Широко открыв рот и откинув назад голову, Лэнгдон сделал максимально глубокий вдох. В каждой новой порции воздуха кислорода было меньше, чем в предыдущей. Однако голова все же немного прояснилась, и, отбросив все посторонние мысли, он стал искать путь к спасению.

Стеклянные стены, сказал он себе. *Но из чертовски толстого стекла.*

Он попытался вспомнить, не попадались ли ему здесь на глаза тяжелые огнеупорные металлические шкафы, в выдвижных ящиках которых хранились наиболее ценные книги. В других архивах такие шкафы имелись, но здесь, насколько он успел заметить, их не было. Даже если бы они и были, на их поиски в абсолютной темноте ушло бы слишком много времени. И самое главное, ему все равно не удалось бы их поднять. Особенно в том состоянии, в котором он сейчас находился.

А как насчет просмотрового стола? Лэнгдон знал, что в центре этого хранилища, как и во всех других, расположен стол для просмотра документов. Ну и что из того? Он понимал, что не сможет поднять его. Но даже если он сможет волочить его по полу, далеко ему не продвинуться.

Проходы между стеллажами слишком узкие...

И в этот момент Лэнгдон вдруг понял, что нужно делать.

Ощущая необыкновенную уверенность в себе, он вскочил на ноги, но сделал это излишне поспешно. Перед глазами у него поплыл красный туман, он пошатнулся и стал искать в темноте точку опоры. Его рука наткнулась на стеллаж. Выждав несколько секунд, он заставил себя сконцентрироваться. Для того чтобы совершить задуманное, ему потребуются все силы.

Упершись грудью и руками в стеллаж, подобно тому как игрок в американский футбол упирается в тренировочный щит, Лэнгдон изо всех сил навалился на высокую полку. Если ему удастся ее свалить... Однако стеллаж едва качнулся. Профессор вновь принял исходное положение и снова навалился на препятствие. На сей раз его ноги заскользили по полу, а стеллаж слегка заскрипел, но не шевельнулся.

Ему нужен был какой-нибудь рычаг.

Нащупав в кромешной тьме стеклянную стену и не отрывая от нее руки, он двинулся в дальний конец хранилища. Торцовая стена возникла настолько неожиданно, что он столкнулся с ней, слегка повредив плечо. Проклиная все на свете, Лэнгдон обошел край стеллажа и вцепился в него где-то на уровне глаз. Затем, упершись одной ногой в стеклянную стену, а другой в нижнюю полку, он начал восхождение. На него сыпались книги, шелестя в темноте страницами. Но ему было плевать. Инстинкт самосохранения заставил его нарушить все правила поведения в архивах. Темнота плохо отражалась на его чувстве равновесия, поэтому он закрыл глаза, чтобы мозг вообще перестал получать визуальные сигналы. Теперь Лэнгдон стал двигаться быстрее. Чем выше он поднимался, тем более разреженным становился воздух. Он карабкался на верхние полки, наступая на книги и подтягиваясь на руках. И вот настал миг, когда он — наподобие скалолаза — достиг вершины, в данном случае — верхней полки. Он уселся или, скорее, улегся на полку и стал осторожно вытягивать ноги, нащупывая ими стеклянную стену. Теперь он принял почти горизонтальное положение.

«Сейчас или никогда, Роберт, — услышал он свой внутренний голос. — Не волнуйся, ведь это, по существу, ничем не отличается от тех упражнений по укреплению ножных мышц, которые ты так часто выполняешь в тренажерном зале Гарварда».

С усилием, от которого у него закружилась голова, он надавил обеими ногами на стеклянную стену.

Никакого результата.

Жадно хватая ртом воздух, Лэнгдон слегка изменил позу и снова до отказа выпрямил ноги. Стеллаж едва заметно качнулся. Он толкнул еще раз, и стеллаж, подавшись примерно на дюйм, вернулся в первоначальное положение. Американцу показалось, что он поймал ритм движения. Амплитуда колебаний становилась все шире и шире.

Это похоже на качели, сказал он себе, здесь главное — выдерживать ритм.

Лэнгдон раскачивал полку, с каждым толчком все больше и больше вытягивая ноги. Мышцы горели огнем, но он приказал себе не обращать внимания на боль. Маятник пришел в движение. Еще три толчка, убеждал он себя.

Хватило всего двух.

На мгновение Лэнгдон ощутил невесомость. Затем, сопровождаемый шумом падающих книг, он вместе со стеллажом рухнул вперед.

Где-то на полпути к полу стеллаж уперся в соседнюю батарею полок, и американец помог ему ногами. На какое-то мгновение стеллаж замер, а затем продолжил падение. Лэнгдон также возобновил движение вниз.

Стеллажи, словно огромные кости домино, стали падать один за другим. Металл скрежетал о металл, толстенные книги с тяжелым стуком хлопались на пол. «Интересно, сколько здесь рядов? — думал Лэнгдон, болтаясь, словно маятник, на косо стоящем стеллаже. — И сколько они могут весить? Ведь стекло такое толстое...»

Лэнгдон ожидал чего угодно, но только не этого. Стеллажи прекратили падать, и в хранилище воцарилась тишина, нарушаемая лишь легким потрескиванием стен, принявших на себя вес упавших полок.

Он лежал на куче книг и, затаив дыхание, прислушивался к обнадеживавшему треску в самой дальней от него стене.

Одна секунда. Две...

Затем, почти теряя сознание, Лэнгдон услышал звук, похожий на вздох. Какая-то полка, видимо, все же продавила стекло. В тот же миг хранилище словно взорвалось. Косо стоявший стеллаж опустился на пол, а из темноты на Лэнгдона посыпались осколки стекла, которые показались ему спасительным дождем в опаленной солнцем пустыне. В лишенное кислорода помещение с шипением ворвался воздух.

А тридцать секунд спустя тишину гротов Ватикана нарушил сигнал рации. Стоящая у гроба убитого понтифика Виттория вздрогнула, услышав электронный писк. Затем из динамика прозвучал задыхающийся голос:

— Говорит Роберт Лэнгдон! Меня слышит кто-нибудь?

Виттория сразу поняла: Роберт! Ей вдруг страшно захотелось, чтобы этот человек оказался рядом.

Гвардейцы обменялись удивленными взглядами, и один из них, нажав кнопку передатчика, произнес в микрофон:

— Мистер Лэнгдон! Вы в данный момент на канале номер три. Коммандер ждет вашего сообщения на первом канале.

— Мне известно, что коммандер, будь он проклят, на первом канале! Но разговаривать с ним я не буду. Мне нужен камерарий. Немедленно! Найдите его для меня!!!

Лэнгдон стоял в затемненном архиве на куче битого стекла и пытался восстановить дыхание. С его левой руки стекала какая-то теплая жидкость, и он знал, что это кровь. Когда из динамика без всякой задержки раздался голос камерария, он очень удивился.

— Говорит камерарий Вентреска. Что там у вас?

Лэнгдон с бешено колотящимся сердцем нажал кнопку передатчика.

— Мне кажется, что меня только что хотели убить!

На линии воцарилось молчание.

Заставив себя немного успокоиться, американец продолжил:

— Кроме того, мне известно, где должно произойти очередное преступление.

Голос, который он услышал в ответ, принадлежал вовсе не камерарию. Это был голос Оливетти.

— Больше ни слова, мистер Лэнгдон! — бросил коммандер.

ГЛАВА 87

Пробежав через двор перед бельведером и приблизившись к фонтану напротив штаба швейцарской гвардии, Лэнгдон взглянул на измазанные кровью часы. 9:41. Рука перестала кровоточить, но ее вид совершенно ни о чем не говорил. Она болела сильнее, чем до этого. Когда профессор был уже у входа, из здания навстречу ему мгновенно высыпали все — Оливетти, Рошер, камерарий, Виттория и горстка гвардейцев.

Первой рядом с ним оказалась Виттория.

— Вы ранены, Роберт?

Лэнгдон еще не успел ответить, как перед ним возник Оливетти.

— Мистер Лэнгдон, я испытываю огромное облегчение, видя, что с вами не случилось ничего серьезного. Прошу извинить за то, что произошло в архивах. Это называется «наложение сигналов».

— Наложение сигналов?! — возмутился Лэнгдон. — Но вы же, дьявол вас побери, прекрасно зна...

— Это моя вина, — смущенно сказал, выступив вперед, Рошер. — Я представления не имел о том, что вы находитесь в архивах. Система электроснабжения нашей белой зоны в какой-то своей части объединена с системой архивов. Мы расширяли круг поисков, и я отключил электроснабжение. Если бы я знал...

— Роберт... — начала Виттория, взяв руку Лэнгдона в свои ладони и осматривая рану. — Роберт, — повторила она, — папа был отравлен. Его убили иллюминаты.

Лэнгдон слышал слова, но их смысл скользнул мимо его сознания. Слишком много ему пришлось пережить за последние минуты. В этот момент он был способен ощущать лишь тепло ее рук.

Камерарий извлек из кармана сутаны шелковый носовой платок и передал его американцу, чтобы тот мог вытереть руку. Клирик ничего не сказал, но его глаза, казалось, зажглись каким-то новым огнем.

— Роберт, — продолжала Виттория, — вы сказали, что знаете место, где должно произойти очередное убийство.

— Да, знаю, — чуть ли не радостно начал ученый, — это...

— Молчите! — оборвал его Оливетти. — Мистер Лэнгдон, когда я просил вас не произносить ни слова по радио, у меня были на то веские основания. — Он повернулся лицом к солдатам швейцарской гвардии и произнес: — Простите нас, господа.

Солдаты, не выразив никакого протеста, скрылись в здании штаба. Абсолютное подчинение, подумал Лэнгдон.

— Как мне ни больно это признавать, — продолжал Оливетти, обращаясь к оставшимся, — но убийство папы могло произойти лишь с участием человека, находящегося в этих стенах. Из соображений собственной безопасности мы теперь никому не должны доверять. Включая наших гвардейцев.

Было заметно, с какой душевной болью произносит Оливетти эти слова.

— Но это означает, что... — встревоженно начал Рошер.

— Именно, — не дал ему закончить коммандер. — Результаты ваших поисков серьезно скомпрометированы. Но ставки слишком высоки, и мы не имеем права прекращать обследование белой зоны.

У Рошера был такой вид, словно он хотел что-то сказать. Но затем, видимо, решив этого не делать, он молча удалился.

Камерарий глубоко вздохнул. До сих пор он не проронил ни слова. Но Лэнгдону казалось, что решение уже принято. У него создалось впечатление, что священнослужитель переступил линию, из-за которой уже не может быть возврата назад.

— Коммандер, — произнес камерарий не терпящим возражений тоном, — я принял решение прекратить работу конклава.

Оливетти с кислым видом принялся жевать нижнюю губу. Закончив этот процесс, он сказал:

— Я бы не советовал этого делать. В нашем распоряжении еще двадцать минут.

— Всего лишь миг.

— Ну и что же вы намерены предпринять? — Голос Оливетти теперь звучал вызывающе. — Хотите в одиночку эвакуировать всех кардиналов?

— Я хочу использовать всю данную мне Богом власть, чтобы спасти нашу церковь. Как я это сделаю, вас заботить не должно.

— Что бы вы стали делать... — выпятил было грудь коммандер, но, тут же сменив тон, продолжил: — У меня нет права вам мешать. Особенно в свете моей несостоятельности как главы службы безопасности. Но я прошу вас всего лишь подождать. Каких-то двадцать минут... До десяти часов. Если информация мистера Лэнгдона соответствует действительности, у меня пока еще сохраняются некоторые шансы схватить убийцу. У нас остается возможность следовать протоколу, сохраняя декорум.

— Декорум? — приглушенно рассмеялся камерарий. — Мы уже давно переступили черту приличия, коммандер. Неужели вы до сих пор не поняли, что мы находимся в состоянии войны?

Из здания штаба вышел швейцарский гвардеец и, обращаясь к камерарию, сказал:

— Синьор, я только что получил сообщение, что нам удалось задержать репортера Би-би-си по фамилии Глик.

— Приведите его и женщину-оператора ко входу в Сикстинскую капеллу для встречи со мной, — удовлетворенно кивнув, сказал камерарий.

— Итак, что вы намерены предпринять? — спросил Оливетти.

«Альфа-ромео» Оливетти вылетел из ворот Ватикана, но на сей раз за ним следом не мчалась колонна других автомобилей. Сидя на заднем сиденье, Виттория перевязывала руку Лэнгдона бинтом из аптечки, которую нашла в отделении для перчаток.

— Итак, мистер Лэнгдон, куда мы теперь направляемся? — спросил Оливетти, глядя прямо перед собой через ветровое стекло.

ГЛАВА 88

Несмотря на то что на крыше машины мигал проблесковый маячок, а сирена ревела на полную мощность, у Лэнгдона создалось впечатление, что их мчавшийся в самом сердце старого Рима автомобиль никто не замечал. Все римляне, казалось, катили в противоположном направлении — в сторону Ватикана. Святой престол, похоже, становился главным местом развлечения у обитателей древнего города.

Лэнгдон сидел рядом с Витторией, и в его голове один за другим возникали вопросы, на которые у него не было ответа. Как быть с убийцей, если его удастся схватить? Скажет ли он, что им так нужно узнать? А если скажет, то хватит ли времени на то, чтобы устранить опасность? Когда камерарий сообщит

13 Зак. 1526

собравшимся на площади Святого Петра людям о грозящей им смертельной опасности? Его продолжал беспокоить и инцидент в хранилище. Действительно ли это простая ошибка?

На всем пути к церкви Санта-Мария делла Виттория Оливетти ни разу не притронулся к тормозам. Лэнгдон знал, что при других обстоятельствах он сам так крепко вцепился бы в ремень безопасности, что костяшки его пальцев побелели бы от напряжения. Но в данный момент он словно пребывал под наркозом. Лишь боль в руке напоминала ему о том, где он находится.

Над его головой, не умолкая, выла сирена. «Но это же предупредит его о нашем появлении», — думал Лэнгдон. Однако, как бы то ни было, они мчались с невероятной скоростью. Оливетти, видимо, вырубит сирену, когда они будут ближе к цели, предположил американец.

Сейчас же ему не оставалось ничего иного, кроме как сидеть и предаваться размышлениям. Потрясающая новость об убийстве папы наконец полностью дошла до его сознания. Это было невероятное, но в то же время вполне логичное событие. Внедрение в стан врага всегда оставалось для иллюминатов основным оружием. Внедрившись, они могли изнутри перераспределять власть. И папам не раз приходилось умирать насильственной смертью. Но это была лишь череда слухов, не подтвержденных вскрытием тел. Лишь совсем недавно произошло событие, свидетельствовавшее о том, что убийство действительно имело место. Ученые добились разрешения провести рентгеноскопическое обследование гробницы папы Целестина V, который, по слухам, умер от руки своего чрезмерно честолюбивого наследника Бонифация VIII. Исследователи надеялись, что рентгеноскопия укажет им хотя бы на такие признаки грязной игры, как сломанные кости. Каково же было изумление ученых, когда рентген показал, что в череп папы был вколочен здоровенный десятидюймовый гвоздь!

Лэнгдон припомнил о тех перепечатках газетных статей, которые прислал ему несколько лет назад такой же, как и он, чудак, увлеченный историей братства «Иллюминати». Решив поначалу, что все эти перепечатки — фальшивки, он отправился в зал микрофильмов библиотеки Гарварда, где, к своему изумлению, обнаружил, что статьи действительно существуют. Теперь он постоянно держал их фотокопии перед собой, приколотыми к классной доске. Они были призваны служить ярким примером того, что даже вполне респектабельные средства массовой информации могут стать жертвой массовой паранойи. И вот теперь все эти высказанные прессой подозрения перестали казаться ему продуктом больного воображения...

БРИТАНСКАЯ РАДИОВЕЩАТЕЛЬНАЯ КОРПОРАЦИЯ
14 июня 1998 года

Папа Иоанн Павел I, скончавшийся в 1978 году, стал жертвой заговора масонской ложи «Пи-2»... Тайное общество «Пи-2» решило умертвить Иоанна Павла I после того, как стало известно о решительном намерении понтифика снять американского архиепископа Пола Марчинкуса с поста президента Банка Ватикана. Банк подозревался в теневых финансовых операциях с масонской ложей...

«НЬЮ-ЙОРК ТАЙМС»
24 августа 1998 года

...Почему покойный Иоанн Павел I был найден в постели одетым в свою дневную рубашку? Почему рубашка была разорвана? И на этом вопросы не заканчиваются. Медицинского обследования проведено не было. Кардинал Вилло категорически запретил патологоанатомическое исследование, сославшись на то, что за всю историю церкви вскрытия тел скончавшихся понтификов не проводилось. Все лекарства, которые в то время принимал Иоанн Павел, самым таинственным образом исчезли со стоящей рядом с постелью тумбочки. Так же как и стаканы, из которых он пил, ночные туфли и завещание.

«ДЕЙЛИ МЕЙЛ»
27 августа 1998 года

...За этим заговором стояла могущественная и безжалостная масонская ложа, щупальца которой дотянулись и до Ватикана.

* * *

В кармане Виттории зазвонил сотовый телефон. Резкий звук прогнал малоприятные воспоминания из памяти Лэнгдона.

Девушка поднесла телефон к уху, и американцу стало ясно, что, поняв, кто звонит, она несколько растерялась. Даже со своего места, с расстояния нескольких футов, ученый узнал этот резкий, как луч лазера, голос:

— Виттория? Говорит Максимилиан Колер. Вам уже удалось найти антивещество?

— Макс! С вами все в порядке?

— Я видел выпуск новостей. Там не было никаких упоминаний о ЦЕРНе или об антиматерии. Это хорошо. Так что там у вас происходит?

— Ловушку пока обнаружить не удалось. Положение продолжает оставаться очень сложным. Роберт Лэнгдон принес огромную пользу. У нас есть возможность захватить убивающего кардиналов человека. В данный момент мы направляемся...

— Мисс Ветра, — остановил ее Оливетти, — вы уже сказали больше чем достаточно.

Виттория прикрыла трубку рукой и произнесла раздраженно:

— Это директор ЦЕРНа, коммандер, и он имеет право...

— Он имеет право быть здесь, чтобы лично разобраться с проблемой. Вы используете незащищенную сотовую линию и уже сказали, повторяю, более чем достаточно.

— Макс? — процедила Виттория сквозь зубы.

— У меня есть для тебя информация, — сказал Колер. — О твоем отце... Я, кажется, знаю, кому он рассказывал об антивеществе.

— Макс, отец никому ничего не говорил, — хмуро ответила девушка.

— Боюсь, что твой отец все же не удержался и поделился сведениями о своем выдающемся открытии. Для полной ясности мне надо проверить кое-какие материалы нашей службы безопасности. Я скоро с тобой свяжусь.

И он отключился.

Когда Виттория засовывала аппарат в карман, ее лицо напоминало восковую маску.

— С вами все в порядке? — участливо спросил Лэнгдон.

Девушка утвердительно кивнула, но дрожащие пальцы ее рук говорили, что это далеко не так.

— Церковь расположена на пьяцца Барберини, — сказал Оливетти. Выключив сирену и посмотрев на часы, он добавил: — У нас еще девять минут.

Местонахождение третьей вехи и церкви вызвало у Лэнгдона какие-то отдаленные ассоциации. Пьяцца Барберини... Это название было ему знакомо, однако в какой связи, он сразу вспомнить не мог. Но затем он вдруг все вспомнил. Сооружение на этой площади станции метро вызвало в обществе большие споры, и это случилось лет двадцать назад. Историки опасались, что строительство большого транспортного узла под площадью может разрушить стоящий в ее центре многотонный обелиск. Городским властям пришлось перенести обелиск в другое место, а на площади установили фонтан под названием «Тритон».

Во времена Бернини на площади стоял обелиск! И если у Лэнгдона до сих пор продолжали оставаться какие-то сомнения, то сейчас они полностью исчезли.

В одном квартале от площади Оливетти свернул в переулок и, проехав еще немного, заглушил двигатель. Коммандер снял пиджак, закатал рукава рубахи и вогнал обойму в рукоятку пистолета.

— Мы не можем допустить, чтобы нас заметили, — сказал он. — Вас двоих показывали по телевизору, поэтому прошу оставаться на противоположной стороне площади и наблюдать за входом. Я зайду со стороны задней стены. А вот это вам на всякий случай, — закончил Оливетти и протянул Лэнгдону уже знакомый пистолет.

Профессору все это не очень нравилось. Вот уже второй раз за день ему вручают оружие. Опуская пистолет в карман, он вспомнил, что до сих пор носит с собой прихваченный в архиве листок из «Диаграммы». Как он мог забыть о нем? Его следовало оставить в помещении архива. Американец без труда представил, в какую ярость впадет хранитель, когда узнает, что бесценная реликвия странствовала по всему Риму, выполняя роль простого путеводителя. Но, вспомнив о груде битого стекла и рассыпанных по полу документах, Лэнгдон решил, что у хранителя и без путешествующей страницы забот будет по самое горло. Если архивы вообще переживут эту ночь...

Оливетти вылез из машины и поманил их за собой по проулку.

— Площадь там, — сказал он. — Смотрите в оба, а сами постарайтесь остаться невидимыми. — Постучав пальцем по висящему на поясе мобильному телефону, коммандер добавил: — А вас, мисс Ветра, я попрошу настроиться на автоматический набор.

Виттория достала мобильник и нажала кнопку автонабора номера, который она и Оливетти запрограммировали еще в Пантеоне. Аппарат на поясе офицера завибрировал, так как работал в режиме беззвучного вызова.

— Отлично, — удовлетворенно кивнул коммандер, передернул затвор своего пистолета и добавил: — Я буду ждать внутри. Считайте, что этот негодяй уже мой.

В тот же момент совсем рядом с ними раздался сигнал еще одного сотового телефона.

— Говорите, — произнес в трубку ассасин.

— Это я, — услышал он, — Янус.

— Приветствую вас, хозяин, — улыбнулся убийца.

— Ваше местонахождение может быть известно. Не исключено, что будут предприняты попытки вам помешать.

— Они опоздали. Я успел закончить все приготовления.

— Отлично. Сделайте все, чтобы уйти живым. Нам еще предстоит большая работа.

— Тем, кто встанет на моем пути, придется умереть.

— Тем, кто станет на вашем пути, очень многое известно.

— Вы имеете в виду ученого-американца?

— Следовательно, вы знаете о его существовании?

— Хладнокровен, но чрезвычайно наивен, — презрительно фыркнул ассасин. — Он недавно говорил со мной по телефону. Его сопровождает какая-то женщина с полностью противоположным характером.

Убийца почувствовал легкое возбуждение, припомнив огненный темперамент дочери Леонардо Ветра.

Повисла пауза, а когда собеседник снова заговорил, убийца впервые за все время их знакомства уловил в голосе лидера ордена «Иллюминати» некоторую неуверенность.

— Устраните всех, — сказал Янус.

— Считайте, что это уже сделано, — улыбнулся убийца.

В предвкушении предстоящего наслаждения по всему его телу прокатилась горячая волна. Хотя женщину можно оставить себе как приз.

ГЛАВА 89

На площади Святого Петра развернулись настоящие военные действия. Все вдруг начали проявлять невероятную агрессивность. Микроавтобусы прессы, словно штурмовые машины, стремились захватить самый удобный плацдарм. Репортеры готовили к работе сложную электронику так, как солдаты готовят к бою оружие. Они метались по всему периметру площади, отыскивая места для новейшего оружия медийных войн — дисплеев с плоским экраном.

Плоские дисплеи являли собой гигантских размеров экраны, которые можно разместить на крышах автобусов или на легких сборных площадках. Эти экраны служат своего рода уличной рекламой для передающих новости телевизионных сетей. Во все время передачи на таком экране обязательно присутствовал логотип сети. Площадь стала походить на летний кинотеатр под открытым небом. Если экран был расположен удачно — например, перед местом, где развертывались события, — ни одна сеть не могла вести съемки, не рекламируя при этом своего конкурента.

Площадь в мгновение ока превратилась не только в поле битвы средств массовой информации, но и в место вечернего бдения обычной публики. Зеваки текли на площадь со всех сторон. Незанятое место на всегда свободном огромном пространстве стало большой редкостью. Обыватели собирались в густые толпы перед гигантскими экранами. Потрясенные люди внимательно вслушивались в слова ведущих прямую трансляцию репортеров.

А в какой-то сотне ярдов от этого столпотворения, за могучими стенами собора Святого Петра царили темнота и полная тишина. В этой темноте медленно и бесшумно передвигались вооруженные приборами ночного видения лейтенант Шартран и еще три швейцарских гвардейца. Они шли по нефу, размеренно водя перед собой похожими на миноискатели приборами. Осмотр белых зон Ватикана пока не принес никаких результатов.

— Пожалуй, стоит снять очки, — сказал старший.

Шартран и без его совета уже успел это сделать. Группа приближалась к так называемой нише паллиума* — углубленной площадке в самом центре базилики. Нишу заливал свет девяноста девяти лампад, и инфракрасное излучение было настолько сильным, что могло повредить глаза.

Освободившись от тяжелого прибора, Шартран почувствовал огромное облегчение. Наконец-то можно было размять шею. Что он и сделал, пока группа спускалась вниз, чтобы осмотреть все углубление. Помещение оказалось на удивление красивым... золотым и сверкающим. Молодому человеку еще не приходилось в него спускаться.

Лейтенанту казалось, что после прибытия в Ватикан ему каждый день открывались все новые и новые тайны Святого города. И эти лампады были одной из них. Девяносто девять лампад горели день и ночь. Такова была традиция. Священнослужители аккуратно заполняли их священным маслом, так что ни одна не успевала выгореть до конца. Многие утверждали, что лампады будут гореть до самого конца света.

Или в крайнем случае до полуночи, подумал Шартран, ощутив, как у него вдруг вновь пересохло в горле.

Он провел детектором вдоль лампад. Там ничего не оказалось. Это нисколько его не удивило. Ловушка, если верить кар-

* Паллиум — белый шерстяной плащ, в который папа римский облачает архиепископов.

тинке на экране монитора, была укрыта в затемненном помещении.

Двигаясь по нише, он приблизился к металлической решетке, прикрывающей отверстие в полу. В отверстии были видны ведущие в глубину узкие и крутые ступени. Слава Богу, что туда не надо спускаться. Приказ Рошера был предельно ясен. Осматривать лишь открытые для публики помещения и игнорировать все зоны, куда посторонние не имеют доступа.

— Чем это пахнет? — спросил он, отходя от решетки. В нише стоял сладкий до умопомрачения аромат.

— Это запах от пламени лампад, — ответил один из швейцарцев.

— Пахнет скорее одеколоном, а не керосином, — изумился Шартран.

— Никакого керосина там нет. Лампады расположены неподалеку от папского алтаря и поэтому наполняются сложной смесью спирта, сахара, бутана и духов.

— Бутана? — с опаской глядя на лампады, переспросил Шартран.

— Смотри не пролей, — утвердительно кивнув, ответил гвардеец. — Благоухает как в раю, а пламенем пылает адским.

Когда гвардейцы, закончив осмотр ниши паллиума, вновь двинулись по темному собору, их портативная радиостанция подала признаки жизни.

Потрясенные гвардейцы внимательно выслушали сообщение о развитии ситуации. Судя по этой информации, возникли новые тревожные обстоятельства, о которых нельзя было говорить по рации. Тем не менее начальство сообщало, что камерарий решил нарушить традицию и войти в Сикстинскую капеллу, чтобы обратиться к конклаву. За всю историю Ватикана подобного не случалось. Но в то же время, как понимал Шартран, еще ни разу за всю свою историю Ватикану не приходилось сидеть на ядерной бомбе.

Шартрана радовало, что дело в свои руки взял камерарий. Во всем Ватикане не было другого человека, которого лейтенант уважал бы так, как этого клирика. Некоторые гвардейцы считали камерария beato — религиозным фанатиком, чья любовь к Богу граничила с одержимостью. Но даже они соглашались, что, когда дело доходило до схватки с врагами Господа, камерарий был тем человеком, который мог принять на себя самый тяжелый удар.

Швейцарским гвардейцам за последнюю неделю приходилось часто встречаться с камерарием, и все обратили внимание на то, что временный шеф Ватикана стал жестче, а взгляд его зеленых глаз приобрел несвойственную ему ранее суровость. И неудивительно, говорили швейцарцы, ибо на плечи камерария легла вся ответственность за подготовку священного конклава и он должен был заниматься ею сразу же после кончины своего наставника папы.

Шартран находился в Ватикане всего пару месяцев, когда ему рассказали о том, что мать будущего камерария погибла от взрыва бомбы на глазах у маленького сына. Бомба в церкви... и сейчас все повторяется. Жаль, что не удалось схватить мерзавцев, которые установили ту первую бомбу... говорили, что это была какая-то воинствующая антихристианская секта. Преступники скрылись, и дело не получило развития. Неудивительно, что камерария возмущает любое проявление равнодушия.

Пару месяцев назад, в тихое послеполуденное время Шартран едва не столкнулся с шагающим по неширокой дорожке камерарием. Камерарий, видимо, узнав в нем нового гвардейца, предложил лейтенанту прогуляться вместе. Они беседовали на самые разные темы, и уже очень скоро Шартран почувствовал внутреннюю свободу и раскованность.

— Святой отец, — сказал он, — вы разрешите мне задать вам странный вопрос?

— Только в том случае, если получу право дать на него столь же странный ответ, — улыбнулся камерарий.

— Я спрашивал об этом у всех знакомых мне духовных лиц, — со смехом пояснил лейтенант, — но так до конца и не понял.

— Что же вас тревожит? — Камерарий энергично шагал впереди гвардейца, и полы его сутаны при ходьбе слегка распахивались, открывая черные туфли на каучуковой подошве.

Обувь полностью соответствует его облику, думал Шартран, модная, но скромная, со следами износа.

Лейтенант набрал полную грудь воздуха и выпалил:

— Я не понимаю, как соотносится Его всемогущество с Его милостью!

— Вы изучаете Священное Писание? — улыбнулся камерарий.

— Пытаюсь.

— И вы находитесь в растерянности, поскольку Библия называет Творца одновременно всемогущим и всемилостивым, не так ли?

— Именно.

— Понятие всемогущества и милости трактуется очень просто — Бог может все и всегда нацелен на добро.

— Да, эту концепцию я понимаю. Но мне кажется... что здесь скрыто противоречие.

— Ясно. Противоречие вы видите в том, что в мире существуют страдания. Голод, войны, болезни...

— Точно! — Шартран был уверен, что камерарий его поймет. — В мире происходят ужасные вещи. И многочисленные человеческие трагедии говорят о том, что Бог не может быть одновременно и всемогущим, и милостивым. Если Он нас любит и в Его власти изменить ситуацию, то почему Он этого не делает? Ведь Он способен предотвратить страдания, не так ли?

— Вы полагаете? — строго спросил камерарий.

Шартран ощутил некоторую неловкость. Неужели он задал вопрос, который задавать не принято?

— Не знаю, как это лучше выразить... Если Бог нас любит, то Он может нас защитить. Он должен сделать это. Поэтому складывается впечатление, что Он всемогущ, но равнодушен или милостив, но бессилен.

— У вас есть дети, лейтенант?

— Нет, — заливаясь краской, ответил гвардеец.

— Представьте, что у вас есть восьмилетний сын... Вы бы его любили?

— Конечно.

— И вы были бы готовы сделать все, что в ваших силах, дабы он избежал боли и страданий?

— Естественно.

— Вы позволили бы ему кататься на скейтборде?

Шартран задумался. Несмотря на свой сан, камерарий часто казался очень приземленным. Или слишком земным.

— Да, позволил бы, — протянул лейтенант, — но в то же время предупредил бы его о необходимости соблюдать осторожность.

— Итак, являясь отцом ребенка, вы дали бы ему добрый совет, а затем отпустили бы его учиться на собственных ошибках. Не так ли?

— Я определенно не побежал бы рядом, чтобы с ним нянчиться. Если вы это имеете в виду.

— А если он вдруг упадет и оцарапает колено?

— Это научит его впредь быть более осторожным.

— Итак, несмотря на то что вы имеете власть вмешаться в ход событий, чтобы предотвратить ту боль, которую может испытать ваш сын, вы проявляете свою любовь к нему тем, что позволяете учиться на собственных ошибках?

— Конечно. Боль — неотъемлемая часть взросления. Именно так мы учимся.

— Вот именно, — кивнул камерарий.

ГЛАВА 90

Лэнгдон и Виттория наблюдали за пьяцца Барберини из темного проулка между двумя домами в западном углу площади. Церковь находилась прямо напротив — едва заметный в темноте купол лишь немного возвышался над окружающими храм домами. Ночь принесла с собой столь желанную прохладу, и Лэнгдон был удивлен тем, что площадь оставалась пустынной. Из открытых окон над их головами доносились звуки работающих телевизоров, и это напомнило американцу, куда подевались люди.

«...Ватикан до сих пор не дает комментариев... Иллюминаты убили двух кардиналов... присутствие сатанистов в Риме означает... спекуляции о проникновении агентов тайного общества...»

Новость распространялась по Риму с такой же скоростью, как в свое время пламя устроенного Нероном пожара. Древний город, как и весь остальной мир, затаил дыхание. «Сумеем ли мы остановить сорвавшийся с тормозов поезд?» — думал Лэнгдон. Оглядывая площадь, ученый вдруг понял, что, несмотря на окружающие ее современные здания, пьяцца Барберини сохранила эллипсовидную форму. Высоко над его головой на крыше роскошной гостиницы сияла огромная неоновая реклама. Ему вдруг показалось, что это сияние есть не что иное, как святилище древнего героя. Первой на это обратила внимание Виттория. Светящиеся слова необъяснимым образом соответствовали ситуации.

ОТЕЛЬ «БЕРНИНИ»

— Без пяти десять... — начала Виттория, оглядывая площадь.

Не закончив фразы, она схватила Лэнгдона за локоть и, потянув глубже в тень, показала на центр площади.

Лэнгдон посмотрел в указанном направлении и окаменел.

Там в свете уличного фонаря двигались две темные, закутанные в плащи фигуры. Лица этих людей были скрыты под черными mantles — традиционным головным убором вдовствующих дам католического вероисповедания. Лэнгдону показалось, что по площади идут женщины, но с уверенностью он этого сказать не мог. Света уличных фонарей для этого было явно недостаточно. Одна из «женщин» была, видимо, постарше. Она горбилась и двигалась с заметным трудом. Ее поддерживала та, которая со стороны выглядела значительно выше и крепче.

— Дайте мне пистолет, — сказала Виттория.

— Но не можете же вы просто взять и...

Девушка неуловимо быстрым движением запустила руку в карман его пиджака. Когда она через мгновение вынула руку, в ней уже блестел пистолет. Затем, не производя ни малейшего шума, — создавалось впечатление, что ее ноги вообще не касаются брусчатки мостовой, — она двинулась за парой с таким расчетом, чтобы зайти с тыла. Некоторое время Лэнгдон пребывал в растерянности, но затем, кляня про себя все на свете, поспешил вслед за девушкой.

Пара передвигалась очень медленно, и уже через тридцать секунд Виттория и Лэнгдон оказались за спинами закутанных в плащи фигур. Виттория небрежно скрестила на груди руки, скрыв под ними оружие, так что пистолет можно было пустить в ход за какие-то доли секунды. По мере того как расстояние между ними и парочкой сокращалось, девушка шагала все быстрее и быстрее. Лэнгдону, чтобы не отставать, приходилось напрягаться. Когда он, споткнувшись о выступающий камень, поскользнулся, Виттория метнула на него сердитый взгляд. Но увлеченная разговором пара, кажется, ничего не услышала.

С расстояния тридцати футов Лэнгдон начал различать их голоса. Отдельных слов он не слышал. До него доносилось лишь невнятное бормотание. Виттория продолжала преследование. Теперь голоса слышались яснее. Один из них звучал заметно громче другого. В нем слышалось недовольство. Лэнгдон уловил, что этот голос принадлежит старшей даме. Теперь он не сомневался, что перед ним женщины, хотя голос был грубоватым и довольно низким. Американец напряг слух, чтобы услышать, о чем идет речь, но в этот миг относительную тишину прорезал другой голос.

— Mi scusi!* — произнесла Виттория как можно более дружелюбно.

Лэнгдон замер, когда закрытые длинными плащами и черными накидками фигуры начали медленно поворачиваться лицом к девушке. Виттория ускорила шаг. Теперь она двигалась прямо навстречу им. Она делала это для того, чтобы противник не успел отреагировать. Когда ученый это понял, ноги почему-то отказались ему служить. Он видел, как она отнимает руки от груди. В одной руке блеснул пистолет. И в тот же миг через ее плечо он увидел лицо, на которое упал свет уличного фонаря.

— Не надо!!! — крикнул он, бросаясь к Виттории.

* Простите! (*ит.*)

Но реакция у девушки оказалась лучше, чем у американца. На долю секунды опередив его безумный вопль, она быстрым, но в то же время небрежным движением подняла руки. Пистолет исчез из поля зрения, когда она обняла себя за плечи так, как часто делают женщины прохладными вечерами. Лэнгдон подбежал к ней, едва не сбив с ног завернутую в плащи парочку.

— Добрый вечер! — выпалила Виттория, пытаясь скрыть свою растерянность.

Лэнгдон облегченно вздохнул. Перед ними, мрачно глядя из-под черных шалей, стояли две немолодые дамы. Одна из них была настолько стара, что едва держалась на ногах. Другая, тоже далеко не юная, держала ее под руку. У обеих в руках были четки. Неожиданное появление Лэнгдона и Виттории привело их в полное замешательство.

Виттория, несмотря на испытанное потрясение, изобразила улыбку и спросила:

— Dov'è la chiesa Santa Maria della Vittoria? Где здесь церковь?..

Обе женщины одновременно ткнули пальцами в силуэт массивного здания, стоящего на углу улицы, по которой они сюда прибыли.

— È là.

— Grazie, — произнес Лэнгдон и, обняв девушку за плечи, мягко увлек ее в сторону. Американец никак не мог прийти в себя из-за того, что они едва не прикончили двух престарелых дам.

— Non si puó entrare, — сказала одна из дам. — È chiusa temprano.

— Нет входа? — изумилась Виттория. — Церковь закрыта? Perchè?

Обе женщины заговорили одновременно. И заговорили очень сердито. Несмотря на слабое владение итальянским языком, Лэнгдон многое понял. Пятнадцать минут назад они были в церкви и возносили там молитвы о спасении Ватикана в столь трудное для него время. Затем в храме появился человек, который объявил, что церковь сегодня закрывается раньше, чем обычно.

— Hanno conosciuto l'uomo? — напряженно спросила Виттория. — Вы знали этого человека?

Женщины отрицательно покачали головами и сказали, что человек был «неотесанным иностранцем», который насильно заставил всех, включая молодого клирика и уборщика, покинуть церковь. Священник сказал, что вызовет полицию. Грубиян рассмеялся и сказал, что не возражает, при условии, что полицейские не забудут прихватить с собой видеокамеру.

— Видеокамеру? — переспросил Лэнгдон.

Дамы сердито фыркнули и, назвав негодяя «bar-àrabo», продолжили свой путь.

— Bar-àrabo? — снова переспросил Лэнгдон. — Наверное, это должно означать «варвар»?

— Не совсем, — ответила Виттория (теперь она была взволнована). — «Bar-àrabo» — это оскорбительная игра слов. Так называют арабов, давая понять, что все они — варвары. Это означает... араб.

Лэнгдон, вдруг ощутив леденящий душу ужас, посмотрел на церковь. За цветными витражами окон, как ему показалось, что-то происходило.

Виттория неуверенно извлекла сотовый телефон и нажала на кнопку автоматического набора.

— Надо предупредить Оливетти, — сказала она.

Потерявший дар речи Лэнгдон прикоснулся к ее руке и дрожащим пальцем показал на церковь.

Виттория, не в силах что-нибудь сказать, шумно втянула в себя воздух.

Цветные стекла окон храма вдруг стали похожи на злобные светящиеся глаза... Глаза сверкали все ярче, и за витражами очень скоро стали видны языки пламени.

ГЛАВА 91

Лэнгдон и Виттория подбежали к главному входу в церковь Санта-Мария делла Виттория и обнаружили, что дверь заперта. Виттория трижды выстрелила из полуавтоматического пистолета Оливетти в замок, и древний механизм развалился.

Как только тяжелая деревянная дверь распахнулась, их взору открылось все просторное помещение святыни. Представшая перед ними картина оказалась столь неожиданной и такой чудовищно нелепой, что Лэнгдон закрыл глаза, не сумев осмыслить все увиденное.

Интерьер был выполнен в стиле роскошного барокко с золочеными стенами и сверкающим золотом алтарем. А точно в центре храма, прямо под главным куполом высилась высоченная гора, сложенная из деревянных скамей. Гора пылала ярким пламенем, являя собой погребальный костер невероятных размеров. Снопы искр взмывали вверх, исчезая где-то под куполом. Лэнгдон поднял глаза и словно окаменел: настолько ужасным было то, что он увидел.

Высоко над этим адским пламенем с левой и с правой стороны потолка свисали две цепи, на которых во время богослужения поднимали кадила с благовонным ладаном. На сей раз никаких кадил на цепях не было. Но они все же не свисали свободно. Их использовали совсем для другой цели...

На цепях висело человеческое существо. Это был обнаженный мужчина. Кисти его рук были накрепко привязаны к цепям, а сами цепи натянуты настолько, что почти разрывали несчастного. Его руки были раскинуты в стороны почти горизонтально, и создавалось впечатление, что в пустоте Дома Божьего парит невидимый крест с распятым на нем мучеником.

Лэнгдон, стоя неподвижно, словно в параличе, неотрывно смотрел вверх. Через несколько мгновений он испытал еще одно, на сей раз окончательное потрясение. Висящий над огнем старик был еще жив. Вот он поднял голову, и пара полных ужаса глаз обратилась на Лэнгдона с немой мольбой о помощи. На груди старика виднелся черный ожог. Это был след от раскаленного клейма. Прочитать слово Лэнгдон не мог, но он и без этого знал, что́ выжжено на груди страдальца. Пламя поднималось все выше и уже начинало лизать ступни кардинала, заставляя того вскрикивать от боли. Тело старика сотрясалось от бесплодных попыток сбросить оковы.

Какая-то невидимая сила привела Лэнгдона в движение, и он бросился по центральному проходу к огромному костру. От дыма перехватывало дыхание. Когда он находился не более чем в десяти футах от адского пламени, ему вдруг показалось, что он на всем ходу натолкнулся на стену. Это была стена нестерпимого жара, мгновенно опалившего кожу лица. Ученый прикрыл глаза ладонью и рухнул на мраморный пол. С трудом поднявшись на ноги, он попытался продвинуться вперед, но тут же понял, что эту горячую стену ему преодолеть не удастся.

Отступив назад, Лэнгдон обозрел стены храма. Плотные шпалеры, думал он. Если удастся хотя бы чуть-чуть приглушить пламя... Но он знал, что шпалер здесь не найти. «Ведь это же церковь в стиле барокко, Роберт, а не какой-нибудь проклятый немецкий замок! Думай!» Он заставил себя снова взглянуть на подвешенного над огнем человека.

Дым и пламя, закручиваясь спиралью, поднимались к потолку. Цепи, к которым были прикреплены руки кардинала, шли к потолку и, проходя через шкивы, вновь спускались вниз вдоль противоположных стен. Там они крепились при помощи металлических зажимов. Лэнгдон посмотрел на один из зажимов. Тот находился высоко на стене, однако ученому было ясно: если он сумеет добраться до кронштейна и освободить цепь, то кардинал качнется в сторону и окажется в стороне от огня.

В этот миг языки пламени неожиданно взметнулись вверх, и Лэнгдон услышал страшный, разрывающий душу вопль. Кожа на ногах страдальца начала вздуваться пузырями. Кардинала поджаривали заживо. Лэнгдон сконцентрировал все свое внимание на зажиме и побежал к стене.

А в глубине церкви Виттория, вцепившись обеими руками в спинку скамьи, пыталась привести в порядок свои чувства. Открывающаяся перед ее глазами картина ужасала. Она заставила себя отвести взгляд в сторону. «Делай же хоть что-нибудь!» Интересно, где Оливетти? Видел ли он ассасина? Сумел ли арестовать его? Где они теперь? Виттория двинулась вперед, чтобы помочь Лэнгдону, но тут же замерла, услышав какой-то звук.

Треск огня с каждой секундой становился все громче, но другой звук тоже был отлично слышен. Звук вибрировал где-то очень близко. Источник повторяющегося пульсирующего звука находился за рядом скамей слева от нее. Звук напоминал телефонный сигнал, но ему сопутствовал стук. Казалось, что какой-то предмет колотится о камень. Девушка крепко сжала пистолет и двинулась вдоль скамей. Звук стал громче. Включился, выключился. Включился, выключился.

Подойдя к краю скамей, Виттория поняла, что он доносится с пола из-за угла последнего ряда. Вытянув вперед руку с зажатым в ней пистолетом, она двинулась на звук, но тут же остановилась, осознав, что и в левой руке держит какой-то предмет. Это был ее сотовый телефон. В панике она совсем забыла, что перед тем, как войти в церковь, нажала на кнопку вызова. Вызов должен был служить предупреждающим сигналом, и аппарат коммандера был настроен на почти бесшумную вибрацию. Виттория поднесла свой мобильник к уху и услышала тихие гудки. Коммандер не отвечал. Девушку охватил ужас, она поняла, что именно может являться источником странного звука. Дрожа всем телом, Виттория двинулась вперед.

Когда она увидела неподвижное, безжизненное тело, ей показалось, что мраморный пол церкви поплыл у нее под ногами. На теле не было следов крови, оно не было обезображено насилием. Лишь повернутая на сто восемьдесят градусов голова офицера смотрела в обратном направлении. Перед мысленным взором Виттории предстал обезображенный труп ее отца, и лишь огромным усилием воли ей удалось отогнать от себя ужасное видение.

Сотовый телефон на поясе гвардейца касался пола и начинал постукивать о мрамор каждый раз, когда раздавался очередной вибрирующий сигнал. Виттория отключила свой телефон, и стук тут же прекратился. В наступившей тишине она услышала еще один звук. У нее за спиной раздавалось чье-то тяжелое дыхание.

Она начала поворачиваться, подняв пистолет, но, еще не закончив движения, поняла, что опоздала. Локоть убийцы врезался в основание шеи девушки, и Виттории показалось, что все ее тело с головы до пят пронзил мощный лазерный луч.

— Теперь ты моя, — услышала она и погрузилась во тьму.

* * *

В противоположном конце церкви Лэнгдон, балансируя на спинке скамьи и царапая стену, пытался дотянуться до зажима. Однако до удерживающего цепь запора оставалось добрых шесть футов. Зажимы специально ставились высоко, чтобы никто не вздумал помешать службе. Лэнгдон знал, что священнослужители, чтобы добраться до них, пользовались специальной деревянной лестницей, именуемой piuòli. Где сейчас эта чертова лестница?! Лэнгдон с отчаянием огляделся по сторонам. Он припомнил, что где-то видел эту проклятую лестницу. Но где? Через мгновение он вспомнил, и его сердце оборвалось. Лэнгдон повернулся лицом к бушующему огню. Лестница находилась на самой вершине деревянной кучи и сейчас благополучно догорала.

Американец внимательно оглядел всю церковь в надежде увидеть нечто такое, что могло бы помочь ему добраться до зажима.

Куда исчезла Виттория? Может быть, побежала за помощью?

Лэнгдон громко позвал девушку, но ответа не последовало.

И куда, к дьяволу, подевался Оливетти?!

Сверху донесся вой. Кардинал испытывал нечеловеческие страдания. Лэнгдон понял, что опоздал. Он поднял глаза на заживо поджаривающегося князя церкви. Нужно достать воды, думал он. Много воды. Чтобы хотя бы немного сбить пламя.

— Нужна вода, будь она проклята! — во всю силу своих легких выкрикнул он.

— Вода будет следующим номером! — прогремел голос из глубины церкви.

Лэнгдон резко повернулся и чуть было не свалился со своей платформы.

По боковому проходу прямо к нему двигался похожий на чудовище человек. В отблесках огня его глаза пылали черным пламенем, а в руке человек держал пистолет, и Лэнгдон сразу узнал оружие, которое носил в своем кармане... тот самый пистолет, который у него взяла Виттория.

Охватившая Лэнгдона паника была смесью самых разных страхов. Его первые мысли были о Виттории. Что это животное с ней сделало? Он ее ранил? Или, может быть, даже... В тот же момент ученый осознал, что отчаянные крики над его головой звучат все громче и громче. Кардинал умирал. Ему уже ничем нельзя было помочь. Затем, когда ассасин опустил ствол, направив его в грудь Лэнгдона, ужас, который испытывал американец, обратился внутрь. Он успел прореагировать за долю секунды до того, как прогремел выстрел, прыгнув со скамьи и, словно пловец, вытянув вперед руки. Ударившись о край скамьи (удар оказался сильнее, чем можно было ожидать), он скатился на пол. Мрамор принял его тело с нежностью холодной стали. Шаги слышались справа. Лэнгдон развернулся головой к выходу из церкви и, отчаянно борясь за жизнь, пополз под скамьями.

Высоко над полом базилики кардинал Гуидера доживал последние, самые мучительные секунды своей жизни. Он еще был в сознании. Опустив глаза и посмотрев вдоль своего обнаженного тела, он увидел, как пузырится и слезает с плоти кожа его ног. «Я уже в аду, — решил он. — Господи, почему Ты меня оставил?» Кардинал точно знал, что это ад, потому что он смотрел на клеймо на груди сверху... и, несмотря на это, видел его в правильном положении. В силу какой-то сатанинской магии слово имело смысл и читалось:

ГЛАВА 92

Третий тур голосования. Избрание папы снова не состоялось.

Кардинал Мортати начал молиться о чуде. Боже, пришли же кандидатов! Куда они подевались? Отсутствие одного кандидата Мортати мог бы понять. Но чтобы все четверо? Выбора не было. Для того чтобы кто-то из присутствующих получил большинство в две трети, требовалось вмешательство самого Творца.

Когда загремели запоры, Мортати и все остальные кардиналы одновременно повернулись, чтобы взглянуть на входную дверь. Мортати знал, что, согласно закону, дверь Сикстинской капеллы открывается лишь в двух случаях — чтобы забрать внезапно заболевшего члена конклава или впустить опоздавших кардиналов.

Слава Богу, нашлись preferiti!

Старый кардинал возрадовался всем сердцем. Конклав спасен.

Но когда открылась дверь, по Сикстинской капелле пронесся вздох. И это не было вздохом радости или облегчения. Увидев, кто вошел в капеллу, Мортати испытал настоящий шок. Впервые за всю историю Ватикана священный порог во время конклава переступил камерарий. И это было сделано после того, как двери были опечатаны! Невероятно!

Неужели этого человека оставил разум? Камерарий тихо приблизился к алтарю, повернулся лицом к буквально сраженной его появлением аудитории и произнес:

— Синьоры, я выжидал до последней возможности. Наступил момент, когда вы должны узнать обо всем.

ГЛАВА 93

Лэнгдон не имел ни малейшего представления о том, куда двигается. Рефлексы и интуиция служили ему компасом, который уводил его от смертельной опасности. Локти и колени от передвижения под скамьями нещадно болели, однако американец продолжал упорно ползти. Внутренний голос подсказывал ему, что надо двигаться влево. Если удастся добраться до центрального прохода, то можно будет коротким броском достичь выхода, думал он. Однако еще через миг ученый осознал, что это невозможно. Центральный проход перекрывала огненная стена. Пока его мозг лихорадочно искал возможные пути спасения, Лэнгдон продолжал ползти. Справа, совсем близко от него раздавались шаги убийцы.

К тому, что произошло через несколько мгновений, Лэнгдон был совершенно не готов. Он рассчитывал, что до того, как он окажется на открытом пространстве, ему еще предстоит проползти по меньшей мере десять футов. Однако ученый просчитался. Неожиданно укрытие над его головой исчезло, и он на миг замер, высунувшись чуть ли не до пояса из-под последнего ряда скамей. До дверей церкви было рукой подать. Справа от него высилась скульптура, которая и привела его сюда и о которой он совершенно забыл. С точки, в которой находился Лэнгдон, изваяние казалось гигантским. Творение Бернини «Экстаз святой Терезы» действительно здорово смахивало на порнографию. Полулежащая на спине святая изогнулась в пароксизме страсти. Рот Терезы был искривлен, и казалось, что из него вот-вот вырвется стон оргазма. Над святой возвышался ангел, указывая вдаль своим огненным копьем.

В скамью над самой головой Лэнгдона ударила пуля. Ученый неожиданно для себя резко сорвался с места — так, как уходит на дистанцию спринтер. Не осознавая до конца своих действий и движимый только адреналином, он, слегка пригнувшись, зигзагами помчался вправо. Когда позади него прогремел очередной выстрел, Лэнгдон снова нырнул на пол головой вперед. Проскользив несколько футов по мраморному полу, он ударился об ограждение ниши в правой стене храма. В этот момент он увидел ее. Виттория! Ее обнаженные ноги были неестественно подогнуты, но каким-то шестым чувством американец смог уловить, что девушка еще дышит. Однако помочь ей он не мог. На это у него не было времени.

Убийца обошел ряды скамей в левом дальнем углу церкви и двинулся в направлении Лэнгдона. Ученый понимал, что через несколько мгновений все будет кончено. Убийца поднял пистолет, и Лэнгдон сделал то единственное, что еще мог сделать. Он броском преодолел ограждение и оказался в нише. В тот момент, когда его тело коснулось мраморного пола, с колонны невысокой балюстрады брызнула мраморная крошка: в колонну, рядом с которой он только что находился, угодила пуля.

Продвигаясь ползком в глубину ниши, Лэнгдон чувствовал себя загнанным зверем. Находившийся в углублении стены предмет по какой-то странной иронии полностью соответствовал ситуации. Это был массивный саркофаг. «Теперь, возможно, мой», — подумал ученый. Даже по размеру каменный гроб был ему впору. Подобного рода саркофаги — простые, без всяких украшений мраморные ящики — назывались scàtola. Экономичная гробница. Саркофаг стоял на двух мраморных плитах, чуть возвышаясь над полом. Лэнгдон прикинул ширину зазора, размышляя, нельзя ли в него забиться.

Звук шагов раздался совсем рядом.

Не видя иных вариантов, Лэнгдон прижался к полу и подполз к саркофагу. Упершись руками в каменные подставки, он, подобно пловцу брассом, сильным рывком задвинул торс в пространство между саркофагом и полом. Грянул выстрел.

Лэнгдон испытал то, что никогда раньше ему испытывать не приходилось... он услышал незнакомый звук и ощутил легкое дуновение ветра у щеки. Пуля пролетела совсем рядом. Ее свист, как ему показалось, больше всего напоминал звук, который возникает в тот момент, когда для удара заносится длинный кнут. С мрамора снова брызнули крошки, и Лэнгдон почувствовал, как по лицу полилась кровь. Собрав последние силы, он очередным рывком скрыл все тело в зазоре между полом и каменным гробом. Ломая ногти о пол и обдирая спину о мрамор гроба, американец сумел вылезти из-под саркофага с другой стороны.

Все. Дальше тупик.

Перед его лицом была дальняя стена полукруглой ниши. Теперь он не сомневался в том, что это узкое место за каменным гробом станет его могилой. И очень скоро, промелькнула мысль, когда он увидел направленный на него ствол пистолета. Ассасин держал оружие параллельно полу, и дуло смотрело прямо в грудь Лэнгдона.

Промахнуться было невозможно.

Повинуясь инстинкту самосохранения, Лэнгдон улегся на живот лицом вниз и растянулся вдоль саркофага. Затем он уперся руками в пол и отжался. Из полученных от осколков стекла ран на руках полилась кровь. Однако ученый, превозмогая боль, сумел оторвать тело от пола. Прогремела серия выстрелов, и Лэнгдон почувствовал удар пороховых газов. Пули пролетели под ним, превратив в пыль изрядный кусок стены из пористого итальянского известняка травертина. С трудом удерживаясь на руках и закрыв глаза, Лэнгдон молил о том, чтобы выстрелы прекратились.

И его молитва была услышана.

Вместо грома выстрела раздался лишь сухой щелчок бойка. Обойма была пуста.

Лэнгдон очень медленно открыл глаза, словно опасаясь, что движение век произведет слишком много шума. Преодолевая боль и усталость, он, изогнувшись словно кошка, удерживал свое тело в противоестественной позе. Американец даже боялся дышать и лишь напрягал слух в надежде услышать удаляющиеся шаги убийцы. Тишина. Он подумал о Виттории и едва не заскрипел зубами, страдая от того, что не в силах ей помочь.

Нарушивший тишину звук показался Лэнгдону оглушающим. Это было почти нечеловеческое рычание, вызванное предельным напряжением сил.

Саркофаг над головой Лэнгдона вдруг стал опрокидываться набок. Ученый рухнул на пол в тот момент, когда на него начали валиться сотни фунтов мрамора. Сила тяжести одолела силу трения. Крышка гроба, соскользнув первой, вдребезги разлетелась от удара о пол совсем рядом с ним. Мраморный гроб скатился со своих опор и начал падать вверх дном на Лэнгдона. Пока саркофаг, теряя равновесие, падал, ученый понял, что он либо окажется погребенным под полой мраморной глыбой, либо его раздавят ее края. Лэнгдон втянул голову, поджал ноги и вытянул руки вдоль тела. После этого он закрыл глаза и стал ждать удара.

Когда это произошло, земля под ним задрожала. Верхний край саркофага ударился о пол в каких-то миллиметрах от его головы, и даже его правая рука, которая, как считал американец, неминуемо будет раздавлена, каким-то чудом осталась цела. Он открыл глаза и увидел полоску света. Правая сторона гроба не упала на пол и еще держалась на краях опор. Теперь Лэнгдон смотрел в лицо смерти. Причем — буквально.

Сверху на него пустыми глазницами смотрел первоначальный обитатель гробницы. Мертвое тело, как часто случается в период разложения, прилипло спиной ко дну гроба. Скелет несколько мгновений нависал над ним, словно нерешительный любовник, а затем с сухим треском рухнул вниз, чтобы заключить американца в свои объятия. В глаза и рот Лэнгдона посыпались прах и мелкие фрагменты костей.

Лэнгдон еще ничего толком не успел понять, как в просвете между полом и краем саркофага появилась чья-то рука и принялась скользить по полу, словно голодный питон. Рука продолжала извиваться до тех пор, пока пальцы не нащупали шею Лэнгдона и не сомкнулись на его горле. Американец пытался сопротивляться, но стальная рука продолжала сдавливать его адамово яблоко. Борьба была безнадежной, поскольку обшлаг левого рукава пиджака был прижат к полу краем гроба и действовать приходилось только одной рукой.

Используя все свободное пространство, Лэнгдон согнул ноги в попытке нащупать дно гроба. Наконец это ему удалось, и в тот миг, когда захват на горле стал нестерпимым, он что было сил ударил в дно саркофага обеими ногами. Саркофаг сдвинулся едва заметно, но и этого оказалось достаточно, чтобы чудом державшийся на краях опор каменный ящик окончательно упал на пол. Край гроба придавил руку убийцы, и до Лэнгдона донесся приглушенный крик боли. Пальцы на горле профессора разжались, и рука исчезла во тьме. Когда убийце удалось высвободиться, край тяжеленного каменного ящика со стуком упал на совершенно гладкий мраморный пол.

Мир погрузился в полную тьму.

И в тишину.

В лежащий вверх дном саркофаг никто не стучал. Никто не пытался под него заглянуть. Полная темнота и мертвая тишина. Лежа в куче костей, Лэнгдон пытался прогнать охвативший его ужас мыслями о девушке.

Где ты, Виттория? Жива ли ты?

Если бы ему была известна вся правда — весь тот ужас, в котором вскоре предстояло очнуться девушке, он пожелал бы ей быстрой и легкой смерти. Ради ее же блага.

ГЛАВА 94

А тем временем в Сикстинской капелле кардинал Мортати (так же, как и все остальные участники конклава) пытался вникнуть в смысл того, что сказал камерарий. Молодой клирик поведал им такую страшную историю ненависти, вероломства и коварства, что старого кардинала начала бить дрожь. Залитый светом свечей камерарий рассказал о похищенных и заклейменных кардиналах. Об убитых кардиналах. Он говорил о древнем ордене «Иллюминати» — одно упоминание о котором пробуждало дремлющий в их душах страх. О возвращении этого сатанинского сообщества из небытия и о его обете отомстить церкви. Камерарий с болью в голосе вспомнил покойного папу... ставшего жертвой яда. И наконец, перейдя почти на шепот, он поведал собравшимся о новом смертельно опасном открытии — так называемом антивеществе, которое менее чем через два часа могло уничтожить весь Ватикан.

Когда камерарий закончил, Мортати показалось, что сам сатана высосал весь кислород из Сикстинской капеллы. Кардиналы едва дышали. Ни у кого из них не осталось сил, чтобы пошевелиться. Слова камерария все еще продолжали звучать во тьме.

Единственным звуком, доносившимся до слуха кардинала Мортати, было противоестественное для этого места гудение видеокамеры за спиной. Это было первое появление электроники в стенах Сикстинской капеллы за всю историю Ватикана. Присутствия журналистов потребовал камерарий. К величайшему изумлению членов конклава, молодой Вентреска вошел в капеллу в сопровождении двух репортеров Би-би-си — мужчины и женщины. Войдя, камерарий объявил, что его официальное заявление будет транслироваться в прямом эфире по всему миру.

И вот, повернувшись лицом к камере, камерарий произнес:

— А теперь, обращаясь к иллюминатам, так же как и ко всему научному сообществу, я должен сказать, — голос его приобрел несвойственную клирику глубину и твердость, — вы выиграли эту войну.

В Сикстинской капелле повисла мертвая тишина. Казалось, в помещении мгновенно вымерло все живое. Стало настолько тихо, что Мортати явственно слышал удары своего сердца.

— Машина находилась в движении многие сотни лет. Но только сейчас, как никогда раньше, все осознали, что наука стала новым Богом.

«Что он говорит?! — думал Мортати. — Неужели его оставил разум? Ведь эти слова слышит весь мир!»

— Медицина, электронные системы связи, полеты в космос, манипуляции с генами... те чудеса, которыми сейчас восхищаются наши дети. Это те чудеса, которые, как утверждают многие, служат доказательством того, что наука несет нам ответы на все наши вопросы и что все древние россказни о непорочном зачатии, неопалимой купине, расступающихся морях утратили всякое значение. Бог безнадежно устарел. Наука победила. Мы признаем свое поражение.

По Сикстинской капелле пронесся смущенный и недоумевающий ропот.

— Но торжество науки, — продолжил камерарий, возвышая голос, — далось каждому из нас огромной ценой. Оно стоило нам очень дорого.

В темном помещении снова воцарилась тишина.

— Возможно, наука и смягчила наши страдания от болезней и от мук изнурительного труда. Нельзя отрицать и того, что она создала массу машин и аппаратов, обеспечивающих наш комфорт и предлагающих нам развлечения. Однако та же наука оставила нас в мире, который не способен вызывать ни удивления, ни душевного волнения. Наши великолепные солнечные лучи низведены до длин волн и частоты колебаний. Бесконечно и бесконечно сложная Вселенная изодрана в клочья, превратившись в систему математических уравнений. И даже наше самоуважение к себе, как к представителям человеческого рода, подверглось уничтожению. Наука заявила, что планета Земля со всеми ее обитателями — всего лишь ничтожная, не играющая никакой роли песчинка в грандиозной системе. Своего рода космическое недоразумение. — Камерарий выдержал паузу и продолжил: — Даже те технические достижения, которые призваны нас объединять, выступают средством разобщения. Каждый из нас с помощью электроники связан со всем земным шаром, и в то же время все мы ощущаем себя в полном одиночестве. Нас преследуют насилие и расколы общества. Мы становимся жертвами предательства. Скептицизм считается достоинством. Цинизм и требование доказательств стали главной чертой просвещенного мышления. В свете всего этого не приходится удивляться, что никогда в истории люди не чувствовали себя столь беспомощными и подавленными, как в наше время. Наука не оставила нам ничего святого. Наука ищет ответы, исследуя еще не рожденные человеческие зародыши. Наука претендует на то, чтобы изменить нашу ДНК. Пытаясь познать мир, она дробит мир Божий на все более мелкие и мелкие фрагменты... и в результате порождает все больше и больше вопросов.

Мортати с благоговением внимал словам камерария. Священник оказывал на него почти гипнотическое воздействие. В его движениях и голосе ощущалась такая мощь, которой старый кардинал не встречал у алтарей Ватикана за всю свою жизнь. Голос этого человека был проникнут бесконечной убежденностью и глубочайшей печалью.

— Древняя война между религией и наукой закончена, — продолжил Вентреска. — Вы победили. Но победили не в честной борьбе. Вы одержали победу, не дав ответов на волнующие людей вопросы. Вместо этого вы сумели настолько изменить систему человеческих ценностей, что те истины, которые столько лет служили нашими ориентирами, стали просто неприменимы. Религия не смогла угнаться за наукой, которая росла по экспоненте. Наука, подобно вирусу, питается собой. Каждый новый научный прорыв распахивает врата для очередного прорыва. Для того чтобы пройти путь от колеса до автомобиля, человечеству потребовалась не одна тысяча лет. А от автомобиля до космических полетов — всего лишь несколько десятилетий. Теперь же темпы научного прогресса измеряются неделями. События выходят из-под контроля. И пропасть между нами становится все шире и глубже. Однако по мере того, как религия отстает от науки, человечество оказывается во все более глубоком духовном вакууме. Мы вопием, желая познать суть вещей и свое место в мире, и верим, что можем достичь результата нашими воплями. Мы видим НЛО, устанавливаем связи с потусторонним миром, вызываем духов, испытываем разного рода экстрасенсорные ощущения, прибегаем к телепатии. Вся эта, мягко говоря, эксцентрическая деятельность якобы носит научный оттенок, не имея на самом деле никакого рационального наполнения. В этом проявляется отчаянный крик современных душ, душ одиноких и страдающих, душ, изувеченных знаниями и неспособных понять ничего, что лежит за границами техники и технологии.

Мортати не замечал, что, сидя в своем кресле, всем телом подался вперед, чтобы не пропустить ни единого слова камерария. Причем так вел себя не он один. Все остальные кардиналы, и с ними весь мир, ловили каждый звук вдохновенной речи пастыря. Камерарий говорил просто, без риторических изысков или сарказма. Он не обращался к Священному Писанию и не цитировал Спасителя. Камерарий использовал современный язык, однако казалось, что эти простые слова льются из уст самого Бога, доводящего до сознания своих детей древние истины. В этот момент Мортати наконец понял, почему покойный понтифик так ценил этого человека. В циничном и апатичном мире, где объектом обожествления является техника, люди, способные пробиться к заблудшим душам так, как этот камерарий, остаются единственной надеждой церкви.

— Вы утверждаете, что нас спасет наука, — продолжал камерарий более напористо, чем раньше. — А я утверждаю, что наука нас уже уничтожила. Со времен Галилея церковь пыталась замедлить безостановочную поступь науки. Иногда, увы, она делала это негодными средствами, но ее помыслы всегда были обращены во благо. Запомните, люди постоянно испытывают неодолимую тягу к сопротивлению. И я прошу вас, оглядитесь вокруг. Я прошу и предупреждаю одновременно. Наука оказалась неспособной выполнить свои обещания. Обещания повышения эффективности и упрощения производства не привели ни к чему, кроме засорения окружающей среды и всеобщего хаоса. Взгляните, ведь мы являем собой отчаявшийся и разобщенный вид... быстро приближающийся к гибели.

Камерарий выдержал длительную паузу, а затем, глядя прямо в объектив камеры, продолжил:

— Кто таков этот бог, именующий себя наукой? Кто таков этот бог, который влагает в руки людей огромную силу, оставляя их без моральных вех, указывающих, как этим могуществом пользоваться? Что это за божество, которое вручает своим чадам огонь, но не предупреждает чад о той опасности, которую этот огонь в себе таит? В языке науки не существует указаний на понятия добра и зла. В научных учебниках сказано о том, как получить ядерную реакцию, но там нет главы, где бы ставился вопрос, является ли эта реакция добром или злом.

Обращаясь к науке, я хочу заявить: церковь устала. У нее не осталось сил на то, чтобы освещать людям путь. Постоянные усилия церкви возвысить голос для сохранения всемирного равновесия привели лишь к тому, что силы ее истощились. А вы тем временем слепо рыхлили почву, чтобы взрастить на ней все более и более миниатюрные чипы и увеличить доходы их производителей. Мы не задаем вопрос, почему вы не управляете собой. Мы спрашиваем: способны ли вы в принципе на это? Уверяю, что нет. Ваш мир движется настолько быстро, что, если вы хоть на мгновение задержитесь, чтобы осмыслить последствия своих действий, кто-то другой промчится мимо вас со своим новым научным достижением. Вы этого боитесь и потому не смеете задержаться. Вы делаете все, чтобы распространить по земному шару оружие массового уничтожения, в то время как понтифик странствует по миру, умоляя политических лидеров не поддаваться этому безумию. Вы клонируете живые существа, а церковь убеждает вас оценить нравственные последствия подобных действий. Вы поощряете людей к общению по телефону, на видеоэкранах и с помощью компьютеров, а церковь широко распахивает свои двери, напоминая о том, какое значение имеет личное общение. Вы идете даже на то, что ради исследовательских целей убиваете в утробе матери еще не родившихся детишек. Вы утверждаете, что делаете это ради спасения других жизней. А церковь не устает указывать вам на фундаментальную порочность подобных рассуждений.

А вы тем временем продолжаете обвинять церковь в невежестве. Но кто является бо́льшим невеждой? Тот, кто не может объяснить происхождения молнии, или тот, кто не преклоняется перед мощью этого явления? Церковь протягивает вам руку так же, как и всем остальным людям. Но чем сильнее мы к вам тянемся, тем резче вы нас отталкиваете. Предъявите нам доказательства существования Бога, говорите вы. А я вам отвечу: возьмите свои телескопы, взгляните на небо и скажите мне, как все это могло возникнуть без вмешательства свыше! — На глазах камерария появились слезы. — Вы спрашиваете, как выглядит Бог. Мой ответ останется прежним. Неужели вы не видите Бога в вашей науке? Как же вы можете его там не видеть? Вы не устаете заявлять, что малейшее изменение гравитации или веса атомов превратит великолепные тела в безжизненную туманность. Неужели вы не замечаете во всем этом руки Творца? Неужели вы предпочитаете верить в то, что на нашу долю просто выпала удачная карта? Одна из многих миллиардов? Неужели мы достигли такого уровня нравственного банкротства, что предпочитаем верить в математическую невозможность, отрицая саму вероятность существования превосходящей нас Силы?

Верите вы в Бога или нет, — теперь камерарий как бы рассуждал вслух, — но вы должны понять, что, если мы как вид отбрасываем веру в Верховную силу, мы неизбежно перестаем ощущать свою ответственность. Вера... любая вера... учит, что существует нечто такое, что мы понять не в состоянии и перед чем мы обязаны отчитываться. Имея веру, мы несем ответственность друг перед другом, перед собой и перед высшей истиной. Религия не безгрешна, но только потому, что не безгрешен и сам человек. Если мир сможет увидеть церковь такой, какой ее вижу я... то есть за пределами ритуалов или этих стен... он узрит современное чудо... братство несовершенных, непритязательных душ, желающих всего лишь быть гласом сострадания в нашем ускользающем из-под контроля мире.

Пастырь повел рукой в сторону коллегии кардиналов, и оператор Би-би-си инстинктивно направила камеру на безмолвную аудиторию.

— Неужели мы действительно устарели? — спросил камерарий. — Неужели мы выглядим динозаврами человеческого общества? Неужели я кажусь вам таковым? Я спрашиваю вас: нужен ли миру голос, выступающий в защиту бедных, слабых, угнетенных? В защиту нерожденного дитя, наконец? Нужны ли миру души — пусть и несовершенные, — которые посвящают всю свою земную жизнь тому, чтобы научить всех нас находить в тумане те моральные вехи, которые не позволяют нам окончательно сбиться с пути?

В этот момент Мортати понял, насколько блестящий ход, сознательно или нет, сделал камерарий. Показав миру кардиналов, он как бы персонифицировал церковь. Ватикан в этот момент, перестав быть конгломератом зданий, превратился в место обитания людей — тех людей, которые, подобно камерарию, посвятили свою жизнь служению силам добра.

— Сейчас мы стоим на самом краю пропасти, — сказал камерарий. — Ни один из нас не может позволить себе остаться равнодушным. В чем бы вы ни видели зло — в сатане, коррупции или безнравственности... вы должны понять, что силы зла живы и с каждым днем становятся все более могущественными. Не прохо-

14 Зак. 1526

дите мимо них... — Священнослужитель понизил голос почти до шепота, а камера взяла его лицо крупным планом. — Злые силы, сколь бы могущественными они ни были, отнюдь не непобедимы. Добро восторжествует. Прислушайтесь к своим сердцам. Услышьте Бога. Все вместе, взявшись за руки, мы сможем отойти от края бездны.

Теперь Мортати понял все. Порядок проведения конклава был нарушен. Но на это имелась веская причина. Это был единственный способ обратиться с отчаянной мольбой о помощи. Камерарий одновременно обращался и к врагам, и к друзьям. Он умолял как недругов церкви, так и ее сторонников узреть свет и положить конец сумасшествию. Кто-то из услышавших слова клирика, без сомнения, поймет все безумие этого заговора и возвысит свой голос.

Камерарий опустился на колени рядом с алтарем Сикстинской капеллы и сказал:

— Молитесь вместе со мной.

Все члены коллегии кардиналов упали на колени и присоединились к нему в молитве. А на площади Святого Петра, так же как и по всему земному шару, потрясенные люди преклонили колени вместе с ними.

ГЛАВА 95

Ассасин разместил свой находящийся без сознания трофей в задней части микроавтобуса и задержался на несколько мгновений, чтобы полюбоваться телом жертвы. Девица была не так красива, как те женщины, которых он покупал за деньги, но в ней присутствовала какая-то возбуждающая его животная сила. На ее теле поблескивали капельки пота, и оно пахло мускусом.

Убийца смотрел на свою добычу, забыв о боли в руке. Ушиб от упавшего саркофага оказался болезненным, но это не имело никакого значения... во всяком случае, распростертый перед ним трофей вполне компенсировал это временное неудобство.

Утешало его и то, что сделавший это американец скорее всего уже мертв.

Глядя на неподвижную пленницу, ассасин рисовал себе картины того, что его ждет впереди. Он провел ладонью по телу девушки под блузкой. Скрытые под бюстгальтером груди были само совершенство. «Да, — улыбнулся он. — Ты — гораздо больше, чем простая компенсация». Превозмогая желание овладеть ею сразу, он захлопнул дверцу машины и направился в ночь.

Предупреждать прессу об очередном убийстве не было необходимости. За него это сделает пламя.

Обращение камерария потрясло Сильвию. Никогда раньше она так не гордилась своей принадлежностью к католической вере и никогда так не стыдилась своей работы в ЦЕРНе. Когда она покидала зону отдыха, во всех комнатах стояла тишина и царило мрачное настроение. В приемной Колера одновременно надрывались все семь телефонов. Звонки прессы никогда не пересылались на номера директора, и все это могло означать лишь одно.

Деньги. Денежные предложения.

Технология производства антивещества уже нашла своих покупателей.

А в это время за стенами Ватикана Гюнтер Глик буквально парил в воздухе, выходя следом за камерарием из Сикстинской капеллы. Глик и Макри только что выдали в прямом эфире репортаж десятилетия. Ну и передача! Камерарий выглядел просто очаровательно!

Оказавшись в коридоре, священнослужитель повернулся лицом к журналистам и сказал:

— Я распорядился, чтобы швейцарские гвардейцы подобрали для вас фотографии. Эту будут снимки заклейменных кардиналов и одно фото покойного папы. Должен предупредить, что изображения весьма неприятные. Отвратительные ожоги. Почерневшие языки. Но мне хотелось бы, чтобы вы показали их миру.

Глик в душе пожелал Ватикану вечного праздника Рождества. Неужели камерарий хочет, чтобы они передали в эфир эксклюзивное фото мертвого папы?

— Вы в этом уверены? — спросил Глик, всеми силами пытаясь скрыть охватившее его волнение.

Камерарий утвердительно кивнул и добавил:

— Швейцарские гвардейцы предоставят вам возможность переслать в эфир изображение ловушки антиматерии и показать в режиме реального времени отсчет часов и минут до взрыва.

«Рождество! Рождество! Рождество!» — повторял Глик про себя.

— Иллюминаты очень скоро поймут, что сильно перегнули палку, — закончил камерарий.

ГЛАВА 96

Удушающая тьма вернулась к нему, словно повторяющаяся тема какой-то демонической симфонии.

Без света. Без воздуха. Без выхода.

Лэнгдон лежал под перевернутым саркофагом, понимая, что находится в опасной близости к безумию. Стараясь заставить себя думать о чем угодно, только не об окружающем его замкнутом пространстве, он пытался занять ум решением логических задач, математикой, музыкой... одним словом, всем, чем можно. Но оказалось, что для успокоительных мыслей места в мозгу не осталось.

«Я не в силах двигаться! Я не могу дышать!»

Защемленный рукав пиджака в момент падения саркофага каким-то чудом освободился, и в распоряжении Лэнгдона были уже две свободные руки. Но даже после того, как он что было сил надавил на потолок ловушки, каменный гроб остался неподвижным. Теперь, как ни странно, он жалел, что рукав выскользнул из-под края камня. Если бы этого не случилось, то осталась бы щель, через которую мог просачиваться воздух.

Когда Лэнгдон предпринял очередную попытку приподнять мраморный ящик, край рукава задрался, и американец увидел слабое свечение своего старого друга Микки. Однако теперь ему казалось, что знакомое личико из мультфильма кривится в издевательской ухмылке.

Лэнгдон осмотрел гроб в надежде увидеть хоть какой-нибудь источник света, однако края саркофага по всему периметру плотно прилегали к полу. Проклятые итальянские любители совершенства, выругался он про себя. То, чему он учил восхищаться своих студентов — точность обработки камня, строгий параллелизм и бесшовное соединение монолитов каррарского мрамора, — превратилось для него в смертельную угрозу.

Совершенство, оказывается, может быть удушающим.

— Да поднимись же ты наконец, проклятый ящик! — произнес он, в очередной раз упираясь в потолок, который столько лет служил днищем гроба.

Саркофаг на сей раз слегка шевельнулся. Лэнгдон стиснул зубы и предпринял еще одно усилие. Каменная глыба приподнялась на четверть дюйма. В гроб пробился свет, но уже через мгновение каменный ящик с глухим стуком снова опустился на пол. Лэнгдон, тяжело дыша, остался лежать во тьме. Затем он попытался приподнять мраморную глыбу с помощью ног — так, как уже сделал однажды. Но поскольку саркофаг теперь лежал на полу, у узника не осталось пространства даже для того, чтобы согнуть ноги в коленях.

По мере того как усиливался приступ клаустрофобии, Лэнгдону начинало казаться, что стены каменной гробницы стали сужаться. Чтобы окончательно не поддаться панике, он попытался прогнать это ощущение, пустив в ход последние остатки разума.

— Саркофаги, — начал он вслух тоном читающего лекцию профессора, но тут же замолчал. Даже эрудиция ученого стала для него в этот миг врагом. Слово «саркофаг» происходит от греческих слов «sarx», что значит «плоть», и «phagein», что в переводе означает «пожирать». Таким образом, он находился в каменном ящике, предназначенном буквально для того, чтобы пожирать плоть.

Мысленно Лэнгдон представил слезающую с костей разлагающуюся плоть, и это напомнило ему о том, что он лежит, засыпанный с ног до головы человеческими останками. При мысли об этом его затошнило, а тело покрылось холодным потом. Но в то же время это натолкнуло его еще на одну идею.

Лихорадочно пошарив вокруг себя руками, Лэнгдон нащупал твердый обломок какой-то крупной кости. Скорее всего это была часть ребра. Впрочем, времени на анатомические изыскания у него не оставалось. Ему всего лишь нужен был клин. Если удастся приподнять гроб хотя бы на долю дюйма и сунуть в щель кость, то воздух, возможно...

Протянув руку к противоположному плечу и приставив заостренный конец кости к месту, где край гроба соединялся с полом, он попытался свободной рукой приподнять саркофаг. Тот, естественно, не шелохнулся. Ни на йоту. Лэнгдон предпринял еще одну попытку. В какой-то момент ему показалось, что камень дрогнул. Но это было все.

Отвратительный запах человеческих останков и недостаток кислорода лишали его последних сил. Лэнгдон понимал, что в лучшем случае у него осталась одна попытка. Кроме того, он знал, что для того чтобы ею воспользоваться, ему понадобятся обе руки.

Чуть изменив позу, он оставил острый конец ребра на месте соприкосновения гроба с полом и, чуть приподняв тело, прижал плечом тупой конец кости. Стараясь не сдвинуть спасительный клин с места, он поднял обе руки над головой и уперся в днище гроба. Вызванная боязнью замкнутого пространства паника начинала все сильнее действовать на его психику. Второй раз за день он оказался в лишенном кислорода пространстве. Громко вскрикнув, он одним мощным движением надавил на дно саркофага, и каменный ящик на мгновение приподнялся над полом. Этого мига оказалось достаточно для того, чтобы обломок кости скользнул в образовавшуюся щель. Когда гроб снова опустился, кость затрещала, но Лэнгдон увидел, что между саркофагом и полом остался зазор, сквозь который пробивался крошечный лучик света.

Лишившись остатков сил, Лэнгдон расслабленно растянулся на полу. Ученому казалось, что его горло сжимает сильная рука, и он ждал, когда пройдет чувство удушья. Если через образовавшуюся щель и просачивался воздух, то это было совершенно незаметно. Американец не был уверен, что этого притока хватит на то, чтобы поддерживать его существование. А если и хватит, то насколько долго? Если он потеряет сознание, то как появившиеся здесь люди узнают, что под перевернутым саркофагом находится человек?

Лэнгдон поднял руку с часами. Рука, казалось, была налита свинцом. Пытаясь справиться с непослушными, дрожащими пальцами, он разыграл свою последнюю карту, повернув крошечный диск и нажав на кнопку. По мере того как стены его темницы продолжали сдвигаться, а сознание затуманиваться, им овладевали старые страхи. Он, как и много раз до этого, попытался представить, что находится в открытом пространстве, но из этого ничего не вышло. Кошмар, преследовавший Лэнгдона с юных лет, ворвался в его сознание с новой силой.

Цветы здесь похожи на картинки, *думал ребенок, со смехом носясь по лугу. Ему очень хотелось, чтобы его радость разделили папа и мама. Но родители были заняты разбивкой лагеря.*

— Не очень увлекайся исследованиями, — сказала мама.

Притворившись, что он ничего не слышал, мальчик направился в сторону леса.

Пересекая замечательное поле, он увидел кучу известняка и решил, что это был фундамент когда-то стоявшего здесь дома. Нет, приближаться к нему он не станет. Ведь он только что заметил кое-что еще более интересное. Это был превосходный экземпляр «венерина башмачка» — самого красивого и наиболее редкого цветка в Нью-Гэмпшире. До этого он видел его только на картинках в книжках.

Мальчишка в радостном возбуждении подошел к цветку и опустился на колени. Почва под ним была рыхлой и пористой, из чего следовало, что его цветок выбрал для себя самое плодородное местечко. Он рос на стволе сгнившего дерева.

Предвкушая с восторгом, как доставит домой бесценный трофей, мальчик протянул руку...

Но до стебля он так и не дотянулся.

С устрашающим треском земля под ним разверзлась.

Падение длилось всего три секунды, но мальчик понял, что сейчас умрет. Он со страхом ожидал столкновения, но, когда это произошло, никакой боли не почувствовал. Он упал на что-то очень мягкое.

И холодное.

Мальчик лицом вниз упал в темную, до краев заполненную жидкостью, яму.

Вращаясь и пытаясь сделать сальто, чтобы оказаться головой вверх, он отчаянно царапал окружающие его со всех сторон стены. Каким-то образом ему все же удалось всплыть на поверхность.

Свет.

Слабый свет над головой. Во многих милях от него. Во всяком случае, так ему казалось.

Его руки отчаянно колотили по воде в попытке добраться до стены и схватиться за что-то твердое. Но вокруг него был только гладкий камень. Он провалился сквозь сгнившую крышку заброшенного колодца. Мальчик звал на помощь, но его крики тонули в узкой глубокой шахте. Он звал снова и снова. Свет в дыре над головой начинал меркнуть.

Приближалась ночь.

Время в темноте остановилось. Находящееся в воде тело начинало неметь, но он продолжал кричать. Ему казалось, что каменные стены рушатся, чтобы похоронить его под собой. Руки от усталости болели. Несколько раз ему казалось, что он слышит голоса. Он кричал снова, но голос его уже звучал совсем глухо.

Когда наступила ночь, шахта стала глубже, а ее стены сблизились. Мальчик упирался в камень, чтобы не дать им сомкнуться окончательно. Он устал так, что готов был сдаться. В то же время ему казалось, что сама вода, словно буй, выталкивает его на поверхность. Через некоторое время все его чувства притупились настолько, что он вообще перестал бояться.

Когда прибыла спасательная команда, его сознание едва теплилось. Он пробыл в воде пять часов. Двумя днями позже на первой полосе «Бостон глоб» появилась статья: «Маленький пловец, который все-таки смог выплыть».

ГЛАВА 97

Ассасин, улыбаясь, остановил микроавтобус в проезде, ведущем к гигантскому каменному зданию на берегу Тибра. Далее он понес свою добычу на себе, взбираясь все выше и выше по идущему спиралью каменному тоннелю и радуясь, что груз не очень тяжел.

Наконец он добрался до двери.

«Храм Света! — с восторгом подумал он. — Место, где в далеком прошлом собирались иллюминаты. И кто бы мог подумать, что храм находится именно здесь?»

Он вошел в помещение и, положив девушку на бархатный диван, умело стянул ее руки за спиной и связал ноги. Убийца знал, что вознаграждение должно подождать до тех пор, пока он не завершит начатое. Пока не выполнит последнее задание. Вода.

Однако, решив, что у него еще есть время на то, чтобы немного развлечься, он опустился рядом с ней на колени и провел ладонью по ее бедру. Какая гладкая кожа! Теперь чуть выше. Темные пальцы скользнули под край шортов. Еще выше.

«Терпение! — сказал он себе, ощутив похоть. — Дело прежде всего».

Чтобы немного успокоиться, ассасин вышел на каменный балкон. Прохладный ночной ветерок постепенно погасил его страсть. Далеко внизу шумели воды Тибра. Он устремил взгляд на находящийся в трех четвертях мили от него купол собора

Святого Петра. В свете сотен юпитеров прессы тот показался ему обнаженным живым существом.

— Наступает ваш последний час, — сказал он, вспомнив тысячи погибших во время крестовых походов мусульман. — В полночь вы все встретитесь со своим Богом.

Ассасин услышал за спиной какой-то звук и обернулся. Его пленница чуть изменила позу. Он подумал, не стоит ли привести девицу в чувство. Для него не было средства более возбуждающего, чем ужас в глазах женщины.

Однако, подумав, ассасин решил не рисковать. Будет лучше, если на время его отсутствия она останется без сознания. Она, конечно, была связана и убежать не могла, но убийце не хотелось по возвращении застать ее обессилевшей в бесплодной борьбе с путами. «Я хочу, чтобы ты сохранила силы... для меня».

Слегка приподняв голову Виттории, он нащупал углубление на шее сразу под черепом. Убийца давно потерял счет тому, сколько раз пользовался этим приемом. С огромной силой он вдавил большой палец в мягкий хрящ и продержал его в этом положении несколько секунд. Тело девушки мгновенно обмякло. Двадцать минут, подумал ассасин. Это будет достойным завершением превосходного дня. После того как она удовлетворит его страсть и умрет, он выйдет на балкон, чтобы полюбоваться полуночным фейерверком в Ватикане.

Оставив свою добычу на диване, ассасин спустился в залитую светом факелов темницу. Последнее задание. Он подошел к столу и с благоговением посмотрел на оставленные для него священные металлические литые формы.

Вода. Это был последний знак.

Сняв со стены факел, как делал это уже трижды, ассасин стал нагревать один конец стержня. Когда металл раскалился добела, он прошел в камеру.

Там, стоя, его ждал человек.

— Вы уже помолились, кардинал Баджиа? — прошипел он.

— Только за спасение твоей души, — бесстрашно глядя в глаза убийцы, ответил итальянец.

ГЛАВА 98

Шестеро пожарных — по-итальянски pompieri, — первыми прибывшие в церковь Санта-Мария делла Виттория, потушили погребальный костер с помощью углекислого газа. Заливка водой обошлась бы значительно дешевле, но образующийся при этом пар мог серьезно повредить фрески. Ватикан выплачивал римским pompieri щедрое вознаграждение за бережное отношение к его собственности.

Пожарным по роду их деятельности чуть ли не ежедневно приходилось выступать свидетелями самых различных трагедий. Но то, что они увидели в церкви, сохранится в их памяти до конца дней. Распятие, повешение и одновременно сожжение на костре можно было увидеть только в готических кошмарах.

К сожалению, представители прессы, как это часто случается, появились на месте трагедии раньше борцов с огнем и успели потратить огромное количество видеопленки еще до того, как pompieri сумели очистить помещение. Когда пожарные наконец освободили жертву от цепей и положили на пол, у них не осталось никаких сомнений в том, кто перед ними.

— Кардинал Гуидера, — прошептал один из них. — Из Барселоны.

Кардинал был обнажен. Нижняя часть его тела почернела, из зияющих на бедрах ран сочилась кровь. Берцовые кости кардинала были почти полностью открыты взгляду. Одного из пожарных стошнило. Другой выбежал на площадь глотнуть свежего воздуха.

Но самый большой ужас вызвало то, что они увидели на груди кардинала. Начальник команды старался держаться от тела как можно дальше. «Lavoro del diavolo, — бормотал он себе под нос. — Сам сатана сделал это». Пожарный осенил себя крестным знамением. Последний раз он делал это в глубоком детстве.

— Un' altro corpo! — раздался чей-то вопль.

Какой-то пожарный нашел еще один труп.

Вторую жертву брандмейстер опознал сразу. Слывший аскетом шеф швейцарской гвардии не пользовался популярностью среди членов правоохранительного сообщества Рима. Тем не менее начальник команды позвонил в Ватикан, но все линии оказались заняты. Впрочем, он знал, что это не имеет никакого значения. Через несколько минут гвардейцы узнают обо всем из экстренного выпуска новостей.

Пытаясь оценить нанесенный огнем ущерб и как-то реконструировать ход событий, брандмейстер увидел, что стена одной из ниш изрешечена пулями. Приглядевшись внимательнее, он увидел, что гроб свалился с опор и теперь лежал на полу вверх дном. Это явно было результатом какой-то борьбы. Пусть в этом деле разбираются полиция и Святой престол, подумал пожарный.

Однако в тот момент, когда он повернулся, чтобы уйти, ему показалось, что из-под саркофага доносится какой-то звук. И это был звук, который не хотел бы услышать ни один пожарный.

— Бомба! — закричал он. — Все наружу!

Саперная команда, перевернув каменный гроб, недоуменно и несколько растерянно уставилась на источник электронного сигнала. Однако пауза длилась не долго.

— Mèdico! — выкрикнул один из саперов. — Mèdico!

ГЛАВА 99

— Что слышно от Оливетти? — спросил камерарий у Рошера, когда они вышли из Сикстинской капеллы, чтобы направиться в кабинет папы.

Клирик выглядел смертельно уставшим.

— Ничего, синьор. Я опасаюсь самого худшего.

Когда они достигли цели, камерарий тяжело вздохнул:

— Капитан, больше я ничего сделать не могу. Боюсь, что за этот вечер я и так сделал чересчур много. Сейчас я стану молиться и не хочу, чтобы меня беспокоили. Мы передаем дело в руки Господа.

— Хорошо, синьор.

— Время на исходе, капитан. Найдите ловушку.

— Поиски продолжаются, — не слишком уверенно произнес офицер. — Но оружие спрятано очень хорошо.

Камерарий недовольно поморщился. Казалось, у него не осталось сил выслушивать объяснения.

— Понимаю. Ровно в одиннадцать пятнадцать, если угроза к тому времени не будет устранена, я прошу вас приступить к эвакуации кардиналов. Я вручаю их судьбу в ваши руки и прошу лишь об одном. Сделайте так, чтобы они с достоинством покинули это место. Пусть они выйдут на площадь Святого Петра и окажутся среди людей. Я не хочу, чтобы последние мгновения существования церкви были омрачены видом ее верховных служителей, улепетывающих через черный ход.

— Будет исполнено, синьор. А как же вы? Должен ли я зайти и за вами в одиннадцать пятнадцать?

— В этом нет необходимости.

— Но, синьор...

— Я покину Ватикан, только повинуясь приказу своей души.

«Неужели он решил отправиться на дно вместе с кораблем?» — подумал Рошер.

Камерарий открыл дверь папского кабинета, но, прежде чем переступить порог, оглянулся и сказал:

— Да. Еще вот что...

— Слушаю, синьор?

— В кабинете сегодня почему-то очень холодно. Я весь дрожу.

— Электрическое отопление отключено. Позвольте мне растопить для вас камин.

— Спасибо, — устало улыбнулся камерарий. — Огромное вам спасибо.

Рошер вышел из папского кабинета, оставив камерария молящимся в свете камина перед небольшим изваянием Святой Девы Марии. Это была странная, внушающая суеверный страх картина. Черная коленопреклоненная тень в мерцающем красноватом свете. Едва выйдя в коридор, Рошер увидел бегущего к нему швейцарского гвардейца. Даже в свете свечей Рошер узнал лейтенанта Шартрана — молодого, зеленого и очень ретивого.

— Капитан, — сказал Шартран, протягивая начальнику сотовый телефон, — мне кажется, что обращение камерария подействовало. Звонит человек, который считает, что, возможно, способен нам помочь. Неизвестный звонит по одной из частных линий Ватикана. Не знаю, как он сумел раздобыть номер.

— Что дальше? — спросил Рошер.

— Человек сказал, что будет говорить со старшим по званию офицером.

— От Оливетти что-нибудь слышно?

— Никак нет, сэр.

— Говорит капитан Рошер, и я старший по званию, — произнес в трубку офицер.

— Рошер! — раздался голос на другом конце линии. — Вначале я скажу, кто я, а затем разъясню, что вам следует делать.

Когда звонивший, закончив разговор, отключился, Рошер от изумления долго не мог прийти в себя. Теперь он знал, кто отдает ему приказы.

А тем временем в ЦЕРНе Сильвия Боделок отчаянно пыталась как-то упорядочить огромное количество просьб о предоставлении лицензий, поступающих по голосовой почте Колера. Но когда зазвонил личный телефон директора, Сильвия подпрыгнула на стуле. Этого номера не знал никто.

— Да? — сказала она, подняв трубку.

— Мисс Боделок? Говорит директор Колер. Немедленно свяжитесь с пилотом. Мой самолет должен быть готов через пять минут.

ГЛАВА 100

Когда Роберт Лэнгдон открыл глаза и обнаружил, что видит над собой расписанный фресками купол в стиле барокко, он не мог понять, где находится и сколько времени провалялся без сознания. Высоко над головой плавал дымок. Какой-то предмет закрывал его рот и нос. Кислородная маска.

Ученый содрал с лица прибор, и в тот же миг ему в ноздри ударил ужасный запах. Запах сгоревшей плоти.

Стучащая в висках боль заставила его скривиться. Когда он предпринял попытку сесть, рядом с ним присел человек в белом халате.

— Riposati! — сказал человек в белом. — Sono il paramédico.

«Лежите! — машинально перевел Лэнгдон. — Я — фельдшер».

Затем он снова едва не потерял сознание. Голова кружилась, как дымок под куполом. Что, черт побери, произошло? Им снова стала овладевать паника.

— Sórcio salvatore, — сказал человек, представившийся фельдшером. — Мышонок... спаситель.

Лэнгдон вообще отказывался что-либо понимать. Мышонок-спаситель? Человек ткнул пальцем в Микки-Мауса на руке профессора, и мысли Лэнгдона начали постепенно проясняться. Он вспомнил, что включил будильник. Бросив взгляд на циферблат, ученый отметил время. Десять двадцать восемь.

В тот же миг он вскочил на ноги.

Все события последних часов снова всплыли в его памяти.

Через пару минут Лэнгдон уже находился у главного алтаря в компании брандмейстера и его людей. Пожарные засыпали его вопросами, но американец их не слушал. Ему самому было о чем спросить. По всему телу была разлита боль, но ученый знал, что надо действовать немедленно.

К нему подошел один из пожарных и сказал:

— Я еще раз осмотрел всю церковь, сэр. Мы обнаружили лишь тела командира швейцарцев и кардинала Гуидера. Никаких следов девушки.

— Grazie, — ответил Лэнгдон, не зная, радоваться ему или ужасаться.

Он был уверен, что видел Витторию на полу без сознания. Теперь девушка исчезла. Причина исчезновения, которая сразу пришла ему на ум, была неутешительной. Убийца, говоря по телефону, не скрывал своих намерений. «Сильная духом женщина, — сказал он. — Такие меня всегда возбуждали. Не исключено, что я найду тебя еще до того, как кончится эта ночь. А уж когда найду, то...»

— Где швейцарские гвардейцы? — спросил Лэнгдон, оглядываясь по сторонам.

— Контакт установить не удалось. Все линии Ватикана заблокированы.

В этот момент ученый до конца ощутил свое одиночество и беспомощность. Оливетти погиб. Кардинал умер. Виттория исчезла. И полчаса его жизни канули в небытие в мгновение ока.

За стенами церкви шумела пресса, и Лэнгдон не сомневался, что информация об ужасной смерти кардинала скоро пойдет в эфир. Если уже не пошла. Американец надеялся на то, что камерарий, давно рассчитывая на самый худший вариант развития событий, принял все необходимые меры. «Эвакуируй свой проклятый Ватикан! Пора выходить из игры! Мы уже проиграли!»

Лэнгдон вдруг осознал, что все, что толкало его к действиям, — стремление спасти Ватикан, желание выручить из беды четырех кардиналов и жажда встретиться лицом к лицу с членами братства, которое он изучал так много лет, — все эти мотивы куда-то исчезли. Сражение проиграно. Теперь его заставляло действовать лишь одно неистовое желание. Желание древнее и примитивное.

Он хотел найти Витторию.

Вместе с исчезновением девушки к нему пришла полная душевная опустошенность. Лэнгдону часто приходилось слышать, что несколько часов, проведенных вместе в экстремальной ситуации, сближают людей больше, чем десятилетия простого знакомства. Теперь он в это поверил. Чувств, подобных тем, которые бурлили в нем сейчас, он не испытывал много лет. И господствующим среди них было чувство одиночества. Страдание придало ему новые силы.

Выбросив из головы все посторонние мысли, Лэнгдон сосредоточился на самом главном. Ученый надеялся, что ассасин поставит дело выше удовольствия. Если это не так, то он опоздал со спасением. «Нет, — сказал он себе, — у тебя еще есть время. Убийца должен завершить то, что начал, и поэтому, прежде чем исчезнуть навсегда, еще раз вынырнет на поверхность».

Последний алтарь науки, размышлял Лэнгдон. Финальный удар убийцы. Последняя задача. Земля. Воздух. Огонь. Вода.

Он посмотрел на часы. Еще тридцать минут. Ученый чуть ли не бегом помчался мимо пожарных к «Экстазу святой Терезы». На сей раз, глядя на этот шедевр Бернини, Лэнгдон точно знал, что́ ему необходимо увидеть.

«И ангелы чрез Рим тебе укажут путь...»

Прямо над откинувшейся на спину святой на фоне золотого пламени парил изваянный Бернини ангел. В одной руке этот посланец небес сжимал остроконечное огненное копье. Лэнгдон перевел взгляд на то место, куда примерно указывал наконечник копья, и не увидел ничего, кроме стены храма. В точке, на которую указывал ангел, не было ничего особенного. Но ученого это не смутило, поскольку он точно знал, что ангел указывает в ночь — на место, расположенное далеко за стеной церкви.

— В каком направлении от меня находится эта точка? — спросил Лэнгдон у шефа пожарных.

— В каком направлении? — переспросил тот, глядя в ту сторону, куда показывал американец, и несколько растерянно ответил: — Не знаю... на западе, как мне кажется.

— Какие церкви расположены на этой линии? — задал свой следующий вопрос вновь обретший решительность Лэнгдон.

Изумление шефа, казалось, не имело границ, и он протянул:

— Их там не меньше десятка. Но почему вас это интересует?

«Я и сам мог это сообразить», — мрачно подумал американец, не отвечая на вопрос. Вслух же он произнес:

— Мне нужна карта Рима. И быстро.

Брандмейстер отправил одного из своих подчиненных к пожарной машине за картой. А Лэнгдон снова повернулся лицом к скульптуре. *Земля... Воздух... Огонь... ВИТТОРИЯ.*

Последней вехой является вода, сказал он себе. Вода, изваянная Бернини. Скорее всего она должна находиться где-то в одной из церквей. Иголка в стоге сена. Он перебрал в уме все работы Бернини, которые помнил. Ему нужна та, в которой он отдает дань воде...

Первым на ум Лэнгдону пришло изваяние из фонтана «Тритон», но ученый тут же сообразил, что эта скульптура стоит перед той церковью, в которой он сейчас находится, и вдобавок в направлении, противоположном тому, куда указывает ангел. Он делал все, чтобы заставить свой мозг работать на полную мощность. Какую фигуру мог изваять Бернини для прославления стихии воды? «Нептун и Аполлон»? Но к сожалению, эта скульптура находится в музее Виктории и Альберта в Лондоне.

— Синьор!..

Это прибежал пожарный с картой.

Лэнгдон поблагодарил молодого человека и развернул карту на алтаре. Ему сразу стало ясно, что на сей раз он обратился к тем людям, к которым следовало. Такой подробной карты Рима профессор еще не видел.

— Где мы сейчас?

Пожарный ткнул пальцем в точку на карте и произнес:

— Рядом с пьяцца Барберини.

Лэнгдон, чтобы еще лучше сориентироваться, снова взглянул на огненное копье ангела. Начальник пожарной команды правильно оценил направление: копье ангела смотрело на запад. Ученый провел на карте прямую линию, начав с точки, в которой находился в данный момент, и его надежда сразу же начала угасать. Почти на каждом дюйме линии, по которой двигался его палец, имелся маленький черный крестик. Церкви. Город просто усеян ими. Когда цепь церковных сооружений закончилась, палец Лэнгдона уже оказался в пригороде Рима. Американец глубоко вздохнул и на шаг отошел от карты. Проклятие!

Окидывая взглядом общую картину города, он задержал внимание на трех храмах, в которых были убиты три первых кардинала. Капелла Киджи... Площадь Святого Петра... Это место...

Глядя одновременно на все три точки, Лэнгдон заметил в их расположении некоторую странность. Вначале он думал, что церкви разбросаны по Риму случайно, без какой-либо закономерности. Но теперь он видел, что это определенно не так. Как ни странно, церкви были расположены по определенной схеме, и связывающие их линии образовывали гигантский, включающий в себя почти весь город, треугольник. Лэнгдон еще раз проверил свое предположение и убедился, что это вовсе не плод его разыгравшегося воображения.

— Penna, — неожиданно произнес он, не отрывая взгляда от карты.

Кто-то протянул ему шариковую ручку.

Лэнгдон обвел кружками три церкви и проверил свой вывод в третий раз. Сомнений не оставалось. Перед ним был треугольник!

Ученый первым делом вспомнил большую печать на долларовой купюре — треугольник с заключенным в нем всевидящим оком. Но во всех этих умозаключениях, увы, было мало смысла. Ведь он отметил лишь три точки, в то время как их должно было быть четыре.

Где же, дьявол ее побери, находится эта вода?! Лэнгдон понимал, что, где бы он ни поместил четвертую точку, треугольник будет разрушен. Сохранить симметричность можно лишь в том случае, если поместить эту четвертую точку в центре треугольника. Американец взглянул на это гипотетическое место. Ничего. Однако он не оставлял этой мысли. Все четыре элемента науки считались равными. В воде не было ничего специфического, и, следовательно, вода не могла находиться в центре.

Тем не менее интуиция подсказывала ему, что симметричное расположение не было случайным. «Я, видимо, не представляю себе всей картины», — подумал он. Оставалась лишь одна альтернатива. Если четыре точки не могли образовать треугольник, то какую-то другую геометрическую фигуру — бесспорно. Может быть, квадрат? Лэнгдон снова взглянул на карту. Но ведь квадрат не несет никакой символической нагрузки... Однако в нем по крайней мере сохранялась симметрия. Лэнгдон ткнул кончиком пальца в точку, которая превращала треугольник в квадрат, и сразу увидел, что совершенного квадрата получиться не может. Первоначальный треугольник был неправильным, и образовавшаяся фигура была похожа на неровный четырехугольник.

Размышляя над другими вариантами размещения четвертой точки, Лэнгдон вдруг увидел, что та линия, которую он провел, следуя указанию ангельского копья, проходит через одну из возможных четвертых точек. Пораженный ученый немедленно обвел это место кружком. Если соединить эти четыре точки между собой, то на карте получался неправильный ромб, напоминающий формой воздушного змея.

Лэнгдон задумался. Ромбы никоим образом не считались символом иллюминатов. И в то же время...

Ученый вспомнил о знаменитом «Ромбе иллюминатов». Мысль была совершенно нелепой, и Лэнгдон с негодованием ее отверг. Помимо всего прочего, ромб был похож на воздушного змея, в то время как во всех трудах говорилось о вызывавшей восхищение безукоризненной симметрии алмаза.

Когда он склонился над картой, чтобы поближе рассмотреть, где находится четвертая точка, его ожидал еще один сюрприз. Точка оказалась в самом центре знаменитой римской пьяцца Навона. Он знал, что на краю площади расположена большая церковь, и поэтому, минуя саму пьяццу, провел пальцем черту к церкви. Насколько он помнил, в этом храме работ Бернини не было. Храм назывался «Церковь Святой Агнессы на Арене» — молодой невинной девушки, отданной в пожизненное сексуальное рабство за нежелание отказаться от веры в Христа.

В церкви обязательно должно что-то находиться, убеждал себя Лэнгдон. Он напрягал воображение, пытаясь представить интерьер церкви, но никаких работ Бернини вспомнить не мог, не говоря уж об убранстве, имевшем хотя бы отдаленное отношение к воде. Получившаяся на карте фигура также вызывала у него беспокойство. Ромб. Это не могло быть простым совпадением, и в то же время фигура не имела никакого внутреннего смысла. Воздушный змей? Может быть, он выбрал не ту точку? Может быть, он что-то упустил из виду?

Озарение пришло к нему через тридцать секунд. За всю свою научную карьеру Лэнгдон не испытывал подобного счастья, получив ответ на мучивший его вопрос.

Гениальность иллюминатов, казалось, не имела пределов.

Фигура, которую он искал, вовсе не должна была походить на ромб. Ромб образовывался лишь в том случае, когда соединялись смежные точки. Иллюминаты же верили в противоположность! Когда Лэнгдон проводил линии между противолежащими точками, пальцы его дрожали. Теперь на карте появилась крестообразная фигура. Так, значит, это крест! Четыре элемента стихии предстали перед его взором... образовав огромный, простирающийся через весь город крест.

Он в изумлении смотрел на карту, а в его памяти снова всплыла строка: «И ангелы чрез Рим тебе укажут путь...»

...Чрез Рим...

Туман наконец начал рассеиваться. Теперь он знал, как расположены все алтари науки. В форме креста! Один против другого — через весь Рим. И в этом был еще один тайный ключ к разгадке.

Крестообразное расположение вех на Пути просвещения отражало важную черту иллюминатов. А именно их дуализм. Это был религиозный символ, созданный из элементов науки. Путь просвещения Галилея был данью почтения как науке, так и Богу.

После этого все остальные детали головоломки встали на свои места.

Пьяцца Навона.

В самом центре площади, неподалеку от церкви Святой Агнессы на Арене, Бернини создал один из самых знаменитых своих шедевров. Каждый, кто приезжал в Рим, считал своим долгом его увидеть.

Фонтан «Четыре реки»!

Творение Бернини было абсолютным проявлением почтения к воде. Скульптор прославлял четыре самые крупные реки известного в то время мира — Нил, Ганг, Дунай и Ла-Плату*.

«*Вода*, — думал Лэнгдон, — *последняя веха*. И эта веха — само совершенство».

---

* Ла-Плата — залив-эстуарий р. Парана. На берегах Ла-Платы стоят города Буэнос-Айрес и Монтевидео.

Кроме того, шедевр Бернини украшал высокий обелиск, подобно тому как вишенка украшает пышный сливочный торт.

Лэнгдон через всю церковь побежал к безжизненному телу Оливетти. Ничего не понимающие пожарные потянулись за ним следом.

«Десять тридцать одна, — думал он. — У меня еще масса времени». Лэнгдон понимал, что первый раз за день играет на опережение.

Присев рядом с телом (от посторонних взглядов его скрывал ряд скамей), он изъял у покойника полуавтоматический пистолет и портативную рацию. Ученый понимал, что ему придется вызывать подмогу, но церковь была для этого неподходящим местом. Местонахождение последнего алтаря науки пока должно оставаться тайной. Автомобили прессы и ревущие сирены пожарных машин, мчащихся к пьяцца Навона, делу не помогут.

Не говоря ни слова, Лэнгдон выскользнул из церкви и обошел стороной журналистов, пытавшихся всем гуртом проникнуть в храм. Перейдя на противоположную сторону площади, в тень домов, он включил рацию, чтобы связаться с Ватиканом. Ничего, кроме шума помех, американец не услышал. Это означало, что он или оказался вне зоны приема, или для того, чтобы включить рацию, следовало набрать специальный код. Лэнгдон покрутил какие-то диски, надавил на какие-то кнопки, но ничего путного из этого не вышло. Он огляделся по сторонам в поисках уличного таксофона. Такового поблизости не оказалось. Впрочем, это не имело значения. Связи с Ватиканом все равно не было.

Он остался совсем один.

Ощущая, как постепенно исчезает его уверенность, Лэнгдон задержался на миг, чтобы оценить свое жалкое состояние. С головы до ног его покрывала костная пыль. Руки и лицо были в порезах. Сил не осталось. И кроме того, ему страшно хотелось есть.

Ученый оглянулся на церковь. Над куполом храма в свете юпитеров журналистов и пожарных машин вился легкий дымок. Он подумал, не стоит ли вернуться, чтобы попросить помощи, но интуиция подсказывала ему, что помощь людей без специальной подготовки может оказаться лишь дополнительной обузой. Если ассасин увидит их на подходе... Он подумал о Виттории, зная, что это будет его последняя возможность встретиться лицом к лицу с ее похитителем.

Пьяцца Навона. У него еще оставалась масса времени, чтобы добраться туда и организовать засаду. Он поискал глазами такси, но площадь и все прилегающие к ней улицы были практически пусты. Даже водители такси, похоже, бросили дела, чтобы уткнуться в телевизор. От пьяцца Навона Лэнгдона отделяла всего лишь миля, но у ученого не было ни малейшего желания тратить драгоценную энергию, добираясь туда пешком. Он снова посмотрел на церковь, размышляя, нельзя ли позаимствовать у кого-нибудь средство передвижения.

«Пожарный автомобиль? Микроавтобус прессы? Кончай шутить, Роберт!»

Время терять было нельзя. Поскольку выбора у него не оставалось, он принял решение. Вытащив пистолет из кармана, он подбежал к остановившемуся перед светофором одинокому «ситроену» и, сунув ствол в открытое окно водителя, заорал:

— Fuori!

Смертельно испуганный человек выскочил из машины словно ошпаренный. Этот полностью противоречащий характеру ученого поступок, бесспорно, говорил о том, что душа Лэнгдона угодила в лапы дьявола.

Профессор мгновенно занял место за баранкой и нажал на газ.

ГЛАВА 101

Гюнтер Глик находился в штабе швейцарской гвардии. Он сидел на жесткой скамье в помещении для временно задержанных и молился всем богам, которых мог вспомнить. Пусть это не окажется сном. Сегодня он послал в эфир самую сенсационную новость всей своей жизни. Подобная информация была бы главным событием в жизни любого репортера. Все журналисты мира мечтали о том, чтобы оказаться сейчас на месте Глика. «Ты не спишь, — убеждал он себя. — Ты — звезда. Дэн Разер* в данный момент заливается горючими слезами».

Макри сидела рядом с ним. Дама выглядела так, словно ее слегка стукнули по голове. Но Глик ее не осуждал. Помимо эксклюзивной трансляции обращения камерария, она и Глик продемонстрировали миру отвратительные фотографии кардиналов и папы. Гюнтер до сих пор содрогался, вспоминая черный язык покойного понтифика. Но и это еще не все. Они показали в прямом эфире ловушку антивещества и счетчик, отсчитывающий последние минуты существования Ватикана. Невероятно!

Все это было, естественно, сделано с благословения камерария и не могло быть причиной того, что Макри и Глик сидели в «обезьяннике» швейцарской гвардии. Их нахождение здесь было следствием смелого комментария Глика в эфире — добавления, которое пришлось не по вкусу швейцарским гвардейцам. Журналист знал, что разговор, о котором он сообщил в эфир, для его ушей не предназначался. Но это был его звездный час. Еще одна сенсация!

— Значит, «самаритянин последнего часа»? — простонала сидящая рядом с ним Макри, на которую подвиг напарника явно не произвел должного впечатления.

— Классно, правда? — улыбнулся Глик.

— Классная тупость.

«Она мне просто завидует», — решил репортер.

А произошло следующее.

Вскоре после того, как обращение камерария пошло в эфир, Глик снова случайно оказался в нужном месте в нужное время. Он слышал, как Рошер отдавал новые приказы своим людям. Судя по всему, Рошер беседовал по телефону с каким-то таинственным типом, который, как утверждал капитан, располагал

---

* Дэн Разер — телеведущий и обозреватель американской телекомпании Си-би-эс.

важной информацией в связи с текущим кризисом. Рошер сказал своим людям, что этот человек может оказать им существенную помощь, и приказал готовиться к встрече.

Хотя информация имела сугубо служебный характер, Глик, как всякий порядочный репортер, не имел понятия о чести. Он нашел темный уголок, велел Макри включить камеру и сообщил миру эту новость.

— События в Святом городе принимают новый потрясающий оборот, — заявил он, выпучив для вящей убедительности глаза.

После этого он сообщил, что в Ватикан должен прибыть таинственный гость, чтобы спасти церковь. Глик окрестил его «самаритянином последнего часа» — прекрасное название для неизвестного человека, явившегося в последний момент, чтобы свершить доброе дело. Другим телевизионным каналам осталось лишь повторить это сообщение, а Глик еще раз обессмертил свое имя.

«Я — гений, — подумал он. — А Питер Дженнингс* может прыгать с моста».

Но и на этом Глик не успокоился. Пока внимание мира было обращено на него, он поделился с аудиториями своими личными соображениями о теории заговоров.

Блеск! Просто блеск!

— Ты нас просто подставил! Полный идиотизм!

— Что ты хочешь этим сказать? Я выступил как гений.

— Бывший президент Соединенных Штатов Джордж Буш, по-твоему, иллюминат? Полная чушь!

Глик в ответ лишь улыбнулся. Неужели это не очевидно? Деятельность Джорджа Буша прекрасно документирована. Масон тридцать третьей степени и директор ЦРУ как раз в то время, когда агентство прекратило расследование деятельности братства «Иллюминати» якобы за отсутствием доказательств. А чего стоят все его речи о «тысячах световых точек» или «Новом мировом порядке»? Нет, Буш определенно был иллюминатом.

---

* Питер Дженнингс — ведущий и обозреватель американской телекомпании Эй-би-си.

— А эти фразы насчет ЦЕРНа? — продолжала зудеть Макри. — Завтра у твоих дверей будет толпиться целая банда адвокатов.

— ЦЕРН? Но это же совершенно очевидно! Пораскинь мозгами. Иллюминаты исчезли с лица земли в пятидесятых годах. Примерно в то время, когда был основан ЦЕРН. ЦЕРН — прекрасное место, за вывеской которого они могли спрятаться. Я не утверждаю, что все сотрудники этой организации иллюминаты. Она похожа на крупную масонскую ложу, большинство членов которой абсолютно невинные люди. Но что касается ее верхних эшелонов...

— Гюнтер Глик, ты слышал что-нибудь о клевете? И о судебной ответственности за нее?

— А ты когда-нибудь слышала о настоящей журналистике?

— Ты извлекаешь дерьмо из воздуха и смеешь называть это журналистикой? Мне следовало выключить камеру. И что за чертовщину ты нес о корпоративной эмблеме ЦЕРНа? Символ сатанистов?! У тебя что, крыша поехала?

Глик самодовольно ухмыльнулся. Логотип ЦЕРНа был его самой удачной находкой. После обращения камерария все крупные телевизионные сети бубнили только о ЦЕРНе и его антивеществе. Некоторые станции делали это на фоне эмблемы института. Эмблема была достаточно стандартной: пара пересекающихся колец, символизирующих два ускорителя, и пять расположенных по касательной к ним линий, обозначающих инжекторные трубки. Весь мир пялился на эту эмблему, но лишь Глик, который немного увлекался символикой, узрел в схематическом изображении символ иллюминатов.

— Ты не специалист по символике, — заявила Макри, — и тебе следовало оставить все это дело парню из Гарварда.

Парень из Гарварда это дело проморгал.

Несмотря на то что связь этой эмблемы с братством «Иллюминати» просто бросалась в глаза!

Сердце его пело от счастья. В ЦЕРНе было множество ускорителей, но на эмблеме обозначили только два. Число «2» отражает дуализм иллюминатов. Несмотря на то что большинство ускорителей имеет по одному инжектору, на логотипе их оказалось пять. Пять есть не что иное, как пентаграмма братства. А за этим следовала его главная находка и самый блестящий журналистский ход — Глик обратил внимание зрителей на то, что эмблема содержит в себе большую цифру «6». Ее образовывали пересекающиеся линии окружностей. Если эмблему вращать, то появлялась еще одна шестерка... затем еще одна. Три шестерки! 666! Число дьявола. Знак зверя!

Нет, Глик положительно был гением.

Макри была готова его удавить.

Глик знал, что чувство зависти пройдет, и его сейчас занимала совсем иная мысль. Если ЦЕРН был штаб-квартирой сообщества, то не там ли должен храниться знаменитый алмаз, известный под названием «Ромб иллюминатов»? Глик выудил сведения об алмазе из Интернета... «безукоризненный ромб, рожденный древними стихиями природы, — столь совершенный, что люди замирали перед ним в немом восхищении».

Теперь Глик мечтал о том, чтобы этим вечером разрешить еще одну старинную тайну — узнать точное местонахождение алмаза.

ГЛАВА 102

Пьяцца Навона. Фонтан «Четыри реки».

Ночи в Риме, подобно ночам в пустыне, бывают, несмотря на теплые дни, на удивление холодными. Лэнгдон ежился от холода в тени на краю площади, запахнув поплотнее свой твидовый пиджак. Откуда-то издалека до него доносились шум уличного движения и приглушенный звук работающих в домах телевизоров. Весь Рим припал к экранам, упиваясь самыми свежими новостями. Ученый взглянул на часы. Без четверти одиннадцать. Он порадовался этим пятнадцати минутам незапланированного отдыха.

Площадь словно вымерла. Возвышающийся перед Лэнгдоном шедевр Бернини внушал мистический страх. Над пенящейся чашей клубилась водяная пыль, освещенная снизу расположенными под водой яркими лампами. Все это казалось каким-то волшебством. Воздух вокруг фонтана был насыщен электричеством.

Больше всего в фонтане изумляла его высота. Только центральная часть сооружения — бугристая глыба белого итальянского известняка — имела высоту двадцать футов. Из пронизывающих ее многочисленных отверстий и гротов изливалась вода. Эту глыбу со всех сторон окружали четыре явно языческого вида фигуры. А всю композицию венчал обелиск, поднимающийся к небу еще на добрых сорок футов. На вершине обелиска нашел себе приют на ночь одинокий белый голубь.

Крест, подумал Лэнгдон, вспомнив о расположении вех, указующих Путь просвещения. Фонтан Бернини на пьяцца Навона служил последним алтарем науки на этом Пути. Лишь три часа назад Лэнгдон стоял в Пантеоне, пребывая в полной уверенности, что Путь просвещения разрушен и безнадежно потерян. Оказалось, что он тогда чудовищно глупо заблуждался. На самом деле весь Путь остался в неприкосновенности. Земля. Воздух. Огонь. Вода. И Лэнгдон прошел весь этот путь от начала до конца.

Не совсем до конца, тут же поправил он себя. На Пути было не четыре, а пять остановок. Последняя веха — фонтан — каким-то образом указывала на конечный пункт — Храм Света, священное убежище иллюминатов. Интересно, сохранилось ли это убежище, думал Лэнгдон, и не туда ли ассасин увез Витторию?

Он поймал себя на том, что вглядывается в фигуры на фонтане, чтобы узнать, не указывает ли хотя бы одна из них направление местонахождения убежища. «И ангелы чрез Рим тебе укажут путь...» Почти сразу ему все стало ясно. На фонтане не было ни одного ангела. Во всяком случае, ангелов не было видно с того места, где мерз Лэнгдон... Он не помнил, чтобы в прошлом видел на фонтане изваяния, имеющие отношение к христианству. Фонтан «Четыре реки» являл собой образчик языческого искусства. Человеческие фигуры и все животные, включая броненосца, не имели никакого отношения к религии. Ангел в их окружении торчал бы как одинокий палец.

«Неужели я ошибся в выборе места? — лихорадочно думал Лэнгдон, припоминая изображение креста на карте. — Нет! — решил он, сжимая кулаки. — Фонтан «Четыре реки» идеально вписывается в общую картину».

В десять часов сорок шесть минут из проулка в дальнем конце площади вынырнул черный микроавтобус. Лэнгдон не обратил бы на него внимания, если бы автобус не двигался с выключенными фарами. Подобно акуле, патрулирующей залив, автомобиль проехал по всему периметру площади.

Лэнгдон пригнулся, укрывшись за огромными ступенями, ведущими к церкви Святой Агнессы на Арене. Теперь он следил за микроавтобусом, осторожно выглядывая из-за камня.

Автобус сделал по площади два полных круга, а затем направился к ее центру, в направлении фонтана Бернини. Когда машина остановилась, ее скользящие в пазах дверцы оказались в нескольких дюймах от кипящей воды. Водяная пыль над чашей фонтана начала закручиваться спиралью.

У Лэнгдона появилось нехорошее предчувствие. Не слишком ли рано явился ассасин? Он ли прибыл в микроавтобусе? Ученый думал, что убийца поведет свою жертву через всю площадь, подобно тому как сделал это у собора Святого Петра, и тем самым даст возможность выстрелить в себя без помех. Однако, поскольку ассасин прибыл на микроавтобусе, правила игры коренным образом менялись.

Дверь машины неожиданно скользнула в сторону.

На полу машины корчился в муках обнаженный человек. Он был обмотан многими ярдами тяжелой цепи. Пытаясь освободиться, человек метался в своих оковах. Но цепь была слишком тяжелой. Одно из звеньев попало в рот жертвы наподобие лошадиных удил и заглушало крики о помощи. Почти сразу Лэнгдон увидел и фигуру второго человека. Тот передвигался в темной глубине автобуса позади своей жертвы, видимо, заканчивая приготовление к последнему акту трагедии.

Лэнгдон знал, что в его распоряжении остаются считанные секунды.

Он вынул пистолет и снял пиджак, оставив его валяться на камнях площади. Пиджак сковывал движения, кроме того, ученый не хотел, чтобы бесценный листок из «Диаграммы» Галилея оказался вблизи воды. При любом исходе схватки документ должен остаться в безопасном сухом месте.

Американец осторожно двинулся вправо. Обойдя фонтан по периметру, он остановился прямо напротив микроавтобуса. Массивное ядро фонтана не позволяло ему видеть, что происходит с другой стороны. Ученый выждал пару секунд и помчался прямиком к чаше, надеясь, что шум воды заглушит его шаги. Добежав до цели, он перебрался через край бассейна и спрыгнул в пенящуюся жидкость. Оказавшаяся ледяной вода доходила ему до пояса. Лэнгдон заскрипел зубами и, преодолевая сопротивление, зашагал по скользкому дну. Особую опасность представлял покрывавший дно слой монет, брошенных на счастье туристами. Ноги разъезжались, и американец понял, что ему потребуется нечто большее, нежели простое везение. Вокруг него клубилась водяная пыль, а он пытался понять, почему так дрожит пистолет в его руке — от страха или от холода?..

Добравшись до центральной части фонтана, Лэнгдон двинулся влево. Он шел пригнувшись, стараясь держаться как можно ближе к мраморным фигурам. Когда ему удалось укрыться за изваянием лошади, он позволил себе выглянуть, чтобы узнать, что происходит в микроавтобусе, от которого его теперь отделяло не более пятнадцати футов. Ассасин присел на корточки, положив руки на стягивающие тело кардинала цепи. Убийца, видимо, готовился скатить несчастного через открытую дверь в фонтан.

Стоя по пояс в воде, Лэнгдон поднял пистолет и выступил из тумана. Он казался себе каким-то водяным ковбоем, вступившим в последнюю схватку.

— Не двигаться! — Голос его был тверже, чем рука с зажатым в ней пистолетом.

Ассасин посмотрел на Лэнгдона. Несколько мгновений он казался растерянным, напоминая человека, увидевшего привидение. Но затем губы убийцы изогнулись в злобной ухмылке, и он поднял руки.

— Вот, значит, как...

— Выходите из машины!

— А вы, кажется, сильно промокли.

— Вы явились раньше назначенного срока.

— Это потому, что мне не терпится вернуться к своей добыче.

— Я буду стрелять без всякого колебания, — поднимая пистолет, произнес Лэнгдон.

— Бросьте! Вы уже колеблетесь.

Американец почувствовал, как на спусковом крючке напрягся его палец. Кардинал лежал неподвижно. Старик обессилел. Казалось, что он умирает.

— Развяжите его!

— Забудьте о старце. Ведь вы же явились за женщиной. Только не надо прикидываться, что это не так.

Лэнгдон боролся с желанием покончить со всем этим, нажав на спусковой крючок.

— Где она?

— В безопасном месте. Ожидает моего возвращения.

Она жива. Перед Лэнгдоном вспыхнул лучик надежды.

— В Храме Света?

— Вам никогда его не найти, — усмехнулся убийца.

Ученый не верил своим ушам. Так, значит, храм еще стоит, подумал Лэнгдон и спросил:

— Где он?

— Это место много веков оставалось тайной. Даже мне его открыли совсем недавно. Я скорее умру, чем нарушу это доверие.

— Я найду его и без вас.

— Самоуверенное заявление.

— Я же сумел дойти до этого места, — сказал Лэнгдон, указывая на фонтан.

— Вы не единственный. Последний этап — самый трудный.

Лэнгдон сделал пару шагов вперед. Ноги предательски скользили на россыпи монет. Ассасин сохранял изумительное спокойствие. Он стоял в глубине микроавтобуса, подняв руки над головой. Лэнгдон направил ствол в грудь убийцы, размышляя не стоит ли покончить со всем этим одним выстрелом. «Нет Этого делать нельзя. Он знает, где Виттория. Ему известно, в каком месте спрятано антивещество. Мне нужна информация!»

Ассасин смотрел на Лэнгдона из глубины микроавтобуса испытывая к американцу даже некоторое подобие жалости Этот человек уже успел доказать свою смелость. Но он — безнадежный дилетант. И это он тоже смог доказать. Отвага без должного опыта самоубийственна. Существуют незыблемые правила выживания. Очень древние правила. И американец нарушил их все.

«У тебя было преимущество неожиданности. И ты им так глупо не воспользовался».

Американец продемонстрировал нерешительность... впрочем не исключено, что он рассчитывает на прибытие помощи... или на то, что ему удастся получить важную информацию...

Никогда не приступайте к допросу, не лишив жертву возможности сопротивления. Загнанный в угол враг смертельно опасен.

Американец снова заговорил. Он маневрировал, пытаясь нащупать болевые точки.

Убийца с трудом сдерживал смех.

Это тебе не голливудский фильм, в котором последняя перестрелка предваряется длительным диспутом перед стволом пистолета. Здесь конец наступает сразу. Немедленно.

Стараясь не потерять зрительного контакта, убийца очень медленно поднял руки к крыше автобуса и нащупал там предмет, который ему был нужен.

Глядя прямо в глаза Лэнгдону, ассасин вцепился в этот предмет обеими руками.

Теперь оставалось лишь разыграть последнюю карту.

Его движение оказалось совершенно неожиданным. Лэнгдону на миг показалось, что законы физики прекратили свое существование. Убийца, казалось, взлетел в невесомости, а об его ноги со страшной силой ударили в распростертого на полу кардинала. Князь церкви выкатился из дверей и, подняв тучу брызг, рухнул в воду.

Фонтан воды ударил Лэнгдону в лицо, и он слишком поздно понял, что произошло. А произошло вот что. Убийца схватился за металлический желоб, по которому скользила дверь, и, использовав его как гимнастическую перекладину, широко качнулся. Теперь он летел на американца ногами вперед.

Лэнгдон нажал на спусковой крючок, и пистолет плюнул огнем. Пуля пробила подошву левого ботинка убийцы в том месте, где должен был находиться большой палец. Но в тот же миг каблуки с силой врезались в грудь Лэнгдона, и оба противника рухнули в окрасившуюся кровью воду.

Погрузившись в фонтан с головой, Лэнгдон прежде всего ощутил боль. Затем в дело вступил инстинкт самосохранения. Американец понял, что в его руке нет пистолета. Ассасин сумел выбить его одним ударом. Задержав дыхание, Лэнгдон принялся шарить по скользкому дну, и вскоре в его руке оказалось что-то металлическое. Но это была всего лишь пригоршня монет. Он открыл глаза и обежал взглядом освещенный бассейн. Вода вокруг него бурлила, словно в ледяном джакузи.

Несмотря на нехватку воздуха, страх удерживал его на дне. Главное — не задерживаться на месте. Он не знал, откуда мог последовать очередной удар. Надо найти пистолет! Руки продолжали отчаянно шарить по дну.

«У тебя есть преимущество, — внушал он себе, — ты находишься в своей среде». Даже в пропитанной водой одежде Лэнгдон оставался отличным пловцом. Вода была его стихией.

Когда пальцы Лэнгдона вторично нащупали металл, он решил, что фортуна наконец повернулась к нему лицом. Предмет в его руках пригоршней монет определенно не был. Он крепко схватил находку и потянул к себе. Но вместо того чтобы приблизить ее, он сам подтянулся к ней. Неизвестный предмет остался неподвижным.

Еще не проплыв над извивающимся в агонии телом, Лэнгдон понял, что схватился за цепь, удерживающую кардинала на

15 Зак. 1526

дне бассейна. Лэнгдон замер на мгновение, увидев прямо под собой искаженное ужасом старческое лицо. Кардинал смотрел прямо ему в глаза со дна бассейна.

Лэнгдон схватился обеими руками за цепь и попытался поднять несчастного на поверхность. Тело медленно двинулось вверх... совсем так, как поднимается тяжелый якорь. Лэнгдон потянул сильнее, и, как только голова кардинала возникла над поверхностью, старик несколько раз судорожно схватил воздух широко открытым ртом. Но затем тело старика резко дернулось, и Лэнгдон не удержал скользкую цепь. Кардинал Баджиа камнем пошел ко дну, скрывшись в бурлящих пузырьках пены. Лэнгдон нырнул с широко раскрытыми глазами и вскоре нашел кардинала. На сей раз, когда он схватился за цепь, металлические оковы на груди Баджиа слегка разошлись, явив взору ученого страшные письмена. На груди несчастного было выжжено слово:

Через мгновение в поле его зрения возникла пара ботинок. Из мыска одного из них текла кровь.

ГЛАВА 103

На долю Лэнгдона, как ватерполиста, выпало гораздо больше подводных битв, чем выпадает на долю обычного человека. Яростные схватки под водой, скрытые от глаз судьи, по своему накалу ничуть не уступали самым жестоким соревнованиям по рестлингу. Лэнгдона били ногами и кулаками, царапали ногтями и удерживали под водой. А один отчаявшийся защитник, от которого ему всегда удавалось уходить, как-то даже его укусил.

Но американец понимал, что битва в ледяной воде чаши фонтана Бернини не идет ни в какое сравнение с самой грязной подводной возней в бассейне Гарварда. Здесь он не играл, а боролся за жизнь. Это был второй раунд их схватки — схватки без судьи и без права на реванш. Сила, с которой чужие руки придавливали Лэнгдона ко дну, не оставляла никаких сомнений: противник намерен его убить.

Американец инстинктивно рванулся вперед, словно торпеда. Главное — освободиться от захвата! Но убийца потянул его назад, полностью используя преимущество, которым не обладал ни один ватерполист-защитник. Обе его ноги твердо стояли на дне. Лэнгдон сложился пополам, пытаясь нащупать ногами дно. Ассасин, как показалось американцу, ослабил хватку... но тем не менее продолжал удерживать его под водой.

В этот момент Лэнгдон понял, что на поверхность ему не выбраться, и сделал единственное, что пришло ему в голову. Он перестал рваться наверх. Если не можешь двигаться к северу, сворачивай на восток! Собрав последние силы, он обеими ногами ударил по воде и сделал гребок руками, изобразив нечто похожее на плавание стилем баттерфляй. Тело профессора резко рванулось вперед.

Смена направления, похоже, застала ассасина врасплох. Неожиданный рывок в другую сторону вывел его из равновесия. Захват ослабел. Лэнгдон еще раз ударил ногами. Ему показалось, что лопнул буксирный трос. Он был свободен. Ученый сделал резкий выдох и поднял голову над поверхностью воды. Но времени ему хватило лишь на единственный вдох. Убийца, снова оказавшись над ним, схватил его за плечи обеими руками и с нечеловеческой силой стал прижимать ко дну. Лэнгдон пытался встать на ноги, но ассасин навалился на него всем своим весом и, дав подножку, свалил на дно.

Лэнгдон боролся изо всех сил. От страшного напряжения все его мышцы налились болью. Он вглядывался в дно бассейна через завесу воздушных пузырьков, пытаясь увидеть пистолет. Но аэрация в этом месте была сильнее, чем где-либо, и вода вокруг него просто кипела. Он видел все хуже и хуже по мере того, как его лицо приближалось к прикрепленному ко дну фонтана ослепительно яркому фонарю. Лэнгдон протянул руку и схватился за фонарь. Стекло было нестерпимо горячим. Несмотря на это, ученый не отпустил руку, а, напротив, попытался подтянуться к фонарю, чтобы встать на ноги. Но оказалось, что стойка фонаря крепилась на шарнирах. Она повернулась, и Лэнгдон тут же потерял последнюю опору.

Ассасин все сильнее придавливал его ко дну.

И в этот момент Лэнгдон увидел его. Из слоя монет на дне высовывался тонкий черный цилиндр. Глушитель пистолета! Лэнгдон вытянул руку, но как только его пальцы коснулись цилиндра, он понял, что это не металл. Это была пластмасса. Когда он потянул за непонятный предмет, из-под слоя монет появилась похожая на змею гибкая резиновая трубка. Трубка имела в длину два фута, и из нее вырывался поток воздушных пузырьков. Под руку ему попался вовсе не пистолет Оливетти, а один из многочисленных sputanti — аэраторов. Совершенно безопасных предметов, способных лишь генерировать воздушные пузырьки.

А находящийся в нескольких футах от него кардинал Баджиа чувствовал, как его душа покидает тело. Хотя священнослужитель готовил себя к этому моменту всю свою жизнь, он и представить не мог, что его конец будет таким. Его телесная оболочка пребывала в страданиях... Она была обожжена, покрыта кровоподтеками, а теперь лежала на дне, придавленная огромной железной цепью. Кардиналу пришлось напомнить себе, что его страдания не идут ни в какое сравнение с тем, что пришлось испытать Христу.

«Он умер за мои грехи...»

До Баджиа доносились звуки развернувшейся рядом с ним схватки. Этот звук лишь усугублял страдания старика. Его похититель готовился отнять еще одну жизнь... жизнь человека с добрыми глазами, человека, который пытался протянуть ему руку помощи.

Страдающий кардинал лежал на спине и смотрел сквозь слой воды на черное небо над ним. На миг ему даже показалось, что он видит звезды.

Время.

Оставив все страхи, кардинал Баджиа открыл рот и выдохнул из груди воздух. Он знал, что это было его последнее дыхание, и спокойно наблюдал за тем, как дух его возносится к поверхности через стайку мелких воздушных пузырьков. Затем он рефлекторно вздохнул, и вместе с водой в его легкие впилась тысяча ледяных кинжалов. Боль продолжалась всего несколько мгновений.

После этого... наступил покой.

Не обращая внимания на боль в раненой ноге, ассасин сосредоточил все свое внимание на американце, который теперь был плотно прижат ко дну под слоем бурлящей воды. Пора заканчивать. Он усилил давление, понимая, что теперь Роберту Лэнгдону не удастся ускользнуть от смерти. Как он и рассчитывал, сопротивление жертвы постепенно ослабевало.

Неожиданно тело американца напряглось, а затем его начала бить сильнейшая дрожь.

Вот оно, подумал убийца. Озноб. Так бывает, когда вода проникает в легкие. Ассасин знал, что озноб продолжается не более пяти секунд.

На этот раз он продолжался шесть.

Затем, как и ожидал убийца, тело обмякло, как надувной шар, из которого выпустили воздух. Все кончено. Ассасин выждал еще тридцать секунд, чтобы дать воде пропитать всю ткань дыхательных органов. Теперь он чувствовал, как тело Лэнгдона удерживается на дне самостоятельно, без каких-либо усилий с его стороны. Убийца отпустил труп, ухмыльнувшись при мысли о том, что в фонтане «Четыре реки» прессу ждет двойной сюрприз.

— Мерзавец! — выругался ассасин, выбравшись из фонтана и взглянув на кровоточащую ногу.

Носок ботинка оказался разорванным, а кончик большого пальца был, видимо, оторван пулей. Проклиная себя за невнимательность, он оторвал обшлаг брюк и затолкал ткань в дыру в ботинке. Боль усилилась.

— Чтоб ты сдох, — пробормотал убийца и, скрипя зубами, протолкнул тряпку как можно глубже. Кровотечение уменьшилось, а через несколько секунд и вообще прекратилось.

Ассасин перестал думать о боли и сосредоточил все свои мысли на предстоящем удовольствии. Его работа в Риме завершена, и он прекрасно знал, что теперь может вознаградить себя за все вызванные ею неприятности. Надежно связанная Виттория Ветра ожидает его возвращения. Его вожделение не могли охладить ни ледяная вода, ни насквозь промокшая одежда.

«Я заслужил свою награду», — думал он, влезая в микроавтобус.

А в другом конце Рима Виттория наконец пришла в себя. Очнулась она от боли. Боль сосредоточилась в позвоночнике, а все мышцы словно окаменели. Руки болели. Когда девушка попыталась пошевелиться, ее плечи свела судорога. Виттория не сразу догадалась, что ее руки связаны за спиной. Вначале она ничего не могла понять. Неужели она спит? Но боль в основании черепа, которую ощутила девушка, попытавшись поднять голову, говорила о том, что это вовсе не сон. Когда ей удалось оглядеться по сторонам, ее растерянность переросла в страх. Она находилась в помещении со стенами из неотесанного камня. Большая, залитая светом факелов комната была обставлена прекрасной мебелью и очень напоминала какой-то странный конференц-зал. Такой вид помещению придавали стоявшие полукругом старинные скамьи.

Виттория вдруг ощутила, что ее кожу ласкает прохладный ветерок. Двустворчатая дверь неподалеку была раскрыта настежь, а за ней находился балкон. Девушка была готова поклясться, что через щели в балюстраде ей виден Ватикан.

ГЛАВА 104

Роберт Лэнгдон лежал на монетах, толстым слоем устилающих дно фонтана «Четыре реки». В его зубах все еще был зажат пластмассовый наконечник. Воздух, который поднимался от аэратора к поверхности воды, был пропитан запахом моторного масла, и горло болело. Но Лэнгдон не жаловался. Главное, что он остался жив.

Ученый не знал, насколько точно имитировал утопление, но, проведя рядом с водой всю жизнь, не раз слышал, как это происходит. Одним словом, он старался изо всех сил. Перед самым концом он даже выдохнул из себя весь воздух и перестал дышать, чтобы тело пошло ко дну под собственной тяжестью.

Ассасин, слава Богу, поддался на уловку и отпустил свою жертву.

Оставаясь на дне фонтана, Лэнгдон выжидал до последнего. Он чувствовал, что его вот-вот начнет душить кашель. Интересно, уехал ли убийца или все еще торчит у фонтана? Набрав полную грудь вонючего воздуха, Лэнгдон выплюнул трубку и проплыл под водой до скользкого основания центрального ядра творения Бернини. Соблюдая крайнюю осторожность и оставаясь в тени величественного сооружения, он поднялся на ноги и выглянул из-за мраморной фигуры, символизирующей одну из рек.

Микроавтобус исчез. Это было все, что ему требовалось увидеть. Набрав полную грудь свежего воздуха, он тяжело побрел к тому месту, где ушел под воду кардинал Баджиа. Лэнгдон знал, что старик к этому времени давно находится без сознания и шансов вернуть его к жизни практически нет. Но попытаться все равно стоило. Найдя тело, он встал над ним, широко расставив ноги, нагнулся и обеими руками взялся за опутывающую кардинала цепь. Когда голова Баджиа показалась на поверхности, Лэнгдон увидел, что глаза старика закатились кверху, а глазные яблоки вывалились из орбит. Это был очень плохой знак. Пульса и дыхания, естественно, не было.

Профессор понимал, что для того, чтобы перетащить через край фонтана обмотанное тяжелыми цепями тело, его сил не хватит. Поэтому он оттащил кардинала к мелкому месту у центрального ядра фонтана, где камень изваяния спускался к воде пологим скатом. Ученый вытянул тело из воды, подняв его по скату как можно выше, и приступил к работе. Надавливая на закованную в цепь грудь кардинала, Лэнгдон первым делом откачал воду из легких. После этого он приступил к искусственному дыханию изо рта в рот. Каждый выдох он сопровождал тщательным отсчетом секунд, борясь с искушением дуть слишком сильно и слишком быстро. Прошло три минуты, но сознание к старику не возвращалось. Через пять минут Лэнгдон уже знал, что все кончено.

Il preferito. Человек, которому предстояло стать папой, лежал перед ним. Он был мертв.

Даже лежа на пологом склоне и находясь наполовину в воде, покойный кардинал Баджиа являл собой воплощение спокойного достоинства. Вода плескалась у его груди. Казалось, что она оплакивает кардинала... молит о прощении за то, что оказалась его убийцей... и пытается смыть свое имя, выжженное на груди старца.

Лэнгдон тихо положил руку на его лицо и прикрыл веки над закатившимися глазами, с изумлением почувствовав, что больше не в силах сдерживать слез. Еще миг, и ученый зарыдал. Впервые за много-много лет.

ГЛАВА 105

Туман усталости начал постепенно рассеиваться, когда Лэнгдон отошел от кардинала в более глубокое место. Он чувствовал себя одиноким и совершенно опустошенным. Поначалу ему казалось, что от утомления он вот-вот рухнет в воду. Но американец, к немалому своему изумлению, вдруг ощутил новый прилив энергии. Он почувствовал, как его мускулы неожиданно налились силой, а мозг, не обращая внимания на душевные страдания, вычеркнул на время из сознания все, что случилось раньше, и сосредоточился на решении единственной и жизненно важной задачи.

Надо найти убежище. Необходимо помочь Виттории.

Повернувшись к центральному ядру творения Бернини, Лэнгдон принялся искать глазами последний указатель иллюминатов. Он знал, что одна из фигур, окружающих эту каменную глыбу, должна указывать на убежище. Но его надежды быстро угасли.

Ему казалось, что даже журчание воды вокруг него звучит издевкой. «И ангелы чрез Рим тебе укажут путь...» Лэнгдон отчаянно вглядывался в окружающие его фигуры. Этот фонтан — целиком языческий! На нем нет никаких ангелов!

Когда ученый закончил бесполезный поиск, его взгляд вдруг скользнул вверх, на венчающую сооружение каменную колонну. *Четвертая веха*, думал он, *должна быть здесь*. На одной из оконечностей гигантского креста.

Изучая покрывающие обелиск иероглифы, он размышлял о том, не стоит ли поискать ключ к разгадке в египетских символах. Но тут же отверг эту идею, сообразив, что обелиск на много столетий старше творения Бернини, а иероглифы расшифровали лишь после того, как был найден Розеттский камень*. Но не мог ли Бернини вырезать на обелиске дополнительный символ? Такой, который затерялся бы среди других иероглифов? В нем вновь вспыхнул лучик надежды, и он еще раз обошел скульптуру, вглядываясь во все четыре грани каменного столба. На это ушло две минуты. А когда он вернулся на то место, с которого начал осмотр, надежда погасла окончательно. Среди иероглифов не было более поздних добавлений, а уж ангелов и подавно.

Лэнгдон взглянул на часы. Стрелки показывали ровно одиннадцать. Он не мог сказать, летит время или ползет. Его неотступно преследовали образы Виттории и ассасина. Еще раз обойдя вокруг обелиска, ученый впал в полное отчаяние. Он поднял голову, чтобы излить свое бессилие в крике, но уже готовый вырваться горестный вопль застрял в его горле.

Лэнгдон смотрел на обелиск. То, что находилось на его вершине, он уже видел раньше, но тогда не обратил на это особого внимания. Теперь же вид этого предмета заставил его замереть. Это не был ангел. Вовсе нет. Ведь вначале Лэнгдон решил, что предмет этот вообще не является частью творения Бернини. Он тогда подумал, что на вершине камня сидело живое существо — одно из тех, что питаются отбросами громадного города.

---

* Розеттский камень — базальтовая плита с параллельным текстом на греческом и древнеегипетском языках. Найден в 1799 г. Дешифровка текста положила начало чтению египетских иероглифов.

Обыкновенный голубь.

Ученый внимательно взглянул на птицу. «Неужели это голубь?» — спрашивал он себя, вглядываясь вверх сквозь застилающую взор водяную пыль. Да, голубь. На фоне звезд был виден силуэт головки и клюва. С момента появления американца у фонтана птица не изменила положения, несмотря на то что под ней только что кипела битва. Она сидела на верхушке обелиска, обратив взгляд на запад.

Лэнгдон несколько секунд неподвижно смотрел на голубя, а затем запустил руку в фонтан и сгреб несколько монет. После этого он швырнул всю пригоршню к небу. Птица не пошевелилась. Ученый повторил попытку. На этот раз одна монета попала в цель. Над площадью раздался негромкий звук удара металла о металл.

Проклятый голубь оказался бронзовым!

«Мы ищем ангела, а не голубя», — напомнил ему внутренний голос. Но было поздно, Лэнгдон уже успел уловить связь. Он понял, что скульптор изваял вовсе не голубя.

Это была голубка.

Слабо осознавая, что он делает, Лэнгдон, поднимая брызги, заспешил к центру фонтана, а добравшись до цели, принялся карабкаться вверх, наступая на громадные руки и головы изваяний. Преодолев половину пути до основания обелиска, он выбрался из водяного тумана, и голова птицы стала видна намного лучше.

Сомнений не было. Перед ним была голубка. Обманчиво темный силуэт птицы был результатом городских испарений, за много веков заставивших почернеть некогда блестящую бронзу. В тот момент он окончательно понял значение изваяния... Незадолго до этого он видел в Пантеоне изображение пары голубок. Пара голубок не таила в себе никакого скрытого смысла. Но эта голубка была одинокой.

Одинокая голубка в языческих представлениях была ангелом мира.

Итак, Бернини избрал для своего ангела языческий символ, чтобы скрыть его среди других изваяний фонтана. «И ангелы чрез Рим тебе укажут путь». Эта голубка выступает в роли ангела! Лэнгдон не мог представить себе более удачного места для последней вехи иллюминатов, чем вершина обелиска.

Птица смотрела на запад. Лэнгдон попытался проследить за ее взглядом, но не увидел ничего, кроме окружающих площадь домов. Он пополз выше. В его памяти совершенно неожиданно всплыла цитата из святого Григория Нисского*: «Когда душа достигает просветления... она принимает форму прекрасной голубки».

Лэнгдон продолжал свое восхождение к небу. Поближе к птице. Добравшись до платформы, на которой стоял обелиск, он решил лезть дальше. Однако, оглядевшись, ученый понял, что в этом нет никакой необходимости. Его взору открылся весь Рим, и это зрелище было потрясающим.

Слева от него сияло хаотическое скопление прожекторов осаждавших собор Святого Петра журналистов. Справа виднелся дымящийся купол церкви Санта-Мария делла Виттория. Непосредственно перед ним на порядочном удалении находилась пьяцца дель Пополо. А прямо под ним была последняя точка. Гигантский крест, каждую оконечность которого венчал обелиск. Лэнгдона, когда он взглянул вверх на голубку, начала бить дрожь. Он посмотрел в ту сторону, куда был обращен взор бронзовой птицы, и тотчас увидел это.

Все было очень просто. Очень ясно. И абсолютно очевидно.

Глядя вдаль, Лэнгдон не мог понять, почему местонахождение убежища иллюминатов так долго оставалось тайной. Он смотрел на гигантское здание на берегу реки, и ему казалось, что город перестал существовать... полностью растворился во тьме. Это здание было одним из самых знаменитых сооружений Рима. Оно возвышалось на берегу Тибра, одним углом почти примыкая к Ватикану. Здание имело округлую форму и было окружено крепостной стеной в форме квадрата. Вокруг нее был разбит парк, имеющий форму пятиугольника.

---

* Святой Григорий Нисский (ок. 335 — ок. 394) — прославился литературной и учено-богословской деятельностью.

Древняя каменная стена перед замком была залита мягким светом, а на самом верху величественного сооружения красовался гигантский бронзовый ангел. Ангел указывал мечом вниз, в самый центр замка. Картину довершал ведущий к главному входу в замок знаменитый мост Ангелов, который украшали фигуры двенадцати посланцев небес, изваянных самим Бернини, по шесть с каждой стороны.

Лэнгдон сделал еще одно потрясающее открытие. Вертикальная линия креста, образованного четырьмя алтарями науки, проходила точно по центру замкового моста, деля его на две равные части. Указатель совсем в духе иллюминатов!

Лэнгдон поднял с мостовой твидовый пиджак, стараясь держать его подальше от мокрого тела. Затем он впрыгнул в украденный автомобиль и, нажав пропитанным водой ботинком на педаль акселератора, устремился в ночь.

ГЛАВА 106

В 11:07 машина Лэнгдона мчалась вдоль Тибра по набережной Тор ди Нона. Американец уже видел сквозь темноту конечный пункт этой гонки. Впереди и чуть справа возвышалось громадное, похожее на гору сооружение.

Castel Sant' Angelo — замок Святого ангела.

Неожиданно, без всякого указателя, перед ним возник поворот на мост Ангелов. Лэнгдон ударил по тормозам и резко бросил машину вправо. В поворот он вписался, но мост оказался закрытым. Машина проскользила юзом с десяток футов и остановилась, столкнувшись с одной из блокирующих путь невысоких цементных тумб. Остановка была настолько резкой, что Лэнгдон ударился грудью о руль. Он совсем забыл, что мост Ангелов в целях сохранности был полностью отдан в распоряжение пешеходов.

Оправившись от удара, Лэнгдон заковылял прочь от разбитой машины, сожалея о том, что не избрал другой путь. Он страшно замерз, и всю дорогу от фонтана его била дрожь. Профессор накинул пиджак на мокрую рубашку, мысленно поблагодарив компанию «Харрис» за двойную фирменную подкладку. Лист из «Диаграммы» Галилея должен остаться сухим. Прямо перед ним, за мостом, закрывая полнеба, возвышалась каменная твердыня. Страдая от боли и ощущая неимоверную усталость во всем теле, Лэнгдон перешел на неровную, судорожную рысцу.

По обеим сторонам моста, словно белые часовые, стояли ангелы работы Бернини. Лэнгдону казалось, что посланцы небес указывают ему дорогу. «И ангелы чрез Рим тебе укажут путь...» По мере того как Лэнгдон приближался к замку, тот все больше и больше напоминал неприступную скалу. С близкого расстояния это сооружение казалось даже более величественным, чем собор Святого Петра. Собрав последние силы и не сводя глаз с массивной цитадели, на самой вершине которой стоял гигантский ангел с мечом в руках, Лэнгдон сделал бросок по направлению к бастиону.

В замке, казалось, никого не было. Лэнгдон знал, что Ватикан в течение многих веков использовал это сооружение как усыпальницу, крепость и убежище для пап во время осад, а также как узилище для врагов церкви. За свою длительную историю оно, видимо, знавало и других обитателей. Иллюминатов, например. И за этим ученый видел какой-то таинственный смысл. Хотя замок был собственностью Ватикана, церковь пользовалась им лишь время от времени, а Бернини в течение многих лет занимался его обновлением. Если верить слухам, в нем имелось множество секретных ходов и потайных комнат, а его стены и подземелья были пронизаны тайными коридорами и тоннелями. Лэнгдон не сомневался, что фигура ангела на крыше и окружающий крепость парк также были творениями Бернини.

Американец подбежал к чудовищно большим двустворчатым дверям замка и навалился на них всем телом. Двери, что, впрочем, было неудивительно, даже не шелохнулись. На уровне глаз Лэнгдон увидел два огромных железных дверных молотка. Но стучать он не стал, понимая, что это бесполезно. Ученый отошел от дверей и окинул взглядом всю наружную стену, которой за свою долгую историю приходилось выдерживать осады берберов, мавров и других язычников. Он начал опасаться, что шансов проникнуть в цитадель у него ничуть не больше, чем у этих древних варваров.

«Виттория, — подумал Лэнгдон, — там ли ты?»

Здесь обязательно должен быть другой вход, решил он и двинулся вдоль стены.

Свернув за угол, он оказался на набережной Ангелов. Здесь стена была обращена на запад. На набережной напротив стены находилась небольшая парковка. Вскоре он увидел другой вход. Но и этот вход оказался недоступным, поскольку ведущий к нему подъемный мост находился в вертикальном положении. Лэнгдон снова поднял глаза на цитадель. Фасад замка освещался декоративной подсветкой, а все крошечные окна сооружения оставались черными. Лэнгдон посмотрел чуть выше и увидел балкон. Единственный во всей цитадели балкон выступал из стены центральной башни в сотне футов над землей, чуть ли не под тем самым местом, куда указывал меч ангела. Лэнгдону показалось, что мраморный парапет балкона озаряется каким-то слабым мерцающим светом, так, словно в комнате горит факел. Ученый замер, и его снова начала бить дрожь. Чья-то тень? Он напряженно ждал. Через некоторое время тень промелькнула снова, и его сердце забилось сильнее. В комнате кто-то есть!

— Виттория! — крикнул он, будучи не в силах сдержаться. Однако шум бурлящего за спиной Тибра заглушил его голос.

Он огляделся вокруг, безуспешно пытаясь отыскать взглядом швейцарских гвардейцев. Может быть, они все же слышали его сообщение?

На парковке у реки стоял большой фургон прессы, и Лэнгдон побежал к нему. В кабине машины какой-то пузатый мужчина в наушниках крутил ручки настройки. Профессор постучал по дверце. Пузан вздрогнул от неожиданности, взглянул на мокрую одежду Лэнгдона и, стянув с головы наушники, спросил:

— Что случилось, приятель?

Журналист говорил с заметным австралийским акцентом.

— Мне нужен ваш телефон.

— Вызов не проходит, — пожал плечам австралиец. — Сам весь вечер пытаюсь пробиться. Линии переполнены.

— Вы, случайно, не видели, не входил ли кто-нибудь туда? — спросил Лэнгдон, кивнув в сторону подъемного моста.

— Вообще-то видел. Какой-то черный микроавтобус весь вечер шнырял туда-сюда.

Лэнгдону показалось, что он получил сильнейший удар в солнечное сплетение.

— Повезло мерзавцу, — продолжал австралиец, ткнув пальцем в башню. Ему явно не нравилось, что с его места плохо виден Ватикан. — Держу пари, что оттуда открывается классный вид. Я не смог пробиться к Святому Петру, и мне приходится вести передачу с этого места.

Лэнгдон не слушал. Его мозг лихорадочно искал варианты спасения.

— Что скажете? — продолжал журналист. — Как вы относитесь к сообщению о «самаритянине последнего часа»?

— К чему, простите? — спросил Лэнгдон.

— Неужели вы не слышали? Капитану швейцарской гвардии позвонил какой-то тип и сказал, что располагает первоклассной информацией. Сейчас этот парень летит сюда. Уверен, что, если он разрядит обстановку... наши рейтинги взлетят до небес.

Лэнгдон ничего не понимал. Какой-то добрый самаритянин... Может быть, этот человек знает, где спрятано антивещество? Если так, то почему он просто не назвал это место швейцарским гвардейцам? Почему прибывает лично? Здесь явно было что-то не так, но на размышления у Лэнгдона времени не было.

— Эй, — сказал австралиец, внимательно вглядываясь в лицо американца, — а вы не тот парень, которого я видел по ящику? Ведь это вы пытались спасти кардинала на площади Святого Петра. Не так ли?

Лэнгдон не ответил. На глаза ему попалось хитроумное приспособление, установленное на крыше фургона. Это была укрепленная на телескопической опоре телевизионная тарелка.

Лэнгдон перевел взгляд на замок. Высота внешней стены, как ему казалось, не превышала пятидесяти футов. Стены цитадели были значительно выше. Глубоко эшелонированная оборона, подумал он. До самого верха отсюда добраться невозможно, но если удастся преодолеть внешнюю стену...

Лэнгдон повернулся лицом к журналисту и, показывая на антенну, спросил:

— Насколько высоко выдвигается эта штука?

— Спутниковая антенна? — растерянно переспросил австралиец. — Метров на пятнадцать, наверное. Почему вас это интересует?

— Запускайте двигатель и подгоняйте машину к стене. Мне нужна ваша помощь.

— О чем это вы?

Лэнгдон разъяснил журналисту свои намерения.

— Вы что, с ума сошли? — спросил тот с округлившимися от возмущения глазами. — Телескопическая опора стоит двести тысяч долларов. И это вам не лестница!

— Вы хотите, чтобы ваш персональный рейтинг взлетел до небес? Я располагаю информацией, которая прославит вас на весь мир.

— Информацией, которая стоит двести тысяч штук?!

Профессор поведал ему, что́ может сообщить в обмен на услугу.

Уже через девяносто секунд Роберт Лэнгдон, крепко вцепившись в какой-то штырь, стоял на диске покачивающейся на ветру антенны. От земли его отделяли пятьдесят футов. Вытянув руку, он схватился за край стены и с некоторым трудом переполз на более устойчивую опору.

— А теперь выкладывайте! — крикнул снизу австралиец. — Итак, где же он?

Лэнгдон чувствовал себя очень виноватым — но договор есть договор. Тем более что ассасин в любом случае все расскажет прессе.

— Пьяцца Навона! — крикнул ученый. — В фонтане!

Житель Зеленого континента опустил антенну и рванул в погоню за славой.

А в каменной палате высоко над городом ассасин стянул с ног мокрые ботинки и наложил повязку на раненый палец. Палец болел, но не настолько, чтобы помешать долгожданному удовольствию.

Он повернулся лицом к своей добыче.

Девушка лежала на спине на стоящем в углу комнаты диване. Ее руки были стянуты за спиной, а изо рта торчал кляп. Виттория находилась в сознании, и ассасин направился к ней. Она ему очень нравилась. В ее взгляде он увидел не ужас, а ненависть.

Что ж. Ужас придет позже.

ГЛАВА 107

Роберт Лэнгдон бежал по внешней стене замка, благодаря власти Рима за то, что они подсвечивают сооружения. Внутренний двор крепости был похож на музей старинного оружия — катапульты, пирамиды мраморных пушечных ядер и целый арсенал иных устрашающего вида орудий убийства. Днем замок был частично открыт для туристов, и реставраторы привели двор в его первоначальное состояние.

Лэнгдон посмотрел на цитадель. Массивная круглая башня поднималась к небу на сто семь футов. В центре крыши на возвышении стоял бронзовый ангел. В комнате за балконом все еще мерцал свет. Лэнгдон хотел было крикнуть, но вовремя передумал. Необходимо найти вход в замок.

Он посмотрел на часы.

11 часов 12 минут.

Сбежав вниз по проходящему внутри стены пандусу и оказавшись во внутреннем дворе, американец помчался по часовой стрелке вокруг цитадели. «Как ассасин проник внутрь?» — думал он, миновав три наглухо замурованных портика. На двух вполне современного вида дверях висели тяжелые замки. Во всяком случае, не здесь, решил он, продолжая бег.

Лэнгдон сделал почти полный круг, прежде чем увидел пересекающую двор засыпанную гравием дорогу. Одним концом эта подъездная аллея упиралась в подъемный мост, который Лэнгдон уже видел с внешней стороны стены, а другой ее конец исчезал в чреве крепости. Дорога уходила в своего рода тоннель — зияющую темную пасть цитадели. Il traforo! Лэнгдону приходилось читать о проходящих внутри крепостей спиральных пандусах. Пандусы были настолько широкими и высокими, что тяжеловооруженные рыцари могли быстро добраться по ним до верхних этажей сооружения. Вот путь, по которому проследовал ассасин. Закрывающая въезд железная решетка была поднята, и Лэнгдон вбежал в тоннель. Но как только он оказался под сенью свода, его радость сменилась разочарованием.

Спираль вела вниз.

Видимо, он избрал неверный путь, и эта часть il traforo вела не вверх, к ангелу, а вниз, в подземелье.

Лэнгдон стоял в зеве темной дыры, которая, как ему казалось, вела к центру Земли, и размышлял, что делать дальше. Выйдя во двор, ученый снова взглянул на балкон, и ему показалось, что он видит там какое-то движение. «Решай!» Поскольку иного выхода у него не было, он побежал вниз, в темноту тоннеля.

А высоко над ним ассасин стоял над своей жертвой. Вначале он погладил ее руку. Кожа девушки была похожа на шелк. Ассасин затрепетал, предвкушая, как через несколько минут будет ласкать ее тело. Интересно, сколько способов он сможет найти, чтобы испытать всю полноту наслаждения?

Ассасин не сомневался, что заслужил эту женщину. Он отлично сделал все, что хотел от него Янус, и эта девка была его боевым трофеем. Когда он с ней закончит, то стащит ее с дивана и поставит перед собой на колени. Она снова его обслужит. И это станет символом ее полного подчинения. А затем, в момент оргазма, он перережет ей горло.

На его языке этот акт назывался ghayat assa'adah, что можно перевести как «момент высшего наслаждения».

После этого он выйдет на балкон, чтобы увидеть финальный триумф иллюминатов... акт мщения, о котором в течение многих столетий мечтало множество людей.

В идущем вниз тоннеле было темно. А как только Лэнгдон завершил полный круг, в нем воцарилась абсолютная тьма. Когда спуск закончился и дно тоннеля стало горизонтальным, Лэнгдон замедлил шаг. Изменившееся эхо говорило о том, что он находится в каком-то обширном помещении. Ему показалось, что перед ним в темноте что-то едва заметно поблескивает... Он сделал еще пару шагов, и его вытянутая рука наткнулась на гладкую поверхность. Хром и стекло. Это был автомобиль. Проведя ладонью по машине, он открыл дверцу.

Под крышей автомобиля вспыхнул плафон. Лэнгдон отступил на шаг и мигом узнал черный микроавтобус. Испытывая радостное возбуждение, он нырнул в машину и стал осматривать салон в надежде найти оружие, которое могло бы заменить ему утопленный в фонтане пистолет. Оружия он не нашел. Но зато наткнулся на мобильный телефон Виттории. Трубка аппарата была разбита, и от него не было никакой пользы. Вид мобильника смертельно напугал Лэнгдона, и американец молил небеса о том, чтобы не опоздать.

Протянув руку, он включил фары, и его взору открылось все помещение. Резкие тени на голых каменных стенах. Ученый сразу понял, что в свое время здесь держали лошадей и хранили амуницию. Кроме того, комната оказалась тупиком.

«Второго выхода здесь нет. Я выбрал неправильный путь!»

Лэнгдон выпрыгнул из микроавтобуса и еще раз внимательно изучил помещение. Никаких дверей. Никаких решеток. В его памяти всплыло изображение ангела над входом в тоннель. Неужели это всего лишь совпадение? Нет! Ученый вспомнил и те слова, которые убийца произнес у фонтана: «Она в Храме Света... ожидает моего возвращения». Лэнгдон продвинулся слишком далеко, чтобы сейчас потерпеть фиаско. Его сердце колотилось так, словно хотело вырваться из груди. Бессилие отчаяния и ненависть мешали ему мыслить четко.

Увидев на полу пятна крови, он решил, что это кровь Виттории. Однако, проследив взглядом за расположением пятен, он понял, что это следы от ног. Шаги были очень широкими, и кровоточила лишь левая нога. Ассасин!

Лэнгдон двинулся по кровавому следу, его тень плясала на стене, с каждым шагом становясь все бледнее. Создавалось впечатление, что кровавый путь ведет в глухой угол комнаты и там исчезает, и это приводило его в недоумение.

Дойдя до темного угла помещения, Лэнгдон не поверил своим глазам. Гранитная плита в полу здесь оказалась не квадратной, как все другие, а пятиугольной. Вершина безукоризненной по форме пентаграммы была обращена в самый угол комнаты. Там, за хитроумно перекрывающими друг друга стенами, обнаружилась щель. Лэнгдон протиснулся в узкое пространство между стенами и оказался в подземном переходе. Прямо перед ним были остатки деревянной решетки, некогда перегораживавшей этот проход.

За решеткой в глубине тоннеля был виден свет.

Лэнгдон перешел на бег. Перебравшись через обломки гнилого дерева, он помчался в направлении светового пятна и очень скоро оказался в другом, гораздо большем, чем первое, помещении. Здесь на стене мерцал одинокий факел. Ученый находился в той части замка, куда не было проведено электричество... и куда никогда не заходили туристы.

Темница.

Помещение было разбито на десяток крошечных тюремных камер. Большинство закрывающих их железных решеток давно проржавели насквозь. Лишь на одной, самой большой камере решетка сохранилась. На каменном полу узилища валялись предметы, вид которых поверг Лэнгдона в ужас. Черные сутаны и красные пояса. В этом месте он держал кардиналов!

В стене рядом с этой камерой находилась распахнутая настежь небольшая железная дверь. За дверью открывался какой-то проход. Лэнгдон помчался к нему, но, не добежав до двери несколько шагов, замер. Кровавый след не вел в этот подземный переход. Лишь переведя дух, ученый увидел вырубленное в камне над дверью слово.

Il Passetto.

И он снова не поверил своим глазам. Ему много раз доводилось слышать и читать об этом тоннеле, но никто не знал, где находится вход в него. Il Passetto, или Малый переход, был узким, длиной примерно в три четверти мили тоннелем, прорубленным между замком Святого ангела и Ватиканом. Именно по этому потайному лазу папы убегали во время осады... тайком пробирались к своим любовницам или отправлялись в замок Ангела, чтобы там насладиться видом мучений своих недругов. Считалось, что в наши дни оба входа в тоннель надежно закрыты, а ключи от замков хранятся в одном из сейфов города-государства. Лэнгдон с ужасом понял, каким образом иллюминаты попадают в Ватикан и выходят из него. Он спрашивал себя, кто из находящихся за святыми стенами оказался предателем и смог завладеть ключами. Оливетти? Кто-то другой из числа швейцарских гвардейцев? Впрочем, теперь это уже не имело значения.

Кровавые следы на полу вели к другому концу темницы. Лэнгдон двинулся в том же направлении. С этой стороны вход в тюрьму закрывала ржавая металлическая дверь, с которой свисали служившие запором металлические цепи. Скреплявший цепи замок валялся на полу, и дверь стояла распахнутой. За ней виднелась уходящая круто вверх винтовая лестница. Плита пола перед дверью также имела форму пентаграммы. Лэнгдон, дрожа, смотрел на каменный пятиугольник. Неужели эта каменная глыба помнит прикосновение резца самого Бернини? На арке двери, в самой верхней ее точке были вырублены крошечные херувимы. Перед ним, вне всяких сомнений, был вход в Храм Света!

Кровавые следы вели вверх по ступеням. Лэнгдон понимал, что ему необходимо обзавестись хоть каким-нибудь оружием. Любым предметом, который мог бы помочь в неизбежной схватке. В одной из камер Лэнгдон нашел четырехфутовый металлический прут с заостренным концом. Прут оказался страшно тяжелым, но лучшего оружия под рукой не было. Американец надеялся, что фактора неожиданности и поврежденной ноги противника будет достаточно, чтобы склонить чашу весов в его пользу. А еще он очень надеялся на то, что не явится со своей помощью слишком поздно.

Ступени винтовой лестницы настолько истерлись, что стали наклонными. Лэнгдон поднимался, напрягая слух и опасаясь поскользнуться на стесанных камнях. По мере того как он поднимался, свет тюремного факела становился все более слабым и вскоре исчез совсем. Теперь американец шел в полной темноте. Перед его мысленным взором предстал призрак Галилея, поднимающегося по этим ступеням, чтобы поделиться своим ви́дением мира с другими учеными мужами, разделяющими его веру в науку.

Узнав о местонахождении убежища иллюминатов, Лэнгдон испытал сильнейшее потрясение, и этот шок никак не проходил. Встречи ученых проходили в принадлежащем Ватикану здании. В то время как швейцарские гвардейцы обыскивали подвалы и дома известных представителей науки, иллюминаты собирались здесь... прямо под носом у церковников. И такое решение проблемы теперь казалось Лэнгдону наилучшим. Бернини, как глава проводивших здесь реставрационные работы архитекторов, имел доступ ко всем без исключения помещениям замка Ангела. Он мог вести перестройку по собственному усмотрению, ни перед кем не отчитываясь в своих действиях. Интересно, сколько еще тайных входов соорудил Бернини? И какое число незаметных вех на них указывает?

Храм Света.

Лэнгдон знал, что находится рядом с ним.

По мере того как ступени винтовой лестницы становились все у́же, сужались и окружающие ее стены. Лэнгдону чудилось, что за его спиной шепчутся тени людей, принадлежащих истории, но он продолжал восхождение. Увидев перед собой горизонтальный луч света, ученый понял, что от верхней площадки его отделяют всего несколько ступеней. Свет шел из находящейся на уровне его глаз щели под дверью. Стараясь ступать абсолютно бесшумно, он продолжил подъем.

Лэнгдон не имел ни малейшего представления о том, в какой части замка сейчас находится. Но он знал, что поднялся достаточно высоко, чтобы оказаться где-то у его верхней точки. Он представил венчающего крышу гигантского ангела и решил, что скульптура должна находиться прямо над его головой.

«Храни меня, ангел!» — подумал он и, сжав крепче металлический прут, протянул руку к двери.

Виттория лежала на диване. Руки у нее страшно болели. Придя в себя и поняв, что запястья связаны за спиной, она попробовала освободиться. Для этого следовало максимально расслабить все мышцы. Но времени на это ей не хватило. Животное вернулось в свое логово. Теперь он стоял над ней с обнаженной могучей грудью. На его торсе были видны оставленные многочисленными битвами шрамы. Глаза, которые он не сводил с ее тела, были похожи на две черные щели. Виттория понимала, что ассасин рисует в своем воображении то, что ему предстоит совершить. Неторопливо, словно дразня свою жертву, ассасин расстегнул свой пропитанный водой пояс и бросил его на пол.

Ощутив, что на нее накатывает волна столь презираемого ею страха, девушка закрыла глаза. Открыв их снова, она увидела, как убийца достал нож с выкидным лезвием и поднес клинок прямо к ее глазам.

В блестевшей как зеркало стали Виттория увидела отражение своего искаженного ужасом лица.

Ассасин слегка развернул нож и провел тупой стороной лезвия по ее животу. Ощутив прикосновение металла, девушка задрожала, словно от холода. Убийца с презрительной ухмылкой завел острие клинка под пояс ее шортов. Виттория глубоко вздохнула и снова закрыла глаза. Ассасин медленно продвигал лезвие все глубже и глубже. Затем он наклонился и, обжигая ее дыханием, прошептал:

— Этот клинок вырезал глаз твоего отца.

Виттория открыла глаза, поняв вдруг, что сама способна на убийство.

Ассасин повернул нож, и острие клинка, проткнув изнутри ткань шортов, снова возникло перед ее взором. Затем убийца вдруг прервал свое занятие и оглянулся. В комнату кто-то вошел.

— Отойди от нее! — прорычал голос от двери.

Виттория не видела говорящего, но голос узнала сразу.

Роберт! Значит, он жив!

У ассасина был такой вид, словно перед ним вдруг возникло привидение.

— У вас весьма могущественный ангел-хранитель, мистер Лэнгдон, — сказал он.

ГЛАВА 108

За ту ничтожную долю секунды, которая была у него для осмотра помещения, Лэнгдон успел понять, что находится в священном месте. Украшения этой слегка вытянутой комнаты, несколько поблекшие от старости, воспроизводили знакомые ему символы. Декоративная плитка в форме пятиугольников. Фрески с изображением планет. Голубки. Пирамиды.

Храм Света. Простой и чистый.

Он у цели.

Прямо перед ним в ведущем на балкон проеме стены стоял ассасин. Неподалеку от него на диване лежала связанная, но вполне живая Виттория. Увидев девушку, Лэнгдон ощутил несказанное облегчение. На какой-то миг их взгляды встретились, и ученый увидел в ее глазах ураган эмоций — благодарность, отчаяние, жалость.

— Итак, нам довелось встретиться снова, — сказал ассасин, взглянул на металлический прут в руках Лэнгдона и, громко рассмеявшись, закончил: — И на этот раз вы пришли ко мне, вооружившись этим?

— Развяжите ее.

— Я ее зарежу, — ответил ассасин, поднося нож к горлу Виттории.

Лэнгдон ни секунды не сомневался, что этот человек пойдет на убийство. И это заставило его снизить тон:

— Я думаю, что она предпочтет именно этот исход... принимая во внимание другой возможный вариант.

В ответ на оскорбление ассасин улыбнулся и сказал:

— Пожалуй, вы правы. У нее есть чем меня одарить. Ее смерть явилась бы лишь бесполезной растратой ценного материала.

Лэнгдон шагнул вперед и, преодолевая резкую боль в поврежденной руке, направил острый конец железного прута в грудь ассасина.

— Освободите ее.

На мгновение Лэнгдону показалось, что убийца обдумывает этот вариант. Плечи ассасина обвисли, он глубоко вздохнул. И то и другое могло быть признаком капитуляции. Но в тот же миг рука убийцы с невообразимой скоростью взметнулась вверх, и в воздухе блеснул клинок. Бросок был направлен в грудь профессора, но Лэнгдон то ли инстинктивно, то ли от чрезмерного напряжения и усталости упал на колени, и нож, пролетев над ухом, со стуком упал на пол за его спиной. Промах нисколько не обескуражил убийцу. Он улыбнулся Лэнгдону, который стоял на коленях, зажав в руках свое оружие. Ассасин двинулся на американца, чем-то напоминая льва, крадущегося к своей жертве.

Лэнгдон с трудом поднялся на ноги и снова направил прут в грудь противника. Мокрые рубашка и брюки вдруг показались ему страшно тяжелыми. Они сильно затрудняли его движения. Полуобнаженный ассасин значительно превосходил американца скоростью. Рана на ноге совершенно не замедляла его движений, и Лэнгдон понял, что этот человек привык превозмогать боль. Первый раз в жизни ученый пожалел, что у него с собой нет крупнокалиберного револьвера.

Ассасин неторопливо перемещался по дуге, словно радуясь предстоящей игре. Держась все время вне зоны досягаемости, он пытался приблизиться к валяющемуся на полу ножу. Лэнгдон всеми силами старался этого не допустить. Убийца двинулся к Виттории, но Лэнгдону удалось пресечь и эту попытку.

— Еще есть время, — рискнул начать переговоры Лэнгдон. — Скажите, где скрыта ловушка с антивеществом, и Ватикан заплатит вам во много раз больше, чем иллюминаты.

— Ваша наивность, профессор, меня поражает.

Лэнгдон сделал выпад. Ассасин уклонился от удара. Ученый двинулся вокруг скамьи, держа оружие перед собой. Ему хотелось загнать противника в угол. Но он тут же опомнился, сообразив, что помещение Храма Света имеет овальную форму. «Я, видимо, совсем утратил разум! Здесь же нет никаких углов...»

Как ни странно, но ассасин не пытался ни атаковать, ни бежать. Он просто играл в предложенную Лэнгдоном игру, хладнокровно чего-то выжидая.

Чего именно?

Убийца продолжал двигаться кругами, удерживая американца в постоянном напряжении. Все это начинало походить на бесконечную шахматную партию. Железная палка в руках Лэнгдона с каждой минутой становилась все тяжелее, и он вдруг понял, чего ждет убийца: «Он хочет, чтобы я обессилел».

И этот план работал. Лэнгдону казалось, что на его плечи навалилась огромная тяжесть. Адреналин, который до этого поддерживал его силы, был на исходе. Ученый понял, что необходимо переходить к решительным действиям.

Словно прочитав мысли профессора, ассасин, как показалось Лэнгдону, намеренно повел его по направлению к стоящему в центре комнаты столу. Лэнгдон краем глаза увидел, что на столе в неровном свете факела поблескивает какой-то предмет. Оружие? Американец, не сводя глаз с противника, совершил маневр, позволивший ему оказаться рядом со столом. Когда ассасин внимательно посмотрел на столешницу, Лэнгдон сделал все, чтобы не последовать его примеру и не заглотить совершенно очевидную наживку. Но инстинкт пересилил, и он покосился на стол.

Там было вовсе не оружие. Однако находившийся на столе предмет приковал внимание ученого, вынудив его потерять еще несколько секунд драгоценного времени.

В центре стола находился простой медный ларец, покрытый древней патиной. Ларец имел пятиугольную форму, и его крышка была открыта. Внутри ларца в пяти подбитых бархатом отделениях покоились пять клейм. Клейма были выкованы из железа — большие рельефные наконечники с толстыми деревянными рукоятками. Лэнгдон не сомневался, что рельефные буквы образуют слова: ИЛЛЮМИНАТИ, ЗЕМЛЯ, ВОЗДУХ, ОГОНЬ, ВОДА.

Американец резко оглянулся, опасаясь, что ассасин, воспользовавшись временной потерей его внимания, совершит нападение. Но тот и не думал этого делать. Создавалось впечатление, что эта игра его не только позабавила, но даже несколько освежила. Лэнгдон с трудом заставил себя сосредоточить внимание на противнике. Но ларец по-прежнему не выходил у него из головы. И не только потому, что вид клейм оказал на него гипнотическое воздействие: лишь немногие ученые верили в существование этих предметов, не говоря уже о том, чтобы их увидеть. До Лэнгдона вдруг дошло, что в ларце присутствовало нечто такое, что вызвало у него неосознанную тревогу. Пока ассасин совершал очередной маневр, ученый ухитрился бросить еще один взгляд на медную шкатулку.

Боже!

Пять клейм помещались в ларце в пяти отделениях, расположенных вдоль каждой из сторон пентаграммы. Но в центре шкатулки имелось еще одно отделение. Оно было пустым, однако явно предназначалось для еще одного клейма... гораздо большего, чем остальные, и при этом с квадратной головкой.

Последовавшая атака была молниеносной.

Ассасин обрушился на него, как хищная птица. Лэнгдон, чье внимание противнику все же удалось отвлечь, попытался остановить нападение, но железный прут в его руке стал тяжелым, словно ствол дерева, и ответный удар оказался слишком медленным. Ассасин сумел увернуться, а когда Лэнгдон возвращал свое оружие в исходное положение, убийца мгновенно выбросил вперед руку и схватился за прут. Захват оказался на редкость сильным, ушиб руки от падения саркофага никак не давал о себе знать. Противники молча тянули ржавую железку каждый в свою сторону.

Лэнгдон почувствовал, как железо скользит в его руках, и его ладони обожгла нестерпимая боль. Еще через несколько секунд Лэнгдон понял, что заостренный конец прута уже направлен на него. Охотник превратился в добычу.

Лэнгдону показалось, что на него обрушился тайфун. Ассасин с улыбкой нанес серию ложных ударов, пытаясь прижать противника к стене.

— Помните вашу американскую поговорку? — ухмыляясь, спросил убийца. — О кошке, которую сгубило любопытство?

Он двигался настолько быстро, что Лэнгдону с трудом удавалось следить за его перемещениями. Он проклинал себя за совершенно непростительное легкомыслие. Тем не менее мысли об увиденном никак его не оставляли. Шестое клеймо иллюминатов?

— Я никогда ничего не читал о шестом клейме братства «Иллюминати», — машинально пробормотал он себе под нос.

Оказалось, что эти слова были произнесены достаточно громко, и ассасин их услышал.

— Думаю, все же читали, — ухмыльнулся убийца, вынуждая Лэнгдона отступать вдоль овальной стены.

Ученый же пребывал в полной растерянности. Он был уверен, что ничего не слышал о шестом клейме. У иллюминатов их было всего пять. Он пятился назад, оглядывая комнату в поисках хоть какого-нибудь оружия.

— Абсолютный союз четырех древних элементов природы, — сказал ассасин, не прекращая наступления. — Последнее клеймо по своему совершенству превосходит все остальные. Однако боюсь, что увидеть его вам все же не удастся.

Лэнгдон в этот момент вообще мало что видел. Он продолжал пятиться, лихорадочно пытаясь найти путь к спасению.

— А вы его видели? — спросил он, пытаясь выиграть время.

— Возможно, когда-нибудь я удостоюсь этой чести. Если сумею себя проявить. — Ассасин сделал выпад в сторону Лэнгдона, явно наслаждаясь этой игрой.

Лэнгдон снова успел отскочить назад. Ему казалось, что противник гонит его вдоль стены в какое-то заранее намеченное место. Но куда? Американец не мог позволить себе оглянуться.

— Клеймо... — выдавил он, — ...где оно?

— Не здесь. Оно может находиться только у Януса.

— Януса? — переспросил Лэнгдон, который не знал человека с таким именем.

— Вождь братства «Иллюминати». Он скоро должен прибыть в Ватикан.

— Глава иллюминатов должен появиться здесь?

— Для того, чтобы осуществить последнее клеймение.

Лэнгдон бросил испуганный взгляд на Витторию. Девушка выглядела на удивление спокойной. Закрыв глаза, она дышала размеренно и глубоко. Создавалось впечатление, что Виттория полностью отгородилась от окружающего ее мира. Неужели ей предстоит стать последней жертвой? Или, может быть, это будет он сам?

— Какая самоуверенность! — презрительно фыркнул ассасин, вновь прочитав мысли ученого. — И вы, и она — ничто. Вы оба, вне сомнения, умрете. В отличие от вас последняя жертва, которую я имею в виду, является по-настоящему серьезным противником.

Лэнгдон попытался сообразить, о ком может говорить ассасин. Опасный противник? Все наиболее влиятельные кардиналы умерщвлены. Папа мертв. Иллюминаты всех их уничтожили. Лэнгдон прочитал ответ в глазах ассасина.

Камерарий.

В течение всего времени, пока разыгрывалась эта трагедия, камерарий Карло Вентреска оставался для мира единственным лучом надежды. Камерарий за один вечер сделал для разоблачения иллюминатов больше, чем все специалисты по теории заговоров за десятилетия. За это, видимо, ему и придется заплатить жизнью. Братство «Иллюминати» избрало его своей последней жертвой.

— Вам до него никогда не добраться, — с вызовом бросил Лэнгдон.

— Это сделаю не я, — ответил ассасин, вынуждая противника продвинуться чуть дальше вдоль стены. — Эта честь принадлежит самому Янусу.

— Неужели вождь иллюминатов намерен лично заклеймить камерария?

— Власть имеет право на привилегии.

— Но сейчас никто не может проникнуть в Ватикан!

— Только в том случае, если не имеет приглашения, — самодовольно ухмыльнулся ассасин.

Лэнгдон перестал что-либо понимать. Единственным человеком, чьего появления в данный момент ждали в стенах Ватикана, был неизвестный, которого пресса успела окрестить «самаритянином последнего часа». Человек, который, по словам Рошера, обладал информацией, способной спасти...

О Боже!

Ассасин, увидев замешательство Лэнгдона, радостно фыркнул.

— Меня тоже занимал вопрос, каким образом Янус сможет попасть в Ватикан. Но затем в машине я услышал по радио сообщение о «самаритянине последнего часа». Ватикан примет его с распростертыми объятиями, — с улыбкой закончил ассасин.

Лэнгдон от неожиданности пошатнулся и едва не упал. Янус — «самаритянин последнего часа»! Какой чудовищный обман! Вожак иллюминатов с королевскими почестями будет доставлен прямиком в палаты камерария. Но каким образом Янусу удалось ввести в заблуждение капитана Рошера? Или Рошер с самого начала был замешан в заговоре? При этой мысли Лэнгдон похолодел. Надо сказать, что с того момента, когда он чуть не задохнулся в секретном архиве Ватикана, он перестал доверять этому швейцарцу.

Ассасин сделал резкий выпад и слегка зацепил бок Лэнгдона.

Американец отпрыгнул назад и яростно выдохнул:

— Янусу ни за что не удастся вернуться оттуда живым!

— Есть идеи, ради которых стоит пожертвовать жизнью, — пожав плечами, ответил ассасин.

Лэнгдон понял, что убийца говорит серьезно. Янус прибывает в Ватикан с самоубийственной миссией. Неужели для него это вопрос чести? За какую-то долю секунды мозг Лэнгдона воссоздал всю цепь ужасных событий. Заговор иллюминатов приблизился к логической развязке. Клирик, которого они, убив папу, непроизвольно привели к власти, оказался весьма достойным соперником, и вот теперь в последнем акте исторической драмы лидер сообщества «Иллюминати» решил лично его уничтожить.

Лэнгдон вдруг ощутил, что стена за его спиной исчезла. Он сделал шаг назад, куда-то в ночь, и тотчас почувствовал дуновение ветра. Балкон! Теперь он понял, куда направлял его ассасин.

За его спиной открывался обрыв высотой в сто футов. Внизу, у основания цитадели, находился мощенный камнем внутренний двор. Лэнгдон видел его по пути к Храму Света. Не теряя ни секунды, ассасин резко бросился вперед и сделал глубокий выпад. Острие его импровизированного копья было направлено точно в грудь американца. Лэнгдон все же успел отскочить, и металл, пробив рубашку, едва коснулся тела. Ассасин отвел металлический прут немного назад, готовясь нанести последний решающий удар. Лэнгдон отступил еще на шаг и уперся в балюстраду балкона. Понимая, что следующий удар будет смертельным, ученый совершил абсолютно нелепое действие. Обернувшись, он исхитрился схватиться за металлический прут. Ладонь обожгла острая боль, но он не отпустил ржавое железо.

На ассасина отчаянный поступок ученого, казалось, не произвел никакого впечатления. Каждый из них тянул обломок металла в свою сторону. Их лица сблизились настолько, что Лэнгдон в полной мере ощущал зловонное дыхание убийцы. Прут начал постепенно выскальзывать из его руки. Ассасин существенно превосходил американца силой. В последнем отчаянном акте самообороны, рискуя потерять равновесие, Лэнгдон вытянул ногу, чтобы ударить по поврежденному пальцу убийцы. Но его противник был профессионалом и умело защищал свое слабое место.

Неудачно разыграв свой последний козырь, Лэнгдон осознал, что проиграл всю партию.

Ассасин вдруг перестал тянуть прут на себя. Вместо этого он резко толкнул Лэнгдона назад и тем самым окончательно прижал его к перилам. Затем убийца схватил свое оружие за концы и надавил прутом на грудь противника. Ограждение балкона оказалось слишком низким. Оно не доходило даже до ягодиц Лэнгдона. Ассасин продолжал давить, и тело ученого прогнулось назад над зияющей пустотой.

— Ma'assalamah, — произнес убийца. — Прощайте.

С этими словами он в последний раз надавил железным прутом на грудь профессора. Центр тяжести тела Лэнгдона сместился назад, и его ступни оторвались от пола. Повинуясь инстинкту самосохранения, ученый схватился за ограждение и вывалился в пустоту. Левая его рука соскользнула, но правой он держался крепко. Все кончилось тем, что он повис вниз головой, зацепившись за ограждение одной рукой и согнутыми в коленях ногами.

Над ним нависала темная фигура ассасина, готового нанести решающий удар. Когда прут пришел в движение, перед Лэнгдоном возникло удивительное видение. Возможно, это был предвестник неотвратимой смерти или просто результат слепого ужаса, но позади темной фигуры убийцы он увидел какое-то необычное сияние. Казалось, что буквально из ничего вокруг ассасина вдруг возникла светящаяся аура... а еще через миг Лэнгдон увидел быстро приближающийся огненный шар.

Убийца вдруг выронил свое оружие и издал страшный вопль. Железный прут, звякнув рядом с ученым об ограду балкона, полетел вниз. Ассасин повернулся к Лэнгдону спиной, и в этот миг американец увидел ярко пылающий факел. Лэнгдон подтянулся повыше, и перед его взором предстала Виттория. Глаза девушки горели ненавистью и жаждой мести.

Она, размахивая факелом, стояла лицом к лицу с убийцей. Лэнгдон не мог понять, как ей удалось освободиться. Впрочем, это не имело никакого значения. Ученый начал перебираться через барьер назад на балкон.

Схватка не должна затягиваться. Ассасин по-прежнему оставался смертельно опасным противником. Хрипя от ярости, убийца бросился на Витторию. Девушка попыталась уклониться, но ассасин успел схватить факел и теперь пытался вырвать его из ее рук. Не теряя ни мгновения, Лэнгдон перебросил тело через барьер и ударил кулаком в черный пузырь ожога на обнаженной спине убийца. В этот удар он вложил все свои силы.

Вопль, вырвавшийся из горла ассасина, наверняка был слышен в Ватикане.

Убийца на мгновение замер, выгнувшись назад и выпустив из рук факел. Виттория ткнула клубком огня прямо ему в лицо. Послышалось шипение горящей плоти, и убийца лишился левого глаза. Ассасин снова вскрикнул и закрыл лицо руками.

— Око за око! — прошипела Виттория и, взмахнув факелом, словно бейсбольной битой, нанесла еще один удар.

Ассасин, едва удержавшись на ногах, отступил к ограде балкона. Лэнгдон и Виттория одновременно бросились к нему и толкнули его в грудь. Убийца перевалился через ограждение и полетел в темноту. На этот раз он даже не вскрикнул. Они услышали лишь звук глухого удара и хруст ломающегося позвоночника. Ассасин рухнул спиной на сложенную под самым балконом пирамиду из мраморных ядер.

Лэнгдон обернулся и в немом изумлении посмотрел на Витторию. Глаза девушки горели адским пламенем, а с ее плеч свободно свисали недавно стягивающие ее путы.

— Гудини* тоже был знаком с системой йогов, — сказала она.

ГЛАВА 109

А тем временем на площади Святого Петра швейцарские гвардейцы выкрикивали приказы и размахивали руками, пытаясь удалить зевак на безопасное расстояние. Успех в этом благородном деле гвардейцам явно не сопутствовал. Толпа была слишком плотной, а предстоящая гибель Ватикана, похо-

* Гарри Гудини (1874—1926) — знаменитый американский иллюзионист и шоумен, прославившийся искусством освобождаться от любых оков.

16 Зак. 1526

же, интересовала зрителей гораздо больше, чем их собственная безопасность. На установленных по периметру площади гигантских экранах в прямом эфире демонстрировалась ловушка антивещества с дисплеем, ведущим отсчет оставшегося до взрыва времени. Это делалось по прямому указанию камерария. К сожалению, даже изображение сосуда с быстро меняющимися на дисплее цифрами оказалось неспособным отпугнуть любопытствующих. Видя перед собой каплю антивещества, зеваки решили, что эта кроха не столь опасна, как им пытаются внушить. Кроме того, для спасения у них, как им казалось, оставалась еще уйма времени — почти сорок пять минут.

Тем не менее швейцарские гвардейцы единодушно решили, что отважный шаг камерария, решившего поведать миру правду и привести зримые доказательства преступного заговора иллюминатов, явился гениальным политическим маневром. Сообщество «Иллюминати», вне всякого сомнения, рассчитывало на то, что Ватикан проявит свою обычную скрытность. Однако заговорщики обманулись в своих ожиданиях. Камерарий Карло Вентреска проявил себя подлинным стратегом.

В Сикстинской капелле кардинал Мортати не находил себе места. Стрелки часов миновали четверть двенадцатого. Многие коллеги кардинала продолжали молиться, но остальные топтались рядом с дверями, не скрывая своей тревоги в связи с приближением назначенного часа. Некоторые из них, утратив контроль над собой, принялись молотить кулаками в запертые двери.

Стоящий с другой стороны лейтенант Шартран прислушивался к этому отчаянному стуку, не зная, как поступить. Он посмотрел на часы. Стрелки давно перевалили за одиннадцать. Но капитан Рошер дал точный приказ — не выпускать кардиналов без его особого распоряжения. Стук в дверь становился все более настойчивым, и Шартран начал беспокоиться по-настоящему. Может быть, капитан просто забыл отдать приказ? После таинственного телефонного звонка все его действия стали казаться лейтенанту, мягко говоря, странными.

Шартран достал портативную рацию.

— Капитан! — сказал он после того, как произошло соединение. — Говорит Шартран. Назначенное время прошло. Не следует ли мне открыть Сикстинскую капеллу?

— Дверь должна оставаться на запоре. Мне кажется, я дал вам прямые указания на этот счет.

— Так точно, сэр, я просто...

— С минуты на минуту прибывает наш гость. Возьмите несколько человек и выставьте караул у дверей папского кабинета. Камерарий ни при каких обстоятельствах не должен его покидать.

— Простите, сэр, я не...

— Чего вы не понимаете, лейтенант? Я неясно выразился?

— Я все понял, сэр. Приступаю.

Несколькими этажами выше, в папском кабинете, камерарий, стоя на коленях рядом с камином, возносил молитву: «Придай мне силы, Творец, сотвори чудо». Закончив молиться, камерарий машинально пошевелил уголь в очаге, размышляя о том, сможет ли он пережить эту ночь.

ГЛАВА 110

Одиннадцать часов двадцать три минуты. Тридцать семь минут до полуночи.

Виттория, содрогаясь всем телом, стояла на балконе замка Святого ангела. Девушка смотрела на ночной Рим полными слез глазами. Ей страшно хотелось обнять Роберта Лэнгдона. Но сделать это она была не в состоянии. Ее тело словно онемело, так, как бывает при наркозе. Она медленно приходила в себя после пережитого шока. Человек, убивший ее отца, лежал мертвый в темном дворе замка, и она сама едва не стала его жертвой.

Когда Лэнгдон прикоснулся к ее плечу, она вдруг ощутила тепло, которое мгновенно растопило лед. Ее тело вернулось к жизни. Туман рассеялся, и она повернулась лицом к своему спасителю. Роберт выглядел просто ужасно. Казалось, что для того, чтобы спасти ее, он прошел сквозь ад. Ну если и не через ад, то через чистилище — точно.

— Спасибо... — прошептала она.

Лэнгдон послал ей вымученную улыбку и напомнил, что это она заслуживает благодарности, ее умение выворачивать суставы спасло им жизнь. Виттория вытерла глаза. Ей казалось, что она может оставаться рядом с ним вечно, однако передышка оказалась очень короткой.

— Нам надо выбираться отсюда, — сказал он.

Мысли Виттории были обращены в другую сторону. Она смотрела на Ватикан. Самое маленькое в мире государство находилось совсем рядом. Сейчас оно было залито ослепительным светом многочисленных прожекторов прессы. К своему ужасу, она увидела, что площадь Святого Петра все еще кишит людьми. Швейцарским гвардейцам удалось отогнать толпу на каких-то полтораста футов, и лишь небольшая площадка перед самой базиликой была свободна от зевак. Меньше чем треть площади. Все прилегающие улицы были забиты машинами и людьми. Те, кто находился на безопасном расстоянии, всеми силами пытались протиснуться поближе к центру событий, блокируя путь тем, кого швейцарцы стремились удалить с площади. Люди находятся слишком близко! Очень близко!!!

— Я иду туда! — бросил Лэнгдон.

— В Ватикан? — не веря своим ушам, обернулась к нему Виттория.

Лэнгдон сказал ей о «самаритянине» и о его уловке. Предводитель сообщества «Иллюминати» по имени Янус должен прибыть в Ватикан, чтобы заклеймить камерария. Этот акт был призван символизировать окончательную победу иллюминатов.

— Никто в Ватикане об этом не знает, — пояснил Лэнгдон, — и у меня нет возможности связаться со Святым престолом. Поскольку этот парень может прибыть в любую минуту, надо предупредить гвардейцев до того, как они его пропустят.

— Но тебе ни за что не пробиться сквозь толпу.

— Путь туда существует, — без тени сомнения заявил ученый. — Можешь мне поверить.

Виттория догадалась, что Лэнгдон знает нечто такое, что ей неизвестно.

— Я иду с тобой.

— Нет. Зачем идти на риск нам обоим, если...

— Я найду способ убрать людей с площади! Им грозит страшная опас...

Закончить фразу ей не удалось. Балкон, на котором они стояли, задрожал, а от оглушительного звука над головой содрогнулся весь замок. И в тот же миг им в глаза ударил поток ослепительно белого света, вспыхнувшего над площадью Святого Петра. «Боже мой, — подумала Виттория, — аннигиляция произошла раньше времени!»

Но вместо раскатов взрыва до них донесся приветственный рев толпы. Виттория, прищурившись, пыталась установить источник слепящего света. Оказалось, что это были лучи прожекторов прессы, направленные, как показалось Виттории, прямо на них. Люди на площади, радостно вопя и показывая на что-то пальцами, тоже смотрели в их сторону. Грохот в небе нарастал, а атмосфера на площади становилась все более радостной.

— Что за дьявол... — начал было Лэнгдон, но тут же умолк.

Небо над их головой взорвалось громовым раскатом, и из-за башни неожиданно вынырнул папский вертолет. Он летел в каких-то пятидесяти футах над их головами, держа курс на Ватикан. Когда сверкающая в лучах прожекторов машина находилась прямо над ними, замок Святого ангела задрожал. Прожектора неотрывно держали вертолет в своих щупальцах, а когда он пролетел, Лэнгдон и Виттория снова оказались в темноте.

Гигантская машина зависла над площадью Святого Петра, и Виттория с тревогой подумала, что у них не осталось времени на то, чтобы предупредить камерария.

Подняв клубы пыли, вертолет опустился на очищенный от людей участок площади у самого подножия ведущих к собору ступеней.

— А мы гадали, как он прибудет, — сказала Виттория, увидев, как к вертолету побежал какой-то человек. Она ни за что бы его не узнала, если бы на нем не было красного берета. — Прием по первому разряду. Это капитан Рошер.

— Кто-то должен их предупредить! — бросил Лэнгдон и, стукнув кулаком по балюстраде балкона, повернулся, чтобы уйти.

— Постой! — схватила его за рукав девушка.

Виттория увидела нечто такое, во что отказывалась поверить. Дрожащей рукой она показала на вертолет. Нет. Ошибки быть не могло. Даже на таком расстоянии. По наклонному трапу на площадь спускался еще один человек. Облик этого человека был настолько специфическим, что ошибиться было просто невозможно. Человек сидел в кресле. Оказавшись на ровном месте, он покатил его без видимых усилий и с удивительной скоростью.

Кайзер на своем электрическом троне. Максимилиан Колер.

ГЛАВА 111

Колер в сопровождении Рошера катился по специальному подиуму для инвалидов в направлении Апостольского дворца. Роскошь коридоров бельведера вызвала у директора ЦЕРНа отвращение. Золота, пошедшего на отделку потолка, вполне хватило бы на финансирование всех онкологических исследований в течение целого года.

— Неужели здесь нет лифта?

— Лифт имеется, но нет электричества, — ответил Рошер, показывая на освещающие темное здание свечи. — Составляющий элемент нашей стратегии поиска.

— И эта стратегия, как я полагаю, оказалась безрезультатной?

Рошер утвердительно кивнул.

У Колера начался приступ кашля. Директор подумал, что приступ, видимо, будет одним из последних, если не последним. И эта мысль доставила ему удовольствие.

Когда они, добравшись до верхнего этажа, направились к кабинету папы, им навстречу выступили четыре швейцарских гвардейца. Они были явно удивлены.

— Почему вы здесь, капитан? — спросил один из них. — Я думал, что этот человек располагает информацией, которая позволит...

— Он готов поделиться ею только с камерарием.

Швейцарцы были явно изумлены и даже не пытались этого скрыть.

— Скажите камерарию, — с напором произнес Рошер, — что его желает видеть директор ЦЕРНа Максимилиан Колер. Причем немедленно.

— Слушаюсь, синьор! — ответил один из гвардейцев и побежал к дверям кабинета.

Трое других остались на месте, преграждая путь посетителю. На Рошера они смотрели как-то странно. Можно было даже сказать, что в их взглядах сквозило подозрение.

— Придется подождать, капитан, пока мы не узнаем, желает ли камерарий видеть этого человека, — сказал один из швейцарцев.

Колер, однако, не хотел ждать. Он резко развернул свое транспортное средство и попытался объехать кордон.

Гвардейцы бросились наперерез.

— Fermati! Туда нельзя, синьор! Остановитесь!!!

Эти люди вызывали у Колера презрение. Оказывается, служащие даже элитарных подразделений безопасности испытывают жалость к калекам. Директор понимал, что будь он человеком здоровым, то уже находился бы в наручниках. Но калеки столь беспомощны. Во всяком случае, так считает весь мир.

Директор знал, что, для того чтобы свершить задуманное, у него крайне мало времени. Он также знал, что может скоро умереть. Колера даже удивляло, насколько мало его беспокоит перспектива собственной гибели. Смерть была той ценой, которую он был готов заплатить. Он уже слишком много сделал для того, чтобы позволить какому-то ничтожному камерарию по имени Карло Вентреска уничтожить дело всей его жизни.

— Синьор! — кричали гвардейцы на бегу. — Остановитесь, синьор!

Когда один из них выхватил пистолет и направил его на Колера, тому не оставалось ничего, кроме как затормозить.

В дело вмешался Рошер. Капитан выглядел очень виноватым.

— Простите, мистер Колер, — смущенно сказал он, — но вам все же придется подождать. Всего несколько секунд. Никто не смеет вступить в кабинет папы без специального разрешения. Или приглашения, если хотите.

По выражению глаз капитана директор понял, что у него нет иного выбора, кроме как ждать.

«Ну что же, — подумал Колер. — Подождем».

Со стороны гвардейцев было жестоко остановить его кресло напротив высокого зеркала в позолоченной раме. Вид собственного изуродованного тела вызвал у Колера отвращение, и с давних пор таящаяся в его сердце ярость закипела с новой силой. Как ни странно, но это его успокоило. Он находился в стане врагов — людей, которые отняли у него человеческий облик. Лишили достоинства. По их вине ему ни разу не пришлось испытать прикосновения женщины... Из-за них он не мог гордо выпрямиться, чтобы с честью принять очередную награду за научные достижения. Какой, чёрт побери, истиной владеют эти люди? Какими, к дьяволу, доказательствами они располагают? Книгой древних басен? Обещанием новых чудес? Наука творит чудеса ежедневно!

Колер несколько секунд вглядывался в свое отражение в зеркале. В окаменевшие глаза. «Сегодня я могу погибнуть от руки религии, — думал он, — но это будет уже не в первый раз».

На какой-то момент он вдруг снова увидел себя одиннадцатилетним мальчишкой в доме своих родителей во Франкфурте. Он лежит в своей постели на тончайших льняных простынях, насквозь пропитанных его потом. Юному Максу казалось, что его бросили в огонь. Тело мальчика раздирала дикая боль. Рядом с кроватью на коленях стояли его отец и мать. Они истово молились вот уже двое суток.

В тени в углу комнаты стояли три лучших медика города Франкфурта.

— Умоляю вас пересмотреть свое решение! — воскликнул один из врачей. — Взгляните на мальчика! Лихорадка усиливается. Он страдает от боли. Ему грозит смертельная опасность!

Но Макс, еще не слыша ответа, знал, что скажет мама.

Gott wird ihn beschuetzen.

«Да, — подумал Макс, — Бог меня защитит. — Вера в правоту мамы придавала ему силы. — Бог меня защитит».

Час спустя Максу стало казаться, что по его телу взад-вперед ездит грузовик. Мальчик был не в силах вдохнуть воздух, чтобы заплакать.

— Ваш ребенок ужасно страдает, — произнес другой врач. — У меня в саквояже есть лекарство, единственная инъекция которого...

— Ruhe, bitte!* — не открывая глаз, оборвал врача отец Макса. Он продолжал возносить молитвы к Богу.

«Папа, ну пожалуйста! — хотелось крикнуть Максу. — Разреши им остановить боль!»

Но его мольба утонула в приступе кашля.

Через час боль стала еще сильнее.

— Ваш сын может стать паралитиком, — не сдавался один из медиков. — Или даже умереть! В нашем распоряжении имеется лекарство, способное ему помочь!

Фрау и герр Колер не позволили врачам начать лечение. Они не верили в медицину и медиков. Кто они такие, чтобы вмешиваться в великие замыслы самого Господа? Родители считали, что надо молиться еще усерднее. Ведь если Бог благословил их этим ребенком, то почему Он вдруг станет отнимать его у них? Мама шептала на ухо сыну, чтобы тот крепился. Она сказала, что Бог испытывает его... так же, как испытывал Авраама... проверяет крепость веры.

Макс пытался укрепиться в вере, но невыносимая боль мешала ему это сделать.

— Я больше не в силах на это смотреть! — крикнул один из врачей и выбежал из комнаты.

* Помолчите, пожалуйста! (*нем.*)

К рассвету в Максе сознание едва теплилось. Все его мышцы напряглись в болевой судороге.

«Где же Ты, Спаситель? — спрашивал мальчик в полубреду. — Неужели Ты меня не любишь?!» Ему казалось, что жизнь уходит из его тела.

Мама так и уснула, стоя на коленях рядом с постелью и обнимая сына. Отец Макса стоял у окна и невидящими глазами смотрел в розовеющее небо. Казалось, он находится в трансе. Макс слышал его ровное бормотание. Отец продолжал молить Всевышнего о ниспослании исцеления его сыну.

Именно в этот миг Макс заметил парящую над ним фигуру. Неужели ангел? Мир перед ним был словно в тумане, и он почти ничего не видел. Фигура что-то прошептала ему на ухо, но это не было голосом посланца небес. Макс узнал одного из врачей... того, который вот уже более двух дней сидел в углу комнаты, не переставая умолять родителей мальчика разрешить ему использовать новейшее английское лекарство.

— Я никогда не прощу себе, если не сделаю этого, — прошептал доктор, осторожно поднимая исхудавшую ручонку ребенка. — Это надо было сделать давно.

Макс почувствовал легкий укол. За раздирающей тело болью он был почти незаметен.

После этого доктор быстро собрал свои вещи. Но прежде чем уйти, он положил ладонь на лоб мальчика и сказал:

— Это должно спасти тебе жизнь. Я верю в великую силу медицины.

Через несколько минут Максу показалось, что его жилы наполняются какой-то волшебной жидкостью. По всему его телу, гася боль, начало разливаться тепло. И наконец он уснул. В первый раз за несколько дней.

Когда жар прекратился, родители возвестили об очередном чуде. Но когда выяснилось, что их сын навсегда останется калекой, они пали духом и, усадив сына в инвалидное кресло, покатили его в церковь за советом.

— Ваш сын выжил лишь Божьей милостью, — сказал им священник.

Макс молча слушал слова патера.

— Но он же не может ходить! — рыдала фрау Колер.

— Да, — печально кивнул священнослужитель. — Думаю, что Господь наказал его за недостаток веры.

— Мистер Колер! — Это был швейцарский гвардеец, который заходил в кабинет папы. — Камерарий сказал, что согласен дать вам аудиенцию.

Колер пробурчал что-то невнятное и покатил по залу.

— Ваш визит вызвал у него удивление, — продолжал швейцарец.

— Не сомневаюсь, — ответил Колер, не прекращая движения. — Но я хотел бы встретиться с ним тет-а-тет.

— Это невозможно. Никто...

— Лейтенант! — пролаял Рошер. — Встреча произойдет так, как того желает мистер Колер.

Швейцарец, казалось, не поверил своим ушам.

Однако у самых дверей кабинета Рошер разрешил своим швейцарцам провести стандартную процедуру досмотра. Но в кресло Колера было вмонтировано такое количество разнообразной электроники, что их ручные детекторы оказались абсолютно бесполезными. Швейцарцы обыскали и директора, но, поскольку перед ними был калека, сделали это довольно небрежно. Револьвера, скрытого под сиденьем инвалидного кресла они не обнаружили. Не нашли они и еще одного предмета... той вещи, которая должна была поставить финальную точку в событиях этого затянувшегося вечера.

Когда Колер вкатился в кабинет, он увидел, что камерарий стоит в одиночестве на коленях перед угасающим камином. При появлении посетителя клирик даже не открыл глаза.

— Признайтесь, мистер Колер, — произнес он, — ведь вы явились сюда для того, чтобы сделать из меня мученика. Не так ли?

ГЛАВА 112

А в это время Лэнгдон и Виттория бежали по узкому, ведущему в Ватикан тоннелю, именуемому Il Passetto. Факел в руках Лэнгдона выхватывал из тьмы лишь несколько ярдов пространства перед ними. Расстояние между стенами подземного хода едва позволяло пройти одному человеку, потолок был низким, а воздух — промозглым. Лэнгдон бежал в темноту, Виттория мчалась следом.

После того как они покинули замок Святого ангела, тоннель пошел резко вверх и, врезавшись в стену бастиона, стал напоминать древнеримский акведук. Далее он тянулся горизонтально до самого Ватикана.

Пока Лэнгдон бежал, перед его мысленным взором, как в калейдоскопе, мелькали какие-то смутные образы: Колер, Янус, ассасин, Рошер... шестое клеймо... «Уверен, что вы читали о шестом клейме, — сказал убийца и добавил: — Последнее клеймо по своему совершенству превосходит все остальные». Лэнгдон был уверен, что не только не читал, но и не слышал о существовании шестого клейма. Даже в рассказе крупнейших знатоков теории заговоров не было никаких указаний, намеков или домыслов относительно существования подобного артефакта. При этом ходили упорные слухи о многочисленных золотых слитках и об уникальном, безукоризненном по форме алмазе, получившем название «Ромб иллюминати». Одним словом, о шестом клейме никаких упоминаний не имелось.

— Колер не может быть Янусом, — объявила Виттория, не снижая темпа. — Это невозможно!

«Невозможно» было как раз тем словом, которое Лэнгдон на этот день вообще выбросил из своего лексикона.

— Не уверен! — крикнул он через плечо. — У Колера есть серьезные причины быть недовольным церковью, и, кроме того, он пользуется колоссальным влиянием.

— В глазах людей этот кризис превращает ЦЕРН в какое-то чудовище! Макс никогда не пойдет на то, чтобы бросить тень на репутацию заведения.

Как бы то ни было, думал Лэнгдон, но ЦЕРН этим вечером получил серьезную взбучку. И этот удар по репутации учреждения стал прямым следствием той публичности, которую иллюминаты постарались придать своим действиям. Однако он не мог решить, какой реальный ущерб понес этот всемирно известный научный центр. Критика со стороны церкви была для ЦЕРНа явлением вполне привычным, и чем больше Лэнгдон думал о происходящем, тем тверже укреплялся во мнении, что этот кризис скорее всего пойдет институту на пользу. Если целью заговора была реклама учреждения, то антивещество — это тот джекпот, получить который захотят многие страны и десятки, если не сотни самых влиятельных фирм. Вся планета говорила сейчас только о ЦЕРНе и о созданном им антивеществе.

— Ты знаешь, что сказал однажды Пи-Ти Барнум*? — спросил Лэнгдон. — Он сказал: «Мне плевать, что вы обо мне говорите, но только произносите мое имя без ошибок!» Держу пари, что сейчас под покровом тайны выстраивается очередь из желающих приобрести лицензию на производство антивещества. А после того как в полночь они увидят истинную мощь...

— Ты не прав, — прервала она его. — Демонстрация деструктивной силы достижений науки не может служить рекламой. А что касается антивещества, то его разрушительная мощь, поверь мне, просто ужасна!

— В таком случае все может быть гораздо проще, — сказал Лэнгдон, бросив тревожный взгляд на постепенно гаснущее пламя факела. — Колер мог сделать ставку на то, что Ватикан в своей обычной манере сохранит все в тайне и вообще не станет упоминать об антивеществе, чтобы не повышать авторитета братства «Иллюминати». Ведь до последнего времени церковь упорно твердила, что сообщество давно перестало существовать. Однако камерарий кардинально изменил правила игры.

Некоторое время они бежали молча. И вдруг подлинная картина событий предстала перед Лэнгдоном во всей своей полноте.

---

* П.Т. Барнум (1810—1891) — предприниматель в сфере развлечений. Произвел переворот в цирковом искусстве. Одним из первых понял значение пиара для шоу-бизнеса.

— Точно! Колер никак не рассчитывал на подобную реакцию камерария. Вентреска нарушил многовековую традицию Ватикана не сообщать внешнему миру о возникающих в его стенах кризисах и повел себя с предельной откровенностью. Во имя Бога он позволил показать по телевизору ловушку с антивеществом. Это был блестящий ход, которого Колер совершенно не ожидал. И по иронии судьбы удар, который нанесли иллюминаты, обрушился на них самих. Сами того не желая, они сделали из камерария нового и очень авторитетного вождя церкви. Колер явился, чтобы его ликвидировать!

— Макс, конечно, мерзавец, — сказала Виттория, — но он не убийца и никоим образом не мог быть замешан в смерти папы.

В памяти Лэнгдона прозвучали слова Колера, произнесенные им тысячу лет назад в ЦЕРНе: «В научных кругах у Ветра было множество врагов. Его ненавидели ревнители чистоты науки. Они утверждали, что использование аналитической физики для утверждения религиозных принципов представляет собой вероломное предательство науки».

— Не исключено, что Колер узнал об антивеществе несколько недель назад, и ему не понравилось, что это открытие может содействовать укреплению религии.

— И из-за этого он убил моего отца? Чушь! Кроме того, Макс Колер не знал о существовании нашего проекта.

— Вполне вероятно, что, пока ты отсутствовала, твой отец не выдержал и решил посоветоваться с директором о том, как поступить дальше. Ты же сама говорила, что отца беспокоили моральные последствия открытия субстанции, обладающей столь разрушительной силой.

— Просить нравственной поддержки у Максимилиана Колера? — презрительно фыркнула Виттория. — Не думаю, что папа мог это сделать!

Тоннель поворачивал на запад. Чем быстрее они бежали, тем более тусклым становился свет факела в руках Лэнгдона. Он опасался, что, когда тот погаснет окончательно, они окажутся в полной темноте.

— Кроме того, — продолжала приводить свои аргументы Виттория, — с какой стати Колер стал звонить тебе рано утром и просить о помощи, если сам стоял у истоков заговора?

Лэнгдон уже задумывался об этом и поэтому ответил без задержки:

— Обращением ко мне он прикрыл свои тылы. После этого никто не мог обвинить его в бездействии в условиях разразившегося кризиса. Скорее всего Колер не ожидал, что нам удастся продвинуться так далеко.

Мысль о том, что он стал объектом манипуляций со стороны директора ЦЕРНа, выводила Лэнгдона из себя. Участие известного ученого в решении кризиса повышало авторитет иллюминатов. Пресса весь вечер цитировала выдержки из его публикаций, а присутствие в Ватикане профессора Гарварда убеждало скептиков в том, что сообщество «Иллюминати» — не давно канувший в Лету факт истории, а современная сила, с которой следует считаться.

— Репортер Би-би-си уверен, — продолжал американец, — что ЦЕРН стал новым убежищем иллюминатов.

— Что?! — едва не споткнувшись от изумления, воскликнула Виттория. — Он это сказал?

— Да. В прямом эфире. Он сравнил ЦЕРН с масонской ложей — безвредной организацией, послужившей иллюминатам своеобразной крышей. Подавляющему большинству членов организации об этом, естественно, неизвестно.

— Бог мой! Это же приведет к гибели института!

Лэнгдон не был уверен в столь плачевном для центра исходе, однако высказанная тем репортером гипотеза перестала казаться ему притянутой за уши. ЦЕРН служил домом для сотен ученых из десятков стран мира и имел множество источников частного финансирования. А Максимилиан Колер был директором этого могущественного учреждения.

Да, Янус — это Колер.

— Если Колер не имеет к этому никакого отношения, — сказал Лэнгдон, как ему самому показалось, с вызовом, — то с какой стати он здесь?

— Видимо, для того, чтобы положить конец этому безумию. Чтобы продемонстрировать свою поддержку. В конце концов, он может оказаться настоящим самаритянином! Не исключено, что директору стало известно, кто знал об антивеществе, и он явился, чтобы поделиться этой информацией.

— Убийца сказал, что Янус прибывает, чтобы заклеймить камерария.

— Ты понимаешь, что говоришь? Это же самоубийство! Максу не выбраться оттуда живым.

«Может быть, как раз в этом еще одна цель его миссии», — подумал Лэнгдон, но ничего не сказал.

Сердце Лэнгдона едва не оборвалось, когда немного впереди в полутьме возникли очертания перегораживающей тоннель металлической двери. Однако, приблизившись к преграде, они увидели, что старинный замок висит в петлях открытым. Дверь отворилась безо всякого усилия.

Лэнгдон облегченно вздохнул, убедившись в правильности своей догадки о том, что древним тоннелем пользовались. Совсем недавно. А если быть абсолютно точным, то сегодня. Он не сомневался, что четверо дрожащих от ужаса кардиналов были тайно доставлены в узилище именно этим путем.

Они возобновили бег. Откуда-то слева до Лэнгдона доносилась какофония звуков. Это шумела площадь Святого Петра. До цели было рукой подать.

Вскоре они уперлись в еще одну дверь. Она была более массивной, чем первая, но тоже оказалась незапертой. Как только они прошли через нее, звуки на площади замерли где-то у них за спиной, и Лэнгдон понял, что они вступили в пределы Ватикана. Лэнгдона занимал вопрос, в каком месте заканчивается этот древний проход. В садах? В базилике? В папской резиденции?

Затем тоннель вдруг кончился.

Тяжеленная дверь, в которую они уперлись, являла собой стену из клепаного железа. Даже в умирающем свете факела Лэнгдон смог увидеть, что поверхность двери была совершенно ровной. На ней не было ни ручек, ни петель, ни замочных скважин. Возможность входа с их стороны исключалась.

Лэнгдон вдруг ощутил, что на него накатывает очередная волна паники. На жаргоне архитекторов эта весьма редкая разновидность дверей именовалась senza chiave, или односторонним порталом. Подобные двери создавали в целях безопасности, и открыть их можно было лишь с одной стороны. С той, противоположной им, стороны. Надежды Лэнгдона и факел в его руке угасли почти одновременно.

Он посмотрел на часы. Микки на циферблате, слава Богу, продолжал светиться.

Одиннадцать двадцать девять.

Издав вопль, в котором звучало отчаяние бессилия, Лэнгдон отбросил факел и принялся колотить в дверь.

ГЛАВА 113

Нет, здесь явно что-то не так.

Лейтенант Шартран стоял на часах у дверей папского кабинета, ощущая то же напряжение, которое испытывали находящиеся рядом с ним гвардейцы. Похоже, они полностью разделяли беспокойство офицера. Встреча, конфиденциальность которой они охраняли, была призвана спасти Ватикан от гибели. Во всяком случае, так утверждал Рошер. В свете этих слов капитана Шартран совершенно не понимал, почему инстинктивно он чувствовал опасность. Почему так странно ведет себя Рошер?

Нет, определенно здесь что-то не так.

Капитан Рошер стоял справа от Шартрана, глядя прямо перед собой. Взгляд начальника казался лейтенанту каким-то отрешенным, что капитану было совершенно несвойственно. Весь последний час Рошер вел себя очень подозрительно, принимая абсолютно нелепые решения.

«Кто-то из нас обязан присутствовать на встрече, — подумал Шартран, услышав, как Колер запирает за собой дверь. — Почему Рошер позволяет ему это делать?!»

Но было во всем этом и нечто такое, что тревожило лейтенанта еще сильнее. Кардиналы. Они по-прежнему оставались в Сикстинской капелле. Но это же безумие! Камерарий хотел, чтобы их эвакуировали еще пятнадцать минут назад! Рошер отменил это распоряжение, не поставив в известность камерария. Когда Шартран выразил свое беспокойство, капитан едва не оторвал ему голову. Приказы старших по званию в швейцарской гвардии обсуждению не подлежали, а Рошер в данный момент был командиром.

«Осталось всего полчаса, — подумал Рошер, взглянув на свой хронометр швейцарского производства. — Поторопись же ты, ради Бога!»

Шартран жалел, что не слышит, о чем говорят по ту сторону двери. Он понимал, что никто не сможет справиться с кризисом лучше, чем камерарий. На этого человека сегодня обрушились тяжелые испытания, но он не дрогнул. Камерарий встретил врага с открытым забралом... Честный и искренний, он служил для всех яркой путеводной звездой и образцом поведения. Шартран гордился тем, что принадлежит к католической вере. Бросив вызов камерарию Вентреска, иллюминаты совершили большую ошибку.

Но размышления лейтенанта прервал какой-то странный звук, донесшийся из коридора. Это был стук — приглушенный, но очень настойчивый. Рошер повернулся к Шартрану и молча показал в сторону коридора. Лейтенант кивнул, включил фонарь и отправился искать источник шума.

Стук становился все более отчаянным. Шартран пробежал тридцать ярдов до пересечения с другим коридором. Шум доносился из-за угла за залом Клементина. Шартран ничего не понимал. Там находилась всего лишь одна комната — личная библиотека папы. Библиотека его святейшества не открывалась со дня кончины последнего понтифика. Там никого не могло быть!

Шартран пробежал по другому коридору, снова завернул за угол и бросился к библиотеке. Нельзя сказать, что деревянная дверь была очень внушительной, но в темноте даже она была похожа на угрюмого и непреклонного часового. Звук ударов определенно доносился оттуда. Шартран не знал, как поступить. Ему еще не приходилось бывать в личной библиотеке папы. Но, по правде говоря, там вообще мало кто бывал. В эту комнату можно было войти лишь в сопровождении его святейшества.

Шартран неохотно надавил на ручку двери. Как он и предполагал, дверь оказалась на замке. Лейтенант приложил ухо к деревянной панели. Стук стал более явственным. Затем он расслышал еще кое-что. Голоса! Там кто-то кричит!

Слов различить офицер не мог, но в криках явно звучали панические ноты. Неужели кто-то остался в библиотеке? Неужели швейцарские гвардейцы проявили несвойственную им небрежность, эвакуируя обитателей здания? Шартран не знал, как поступить: то ли бежать назад к Рошеру за указаниями, то ли действовать самостоятельно? К дьяволу Рошера! Шартран был офицером, и его учили принимать решения самостоятельно. Что лейтенант и сделал. Он вытащил из кобуры пистолет и выстрелил в то место, где должен был находиться язычок замка. Расчет оказался точным. Древесные щепки полетели в разные стороны, дверь распахнулась.

За порогом Шартрана встретила полнейшая тьма. Лейтенант прибавил яркость фонаря и увидел прямоугольную комнату, восточные ковры, высокие книжные шкафы из дуба, мягкий кожаный диван и мраморный камин. Ему доводилось слышать рассказы о папской библиотеке, насчитывающей три тысячи старинных томов и несметное число современных журналов и газет. Его святейшеству немедленно доставлялись все издания, которые он запрашивал. На кофейном столике рядом с диваном лежали научные и политические журналы. Они оставались нетронутыми со дня смерти папы.

Удары здесь слышались совершенно явственно. Шартран направил луч фонаря на противоположную от него стену, откуда доносился шум. Там в стене, рядом с парой кресел, он увидел массивную и казавшуюся несокрушимой металлическую дверь. В самом центре ее Шартран увидел крошечную надпись, и у него перехватило дыхание...

IL PASSETTO

* * *

Шартран смотрел и не верил своим глазам. Тайный путь спасения! Молодой офицер, конечно, слышал об Il Passetto, и до него даже доходили слухи, что вход в него находится в библиотеке. Но все при этом утверждали, что тоннелем не пользовались вот уже несколько столетий! Кто же может ломиться в дверь с другой стороны?!

Шартран постучал фонарем по панели. В ответ раздался взрыв приглушенных звуков. На смену стуку пришли голоса. Теперь они звучали громче, но все равно швейцарец лишь с огромным трудом разбирал обрывки фраз. Преграда между ним и людьми в тоннеле была слишком массивной.

— ...Колер... ложь... камерарий...

— Кто вы? — во всю силу легких гаркнул Шартран.

— ...ерт Лэнгдон... Виттория Вет...

Шартран расслышал достаточно для того, чтобы испытать замешательство. Он же не сомневался, что они погибли!

— ...дверь... Откройте!

Шартран посмотрел на массивную дверь и решил, что без динамита ее не открыть.

— Невозможно! — прокричал он в ответ. — Слишком прочная!

— ...встреча... остановите... мерарий... опасность...

Несмотря на то что его специально готовили к подобного рода экстремальным ситуациям, Шартран по-настоящему испугался. Может быть, он что-то не так понял? Сердце было готово выскочить из груди лейтенанта. Он повернулся, чтобы помчаться за помощью, но тут же окаменел. Взгляд его за что-то зацепился. Лейтенант присмотрелся получше и увидел нечто такое, что потрясло его даже больше, чем крики в потайном ходе. Из четырех замочных скважин двери торчали четыре ключа. Шартран снова не поверил своим глазам. Ключи? Как они здесь оказались? Ключам от этой двери положено храниться в одном из сейфов Ватикана! Ведь потайным ходом не пользовались несколько столетий!

Шартран бросил фонарь на пол и обеими руками схватился за головку ключа. Механизм заржавел и поддавался с трудом, но все же сработал. Кто-то пользовался дверью совсем недавно. Шартран открыл второй замок. Затем третий. Когда сработал механизм последнего запора, лейтенант потянул дверь на себя. Металлическая глыба медленно со скрипом отворилась. Офицер поднял с пола фонарь и направил луч света в темный проход за дверью. Роберт Лэнгдон и Виттория Ветра, едва держась на ногах, ввалились в библиотеку. Их одежда была изодрана, и они были настолько измождены, что смахивали на привидения. Но тем не менее и ученый, и девушка были живы на все сто процентов.

— Как это прикажете понимать? — спросил Шартран. — Что происходит? Откуда вы взялись?

— Где Колер?! — не отвечая на вопросы лейтенанта, крикнул Лэнгдон.

— На встрече с камер...

Лэнгдон и Виттория собрали остаток сил и бросились мимо него в темный коридор. Шартран развернулся и инстинктивно направил ствол пистолета им в спину. Но затем он опустил оружие и побежал следом за ними. Рошер, очевидно, услышал топот ног и, когда они появились в холле перед кабинетом, успел занять позицию у двери.

— Стоять! — взревел Рошер, направляя пистолет на Лэнгдона.

— Камерарий в опасности! — выкрикнул ученый, поднимая руки. — Откройте дверь! Макс Колер собирается убить камерария!

Лицо Рошера исказила гримаса ярости.

— Откройте дверь! — крикнула Виттория. — Быстрее!

Но они опоздали.

Из кабинета папы до них донесся душераздирающий вопль. Это кричал камерарий.

ГЛАВА 114

Замешательство длилось всего несколько секунд.

Камерарий Вентреска все еще заходился в крике, когда лейтенант Шартран, оттолкнув Рошера, выстрелом разбил замок в дверях кабинета. Гвардейцы ворвались в помещение. Лэнгдон и Виттория вбежали следом за ними.

Их взорам открылось ужасающее зрелище.

Кабинет освещали лишь свечи и умирающее пламя очага. Колер, опираясь о кресло, стоял на непослушных ногах рядом с камином. Он направил пистолет на камерария, который, страдая от невыносимой боли, извивался на полу у его ног. Сутана камерария была разодрана, и на обнаженной груди виднелось угольно-черное пятно. Лэнгдон не мог разобрать изображение, но увидел, что на полу рядом с Колером валяется большое квадратное клеймо. Металл все еще светился темно-вишневым светом.

Два швейцарских гвардейца открыли огонь мгновенно, без малейших колебаний. Пули ударили в грудь Колера, и тот рухнул в свое кресло-коляску. Из ран на его груди с бульканьем хлынула кровь. Пистолет, вывалившись из руки директора, заскользил по полу.

Потрясенный увиденным, Лэнгдон замер у дверей.

Виттория окаменела.

— Макс... — прошептала девушка.

Камерарий, все еще извиваясь на полу, подкатился к ногам Рошера и, показав пальцем на капитана, прохрипел единственное слово:

— ИЛЛЮМИНАТ!

На лице камерария читались боль и ужас, и Лэнгдону показалось, что он является свидетелем средневековой сцены охоты на ведьм. Но жертвой пыток в данном случае был служитель церкви.

— Ублюдок! — взревел Рошер, наваливаясь на несчастного. — Лицемерный свято...

Шартран, действуя чисто инстинктивно, всадил три пули в спину начальника. Тот рухнул лицом на пол и замер в луже собственной крови. После этого лейтенант и гвардейцы подбежали к священнослужителю, продолжавшему биться в конвульсиях от невыносимой боли.

Оба гвардейца, увидев выжженный на груди камерария символ, непроизвольно вскрикнули. И в этом крике слышался ужас.

Тот из швейцарцев, который смотрел на клеймо со стороны головы камерария, в страхе отскочил назад.

Шартрана вид клейма также поразил, однако лейтенант не потерял присутствия духа и прикрыл страшный ожог на груди клирика краем разодранной сутаны.

Лэнгдон шел через комнату, и ему казалось, что все это страшный сон. Стараясь не думать об открывающейся его взору картине безумного насилия, он пытался осмыслить происходящее. Калека ученый прилетает в Ватикан, чтобы, заклеймив высшего иерарха церкви, символически продемонстрировать господство науки. «Есть идеи, ради которых стоит пожертвовать жизнью», — сказал ассасин. Лэнгдон не мог понять, каким образом калека смог справиться с камерарием. Однако не стоит забывать, что у него был пистолет. Впрочем, теперь это не имеет никакого значения! Колер завершил свою миссию!

Поскольку камерарию уже оказывали помощь, профессор обратил все свое внимание на дымящийся предмет, лежащий на полу рядом с креслом-коляской Колера. Шестое клеймо? Чем ближе подходил ученый к этому предмету, тем меньше понимал, что находится перед ним. Клеймо имело форму довольно большого квадрата или, может быть, ромба. Лэнгдону показалось, что как по форме, так и по размеру оно точно соответствовало центральному отделению ларца, увиденного им в Храме Света. «Последнее клеймо — абсолютный союз четырех древних элементов природы, и по своему совершенству оно превосходит все остальные», — сказал тогда ассасин.

Ученый опустился на колени рядом с Колером и за деревянную рукоятку поднял с пола все еще излучавший тепло предмет, поднес его к глазам и увидел совсем не то, что ожидал увидеть.

Лэнгдон долго всматривался в рельеф и ничего не понимал. Почему гвардейцы в ужасе закричали, увидев клеймо на груди камерария? Ведь это всего лишь квадрат, составленный из каких-то бессмысленных значков. Самое совершенное из всех? Симметрия, надо признать, здесь присутствует, рассуждал ученый, вращая клеймо. Однако во всем остальном он видел какую-то абракадабру.

Почувствовав, как кто-то дотронулся до его плеча, он обернулся, рассчитывая увидеть Витторию. Однако лежащая на его плече рука была залита кровью. Она принадлежала Максимилиану Колеру, тянущемуся к нему из своего кресла.

Лэнгдон выронил клеймо и вскочил на ноги. Этот человек жив!

Обмякший в своем кресле директор все еще дышал. Но он явно умирал. Дыхание было прерывистым и неглубоким, хотя Колер судорожно хватал воздух открытым ртом. Их глаза встретились, и Лэнгдон увидел в них то же ледяное выражение, с каким Колер встретил его этим утром в ЦЕРНе. Но теперь его глаза смотрели более холодно. Вся ненависть и злоба, которые скрывал в себе ученый, выплеснулись на поверхность.

Но тут тело Колера содрогнулось, и Лэнгдону показалось, что директор хочет подняться. Все остальные оказывали помощь камерарию, и рядом с умирающим был лишь американец. Он хотел крикнуть, но волна энергии, исходящая от калеки в последние секунды его жизни, оказалась настолько мощной, что Лэнгдон от изумления лишился дара речи. Ценой нечеловеческих усилий директор поднял руку и извлек из подлокотника кресла вмонтированный в него прибор размером со спичечную коробку. Трясущейся рукой он протянул прибор Лэнгдону, и тот отпрянул, решив, что это какое-то оружие.

Но оказалось, что это было нечто совсем иное.

— Передайте... — свои последние слова Колер произносил сопровождаемым бульканьем хриплым шепотом, — передайте... прессе.

Сказав это, директор обмяк в кресле, и прибор упал ему на колени.

Лэнгдон посмотрел на коробку, которая явно имела какое-то отношение к электронике. На ее крышке были начертаны слова «СОНИ РУВИ». Лэнгдон понял, что перед ним новейшая, размером меньше ладони, видеокамера. «Ну и характер у этого парня!» — помимо воли восхитился Лэнгдон.

Колер, судя по всему, успел записать свое предсмертное послание и хотел, чтобы его получили средства массовой информации. Лэнгдон не сомневался, что это была своего рода проповедь, восхваляющая науку и клеймящая то зло, которое несет людям религия. Лэнгдон решил, что за день уже успел достаточно поработать на этого типа, и поспешил сунуть камеру в самый глубокий карман пиджака до того, как ее увидел Шартран. «Твое предсмертное послание отправится в преисподнюю вместе с тобой!»

Общую тишину нарушил голос камерария.

— Кардиналы... — выдохнул он, пытаясь принять сидячее положение.

— Все еще в Сикстинской капелле, — ответил Шартран.

— Эвакуировать... немедленно. Всех...

Лейтенант дал приказ одному из гвардейцев, и тот со всех ног помчался в капеллу.

— Вертолет... — продолжил камерарий, кривясь от боли. — Вертолет... на площади... срочно в госпиталь...

ГЛАВА 115

Пилот находящегося у ступеней базилики папского вертолета сидел в кабине и энергично растирал виски. Какофония звуков на площади не уступала шуму вращающегося на холостом ходу пропеллера. Поведение толпы ничем не напоминало торжественное бдение со свечами. Пилот не переставал удивляться тому, что протест все еще не превратился в полномасштабный бунт.

За двадцать пять минут до полуночи площадь Святого Петра по-прежнему была заполнена стоящими плечом к плечу людьми. Некоторые из них молились, другие рыдали, оплакивая церковь, третьи выкрикивали непристойности в адрес религии.

«Попы получили то, что заслужили!» — вопили они. Но таких было явное меньшинство. Значительная часть собравшихся на площади во весь голос распевала отрывки из Апокалипсиса.

Голова пилота раскалывалась не только от шума, но и от слепящих лучей прожекторов прессы, бивших прямо в стекло кабины. Пилот прищурился и посмотрел на клокочущую массу. Над головами людей он увидел лозунги:

АНТИВЕЩЕСТВО — АНТИХРИСТУ!
ВСЕ УЧЕНЫЕ — САТАНИСТЫ
НУ И ГДЕ ЖЕ СЕЙЧАС ВАШ БОГ?

Головная боль усилилась, и пилот застонал. Ему захотелось натянуть на стекло кабины виниловый чехол, чтобы не видеть этой вакханалии, но он знал, что этого делать нельзя, так как в любой момент могла последовать команда на взлет. Лейтенант Шартран только что передал ему по радио ужасное сообщение. Камерарий подвергся нападению со стороны Максимилиана Колера и получил серьезное ранение. Шартран, американец и женщина в шортах выносят камерария, чтобы доставить его на вертолете в госпиталь.

Пилот чувствовал свою личную вину за это нападение. Он клял себя за то, что не решился предпринять действия, на которые толкала его интуиция. Забирая Колера в аэропорту, он увидел в помертвевших глазах ученого нечто странное. Что именно, пилот определить не мог. Но выражение глаз ему совсем не понравилось. Впрочем, это вряд ли имело какое-нибудь значение. Все шоу срежиссировал сам капитан Рошер, и именно он настаивал на том, что этот парень спасет церковь. Видимо, капитан, ошибся.

Над толпой прокатилась очередная волна шума, и пилот увидел цепочку кардиналов, торжественно выходящих из Ватикана на площадь Святого Петра. Чувство облегчения, которое испытали высокопоставленные священнослужители, оказавшись на свободе, быстро сменилось изумлением. Кардиналов потрясло то, что они увидели на площади.

Толпа шумела не переставая. Голова пилота раскалывалась от боли. Ему срочно требовалась таблетка аспирина. Может быть, даже три таблетки. Ему очень не хотелось отправляться в полет, напичкавшись лекарствами, но это было все-таки лучше, чем лететь с разламывающейся от боли головой. Пилот достал аптечку первой помощи, хранившуюся среди карт и справочников в коробке между двумя сиденьями. Он попытался открыть коробку, но та оказалась закрыта на замок. Пилот огляделся по сторонам в поисках ключа и, не увидев его, отказался от своей идеи. «Это явно не мой вечер», — подумал он и возобновил массаж головы.

А в это время в темной базилике Лэнгдон, Виттория и двое швейцарских гвардейцев, напрягая все силы, пробирались к главному выходу. Не найдя ничего более подходящего, они вчетвером несли камерария на узком столе. Чтобы удерживать неподвижное тело в равновесии, им постоянно приходилось балансировать этими импровизированными носилками. Из-за дверей до них доносился глухой ропот толпы. Камерарий пребывал в полубессознательном состоянии.

Отпущенное им время стремительно истекало.

ГЛАВА 116

В одиннадцать часов тридцать девять минут они вышли из базилики. От ослепительного света направленных на них прожекторов на глазах Лэнгдона выступили слезы. Белый мрамор собора сверкал так, как сверкает под ярким солнцем девственно-чистый снег тундры. Лэнгдон прищурился и попытался укрыться за гигантскими колоннами портика. Но свет лился со всех сторон, и спасения от него не было. Над толпой перед ним высился коллаж из огромных телевизионных экранов.

Лэнгдон стоял на верхней ступени величественной лестницы, чувствуя себя актером на самой большой в мире сцене. Актером не добровольным, а ставшим таковым в силу стечения обстоятельств. Из-за стены слепящего света до него долетал шум двигателя вертолета и рев сотни тысяч голосов. Слева по направлению к площади двигалась группа кардиналов. Служители церкви замерли в отчаянии, увидев разворачивающуюся на ступенях драму.

— Осторожнее, осторожнее, — приговаривал Шартран, когда группа начала спускаться в направлении вертолета. Все внимание лейтенанта было сосредоточено на столе с лежащим на нем камерарием.

Лэнгдону казалось, что они двигаются под водой. Его руки болели под тяжестью камерария и стола. Профессор думал, что более унизительной картины, чем эта, быть просто не может. Но уже через несколько секунд он убедился в обратном. Два репортера Би-би-си пересекали открытое пространство, чтобы присоединиться к своим собратьям. Но, услышав усилившийся рев толпы, они обернулись и помчались назад. Камера Макри уже работала. Стервятники, подумал Лэнгдон.

— Стоять! — крикнул Шартран. — Назад!

Но репортеры не остановились. Через шесть секунд все остальные каналы начнут транслировать прямую передачу Би-би-си, подумал Лэнгдон. Но он ошибся. Трансляция началась уже через две секунды. Словно по команде со всех экранов на площади исчезли бегущие цифры обратного отсчета и бодро лопочущие эксперты. Вместо них начался прямой показ того, что происходило на ступенях собора Святого Петра. В какую бы сторону ни смотрел Лэнгдон, его взору открывалось цветное изображение неподвижного тела камерария. Картинка давалась крупным планом.

Так нельзя, подумал Лэнгдон. Ему хотелось сбежать по лестнице, чтобы прекратить издевательство, но сделать это он не мог. Кроме того, его вмешательство все равно оказалось бы бесполезным. Лэнгдон не знал, что послужило причиной последующих событий — рев толпы или прохлада ночи, но произошло нечто совершенно невероятное.

Подобно человеку, пробуждающемуся от кошмарного сна, камерарий открыл глаза и резко поднялся. Центр тяжести стола переместился, чего никак не могли ожидать носильщики. Стол наклонился вперед, и камерарий начал скользить по наклонной плоскости. Лэнгдон и другие попытались восстановить равновесие, опустив стол вниз. Но они опоздали. Камерарий соскользнул со стола. В это невозможно было поверить, но он не упал. Ноги священника коснулись мрамора ступени, и он выпрямился во весь рост. Некоторое время он, потеряв ориентацию, стоял неподвижно, а затем заплетающиеся ноги понесли его вниз по ступеням прямо на Макри.

— Не надо! — закричал Лэнгдон.

Шартран бросился следом за камерарием, чтобы помочь тому удержаться на ногах. Но клирик вдруг повернулся к лейтенанту — Лэнгдона поразил безумный взгляд округлившихся глаз священника — и крикнул:

— Оставьте меня!

Шартран мгновенно отпрянул от него.

Дальнейшие события развивались с ужасающей быстротой. Разодранная сутана камерария, которая была лишь наброшена на его тело, начала сползать. На какой-то миг Лэнгдону показалось, что одежда все же удержится, но он ошибся. Сутана соскользнула с плеч клирика, обнажив тело до пояса.

Вздох толпы на площади, казалось, облетел весь земной шар и мгновенно вернулся назад. Заработали десятки видеокамер, и сверкнули сотни фотовспышек. На всех экранах возникло изображение груди камерария с черным клеймом в центре. Некоторые каналы даже повернули изображение на сто восемьдесят градусов, чтобы продемонстрировать страшный ожог во всех деталях.

Окончательная победа иллюминатов.

Лэнгдон вгляделся в клеймо на экране, и символы, которые он до этого видел отлитыми в металле, наконец обрели для него смысл.

Ориентация. Лэнгдон забыл первое правило науки о символах. Когда квадрат не является квадратом? Он также совсем упустил из виду, что клеймо, отлитое из железа, не похоже на его отпечаток. Точно так же, как и обычная резиновая печать. Изображение на них является зеркальным. Когда он смотрел на клеймо, перед ним был негатив!

Старинные слова, когда-то написанные кем-то из первых иллюминатов, приобрели для Лэнгдона новый смысл: «Безукоризненный ромб, рожденный древними стихиями природы, — столь совершенный, что люди замирали перед ним в немом восхищении».

Теперь Лэнгдон знал, что миф оказался правдой.

Земля, воздух, огонь, вода.

Знаменитый «Ромб иллюминати».

ГЛАВА 117

Лэнгдон не сомневался, что такой истерии и хаоса, которые воцарились на площади Святого Петра, Ватикан не видывал за все две тысячи лет своей истории. Ни сражения, ни казни, ни толпы пилигримов, ни мистические видения... ничто не могло сравниться с той драмой, которая в этот момент разворачивалась у подножия собора Святого Петра.

По мере того как разыгрывалась эта трагедия, Лэнгдону все больше казалось, что он смотрит на нее как бы со стороны. Ему чудилось, что он парит рядом с Витторией над ступенями, а время словно остановило свой бег...

Заклейменный камерарий... неистовствует, и его видит весь мир...

Созданный дьявольским гением... «Ромб иллюминати»...

Ведущий обратный отсчет времени секундомер отмеряет последние двадцать минут двухтысячелетней истории Ватикана...

Но это было лишь началом.

Казалось, что в находящемся в своего рода посттравматическом трансе клирике проснулись новые силы или что им овладели демоны.

Вначале камерарий принялся что-то шептать, обращаясь к невидимым духам. Затем, подняв глаза вверх, он вскинул руки к небу и выкрикнул:

— Ну говори же! Я Тебя слышу!

Это восклицание явно было обращено к самому Творцу.

Лэнгдон все понял, и сердце его упало, словно камень.

Виттория, видимо, тоже поняла.

— Он в шоке, — прошептала она с побелевшим лицом. — Камерарий галлюцинирует. Ему кажется, что он беседует с Богом.

«Этому надо положить конец, — подумал Лэнгдон. — Его нужно доставить в госпиталь».

Подобный конец блестящего ума поверг ученого в смущение и уныние.

Чуть ниже на ступенях Чинита Макри, видимо, найдя идеальный ракурс для съемки, припала глазом к видоискателю камеры... Снятая ею картинка мгновенно возникала на больших экранах на площади. Площадь Святого Петра чем-то напомнила Лэнгдону не так давно модные кинотеатры под открытым небом, где фильмы смотрели, не выходя из машин. Отличие состояло лишь в том, что экранов было множество и на всех показывали один и тот же бесконечный фильм ужасов.

Сцена начала обретать поистине эпический размах. Камерарий, в разодранной сутане, с выжженным на груди черным клеймом, походил на только что прошедшего через адское пламя древнего рыцаря, получившего право напрямую общаться с Богом. Он кричал, обращаясь к небесам:

— Ti sento, Dio! Я слышу Тебя, Боже!

Шартран, с выражением благоговейного ужаса на лице, еще на несколько шагов отступил от камерария.

Над толпой вдруг повисла абсолютная тишина. Казалось, что она объяла не только Рим, но и всю планету. В этот момент все сидящие перед телевизионными экранами люди затаили дыхание. За стоящим с воздетыми к небу руками священнослужителем молча следил весь земной шар. Страдающий от ран полуобнаженный камерарий чем-то походил на Христа.

— Grazie, Dio! — воскликнул камерарий, и по его лицу разлилась радость. Казалось, что сквозь мрачные грозовые тучи проглянуло солнце. — Grazie, Dio! — повторил священник.

«Благодарю Тебя, Боже!» — машинально перевел Лэнгдон.

Камерарий совершенно преобразился. Теперь он светился счастьем. Он смотрел в небо, отчаянно кивая.

— И на сем камне я создам церковь мою! — выкрикнул он в небеса.

Лэнгдону эта фраза показалась знакомой, но он не мог понять, в какой связи употребил ее камерарий.

Священник повернулся спиной к толпе и снова воскликнул:

— И на сем камне я создам церковь мою! — Затем он поднял руки к небу и со счастливым смехом крикнул: — Grazie, Dio! Grazie!

Этот человек, вне всякого сомнения, утратил разум.

Весь мир следил за ним словно завороженный.

Но той развязки, которая наступила, не ждал никто.

Издав радостный вопль, камерарий заспешил назад в собор Святого Петра.

ГЛАВА 118

Одиннадцать часов сорок две минуты.

Лэнгдон даже в самом кошмарном сне не мог себе представить, что окажется во главе группы людей, помчавшихся в базилику, чтобы вернуть камерария. Но он стоял к дверям ближе всех и действовал чисто рефлекторно.

«Здесь он умрет», — думал Лэнгдон, вбегая через порог в черную пустоту.

— Камерарий! Остановитесь!

Тьма, в которую погрузился Лэнгдон, оказалась абсолютной. От яркого света прожекторов на площади зрачки сузились, и поле зрения ученого ограничивалось лишь несколькими футами перед самым носом. Лэнгдон остановился, и до него донесся топот ног слепо мчавшегося в черный провал камерария.

Следом за американцем в собор вбежали швейцарцы и Виттория. Загорелись фонари, но батарейки к этому времени сели, и вялые лучи были не в силах пробиться в глубь базилики, выхватывая из темноты лишь колонны да пол под ногами.

— Камерарий! — крикнул Шартран. — Синьор, подождите!

Шум у дверей собора заставил всех обернуться. На светлом фоне возникла массивная фигура Макри с камерой на плече. Красный огонек говорил о том, что передача все еще идет. Следом за ней появился Глик. В руке он держал микрофон. Репортер орал благим матом, требуя, чтобы партнерша его подождала.

«Эти снова здесь! — возмущенно подумал Лэнгдон. — Неужели они не понимают, что сейчас не время?»

— Вон отсюда! — выкрикнул Шартран, хватаясь за кобуру. — Все это не для ваших глаз!

— Чинита! — взмолился Глик. — Это самоубийство! Бежим отсюда.

Макри, игнорируя призывы репортера, нажала на какую-то кнопку на камере, и всех присутствующих ослепил яркий луч света.

Лэнгдон прикрыл глаза и, крепко выругавшись, отвернулся. Когда он отнял ладони от лица, то увидел, что фонарь на камере журналистки бросает луч по меньшей мере на тридцать ярдов.

В этот момент до них издали долетел голос камерария:

— И на сем камне я создам церковь мою!

Макри направила камеру в сторону источника звука. В сероватой мгле в самом конце луча виднелось черное пятно. Это камерарий с диким криком мчался по центральному нефу собора.

На какой-то миг все растерялись, не зная, как поступить, — такое впечатление произвела на них эта странная и страшная картина. Но потом словно прорвало плотину.

Шартран, оттолкнув Лэнгдона, помчался к камерарию. Американец бросился следом за ним. Виттория и швейцарские гвардейцы последовали их примеру.

Макри замыкала группу, освещая всем путь и одновременно передавая картину этой мрачной погони всему миру. Глик,

17 Зак. 1526

проклиная все последними словами, неохотно трусил сзади и комментировал события, время от времени включая микрофон.

Главный неф собора Святого Петра (как где-то вычитал Шартран) по длине немного превосходил футбольное поле олимпийского стадиона. Однако сейчас лейтенанту казалось, что неф длиннее поля по меньшей мере раза в два. Не снижая темпа, он на бегу пытался сообразить, куда мог направиться камерарий. Священник был в шоке, он явно бредил, получив во время кровавого побоища в папском кабинете сильнейшую физическую и моральную травму.

Откуда-то издали, из-за пределов зоны, освещаемой фонарем камеры Би-би-си, доносился счастливый вопль камерария:

— И на камне сем я создам церковь мою!

Шартран знал, какие слова выкрикивает священник. Это была цитата из Евангелия от Матфея, а именно — глава 16, стих 18. Сейчас, когда до гибели церкви оставалось всего несколько коротких минут, эти слова казались лейтенанту абсолютно неуместными. Камерарий, несомненно, лишился рассудка.

А может быть, это все же не так?

Шартран всегда был убежден, что Бог никогда не вступает в прямые контакты со своими чадами, а все чудесные события, пережитые когда-либо людьми, есть не что иное, как плод воображения фанатично настроенного человека, видящего и слышащего то, что он желает увидеть и услышать.

Но в этот миг у Шартрана возникло виде́ние, ему показалось, что сам Господь явился перед ним, чтобы продемонстрировать свое беспредельное могущество.

Впереди, в пятидесяти ярдах от него, вдруг появился призрак, привидение... прозрачный, светящийся силуэт полуобнаженного камерария. Изумленный Шартран остановился, сердце его замерло. Камерарий воссиял! Лейтенанту казалось, что тело клирика с каждым мгновением светится все ярче. Затем оно стало погружаться в пол собора — все глубже и глубже. Еще несколько секунд, и камерарий, словно под влиянием какой-то магической силы, полностью скрылся под землей.

* * *

Лэнгдон тоже увидел этот фантом. И ему на миг показалось, что он стал свидетелем чуда. Но останавливаться в отличие от Шартрана ученый не стал. Пробежав мимо потрясенного лейтенанта, он устремился к месту, где исчез в полу камерарий. Ему стало ясно, что произошло. Камерарий добежал до ниши паллиума — освещаемого девяноста девятью лампадами углубления в полу собора. Лампады бросали свет снизу, что и придало камерарию вид призрака. Когда священнослужитель начал спускаться по ступеням, создалась полная иллюзия того, что он погружается в пол.

Лэнгдон, задыхаясь, подбежал к углублению и, перегнувшись через ограду, заглянул вниз, в залитое светом лампад пространство. Он успел увидеть камерария, бегущего по мраморному полу к стеклянным дверям, за которыми хранился знаменитый золотой ларец.

Что он делает? Не думает же он, что золотой ларец...

Камерарий распахнул дверь и вбежал в комнату с ларцом. Промчавшись мимо постамента, на котором стоял ларец, он упал на колени и принялся тянуть на себя вделанную в пол железную решетку.

Лэнгдон в ужасе наблюдал за действиями священника. Он понял наконец, куда намерен проникнуть обезумевший клирик. О Боже!

— Не надо, святой отец! Не надо! — закричал Лэнгдон, бросившись к ведущим вниз ступеням.

Открыв стеклянные двери, ученый увидел, что камерарий сумел поднять металлическую решетку. Крепящаяся на петлях крышка люка упала на пол с оглушительным грохотом, явив взору узкий колодец и крутую, ведущую в темноту лестницу. Когда камерарий начал спускаться, Лэнгдон схватил его за голые плечи и попытался поднять наверх. Покрытая потом кожа священника оказалась скользкой, однако Лэнгдон держал крепко.

Камерарий резко поднял голову и спросил с искренним изумлением:

— Что вы делаете?

Их глаза встретились, и Лэнгдон вдруг понял, что обладатель такого взгляда не может находиться в трансе. Это был полный решимости взгляд человека, до конца контролирующего свои действия — контролирующего, несмотря на то что выжженное на груди клеймо причиняло ему немыслимые страдания.

— Святой отец, — сказал Лэнгдон спокойно, но в то же время настойчиво, — вам не следует туда спускаться. Нам всем необходимо покинуть собор.

— Сын мой, — ответил камерарий до странности нормальным тоном, — я только что получил послание свыше. Мне известно...

— Камерарий!!!

Это кричал Шартран, скатываясь по лестнице в залитое светом фонаря видеокамеры подземелье.

Когда лейтенант увидел открытую железную решетку, его глаза наполнились ужасом. Он подбежал к люку, осенил себя крестным знамением и бросил на Лэнгдона благодарный взгляд за то, что тот остановил камерария. Лэнгдон понял лейтенанта, поскольку много читал об архитектуре Ватикана и ему было известно, что́ скрывается за этой решеткой. Там находилась величайшая святыня христианского мира. Terra Santa. Святая земля. Некоторые называли это место Некрополем, а иные — Катакомбами. По отчетам немногих избранных церковников, спускавшихся по этим ступеням, Некрополь являл собой бесконечный лабиринт темных переходов и склепов, способный навеки поглотить того, кто потеряет в нем ориентацию. Это было совсем не то место, в котором можно было успешно вести погоню за камерарием.

— Синьор, — умоляющим тоном произнес Шартран, — вы в шоке. Вам не следует туда спускаться. Это равносильно самоубийству.

Камерарий проявил удивительную выдержку. Он поднял голову и спокойно положил руку на плечо Шартрана.

— Благодарю вас за заботу обо мне. Мне было откровение. Я не могу сказать вам какое. И я не могу сказать вам, как я его понял. Но откровение действительно было. Мне стало известно, где находится антиматерия.

Все изумленно смотрели на священнослужителя.

— И на камне сем я создам церковь мою! — еще раз произнес он, обращаясь ко всей группе. — Так звучало послание, и его смысл мне предельно ясен.

Лэнгдон был по-прежнему не способен серьезно отнестись к словам камерария о том, что он не только общался с самим Богом, но и смог расшифровать послание небес. И на сем камне я создам церковь мою? Эти слова Христос обратил к Петру, своему первому апостолу, и полностью они звучали так: «И Я говорю тебе: ты — Петр, и на сем камне Я создам Церковь Мою, и врата ада не одолеют его».

Макри подошла ближе, чтобы взять камерария крупным планом. Глик же от изумления практически утратил дар речи.

— Иллюминаты подложили свой инструмент разрушения, — теперь камерарий говорил быстро, — под краеугольный камень нашей церкви. В ее фундамент. — Он показал вниз на ступени. — Ловушка антиматерии находится на камне, на котором выстроен этот собор. И мне известно, где этот камень расположен.

Лэнгдон наконец окончательно решил, что надо преодолеть сопротивление камерария и вытащить его на поверхность. Хотя речь священника лилась гладко, он нес полнейшую чепуху. Камень? Краеугольный камень? Фундамент? Эти ступени не ведут ни к какому фундаменту. Они ведут в Некрополь.

— Этот стих всего лишь метафора, святой отец! Там нет никакого камня!

— Там есть камень, сын мой, — печально произнес камерарий. Он повернулся лицом к колодцу и сказал: — Pietro è la pietra.

Лэнгдон мгновенно окаменел. Ему все стало ясно.

Простота решения бросила его в холод. Стоя вместе с остальными на краю спуска и глядя вниз, он понял, что там во тьме под церковью действительно находится камень.

Pietro è la pietra. Этот камень — Петр.

Вера Петра была настолько твердой, что Христос называл его Камнем. Это был преданный ученик, на плечах которого

Спаситель намеревался воздвигнуть свою церковь. Лэнгдон вдруг вспомнил, что именно здесь, на Ватиканском холме был распят и похоронен апостол Петр. Ранние христиане воздвигли над его могилой крошечное святилище. По мере распространения христианства святилище становилось все больше и больше, превратившись в конце концов в гигантскую базилику. Католическая вера была в буквальном смысле построена на святом Петре. На камне.

— Антивещество спрятано в могиле святого Петра, — сказал камерарий, и его голос звучал кристально чисто.

Несмотря на сверхъестественное происхождение информации, Лэнгдон почувствовал в ней определенную логику. Он вдруг с болезненной ясностью понял, что могила святого Петра является, с точки зрения иллюминатов, лучшим местом для размещения заряда. Они поместили инструмент уничтожения церкви в самое ее сердце — как в прямом, так и в переносном смысле. Это был весьма символичный акт, призванный продемонстрировать, что могуществу братства «Иллюминати» нет пределов. Полное проникновение.

— А если вам нужны более веские доказательства, — в речи камерария теперь звучало нетерпение, — то я увидел, что решетка не заперта. — Он показал на металлическую крышку. — Она всегда была на запоре. Кто-то недавно спускался вниз...

Все молча посмотрели в колодец.

Спустя секунду камерарий вытянул руку, схватил одну из лампад и с вводящей в заблуждение легкостью начал спуск.

ГЛАВА 119

Крутые каменные ступени вели в глубь земли.

«Там я и умру», — думала Виттория.

Хватаясь за крепкие веревочные перила, она осторожно спускалась вниз позади остальных. Когда Лэнгдон предпринял очередную попытку остановить камерария, Шартран не позволил ему это сделать, схватив за плечи. Молодой офицер уже, видимо, не сомневался в разумности действий священнослужителя.

После короткой борьбы Лэнгдон сумел освободиться и пустился вдогонку за камерарием. Лейтенант держался с ним рядом. Виттория торопливо следовала за ними. Спуск был таким крутым, что любой неверный шаг мог обернуться смертельным падением. Далеко внизу девушка видела сияние лампады камерария. У нее за спиной слышались торопливые шаги журналистов Би-би-си. На камере по-прежнему ярко горел фонарь, бросая свет на идущих впереди Лэнгдона и Шартрана. По стенам колодца плясали огромные тени. Девушке не хотелось верить в то, что весь мир является свидетелем этого безумия. «Да выключи ты этот проклятый фонарь!» — думала она, хотя понимала, что только благодаря его свету она могла видеть, куда ставить ногу.

Эта странная и нелепая погоня продолжалась, а мысли Виттории тем временем кружились в каком-то безумном вихре. Что сможет сделать камерарий? Ведь даже если он найдет антивещество, времени у них нет!

Интуиция подсказывала ей, что камерарий скорее всего прав, и это ее безмерно удивляло. Размещение антивещества под землей, на глубине трех этажей, представлялось ей чуть ли не благородным и человеколюбивым актом. Примерно на такой же глубине находилось и хранилище «Оп-Мат». Теперь она знала, что последствия взрыва будут менее разрушительными, чем она думала. Не будет ни теплового удара, ни летающих обломков, способных поразить людей. Все ограничится тем, что разверзнется земля и в образовавшийся кратер провалится собор Святого Петра. Что само по себе будет вполне апокалиптическим зрелищем.

Неужели Колер все же проявил человеколюбие? Виттория до сих пор не могла до конца поверить в его участие в этом страшном заговоре. Да, она могла понять его ненависть к религии... но столь ужасный поступок был совсем не в его духе. Неужели его озлобленность была столь чудовищной? Неужели он мог нанять убийцу? Неужели он действительно хотел уничтожить Ватикан? Неужели директор ЦЕРНа организовал убийство ее отца, четверых кардиналов и самого папы? Все это казалось ей абсолютно неправдоподобным. И каким образом Колер ухитрился внедрить своего агента в самое сердце города-государства? Рошер был человеком Колера, сказала себе Виттория. Он был иллюминатом. Капитан, вне всякого сомнения, имел ключи от всех помещений Ватикана — кабинета папы, дверей, ведущих в Il Passetto, Некрополя, гробницы святого Петра. Он вполне мог поместить ловушку с антивеществом в гробницу апостола (вход туда был практически для всех запрещен) и дать команду гвардейцам обыскивать только доступную для публики территорию. Рошер был уверен, что никто не сможет найти антиматерию.

Но Рошер никак не мог рассчитывать на то, что камерарий получит откровение свыше.

Откровение. Вера Виттории была не настолько глубокой, чтобы девушка могла вот так сразу поверить в подобное чудо. Неужели Бог напрямую беседовал с камерарием? Все ее существо протестовало против подобной возможности, но в то же время она знала, что существует отрасль науки, занимающаяся проблемами различных неявных связей. Ей самой чуть ли не каждый день приходилось встречаться с примерами подобного общения. Морские черепашки одновременно вылуплялись из пары яиц одной и той же кладки, хотя яйца были развезены на тысячи миль друг от друга... скопления медуз площадью в несколько акров пульсировали в такт, словно ими руководил один высший разум. Весь мир пронизан невидимыми линиями связи, думала она.

Но связь между Богом и человеком?..

Виттория жалела, что рядом нет ее любимого отца, который мог бы поделиться с дочерью своей верой. Однажды он уже объяснял ей в научных терминах возможность божественных контактов, но убедить дочь в их существовании Леонардо Ветра тогда не сумел. Она все еще помнила тот день, когда, увидев отца молящимся, спросила:

— Папа, зачем ты зря тратишь время? Ведь Бог тебя все равно не слышит.

Леонардо Ветра поднял на нее глаза и ответил с отеческой улыбкой:

— Я знаю, что моя дочь — известный скептик. Значит, ты не веришь, что Бог говорит с человеком? Если так, то позволь мне рассказать об этом на твоем языке. — Он снял с полки муляж человеческого мозга и поставил его перед ней на стол. — Как тебе, видимо, известно, Виттория, человеческие существа, как правило, используют крайне незначительную часть клеток мозга. Однако если поместить человека в экстремальную ситуацию, вызванную физической травмой, чрезмерной радостью, страхом или глубоким погружением в молитву, то все нейроны мозга начинают работать словно безумные, порождая необыкновенную ясность мысли.

— Ну и что из того? — не согласилась Виттория. — Ясность мысли вовсе не означает возможности бесед с Богом.

— А вот и нет! — воскликнул отец. — Ты же знаешь, что в подобные моменты просветления люди находят решение казавшихся ранее неразрешимыми проблем. Гуру называют подобное состояние высшим сознанием, биологи — измененным состоянием, психологи — сверхчувствительностью. — Отец выдержал паузу и продолжил: — А мы, христиане, называем это ответом на наши молитвы. Иногда божественное откровение означает лишь, что твой ум распахивается так, что слышит в твоем же сердце то, что ему уже давно известно, — закончил Леонардо Ветра с широкой улыбкой.

Сейчас, торопливо спускаясь по ступеням в темную глубину, Виттория думала, что отец, возможно, был прав. Вполне можно поверить в то, что полученная камерарием травма повлияла на мозг таким образом, что священнослужитель просто «понял», где может быть спрятано антивещество.

«Каждый из нас есть Бог, — сказал когда-то Будда. — Каждому из нас известно все. И нам следует всего лишь распахнуть свой ум, чтобы прислушаться к своей же мудрости».

И в те минуты, когда Виттория спускалась все глубже и глубже под землю, она вдруг почувствовала, что ее ум полностью распахнулся... выпустив на волю всю ее мудрость. Перед девушкой с предельной ясностью открылось то, что вознамерился совершить камерарий. И эта ясность породила в ней такой страх, которого никогда раньше ей испытывать не приходилось.

— Не надо, камерарий! Не надо! — закричала она в глубь колодца. — Вы не понимаете! — Она представила толпу людей на площади, и ее сердце похолодело. — Если вы вынесете антивещество наверх... все умрут!

Лэнгдон с риском для жизни прыгал через две ступеньки, сокращая расстояние между собой и камерарием. Проход был очень узким, но никакой клаустрофобии ученый не ощущал. Новый ужас вытеснил из его сознания все старые страхи.

— Камерарий! — кричал Лэнгдон, постепенно приближаясь к световому пятну лампады. — Антивещество следует оставить на месте! Иного выбора у нас нет!

Еще выкрикивая эти слова, Лэнгдон понял, что здесь что-то не так. Получалось, что он, поверив в божественное откровение камерария, выступает за то, чтобы собор Святого Петра, одно из величайших архитектурных достижений человечества, был разрушен.

Но люди на площади... Иного выбора нет.

Жестокая ирония ситуации заключалась в том, что ради спасения людей требовалось уничтожить церковь. Лэнгдон подумал, что подобная символическая альтернатива могла изрядно позабавить иллюминатов.

Воздух в тоннеле был влажным и прохладным. Где-то там, в глубине, находился священный necropolis... место последнего упокоения святого Петра и бесчисленного множества ранних христиан. Лэнгдон дрожал словно от холода. Оставалось надеяться, что их миссия не окажется самоубийственной.

Лампада камерария вдруг перестала двигаться, и расстояние между ученым и клириком начало стремительно сокращаться.

Из тени неожиданно возникла последняя ступенька лестницы. Дальнейший путь преграждала металлическая решетка с тремя укрепленными на ней черепами. Камерарий из последних сил тянул на себя решетчатую дверь. Лэнгдон прыжком преградил ему путь. Через несколько секунд на ступенях появились и остальные преследователи. В белом свете фонаря они походили на призраки. Больше всех на привидение смахивал Глик. С каждым шагом он бледнел все сильнее.

— Пропустите камерария! — крикнул Шартран, хватая Лэнгдона за плечи.

— Ни в коем случае! — прозвучал откуда-то сверху голос Виттории. — Нам нужно немедленно уходить! Антивещество отсюда выносить нельзя! Если поднять его на площадь, все находящиеся там погибнут!

— Вы все должны мне доверять, — неожиданно спокойно произнес камерарий. — У нас мало времени.

— Вы не понимаете! — не унималась Виттория. — Взрыв на поверхности земли будет гораздо опаснее, чем здесь, внизу!

— Кто сказал, что взрыв произойдет на поверхности? — спросил он, глядя на девушку удивительно ясными глазами.

— Выходит, вы решили оставить ловушку здесь? — изумилась Виттория.

— Смертей больше не будет, — сказал священник, и уверенность, с которой были произнесены эти слова, оказала на всех чуть ли не гипнотическое воздействие.

— Но, святой отец...

— Умоляю, проявите хотя бы немного... веры. Я никого не прошу идти со мной, — торопливо говорил камерарий. — Вы все можете удалиться. Я прошу лишь о том, чтобы вы не препятствовали Его воле. Позвольте мне завершить то, что я призван сделать. — Взгляд камерария приобрел несвойственную ему жесткость, и он закончил: — Я должен спасти церковь. И я могу это сделать. Клянусь жизнью!

Тишину, которая последовала за этими словами, вполне можно было назвать громовой.

ГЛАВА 120

Одиннадцать часов пятьдесят одна минута.

Слово «некрополь» в буквальном переводе означает «город мертвых».

Несмотря на то что Роберт Лэнгдон много читал об этом месте, к открывшейся перед ним картине он оказался совершенно неготовым. Колоссальных размеров подземная пустота была заполнена рассыпающимися надгробиями. Крошечные мавзолеи напоминали сооруженные на дне пещеры дома. Даже воздух казался Лэнгдону каким-то безжизненным. Узкие металлические подмостки для посетителей зигзагами шли между памятниками. Большая часть древних мемориалов была сложена из кирпича, покрытого мраморными пластинами. Кирпич от старости давно начал рассыпаться. Бесчисленные кучи невывезенной земли, словно тяжелые колонны, подпирали низкое каменное небо, распростершееся над этим мрачным поселением мертвых.

Город мертвых, думал Лэнгдон. Американец ощущал странное, двойственное чувство. С одной стороны, он испытывал любопытство ученого, а с другой — ему было просто страшно. «Может быть, я принял неверное решение?» — думал он, шагая вместе с остальными по извилистым мосткам.

Шартран первым попал под гипнотическое влияние камерария, и именно он заставил Лэнгдона открыть металлические ворота в Город мертвых. Глик и Макри совершили благородный поступок, откликнувшись на просьбу клирика освещать путь. Впрочем, учитывая ту славу, которая ждала журналистов (если они выберутся отсюда живыми), благородная чистота их помыслов вызывала некоторые сомнения. Виттория меньше всех остальных хотела спускаться в подземелье, и в ее взгляде ученый видел какую-то безысходность, что, несомненно, было результатом развитой женской интуиции.

«Однако теперь мои сомнения не имеют значения, — думал Лэнгдон, шагая чуть впереди девушки. — Слишком поздно. Обратного пути у нас нет».

Виттория молчала, но Лэнгдон знал, что оба они думают об одном и том же. Девяти минут явно не хватит для того, чтобы убраться из Ватикана, если окажется, что камерарий заблуждался.

Проходя мимо рассыпающихся в прах мавзолеев, Лэнгдон вдруг почувствовал, что идти стало труднее, и с удивлением обнаружил, что они уже не спускаются вниз, а поднимаются в гору. Когда ученый понял, в чем дело, он похолодел. Рельеф места, в котором они находились, сохранился в том же виде, каким он был во времена Христа. Он идет по первозданному Ватиканскому холму! Вблизи его вершины, как утверждают историки, находится могила святого Петра. Лэнгдон всегда удивлялся: откуда им это известно? Теперь он получил ответ: проклятый холм по-прежнему оставался на своем месте!

Лэнгдону казалось, что он бежит по страницам самой истории. Где-то чуть впереди находилась могила апостола Петра — самая священная реликвия христианства. Трудно поверить, что могила апостола когда-то была обозначена одним скромным алтарем-святилищем. То время давно кануло в Лету. По мере возвышения Петра в глазах христианского мира над первым алтарем возводились все более внушительные храмы. Это продолжалось до тех пор, пока Микеланджело не воздвиг величественный собор Святого Петра, центр купола которого находится точно над захоронением апостола. Как говорят знатоки, отклонение составляет лишь какую-то долю дюйма.

Они продолжали восхождение, лавируя между могил. Лэнгдон в очередной раз бросил взгляд на часы. Восемь минут. Ученый стал всерьез опасаться, что по прошествии этих минут Виттория, он сам и все остальные безвременно присоединятся к нашедшим здесь последний покой ранним христианам.

— Осторожно! — послышался вопль Глика. — Змеиные норы!

Лэнгдон уже увидел то, что испугало репортера. В тропе, по которой они теперь шли, виднелось множество небольших отверстий. Лэнгдон старался шагать так, чтобы не наступать на эти дыры в земле.

Виттория, едва не споткнувшись об одну из нор, последовала его примеру.

— Змеиные норы? — испуганно косясь на тропу, переспросила девушка.

— Скорее закусочные, — улыбнулся Лэнгдон. — Объяснять я вам ничего не буду. Поверьте на слово.

Он вспомнил, что эти отверстия назывались «трубками возлияния» и ранние христиане, верившие в воскресение тела, использовали их для того, чтобы в буквальном смысле подкармливать мертвецов, регулярно наливая молоко и мед в находящиеся внизу могилы.

Камерарий чувствовал, как слабеет с каждым шагом.

Однако он упрямо шел вперед: долг перед Богом и людьми заставлял его ноги двигаться. «Мы почти на месте», — думал он, страдая от невыносимой боли. Мысли иногда причиняют больше страданий, чем тело, сказал себе клирик, ускоряя шаг. Он знал, что времени у него почти не осталось.

— Я спасу Твою церковь, Создатель, — шептал Карло Вентреска. — Клянусь жизнью!

Несмотря на фонарь телевизионщиков — камерарий был им искренне благодарен, — он по-прежнему держал лампаду в высоко поднятой руке. «Я — луч света во тьме. Я — свет». Лампада на ходу колебалась, и временами у него возникало опасение, что масло из нее выплеснется и обожжет его. Камерарию этого не хотелось. За сегодняшний вечер ему и без того пришлось увидеть слишком много опаленной плоти. Включая свою собственную.

По телу камерария струился пот, священник задыхался, напрягая последние силы. Однако, оказавшись на вершине, он почувствовал себя возрожденным. Клирик стоял на ровном участке холма, в том месте, где ему столько раз приходилось бывать. Здесь тропа кончалась, упираясь в высокую земляную стену. На стене виднелась крошечная надпись: «Mausoleum S».

Могила святого Петра.

В стене, где-то на уровне груди камерария, имелось отверстие. Рядом с отверстием не было золоченой таблички или какого-либо иного знака почтения. Была всего лишь дыра в стене, ведущая в небольшой грот с нищенским, рассыпающимся от древности саркофагом. Камерарий заглянул в грот и устало улыбнулся. Он слышал топот ног шагавших следом за ним людей. Поставив лампаду на землю, священник преклонил колени и вознес краткую молитву: «Благодарю Тебя, Боже. Я почти исполнил свой долг».

Потрясенный кардинал Мортати, стоя на площади Святого Петра в окружении священнослужителей, следил за драмой, разворачивающейся перед ним на огромных телевизионных экранах. Он уже не знал, чему верить. Неужели весь мир был свидетелем того, что видел он сам? Неужели Господь действительно говорил с камерарием? Неужели антивещество на самом деле спрятано в могиле святого Пе...

— Посмотрите! — выдохнула окружающая его толпа.

— Там, там! — Все люди, как один человек, показывали на экран. — Чудо! Чудо!

Мортати поднял глаза. Качающаяся камера плохо удерживала угол изображения, но в остальном картинка была совершенно четкой. Образ, который узрел весь мир, был поистине незабываем.

Камерарий стоял на коленях спиной к зрителям, а перед ним находилось неровное отверстие в стене, через которое можно было увидеть коричневый глиняный гроб. Хотя Мортати видел этот стоящий среди обломков камней гроб лишь раз в жизни, он сразу его узнал. Ему было известно, кто в нем покоится.

San Pietro.

Мортати был не настолько наивен, чтобы думать, что причиной вопля, вырвавшегося из груди сотен тысяч людей, был восторг от лицезрения самой священной реликвии христианского мира — могилы святого Петра. Люди упали на колени вовсе не из почтения к апостолу. Их привел в экстаз предмет, стоящий на крышке гроба, и именно этот предмет заставил их вознести благодарственную молитву Господу.

Ловушка с антивеществом. Она была спрятана в темноте Некрополя. Именно там она простояла весь день. Современнейший прибор. Смертельно опасный. Неумолимо отсчитывающий время.

Откровение камерария оказалось Истиной.

Мортати с изумлением смотрел на прозрачный цилиндр с парящим в его центре мерцающим шариком. В гроте ритмично мерцал свет — электронный дисплей отсчитывал последние пять минут своего существования.

На крышке саркофага, всего в нескольких дюймах от ловушки, находилась беспроводная камера наблюдения швейцарской гвардии.

Мортати перекрестился. Более пугающего изображения ему не доводилось видеть за всю свою долгую жизнь. До него не сразу дошло, что вскоре положение станет еще страшнее.

Камерарий поднялся с колен, схватил прибор и повернулся лицом ко всем остальным. Было видно, что священник предельно сосредоточен. Не обращая ни на кого внимания, он начал спускаться с холма тем же путем, которым на него поднялся.

Камера выхватила из темноты искаженное ужасом лицо Виттории Ветра.

— Куда вы?! Камерарий! Я думала, что вы...

— Имей веру, дочь моя! — воскликнул священник, не замедляя шага.

Роберт Лэнгдон попытался остановить камерария, но ему помешал Шартран, который, видимо, полностью разделял веру клирика.

После этого на экранах появилось такое изображение, какое бывает, когда съемка ведется из кабинки американских горок. На картинке возникали вращающиеся силуэты. Вместо лиц крупным планом неожиданно появились бегущие ноги, несколько раз изображение вообще исчезало. Вся группа, спотыкаясь в полутьме, мчалась к выходу из Некрополя.

— Неужели он несет прибор сюда? — не веря своим глазам, в ужасе прошептал Мортати.

Весь мир, сидя перед телевизорами, с замирающим сердцем следил за тем, как камерарий мчится к выходу из Некрополя, неся перед собой ловушку с антивеществом.

«Смертей этой ночью больше не будет!» — твердил про себя священник.

Но он ошибался.

ГЛАВА 121

Карло Вентреска вырвался из дверей собора Святого Петра в одиннадцать часов пятьдесят шесть минут. Ловушка антивещества, которую он держал перед собой в вытянутых руках, напоминала таинственный сосуд для сбора церковных подаяний. Его глаза слезились от яркого света, но он все же смог увидеть на экранах свое изображение. Обнаженный по пояс и страдающий от боли, он возвышался над площадью подобно древнему гиганту. Такого звука, который прокатился над толпой, камерарий не слышал ни разу в жизни. В этом многоголосом крике было все: рыдания, визг, пение, молитвы...

— Избавь нас от зла, — прошептал он.

Гонка от Некрополя до выхода из собора окончательно лишила его сил. И это едва не кончилось катастрофой. В последний момент Роберт Лэнгдон и Виттория Ветра попытались его остановить. Они хотели отнять ловушку и швырнуть ее назад, в подземелье Некрополя, чтобы все остальные могли спастись, выбежав из собора. Слепые глупцы!

Карло Вентреска вдруг с ужасающей ясностью понял, что ни за что не выиграл бы этой гонки, не окажись на его стороне сам Бог. Когда Роберт Лэнгдон уже почти остановил камерария, на его пути встал лейтенант Шартран, откликнувшийся на призыв священника. Что касается репортеров, то те не могли ему помешать, поскольку жаждали славы да к тому же тащили на себе слишком много оборудования.

Воистину, неисповедимы пути Господни!

Камерарий вначале услышал позади себя топот ног... а затем и увидел своих преследователей на огромных экранах. Собрав последние силы, он воздел руки с ловушкой к небу, а потом, словно бросая вызов иллюминатам, расправил плечи, чтобы весь мир мог увидеть его обожженную клеймом грудь. Через миг он уже бежал вниз по ступеням лестницы.

Наступал последний акт драмы.

«С Богом! — подумал он. — С Богом...»

Четыре минуты...

Лэнгдон практически ослеп, выбежав из базилики. Белые лучи прожекторов обожгли сетчатку. Впрочем, он все же смог различить перед собой, словно в тумане, спину сбегающего по ступеням камерария. Окруженный белым сиянием, как нимбом, священнослужитель походил на какое-то современное божество. Обрывки сутаны развевались за его спиной, и на обнаженном теле были видны раны и ожоги, нанесенные руками врагов. Камерарий бежал, гордо расправив плечи и призывая мир к вере в Бога. Клирик мчался к толпе, держа в руках орудие смерти.

«Что он делает? — думал Лэнгдон, возобновляя погоню. — Он же всех убьет!»

— Делу рук сатаны нет места в доме Бога! — кричал камерарий, приближаясь к окаменевшей от ужаса толпе.

— Святой отец! — пытался остановить его Лэнгдон. — Для вас туда нет пути!

— Обрати свой взор в небеса! Мы часто забываем смотреть в небо!

И в этот момент Лэнгдон понял, куда бежит камерарий. Ученому наконец открылась вся прекрасная правда. Хотя американец по-прежнему мало что видел, он знал, что спасение рядом. Или, вернее, прямо над головой.

Это было полное звезд небо Италии.

Вертолет, который камерарий вызвал для доставки его в госпиталь, стоял прямо перед ними. Лопасти винта машины лениво вращались, а пилот уже сидел в кабине. При виде бегущего к вертолету камерария Лэнгдон ощутил необыкновенный подъем духа. И перед его мысленным взором с калейдоскопической быстротой начали меняться разнообразные картины...

Вначале он увидел широкие просторы Средиземного моря. Какое расстояние до его побережья? Пять миль? Десять? Он знал, что поезд до побережья идет примерно семь минут. Скорость вертолета — 200 миль в час. Кроме того, у него нет остановок... Если они сумеют вывезти ловушку в море и там сбросить... Впрочем, имелся и иной вариант. La Cava Romana! От мраморных карьеров, расположенных к северу от города, их отделяло менее трех миль. Интересно, насколько они велики? Две квадратные мили? В этот поздний час там наверняка нет людей! Если сбросить ловушку туда...

— Все назад! — кричал камерарий. — Назад!!! Немедленно!

Стоящие рядом с вертолетом швейцарские гвардейцы в немом изумлении взирали на бегущего священника.

— Назад! — рявкнул камерарий.

Швейцарцы отступили.

Весь мир наблюдал за тем, как камерарий обежал вертолет, рванул на себя дверцу кабины и крикнул:

— Вылезай, сын мой!

Пилот, ни слова не говоря, спрыгнул на землю.

Камерарий бросил взгляд на высоко расположенное сиденье пилота и понял, что в его состоянии, чтобы добраться туда, ему потребуются обе руки. Повернувшись лицом к трясущемуся рядом с ним пилоту, он сунул ему в руки ловушку и сказал:

— Подержи, пока я влезу. Потом отдашь эту штуку мне.

Втягивая свое непослушное тело в кабину, камерарий услышал вопль подбегающего к машине Роберта Лэнгдона. «Теперь ты все понимаешь, — подумал камерарий. — И ты наконец уверовал».

Камерарий уселся в кресло пилота, притронулся к знакомым рычагам управления и высунулся в окно, чтобы взять ловушку с антивеществом.

Но руки швейцарца были пусты.

— Он забрал ее! — крикнул солдат.

— Кто он?! — с упавшим сердцем спросил камерарий.

— Вот он, — ответил швейцарец, показывая пальцем.

Роберт Лэнгдон был чрезвычайно удивлен тяжестью ловушки. Обежав вертолет, ученый взобрался в пассажирский отсек, где ему уже довелось побывать с Витторией всего несколько часов назад. Оставив дверцу открытой, он застегнул ремень безопасности и крикнул занявшему переднее сиденье камерарию:

— Летите, святой отец!

Священнослужитель повернул искаженное ужасом лицо к непрошеному пассажиру и спросил:

— Что вы делаете?!

— Вы поведете вертолет, а я сброшу ловушку! — крикнул Лэнгдон. — Времени на споры у нас нет! Поднимайте в воздух эту благословенную машину!

Казалось, что камерария на секунду парализовало. В белом свете прожекторов стали видны морщины на его лице.

— Я могу сделать это и один, — прошептал он. — Я должен закончить это дело самостоятельно.

Лэнгдон его не слушал.

— Да лети же ты! — услышал он свой собственный крик. — Быстрее! Я здесь для того, чтобы тебе помочь!

Американец взглянул на стоящую у него на коленях ловушку и, задыхаясь, выдавил:

— Три минуты, святой отец! Всего три!

Эти слова вернули камерария к действительности, и он, не испытывая более колебаний, повернулся лицом к панели управления. Двигатель взревел на полную мощность, и вертолет оторвался от земли.

Сквозь поднятый винтом вихрь пыли Лэнгдон увидел бегущую к вертолету Витторию. Их глаза встретились, и через долю секунды девушка осталась далеко внизу.

ГЛАВА 122

Рев двигателя и ураганный ветер, врывающийся в открытую дверь, привели все чувства Лэнгдона в состояние полного хаоса. Кроме того, ему приходилось бороться с резко возросшей силой тяжести, поскольку камерарий поднимал машину с максимальной скоростью. Залитая огнями площадь Святого Петра очень быстро превратилась в небольшой светлый эллипс, окруженный россыпью уличных фонарей.

Ловушка с антивеществом, словно тяжелая гиря, давила на руки Лэнгдона. Он старался держать ее как можно крепче, поскольку его покрытые потом и кровью ладони стали очень скользкими. Внутри ловушки спокойно парила капля антивещества, а монитор пульсировал красным светом, отсчитывая последние минуты.

— Две минуты! — крикнул Лэнгдон, еще не зная, в каком месте камерарий намерен сбросить ловушку.

Огни улиц под ними разбегались во всех направлениях. Далеко на западе можно было увидеть побережье Средиземного моря — сверкающую линию огней, за которой расстилалась не имеющая конца темнота. Море оказалось гораздо дальше, чем думал Лэнгдон. Более того, море огней на побережье еще раз напомнило о том, что произведенный даже далеко в море взрыв может иметь разрушительные последствия. Об уроне, который может нанести жителям побережья поднятое взрывом цунами, Лэнгдону просто не хотелось думать.

Вытянув шею и взглянув прямо по курсу через окно кабины, он почувствовал некоторое облегчение. Перед ними едва виднелись в ночи пологие склоны римских холмов. Склоны были усеяны огнями — это были виллы очень богатых людей, — но примерно в миле к северу холмы погружались во мрак. Никаких огней. Ничего. Сплошная тьма.

«Карьеры! — подумал Лэнгдон. — La Cava Romana!»

Вглядываясь в черное пятно на земле, Лэнгдон решил, что площадь карьера достаточно велика. Кроме того, он был довольно близко. Во всяком случае, гораздо ближе, чем море. Ученый ощутил радостное возбуждение. Именно там камерарий решил избавиться от антивещества! Ведь нос вертолета обращен в ту сторону! В сторону карьеров! Лэнгдона, правда, смущало то, что, несмотря на рев двигателя и ощутимое движение вертолета, карьеры не становились ближе. Чтобы лучше сориентироваться, он выглянул в открытую дверь, и то, что он там увидел, повергло его в панику. От только что пробудившейся радостной надежды не осталось и следа. В нескольких тысячах футов прямо под ними он увидел залитую огнями прожекторов площадь Святого Петра.

Они по-прежнему находились над Ватиканом!

— Камерарий! — задыхаясь от волнения, выкрикнул Лэнгдон. — Летите вперед! Мы уже достаточно высоко! Надо лететь вперед. Мы не можем сбросить ловушку на Ватикан!

Камерарий не ответил. Казалось, все его внимание было сосредоточено на управлении машиной.

— Осталось меньше двух минут! — крикнул американец, поднимая ловушку. — Я уже вижу карьеры! La Cava Romana! В паре миль к северу! Нам нужно...

— Нет, — ответил камерарий. — Это слишком опасно. — Пока вертолет продолжал карабкаться в небо, клирик повернулся лицом к ученому и с печальной улыбкой произнес: — Я очень сожалею, мой друг, что вы решили присоединиться ко мне. Ведь тем самым вы принесли себя в жертву.

Лэнгдон взглянул в бесконечно усталые глаза камерария и все понял. Кровь застыла в его жилах.

— Но... но ведь должны же мы куда-нибудь лететь!

— Только вверх, — отрешенно ответил камерарий. — Только это может гарантировать безопасность.

Мозг Лэнгдона отказывался ему служить. Выходит, он абсолютно неверно истолковал намерения священнослужителя. Так вот что означали его слова: «Обрати свой взор в небеса!»

Небеса, как теперь понимал Лэнгдон, были буквально тем местом, куда они направлялись. Камерарий с самого начала не собирался выбрасывать ловушку. Он просто хотел увезти ее как можно дальше от Ватикана.

Это был полет в один конец.

ГЛАВА 123

Виттория Ветра, стоя на площади Святого Петра, неотрывно смотрела в небо. Вертолет казался едва заметной точкой, поскольку лучи прожекторов прессы до него уже почти не доставали. Даже рев его мотора превратился в отдаленное гудение. Казалось, что все люди, вне зависимости от их вероисповедания, затаив дыхание, в напряженном ожидании смотрят в небо. Сердца всех жителей земли в этот момент бились в унисон.

В душе девушки бушевал ураган эмоций. Когда вертолет скрылся из виду, перед ее мысленным взором снова возникло лицо сидящего в кабине Лэнгдона. О чем он думал в тот момент? Неужели он так все до конца и не понял?

Все телевизионные камеры на площади смотрели в темное небо. Взоры людей также были обращены в небеса. И журналисты, и зрители вели про себя обратный отсчет секунд. На всех огромных экранах была одна и та же благостная картинка: ясное римское небо с алмазной россыпью звезд. Виттория почувствовала, что ее глаза наполняются слезами.

Позади нее на мраморном возвышении в благоговейном молчании стояли спасенные кардиналы. Взоры священнослужителей были обращены вверх. Некоторые из них соединили ладони в молчаливой молитве, но большинство кардиналов словно пребывали в трансе. Несколько человек рыдали. Число оставшихся до взрыва секунд неумолимо сокращалось. Во всех концах земли — в жилых домах, барах, конторах, аэропортах, больницах — люди готовились стать свидетелями трагического события. Мужчины и женщины брались за руки, родители поднимали к небу детей. Над площадью Святого Петра стояла мертвая тишина.

Эту святую тишину взорвали колокола базилики.

Виттория дала волю слезам.

Затем... затем мир замер. Время истекло.

Самым страшным в момент взрыва оказалась повисшая над площадью тишина.

Высоко в небе над Ватиканом возникла искра размером с булавочную головку. Затем на какую-то долю секунды появилось новое небесное тело... Такого белого и чистого света людям Земли видеть еще не доводилось.

Еще мгновение, и искра, словно питая саму себя, начала разрастаться в ослепительно белое пятно. Пятно с невообразимой скоростью расширялось во все стороны. Одновременно усиливалось сияние, и создавалось впечатление, что это море белого огня вот-вот затопит все небо. Стена света, набирая скорость, летела вниз, на людей.

Мгновенно потерявшие способность видеть люди закричали и в страхе закрыли глаза руками.

Но затем произошло нечто совершенно невообразимое. Растекающееся во все стороны море огня, словно повинуясь воле Бога, остановилось, как бы наткнувшись на преграду. Казалось, сверкающий огненный шар был заключен в гигантскую стеклянную сферу. Отразившись от внутренней стенки невидимого сосуда, световые волны обратились внутрь. Сияние многократно усилилось. Казалось, что огненный шар, достигнув нужного диаметра, замер. Несколько мгновений над Римом висело новое яркое светило правильной шарообразной формы.

Ночь превратилась в день.

Затем сфера взорвалась.

Над площадью пронесся глухой гул, а затем на землю с адской силой обрушилась взрывная волна. Гранит, на котором стоял Ватикан, содрогнулся. Люди потеряли возможность дышать, а некоторых из них просто швырнуло на землю. Окружающая площадь колоннада завибрировала. За ударной волной последовала тепловая. Горячий ветер свирепствовал на площади, вздымая тучи пыли и сотрясая стены. Свидетели этого Армагеддона в ужасе закрыли глаза.

Затем белая сфера вдруг снова сжалась, превратившись в крошечную световую точку, почти такую же, как та, что за несколько секунд до этого дала ей жизнь.

ГЛАВА 124

Никогда до этого столько людей одновременно не замирали в полном молчании.

Обращенные к вновь потемневшему небу взгляды опустились на землю. Каждый человек по-своему переживал чудо, которому только что явился свидетелем. Лучи прожекторов также склонились к земле, словно в знак почтения к воцарившейся над ними тьме. Казалось, что в этот миг весь мир одновременно склонил голову.

Кардинал Мортати преклонил колени, чтобы вознести молитву. Остальные кардиналы последовали его примеру. Швейцарские гвардейцы в безмолвном салюте опустили к земле свои длинные мечи и тоже склонили головы. Все молчали. Никто не двигался. Во всех сердцах возникли одни и те же чувства. Боль утраты. Страх. Изумление. Вера. И преклонение перед новой могущественной силой, проявление которой они только что наблюдали.

Виттория Ветра, дрожа, стояла у подножия ведущих к базилике ступеней. Девушка закрыла глаза. Хотя ураган чувств попрежнему разрывал ее сердце, в ее ушах, подобно звону далекого колокола, звучало одно-единственное слово. Слово чистое и жестокое. Девушка гнала его прочь, но оно возвращалось вновь и вновь. Боль, которую испытывала Виттория, казалось, нельзя было вынести. Она пыталась прогнать ее словами, которые заполняли сознание всех других людей... потрясающая мощь антивещества... спасение Ватикана... камерарий... мужество... чудо... самопожертвование... Но слово не желало уходить. Оно звучало в ее голове нескончаемым эхом, пробиваясь сквозь хаос мыслей и чувств.

Роберт.

Он примчался к ней в замок Святого ангела.

Он спас ее.

А она убила его делом своих рук.

Кардинал Мортати возносил молитву и одновременно думал, не услышит ли он слов Божиих так же, как услышал их камерарий. «Может быть, для того, чтобы испытать чудо, в чудеса надо просто верить?» — спрашивал он себя. Мортати был современным человеком, и чудеса никогда не были для него важной частью древней религии, приверженцем которой он был. Церковь, конечно, твердила о разного рода чудесах... кровоточащих ладонях... воскрешении из мертвых... отпечатках на плащанице... но рациональный ум Мортати всегда причислял эти явления к мифам. Все они, по его мнению, были проявлением одной из величайших слабостей человека — стремления всему найти доказательства. Чудеса, как он полагал, были всего лишь легендами. А люди верят в них только потому, что хотят верить.

И все же...

Неужели он настолько осовременился, что не способен принять то, что только что видел собственными глазами? Ведь это было чудо. Разве не так? Да, именно так! Господь, прошептав несколько слов в ухо камерария, спас церковь. Но почему в это так трудно поверить? Что сказали бы люди о Боге, если бы тот промолчал? Что Всемогущему на все плевать? Или что у него просто нет сил, чтобы предотвратить несчастье? Явление чуда с Его стороны было единственным возможным ответом!

Стоя на коленях, Мортати молился за душу камерария. Он благодарил Карло Вентреску за то, что тот сумел показать ему, старику, чудо, явившееся результатом беззаветной веры.

Как ни странно, Мортати не подозревал, какому испытанию еще предстоит подвергнуться его вере...

По толпе на площади Святого Петра прокатился какой-то шелест. Шелест превратился в негромкий гул голосов, который, в свою очередь, перерос в оглушительный рев. Вся толпа в один голос закричала:

— Смотрите! Смотрите!

Мортати открыл глаза и посмотрел на людей. Все показывали пальцем в одну расположенную за его спиной точку, в направлении собора Святого Петра. Лица некоторых людей побледнели. Многие упали на колени. Кое-кто от волнения потерял сознание. А часть толпы содрогалась в конвульсивных рыданиях.

— Смотрите! Смотрите!

Ничего не понимающий Мортати обернулся и посмотрел туда, куда показывали воздетые руки. А они показывали на самый верхний уровень здания, на террасу под крышей, откуда на толпу взирали гигантские фигуры Христа и Его апостолов.

Там, справа от Иисуса, протянув руки к людям Земли... стоял камерарий Карло Вентреска.

ГЛАВА 125

Роберт Лэнгдон уже не падал. Ощущение ужаса покинуло его. Он не испытывал боли. Даже свист ветра почему-то прекратился. Остался лишь нежный шелест волн, который бывает слышен, когда лежишь на пляже.

Лэнгдон испытывал какую-то странную уверенность в том, что это — смерть, и радовался ее приходу. Ученый позволил этому покою полностью овладеть своим телом. Он чувствовал, как ласковый поток несет его туда, куда должен нести. Боль и страх исчезли, и он не желал их возвращения, чем бы ему это ни грозило. Последнее, что он помнил, был разверзнувшийся под ним ад.

«Прими меня в объятия свои, молю Тебя...»

Но плеск воды не только убаюкивал, порождая ощущение покоя, но и одновременно будил, пытаясь вернуть назад. Этот звук уводил его из царства грез. Нет! Пусть все останется так, как есть! Лэнгдон не хотел пробуждения, он чувствовал, что сонмы демонов собрались на границах этого мира, полного счастья, и ждут момента, чтобы лишить его блаженства. В этот тихий мир ломились какие-то страшные существа. За его стенами слышались дикие крики и вой ветра. «Не надо! Умоляю!!!» Но чем отчаяннее он сопротивлялся, тем наглее вели себя демоны.

А затем он вдруг вернулся к жизни...

Вертолет поднимался все выше в своем последнем смертельном полете. Он оказался в нем, как в ловушке. Огни Рима внизу, за открытыми дверями кабины, удалялись с каждой секундой. Инстинкт самосохранения требовал, чтобы он немедленно выбросил за борт ловушку с антивеществом. Но Лэнгдон знал, что менее чем за двадцать секунд ловушка успеет пролететь половину мили. И она упадет на город. На людей. Выше! Выше!

Интересно, как высоко они сумели забраться, думал Лэнгдон. Маленькие винтомоторные самолеты, как ему было известно, имеют потолок в четыре мили. Вертолет успел преодолеть значительную часть этого расстояния. Сколько осталось? Две мили? Три? У них пока еще есть шансы выжить. Если точно рассчитать время, то ловушка, не достигнув земли, взорвется на безопасном расстоянии как от людей на площади, так и от вертолета. Он посмотрел вниз, на раскинувшийся под ними город.

— А что, если вы ошибетесь в расчетах? — спросил камерарий.

Лэнгдон был поражен. Пилот произнес это, даже не взглянув на пассажира. Очевидно, он сумел прочитать его мысли по туманному отражению в лобовом стекле кабины. Как ни странно, но камерарий прекратил управление машиной. Он убрал руку даже с рычага управления газом. Вертолет, казалось, летел на автопилоте, запрограммированном на подъем. Священник шарил рукой позади себя под потолком кабины. Через пару секунд он извлек из-за кожуха электрического кабеля спрятанный там ключ.

Лэнгдон с изумлением следил за тем, как камерарий, поспешно открыв металлический ящик, укрепленный между сиденьями, достал оттуда черный нейлоновый ранец довольно внушительных размеров. Священник положил ранец на пассажирское кресло рядом с собой, повернулся лицом к Лэнгдону и сказал:

— Давайте сюда антивещество.

Уверенность, с которой он действовал, привела ученого в изумление. Священнослужитель, видимо, нашел нужное решение.

Лэнгдон не знал что думать. Передавая камерарию ловушку, он сказал:

— Девяносто секунд.

То, как поступил с антивеществом клирик, повергло ученого в еще большее изумление. Камерарий осторожно принял из его рук ловушку и так же осторожно перенес ее в грузовой ящик между сиденьями. После этого он закрыл тяжелую крышку и дважды повернул ключ в замке.

— Что вы делаете?! — чуть ли не закричал Лэнгдон.

— Избавляю нас от искушения, — ответил камерарий и швырнул ключ в темноту за иллюминатором. Лэнгдону показалось, что вслед за ключом во тьму полетела его душа.

После этого Карло Вентреска поднял нейлоновый ранец и продел руки в лямки. Застегнув на поясе пряжку, он откинул ранец за спину и повернулся лицом к онемевшему от ужаса Лэнгдону.

— Простите меня, — сказал он. — Я не хотел этого. Все должно было произойти по-другому.

С этими словами он открыл дверцу и вывалился в ночь.

Эта картина снова возникла в мозгу Лэнгдона, и вместе с ней вернулась боль. Вполне реальная физическая боль. Все тело горело огнем. Он снова взмолился о том, чтобы его вернули назад, в покой, чтобы его страдания закончились. Но плеск воды стал сильнее, а перед глазами замелькали новые образы. Настоящий ад для него, видимо, только начинался. В его сознании мелькали какие-то беспорядочные картинки, и к нему снова вернулось чувство ужаса, которое он испытал совсем недавно. Лэнгдон находился на границе между жизнью и смертью, моля об избавлении, но сцены пережитого с каждым мигом становились все яснее и яснее...

Ловушка с антивеществом была под замком, и добраться до нее он не мог. Дисплей в железном ящике отсчитывал последние секунды, а вертолет рвался вверх. Пятьдесят секунд. Выше! Еще выше! Лэнгдон осмотрел кабину, пытаясь осмыслить то, что увидел. Сорок пять секунд! Он порылся под креслом в поисках второго парашюта. Сорок секунд! Парашюта там не было! Но должен же существовать хоть какой-нибудь выход!!! Тридцать пять секунд! Он встал в дверях вертолета и посмотрел вниз, на огни Рима. Ураганный ветер почти валил его с ног. Тридцать две секунды!

И в этот миг он сделал свой выбор.

Выбор совершенно немыслимый...

Роберт Лэнгдон прыгнул вниз, не имея парашюта. Ночь поглотила его вращающееся тело, а вертолет с новой силой рванулся вверх. Звук двигателя машины утонул в оглушительном реве ветра. Такого действия силы тяжести Лэнгдон не испытывал с того времени, когда прыгал в воду с десятиметровой вышки. Но на сей раз это не было падением в глубокий бассейн. Чем быстрее он падал, тем, казалось, сильнее притягивала его земля. Ему предстояло пролететь не десять метров, а несколько тысяч футов, и под ним была не вода, а бетон и камень.

И в этот миг в реве ветра он услышал словно долетевший до него из могилы голос Колера... Эти слова были произнесены утром в ЦЕРНе рядом со стволом свободного падения. Один квадратный ярд поверхности создает такое лобовое сопротивление, что падение тела замедляется на двадцать процентов. Лэнгдон понимал, что при таком падении двадцать процентов — ничто. Чтобы выжить, скорость должна быть значительно ниже. Тем не менее скорее машинально, чем с надеждой, он бросил взгляд на единственный предмет, который прихватил в вертолете на пути к дверям. Это был весьма странный сувенир, но при виде его у Лэнгдона возникла тень надежды.

Парусиновый чехол лобового стекла лежал в задней части кабины. Он имел форму прямоугольника размером четыре на два ярда. Кроме того, чехол был подшит по краям, наподобие простыни, которая натягивается на матрас. Одним словом... это было грубейшее подобие парашюта. Никаких строп, ремней и лямок на парусине, естественно, не было, но зато с каждой стороны находилось по широкой петле, при помощи которых чехол закрепляли на искривленной поверхности кабины пилота. Лэнгдон тогда машинально схватил парусину и, прежде чем шагнуть в пустоту, продел руки в петли. Он не мог объяснить себе подобный поступок. Скорее всего это можно было считать последним актом сопротивления. Мальчишеским вызовом судьбе.

Сейчас, камнем падая вниз, он не питал никаких иллюзий.

Положение его тела, впрочем, стабилизировалось. Теперь он летел ногами вниз, высоко подняв руки. Напоминавшая шляпку гриба парусина трепыхалась над его головой. Ветер свистел в ушах.

В этот момент где-то над ним прогремел глухой взрыв. Центр взрыва оказался гораздо дальше, чем ожидал Лэнгдон. Его почти сразу накрыла взрывная волна. Ученый почувствовал, как страшная сила начала сдавливать его легкие. Воздух вокруг вначале стал теплым, а затем невыносимо горячим. Верхушка чехла начала тлеть... но парусина все-таки выдержала.

Лэнгдон устремился вниз на самом краю световой сферы, ощущая себя серфингистом, пытающимся удержаться на гребне гигантской волны. Через несколько секунд жар спал, и он продолжил падение в темную прохладу.

На какой-то миг профессор почувствовал надежду на спасение. Но надежда исчезла так же, как и жара над головой. Руки болели, и это свидетельствовало о том, что парусина несколько задерживает падение. Однако, судя по свисту ветра в ушах, он по-прежнему падал с недопустимой скоростью. Ученый понимал, что удара о землю он не переживет.

В его мозгу нескончаемой вереницей проносились какие-то цифры, но понять их значения Лэнгдон не мог... «Один квадратный ярд поверхности создает такое лобовое сопротивление, что падение тела замедляется на двадцать процентов». Однако до него все же дошло, что парусина была достаточно большой для того, чтобы замедлить падение более чем на двадцать процентов. Но в то же время Лэнгдон понимал, что того снижения скорости, которое давал чехол, для спасения было явно недостаточно. Удара о ждущий его внизу бетон ему не избежать.

Прямо под ним расстилались огни Рима. Сверху город был похож на звездное небо, с которого падал Лэнгдон. Россыпь огней внизу рассекала на две части темная полоса — широкая, похожая на змею вьющаяся лента.

Лэнгдон внимательно посмотрел на черную ленту, и в нем снова затеплилась надежда. С почти маниакальной силой он правой рукой потянул край парусины вниз. Ткань издала громкий хлопок, и его импровизированный парашют, выбирая линию наименьшего сопротивления, заскользил вправо. Поняв, что направление полета несколько изменилось, ученый, не обращая внимания на боль в ладони, снова рванул парусину. Теперь Лэнгдон видел, что летит не только вниз, но и в сторону. Он еще раз взглянул на темную синусоиду под собой и увидел, что река все еще далеко справа. Но и высота оставалась тоже довольно порядочной. Почему он потерял столько времени? Он вцепился в ткань и потянул изо всех сил, понимая, что все теперь в руках Божьих. Американец не сводил глаз с самой широкой части темной змеи и первый раз в жизни молил о чуде.

Все последующие события происходили словно в густом тумане.

Быстро надвигающаяся снизу темнота... к нему возвращаются старые навыки прыгуна в воду... он напрягает мышцы спины и оттягивает носки... делает глубокий вдох, чтобы защитить внутренние органы... напрягает мышцы ног, превращая их в таран... и, наконец, благодарит Бога за то, что Он создал Тибр таким бурным. Пенящаяся, насыщенная пузырьками воздуха вода оказывает при вхождении в нее сопротивление в три раза меньшее, чем стоячая.

Затем удар... и полная темнота.

Громоподобные хлопки парусинового чехла отвлекли внимание зевак от огненного шара в небесах. Да, этой ночью небо над Римом изобиловало необычайными зрелищами... Поднимающийся ввысь вертолет, чудовищной силы взрыв, и вот теперь какой-то странный объект, рухнувший с неба в кипящие воды реки рядом с крошечным Isola Tiberina. Во всех путеводителях по Риму это место так и называется — Остров на Тибре.

С 1656 года, когда остров стал местом карантина больных во время эпидемии чумы, ему начали приписывать чудодейственные целительные свойства. Именно по этой причине на острове несколько позже была основана лечебница, получившая название «Оспидале ди Сан-Джованни ди Дио».

В извлеченном из воды и изрядно побитом теле, к изумлению спасателей, еще теплилась жизнь. Пульс едва прощупывался, но и это слабое биение казалось чудом. Еще одним подтверждением мистической репутации этого места. А через несколько минут, когда спасенный мужчина стал кашлять и к нему начало возвращаться сознание, толпившиеся вокруг него люди окончательно поверили в то, что Остров на Тибре — место, где происходят чудесные исцеления.

ГЛАВА 126

Кардинал Мортати знал, что ни в одном из языков мира не найдется слов, чтобы описать творящееся на его глазах чудо. Тишина, воцарившаяся над площадью Святого Петра, была гораздо выразительнее, чем пение целого хора ангелов.

Глядя на камерария Карло Вентреска, Мортати всем своим существом ощущал борьбу, которую ведут между собой его сердце и разум. Виде́ние казалось реальным и вполне осязаемым. Но тем не менее... как он мог там появиться? Все видели, что камерарий улетел на вертолете. Весь мир наблюдал за появлением в небе огненного шара. И вот теперь священник каким-то непостижимым образом оказался высоко над ними на террасе собора, рядом с самим Христом. Неужели его перенесли туда ангелы? Или, может быть, сам Творец воссоздал его из пепла?

Но подобное невозможно...

Сердце Мортати хотело верить в чудо, но его разум призывал к реальности. Взоры всех кардиналов были обращены в сторону собора, и священнослужители явно видели то же, что видел он. Новое чудо, которое явил Творец, привело их в близкое к параличу состояние.

Да, это, вне всякого сомнения, был камерарий. Но выглядел он как-то по-иному. В нем ощущалось нечто божественное. Казалось, что он прошел обряд очищения. Может быть, это дух? Или все-таки человек? В ослепительно белом свете прожекторов Карло Вентреска казался невесомым.

С площади до Мортати стали доноситься рыдания, приветственные возгласы и даже аплодисменты. Группа монахинь рухнула на колени и громко запела гимн. Толпа на площади становилась все более шумной... Затем последовала короткая пауза, и все люди, не сговариваясь, начали выкрикивать имя камера-

18 Зак. 1526

рия. Все кардиналы присоединились к этим крикам, по щекам некоторых из них катились слезы. Мортати оглядывался по сторонам, пытаясь осмыслить происходящее. Неужели это действительно случилось?

Камерарий Карло Вентреска стоял на верхней террасе собора и вглядывался в тысячи и тысячи обращенных к нему лиц. Он не знал до конца, происходит ли это наяву или видится ему во сне. Ему казалось, что он перевоплотился и существует уже в ином мире. Камерарий задавал себе вопрос: что спустилось с небес на мирные сады Ватикана — его бренное тело или всего лишь нетленная душа? Он снизошел на землю, словно одинокий ангел, а громада собора скрывала от глаз беснующейся на площади толпы его черный парашют. Камерарий не знал, что сумело вознестись по старинной лестнице на террасу собора — его изможденное тело или неутомимый дух...

Он стоял высоко над толпой, и ему казалось, что тело его стало невесомым. Карло Вентреска казался самому себе призраком.

Хотя люди внизу выкрикивали его имя, камерарий твердо знал, что приветствуют они вовсе не его. Они кричали потому, что испытывали счастье, которое он сам испытывал каждый день, общаясь с Всемогущим. Люди наконец ощутили те чувства, которые постоянно жаждали ощутить. Они всегда хотели узнать, что находится за гранью... Им необходимо было узреть доказательства всемогущества Создателя.

Камерарий Карло Вентреска всю жизнь молил о приходе подобного момента, но даже в самых смелых своих мечтаниях он не мог предположить, что Господь явит себя именно таким образом. Ему хотелось крикнуть в толпу: «Оглядитесь — и вы увидите вокруг себя чудеса! Бог живет в вас каждую минуту!»

Некоторое время он стоял молча, испытывая чувства, которых раньше никогда не ведал. Затем, следуя внутреннему порыву, клирик склонил голову и отступил от края террасы.

Оказавшись в одиночестве на крыше, камерарий опустился на колени и приступил к молитве.

ГЛАВА 127

Вокруг него кружились какие-то неясные тени, то совершенно исчезая в тумане, то появляясь вновь. Ноги отчаянно болели, а по телу, как ему казалось, проехал грузовик. Он лежал на боку на земле. В ноздри бил острый запах желчи. До слуха по-прежнему долетал шум реки, но этот звук уже не казался ему умиротворяющим. Он слышал и другие звуки: кто-то говорил совсем рядом с ним. Неясные тени кружились вокруг него в бесконечном хороводе. Почему эти фигуры облачены в белые одежды? Видимо, потому, решил Лэнгдон, что он либо в раю, либо в сумасшедшем доме. Поскольку горло сильно болело (ему казалось, что его обожгли огнем), он решил, что это все же не небеса.

— Рвота прекратилась, — сказал по-итальянски мужской голос. — Переверните его на спину. — Человек говорил профессиональным тоном и при этом весьма властно.

Лэнгдон ощутил, как чьи-то руки начали медленно поворачивать его. Он попытался сесть, но те же руки мягко, но решительно не позволили ему этого сделать. Лэнгдон не сопротивлялся. После этого ученый почувствовал, что кто-то принялся рыться в его карманах и извлекать их содержимое.

Затем он снова впал в небытие.

Доктор Жакобус не был религиозным человеком. Годы занятия медициной давно лишили его веры в любые потусторонние силы. Но то, что случилось этим вечером в Ватикане, подвергло его рациональное мышление весьма серьезному испытанию. Не хватало только того, чтобы с неба начали падать тела, думал он.

Доктор Жакобус пощупал пульс мужчины в мокрой и грязной одежде, которого только что извлекли из вод Тибра, и решил, что этого типа к спасению привел сам Создатель. От удара о воду мужчина лишился сознания, и, не окажись доктор Жакобус и его команда на берегу (все они любовались небесным спектаклем), парень наверняка бы утонул.

— É Americano, — сказала медсестра, роясь в бумажнике только что извлеченного из воды человека.

Американец?!

Коренные обитатели Рима уже давно полушутливо утверждают, что в результате засилья американцев в их городе гамбургеры скоро превратятся в национальное итальянское блюдо. Но чтобы американцы падали с неба — это уже явный перебор!

Доктор направил тонкий луч фонарика в глаз мужчины, чтобы проверить реакцию зрачков на свет. Убедившись в том, что зрачки реагируют, он спросил:

— Вы меня слышите, сэр? Вы осознаете, где находитесь?

Человек не ответил. Он снова потерял сознание.

— Si chiama Robert Langdon*, — объявила медсестра, изучив водительское удостоверение мужчины.

Все собравшиеся на берегу медики, услышав имя, буквально окаменели.

— Невозможно! — воскликнул Жакобус.

Роберт Лэнгдон был тем человеком, которого показывали по телевизору. Помогавшим Ватикану американским профессором. Доктор Жакобус своими глазами видел, как всего несколько минут назад Роберт Лэнгдон сел на площади Святого Петра в вертолет и поднялся в небо. Жакобус и все остальные выбежали на берег, чтобы посмотреть на взрыв антивещества. Это было грандиозное зрелище. Подобной сферы белого огня никому из них видеть не доводилось. Это не может быть тот же самый человек!

— Это точно он! — воскликнула медсестра, отводя назад прилипшие ко лбу мокрые волосы мужчины. — Кроме того, я узнаю его твидовый пиджак.

Со стороны входа в больницу послышался громкий вопль. Медики оглянулись и увидели одну из своих пациенток. Женщина, казалось, обезумела. Воздев к небу руку с зажатым в ней транзисторным приемником, она воздавала громкую хвалу Господу. Из ее бессвязных слов все поняли, что камерарий Карло

---

* Его зовут Роберт Лэнгдон (*ит.*).

Вентреска только что чудесным образом появился на крыше собора.

Доктор Жакобус твердо решил, что как только в восемь утра закончится его дежурство, он тут же отправится в церковь.

Свет над его головой стал ярче, приобретя какую-то стерильность, а сам он лежал на хирургическом столе. Воздух был насыщен запахом незнакомых лекарств. Ему только что сделали какую-то инъекцию, предварительно освободив от одежды.

Определенно не цыгане, подумал он в полубреду. Может быть, пришельцы? Да, ему приходилось слышать о подобных вещах. Но, судя по всему, эти создания не намерены причинить ему вред. Видимо, они хотят всего лишь...

— Ни за что! — выкрикнул он, открыл глаза и сел.

— Attento!* — рявкнуло одно из созданий, пытаясь уложить его на стол.

На белом одеянии существа висела картонка с надписью «Д-р Жакобус».

— Простите... — пробормотал Лэнгдон, — я подумал...

— Успокойтесь, мистер Лэнгдон. Вы в больнице...

Туман начал рассеиваться, и ученый ощутил облегчение. Он, правда, ненавидел все лечебные учреждения, но эскулапы в любом случае лучше пришельцев, пытающихся завладеть его детородными органами.

— Меня зовут доктор Жакобус, — представился человек в белом и рассказал пациенту, что произошло. — Вы родились в рубашке, молодой человек, — закончил рассказ медик.

Лэнгдон же себя счастливчиком не чувствовал. Он с трудом вспоминал, что с ним произошло до этого... вертолет... камерарий. На его теле не осталось ни одного живого места. Болело буквально все. Ему дали воду, и он прополоскал рот. После этого они сменили повязку на его ободранной в кровь ладони.

— Где моя одежда? — спросил Лэнгдон. На нем был хирургический халат из хлопка.

* Осторожно! (*ит.*)

Одна из сестер показала на бесформенную кучу мокрого твида и хаки, лежащую на стойке неподалеку.

— Ваша одежда насквозь промокла, и нам пришлось ее с вас срезать.

Лэнгдон взглянул на то, что осталось от его твидового пиджака, и нахмурился.

— Все ценное мы вынули, — продолжала сестра. — Лишь бумажная салфетка, которая была в кармане, совершенно размокла.

Лэнгдон еще раз посмотрел на пиджак и увидел обрывки пергамента, прилипшие кое-где к подкладке. Это было все, что осталось от листка, изъятого из «Диаграммы» Галилея. Единственная копия, на которой был указан путь к Храму Света, в буквальном смысле растворилась. У него не было сил как-то отреагировать на эту невосполнимую потерю. Он просто смотрел и молчал.

— Все остальные вещи мы спасли, — повторила сестра. — Бумажник, миниатюрную видеокамеру и ручку. Камеру я, как могла, высушила.

— У меня не было камеры.

Медсестра, не скрывая своего удивления, протянула ему хирургическую кювету с его вещами. Увидев рядом с бумажником и ручкой крошечный аппарат фирмы «Сони», Лэнгдон все вспомнил. Миниатюрную видеокамеру вручил ему Колер с просьбой передать прессе.

— Мы нашли ее у вас в кармане, — повторила сестра. — Но думаю, что вам понадобится новый прибор. — Она открыла крышку двухдюймового экрана и продолжила: — Экран треснул, но зато звук еще есть. Правда, едва слышно. — Поднеся аппарат к уху, девушка сказала: — Постоянно повторяется одно и то же. Похоже, что спорят двое мужчин.

С этими словами она передала камеру Лэнгдону.

Заинтригованный, Лэнгдон взял аппарат и поднес его к уху. Голоса звучали несколько металлически, но вполне внятно. Один из говоривших был ближе к камере, другой находился чуть поодаль. Лэнгдон без труда узнал обоих собеседников.

Сидя в халате на хирургическом столе, ученый со все возрастающим изумлением вслушивался в беседу. Конец разговора оказался настолько шокирующим, что Лэнгдон возблагодарил судьбу за то, что не имел возможности его увидеть.

О Боже!

Когда запись пошла сначала, Лэнгдон отнял аппарат от уха и погрузился в раздумье. Антивещество... Вертолет...

Но это же означает, что...

У него снова началась тошнота. Движимый яростью, он в полной растерянности соскочил со стола и замер на дрожащих ногах.

— Мистер Лэнгдон! — попытался остановить его врач.

— Мне нужна какая-нибудь одежда, — заявил американец, почувствовав прохладное дуновение; его одеяние оставляло спину неприкрытой.

— Но вам необходим покой.

— Я выписываюсь. Немедленно. И мне нужна одежда.

— Но, сэр, вы...

— Немедленно!

Медики обменялись недоуменными взглядами, а доктор Жакобус сказал:

— У нас здесь нет одежды. Возможно, утром кто-нибудь из ваших друзей...

Лэнгдон, чтобы успокоиться, сделал глубокий вдох и, глядя в глаза эскулапа, медленно произнес:

— Доктор Жакобус, я должен немедленно уйти, и мне необходима одежда. Я спешу в Ватикан. Согласитесь, доктор, что вряд ли кто-нибудь появлялся в этом священном месте с голой задницей за все две тысячи лет его существования. Мне не хочется ломать эту традицию. Я ясно выразился?

— Дайте этому человеку какую-нибудь одежду, — нервно сглотнув слюну, распорядился доктор Жакобус.

Когда Лэнгдон, хромая на обе ноги, выходил из дверей больницы, он казался себе бойскаутом-переростком. На нем был голубой комбинезон фельдшера «скорой помощи» с застежкой-молнией от шеи до промежности. Комбинезон украшали многочисленные цветные нашивки, которые, видимо, говорили о высокой квалификации владельца одежды.

На сопровождавшей его весьма массивного телосложения женщине был точно такой же наряд. Доктор заверил Лэнгдона, что дама доставит его в Ватикан за рекордно короткое время.

— Molto traffico*, — сказал американец, вспомнив, что все улицы вокруг Ватикана забиты людьми и машинами.

Это предупреждение, видимо, нисколько не обеспокоило даму. Гордо ткнув пальцем в одну из своих нашивок, она заявила:

— Sono conducente di ambulanza.

— Ambulanza?**

Он понял, что теперь ему, видимо, предстоит поездка в карете «скорой помощи».

Женщина провела его за угол дома. Там, на сооруженной над рекой бетонной площадке, стояло их транспортное средство. Увидев его, Лэнгдон замер. Это был видавший виды армейский медицинский вертолет. На фюзеляже было выведено: «Aero — ambulanza».

Лэнгдон опустил голову.

— Мы летим в Ватикан. Очень быстро, — улыбнулась женщина.

ГЛАВА 128

Кипящие энтузиазмом и энергией кардиналы устремились назад в Сикстинскую капеллу. В отличие от всех остальных членов коллегии Мортати ощущал все возрастающую растерянность. У него даже появилась мысль бросить все и оставить конклав. Кардинал верил в древние чудеса из Священного Писания, но то, чему он был свидетелем сегодня, не умещалось в его сознании. Казалось бы, после семидесяти девяти лет, прожитых в преданности вере, эти события должны были

---

* Много машин (*ит.*).

** — Я водитель «скорой помощи».
— «Скорой помощи»? *(ит.)*

привести его в религиозный экстаз... а он вместо этого начинал испытывать сильное душевное беспокойство. Во всех этих чудесах что-то было не так.

— Синьор Мортати! — выкрикнул на бегу швейцарский гвардеец. — Мы, как вы просили, поднялись на крышу. Камерарий... во плоти! Он обычный человек, а не дух! Синьор Вентреска такой, каким мы его знали!

— Он говорил с вами?

— Камерарий стоял на коленях в немой молитве. Мы побоялись его беспокоить.

Мортати не знал, как поступить.

— Скажите ему... скажите, что кардиналы томятся в ожидании.

— Синьор, поскольку он — человек... — неуверенно произнес гвардеец.

— И что же?

— Его грудь... На ней сильный ожог. Может быть, нам следует вначале перевязать его раны? Думаю, он очень страдает от боли.

Мортати задумался. Долгие годы, посвященные службе церкви, не подготовили его к подобной ситуации.

— Поскольку он человек, то и обращайтесь с ним, как с человеком. Омойте его. Облачите в чистые одежды. Мы будем ждать его в Сикстинской капелле.

Швейцарец умчался прочь.

Мортати направился в капеллу. Все остальные кардиналы уже находились там. Выйдя в вестибюль, он увидел Витторию Ветра. Девушка, понурясь, сидела на каменной скамье у подножия Королевской лестницы. Мортати разделял ее боль и одиночество, но в то же время он знал, что все это может подождать. Ему предстоит работа... Однако, положа руку на сердце, Мортати не знал, в чем будет заключаться эта работа.

Когда он вошел в капеллу, там царил безудержный восторг.

«Да поможет мне Бог», — подумал он и закрыл за собой дверь.

* * *

Принадлежащий больнице Сан-Джованни ди Дио вертолет кружил за дальней от площади стеной Ватикана, а Лэнгдон, стиснув зубы и сжав кулаки, клялся всем известным ему богам, что это будет его последний полет на винтокрылой машине.

Убедив даму-пилота в том, что правила полетов над Ватиканом в данный момент меньше всего заботят правителей этого города-государства, он попросил ее пролететь над стеной и приземлиться на посадочной площадке папской обители.

— Grazie, — сказал он, с трудом спустившись на землю.

Дама послала ему воздушный поцелуй, оторвала машину от земли и мгновенно скрылась в ночи.

Лэнгдон глубоко вздохнул, стараясь привести мысли в порядок и до конца понять суть того, что он собирается предпринять. Не выпуская видеокамеры из рук, он забрался в электрокар, на котором уже ездил днем. Об аккумуляторах с тех пор никто не позаботился, и стрелка указателя заряда стояла почти на нуле. В целях экономии энергии фары включать он не стал. Кроме того, ученый предпочел бы, чтобы его появление осталось незамеченным.

Кардинал Мортати остановился у дверей и ошеломленно наблюдал за тем, что происходило в Сикстинской капелле. А происходило там нечто невообразимое.

— Это подлинное чудо! — кричал один кардинал. — Руца Божия!

— Да! — вторил ему другой. — Господь явил нам Свою волю!

— Камерарий должен стать нашим папой! — вопил третий. — Пусть он и не кардинал, но Творец ниспослал нам чудесный знак!

— Именно так! — с энтузиазмом поддержал его кто-то. — Законы конклава установлены людьми. И они ничто по сравнению с Божьей волей! Призываю всех немедленно приступить к голосованию!

— К голосованию?! — перекрывая всеобщий шум, рявкнул Мортати. — А я-то полагал, что это моя работа!

Все повернулись в его сторону.

Старик увидел, что кардиналы смотрят на него с явным подозрением. Более того, в некоторых взглядах можно было заметить даже враждебность. Священнослужителей уязвило его равнодушие к явленным только что всему миру чудесам. Трезвый подход ко всем явлениям должен иметь свои границы, считали они. Мортати очень хотел, чтобы его душа возликовала вместе с остальными, но этого почему-то не случилось. Вместо неземной радости он ощущал... душевную боль и печаль, которым не находил объяснения. Он поклялся руководить конклавом с чистой душой, но теперь начинал испытывать сомнения. Отрицать это было невозможно.

— Друзья!.. — начал он, выйдя к алтарю (Мортати казалось, что голос, произнесший это, принадлежит вовсе не ему). — Я очень опасаюсь, что весь остаток своих дней проведу в бесплодных попытках понять то, свидетелем чего я был сегодня. Вы же немедленно предлагаете избрать папой камерария... хотя нельзя исключать и того, что Бог, возможно, этого не желает.

В Сикстинской капелле повисла мертвая тишина.

— Как... как вы смеете? — возмутился наконец один из кардиналов. — Камерарий спас церковь! С ним напрямую общался Создатель. Человек пережил саму смерть! Какие еще доказательства нам нужны?!

— Камерарий вскоре предстанет перед нами, — сказал Мортати. — Подождем его появления и, прежде чем приступить к выборам, выслушаем его объяснения.

— Объяснения?!

— Когда вы избирали меня на пост «великого выборщика», я дал клятву следовать всем правилам конклава. Вам, вне всякого сомнения, известно, что, согласно Святому уложению, камерарий, не являясь кардиналом, папой быть избран не может. Карло Вентреска простой священник... всего лишь... слуга. Кроме того, он слишком молод для того, чтобы стать понтификом. — Мортати почувствовал, что число обращенных на него враждебных взглядов с каждым его словом возрастает. — Но даже если я и проведу голосование, то потребую, чтобы вы предварительно изменили правила, формально одобрив возможность избрания человека, избранию не подлежащего. Я попрошу каждого из вас торжественно отречься от данной вами клятвы соблюдать Святое уложение.

— Но то, что мы видели сегодня, — сердито возразил кто-то, — стоит бесспорно выше всех наших законов.

— Неужели? — прогремел Мортати, даже не понимая, откуда исходят эти слова. — Неужели Бог желает, чтобы мы отказались от законов церкви?! Неужели Создатель хочет, чтобы мы, не слушая голоса разума, принимали решения, следуя взрыву эмоций?

— Но разве вы не видели того, что видели мы? — злобно поинтересовался один из кардиналов. — Да как вы смеете сомневаться в подобного рода проявлениях Высшей силы?!

— Я вовсе не сомневаюсь! — Голос Мортати прозвучал с такой силой, которой кардинал в себе и не подозревал. — Я не ставлю под сомнение всемогущество нашего Творца. Именно Он наградил нас разумом и чувством осторожности. Проявляя благоразумие, мы служим Богу!

ГЛАВА 129

Виттория Ветра по-прежнему сидела в одиночестве на каменной скамье у подножия Королевской лестницы неподалеку от Сикстинской капеллы. Когда через заднюю дверь в помещение проникла какая-то фигура, девушке показалось, что она снова видит призрак. Призрак был в бинтах, хромал на обе ноги, и на нем был костюм работника «скорой помощи».

Не веря своим глазам, она поднялась на ноги и прошептала:

— Ро... Роберт?

Лэнгдон не ответил. Молча проковыляв к ней, он заключил ее в объятия и поцеловал в губы. В этом импульсивном действии девушка ощутила боль и благодарность.

— Благодарю тебя, Боже, — прошептала она, не сдерживая слез. — Благодарю!..

Он поцеловал ее еще раз, и девушка целиком растворилась в этом поцелуе. Их тела слились воедино так, словно они знали друг друга уже много лет. Забыв боль и страх, Виттория стояла, прижавшись к нему, и на какой-то миг ей показалось, что она стала невесомой.

— Это Божья воля! — выкрикнул кто-то, и эхо его голоса прокатилось под сводами Сикстинской капеллы. — Кто, кроме избранника Божьего, мог пережить дьявольский взрыв?!

— Я, — послышался голос от дверей капеллы.

Все кардиналы повернулись и с изумлением уставились на плетущегося к ним человека.

— Мистер... Лэнгдон? — не веря своим глазам, спросил Мортати.

Не говоря ни слова, ученый прошел к алтарю. Следом за ним шла Виттория Ветра. Два швейцарских гвардейца вкатили в капеллу тележку с большим телевизором. Пока гвардейцы размещали телевизор экраном к кардиналам и включали его в сеть, Лэнгдон не двигался. Как только швейцарцы ушли, ученый вставил кабель камеры «Сони» в гнездо входа на телевизоре и нажал кнопку воспроизведения.

Экран ожил.

Перед глазами кардиналов возник папский кабинет. Картинка была не очень четкой. Создавалось впечатление, что снимали скрытой камерой. В правой части изображения находился камерарий. Он стоял рядом с камином, но его лицо оставалось в тени. Хотя клирик говорил прямо в камеру, было ясно, что он обращался к кому-то еще — очевидно, к человеку, который вел съемку. Лэнгдон пояснил, что фильм снимал директор ЦЕРНа Максимилиан Колер. Всего лишь час назад Колер записал свою беседу с камерарием при помощи крошечной видеокамеры, вмонтированной в подлокотник его инвалидного кресла.

Мортати и остальные кардиналы в недоумении взирали на экран. Хотя беседа продолжалась уже некоторое время, Лэнгдон не стал отматывать пленку. Видимо, та часть фильма, которую, по мнению ученого, должны были увидеть высокопоставленные священнослужители, только начиналась...

— Неужели Леонардо Ветра вел дневник? — говорил камерарий. — Если так, то это, я полагаю, прекрасная новость для ЦЕРНа. В том случае, если в дневнике изложена технология получения антивещества...

— Там этого нет, — сказал Колер. — Вы, видимо, почувствуете облегчение, узнав, что способ получения антиматерии умер вместе с Леонардо. В его дневнике говорится о другом. А именно — о вас.

— Не понимаю, — ответил камерарий. Было заметно, что слова директора его встревожили.

— Там имеется запись о его встрече с вами, имевшей место месяц назад.

Камерарий помолчал немного, а затем, взглянув на дверь, произнес:

— Рошер не должен был пускать вас сюда, не заручившись моим согласием. Каким образом вам удалось проникнуть в кабинет?

— Рошеру все известно. Я предварительно позвонил ему и рассказал о том, что вы сделали.

— Что я сделал? Что бы вы ему ни наплели, Рошер — швейцарский гвардеец, который слишком предан этой церкви, чтобы поверить словам озлобленного ученого.

— Вы правы, он действительно предан церкви. Предан настолько, что, несмотря на то что все улики указывали на одного из его швейцарцев, отказывался поверить, что его люди способны на предательство. Он весь день искал другие объяснения.

— И вы ему подобное объяснение обеспечили?

— Да. Я рассказал ему всю правду. Правду, прямо говоря, шокирующую.

— Если Рошер вам поверил, он должен был немедленно арестовать меня...

— Нет. Я этого не допустил, обещав свое молчание в обмен на встречу с вами.

— Неужели вы намерены шантажировать церковь россказнями, в которые скорее всего никто не поверит? — с каким-то странным смешком сказал камерарий.

— Я никого не собираюсь шантажировать. Я всего лишь хочу услышать правду из ваших уст. Леонардо Ветра был моим другом.

Камерарий, не отвечая на эти слова, повернулся лицом к камину.

— Что же, в таком случае скажу я, — продолжал Колер. — Примерно месяц назад Леонардо Ветра вступил с вами в контакт и попросил срочной аудиенции у папы. Вы организовали эту встречу, поскольку понтифик всегда восхищался научными успехами Леонардо. Кроме того, Ветра сказал вам, что возникла чрезвычайная ситуация и дело не терпит отлагательства.

Камерарий молча смотрел в огонь.

— Леонардо тайно прибыл в Ватикан. Моего друга очень огорчало то, что он тем самым нарушал данное дочери слово, но иного выбора у него не было. Последнее открытие породило в душе Леонардо серьезный конфликт, и он очень нуждался в духовном руководстве. Во время конфиденциальной встречи он сообщил папе и вам, что совершил открытие, которое может иметь самые серьезные религиозные последствия. Он доказал физическую возможность акта Творения. Опыты Ветра показали, что с помощью мощного источника энергии — который мой друг именовал Богом — можно воспроизвести момент Творения.

Ответом директору было молчание.

— Папа был потрясен, — продолжал Колер. — Он хотел, чтобы Леонардо публично сообщил о своем достижении. Его святейшество полагал, что это открытие сможет проложить мост через пропасть между наукой и религией. А об этом папа мечтал всю свою жизнь. Но затем Леонардо рассказал вам о другой стороне эксперимента. О том, что вынудило его обратиться за духовным наставлением. Дело в том, что в результате акта Творения все создавалось парами (так утверждает ваша Библия), причем парами противоположностей. Как свет и тьма, например. Ветра обнаружил, что это справедливо и в отношении его эксперимента. Создав вещество, он одновременно создал и его противоположность — антивещество. Это его беспокоило. Стоит ли мне продолжать?

Камерарий вместо ответа наклонился к огню и пошевелил кочергой уголья.

— Через некоторое время вы посетили ЦЕРН, чтобы лично ознакомиться с работой Леонардо. В дневниках доктора Ветра есть упоминание о том, что вы были в его лаборатории.

Камерарий посмотрел на Колера, который сказал:

— Поездка папы неизбежно привлекла бы внимание прессы, поэтому он направил в Женеву вас. Леонардо тайно провел вас по своей лаборатории. Он показал вам аннигиляцию. Модель Большого взрыва. Или, если хотите, энергию Творения. Более того, Леонардо Ветра провел вас в хранилище опасных материалов, где вы увидели большой образец антивещества. Образец, который был призван доказать, что антиматерию можно производить в значительных количествах. Вы выразили Леонардо свое восхищение и, вернувшись в Ватикан, доложили папе обо всем, что видели.

— И что же, простите, вас так гложет? — со вздохом спросил камерарий. — Неужели то, что, уважая волю Леонардо Ветра, я этим вечером делал вид, что мне ничего не известно об антивеществе?

— Нет! Меня гложет то, что вы организовали его убийство, хотя он практически доказал существование вашего Бога!

Камерарий смотрел на Колера, и на его лице нельзя было увидеть никаких эмоций.

А потрескивание горящих поленьев было единственным звуком, нарушавшим тишину кабинета.

Неожиданно камера задрожала, и на экране возникла рука Колера. Было видно, что директор лихорадочно пытается извлечь из-под кресла какой-то предмет. Через несколько секунд в его руке появился пистолет. Картинка получилась очень выразительной: смотревшая сзади камера показывала во всю длину руку с зажатым в ней оружием. Ствол пистолета был направлен прямо в грудь камерария.

— Признавайтесь в своих грехах, святой отец. Признавайтесь немедленно!

— Вы понимаете, что живым вам отсюда не выбраться? — испуганно произнес камерарий.

— Смерть явится долгожданным избавлением от страданий, которые я благодаря вашей религии вынужден терпеть с раннего детства. — Колер держал пистолет уже обеими руками. — Я даю вам возможность выбора. Признание в преступлениях или немедленная смерть!

Камерарий покосился на дверь.

— Рошер стоит снаружи, — сказал Колер. — Он тоже готов вас убить.

— Капитан дал торжественную клятву защищать цер...

— Он впустил меня сюда. С оружием. Ваша ложь ему отвратительна. У вас еще есть выбор. Признайтесь в преступлениях. Я хочу услышать это признание из ваших уст.

Камерарий явно не знал, как поступить.

Пистолет в руках Колера чуть приподнялся.

— Неужели вы все еще сомневаетесь в том, что я вас пристрелю? — спросил директор ЦЕРНа.

— Что бы я вам ни сказал, — ответил камерарий, — вы не тот человек, который способен понять мои слова.

— А вы все же попытайтесь.

Камерарий несколько секунд стоял неподвижно, его силуэт был четко виден на фоне огня. Когда он заговорил, его голос зазвучал с таким достоинством, словно речь шла не об убийстве, а об акте великого альтруизма.

— С самого начала времен, — начал камерарий, — церковь вела сражение с врагами Бога. Иногда ее оружием было слово, а иногда — меч. И мы всегда побеждали в этой борьбе.

Клирик говорил без тени сомнения, с полной убежденностью в правоте своих слов.

— Но все демоны прошлого были демонами зла, и они вызывали всеобщий страх и отвращение... Бороться с ними нам было сравнительно легко. Но сатана хитер и умен. С течением времени его дьявольская личина обрела иную форму... форму чистого разума. Эта внешне прозрачная форма тем не менее коварна и опасна. Она, как и демоны прошлого, лишена души. — В голосе камерария неожиданно вспыхнул гнев, и он продолжил чуть ли не с маниакальным напором: — Подскажите мне, мистер Колер, каким образом церковь может выступить с осуждением того, что придает нашему уму способность логически мыслить? Как можем мы открыто осуждать то, что является фундаментом нашего общества? Стоит нам возвысить голос, чтобы выступить с предупреждением, как вы поднимаете крик, называя нас невеждами и параноиками. Вы возвещаете всему миру, что обскуранты пытаются положить конец прогрессу. И зло, которое вы сеете, постоянно разрастается. Это зло, завернувшееся в мантию самодовольного интеллектуализма, разрастается, как раковая опухоль. Зло обожествляет себя, являя миру все новые и новые чудеса. Чудеса техники и технологии. И вы делаете это постоянно, внушая всем, что вы есть подлинное Добро. Наука, говорите вы, пришла к вам, дабы избавить вас от болезней, голода и страданий! Преклоняйтесь перед наукой — новым божеством, божеством всемогущим и всемилостивейшим! Не обращайте внимания на порождаемые ею смертоносное оружие и хаос! Забудьте о своем хрупком одиночестве и о все новых и новых угрозах! Наука всегда с вами! — Камерарий сделал несколько шагов вперед к направленному на него пистолету. — Но я увидел за всем этим оскал сатаны... узрел скрытую угрозу...

— О чем вы говорите? Ведь открытие Ветра практически доказало существование Бога! Леонардо был вашим союзником!

— Союзником? Нет! Наука и религия не могут шагать рука об руку. Вы и я обращаемся к разным богам. Кто является вашим божеством? Протоны, масса и электрический заряд? Разве способен подобный бог внушить вдохновение? Разве может ваш бог, прикоснувшись к сердцу каждого человека, напомнить ему о его ответственности перед Высшей силой? Об ответственности перед другими людьми? Ветра заблуждался. Человек не имеет права засунуть Божий акт Творения в пробирку и размахивать ею перед всем миром! Это не прославляет Бога, это принижает Его!

Камерарий скрюченными пальцами обеих рук вцепился в ткань сутаны на груди, и в его голосе зазвенели истерические ноты.

— И поэтому вы его убили?

— Ради блага церкви! Ради блага всего человечества! Его безумное открытие! Человек еще не созрел для того, чтобы обладать могуществом Творца. Бог в пробирке? Капля жидкости, способная превратить в пар целый город? Его надо было остановить!!!

Выкрикнув последнюю фразу, камерарий вдруг умолк и взглянул на огонь. Создавалось впечатление, что он взвешивает в уме различные варианты своих дальнейших действий.

— Вы признались в преступлении, — сказал Колер, поднимая пистолет. — Вам не спастись.

— Разве вы не знаете, что признание греха уже есть путь к спасению? — печально рассмеялся камерарий. Он посмотрел на дверь и продолжил: — Когда Бог на вашей стороне, перед вами открываются такие возможности, которых вам, дорогой директор, не дано понять.

Когда эти слова все еще звучали в воздухе, камерарий взялся обеими руками за ворот сутаны и рывком разорвал на себе одежду, обнажив грудь.

— Что вы задумали?! — изумленно спросил Колер.

Камерарий не ответил. Он отступил назад к камину и снял с янтарных углей какой-то предмет.

— Прекратите! — закричал, не опуская пистолета, Колер. — Что вы делаете?

Когда камерарий обернулся, в его руках было раскаленное докрасна клеймо. «Ромб иллюминати»!

— Я собирался сделать это в одиночестве... — Голос его дрожал от напряжения, а взгляд стал абсолютно диким. — Но теперь... Я вижу, что вас сюда послал Бог. И вы — мое спасение.

Прежде чем Колер успел что-то сделать, камерарий закрыл глаза, запрокинул голову и приложил раскаленное клеймо к самому центру груди. Плоть зашипела, а клирик закричал:

— Мать Мария! Мария Благословенная!.. Помоги своему сыну!

В кадре появился Колер. Он неуклюже стоял на ногах, размахивая рукой с пистолетом.

Камерарий кричал, покачиваясь от невыносимой боли. Затем, бросив клеймо к ногам Колера, он рухнул на пол и забился в конвульсиях, не переставая вопить.

Все остальное происходило словно в тумане.

В комнату ворвались швейцарские гвардейцы. Звуковая дорожка взорвалась выстрелами. Колер схватился за грудь, сделал шаг назад и упал в кресло.

— Нет! — закричал Рошер, пытаясь остановить стрелявших в Колера гвардейцев.

Катающийся по полу камерарий яростно ткнул пальцем в сторону капитана и прохрипел:

— Иллюминат!

— Ублюдок! — закричал Рошер. — Лицемерный свято...

Шартран срезал офицера тремя выстрелами.

После этого гвардейцы столпились вокруг камерария. В кадре возникло полубезумное лицо Роберта Лэнгдона. Он стоял на коленях рядом с креслом Колера и разглядывал клеймо. Затем изображение задергалось. К Колеру вернулось сознание, и он попытался извлечь из подлокотника кресла крошечную видеокамеру. Когда ему это наконец удалось, он протянул аппарат Лэнгдону и хрипло прошептал:

— Передайте... передайте... прессе.

На этом запись заканчивалась. Через несколько секунд демонстрация началась сначала.

ГЛАВА 130

Камерарий ощутил, что окутывающий его чудесный туман начинает постепенно рассеиваться, а количество адреналина в крови неуклонно снижаться. Швейцарские гвардейцы осторожно вели его по Королевской лестнице в сторону

Сикстинской капеллы, а он прислушивался к доносящемуся с площади Святого Петра пению. Камерарий понял, что ему все же удалось сдвинуть гору.

Grazie, Dio.

«Благодарю тебя, Боже».

Он молил Бога о том, чтобы Он даровал ему силы, и Творец услышал его молитву. А в те моменты, когда в его душе возникало сомнение, к нему обращался сам Творец. «На тебя возложена священная миссия, — сказал Господь. — Я дарую тебе силу». Но несмотря на поддержку самого Создателя, камерарий ощущал страх и часто спрашивал себя, правильный ли путь он избрал.

Если не ты, говорил в ответ на эти сомнения Бог, то кто?

Если не сейчас, то когда?

Если не таким образом, то как?

Иисус, напомнил ему Творец, спас всех людей... спас от их собственной апатии. Двумя своими деяниями Иисус открыл людям глаза. Эти два деяния породили у людей два чувства. Ужас и надежду. А деяния эти были: Распятие Его и Воскрешение. Этим Он изменил мир.

Но случилось это две тысячи лет назад. Чудо покрылось патиной времени. Люди стали о нем забывать. Они обратились к ложным идолам — технике и чудесам разума. А где же чудеса сердца?

Камерарий часто обращался к Богу с молитвой, чтобы Он подсказал ему, как можно заставить людей снова обратиться к вере. Но Бог хранил молчание. Однако в самый мрачный момент его жизни Господь все же посетил его.

Карло Вентреска до сих пор помнил это во всех деталях. Он помнил, как катался по земле в разодранной в клочья ночной рубашке и царапал в кровь грудь, пытаясь очистить душу от той скверны, которую принесли ему только что услышанные слова. «Не может быть!» — выкрикивал он, зная, что все обстоит именно так. Ложь, о которой он узнал, терзала его, словно адское пламя. Епископ, который взял его к себе, человек, который стал ему отцом, клирик, рядом с которым находился камерарий все время, пока тот шагал к папскому престолу... оказался лжецом.

заурядным грешником. Он скрывал от людей такое чудовищное деяние, которое, как считал камерарий, ему не смог бы простить даже Бог.

«Вы же давали обет! — кричал камерарий в лицо папе. — Вы нарушили слово, данное Богу! И это вы — первый человек на земле!»

Понтифик пытался что-то объяснить, но Карло его не слушал. Он выбежал из комнаты и, ничего не видя перед собой, помчался по коридорам. Затем у него началась неудержимая рвота. В таком состоянии он находился до тех пор, пока не оказался у могилы святого Петра. «Мать Мария, как я должен поступить?» И в тот момент, когда, страдая от вызванной предательством душевной боли и раздирая в кровь грудь и лицо, он катался по земле Некрополя и молил Творца забрать его из этого безбожного мира, пред ним предстал сам Господь.

Его мозг разорвал похожий на раскаты грома голос:

— Ты давал обет служения Богу?

— Да! — выкрикнул камерарий.

— Ты готов умереть за Него?

— Да! Забери меня к Себе!

— Ты готов умереть за свою церковь?

— Да! Молю Тебя, освободи меня от юдоли земной!

— Но готов ли ты пожертвовать жизнью за... человечество?

После этого воцарилась тишина, и камерарию показалось, что он падает в бездонную пропасть. Но ответ на последний вопрос он знал. Он знал его всегда.

— Да! — крикнул он во тьму безумия. — Я готов умереть за людей! И я умру ради них так, как это сделал Твой сын!

Несколько часов спустя, все еще лежа на земле Некрополя, камерарий увидел лицо матери. «У Бога для тебя грандиозные планы», — сказала тогда она. Камерарий все больше и больше погружался в безумие.

И вот с ним снова заговорил Бог. На сей раз слов не было, но камерарий все понял. «Восстанови веру!»

Если не я... то кто?

Если не сейчас... то когда?

* * *

Когда швейцарские гвардейцы начали открывать дверь Сикстинской капеллы, камерарий Карло Вентреска ощутил, как по его жилам стала разливаться новая сила... та самая сила, которую он почувствовал, будучи ребенком. Бог избрал его. Давным-давно.

И он выполнит Его волю.

Камерарию казалось, будто он родился заново. Швейцарские гвардейцы омыли его, перевязали рану на груди и одели в чистейшую белоснежную мантию. Чтобы снять боль, они сделали ему инъекцию морфина. Камерарий сожалел, что они накачали его болеутоляющим раствором. Иисус целых три дня, вплоть до своего вознесения, страдал от боли! Камерарий чувствовал, как лекарство начинает менять его ощущения... голова немного кружилась.

Войдя в капеллу, он совсем не удивился тому, что кардиналы взирают на него с благоговейным восхищением. «Они благоговеют перед Богом, — напомнил он себе. — Они преклоняются не передо мной, а перед тем, что Творец ЧЕРЕЗ МЕНЯ явил людям».

Шествуя по центральному проходу и вглядываясь в обращенные к нему лица, он уловил нечто странное. В чем дело? Камерарий до этого пытался угадать, как его встретят кардиналы. С восторгом? С почтением? Однако, заглядывая в глаза священнослужителей, Карло Вентреска видел в них какие угодно эмоции, но только не эти.

В этот момент камерарий посмотрел на алтарь и увидел Роберта Лэнгдона.

ГЛАВА 131

Карло Вентреска остановился в центральном проходе Сикстинской капеллы, а кардиналы, столпившись у алтаря, пожирали его глазами. Рядом с Робертом Лэнгдоном камерарий увидел большой работающий телевизор. Он сразу понял, что было изображено на экране, но не мог взять в толк, как была сделана запись. Это было просто невозможно. Совсем близко к клирику стояла Виттория. Ее лицо искажала гримаса отвращения.

Камерарий закрыл глаза в надежде на то, что это морфин вызвал у него галлюцинации и что, когда он снова взглянет на мир, картина будет совершенно иной. Но когда он открыл глаза, ничто не изменилось.

Они все знают.

Как ни странно, но страха он не ощутил. *Укажи мне путь, Отец. Подскажи мне слова, которые смогли бы заставить их увидеть события Твоими глазами.*

Однако ответа камерарий не услышал.

Создатель, я вместе с Тобой проделал слишком большой путь, чтобы теперь отступить.

Молчание.

Они не понимают, чтó нам с Тобой удалось свершить.

Камерарий не знал, чей голос прозвучал в его мозгу, но смысл сказанного был совершенно ясен.

Только полная правда освободит тебя...

Камерарий Карло Вентреска, гордо вскинув голову и выпрямившись во весь рост, направился к алтарю Сикстинской капеллы. Когда он проходил мимо кардиналов, даже теплый свет свечей не мог смягчить сверлившие его взгляды.

«Объясни все, — говорили ему эти взгляды. — Придай смысл этому безумию. Скажи, что наши страхи напрасны!»

Правда, сказал себе камерарий. *Только правда. Эти стены скрывают слишком много тайн, и одна из них... настолько мрачна, что лишила его разума. Но это безумие привело к свету.*

— Вы готовы пожертвовать своей душой, — начал камерарий, подойдя к алтарю, — чтобы спасти миллионы?

Эти слова не нашли никакого отклика у кардиналов. Они стояли неподвижно, продолжая сверлить его взглядами. Никто не проронил ни слова. С площади Святого Петра долетало радостное пение.

— Какой грех более велик? — продолжил он, сделав шаг вперед. — Убийство врага? Или бездействие в тот момент, когда на ваших глазах душат того, кого вы любите?

Люди на площади поют, радостно подумал он и возвел глаза к потолку Сикстинской капеллы. С темного свода на него взирал Бог, созданный кистью Микеланджело. Камерарию показалось, что Творец смотрит на него с одобрением.

— Я не мог больше оставаться в стороне, — продолжил камерарий.

Хотя Карло Вентреска стоял совсем рядом с кардиналами, он не заметил ни малейшей искорки понимания в их глазах. Неужели они не видят блистательной простоты его деяний?! Неужели не понимают, что эти деяния вызваны необходимостью?!

Ведь его замысел был ясен!

Иллюминаты. Наука и сатана суть одно и то же!

Необходимо было возродить древние страхи, чтобы потом их сокрушить.

Ужас и надежда. Два этих чувства заставят всех снова уверовать.

Этим вечером былая мощь братства «Иллюминати» снова в полной мере проявила себя... и с великолепным результатом. Всеобщую апатию как рукой сняло. Ужас с быстротой молнии охватил весь земной шар, объединяя людей. А затем Бог во всем своем величии разогнал наступившую было тьму.

«Я не мог оставаться в стороне!»

Вдохновение пришло к камерарию в ночь страданий, и одарил его им сам Творец.

О, этот безбожный мир! Кто-то должен был принести ему избавление. Это должен быть ты! Если не ты, то кто? Ты был спасен в детстве с высокой целью. Покажи людям древних демонов. Возроди в них старые страхи. Апатия равносильна смерти. Без тьмы не бывает света. Без зла не может быть добра. Вынуди их сделать выбор. Свет или тьма. Где страх? Где герои? Если не сейчас, то когда?

Камерарий двинулся по центральному проходу прямо на толпу кардиналов. Он почувствовал себя Моисеем, когда красные пояса и шапки начали расступаться перед ним, освобождая ему путь. Роберт Лэнгдон выключил телевизор, взял Витторию за руку и отошел от алтаря. Камерарий не сомневался в том, что спасение Лэнгдона было делом рук Божьих. Правда, Карло Вентреска не совсем понимал, с какой целью Создатель так поступил.

Нарушивший тишину голос принадлежал единственной находящейся в Сикстинской капелле женщине.

— Вы убили моего отца, — сказала, выступая вперед, Виттория.

Камерарий посмотрел на девушку, и его очень удивило выражение ее лица. Ее боль и страдание он мог понять. Но откуда такая озлобленность? Ведь она первой должна была понять, что гений ее отца таит в себе смерть. Его необходимо было остановить. Во имя блага человечества.

— А ведь он занимался Божьим делом, — закончила Виттория.

— Божьи дела не могут вершиться в лаборатории. Они вершатся в сердцах.

— Отец был чист сердцем! И его исследования доказали...

— Исследования вашего отца еще раз доказали, что человеческий ум развивается гораздо быстрее, чем его душа! — произнес камерарий несколько более резко, чем ему хотелось, поэтому он снизил тон и продолжил: — Если столь духовная личность, как ваш родитель, способна создать оружие, действие которого мы имели возможность наблюдать этой ночью, то представьте, как может использовать антивещество простой, приземленный человек.

— Человек, подобный вам?

Камерарий глубоко вздохнул. Неужели она по-прежнему ничего не понимает? Человеческая мораль совершенствуется медленнее, чем развивается наука. Человечество духовно не созрело для того могущества, которым оно уже обладает. Люди никогда не создавали оружия, которого затем не использовали! А антивещество есть не что иное, как новое оружие в и без того огромном арсенале. Человек способен уничтожить мир. Человек давным-давно научился убивать. И кровь его матери дождем лилась вниз. Однако гений Леонардо Ветра таил в себе иную, гораздо более страшную опасность.

— В течение столетий церковь держалась, несмотря на то что наука отгрызала от нее кусок за куском, — сказал камерарий. — Наука развенчивала чудеса. Учила ум властвовать над сердцем. Осуждала религию как опиум для народа. Наука считала Бога галлюцинацией — иллюзорными костылями для тех, кто слишком слаб, чтобы признать якобы бессмысленность своего существования. Я не мог остаться в стороне, когда наука взяла на себя смелость поставить под вопрос могущество самого Творца. Доказательство, говорите вы? Да, бесспорно, — но доказательство не существования Господа, как вы утверждаете, а всего лишь невежественности самой науки! Что плохого видите вы в признании того, что имеются вещи, которые находятся за пределами нашего понимания? День, когда ученые воспроизведут сущность Бога в лаборатории, станет днем, после которого люди перестанут нуждаться в вере!

— Вы, видимо, хотите сказать, что после этого люди перестанут нуждаться в церкви? — спросила Виттория, приближаясь к камерарию. — Сомнение есть ваш последний рычаг контроля над людьми. Только сомнение приводит к вам души человеческие. Мы все хотим познать смысл жизни. Людям свойственны неуверенность в будущем и тяга к свету познания, которое несет им освобождение. Но кто сказал, что церковь является единственным источником света на нашей планете?! Каждый из нас по-своему ищет Бога. Чего вы так страшитесь? Того, что Бог где-то явит себя не так, как являет здесь, за этими стенами? Вы боитесь того, что люди найдут его в своих собственных жизнях и отбросят прочь ваши замшелые ритуалы? Религии эволюционируют! Умы находят ответы, в сердцах укореняются новые истины. Мой отец был вместе с вами! Но шагал он по параллельной тропе! Как вы этого не видите? Бог — это не какая-то всемогущая сила, взирающая на нас сверху и угрожающая за неповиновение ввергнуть нас в геенну огненную. Бог — это та энергия, которая струится по синапсам* на-

* Синапс — область контакта нейронов друг с другом и с клетками исполнительных органов. Крупные нейроны головного мозга могут иметь несколько тысяч синапсов.

шей нервной системы и которой полнятся наши сердца. Бог во всем!

— Во всем, кроме науки! — бросил в ответ камерарий, и во взгляде его все увидели искреннюю жалость. — Наука по определению бездушна! К чудесам разума, подобным антивеществу, которые появляются в нашем мире, инструкции по этике их применения, увы, не прилагаются. И это само по себе вызывает опасения. Но становится по-настоящему страшно, когда безбожная наука объявляет свои потуги поиском пути к свету и обещает ответить на вопросы, красота которых состоит как раз в том, что ответа на них нет!

Камерарий печально покачал головой.

В Сикстинскую капеллу на время вернулась тишина.

Заглянув в глаза Виттории и поймав ее суровый взгляд, камерарий вдруг ощутил безмерную усталость. Ведь она должна была все понять! Неужели Господь еще раз его испытывает?

На сей раз молчание нарушил Мортати.

— I preferiti... — произнес старый кардинал душераздирающим шепотом. — Баджиа и другие... Умоляю, скажите нам, что это не вы...

Камерарий посмотрел на него, изумившись той боли, которую почувствовал в голосе старика. Кто-кто, а Мортати должен был все понять. Заголовки газет ежедневно кричали о чудесах науки. Сколько лет прошло со времени последнего религиозного чуда? Сотни! Религия нуждалась в чуде. Нуждалась в чем-то таком, что могло пробудить дремлющий мир, вернуть человечество на путь добродетели. Возродить веру. I preferiti не годились в лидеры. Эти кардиналы были реформатами, либералами, готовыми принять мир таким, каков он есть, отбросив священные традиции. Церковь нуждалась в новом вожде. Молодом. Сильном. Энергичном. Порожденном Божественным чудом. Своей смертью кардиналы принесут церкви гораздо больше пользы, чем если бы они продолжали служить ей живыми. Ужас и надежда. Жертва четырех душ во имя спасения миллионов. Мир будет вечно помнить их как мучеников за веру. Церковь прославит их имена. Сколько тысяч людей пожертвовали своими жизнями во славу Божию? А сегодня умерли лишь четыре человека.

— I preferiti, — повторил Мортати.

— Я разделил их страдания, — ответил камерарий, показывая на грудь. — И я готов умереть за веру, но мое дело только началось. Вы слышите пение на площади?

Увидев, что лицо Мортати исказил ужас, камерарий снова ощутил некоторую растерянность. Может быть, это все же действует морфин? Мортати смотрел на него так, словно камерарий своими руками убил четверых кардиналов. «Я бы сделал это во имя Бога, — подумал он, — но до этого дело не дошло». Убийство совершил дикарь и язычник ассасин, уверенный в том, что выполняет волю иллюминатов. «Я — Янус, — сказал ему камерарий. — И я докажу свое могущество». И он доказал это. А ненависть ассасина к церкви сделала его пешкой в руках Божьих.

— Прислушайтесь к пению, — с улыбкой произнес камерарий, сердце которого было исполнено радости. — Ничто не объединяет людей сильнее, чем присутствие зла. Сожгите церковь, и вся округа поднимется на ноги, возьмется за руки и, распевая гимны, будет требовать ее немедленного восстановления. Взгляните, как люди этой ночью стремятся держаться вместе. Это сделал страх. Новый человек нуждается в новых демонах. Апатия равносильна смерти. Пусть они увидят лицо зла — сатанистов, не только возглавляющих правительства, банки и школы, но и стремящихся с помощью своей безбожной науки стереть с лица земли сам Дом Божий. Порок проник во все поры общества, и люди должны постоянно быть начеку. Ищите добро! Станьте сами этим добром!

Наступила тишина, и в душе камерария зажглась надежда, что они наконец все поняли. Иллюминаты покинули наш мир. Орден «Иллюминати» давно почил, остался лишь миф о нем. Камерарий вернул его к жизни как напоминание. Те, кто знал историю сообщества, вспомнили о когда-то творимом им зле. А те, кто ничего не слышал об иллюминатах, узнав о них, изумились своей собственной слепоте. Древние демоны вернулись, чтобы разбудить впавший в летаргию мир.

— Но... но клейма?! — Голос Мортати дрожал от ярости.

Камерарий не ответил. Старому кардиналу не дано было знать, что клейма были конфискованы Ватиканом более века назад. С тех пор они забытыми пылились в папском хранилище в палатах Борджиа. В этом реликварии находились предметы, которые, по мнению церкви, было опасно показывать кому-либо, кроме самих пап.

Почему они скрывали от людских глаз то, что внушает страх? Ведь страх приводит людей к Богу!

Ключ от хранилища переходил от одного папы к другому, однако камерарий Карло Вентреска похитил его и проник в реликварий. Содержимое его завораживало. Там находились рукописи четырнадцати неопубликованных книг Библии — так называемых апокрифов. Он увидел там третье пророчество Фатимы. Первые два пророчества сбылись, а третье было настолько ужасающим, что церковь не осмеливалась его обнародовать. Помимо этого, камерарий обнаружил в хранилище целую коллекцию предметов, имеющих отношение к братству «Иллюминати». В коллекции хранились ответы на все тайны сообщества. Эти ответы церковь получила, изгнав иллюминатов из Рима. Путь просвещения... Хитроумные уловки главного скульптора Ватикана Бернини... Запись издевательств в адрес церкви, которые допускали ведущие ученые Европы, собираясь в своем Храме Света в замке Святого ангела. В этом собрании находился и пятиугольный ларец с шестью железными клеймами. Одним из этих клейм и был мифический «Ромб иллюминати». Все это было частью древней истории Ватикана, о которой предпочитали забыть. Однако камерарий с этим не соглашался.

— Но антивещество... — сказала Виттория. — Вы поставили под угрозу само существование Ватикана.

— Когда Бог на вашей стороне, никакого риска нет, — ответил Карло Вентреска. — А это было Божье дело.

— Вы — сумасшедший! — воскликнула девушка.

— Миллионы получили спасение.

— Погибли люди!

— Но были спасены души!

— Скажите это моему отцу и Максу Колеру!

— Люди должны были увидеть высокомерное бездушие ЦЕРНа. Разве не вы создали каплю, способную превратить в пар несколько городских кварталов? И вы еще осмеливаетесь называть меня сумасшедшим! — Камерарий почувствовал, как в нем нарастает гнев. — Те, кто верит, проходят ради Создателя через великие испытания! Бог потребовал от Авраама принести в жертву свое дитя! Бог повелел Иисусу пройти через распятие! И теперь, когда мы смотрим на изображение распятого Христа — окровавленного и страдающего, — мы вспоминаем о могуществе сил зла. Это заставляет наши сердца быть бдительными! Раны на теле Христовом являются напоминанием о силах тьмы! Раны на моем теле вопиют о том, что зло живо. Но одновременно они возвещают и о том, что дело Божие восторжествует!

Его крик замер, эхом отразившись от дальней стены Сикстинской капеллы, после чего под ее сводами воцарилась мертвая тишина. Казалось, что остановилось само время. За спиной камерария видна была картина Страшного суда, какой ее представлял себе Микеланджело... Иисус сбрасывал грешников в ад. На глаза Мортати навернулись слезы.

— Что же ты натворил, Карло? — шепотом спросил он, закрыв глаза. По щекам старика катились слезы. — Неужели и его святейшество...

Под сводами капеллы раздался вздох многих людей, и во вздохе этом слышалась невыразимая боль. Все находящиеся в Сикстинской капелле до этого момента старались не думать о смерти понтифика.

Да, папа скончался от яда.

— Гнусный лжец! — бросил камерарий.

— О чем ты? — спросил потрясенный Мортати. — Он был человеком кристальной честности! И он... так тебя любил.

— А я его!

О, как я его любил! Но он предал мою любовь! Он нарушил обет, данный Богу!

Камерарий знал, что сейчас они его не понимают, но, когда он им все расскажет, весь ужас содеянного покойным понтификом дойдет до их сознания. Они увидят, что его святейшество был одним из самых мерзких лжецов за всю историю церкви. Камерарий помнил все подробности той ужасной ночи. Он только что привез из ЦЕРНа новость об акте Творения, совершенном Леонардо Ветра, и об ужасающей мощи антивещества. Камерарий не сомневался, что понтифик увидит всю опасность, которую несет с собой это открытие, но святой отец не узрел в этом научном прорыве ничего, кроме надежды. Он даже сказал, что Ватикан мог бы финансировать работу Ветра. По мнению понтифика, это было бы жестом доброй воли по отношению к научным исследованиям, обещающим благие духовные последствия.

Безумие! Неужели Ватикан будет оплачивать работу, которая превратит церковь в ненужный пережиток? Работу, которая приведет к распространению оружия массового уничтожения. Оружия, которое убило маму...

— Нет... вы не смеете этого допустить! — выкрикнул камерарий.

— Я в неоплатном долгу перед наукой, — ответил папа. — Есть нечто такое, что я скрывал всю свою жизнь. Когда я был молодым, наука преподнесла мне замечательный подарок. И об этом даре я никогда не забывал.

— Не понимаю. Чем наука могла одарить человека, посвятившего свою жизнь Богу?

— Все очень сложно, — ответил папа, — и для того, чтобы ты меня понял, потребуется время. Но есть один простой факт, который тебе следует знать. Я скрывал его все эти годы. Думаю, настало время поделиться с тобой моей тайной.

После этого понтифик сообщил ему ужасную правду.

ГЛАВА 132

Камерарий, сжавшись и подтянув колени к подбородку, лежал в пыли перед гробницей святого Петра. В Некрополе было прохладно, но холод ускорял свертывание крови, сочившейся из ран, которые он нанес себе сам. Его святейшество здесь его не найдет. Здесь его никто не сможет найти...

«Все очень сложно, — продолжали звучать в его мозгу слова папы, — и для того, чтобы ты меня понял, потребуется время».

Но камерарий знал, что никакое время не поможет ему понять.

«Лжец! А я так верил в тебя! БОГ верил в тебя!»

Понтифик единым словом разрушил тот мир, в котором он жил. Все то хорошее, что видел камерарий в своем наставнике, в один миг оказалось разбитым вдребезги. Страшная правда с такой силой пронзила сердце клирика, что, выбежав из папского кабинета, он едва не потерял сознание. В коридоре его стошнило.

— Подожди! — кричал ему вслед понтифик. — Дай мне тебе все объяснить!

Но камерарий убежал прочь. Да и как мог его святейшество рассчитывать на то, что камерарий как ни в чем не бывало сможет теперь выносить его общество?! А что, если еще кто-то узнает об этом ужасном грехе? Страшно подумать, какой удар это нанесет церкви! Ведь это означает, что данный папой священный обет ровным счетом ничего не стоит.

Им овладело безумие. Оно гремело в его ушах вплоть до того момента, когда он очнулся у подножия гробницы святого Петра. Именно в этот момент к нему впервые явился разгневанный Господь. Гнев Творца был страшен.

Я ТВОЙ БОГ, И Я ЖАЖДУ МЕСТИ!

После этого они вдвоем принялись строить планы. Вместе им удастся спасти церковь и восстановить веру в этом безбожном мире. Зло проникло повсюду. А мир отказывается его замечать! Действуя вдвоем, они сумеют сорвать со зла все покровы, и люди прозреют... Бог восторжествует! Ужас и надежда! Испытав их, мир снова уверует!

Первое испытание, предложенное ему Творцом, оказалось не столь страшным, как предполагал камерарий. Он должен будет всего-навсего проскользнуть в папскую спальню... наполнить шприц... и закрывать ладонью рот лжеца, пока тот будет биться в предсмертных конвульсиях. В лунном свете он увидит

9 Зак. 1526

вылезающие из орбит глаза грешника, пытающегося ему что-то объяснить.

Но эти объяснения никому не нужны.

Папа уже сказал более чем достаточно.

ГЛАВА 133

— У папы был ребенок, — обличительным тоном произнес камерарий, стоя рядом с алтарем Сикстинской капеллы.

Эти три коротких слова произвели впечатление разорвавшейся бомбы. Казалось, все кардиналы отреагировали на заявление клирика совершенно одинаково. В обращенных на камерария взглядах осуждение сменилось чувством глубокого отвращения. Но в глубине души они молили Бога представить доказательства того, что священник ошибается.

У папы был ребенок...

Лэнгдон испытал такое же потрясение, как и все остальные. Он почувствовал, как в его ладони дрогнула рука Виттории, и мозг ученого, уже отупевший от множества не имеющих ответов вопросов, принялся лихорадочно искать для себя точку опоры.

Казалось, что слова камерария продолжали звучать под сводами Сикстинской капеллы. В горящих огнем глазах клирика Лэнгдон видел полную уверенность в истинности своего страшного обвинения. Ученый попытался убедить себя в том, что все это не более чем ночной кошмар и, проснувшись, он снова окажется в реальном мире.

— Это грязная ложь! — выкрикнул один из кардиналов.

— Никогда не поверю! — поддержал его другой. — Его святейшество был предан церкви, как ни один из живущих на земле людей!

Затем заговорил Мортати, и в его голосе звучало страдание.

— Друзья мои... То, что сказал камерарий, — сущая правда.

Все кардиналы посмотрели на него с таким видом, словно «великий выборщик» только что произнес чудовищную непристойность.

— У его святейшества действительно был ребенок, — сказал Мортати.

Лица кардиналов побелели от ужаса.

Камерарий был потрясен.

— Вы знали? Но... каким образом вы смогли?..

— Во время избрания его святейшества... — со вздохом произнес Мортати, — ...я выступал в роли адвоката дьявола.

Все присутствующие онемели от изумления.

Лэнгдон понял, что имел в виду старик, и это означало, что обвинение камерария было правдой. Не слишком почетная должность «адвоката дьявола» предполагала доскональное знание всякого рода скандальных сведений и слухов о кандидате на пост понтифика, распространявшихся в Ватикане. Скелеты в папском шкафу были угрозой церкви, поэтому перед выборами один из кардиналов должен был тайно проверить прошлое кандидата. Этого кардинала называли «адвокатом дьявола», и только он получал право копаться в грязном белье претендентов, чтобы не допустить к Святому престолу недостойного человека. Действующий папа, чувствуя приближение конца, лично выбирал «адвоката дьявола» из своего ближайшего окружения. Имя этого человека должно было навсегда остаться в тайне.

— Я узнал об этом, потому что был адвокатом дьявола, — повторил Мортати.

По Сикстинской капелле пронесся общий вздох. Это была ночь, когда все каноны отправлялись на свалку.

В сердце камерария бушевала ярость.

— И вы... ничего никому не сказали?

— Я встретился с его святейшеством, — ответил Мортати. — И он во всем признался. Святой отец рассказал мне все от начала до конца и попросил об одном. Он попросил, чтобы я, принимая решение, открывать или не открывать его тайну, прислушался к голосу своего сердца.

— И сердце повелело вам навеки похоронить эти сведения?

— На предстоящих выборах он был безусловным фаворитом. Люди его любили, и скандал нанес бы церкви непоправимый ущерб.

— Но ведь у него был ребенок! Он нарушил священный обет безбрачия! — закричал камерарий.

Он снова услышал слова матери: «Обещание, данное Творцу, является самым важным из всех обещаний. Никогда не нарушай своих обетов Богу».

— Папа нарушил клятву!

— Карло, его любовь... — с тоской произнес Мортати, — его любовь была непорочной. Его святейшество не нарушал обета. Неужели он тебе этого не объяснил?

— Не объяснил чего?!

Камерарий вспомнил, как, выбегая из папского кабинета он услышал: «Подожди! Дай мне тебе все объяснить!»

Мортати неторопливо и печально поведал кардиналам о том что произошло много лет назад. Папа, который был еще простым священником, полюбил молодую монахиню. Оба они дали обет безбрачия и даже не помышляли о том, чтобы нарушить свою клятву Богу. Их любовь крепла, и хотя молодым людям хватало сил противиться зову плоти, они все время мечтали о наивысшем чуде божественного творения — о ребенке. О своем ребенке. Эта жажда становилась непреодолимой. Но Творец попрежнему оставался для них на первом месте. Через год, когда их страдания достигли предела, юная монахиня пришла к молодому священнику в большом возбуждении. Оказалось, что она только что прочитала статью об очередном чуде науки, позволяющем двум людям иметь ребенка, не вступая в сексуальные отношения. Монахиня решила, что этот знак ниспослан им Богом. Увидев ее лучащиеся счастьем глаза, священник с ней согласился. Еще через год благодаря чуду искусственного оплодотворения на свет появилось дитя...

— Это... это неправда, — пролепетал камерарий, которому снова стало казаться, что он находится под действием морфина и что у него начались слуховые галлюцинации.

— Именно поэтому, Карло, — со слезами продолжил Мортати, — его святейшество преклонялся перед наукой. Он чувствовал себя в долгу перед ней. Наука позволила ему испытать счастье отцовства, не нарушив обета безбрачия. Его святейшество сказал іне, что сожалеет лишь о том, что его восхождение по ступеням церковной иерархии не позволяет ему оставаться рядом с любимой и постоянно следить за тем, как растет его дитя.

Камерарий Карло Вентреска снова ощутил, как им начинает овладевать безумие. Ему хотелось разодрать ногтями свою плоть.

Откуда я мог это знать?!

— Папа не согрешил, Карло. Он сохранил невинность.

— Но... — Камерарий искал в своем воспаленном мозгу хоть какую-нибудь зацепку. — Подумайте о том, какую угрозу церкви мог представлять его поступок! Представьте, что могло случиться, если бы его шлюха проболталась? Или, не дай Бог, объявился бы его ребенок.

— Его ребенок уже объявился, — произнес Мортати дрожащим голосом.

Все замерли.

— Карло... — прошептал старый кардинал, — ребенок его святейшества — это ты.

И в этот миг камерарий вдруг ощутил, как в его сердце начало затухать пламя веры. Дрожа, он стоял у алтаря Сикстинской капеллы на фоне Страшного суда, изображенного Микеланджело. Он знал, что только что сам увидел ад. Камерарий открыл рот, чтобы что-то сказать, но губы его затряслись, и он не промолвил ни слова.

— Неужели ты так ничего и не понял? — задыхаясь, спросил Мортати. — Именно поэтому его святейшество пришел к тебе в больницу в Палермо, когда ты был еще мальчиком. Именно поэтому он взял тебя к себе и растил тебя. А монахиню, которую он любил, звали Мария... это твоя мать. Мария оставила монастырь, чтобы целиком посвятить тебе свою жизнь, но она сохранила верность Создателю. Когда папа узнал, что его возлюбленная погибла во время взрыва, а ты чудесным образом спасся... он поклялся перед лицом Бога, что никогда более не оставит тебя одного. Твои родители, Карло, сохранили невинность. Они не нарушили обета, данного Богу. И все же им удалось принести тебя в этот мир. Ты — данное им чудом дитя.

Камерарий закрыл уши руками, чтобы не слышать этих слов. Он неподвижно, словно разбитый параличом, стоял у алтаря, а затем резко, как будто из-под его ног выдернули опору, упал на колени и горестно завыл.

Секунды. Минуты. Часы.

Понятие времени в стенах капеллы, казалось, утратило всякий смысл. Виттория почувствовала, что постепенно начинает освобождаться от паралича, поразившего всех присутствующих. Она отпустила руку Лэнгдона и начала проталкиваться сквозь толпу кардиналов. Ей казалось, что от дверей капеллы ее отделяет несколько миль и что она двигается под водой... медленно и с трудом.

Ее движение, видимо, вывело из транса всех остальных. Один из кардиналов начал молиться. Некоторые рыдали. Часть священников следили за ее движениями, и по мере того, как девушка приближалась к дверям, отрешенные взгляды кардиналов начали приобретать осмысленное и отнюдь не дружелюбное выражение. Она почти пробилась сквозь толпу, когда кто-то схватил ее за руку. Виттория обернулась и оказалась лицом к лицу с одним из служителей церкви. Его морщинистое, похожее на печеное яблоко лицо было искажено страхом.

— Нет, — прошептал старец. — Вы не должны уходить.

Виттория замерла, не поверив своим ушам.

— Прежде чем перейти к действиям, нам необходимо все продумать, — сказал второй кардинал, преграждая ей путь.

— Это может иметь весьма болезненные последствия для... — вступил третий.

Виттория оказалась в окружении. Недоуменно оглядывая кардиналов, она сказала:

— Но все, что сегодня произошло... Мир должен узнать правду.

— Сердцем я с вами, — произнес, не отпуская ее руки, морщинистый старец, — однако мы вступили на путь, с которого нет возврата. Нам необходимо подумать о разбитых надеждах. Я понимаю, что это цинизм. Но ведь люди после всего этого никогда нам не поверят.

Девушке стало казаться, что число преградивших ей путь кардиналов постоянно растет. Вскоре перед ней образовалась стена из черных сутан.

— Прислушайтесь к людям на площади, — сказал один из священнослужителей. — Ведь это может разбить их сердца. Необходимо вести себя с максимальным благоразумием.

— Нам нужно время, чтобы все обдумать и помолиться, — произнес другой. — Кроме того, следует думать о будущем. Последствия этого печального...

— Но он убил моего отца! — воскликнула Виттория. — Он убил своего отца!

— Я уверен, что он заплатит за все свои грехи, — произнес державший ее за руку кардинал.

Виттория в этом тоже не сомневалась, но ей хотелось обеспечить неотвратимость расплаты. Девушка возобновила попытки протолкнуться к дверям, но кардиналы с испуганным видом лишь теснее сомкнули ряды.

— Что вы собираетесь сделать? — спросила она. — Убить меня?

Лица кардиналов побелели, и Виттория тут же пожалела о произнесенных сгоряча словах. Она видела, что у всех этих стариков доброе сердце и никакой угрозы ей они не представляют. В эту ночь кардиналы уже насмотрелись на насилие. Члены конклава просто оказались в ловушке и смертельно испугались. Им было необходимо собраться с мыслями.

— Я не хочу, — сказал морщинистый кардинал, — чтобы мы совершили ошибку...

— В таком случае дайте ей уйти, — произнес чей-то глубокий голос. Слова прозвучали спокойно, но абсолютно уверенно. К Виттории подошел Роберт Лэнгдон и взял ее руку в свою. — Мисс Ветра и я немедленно покидаем капеллу.

Кардиналы начали неохотно расступаться.

— Постойте!

Мортати шел к ним по центральному проходу, оставив камерария в одиночестве у алтаря. Кардинал, казалось, постарел еще на несколько лет. Он выглядел значительно старше своего и так уже очень преклонного возраста. Священник шел медленно, сгорбившись под тяжким бременем позора. Подойдя к ним, он положил одну руку на плечо Лэнгдона, а другую — Виттории. Девушка сразу ощутила искренность этого прикосновения. Глаза старика были наполнены слезами.

— Конечно, вы можете уйти, — сказал Мортати. — Конечно... — повторил он и после короткой паузы произнес: — Я прошу лишь об одном... — Кардинал долго смотрел в пол, а затем, снова подняв глаза на Лэнгдона и Витторию, продолжил: — Позвольте мне сделать это. Я сейчас выйду на площадь и найду способ все им сказать. Пока не знаю как... но я все им скажу. Церковь должна сама покаяться в своих прегрешениях. Мы сами должны изобличить свои пороки.

Поворачиваясь к алтарю, Мортати печально сказал:

— Карло, ты поставил нашу церковь в критическое положение... — Он выдержал паузу, но продолжения не последовало.

В боковом проходе Сикстинской капеллы послышался шорох, а затем раздался звук захлопнувшейся двери.

Камерарий исчез.

ГЛАВА 134

Карло Вентреска шагал по коридору, и его белая мантия колыхалась в такт шагам. Швейцарские гвардейцы были безмерно удивлены, когда он, выйдя из Сикстинской капеллы без всякого сопровождения, сказал, что хочет некоторое время побыть в одиночестве. Гвардейцы повиновались и позволили ему удалиться.

Свернув за угол и оказавшись вне поля зрения швейцарцев, камерарий дал волю чувствам. Вряд ли кому-нибудь из живущих на земле людей довелось испытать то, что испытал он. Он отравил человека, которого называл «святой отец», человека, который обращался к нему со словами «сын мой». Карло всегда считал, что обращения «отец» и «сын» были всего лишь данью религиозной традиции, но теперь он узнал чудовищную правду. Слова эти имели буквальный смысл.

И сейчас, как и в ту роковую ночь две недели назад, камерарию казалось, что он в безумном бреду мчится сквозь тьму.

В то утро шел дождь. Кто-то из прислуги барабанил в дверь камерария, забывшегося прерывистым, неспокойным сном. «Папа, — сказал слуга, — не отвечает ни на стук в дверь, ни на телефонные звонки». Молодой служка явно был испуган. Камерарий был единственным человеком, которому дозволялось входить в покои папы без предварительного уведомления.

Камерарий вошел в спальню и нашел понтифика в том виде, в каком оставил его прошлым вечером. Святой отец лежал в постели, и его лицо, искаженное предсмертной судорогой, напоминало личину сатаны, а язык был черен, как сама смерть. Одним словом, в папской постели покоился сам дьявол.

Камерарий не испытывал никакого раскаяния. Он исполнил волю Творца.

Никто не заметит измены... пока. Истину все должны узнать позже.

Камерарий объявил страшную новость: его святейшество скончался от кровоизлияния в мозг. После этого Карло Вентреска стал готовиться к проведению конклава.

Мать Мария прошептала ему на ухо: «Никогда не нарушай данного Богу обета».

— Я слышу тебя, мама, — ответил он. — Наш мир погряз в безбожии. Человечество надо вернуть на путь веры. Ужас и надежда — наш единственный выход.

— Да, — сказала мама. — Если не ты... то кто? Кто выведет церковь из тьмы?

Ни один из preferiti на это не способен. Все они старцы... ходячие покойники... либералы, которые пойдут по стопам покойного папы. Они, подобно ему, обратятся лицом к науке и будут привлекать к себе новых сторонников, отказываясь от древних традиций. Эти старцы безнадежно отстали от жизни, но тем не менее делают вид, что шагают в ногу со временем. Эти их потуги вызывали только жалость. Они потерпят крах. Сила церкви не в ее трансформации, а в ее традициях. Весь мир меняется, но церковь ни в каких изменениях не нуждается. Ее задача — напоминать миру, что перемены не имеют никакого значения. Зло по-прежнему существует! Бог обязательно восторжествует!

Церкви нужен вождь! Старцы не способны зажечь в сердцах пламень веры! Это был способен сделать Иисус — молодой, полный энергии, сильный и... способный творить ЧУДЕСА.

— Спокойно пейте чай, — сказал камерарий четырем кардиналам, выходя из личной библиотеки папы. — Я скоро пришлю за вами проводника.

Preferiti рассыпались в благодарностях. Они были в восторге от того, что им выпала редкая честь вступить в знаменитый Passetto. Прежде чем удалиться, камерарий открыл замки двери, и точно в назначенное время появился восточного вида священнослужитель с факелом в руках. Этот священнослужитель пригласил радостно возбужденных кардиналов войти в тоннель.

Из тоннеля они так и не вышли.

«Они будут ужасом. А я стану надеждой».

Нет... Ужас — это я.

Камерарий, пошатываясь, брел через погруженный в темноту собор Святого Петра. Каким-то непостижимым образом, прорвавшись сквозь безумие, сквозь чувство вины и отодвинув в сторону образ мертвого отца, к нему пришло ощущение необыкновенного просветления. Голова, несмотря на действие морфина, была совершенно ясной. Это было ощущение собственного высокого предназначения. «Я знаю свою судьбу», — думал он, восторгаясь открывшимся ему видением.

Этим вечером все с самого начала шло не так, как он задумал. На его пути возникали непредвиденные препятствия, камерарий успешно их преодолевал, внося необходимые поправки в первоначальные планы. Вначале он не мог и предположить, что все так закончится. И лишь теперь узрел величие этого предначертанного для него Богом конца.

По-иному закончить свое земное существование он просто не мог.

Невозможно представить, какой ужас испытал он в Сикстинской капелле, задавая себе вопрос, не покинул ли его БОГ. Для каких же деяний он его предназначил?! Камерарий упал на колени. Его одолевали сомнения. Клирик напрягал слух, чтобы услышать глас Божий, но слышал только молчание. Он молил Бога ниспослать ему знак. Молил о наставлении на путь истинный. Чего желает Господь? Неужели скандала и гибели церкви? Нет! Ведь не кто иной, как сам Создатель, приказал камерарию действовать. Разве не так?

И затем он увидел его. Прямо на алтаре. Знак. Божественное указание. Нечто совершенно обыденное, но представшее теперь в ином свете. Распятие. Убогое, сделанное из дерева. Иисус на кресте. В этот момент для него все стало ясно... он был не одинок. Теперь он никогда не будет одиноким.

Это была Его воля... Именно этого Он от него хотел.

Создатель всегда требовал наибольших жертв от самых любимых своих чад. Почему камерарию потребовалось столько времени, чтобы это понять? Может быть, он слишком боялся? Или чувствовал себя недостойным? Впрочем, теперь это не имело значения. Господь нашел выход. Камерарий теперь знал, с какой целью был спасен Роберт Лэнгдон. Для того, чтобы открыть правду. Чтобы неизбежно подвести дело к нужному концу.

Это был единственный путь спасения церкви! Когда камерарий спускался в нишу паллиума, ему казалось, что он плывет по воздуху. Действие морфина все более усиливалось, но камерарий знал, что его ведет Бог.

Он слышал где-то вдали голоса выбежавших из Сикстинской капеллы и пребывающих в растерянности кардиналов. Кто-то отдавал громкие приказы швейцарским гвардейцам.

Они его не найдут. Просто не успеют.

Камерарий чувствовал, как какая-то сила все быстрее и быстрее увлекает его вниз, туда, в углубление, где вечно сияют девяносто девять наполненных благовониями лампад. Господь возвращает его на Святое место. Камерарий направился к дверям, закрывающим вход вниз, в Некрополь. Именно в Некрополе должна закончиться для него эта ночь. В священной тьме под землей. Он взял одну из лампад и приготовился к спуску.

Но, подойдя к дверям, камерарий замер. Нет, здесь что-то не так. Каким образом его избавление поможет Богу? Одинокий и тихий конец? Иисус страдал перед глазами всего мира. И сейчас Творец должен был желать именно этого. Такова должна быть Его воля! Камерарий хотел услышать голос Бога, но в ушах был лишь шум, вызванный действием морфина.

«Карло, — вдруг раздался голос матери, — у Бога для тебя грандиозные планы».

Камерарий был потрясен.

Затем, безо всякого предупреждения, к нему снизошел Господь.

Карло Вентреска стоял и смотрел. На мраморной стене рядом с ним двигалась его собственная тень. Огромная и устрашающая. Туманный силуэт, казалось, плыл в золотом сиянии. Вокруг него мерцало пламя лампад, и камерарий был похож на возносящегося в небо ангела. Он постоял некоторое время, раскинув руки, а затем повернулся и начал подниматься по ступеням.

Суматоха в коридоре у Сикстинской капеллы длилась уже добрых три минуты, но никто так и не смог обнаружить камерария. Можно было подумать, что этот человек растворился в ночи. Мортати был готов приказать начать поиски по всему Ватикану, но в этот момент площадь Святого Петра взорвалась восторженным ревом. Ликование толпы достигло высшей точки. Кардиналы обменялись взглядами. Мортати закрыл глаза и прошептал:

— Да поможет нам Бог.

Второй раз за ночь вся коллегия кардиналов высыпала на площадь Святого Петра. Поток священников увлек за собой Лэнгдона и Витторию, и те тоже оказались под ночным небом. Все прожектора прессы были обращены на базилику. А там, на священном папском балконе в самом центре фасада, стоял, воздев к небесам руки, камерарий Карло Вентреска. Даже издали он казался воплощением чистоты. Статуя в белоснежном одеянии, залитая светом.

Атмосфера на площади продолжала накаляться, и через несколько секунд барьеры, возведенные швейцарскими гвардейцами, рухнули. Поток восторженных людей устремился к базилике. Кто-то кричал, кто-то плакал или пел. Сияли прожектора, сверкали вспышки фотокамер. Одним словом, на площади перед собором творился кромешный ад. Хаос усиливался по мере того, как разрасталась толпа у подножия собора. Казалось, никто и ничто не сможет это остановить.

Но все же нашелся человек, которому это удалось. Стоящий на балконе камерарий распростер над беснующейся толпой руки и склонил голову в молчаливой молитве. Вначале по одному, потом десятками, а затем сотнями и тысячами люди последовали его примеру.

Над площадью повисла тишина... словно толпу околдовали.

В душе камерария бушевал ураган. В его помутившемся сознании, сменяя одна другую, вихрем проносились молитвы. Мольбы надежды сменялись воплями раскаяния...

Простите меня... Отец... Мама... вы преисполнены милости... вы — церковь... умоляю вас понять смысл жертвы, которую приносит рожденный вами сын.

О, Иисус... избавь нас от геенны огненной... Прими все души в небесах, и прежде всего души тех, кто более всего нуждается в Твоей милости...

Камерарию не нужно было открывать глаза, чтобы увидеть толпу внизу и телевизионные камеры, показывающие его всему миру. Он душой ощущал их присутствие. Даже испытывая мучения, он чувствовал необыкновенное единство людей, и это его опьяняло. Казалось, что от него по всему миру раскинулась объединяющая человечество невидимая сеть. Перед экранами телевизоров дома и у радиоприемников в автомобилях весь мир молился Богу. Словно повинуясь велению одного огромного сердца, говорящие на сотнях языков жители множества стран одновременно обратились к Творцу. Слова, которые они шептали, были для них новыми. Но они знали их всегда. Эти древние слова истины хранились в их душах.

Казалось, эта гармония будет продолжаться вечно.

Царившая на площади тишина вскоре снова сменилась радостным пением.

Камерарий понял, что настал нужный момент.

Святая Троица, я отдаю Тебе все самое дорогое — тело, кровь, душу... как плату за насилие, беззаконие, святотатство и невежество.

Камерарий вновь начал ощущать физическую боль. Она растекалась по его телу, и ему захотелось сорвать одежду и в кровь ногтями разодрать плоть, как он разодрал ее две недели назад в ту ночь, когда Бог впервые явился к нему. *Не забывай, какие страдания перенес Христос.* Грудь камерария горела огнем. Даже морфин был не в силах приглушить боль.

Моя миссия на земле завершена.

Весь ужас достался ему. Им оставалась надежда. В нише паллиума, следуя воле Бога, камерарий совершил миропомазание. Там он обильно смочил волосы, тело, одежду, лицо и руки и теперь весь был пропитан священными благовонными маслами из лампад. Масла благоухали так же сладко, как когда-то благоухала мама, и очень хорошо горели. Это будет благостное вознесение. Чудесное и почти мгновенное. И он оставит после себя не постыдный скандал... а новую силу и возрожденную веру в чудеса.

Сунув руку в карман мантии, он нащупал крохотную золотую зажигалку, которую прихватил в нише паллиума.

Затем камерарий прочел стих из Библии: «И когда огонь поднялся к небесам, ангел Божий вознесся в этом пламени».

И вот кнопка зажигалки оказалась под его большим пальцем.

На площади Святого Петра звучали гимны.

Мир никогда не забудет того, что увидел в тот миг.

Из груди стоящего на балконе камерария высоко в небо взметнулся столб пламени. Казалось, что душа священнослужителя освобождалась от своей земной оболочки. Пламя рванулось вверх, мгновенно охватив все тело клирика. Камерарий даже не вскрикнул. Он поднял руки над головой и обратил лицо к небесам. Огонь превратил его тело в огненный столп. Чудо, как казалось затаившему дыхание миру, продолжалось вечно. Пламя полыхало все ярче и ярче, а затем постепенно стало спадать. Камерарий исчез. Никто не мог точно сказать, упал ли он за балюстраду или вознесся на небо. Толпа теперь видела только облако дыма, спиралью уходящее в небо над Ватиканом.

ГЛАВА 135

Рассвет пришел в Рим поздно.

Утренний ливень с грозой смыл толпу с площади Святого Петра. Журналисты остались. Спрятавшись под зонтами или укрывшись в своих машинах, они продолжали комментировать ночные события. В церквях по всему миру яблоку было негде упасть. Настало время для раздумий и дискуссий представителей всех религий. Вопросов было много, а ответы на них вызывали лишь недоумение. Ватикан же хранил молчание. Никаких официальных заявлений пока сделано не было.

Глубоко в гротах Ватикана кардинал Мортати стоял на коленях перед открытым саркофагом. Поднявшись на ноги, он опустил руку в гроб и закрыл почерневший рот умершего две недели назад папы. Его святейшеству теперь предстояло вечно покоиться в мире.

У ног Мортати стояла небольшая золотая урна, до краев наполненная пеплом. Мортати лично собрал его и принес сюда.

— Даю тебе возможность прощения, — сказал он покойному понтифику, помещая урну в саркофаг рядом с телом. — Ибо нет любви сильнее, чем любовь отца к своему сыну.

С этими словами он прикрыл урну полами папской мантии. Он знал, что эти священные гроты предназначены только для останков пап, но ему почему-то казалось, что он поступает правильно.

— Синьор, — произнес кто-то, входя в гроты, — вас ждут на конклаве.

Это был лейтенант Шартран. Лейтенанта сопровождали три гвардейца.

— Еще одну минуту, — ответил кардинал, в последний раз взглянув в лицо покойного. — Его святейшество наконец получит покой, который он заслужил.

Гвардейцы навалились на крышку саркофага. Тяжелый камень вначале не хотел сдвигаться, но потом с глухим стуком, в котором прозвучала вечность, встал на свое место.

Мортати направился в Сикстинскую капеллу. По дворику Борджиа он проследовал в полном одиночестве. Влажный ветер играл полами его мантии. Из Апостольского дворца появился его коллега кардинал, и дальше они пошли вместе.

— Будет ли мне оказана честь сопровождать вас на конклав, синьор? — спросил кардинал.

— Это вы окажете мне честь, сопроводив меня в капеллу, — ответил Мортати.

— Синьор, — смущенно продолжил кардинал, — коллегия просит у вас прощения за свои действия прошлым вечером. Мы были ослеплены...

— Не надо... — сказал Мортати. — Наш разум иногда ведет себя так, как того хочет сердце. А наши сердца вчера желали, чтобы это оказалось правдой.

Кардинал некоторое время шел молча, а затем произнес:

— Вы уже знаете, что перестали быть «великим выборщиком»?

— Да, — улыбнулся Мортати. — И я благодарю Создателя за эту небольшую милость.

— Коллегия кардиналов решила, что вы подлежите выборам.

— Это говорит о том, что способность сострадать в нашей церкви умерла не до конца.

— Вы мудрый человек и будете хорошо руководить нами.

— Я старый человек, и мое руководство долго не продлится. Это меня несколько утешает.

Оба рассмеялись.

Когда они почти миновали дворик Борджиа, кардинал повернулся к Мортати. То, что он сказал, было произнесено довольно странным тоном, так, словно удивительные события прошлой ночи не давали кардиналу покоя.

— Вы знаете, — с таинственным видом прошептал он, — что на балконе мы не обнаружили никаких останков?

— Видимо, их смыл ливень, — улыбнулся Мортати.

— Да, возможно... — протянул кардинал, взглянув в грозовое небо.

ГЛАВА 136

Ближе к полудню, когда небо над Римом все еще было затянуто тяжелыми тучами, над дымовой трубой Сикстинской капеллы появилось белое облачко. Жемчужные клубы устремились к небу, медленно рассеиваясь по пути.

А далеко внизу, на площади Святого Петра, репортер Би-би-си Гюнтер Глик задумчиво следил за движением клубов белого дыма. Последняя глава...

Сзади к нему подошла Чинита Макри и, водрузив камеру на плечо, сказала:

— Время.

Глик скорбно кивнул, повернулся к ней лицом, пригладил ладонью волосы и глубоко вздохнул. «Моя последняя передача», — подумал он.

— Эфир через пятьдесят секунд, — объявила Макри.

Глик посмотрел через плечо на крышу Сикстинской капеллы и спросил:

— А дым ты сможешь взять?

— Я умею строить кадр, — спокойно ответила Макри.

Глик ощущал себя полным тупицей. Скорее всего он им и был. Операторская работа Макри прошлой ночью может принести ей Пулитцеровскую премию. Его же работа... ему даже не хотелось об этом думать. Он не сомневался, что Би-би-си отправит его на все четыре стороны и начнет разбираться с судебными исками весьма могущественных лиц и организаций... среди которых могут оказаться Джордж Буш и ЦЕРН.

— Ты выглядишь отлично, — покровительственно заметила Макри, глядя на него из-за камеры. Однако в ее голосе можно было уловить и некоторую озабоченность. — Ты не рассердишься, если я дам тебе... — не зная, как закончить, она замолчала.

— Совет? — закончил за нее Глик.

— Я просто хотела сказать, что не стоит уходить с большим шумом, — вздохнула Макри.

— Знаю. Я хочу простой и элегантной концовки.

— Самой простой за всю историю журналистики.

Простая концовка? У нее, наверное, поехала крыша. То, что случилось прошлой ночью, заслуживало более яркого завершения. Нужен неожиданный ход. Еще одна бомба. Финальный факт. Нечто такое, чего никто не ждет.

И по счастью, подобный факт уже был припрятан в его рукаве.

— Ты в эфире через... пять... четыре... три...

Лишь взглянув в визир камеры, Чинита заметила хитрый блеск в глазах Глика. «Я сошла с ума, позволив ему вести репортаж! Каким местом я думала?»

Но времени на то, чтобы принять меры, не оставалось. Они уже были в эфире.

— Прямая передача из Ватикана, на ваших экранах Гюнтер Глик, — произнес журналист и посмотрел в камеру, дав зрителям возможность полюбоваться тем, как к небу за его спиной поднимаются клубы белого дыма. — Дамы и господа, позвольте начать с официального сообщения. Семидесятидевятилетний кардинал Саверио Мортати был только что избран очередным папой. Выборы оказались беспрецедентными. Самый неожиданный кандидат на пост понтифика был избран коллегией кардиналов единогласно!

Макри почувствовала некоторое облегчение. Глик сегодня работал на редкость профессионально. Даже с излишней сухостью. Первый раз в жизни Глик выглядел и говорил так, как подобало выглядеть и говорить настоящему репортеру, подавая новости.

— Как мы упоминали ранее, — сказал Глик, — Ватикану еще предстоит выступить с сообщением о чудесных событиях, имевших место прошлым вечером и ночью.

Отлично. Напряжение, которое испытывала Макри, еще немного уменьшилось. Пока все хорошо.

По лицу Глика разлилась печаль, и он продолжил:

— И хотя прошлая ночь была ночью чудес, она оказалась в то же время ночью трагедий. Во вчерашнем конфликте погибли четыре кардинала, а также коммандер Оливетти и капитан Рошер из швейцарской гвардии. Оба офицера отдали свои жизни при исполнении служебных обязанностей. Человеческие потери включают Леонардо Ветра — известного физика из ЦЕРНа и пионера новых технологий по получению антивещества, а также его коллегу, директора ЦЕРНа Максимилиана Колера, который прибыл в Ватикан, чтобы помочь разрешить кризис. В процессе этой деятельности доктор Колер скончался. Ватикан пока еще не сделал официального заявления о причине смерти известного ученого, однако специалисты высказывают предположение, что мистер Колер ушел из жизни в результате обострения хронического заболевания органов дыхания.

Макри одобрительно кивнула. Сообщение пока шло точно по разработанной ими схеме.

— В свете взрыва, прогремевшего вчера в небе над Ватиканом, проблема антивещества стала темой самых горячих дискуссий в научной среде. Из заявления, зачитанного личной помощницей доктора Колера госпожой Сильвией Боделок, следует, что совет директоров ЦЕРНа приостановил все исследования, связанные с антивеществом, хотя и высказался о потенциальных возможностях последнего с энтузиазмом. Исследования могут быть возобновлены после того, как будут изучены все проблемы, связанные с безопасностью их проведения.

«Отлично! — подумала Макри. — Последний рывок, и мы дома».

— Не может остаться незамеченным отсутствие сегодня на наших экранах Роберта Лэнгдона, профессора из Гарварда, прибывшего вчера в Ватикан, чтобы оказать помощь в разрешении кризиса, связанного с сообществом «Иллюминати». Высказывались обоснованные предположения, что он погиб при взрыве, однако, как утверждают, его видели на площади Святого Петра после него. О том, как профессор мог там оказаться, высказываются различные предположения, хотя представитель больницы Сан-Джованни ди Дио утверждает, что вскоре после полуночи мистер Лэнгдон упал с неба в реку Тибр и был выписан из лечебницы после оказания ему первой медицинской помощи. — Глик вскинул брови и, глядя в камеру, закончил: — Если это действительно так... то прошедшая ночь оказалась воистину ночью чудес.

Отличное завершение! Макри почувствовала, как ее губы против воли растянулись в широкой улыбке. Безупречная концовка. Пора прощаться!

Но Глик прощаться не стал. Вместо этого он выдержал паузу и, шагнув в направлении камеры, объявил с таинственной улыбкой на устах:

— Однако прежде чем попрощаться...

Нет!

— ...я хотел бы, чтобы перед вами выступил мой гость.

Чинита судорожно сжала камеру. Какой еще гость? Что, дьявол его побери, он вытворяет?! Он должен убраться из эфира! Но она знала, что опоздала. Глик уже сделал объявление.

— Человек, которого я хочу вам представить... — продолжал репортер, — американец... известный ученый.

Чинита не знала, как поступить. Она затаила дыхание, когда Глик, повернувшись к собравшейся вокруг них небольшой толпе, пригласил своего гостя выйти вперед. Макри взмолилась про себя: «Боже, сделай так, чтобы это оказался внезапно обнаружившийся Роберт Лэнгдон... а не очередной псих, свихнувшийся на почве теории заговоров!»

Когда Макри увидела гостя, ее сердце провалилось в желудок. Это был вовсе не Роберт Лэнгдон, а какой-то лысый тип в джинсах и ковбойке. При ходьбе он опирался на палку, а его глаз не было видно за толстенными стеклами очков. «Псих!» — с ужасом подумала Макри.

— Позвольте вам представить, — провозгласил Глик, — известного ученого из университета Де Пола в Чикаго доктора Джозефа Ванека, специалиста по истории Ватикана.

Чинита немного успокоилась. По крайней мере этот парень не был психом, зациклившимся на теории заговоров. Впрочем, нельзя и исключать, что он был психом, зациклившимся на других столь же жгучих вопросах.

— Доктор Ванек, — продолжал Глик, — насколько мне известно, вы располагаете потрясающей информацией и готовы поделиться ею с нашей аудиторией. Эта информация имеет прямое отношение к вчерашнему конклаву.

— Да, конечно, — вступил в дело Ванек. — После ночи сюрпризов трудно предположить, что остались еще какие-то вызывающие изумление факты... и тем не менее... — Он замолчал, не закончив фразы.

— И тем не менее есть нечто такое, что позволяет увидеть эти события в несколько ином свете? — улыбнулся Глик.

— Да, — кивнул Ванек. — Хотя это звучит неправдоподобно, но коллегия кардиналов, сама не ведая того, избрала за этот краткий срок двух пап.

Макри едва не уронила камеру.

— Двух пап, вы говорите? — спросил Глик с тонкой улыбкой.

— Именно, — снова кивнул ученый. — Но прежде я должен сказать, что всю жизнь занимался правилами избрания пап. Юридические каноны избрания отличаются чрезвычайной сложностью и многие из них в наше время не принимаются во внимание как устаревшие или просто забыты. Даже «великому выборщику» скорее всего не известно то, о чем я хочу сейчас сказать. Тем не менее, согласно старинному и благополучно забытому закону, стоящему под номером 63 в редком издании «Romano Pontifici Eligendo», или, проще, «Выборы папы римского», голосование с помощью бюллетеней не единственный способ избрания понтифика. Имеется еще один способ, именуемый «одобрение, выраженное общим восторгом». — Доктор

Ванек выдержал паузу и закончил: — Именно это и произошло прошлой ночью.

— Прошу вас, продолжайте, — сказал Глик, не сводя взгляда с собеседника.

— Как вы, наверное, помните, — произнес ученый, — прошлой ночью, когда камерарий Карло Вентреска стоял на крыше базилики, все находящиеся внизу кардиналы принялись в унисон выкрикивать его имя.

— Да, я это прекрасно помню.

— Так вот, держите в уме эту картину, а я тем временем зачитаю вам отрывок из старинного уложения о выборах. — Доктор Ванек вынул из кармана какие-то листки, откашлялся и начал читать: — Избрание методом одобрения, выраженного общим восторгом, имеет место в том случае, если все кардиналы... как бы вдохновленные Духом Святым, спонтанно, без чьего-либо нажима, единодушно и громко провозглашают имя одной-единственной личности.

— Итак, — с улыбкой сказал Глик, — вы утверждаете, что вчера, когда кардиналы хором выкрикивали имя Карло Вентреска, они на самом деле избрали его папой?

— Именно это они и сделали. Более того, закон гласит, что подобные выборы имеют преимущество перед выборами с помощью голосования и избранным может быть не только кардинал, но и любой рукоположенный клирик, будь он простым священником, епископом или кардиналом. Поэтому, как вы можете видеть, камерарий был избран на пост папы посредством этой древней процедуры. — Глядя прямо в объектив камеры, доктор Ванек продолжил: — То, что Карло Вентреска был вчера вечером избран папой, является непреложным фактом. И его понтификат длился всего семнадцать минут. Если бы он чудесным образом не вознесся в небо в столбе пламени, то сейчас был бы похоронен в священных гротах Ватикана наравне со всеми своими предшественниками.

— Благодарю вас, доктор, — сказал Глик, хитро подмигнув Макри. — Ваша информация оказалась чрезвычайно интересной...

ГЛАВА 137

Стоя на верхних ступенях римского Колизея, Виттория громко крикнула ему с обворожительной улыбкой:

— Пошевеливайся, Роберт! Так и знала, что мне следовало искать мужа помоложе!

Он заторопился, но его ноги будто налились свинцом.

— Подожди меня, — окликнул он ее. — Прошу, пожалуйста...

Роберт Лэнгдон резко, словно от толчка, проснулся.

Темнота.

Он лежал в незнакомой мягкой постели, не в силах сообразить, где находится. Огромные и удивительно удобные подушки были набиты гусиным пухом. Воздух являл собой коктейль из приятных запахов. На противоположной стороне комнаты находилась двустворчатая стеклянная дверь. Обе створки ее были распахнуты, и с роскошного балкона тянуло легким теплым ветерком. В небе в разрывах облаков виднелась луна. Лэнгдон попытался вспомнить, как попал сюда, и сообразить, где находится.

В его сознании начали возникать какие-то сюрреалистические картины...

Столб таинственного огня... возникший из толпы ангел... теплые руки обнимают его и уводят в ночь... ангел ведет его лишенное сил побитое тело через незнакомые улицы... приводит сюда... заталкивает его, полусонного, под обжигающе горячие струи душа... ведет в постель и охраняет его после того, как он заснул мертвецким сном.

Теперь он видел и вторую кровать. Постель была разобрана, но в ней никого не было. Откуда-то из-за стены до него слабо доносился шум льющейся воды.

Разглядывая постель Виттории, он заметил вышитую на наволочке подушки эмблему со словами «Отель Бернини». Лэнгдон улыбнулся. Виттория сделала прекрасный выбор. Роскошная гостиница старушки Европы над фонтаном «Тритон» работы Бернини... Более подходящего для них отеля в Риме не было.

Нежась в постели, ученый услышал стук в дверь и понял, что́ его разбудило. Стук становился все сильнее.

Лэнгдон неохотно выбрался из кровати. Он испытывал легкое недоумение. «Никто не знает, что мы здесь», — подумал он, и недоумение переросло в беспокойство. Он накинул роскошный фирменный гостиничный халат и вышел из спальни в прихожую. Постояв несколько секунд в раздумье, он распахнул тяжелую дубовую дверь.

На пороге стоял здоровенный детина в ослепительном сине-золотом наряде.

— Лейтенант Шартран из швейцарской гвардии, — представился посетитель.

В этом не было никакой необходимости, так как Лэнгдон сразу узнал офицера.

— Как... как вы нас нашли?

— Я увидел, как вы уходили ночью с площади, и последовал за вами. Очень рад, что вы еще здесь.

Лэнгдон ощутил некоторую тревогу. Неужели кардиналы послали лейтенанта для того, чтобы он эскортировал их в Ватикан? Ведь Виттория и он были единственными людьми вне коллегии, которые знали всю правду. Они таили в себе потенциальную угрозу церкви.

— Его святейшество попросил меня передать вам это, — сказал Шартран и вручил ему пакет с папской печатью.

Лэнгдон открыл пакет и прочитал написанное от руки послание:

«Мистер Лэнгдон и мисс Ветра!

Несмотря на то что мне очень хочется попросить вас хранить в тайне то, что произошло за последние 24 часа, я чувствую, что не имею права требовать от вас чего-либо после того, что вы уже сделали для нас. Поэтому я скромно отступаю в тень, в надежде, что ваши сердца подскажут вам правильный путь. Мне кажется, что мир сегодня стал немного лучше... не исключено, что вопросы обладают большей силой, нежели ответы на них.

Мои двери всегда для вас открыты.

Его святейшество Саверио Мортати».

* * *

Лэнгдон перечитал письмо дважды. Коллегия кардиналов определенно избрала благородного и достойного лидера.

Прежде чем Лэнгдон успел что-либо сказать, Шартран достал небольшой сверток и, передавая его ученому, сказал:

— В знак благодарности от его святейшества.

Лэнгдон взял сверток, который оказался на удивление тяжелым.

— По указу его святейшества данный артефакт, хранившийся в личном реликварии папы, передается вам в бессрочное пользование. Его святейшество просит вас только о том, чтобы вы, выражая свою последнюю волю в завещании, обеспечили возвращение этого предмета в место его первоначального нахождения.

Лэнгдон снял со свертка оберточную бумагу и... потерял дар речи. Это было шестое клеймо. «Ромб иллюминати».

— Желаю вам мира и благополучия, — с улыбкой произнес Шартран и повернулся, чтобы уйти.

— Благодарю... вас, — едва сумел выдавить Лэнгдон.

Он так разволновался, что никак не мог унять дрожь в судорожно сжимавших бесценный дар руках.

Швейцарский гвардеец, задержавшись в коридоре, спросил:

— Мистер Лэнгдон, вы позволите задать вам один вопрос?

— Конечно.

— Моих товарищей гвардейцев и меня мучает любопытство. Что произошло в последние минуты... там, в вертолете?

Лэнгдон знал, что момент истины обязательно наступит. Они с Витторией говорили об этом, когда тайком уходили с площади Святого Петра. Уже тогда они приняли решение. Задолго до того, как принесли папское послание.

Отец девушки верил, что открытие антивещества приведет к духовному возрождению. События прошлой ночи оказались совсем не тем, на что он рассчитывал, но случилось невероятное... в тот момент люди во всем мире стали смотреть на Бога так, как никогда не смотрели раньше. Лэнгдон и Виттория не представляли, сколько времени продлится эта магия, но они твердо решили не губить восхищенное изумление скандалом или сомнениями. «Неисповедимы пути Господни, — говорил себе Лэнгдон и неуверенно спрашивал сам себя: — А что, если... а что, если все, что вчера случилось, было все же проявлением Божьей воли?»

— Мистер Лэнгдон, — напомнил Шартран, — я спросил вас о вертолете.

— Да, знаю, — улыбнулся Лэнгдон... ему казалось, что его слова не слетают с губ, а исходят из сердца. — Возможно, это вызвано шоком от падения... но что-то случилось с моей памятью... все события как будто в тумане...

— Неужели вы так ничего и не помните? — упавшим голосом спросил Шартран.

— Боюсь, что это навсегда будет скрыто завесой тайны, — со вздохом ответил ученый.

Когда Роберт Лэнгдон вновь переступил порог спальни, открывшаяся ему картина заставила его замереть на месте. Виттория стояла на балконе спиной к ограде, и взгляд девушки был обращен на него. Она показалась ему небесным видением... четкий силуэт на фоне лунного диска. В белоснежном махровом халате она вполне могла сойти за древнеримскую богиню. Туго затянутый пояс подчеркивал ее прекрасные формы. А за ней, создавая светящийся нимб, клубился туман, сотканный из мельчайших брызг фонтана «Тритон».

Лэнгдон вдруг ощутил такое неодолимое влечение, которого никогда до этого не испытывал ни к одной женщине. Он тихонько положил «Ромб иллюминати» и письмо папы на прикроватную тумбочку. У него еще будет время для объяснений. После этого он вышел к ней на балкон. Виттория обрадовалась его появлению.

— Ты проснулся, — застенчиво прошептала она. — Наконец-то!..

— Выдался трудный денек, — улыбнулся он.

Она провела ладонью по своим пышным волосам, и ее халат от движения руки слегка распахнулся.

— А теперь... как я полагаю, ты ждешь своей награды?

Это замечание застигло Лэнгдона врасплох.

— Прости... я не совсем тебя понял.

— Мы взрослые люди, Роберт. Ты должен это признать. И я вижу в твоих глазах страсть. Первобытное желание. Физический голод. — Она улыбнулась и продолжила: — Я испытываю те же чувства. И наше обоюдное желание сейчас получит удовлетворение.

— Неужели? — спросил он, делая шаг по направлению к ней.

— Полное удовлетворение, — сказала она, протягивая ему меню. — Я позвонила в ресторан и попросила принести в номер все, что у них есть.

Это было поистине королевское пиршество. Они ужинали на балконе под луной, жадно поглощая савойскую капусту, трюфели и ризотто, запивая все это первоклассным «Дольчетто». Ужин затянулся глубоко за полночь.

Лэнгдону не нужно было быть специалистом по символам, чтобы понять, какие сигналы посылала ему Виттория. Во время десерта, состоявшего из бойзеновых ягод* со взбитыми сливками, нескольких сортов сыра и дымящегося кофе с ромом, Виттория то и дело прижимала под столом свои обнаженные ноги к нижним конечностям Лэнгдона и бросала на него пылкие взгляды. Казалось, она ждала, когда он отложит вилку и возьмет ее на руки.

Но Лэнгдон ничего не предпринимал, оставаясь безукоризненным джентльменом. В эту игру могут играть и двое, думал он, пряча хитрую улыбку.

Когда все было съедено, Лэнгдон ушел с балкона, присел в одиночестве на край кровати и принялся вертеть в руках «Ромб иллюминати». Он внимательно рассматривал его со всех сторон, не переставая восхищаться чудом симметрии. Виттория не сводила с него глаз, и ее замешательство начинало перерастать в сердитое разочарование.

— Ты находишь эту амбиграмму ужасно увлекательной, не так ли? — спросила она, когда ее терпение окончательно лопнуло.

---

* Гибрид ежевики и малины, выведенный американским ботаником XX в. Р. Бойзеном.

Лэнгдон поскреб в затылке, сделав вид, что задумался, и сказал:

— Вообще-то есть одна вещь, которая интересует меня даже больше, чем это клеймо.

— И что же именно? — спросила Виттория, делая шаг по направлению к нему.

— Меня давно занимает вопрос... каким образом тебе удалось опровергнуть теорию Эйнштейна с помощью тунца?

— Dio mio! — всплеснула руками Виттория. — Я тебя серьезно предупреждаю — кончай эти игры!

— В следующем эксперименте для доказательства того, что Земля плоская, ты могла бы использовать камбалу. Отличная идея, правда?

Хотя Виттория кипела от негодования, на ее губах впервые промелькнуло нечто похожее на улыбку.

— К вашему сведению, дорогой профессор, мой следующий эксперимент будет иметь историческое значение. Я намерена доказать, что у нейтрино есть масса.

— У нейтрино бывают мессы? — продолжал валять дурака Лэнгдон. — А я и понятия не имел, что они католики!

Одним неуловимо быстрым движением она опрокинула его на спину и прижала к кровати.

— Надеюсь, ты веришь в жизнь после смерти, Роберт Лэнгдон? — со смехом сказала Виттория, садясь на него верхом.

Она старалась удержать его в горизонтальном положении, а ее глаза озорно блестели.

— Вообще-то, — ответил он, давясь от смеха, — мне всегда было трудно представить нечто такое, что может существовать за пределами нашего грешного мира.

— Неужели? Выходит, ты никогда не испытывал религиозного экстаза? Не изведал момента восхитительного откровения?

— Нет, — покачал головой Лэнгдон. — Боюсь, что я вовсе не тот человек, который может вообще испытать какой-либо экстаз.

— Это означает, — выскальзывая из халата, сказала Виттория, — что тебе еще не приходилось бывать в постели со специалистом по йоге. Не так ли?

СЛОВА ПРИЗНАТЕЛЬНОСТИ

Выражаю искренню признательность Мили Бест
ер, Джейсону Кауфману, Бенуа Калану и всем сотрудникам
здательства «Покет букс», поверившим в этот проект.

Благодарю своего друга и агента Джека Элвелла за прояв-
енный им энтузиазм и постоянную поддержку.

Я безмерно признателен легендарному Джорджу Визеру, убе-
ившему меня начать писать романы.

Хочу сказать спасибо моему дорогому другу Ирву Ситтлеру,
беспечившему мне аудиенцию у папы римского, показавшему
не Ватикан таким, каким его видят очень немногие, и сделав-
ему мое пребывание в Риме незабываемым.

Я не могу не поблагодарить одного из наиболее одаренных
удожников современности — Джона Лэнгдона, который ре-
ил практически невыполнимую задачу — создал амбиграммы
ля этого романа.

Я благодарю Стэна Плантона, директора библиотеки Уни-
ерситета Огайо, служившего для меня главным источником
нформации по самым разным вопросам.

Я очень обязан Сильвии Каваззини за то, что она провела
еня по тайному переходу Passetto.

Я безмерно признателен Дику и Конни Браун — лучшим
одителям в мире, о которых только может мечтать ребенок. За
се, все, все...

Выражаю благодарность ЦЕРНу, Генри Бекетту, Бретту Трот-
ру, Папской академии наук, Брукхевенскому институту, биб-

лиотеке лаборатории Ферми, Ольге Визер, Дону Ульшу из Ин
ститута национальной безопасности, Каролине Х. Томпсон и
Университета Уэльса, Кэтрин Герхард, Омару аль-Кинди, Джо
ну Пайку и Федерации американских ученых, Хаймлиху Визер
холдеру, Кориен и Девису Хаммондам, Азазу Али, проекту «Га
лилей» Университета Райса, Джулии Линн и Чарли Пайану и
«Мокингберд пикчерс», Гэри Гольдштейну, Дейву Арнольду
Эндре Крауфорду из компании «Всемирная братская сеть
Филлипу Экстеру из Академической библиотеки, Джиму Бар
рингтону, Джону Майеру и Марджи Уотчел — членам альтер
нативного общества масонов.

Я благодарю Алана Вуда из Библиотеки конгресса, Лай
Калламаро и все агентство «Калламаро», Йона Стоуэлла, со
трудников музея Ватикана, Альдо Баджиа, Ноа Алиреза, Хэр
риет Уолкер, Чарльза Терри, «Майкрон электроникс», Минд
Ренсилер, Нэнси и Дика Кертен, Томаса Д. Надо, «НувоМе
диа», «Рокет Е-Букс», Фрэнка и Сильвию Кеннеди, «Римско
бюро туризма», маэстро Джорджа Брауна, Вэла Брауна, Верн
ра Брандеса и Поля Крупина из «Прямого контакта», Пола Стар
ка, Тома Кинга из сети «Компутолк», Сэнди и Джерри Нолан
гуру Интернета Линду Джордж, Национальную академию ис
кусств в Риме, физика и коллегу писателя Стива Хоува, Роберт
Вестона, книжный магазин на Уотер-стрит в Экзетере, шта
Нью-Гэмпшир, и Ватиканскую обсерваторию.